MW01680300

*

Pour sauver celle qu'il aime

*

Un visage dans l'ombre

NICHOLE SEVERN

Un père dans la tourmente

BLACK ROSE

HARLEQUIN

Collection : BLACK ROSE

Ce roman a déjà été publié en 2021

Titre original :
MIDNIGHT ABDUCTION

HARPERCOLLINS FRANCE
83-85, boulevard Vincent-Auriol, 75646 PARIS CEDEX 13
Service Clients — https://www.harlequin.fr/contenu/contactez-nous
ISBN 978-2-2805-2553-4 — ISSN 1950-2753

Édité par HarperCollins France.
Composition et mise en pages Nord Compo.
Imprimé en février 2026 par ScandBook UAB en Lituanie
en utilisant 100% d'électricité renouvelable.
Dépôt légal : mars 2026.

FSC www.fsc.org MIXTE Papier | Pour une gestion forestière responsable FSC® C021394

Pour limiter l'empreinte environnementale de ses livres, HarperCollins France s'engage à n'utiliser que du papier fabriqué à partir de bois provenant de forêts gérées durablement et de manière responsable.

Prologue

Ils lui avaient dit de ne pas avertir la police.

Il n'arrivait pas à réfléchir. Avait du mal à respirer.

S'obligeant à mettre un pied devant l'autre, il s'efforça d'ignorer la douleur qui lui martelait l'arrière du crâne, là où le ravisseur l'avait frappé quand il l'avait plaqué au sol et assommé. Owen. Olivia... Ils avaient été là. Il n'avait pas su, pas pu les protéger, mais il les chercherait. Sans relâche. Jusqu'à ce qu'il les ait retrouvés.

Un soudain étourdissement fit basculer le monde sur son axe, et il heurta un poteau en bois qui se trouvait dans sa trajectoire, sur le trottoir. Le rideau de ses cheveux, qu'il portait aux épaules, tomba devant ses yeux, lui masquant la vue, tandis qu'il recouvrait tant bien que mal son équilibre. Aussitôt après avoir repris connaissance, une quinzaine de minutes plus tôt, il s'était précipité à l'extérieur pour courir après les feux arrière du SUV mais trop tard : la route non asphaltée qui menait en ville était déserte. Cependant, le nuage de poussière soulevé par le véhicule n'était pas encore retombé. Ils ne pouvaient pas être bien loin. Quelqu'un avait dû voir quelque chose.

En dépit de la température qui chutait et de l'humidité prégnante dans l'air, la sueur perlait à ses tempes. Sous le ciel nocturne troué par le clair de lune blafard, il prit une grande inspiration. Ses muscles raidis par l'épuisement l'imploraient de s'arrêter, mais il ne pouvait pas. Il devait continuer.

Retrouver ses enfants. Il n'avait plus qu'eux. Ils étaient tout ce qui comptait pour lui.

Les devantures vieillottes des magasins bordant la rue principale se brouillèrent devant ses yeux.

Quelques adolescents étaient attroupés sur le trottoir, un peu plus loin. En quittant sa maison, située juste à la lisière du bourg, le ravisseur avait foncé droit vers le centre. Peut-être l'un d'eux pourrait-il le renseigner sur la direction qu'il avait prise. Les routes n'étaient pas si nombreuses dans ce secteur. Il attrapa un gamin par la manche.

— Avez-vous vu passer un SUV noir ?

Le garçon, qui pouvait avoir seize ou dix-sept ans, secoua la tête et se dégagea.

Les voix lui parvenaient au travers du tintement de ses oreilles, et il vit le cercle des adolescents se resserrer devant la droguerie – la plus vieille boutique de Sevierville. Les poumons en feu, il balaya la rue du regard. Quelqu'un avait forcément vu quelque chose, bon sang. N'importe quoi. Il fallait...

— Elle saigne ! s'écria une fille. Il faut appeler une ambulance.

Les cheveux se hérissèrent sur sa nuque. Quelqu'un était blessé ? Écartant vivement les jeunes, il vit un pantalon de pyjama rose et des orteils aux ongles vernis de violet, qu'il reconnut instantanément. La panique le saisit. Le cœur menaçant de bondir hors de sa poitrine, il plongea vers la petite fille de six ans étendue sur le trottoir sans prêter attention à la douleur qui lui vrillait le genou.

— Olivia !

1

— Félicitations, Ramirez ! déclara la directrice, Jill Pembrook, en glissant l'index sur sa tablette, ce qui eut pour effet de faire s'allumer tous les moniteurs encastrés dans la table de la salle de réunion. La prochaine mission est pour vous.

Une nouvelle mission ? Cela faisait si longtemps qu'elle commençait à se demander si ses erreurs passées n'avaient pas eu un impact négatif sur son statut au sein de l'équipe. L'agent Ana Sofia Ramirez réprima un sourire comme deux autres agents applaudissaient en la congratulant à leur tour. Son siège en cuir grinça comme elle se renfonçait contre le dossier pour regarder le grand écran, derrière la directrice.

— De quoi s'agit-il ?

— De l'enlèvement d'un enfant de six ans, répondit la directrice.

Le silence tomba dans la salle, presque aussi tangible que la tension qui, aussitôt, raidit les muscles des épaules d'Ana. Prenant une profonde inspiration, elle se concentra sur le moniteur, devant elle. C'était ce à quoi elle avait été formée - retrouver les personnes disparues –, mais pas un seul des agents présents dans la pièce ne se serait porté volontaire pour une mission telle que celle-ci.

— On dispose de combien de temps ?

— Vingt-quatre heures. Le père a expressément signifié qu'il ne voulait voir personne d'autre que l'agent qu'il a nommément mentionné se mêler de l'enquête. C'est là que vous entrez en jeu. Mais le facteur temps est crucial dans un kidnapping. Donc, que cela lui plaise ou non, nous allons mettre toutes nos ressources disponibles sur l'affaire.

Pembrook se tourna vers le grand écran à l'extrémité de la salle et effleura sa tablette. Une carte s'afficha, centrée sur une portion de propriété privée à la périphérie de Sevierville, dans le Tennessee. Les cheveux grisonnants, les traits aiguisés, la petite femme qui se tenait en bout de table était un personnage qui faisait autorité au sein du FBI. Jill Pembrook était typiquement le genre de personne à ne pas décevoir, et Ana n'avait nullement l'intention de mettre ce précepte à l'épreuve. La directrice poussa une enveloppe en papier kraft dans sa direction.

— Vous interviendrez sous couverture ; vous vous ferez passer pour une ancienne petite amie de passage en ville, qui a entendu la terrible nouvelle concernant son fils et est venue lui témoigner son soutien. Je veux que vous tissiez des liens assez étroits avec le père pour découvrir ce qu'il pourrait éventuellement avoir à gagner en enlevant son fils et en nous tenant à distance. Les agents Cantrell et Duran vous aideront de là-bas, sauf indication contraire de votre part.

Maldición. Nom d'un chien.

— S'il s'agit d'un rapt ciblé, les ravisseurs ont sûrement pris leurs renseignements en amont. Et, s'ils ont épluché la vie du petit garçon, ils connaissent peut-être déjà tout son entourage...

Ana leva les yeux et regarda les hommes assis en face d'elle. L'agent JC Cantrell s'occupait des opérations de surveillance, Evan Duran, des négociations en cas de prise d'otages, et Ana, elle, faisait de son mieux pour retrouver les disparus. À eux trois, ils ne formaient qu'une partie de la Division criminelle tactique mais, apparemment, c'était ce groupe restreint qui allait mettre le cap sur Sevierville, dans le Tennessee, l'endroit où elle s'était juré de ne plus remettre les pieds. Trop de souvenirs, trop de chagrin. Mais, à la seule idée de passer son tour alors qu'elle avait bataillé si dur pour faire oublier le passé, tout son être se révulsait.

— Qu'est-ce qui me garantit que ma couverture ne sera pas compromise à la seconde où je prendrai contact ?

— Ce ne sera pas un problème, s'agissant de cette enquête, répondit Pembrook.

Le FBI disposait d'une surface financière considérable et de vastes ressources de renseignement en matière d'activité criminelle, mais leur siège social était à Washington DC. Certes, des antennes régionales étaient implantées dans la plupart des grandes villes du pays afin que le Bureau puisse assister la police locale en cas de besoin, mais les localités plus petites ou rurales se retrouvaient exclues du dispositif et privées de l'accès à un soutien rapide. La tendance était donc à la décentralisation, et des ressources fédérales étaient de plus en plus mobilisées vers des communes de moindre importance afin d'y traiter la criminalité à grande échelle. Terrorisme, prises d'otages, enlèvements, fusillades... Mais, avec la multiplication de ces actes criminels, le besoin d'interventions toujours plus rapides s'était fait sentir et c'était dans ce contexte que le FBI avait créé une équipe d'élite composée d'experts issus de différentes unités : la Division criminelle tactique.

— À quand remonte la disparition ?

Classé parmi les meilleurs négociateurs de toute l'histoire du Bureau, l'agent Evan Duran avait sauvé des centaines de vies au cours de sa carrière en soutirant le maximum de renseignements des suspects avec un minimum d'engagement personnel. Si les ravisseurs avaient formulé une quelconque requête, Ana ne doutait pas qu'il effectuerait toutes les recherches dont elle aurait besoin pour retrouver la victime.

— Y a-t-il eu demande de rançon ?

— L'enfant a disparu il y a six heures, déclara Pembrook en revenant s'asseoir à l'extrémité de la table. Et, pour répondre à votre deuxième question, non, rien.

Ana fit défiler le contenu du dossier sur le moniteur, devant elle. Toutes les quarante secondes, un enfant était porté disparu aux États-Unis, ce qui, rapporté à l'année, donnait un total de plus de quatre cent soixante mille disparitions. Sur ce nombre, près de mille cinq cents enfants avaient été enlevés et, dans la plupart des cas, le suspect principal était un parent ou un proche. Il y avait donc une chance que la mère de l'enfant soit en cause, ce qui aurait expliqué l'absence de... Ana se figea en lisant le nom du père sur le rapport de police.

— Benning Reeves.

L'enfant kidnappé était le fils de Benning, Owen.

— Il a spécifiquement demandé que ce soit vous qui vous chargiez de l'enquête, Ramirez, souligna Pembrook.

L'attention appuyée avec laquelle sa supérieure l'observait ramena instantanément Ana au moment présent. Elle s'appliqua à rester de marbre.

Ce n'était donc pas son expérience en matière de personnes disparues qui avait motivé sa nomination à la tête de l'enquête, mais le fait qu'elle avait été intimement liée à l'homme qui voulait tenir le FBI à distance et dictait ses conditions...

La directrice avait raison. Sa couverture, dans cette enquête, ne constituerait pas un problème puisque ce n'était rien d'autre que...

La pure vérité.

Ana passa la langue sur ses lèvres sèches.

— Et qu'en est-il de la fillette, Olivia ?

— Elle a été kidnappée aussi, mais la police locale l'a retrouvée quelques minutes après le rapt.

Le soulagement l'envahit tandis que la directrice l'étudiait, les yeux plissés, mais Ana n'avait pas le temps de se laisser impressionner par ce regard inquisiteur. Le fils de Benning avait été enlevé, et il n'y avait pas une minute à perdre. La première question à se poser était « pourquoi ». Pour autant qu'elle sache, Benning avait continué à travailler pendant toutes ces années comme inspecteur des bâtiments pour la municipalité. Il n'était pas endetté ni mêlé de près ou de loin à une quelconque activité criminelle. À supposer qu'il s'agisse d'une affaire personnelle, pourquoi avait-on choisi de le viser en s'en prenant à ses enfants ?

— Ils pensent qu'elle a réussi à sauter du véhicule du ravisseur pendant qu'il roulait, mais on n'en aura pas la certitude tant que les médecins ne permettront pas aux enquêteurs de l'interroger. Il faut que vous soyez là-bas quand elle se réveillera pour découvrir si elle se rappelle quelque chose qui pourrait nous aider à retrouver son frère. Que le père veuille ou non que la DCT se saisisse officiellement de l'enquête.

Ana hocha la tête. Ils pouvaient d'ores et déjà exclure la mère des jumeaux de la liste des suspects. Lilly Reeves était morte en les mettant au monde six ans plus tôt. Ana lutta pour contrôler la pulsation lancinante qui s'était mise à battre à l'intérieur de son crâne. Benning avait demandé qu'elle soit chargée de l'affaire mais, compte tenu de ce qui s'était passé la dernière fois qu'elle s'était trouvée dans la même pièce – le même lit – que lui, elle ne comprenait pas pourquoi. Un simple appel téléphonique avait tout changé entre eux. Il avait poursuivi son chemin de son côté, épousé une femme de la région et eu des enfants peu après le départ d'Ana. Et voilà maintenant qu'elle devait se réinsérer dans sa vie pour retrouver son fils disparu.

Il y avait beaucoup d'autres agents plus qualifiés qu'elle pour mener cette enquête, des agents qui n'avaient pas mis leur carrière en jeu à cause d'une mauvaise décision. Des agents qui n'avaient aucun lien avec l'affaire. Qu'était-elle censée lui dire après tout ce temps ? Ils ne s'étaient plus parlé après cette nuit-là, même si une petite voix intérieure lui avait soufflé de reprendre contact, de renouer avec la seule personne dont elle n'avait jamais vraiment réussi à se détacher. Elle déglutit avec peine pour chasser la boule qui s'était formée dans sa gorge. Quoi qu'il se soit passé entre elle et Benning, elle ne pouvait pas se laisser aveugler par l'émotion cette fois. La vie d'un petit garçon était en jeu.

— Je vais aller visionner les vidéos des caméras de surveillance du trafic routier, annonça en se levant l'agent JC Cantrell, son regard vert clair rivé sur elle.

Spécialiste de la surveillance, l'ancien militaire conduisait la plupart des opérations de ce type à la DCT, qu'elles soient légales ou pas tout à fait. Ce n'était pas ça qui inquiétait Ana pour l'instant. Un gamin de six ans se trouvait quelque part – seul, effrayé. C'était précisément ce pour quoi leur division avait été créée, ce à quoi *elle* avait été entraînée. Elle ne reproduirait pas la même erreur qu'autrefois, quand Benning faisait partie de sa vie.

JC se dirigea vers la porte, Duran à son côté, et lui lança un coup d'œil par-dessus son épaule.

— Avec un peu de chance, dans une heure, je pourrai peut-être te fournir le numéro d'immatriculation et la localisation du véhicule.

— Tenez-moi au courant et gardez vos téléphones sur vous. Je vous appellerai en cas de besoin, déclara Ana, sa longue chevelure noire héritée de son père hispanique glissant le long de son épaule comme elle se levait, elle aussi.

Sevierville n'était pas loin, à seulement une petite cinquantaine de kilomètres au sud-est de Knoxville, où se situait le siège de la DCT, mais, si elle voulait questionner la fille de Benning avant que l'équipe médicale n'ait autorisé la police locale à le faire, il fallait qu'elle se mette en route sur-le-champ. Avec un signe de tête à l'adresse de Pembrook, elle rangea sa chaise devant la table.

— Je vous tiendrai au courant sitôt que j'aurai vu Olivia Benning.

— Faites attention, Ramirez.

La voix de la directrice l'arrêta au moment où Ana atteignait la double porte vitrée, pressée de s'échapper. Elle sentit la brûlure du regard gris acier dans son dos.

— Je vous ai confié cette mission parce que vous connaissez le père de la victime et qu'il a lourdement insisté en ce sens, mais ne laissez pas ce lien et l'aspect émotionnel qu'il induit entraver votre travail.

La voix de Pembrook s'adoucit.

— Nous ne pouvons pas nous permettre une nouvelle perte. D'accord ?

Ses cheveux se dressèrent sur sa nuque, mais elle ne put se retourner, incapable d'affronter l'avertissement bien réel que véhiculaient les paroles de Jill Pembrook. Un poids s'abattit sur ses épaules et ses genoux flageolèrent comme les souvenirs qu'elle avait fermement enfouis au fond de sa mémoire forçaient le passage pour affleurer de nouveau à la surface. Elle replia les doigts, ses ongles s'enfonçant dans ses paumes, et, aussitôt, le couvercle de la boîte de Pandore se rabattit. Elle était devenue experte à ce jeu-là. Compartimenter, se détacher de tout ce qu'elle se refusait à admettre – tout particulièrement concernant Benning Reeves. Mais, malgré le déni et l'espèce d'engourdissement émotionnel dans lesquels elle s'était réfugiée, Ana n'en percevait pas moins le sens implicite du message que venait de lui adresser la directrice de la division. Ramener le fils de Benning à son père constituerait sa dernière chance de sauver sa carrière. Elle avait perdu une victime une fois. Cela ne devait pas se reproduire.

— Oui, madame.

Benning traversa la pièce pour la neuvième fois – à moins que ce ne soit la dixième ou onzième ? – en autant de minutes. Il s'était passé cinq heures depuis le moment où il avait repris connaissance, chez lui, pour s'apercevoir que ses enfants n'étaient plus là. Et Olivia… Il se pencha au-dessus du lit d'hôpital dans lequel reposait sa fille. Son petit corps disparaissait presque sous l'amoncellement de couvertures dont il l'avait recouverte, et sa poitrine se soulevait au rythme régulier de sa respiration. Avec le sédatif que l'infirmière lui avait administré, elle ne se réveillerait pas avant plusieurs heures. C'était la meilleure façon de s'assurer que son cerveau récupère, lui avait-on expliqué. Il caressa avec tendresse ses cheveux bruns aux reflets cuivrés, les repoussant délicatement en arrière. La vérité, c'était que les médecins ne savaient pas si la mémoire lui reviendrait. Amnésie traumatique. Dissociative… ou quelque chose comme ça. C'était à peine si elle s'était rappelé le prénom de son frère quand on l'avait interrogée.

Sa main trembla, et il se força à reculer de peur de la réveiller.

Le ravisseur aurait dû prendre contact avec lui maintenant, lui donner des instructions ou une preuve que son fils était bien vivant. Ses oreilles bourdonnèrent. Il aurait dû être dehors, en train de le chercher, mais il n'osait pas laisser Olivia seule après ce qui lui était arrivé. L'anxiété lui brûla la poitrine. Quelqu'un s'était introduit chez lui, l'avait assommé et avait enlevé ses enfants. Tout ça à cause de ce qu'il avait découvert sur ce chantier de construction.

Le feu s'étendit à tout son corps, et il ferma les yeux comme cette sensation trop familière d'instabilité qu'il avait muselée pendant des années revenait en force. Le cœur battant à tout rompre, Benning sortit son téléphone de sa poche. Son pouls s'apaisa à la vue des visages souriants de ses jumeaux. Il allait retrouver Owen, bien sûr qu'il allait le retrouver. Il avait déjà perdu trop de gens dans sa vie, il ne pouvait *pas* perdre aussi son fils.

Prenant soudain conscience d'une présence, Benning tourna le regard vers la porte… et rencontra deux yeux noisette pailletés de vert braqués sur lui. Il eut le sentiment que le monde s'ouvrait sous ses pieds. Elle était venue. Dans les minutes qui avaient suivi l'admission d'Olivia à l'hôpital, il n'avait pas su vers qui d'autre se tourner. Ni si elle reviendrait à Sevierville. Avant de l'estourbir, le kidnappeur lui avait ordonné de ne pas prévenir les autorités, mais Ana Sofia Ramirez n'était pas seulement agent fédéral. Elle avait été tout pour lui. Avant de tout à coup lui briser le cœur au beau milieu de la nuit.

Sa peau mate et sans défaut, le dessin marqué de ses pommettes et de son nez trahissaient son héritage hispanique, tout comme la cascade de cheveux sombres et soyeux qui reflétaient la lumière des tubes fluorescents du plafond, exactement comme dans son souvenir. Une tension qu'il connaissait bien lui comprima la poitrine – comme cela n'avait jamais cessé d'être le cas au fil de ces sept dernières années – et, soudain, il n'eut qu'une envie : combler la distance qui les séparait et l'enlacer.

— Ana.

— Je suis venue dès que j'ai appris la nouvelle, dit-elle

en s'avançant rapidement vers lui et en déposant son sac de voyage à ses pieds.

Passant les bras autour de sa taille, la femme qui était sortie de sa vie se pressa contre lui et, en un instant, tout en lui s'apaisa comme par enchantement. L'insécurité, la rage, la peur, le sentiment d'échec. Il ne subsistait plus que le calme. La clarté. Des effluves de son parfum – une fragrance fraîche et légère – emplirent ses narines comme il enfouissait son visage dans ses cheveux, sur le sommet de son crâne. Avec son mètre soixante-huit, elle s'accordait parfaitement à lui. Vers la fin de leur relation, il en était même venu à penser qu'elle avait été faite spécifiquement pour lui. Glissant le menton sur son épaule, elle approcha la bouche de son oreille, ce qui fit naître un frisson le long de son échine, et murmura :

— Le ravisseur pourrait nous écouter. Fais comme si nous étions de vieux amis qui se retrouvent par hasard... Mon équipe et moi, on va tout faire pour retrouver ton fils.

Il se raidit. Bien sûr... Son équipe. Ses effusions n'avaient rien eu de personnel, ce n'avait été que le moyen de lui faire passer son message. Elle n'avait pas répondu présente parce qu'il avait sollicité son intervention comme une faveur personnelle ; elle était là en service commandé. Mais ses enfants avaient été pris en otage pour l'atteindre, lui, donc, oui... Il allait obéir. Tout ce qu'il voulait, c'était retrouver son fils. À n'importe quel prix. Il se détacha d'elle, mettant fin au délicieux supplice que lui infligeait sa proximité, et s'éclaircit la gorge.

— Qu'est-ce que tu fais ici ?

— C'est le quarantième anniversaire de mariage de mes parents. Mes frères et moi avons sauté dans un avion pour leur faire la surprise mais, en arrivant, j'ai appris ce qui s'était passé... J'ai voulu m'assurer que tu tenais le coup.

Introduire des éléments de vérité dans le mensonge... Oui, il avait entendu dire que c'était ainsi que procédaient les fédéraux – tout spécialement ceux qui travaillaient sous couverture. Pour ne pas se trahir et mieux mémoriser leur récit, ils inséraient des bribes de leur vie privée dans leur histoire fictionnelle. De fait,

Ana avait trois frères. Mais, pour ce qui était de l'anniversaire de mariage et de son désir de s'assurer qu'il allait bien, il était sûr qu'elle avait improvisé. Elle rassembla ses cheveux pour les nouer en chignon sur l'arrière de son crâne et tomba à genoux pour tirer la fermeture Éclair de son sac. Un instant plus tard, elle se releva, un boîtier noir à la main et s'avança vers le lit, l'appareil tendu à bout de bras devant elle. Les pulsations de lumière verte s'intensifièrent tandis qu'elle faisait le tour de la chambre tout en questionnant :

— Comment va-t-elle ? Et, pour Owen, tu as du nouveau ?

Elle pensait que le kidnappeur les écoutait. Celui-ci cherchait-il à savoir si Benning avait prévenu la police ? Mais, sauf à supposer que l'homme qui l'avait agressé à son domicile ait su qu'Olivia s'échapperait du SUV et dans quel hôpital elle serait conduite, il ne voyait pas comment c'était possible. Il n'avait pas quitté son chevet et, pour toute visite, il n'y avait eu que celles des médecins et des infirmières. Mais, s'appliquant à jouer le jeu, il répondit :

— Rien pour l'instant. Olivia a pu s'échapper, mais elle souffre d'une commotion cérébrale. Les médecins ne savent pas encore si seule sa mémoire à court terme est altérée ou s'il y a une atteinte plus profonde, mais ils...

Un voyant rouge s'alluma sur le boîtier d'Ana, et elle s'immobilisa. Lui jetant un coup d'œil entendu par-dessus son épaule, elle passa la main derrière la plaque en imitation bois qui tenait lieu de tête de lit et en sortit quelque chose. Elle revint vers lui, paume ouverte, pour lui montrer un petit objet métallique rond tout en l'exhortant par une rotation de l'index de sa main libre à continuer à parler.

Un micro ! Ana avait eu raison. Soit quelqu'un avait su qu'Olivia serait installée dans cette chambre, soit c'était un membre du personnel hospitalier qui avait posé le mouchard en venant lui dispenser ses soins. Ses poings se serrèrent. Il déglutit avec peine, s'efforçant de recouvrer son calme afin de s'exprimer d'une voix neutre.

— Ils lui feront subir des examens plus poussés à son réveil.

— Et toi ? enchaîna-t-elle. Ça va ? Tu tiens le coup ?

Elle hocha la tête pour l'encourager à continuer tandis qu'elle le contournait pour poursuivre sa fouille de la pièce. Au passage, elle lâcha le petit micro dans le verre d'eau posé sur la table de chevet d'Olivia.

— Disons que... la nuit a été longue, proféra-t-il, l'œil rivé sur le détecteur d'Ana.

Le voyant du détecteur demeura vert. Visiblement soulagée, elle rangea le boîtier noir dans la poche de son manteau et il retrouva un peu la femme qu'il avait connue.

— OK. Il n'y en a pas d'autre. Ils ne peuvent plus rien entendre désormais. Je vais donner le micro à l'un des agents de mon équipe. Si jamais on parvient à remonter jusqu'à son propriétaire, on saura qui a enlevé ton fils.

Ana telle qu'en elle-même. L'agent fédéral dont il était tombé amoureux à l'instant où elle avait débarqué sur ce site de construction, sept ans plus tôt, afin d'interroger tous les employés susceptibles de savoir quelque chose concernant la disparition d'une adolescente de la région. Benning agrippa la barre du lit de sa fille pour se réancrer dans le présent.

— À supposer que l'homme qui l'a emmené soit celui qui a posé ce micro.

Mais quelles étaient les chances pour que ce soit le cas ?

— Oui, acquiesça-t-elle d'un ton neutre, exempt d'émotion.

L'estomac de Benning se noua.

— Tu saignes, reprit-elle. Est-ce qu'un médecin a examiné cette blessure, à l'arrière de ta tête ? Je peux rester ici pendant que...

— Ça va.

Ce qui n'était pas vrai, mais il ne voulait pas quitter Olivia. Après ce par quoi elle était passée, il était hors de question qu'il la laisse se réveiller seule, sans lui à son côté.

Il suivit du regard chacun des déplacements d'Ana dans la chambre avec la même intensité, la même fascination que sept ans plus tôt, avant qu'elle ne quitte Sevierville, et nota le léger renflement sur le côté gauche de son manteau. Son arme de service. Tant de fois, en pensée, il s'était représenté se retrouvant face à elle ; il avait préparé ce qu'il dirait, imaginé sa réaction. Mais jamais, dans aucun des scénarios qu'il avait échafaudés, il n'avait envisagé qu'il l'appellerait un jour à l'aide, qu'elle serait armée ni qu'un de ses jumeaux aurait été kidnappé.

Elle avait fait son choix. Elle avait décidé que sa carrière passait avant leur relation et l'avait quitté pour aller sauver le monde. Lui, il était resté ici et, dévasté de l'avoir perdue, il avait commis la plus grosse bêtise de sa vie. Il avait rebondi. L'aventure d'un soir avec Lilly n'aurait jamais dû avoir de lendemain. Et puis... Elle lui avait annoncé qu'elle était enceinte. Alors, il l'avait épousée et s'était appliqué à fonder une famille pour le bien de leurs jumeaux en dépit du fait qu'ils ne s'aimaient pas. Cette nuit avec son ex-épouse, destinée à demeurer unique, avait changé le cours de sa vie. Benning enfonça les mains dans les poches de son jean.

— Ana, je sais pourquoi tu es partie, mais...

— Pour l'instant, tout ce qui compte c'est de retrouver ton fils, coupa-t-elle en contournant le pied du lit pour soulever son sac et le poser sur une chaise, ses longues mèches dissimulant les ombres qui s'embusquaient au fond ses yeux. C'est bien pour ça que tu as fait appel à moi, non ? C'est mon travail.

En effet. Il avait lu les articles en une du *Mountain Press,* suivi les interviews sur la plupart des grandes chaînes de télévision. D'après les médias, son taux de réussite était le plus élevé du FBI. Lorsqu'il s'agissait de retrouver des personnes disparues, l'agent Ana Sofia Ramirez était la meilleure. Et c'était bien du meilleur agent dont il avait besoin pour retrouver son fils. Il avait résisté à la tentation de reprendre contact avec elle pendant toutes ces années, se disant qu'elle l'avait quitté avec, en tête, un objectif bien précis et qu'elle ne tenait sûrement pas à le revoir mais, de son point de vue à lui, elle resterait à jamais une histoire... en suspens.

— Le type qui s'est introduit chez moi, celui qui a emmené mes enfants... Je crois qu'il a un rapport avec l'un des chantiers de construction que j'ai inspectés et...

Un point rouge lumineux vint se centrer sur le cœur d'Ana, et Benning plongea en avant.

Une détonation retentit au-dessus de sa tête.

Des éclats de verre ricochèrent contre le pied du lit métallique d'Olivia, coupant la peau nue de son avant-bras. Un élancement douloureux lui scia les poignets comme il atterrissait durement sur le sol carrelé de la chambre. L'air brusquement chassé des poumons d'Ana, au-dessous de lui, fit courir un frisson sur sa peau, sous sa barbe, et son cœur bondit dans sa poitrine.

Se dégageant d'une bourrade, elle se redressa en position accroupie, la tête rentrée dans les épaules, l'arme déjà à la main.

Un cri aigu transperça le silence qui était retombé dans la pièce.

— Olivia.

Il rampa du plus vite qu'il le put jusqu'au lit puis se redressa avec moult précautions jusqu'à ce que sa tête atteigne le niveau du matelas. Le soleil se refléta dans une paire d'yeux bleus identiques aux siens. Il prit la petite main de sa fille dans la sienne. Les contusions des poignets et des bras d'Olivia s'étaient assombries au fil des dernières heures mais, bien plus terrifiant encore : on venait de leur tirer dessus.

— Tout va bien, chérie, je suis là.

— Papa...

Son pauvre murmure lui serra le cœur.

Ana, dos plaqué au mur à côté de la fenêtre, se pencha avec précaution en avant pour jeter un coup d'œil au-dehors.

— Il faut qu'on sorte d'ici.

— Pas question que je la laisse. Je...

Son téléphone vibra et il plongea la main dans sa poche, sous le regard vert et doré d'Ana. Numéro masqué. Un sentiment d'alarme l'envahit, et ses muscles se raidirent. C'était lui. L'appel qu'il avait attendu. Le regard fixé sur Ana, il effleura l'écran du téléphone pour prendre l'appel et enclencha le haut-parleur.

— Qui est-ce ?

— Je vous avais averti, monsieur Reeves. Vous ne deviez

pas prévenir la police, assena une voix inconnue. Maintenant, c'est votre fils qui va en payer le prix.

— Passez-le-moi. Laissez-moi lui parler...

Il resserra son étreinte autour des petits doigts d'Olivia, le souffle soudain plus court.

— Laissez-moi parler à mon fils !

Clic.

On avait raccroché.

2

Pas de demande de rançon, aucune instruction. Pas de preuve de vie. Le ravisseur du fils de Benning ne suivait pas le modus operandi habituel d'un enlèvement. Ce qui signifiait qu'il ne s'agissait pas d'un simple kidnapping. On voulait porter atteinte à Benning, le manipuler. Ou bien on voulait quelque chose de lui.

Ana balaya de nouveau le parking du regard par deux fois. Un tireur ne pouvait pas prendre pour cible la fenêtre d'une chambre d'hôpital sans s'exposer, mais rien. Pas le moindre mouvement. Elle ne savait ni à qui elle avait affaire ni si l'homme était encore là. Peut-être était-il déjà parti. Elle assura sa prise sur la crosse de son pistolet et se tourna vers Benning. Ils ne pouvaient pas rester ici. Ils étaient des cibles idéales.

— Sors-la de son lit. Il faut qu'on s'en aille.

Il secoua la tête.

— Olivia n'ira nulle part. Elle a besoin de repos. Sa tête...

— Benning... Ces marques autour de ses poignets ? Tu vois comme elles sont fines ? dit Ana en tournant doucement l'avant-bras de la petite fille. Elles n'ont pas été causées par une bande de tissu ni par des menottes mais par des liens de serrage en plastique. Elle avait les mains attachées... mais elle n'est pas assez forte pour pouvoir s'en être libérée.

— Comment ça ? Qu'est-ce que tu veux dire ?

— Je veux dire qu'il l'a laissée partir.

Son attention tout entière fixée sur lui, elle s'efforça de ne pas instiller de note alarmante dans sa voix. Benning était un homme intelligent, mais la peur de perdre un enfant pouvait altérer la capacité d'un parent à regarder la réalité en face.

— Celui qui a enlevé tes enfants voulait qu'Olivia soit retrouvée. Il voulait que tu te trouves ici, dans cette chambre, et il y avait caché un micro pour vérifier que tu respectais ses instructions.

Elle étudia son expression, cherchant à déterminer si elle avait visé juste, et son cœur se mit à battre plus vite lorsqu'elle le vit faire la grimace. Elle avait raison, et l'appel qu'il avait reçu quelques secondes plus tôt le confirmait. Le ravisseur lui avait ordonné de ne pas avertir la police sous peine de s'en prendre à son fils, parce qu'il n'en avait pas fini avec Benning.

— Il savait exactement où te trouver. Tu tiens vraiment à mettre Olivia plus en danger encore en restant ici ou tu veux sauver ton fils et ta fille ?

Une seconde s'écoula. Deux. Benning attrapa la poche à perfusion presque vide, puis souleva sa fille doucement dans ses bras. Le petit corps d'Olivia se lova mollement contre son torse large, luttant toujours contre l'effet du sédatif. Il contourna le pied du lit, son regard bleu vif revenant se poser sur elle. Une bouffée de chaleur envahit Ana à la vue des veines qui saillaient sur ses bras à la musculature sèche et nerveuse. Il n'avait pas beaucoup changé depuis la dernière fois qu'elle l'avait vu, mais il y avait chez lui une rudesse nouvelle, une force contenue qui n'avait pas été là auparavant... et qui faisait qu'elle n'arrivait pas à détacher ses yeux de lui.

— D'accord. Si tu crois qu'il faut partir, fais-la sortir d'ici. C'est elle qui compte.

— Je vais vous faire sortir d'ici tous les deux, je t'en donne ma parole.

L'adrénaline aiguisait sa concentration. Elle avait mémorisé le plan de l'hôpital avant de quitter Knoxville. Le premier étage comportait trois issues, sans compter les fenêtres, mais ils prendraient l'escalier arrière pour le cas où le tireur serait toujours dans les environs. Elle se dirigea vers la porte et l'intercepta comme il lui emboîtait le pas pour sortir dans le couloir. Ajustant sa prise sur son arme, elle entrebâilla la porte et jeta un coup d'œil à droite puis à gauche. Par chance, la chambre d'Olivia était située à l'angle, tout près de l'escalier. D'une façon ou d'une autre, son ravisseur avait réussi à s'introduire ici, poser le micro et repartir incognito. Ce qui signifiait qu'ils n'avaient pas affaire à un amateur.

— Reste derrière moi. Je te servirai de bouclier, en cas de besoin.

— OK.

Sa voix sonnait étrangement rocailleuse, tout à coup, comme s'il s'appliquait à en éliminer toute inflexion.

Elle tourna la tête vers lui.

— Dès qu'on sera en sécurité, tu m'expliqueras pourquoi quelqu'un s'en prend à tes enfants pour t'atteindre, toi, et qui était la personne qui t'a appelé, tout à l'heure.

Parce que, s'il ne lui faisait pas totalement confiance, son fils pourrait bien ne pas rentrer sain et sauf à la maison.

Les nerfs tendus, Ana s'avança rapidement dans le couloir, galvanisée par les éclats de voix et l'agitation qui leur parvenaient depuis l'autre direction. Les deux policiers qui gardaient l'accès à la chambre d'Olivia depuis les ascenseurs avaient dû entendre le coup de feu, mais elle n'avait pas le temps de leur expliquer la situation.

Indiquant la porte à leur gauche, elle fit passer Benning et Olivia devant elle.

— Vite. Par ici ! C'est l'escalier.

Elle venait de franchir la porte sur les talons de Benning lorsque deux policiers en uniforme tournèrent le coin du couloir. Refermant sans bruit la porte derrière elle, elle descendit les marches puis, quand ils furent au rez-de-chaussée, elle guida Benning et sa fille vers l'issue de service. Un instant plus tard, elle sentait l'air vif hivernal sur son cou. Bien campée sur ses pieds écartés, elle balaya rapidement le parking de son arme. Personne. Aucun signe d'embuscade, mais elle ne baisserait sa garde que lorsque Benning et sa fille seraient à l'abri.

— Le SUV noir, cinquième place, rangée de gauche.

Ils traversèrent le parking au pas de course mais, tout à coup, un mouvement, sur sa gauche, l'alerta. Réagissant au quart de tour, Ana poussa Benning et Olivia derrière le véhicule le plus proche. Des tirs arrachèrent des lambeaux d'asphalte et une balle traversa l'épaisse étoffe de son manteau tandis qu'elle ripostait, visant le tireur masqué qui se cachait derrière une voiture, deux rangées plus loin. Une fois. Deux fois. Le cri apeuré d'Olivia domina le grondement de son pouls, dans ses oreilles, mais Ana ne pouvait pas s'inquiéter de cela pour le moment. Agrippant son arme des deux mains, elle avança, courbée en deux, protégée par les véhicules qui se trouvaient entre elle et le tireur, mais il était trop tard. L'homme avait sauté dans un SUV noir, peut-être celui-là même qui avait servi à enlever Owen et Olivia. Il quitta le parking sur les chapeaux de roues et disparut dans la rue.

Hijo de...

— Je crois que ma couverture est définitivement compromise, proféra-t-elle avec un clappement de langue contrarié.

De petites volutes de condensation s'échappant de sa bouche à chacune de ses expirations, elle se tourna vers Benning et sa fille, qui avait les mains plaquées sur les oreilles. Elle faillit céder à l'envie de réconforter la fillette mais se ravisa, jugeant préférable de rengainer son arme et masquer sa blessure au côté sous le pan de son manteau avant qu'Olivia n'aperçoive le sang. La pauvre petite en avait vu assez comme ça. Inutile de lui fournir matière à des cauchemars supplémentaires.

— Allez, en voiture. On ne traîne pas ici.

Serrant sa fille contre lui, Benning se releva et l'installa à l'arrière du SUV. Ses épaules et ses bras athlétiques paraissaient énormes comparés à la frêle silhouette de la petite fille. Penché sur elle, il lui murmura quelque chose qu'Ana, pourtant à moins d'un mètre d'eux, n'entendit pas. Il se montrait tendre, l'entourait d'attentions, veillait à ne pas toucher les endroits où elle avait des ecchymoses. Ana éprouva un petit pincement au cœur. Il y avait eu un temps où elle l'avait imaginé soignant les égratignures aux genoux et les bleus de leurs futurs enfants. La gorge nouée, elle détourna le regard pour couper court à ce genre de pensée. Elle avait fait une croix sur ce futur commun à la seconde où elle avait quitté sa chambre, cette nuit-là.

— Ça va ?

Refermant la portière, Benning reporta son attention sur Ana, son corps tout entier réagissant avec la même intensité que s'il avait suivi du bout du doigt le tracé de sa clavicule. Il combla la distance qui les séparait et tendit la main vers elle, mais elle eut un mouvement de recul. La mine de Benning s'allongea et il laissa retomber sa main.

— J'ai cru que tu avais été touchée.

— Ça va.

Mensonge. La douleur lui coupait le souffle. Il lui fallait sans doute des points – peut-être une intervention chirurgicale –, mais elle s'en soucierait plus tard. Ils étaient trop vulnérables ici, à découvert. Des cibles parfaites. Le sang coulait le long de la ceinture de son pantalon, et seule l'émotion de se retrouver face à Benning la maintenait dans l'action. Il avait toutes les raisons de la détester pour ce qu'elle lui avait fait, mais cette façon qu'il avait de la regarder en ce moment, comme si elle était l'unique femme au monde… Cela lui pesait lourd sur le cœur.

Il aurait été si facile de retrouver les anciennes habitudes, de se remémorer la façon dont tout son visage s'illuminait quand elle entrait dans une pièce, les promesses de toujours qu'il lui murmurait à l'oreille entre les draps, le bonheur simple qu'ils éprouvaient, blottis l'un contre l'autre devant un feu de cheminée. Il aurait été facile de s'attacher de nouveau à l'homme qu'elle avait quitté, mais elle était revenue à Sevierville dans un but bien précis : ramener Owen Reeves vivant.

Et, pour cela, elle avait besoin de la vérité.

Une main appuyée sur le côté, Ana tira la portière conducteur. Chaque minute perdue était une minute de séquestration supplémentaire pour le petit Owen.

— Monte.

Benning se hâta de grimper à son côté tandis qu'elle démarrait.

Une odeur boisée emplit aussitôt l'habitacle, et Ana inspira plus profondément, concentrant toute son attention dessus dans l'espoir de chasser de son esprit la douleur qui lui labourait le flanc. Ce parfum, savant mélange olfactif de savon et d'extérieur, lui avait manqué. *Il* lui avait manqué.

— Tu ne peux pas retourner chez toi, déclara-t-elle. Le tireur pourrait t'y attendre.

Serrant les dents, elle manœuvra rapidement pour quitter le parking tandis que les sirènes retentissaient dans la rue. Les policiers chargés de la surveillance d'Olivia avaient dû donner l'alerte. Ana pressa le bouton d'appel du volant et obtint la ligne presque immédiatement.

— Déjà ? répondit JC. Dis-moi, ce ne serait pas lié au signalement de la police de Sevierville qui fait état de coups de feu au LeConte Medical Center ?

— Tu lis en moi comme dans un livre ouvert. On a un tireur qui circule à bord d'un SUV noir. Pas de plaques minéralogiques. Et la police locale est sur place, effectivement, répondit-elle en appuyant sur l'accélérateur. Tu peux régler ça pour moi ?

— J'adore me rendre utile, répliqua JC en riant.

Mais, Benning et sa famille étant concernés, elle n'avait pas le cœur à prendre les choses à la légère.

— Je me suis occupé des vidéos des caméras de surveillance à l'heure approximative du kidnapping, enchaîna son collègue. Mais ça n'a rien donné. J'ai mis les as de l'informatique sur le coup, mais soit les caméras qui nous intéressent ont été désactivées entre-temps, soit notre suspect avait repéré leur emplacement à l'avance et les a évitées. Donc, on n'a rien.

Ce qui signifiait que l'enlèvement avait été soigneusement prémédité. C'était l'œuvre d'un professionnel.

Du coin de l'œil, elle vit Benning fourrager nerveusement dans ses cheveux avant de caler son coude sur la portière passager, l'air tendu et frustré. Instinctivement, elle devina qu'il y avait autre chose, derrière cet enlèvement.

— Merci, JC. La police de Sevierville va récupérer le micro que j'ai trouvé fixé au lit de la petite. Je voudrais que tu essayes de remonter jusqu'à son propriétaire. Appelle-moi si tu trouves quelque chose.

Elle coupa la communication, vérifia dans le rétroviseur qu'ils n'étaient pas suivis et enfonça la pédale de frein. La ceinture de sécurité stoppa son corps, projeté en avant par l'énergie cinétique.

— Qu'est-ce que tu fais ? demanda Benning en se retenant au tableau de bord et en repoussant ses longs cheveux en arrière. Le tireur est peut-être à nos trousses.

— Écoute, Benning, tu as demandé que je sois chargée de cette enquête. Alors, il va falloir que tu joues cartes sur table. Je ne peux pas m'acquitter de ma tâche si tu me caches des informations. Je pense que le moment est venu de me dire qui a enlevé ton fils, tu ne crois pas ?

Une odeur de caoutchouc chaud se répandit dans la voiture, la débarrassant de ce persistant parfum de pin. Elle lui fit face.

— Le ravisseur t'avait téléphoné avant cet appel, à l'hôpital, je me trompe ? Il t'a ordonné de ne pas avertir la police, donc tu as jugé plus prudent de faire appel à une ancienne connaissance qui se trouve être agent du FBI. Le micro, les tirs de fusil par la fenêtre… Ce type est un pro, Benning, et il t'a dans le collimateur. Qu'est-ce qu'il veut ?

Il contempla le paysage devant lui, de l'autre côté du pare-brise. Les secondes s'égrenèrent, se changèrent en minute. Plus il tardait à parler, plus la tension grandissait en elle et, lorsque, enfin, il darda son regard bleu vif sur elle, elle sut d'avance que la réponse n'allait pas lui plaire.

— Ce qu'il veut, c'est le crâne que j'ai découvert.

— Un crâne humain ?

Les flocons de neige s'écrasaient mollement sur le pare-brise mais, si le froid de ce mois de janvier s'insinuait sous la chemise de Benning, c'était le souvenir de ce qu'il avait trouvé qui le glaçait jusqu'aux os, et le hanterait pendant le restant de ses jours. Si on avait kidnappé ses jumeaux, tiré sur eux par la fenêtre de l'hôpital, c'était pour cette raison. À cause de lui.

— Une femme est venue me voir sur le chantier que j'inspectais, il y a deux semaines. Elle m'a offert cinquante mille dollars pour donner mon agrément à un projet résidentiel. Mais le constructeur avait clairement rogné sur les coûts. J'avais relevé des malfaçons dans la charpente, la plomberie ne satisfaisait pas non plus aux normes...

Benning posa les mains à plat sur son jean, et elle nota les traces de sang séché sous ses ongles. Celui d'Olivia.

Comme s'il avait lu dans ses pensées, il jeta un coup d'œil à l'arrière pour s'assurer que sa petite fille dormait toujours.

— Je ne pouvais pas fermer les yeux, donc j'ai refusé. Je lui ai suggéré de faire appel à une autre société pour régler le problème avant que la municipalité ne s'empare du sujet et ne les poursuive pour vices de construction.

Le regard envoûtant d'Ana – celui dont il avait rêvé pendant sept ans – s'adoucit.

— Et qu'est-ce qui s'est passé ensuite ?

— Je voyais bien que cette femme n'avait pas l'air d'en être à son coup d'essai et qu'elle avait déjà dû essayer de soudoyer d'autres inspecteurs avant moi. Elle semblait très à l'aise, comme si cette façon de procéder était tout à fait normale. Je ne pouvais pas faire semblant de rien. Alors, je me suis penché sur les projets passés de cette société.

Il secoua la tête.

— J'ai trouvé des documents attestant de règlements à l'amiable entre Britland Construction et des locataires qui avaient été blessés ou s'étaient retrouvés à la rue en raison de la non-conformité de leurs logements. Et cela, sur de nombreuses années, avec des millions de dollars en jeu. Pour autant, les problèmes n'avaient fait que s'aggraver et, fait étrange, leurs projets avaient continué à recevoir le feu vert de la municipalité. Alors, j'ai voulu savoir pourquoi.

— Et tu t'es mis à mener ton enquête, conclut Ana en se renfonçant contre le dossier de son siège, l'expression parfaitement neutre.

Comment était-ce possible ? Comment parvenait-elle à rester

si détachée, à faire comme s'il n'y avait jamais rien eu entre eux – comme si elle n'avait pas fichu sa vie en l'air ?

— Je suis allé voir la police. Ils ont interrogé la femme en question, mais ils n'ont pas pu prouver que c'était Britland qui l'avait mandatée. Son avocat a fait jouer ses influences au point que les enquêteurs n'ont même pas pu établir qu'elle travaillait pour eux. Chaque année, des dizaines de familles étaient affectées à cause de la cupidité et des négligences coupables de cette société... Je ne pouvais pas en rester là. Je suis le seul inspecteur en bâtiment de la ville ; donc, quand Britland a soumis une demande d'inspection au service d'urbanisme pour son projet suivant, j'ai ajouté cette mission à mon programme de la journée, hier, et me suis rendu sur le site en soirée, après les heures de travail. J'ai mis à nu un mur porteur pour examiner l'installation électrique...

Il tira son téléphone de sa poche et glissa son doigt sur l'écran pour lui montrer une photo qu'il avait pris soin de stocker en ligne.

— Et voilà ce que j'ai trouvé.

En lui prenant l'appareil de la main, Ana effleura ses doigts, ce qui mit tous les sens de Benning en émoi. Elle avait toujours eu cet effet-là sur lui. Elle avait toujours su prendre le contrôle de ses sens d'un simple contact mais, même s'il n'avait jamais cessé d'espérer la voir revenir dans sa vie, il savait bien que ce n'était pas le moment de céder à ce genre de sentiment. Pour l'instant, il s'agissait de récupérer son fils, c'était tout ce qui comptait.

— C'est bien un crâne, en effet, constata-t-elle en approchant l'écran de ses yeux. Impossible de préciser l'heure ou la cause de la mort tant que mon équipe scientifique ne l'aura pas examiné, mais ce trou dans l'os frontal semble bien avoir été causé par l'impact d'une balle.

C'était ce qu'il s'était dit, lui aussi.

— J'ai appelé la police aussitôt après ma découverte mais, avant même que la communication ne soit établie, j'ai entendu un cri derrière moi. Je me suis retourné et j'ai vu le canon d'une arme et le puissant faisceau d'une lampe torche braqués sur moi. J'ai cru qu'il s'agissait d'un des gardiens du chantier, donc j'ai commencé à expliquer qui j'étais et la raison de ma présence sur le site mais, comme mes yeux s'accoutumaient à la pénombre, je me suis rendu compte que le type portait un masque de ski.

Son cœur s'accéléra comme l'adrénaline, de nouveau, se déversait dans ses veines.

— Il a dit qu'il aurait préféré que je ne trouve pas ce crâne, qu'il était désolé. Il avait le doigt sur la détente et j'ai compris qu'il allait tirer mais, à ce moment-là, un des vigiles est arrivé et lui a ordonné de baisser son arme. Une fusillade a éclaté, et j'en ai profité pour attraper le crâne et prendre la fuite.

— D'accord. À part le masque de ski, as-tu remarqué d'autres détails qui pourraient permettre d'identifier cet homme... une cicatrice, ses vêtements, la couleur de ses cheveux ?

— Non, rien de tout ça.

Elle lui rendit le téléphone, en prenant soin, nota-t-il, d'éviter de le frôler cette fois.

— Où est le crâne, maintenant ?

— En lieu sûr, répondit-il en éteignant l'écran de son appareil d'une pression sur le côté. J'ai d'abord eu du mal à croire qu'il puisse s'agir d'un émissaire de Britland, c'était trop évident. Il existait des traces documentées des indemnisations versées aux victimes et le crâne que j'avais trouvé avait été placé entre le mur externe et l'habillage intérieur en plaques de plâtre mais, en quittant le site, je me suis dit que je ne pouvais pas rentrer à la maison. Le type au masque de ski aurait pu me suivre.

À ce souvenir, la rage, de nouveau, flamba en lui. Il aurait dû être plus prudent, apporter directement le crâne à la police. Il s'éclaircit la voix et reprit :

— Ma baby-sitter, Jo West, était censée déposer les enfants chez un ami pour la nuit, mais elle m'a appelé pour me prévenir qu'Owen n'était pas dans son assiette et qu'il me réclamait.

Et maintenant la baby-sitter était introuvable.

— En arrivant chez moi, je suis tout de suite allé cacher le crâne au fond du terrain, dans le foyer d'une vieille cheminée que mon père avait commencé à construire quand j'étais petit, mais, quand je suis rentré dans la maison, ce salaud m'est tombé dessus. J'ai bien essayé de me défendre, mais il m'a frappé par-derrière à la seconde où j'ai franchi le seuil. Quand j'ai repris conscience, mon téléphone vibrait dans ma poche, la maison était totalement silencieuse, et Jo et les enfants avaient disparu.

Et maintenant ce type détenait son fils.

— Il m'a prévenu que, si j'appelais la police ou le FBI, je ne reverrais jamais mes enfants et m'a donné vingt-quatre heures pour rendre le crâne avant qu'il ne s'en prenne à eux.

Il n'avait pas été assez rapide, pas assez fort. Mais, avec les preuves qu'il avait accumulées, il allait révéler leurs agissements, à tous. Il ferait en sorte qu'ils ne puissent plus jamais s'en prendre à ses enfants. Ni à personne d'autre.

— Je sais que je te demande beaucoup, Ana, que tu n'avais sûrement pas envie de venir ici. Mais ces gens en ont après mes enfants. Tu es la seule qui puisse m'aider à retrouver mon fils à temps.

À l'arrière de sa tête, la douleur s'intensifia, pulsant au rythme accéléré des battements de son cœur.

— Alors, heureusement que je suis venue pour la surprise d'anniversaire de mariage de mes parents.

Elle accompagna sa réplique d'un sourire qui souleva l'un des coins de sa bouche, fissurant la façade dure et impassible derrière laquelle elle s'abritait depuis la minute où elle était entrée dans la chambre d'hôpital d'Olivia. Elle remit le SUV en marche et se réinséra dans la circulation.

— Le FBI possède une cache dans le secteur, à proximité de la ville. Toi et Olivia pourrez y rester pendant que j'irai récupérer ton ami désincarné dans ta cheminée. Ensuite, notre unité médico-légale procédera à une recherche d'identification à partir des dents et de l'ADN. Avec un peu de chance, la victime nous conduira peut-être jusqu'au ravisseur. S'il tient tant à mettre la main sur ce crâne, c'est qu'il a une bonne raison. Je vais trouver laquelle pour que tu puisses récupérer ton fils.

Main Street défilait rapidement derrière le pare-brise tandis qu'ils roulaient vers la sortie de la ville, l'eau et la neige fondue éclaboussant les flancs du SUV. Dans cette tranquille bourgade de moins de vingt mille habitants nichée au cœur des Smoky Mountains, le crime et le scandale n'étaient pas monnaie courante mais, quand ils se produisaient, ils frappaient fort et marquaient durablement les esprits. Le bitume de la chaussée disparaissait peu à peu sous la couche de neige fraîche, et les arbres, au fur et à mesure qu'ils avançaient vers le sud-est, se faisaient de plus en plus nombreux de part et d'autre de la route.

Au bout d'un moment, bien que commençant à se laisser bercer par le ronronnement du moteur et le chuintement des pneus sur l'asphalte trempé, Benning décida de rompre le silence qui s'était installé entre lui et la femme qui bravait le danger pour sauver sa famille.

— Merci d'avoir accepté de te charger de l'affaire. Je ne savais pas à qui d'autre m'adresser.

— Inutile de me remercier, souligna-t-elle, les fines lignes qui étoilaient ses yeux se creusant un peu comme si elle était aux prises avec une profonde réflexion. C'est mon travail. J'ai été formée pour faire face à ce genre de situation.

Était-ce donc tout ce que cela représentait à ses yeux ? Une mission comme une autre ? Son estomac se contracta douloureusement. Il aurait dû s'en douter ; savoir que faire appel à elle ne changerait rien. Il aurait dû avoir le bon sens de laisser le passé là où il était, mais l'idée avait germé dans son esprit et, une fois la machine enclenchée, il n'avait plus pu empêcher la litanie des « et si » de tourner en boucle dans sa tête. Les « et si » qui avaient commencé dès ce matin où il s'était réveillé seul dans son lit. Le cours de ses pensées s'interrompit brusquement comme son regard tombait sur la tache de sang que les pans ouverts du manteau d'Ana laissaient voir au niveau de la ceinture de son jean. Benning se redressa d'un coup sur son siège. Elle était touchée et n'avait rien dit !

— Bon sang, Ana, tu es blessée ! Arrête la voiture.

— Je t'ai dit que ça allait. Il y a plus de six heures que ton fils a été enlevé. Si on lambine maintenant, on réduit d'autant nos chances de le retrouver avant l'expiration du délai.

Son bras gauche reposait mollement sur ses genoux, nota Benning, tandis qu'elle agrippait le volant si fermement de l'autre main que ses phalanges semblaient sur le point de transpercer la peau translucide de ses doigts.

— Et puis, d'ailleurs, j'ai survécu à bien pire qu'une blessure par balle superficielle. Parle-moi d'Owen.

Bien pire ? Qu'est-ce que cela pouvait bien vouloir dire ?

Il hésita un instant, mais elle avait raison : chaque minute passée était une minute perdue pour son fils.

— Il a une sainte horreur du beurre de cacahuète. Ce qu'il adore, lui, c'est passer des heures, sa tablette à la main, à regarder des vidéos amusantes et jouer à toutes sortes de jeux stupides sur Internet... mais je l'y autorise parce que ça le rend heureux. Ah, et il ne va nulle part sans la couverture que j'avais achetée pour lui quand Lilly était enceinte des jumeaux. Il dort avec et l'emporte partout. Sauf à l'école, bien sûr

Et cette fichue couverture était toujours là où Owen l'avait laissée, au milieu du parquet du séjour. Son fils avait dû la lâcher quand le ravisseur l'avait emmené.

— Je suis désolée pour Lilly. J'ai pensé... à te faire signe quand j'ai appris mais, après ce qui s'était passé entre nous...

Elle s'éclaircit la voix et jeta un coup d'œil à son rétroviseur.

— Ça a dû être dur ensuite... sans elle.

Il laissa passer quelques secondes. Il n'avait pas de souvenirs précis des premiers mois des jumeaux. Tout se brouillait en une succession confuse de couches à changer, de biberons à préparer, de bains à donner, de jours de congé pris en dernière minute le temps de trouver une baby-sitter pour le relayer... le temps de s'adapter à son nouveau statut de parent isolé de jumeaux. Tout en s'efforçant d'oublier l'enquêtrice fraîchement recrutée par le FBI qui était sortie de sa vie aussi brusquement qu'elle y était entrée. Il s'absorba dans la contemplation des flocons de neige qui fondaient en touchant le capot du SUV.

— Tout mon univers a été chamboulé. Du jour au lendemain,

j'ai dû me mettre à penser « température de lait maternisé », « performance de couches-culottes », déterminer celles qui étaient les plus efficaces pour les filles et celles qui l'étaient davantage pour les garçons. Pour être tout à fait honnête, j'ai surtout navigué à vue et... surnagé comme j'ai pu, sans trop savoir où j'allais.

Il gratta une tache de boue qui avait séché sur son jean.

— Mais je devrais m'estimer heureux d'avoir eu tout ça à faire... Lilly n'a pas eu cette chance, elle.

— Je suis désolée, répéta Ana avec un accent de sincérité dans la voix. Je ne voulais pas...

— Non, non, ça va.

Il avait guéri de cette blessure-là depuis longtemps.

— Lilly et moi nous savions tous les deux à quoi nous nous engagions. Nous avions accepté la possibilité que ça ne marcherait peut-être pas entre nous. On était d'accord sur le fait que ce qui s'était passé entre nous avait été une erreur, mais je ne peux pas dire que je regrette que ce soit arrivé. Sans elle, je n'aurais pas eu Owen ni Olivia.

Il se retourna brièvement pour lancer un coup d'œil à sa fille.

— Et toi ? s'enquit-il. Quelqu'un attend ton retour à Knoxville ?

L'idée qu'elle ait pu trouver le bonheur auprès d'un autre serra le cœur de Benning, ce qu'il se reprocha aussitôt. C'était elle qui avait pris l'initiative de la séparation. Ce qu'elle avait fait de sa vie ensuite n'aurait même pas dû lui traverser l'esprit... Seulement voilà, elle n'avait jamais cessé d'être là, dans sa tête, son image resurgissant devant ses yeux sitôt qu'il avait un répit.

— Non. Avec le travail que je fais, les choses que je vois...

Ana remua sur son siège et grimaça comme à la pensée d'une douleur invisible dont il ne savait rien. Elle ralentit l'allure à l'approche d'un chemin qui s'ouvrait sur la droite et négocia le virage. Une fois engagée sur la longue allée sinueuse qui menait à un chalet deux cents mètres plus loin, elle arrêta pendant quelques instants son regard vert et noisette sur lui. En un clin d'œil, il se retrouva catapulté dans la peau de l'homme follement épris de la nouvelle recrue fraîche émoulue de Quantico, qui était venue à Sevierville pour conduire sa première enquête pour disparition.

— C'est impossible de vivre normalement au grand jour quand on passe son temps au fond des ténèbres, à explorer la part la plus sombre de l'âme humaine.

3

Le chalet était entouré d'arbres de toutes parts. Ana gravit la petite volée de marches menant à un porche couvert, les vieilles planches de bois grinçant sous ses pas. Personne ne viendrait les chercher ici, d'autant que, dans les Smoky Mountains, le signal réseau ne passait pas.

Sortant de sa poche la clé que Jill Pembrook lui avait donnée avant son départ de Knoxville, elle déverrouilla la porte et entra pour découvrir un séjour spacieux, dallé de clair et doté de hauts plafonds. Posant son sac, elle désactiva rapidement l'alarme sur le boîtier de commande qui clignotait à sa droite en tapant le code, également fourni par la directrice de la DCT. La douleur de sa blessure se réveilla lorsqu'elle remua les épaules pour ôter son manteau. L'étoffe de son T-shirt avait adhéré au sang séché, au niveau de la plaie. Mais, avant toute chose, il s'agissait de sécuriser les lieux. Ensuite, elle s'occuperait d'extraire la balle puis irait chercher cette preuve matérielle dont Benning s'était emparé sur le chantier. Une onde de chaleur la parcourut comme il la frôlait en entrant à son tour, Olivia dans ses bras, toujours endormie, avec sa poche de perfusion bien en place.

— Tu peux l'installer dans l'une des chambres là-bas, indiqua-t-elle. Le réfrigérateur est plein, si tu as faim. Je vais charger un membre de mon équipe de demander à son médecin le protocole à suivre pour sa commotion cérébrale.

Le visage d'elfe de la fillette était très pâle, et elle avait les traits tirés. La pauvre… Enlevée, blessée, hospitalisée, ballottée sous sédatif d'un côté et de l'autre, prise pour cible par un tireur. Ana n'imaginait que trop bien les cauchemars qui ne manqueraient pas de l'assaillir quand elle chercherait le sommeil. Traverser tant d'épreuves, si jeune... Cela la poursuivrait toute sa vie. Exactement comme cela lui était arrivé, à elle.

Mais l'occasion lui était offerte de faire en sorte que la famille de Benning ne soit pas frappée par le drame qu'avait vécu la sienne.

— Merci, dit-il en passant devant elle, les muscles de son cou et ses épaules jouant sous sa peau tandis qu'il se dirigeait vers le muret séparant le petit vestibule du hall d'entrée.

Un arôme de pomme et de cannelle flottait dans l'air, mais il faudrait plus qu'un désodorisant, si subtil soit-il, pour chasser l'enivrant parfum naturel de Benning. Elle s'était trouvée, pendant deux heures, isolée avec lui comme dans une bulle, dans l'habitacle de ce SUV. Elle ne savait pas si elle parviendrait jamais à écarter une fois pour toutes cet homme de son esprit, mais, ce qui était sûr, c'est qu'elle allait veiller à garder ses distances. La vie de son fils en dépendait.

Infierno. Elle se força à se concentrer sur sa blessure et détacha précautionneusement le tissu de sa peau. La plaie ne saignait presque plus, mais le risque d'infection n'était pas une vue de l'esprit. Ils étaient à des kilomètres d'un hôpital, et elle devait absolument retirer la balle pour éviter que sa présence ne cause plus de dommages. Une fois le périmètre sécurisé, elle pourrait réenclencher le système d'alarme et s'occuper enfin de se soigner. Glissant de nouveau un bras dans son manteau, elle étouffa un grognement de douleur.

— Où vas-tu ?

Cette voix. *Sa* voix. Même après toutes ces années, son pouls s'emballait encore lorsqu'elle l'entendait. Comment était-ce possible ? Elle avait refoulé ses sentiments voilà bien longtemps, elle avait tracé sa route, guéri... Non ?

— Je dois m'assurer que le chalet est sûr.

Par les grandes baies vitrées, on voyait la nature, la montagne et la neige, à perte de vue. Le rideau d'arbres derrière lequel se dissimulait le chalet constituait une bonne couverture naturelle, mais le FBI avait mis en place des mesures de sécurité draconiennes quand il avait racheté l'endroit à son précédent propriétaire. Le Bureau n'avait pas lésiné : caméras, éclairage extérieur à détecteurs de mouvement, détecteurs thermiques... Mais tout cela avait pu être déréglé par les importantes chutes de neige de ces dernières semaines. Elle devait les vérifier avant de pouvoir laisser Benning et Olivia ici l'esprit tranquille. Ensuite, ils seraient en sécurité ici, mais sa tension ne s'atténua pas à cette idée. C'était une chose que de revenir à Sevierville pour chercher un garçonnet disparu, c'en était une autre que de devoir cohabiter dans une cache perdue au milieu de nulle part avec un ancien amoureux le temps qu'elle réussisse à localiser l'enfant. Elle avait besoin de mettre de la distance entre elle et lui, de clarifier ses idées. Retirant le chargeur de son arme, elle compta les cartouches qu'il lui restait, le remit en place, puis rengaina le pistolet.

— Je n'en ai pas pour longtemps. J'en profiterai pour appeler ma patronne. Je devrais pouvoir envoyer une équipe chez toi d'ici environ une heure.

— Ana, attends...

Son nom sur ses lèvres, murmuré... Elle ne put se résoudre à le regarder ; il ne devait pas deviner la bataille intérieure qu'elle livrait pour conserver une expression neutre.

— Il y a quelque chose que je voudrais que tu comprennes.

Une phrase courte. Dix mots, peut-être, mais qui suffirent à rallumer en elle cette petite étincelle d'espoir à laquelle elle s'était accrochée., Elle ne devait pas la laisser s'infiltrer à travers l'invisible barrière qu'elle s'était construite au fil des sept années passées et mettre en péril sa stabilité, conquise de si haute lutte. Elle ne pouvait pas permettre cela. Leur relation, si forte qu'elle ait été, était terminée.

Elle y avait veillé lorsqu'elle avait demandé à retourner à Washington, DC sans l'en informer.

— Mes enfants sont tout ce que j'ai, continua-t-il. Et je ne reculerai devant rien pour les protéger et pour récupérer mon fils.

Un pas en avant. Deux. Il réduisit l'espace qui les séparait jusqu'à ce que cette odeur de pin vienne de nouveau taquiner dangereusement ses narines.

— Même si je dois pour cela faire une entorse aux sacro-saintes règles qui régissent les investigations du FBI.

Qu'est-ce que cela pouvait bien vouloir dire ?

— Benning, c'est toi qui as fait appel à moi pour que je retrouve Owen. C'est ce que j'ai l'intention de faire mais, si tu veux que la personne qui l'a enlevé paye pour ce qu'elle a fait, il faut que tu me fasses confiance... et que tu ne me mettes pas de bâtons dans les roues.

Tournant les talons, elle referma les pans de son manteau pour bien s'emmitoufler, s'apprêtant à ressortir dans le froid. Là où était sa place – à l'extérieur, séparée de Benning et sa fille. Elle était l'étrangère que les circonstances avaient forcée à s'immiscer au sein de leur famille. Ce n'était qu'une affaire comme une autre. Autrefois, ils avaient parlé de fonder une famille, mais celle qui se trouvait dans ce chalet n'était pas la sienne. Elle ne le serait jamais. Elle ne retirait pas un mot de ce qu'elle avait dit durant le trajet : elle avait voué sa vie et sa carrière à la recherche des personnes disparues, et ce choix avait sonné le glas de leur relation. S'attacher aux victimes et à leur famille ne pouvait que la détourner de l'objectif final. Sept ans plus tôt, elle avait failli à son devoir en laissant ses émotions prendre le pas sur son travail, et une victime en avait payé le prix. Cela lui avait servi de leçon.

— Tu devrais te reposer, déclara-t-elle à voix haute. Vous avez vécu des moments difficiles, Olivia et toi.

Prise d'un accès de vertige, elle trébucha et se cogna l'épaule contre le mur.

— Tu n'iras nulle part dans l'état où tu es.

Une main solide s'insinua entre son bras et le côté de sa cage thoracique qui n'était pas blessé et la fit pivoter sur elle-même. Elle se retrouva plaquée contre un mur de muscles – mur qu'elle sentait d'autant mieux qu'il avait retiré sa chemise après avoir couché Olivia pour ne garder que le T-shirt qu'il portait en dessous. Elle appuya d'une main sur le torse de Benning pour le repousser, mais son corps massif ne bougea pas d'un pouce. Il avait gagné en musculature au cours de ces sept ans, le T-shirt à manches longues soulignait le relief marqué de ses biceps et de ses abdominaux. C'était sans doute en partie dû au fait qu'il vivait à la campagne, dans la propriété dont il avait hérité à la mort de ses parents. Il devait s'occuper lui-même du jardin, travailler la terre, ses paumes calleuses en étaient témoins. Et il était tellement plus grand qu'elle, avec son mètre quatre-vingt-cinq. Plus costaud aussi, même s'il n'avait jamais tenté de lui en remontrer. Ce genre d'attitude n'était pas dans son ADN. Il la libéra, lui donnant une chance de s'éloigner, mais elle était comme paralysée, là, contre lui.

— Le sang traverse le tissu de ton manteau.

— Oui, quand on reçoit une balle, en général, on saigne, rétorqua-t-elle, s'efforçant de faire bonne figure.

Mais un élancement se diffusa jusqu'à ses terminaisons nerveuses comme pour lui rappeler qu'elle avait une balle dans le côté. Entre la poussée d'adrénaline due à l'échange de tirs et le fait que chaque fibre de son être semblait vibrer à l'unisson de chacune de ses cellules, à *lui*, elle avait relégué au second plan les priorités physiques de sa personne. Mais elle ne pourrait pas s'acquitter convenablement de sa tâche si elle se mettait à saigner comme un goret dans cette cache perdue, en pleine montagne.

Il la guida jusqu'à la table de la salle à manger.

— Y a-t-il une trousse de premier secours quelque part ?

— Elle devrait se trouver dans le placard, sous l'évier, répondit-elle en tirant une chaise et en s'y laissant tomber, la main pressée sur sa blessure.

Il était temps. Elle sentait son pouls battre à ses tempes, la sueur perler dans son dos. Deux heures s'étaient écoulées depuis que la balle l'avait touchée, et son corps, apparemment, avait décidé qu'il avait patienté suffisamment longtemps.

Quelques secondes plus tard, Benning était près d'elle, la boîte surmontée d'une croix rouge et blanche à la main.

— Je peux extraire la balle et me soigner toute seule, dit-elle en plongeant la main dans la boîte.

— Je n'en doute pas, mais c'est à cause de moi et Olivia que tu as été blessée, coupa-t-il en lui prenant le désinfectant des mains. Le moins que je puisse faire est d'extraire cette balle et te soigner avant que tu ne t'évanouisses.

— Tu sais faire ?

— Owen a eu besoin de points l'an dernier après s'être ouvert l'arcade sourcilière en tombant contre cette vieille cheminée que j'aurais dû démolir il y a longtemps. Il ne s'est pas plaint de mes talents de couturier.

Une sensation de froid passa sur sa peau comme il nettoyait délicatement la plaie à l'antiseptique.

— Hum, marmonna-t-elle, dubitative. Mais un enfant de six ans est-il à même d'avoir un avis pertinent sur la question ?

— C'est vrai que ce qui le tracassait surtout, c'était de savoir s'il aurait une cicatrice.

Le silence retomba entre eux, chacun de ses gestes, chaque frôlement de ses doigts trouvant en elle une résonance un peu trop forte. Le rideau de ses cheveux masquait son visage, mais elle n'avait pas besoin de le voir pour deviner les pensées qui le traversaient. Tous les signes qui lui permettaient de lire en lui étaient depuis bien longtemps gravés dans sa mémoire.

— Pourquoi es-tu revenue ici ?

— Pardon ? Au cas où tu l'aurais oublié, c'est *toi* qui m'as sollicitée, répliqua-t-elle en étudiant les lignes, de part et d'autre de sa bouche.

Il était toujours aussi beau, mais il y avait une gravité nouvelle dans son regard désormais. C'était bien l'homme qu'elle avait quitté qui était assis, là, juste à côté d'elle, mais les sept années passées avaient laissé leur empreinte. Ses traits étaient plus accusés, plus rudes. Il avait eu à assumer seul la responsabilité d'élever des jumeaux tout en maintenant à flot son activité d'inspecteur en bâtiment. Elle ne pouvait qu'imaginer la pression qu'il avait dû sentir d'un coup peser sur ses épaules quand, du jour au lendemain, il avait perdu Lilly et s'était retrouvé avec deux nouveau-nés. Mais, en cet instant, à la façon dont il la contemplait et à la façon dont son propre corps réagissait au moindre de ses effleurements... C'était comme s'ils étaient seuls au monde. L'enquête, leur passé commun, tout cela refluait à l'arrière-plan, dans son esprit.

— Ton agresseur a peut-être frappé plus fort que tu ne le pensais, ajouta-t-elle.

— Tu aurais pu te défausser, laisser l'un de tes collègues se charger de l'enquête, répondit Benning en jetant les compresses souillées avant de puiser un paquet neuf dans la trousse de secours et de nettoyer la pince à longs mors avec laquelle il allait extraire le projectile.

Se levant, il déboucla sa ceinture, attirant tel un aimant le regard d'Ana sur ses cuisses puissantes moulées par le denim.

— Mais tu as accepté, continua-t-il, imperturbable, avant de lui tendre le ceinturon. Tiens, mords là-dedans.

Ana serra le cuir épais entre ses dents tandis qu'il écartait les bords de la plaie à l'aide de l'instrument. Elle s'efforça de se détendre, mais la douleur finit par avoir raison d'elle lorsqu'il délogea le corps étranger de sa chair. Ana ne put retenir un cri comme une insoutenable brûlure lui écorchait le flanc. Le plus dur étant passé, elle résista à l'envie primitive de s'incliner un peu plus pour le toucher. Elle recracha la ceinture.

— Et alors ?

Au fond, elle savait bien pourquoi elle était venue et n'avait pas cédé la place à un autre agent. Ce n'était pas pour se racheter. Pas seulement.

— Retrouver des victimes, c'est ma spécialité, Benning. Et je vais tout faire pour te ramener ton fils.

Il hocha la tête tout en préparant l'aiguille et le fil. Après avoir procédé à la suture d'un geste précis et rapide, il badigeonna de nouveau la plaie d'antiseptique, la couvrit d'une compresse stérile qu'il doubla d'un pansement adhésif puis il rangea tout le matériel et se redressa, la dominant de toute sa hauteur. Il lui sembla tout à coup plus intimidant, plus grand qu'il ne l'avait paru quelques minutes auparavant.

— Je sais. Parce que, si tu n'y parviens pas, c'est moi qui ferai regretter à ce salaud de ne pas m'avoir tué hier soir.

Il caressa du dos de la main le front d'Olivia. La bosse à l'endroit où elle s'était cogné la tête – sans doute quand elle avait sauté, ou été poussée, du SUV du ravisseur – avait dégonflé, mais elle luttait encore contre l'effet du sédatif. Elle semblait si petite, perdue au milieu des couvertures de flanelle rouge, dans ce grand lit. La poche de sérum physiologique reliée à l'intraveineuse était totalement vide désormais, et il la détacha délicatement du cathéter, avec sa tubulure, avant d'envelopper le poignet d'Olivia d'un pansement stérile, suivant scrupuleusement les indications qu'avait transmises le médecin. Comme le chalet ne comptait que deux lits, il partageait le sien avec Olivia, mais il n'arrivait pas à dormir. Imaginer Owen, seul, aux mains de ce salaud le taraudait. Il devait avoir tellement peur. Les yeux le piquèrent à l'idée que tout cela pourrait très mal finir. S'il restituait le crâne, quelles étaient les chances que le ravisseur relâche Owen ? Qu'est-ce qui le retiendrait d'arracher son jumeau à Olivia ?

— Tu ne dors pas ?

Le son feutré de sa voix se propagea en lui, tel un baume apaisant, dissipant le doute qui l'avait saisi. Ana s'avança jusqu'au pied du lit, ses bottes résonnant sur le parquet. Elle avait enlevé ses vêtements tachés de sang, et le holster d'épaule noir contenant son arme tranchait sur le blanc uni de son T-shirt. Il la regarda et, subitement, la réponse s'imposa à lui comme une évidence. Ana. Ana empêcherait cette crapule de détruire sa famille. Comme elle l'avait déjà fait pour tant d'autres. Elle contempla Olivia puis lui tendit une tasse remplie d'un liquide sombre et fumant.

— Elle prend toute la place.

La céramique était très chaude, mais il resserra son emprise autour du récipient au lieu de le tenir par son anse. Pour que le contact brûlant l'oblige à rester enraciné dans la réalité. Pour bien garder à l'esprit que, même si elle mettait tous ses sens en émoi, Ana était ici pour conduire son enquête, rien de plus. Il trempa ses lèvres dans le breuvage. Du déca.

— Mais tu voulais peut-être te joindre à nous ?

Sa boutade, qui s'était voulue innocente, provoqua un séisme en lui, faisant éclore beaucoup trop d'images tentantes.

— Ttt... Je crois que tu m'as suffisamment manipulée en extrayant cette balle.

Elle ponctua ses paroles d'un large sourire – celui-là même, un peu narquois, qu'il n'avait jamais pu oublier –, et tout son corps s'enflamma d'un coup, comme une torche. C'était l'une des choses qui l'avaient d'emblée séduit chez elle : son sens de la repartie, de l'humour, sa capacité à tout tourner à la dérision. Si noir que soit le contexte, elle avait toujours eu le don d'alléger l'atmosphère par un bon mot, et le vide qui s'était creusé en lui à la minute où il avait compris qu'elle l'avait quitté se combla un tout petit peu pour la première fois depuis des années. Contournant le lit, elle tira une chaise près de lui. Ses longs cheveux sombres scintillèrent dans la douce lumière de la lampe de chevet comme elle calait ses pieds sur le bas du matelas. Seraient-ils toujours aussi soyeux que dans son souvenir s'il les touchait aujourd'hui ?

— J'ai informé la DCT des derniers développements. La directrice a dépêché deux agents chez toi pour analyser la scène. Ce sont de bons agents, qui savent ce qu'ils font. Avec un peu de chance, ils trouveront quelque chose qui nous aidera à identifier le ravisseur.

Il n'avait pas besoin de consulter sa montre pour savoir combien d'heures il lui restait avant l'échéance qu'avait fixée ce dernier. C'était comme si le compte à rebours s'était imprimé dans son inconscient. Qu'il ne le quittait jamais, pas un instant. Les secondes s'égrenaient, le rapprochant inéluctablement du terme fatidique. Owen avait été enlevé près de neuf heures plus tôt. L'homme lui avait donné vingt-quatre heures pour restituer le crâne et toute autre preuve découverte avant que son fils ne paye le prix de son erreur. Les agents de la DCT réussiraient-ils à traiter la scène dans les temps ?

La terrible incertitude s'empara de nouveau de lui.

— Il faut que je rende ce crâne, déclara Benning en balançant les pieds par terre, mû par le besoin irrépressible de bouger, d'agir.

Il aurait dû être dehors, à sillonner les rues de la ville à la recherche de son fils, pas claquemuré dans une cache du FBI à imaginer le pire. Posant la tasse de café sur la table de nuit, il se passa les doigts dans les cheveux, repoussant les longues mèches qui effleuraient ses épaules, et alla se poster devant la grande baie vitrée. Ces montagnes, cette forêt qui se déployait à l'infini sous ses yeux ne faisaient qu'accentuer la sensation de solitude qui grandissait en lui. Le soleil avait amorcé sa descente derrière les Smoky Mountains. Et le temps filait, lui glissait inexorablement entre les doigts...

— Rien de tout cela ne serait arrivé si je n'avais pas fourré mon nez dans les affaires de Britland Construction. Je n'aurais jamais dû m'en mêler. Mon rôle est de veiller sur mes enfants, de les protéger et, au lieu de ça... Owen est retenu en otage par ma faute, tout ça parce que j'ai cru bon de jouer les détectives.

— Toi et moi, nous savons très bien que ce n'est pas parce que tu rendras le crâne qu'ils relâcheront ton fils. Tu représentes un risque beaucoup trop important.

Sa voix s'était infléchie, plongeant dans les basses pour apaiser l'anxiété qui le rongeait. Entendant remuer derrière lui, il se retourna et la vit qui posait elle aussi sa tasse. Puis, sans bruit, elle vint le rejoindre devant la baie vitrée.

Du menton, elle désigna Olivia dans le lit, mais il ne parvenait pas à détacher son regard d'elle.

— Tu vois cette magnifique petite fille ? C'est grâce à toi qu'elle est vivante, Benning. Tu as empêché qu'elle ne soit touchée dans ce parking et, si tu ne m'avais poussée par terre dans sa chambre, à l'hôpital, je serais peut-être morte à l'heure qu'il est.

Elle avait raison. Rendre ce qu'il avait pris ne garantissait pas qu'Owen lui reviendrait, mais le besoin impérieux d'agir le tenaillait.

— Je voudrais tellement être sur le terrain, le chercher moi-même.

— Je comprends et je sais que c'est frustrant de devoir rester ici en ayant l'impression de ne pas être utile, mais tu es exactement là où tu dois être, je t'assure.

Sa main vint se poser sur son avant-bras, et un dangereux mélange de chaleur et d'électricité courut sur sa peau. Son parfum grisant réveillait tant de souvenirs… Il dut faire appel à toute sa volonté pour ne pas céder à la tentation.

— On va retrouver ton fils. Ensemble.

Son assurance, combinée à la douce pression de cette main sur son bras, ralentit les battements désordonnés de son cœur et, tout à coup, il prit conscience de façon plus aiguisée encore de sa proximité. Des longues mèches sombres qui encadraient ses joues, de sa lèvre inférieure légèrement plus renflée que celle du dessus et de la façon dont le mordoré de ses prunelles semblait s'être imperceptiblement assombri. C'était une femme forte, intelligente, sûre d'elle qui avait fait le choix de retrouver des disparus et de sauver des vies, sans compter que c'était l'une des personnes les plus intenses qu'il ait jamais rencontrées. Elle était… admirable. Intègre. Observatrice. Bref, tout ce qu'il attendait d'une partenaire de vie. Le regard de Benning s'abaissa vers les ongles rouge foncé sur sa peau. Oui, elle était tout ce qu'il avait rêvé de trouver chez une femme… jusqu'à ce qu'elle le quitte sans un mot.

— Dis-moi pourquoi j'ai dû découvrir par moi-même, après ton départ, que tu avais demandé ton transfert à Washington.

La main abandonna son bras, l'exquise chaleur de son contact aussitôt remplacée par le froid qui pénétrait la paroi vitrée à sa droite. Tournant son ensorcelant regard vers sa fille, dans le lit, elle recula d'un pas.

— Benning, on n'est pas obligés d'évoquer ça maintenant.

— J'ai eu peur que tu ne sois morte.

Le vide qu'il s'était tant escrimé à combler ne cessait de se creuser depuis qu'elle était entrée dans cette chambre d'hôpital, et cela lui devenait insupportable.

— J'ai appelé la police, les hôpitaux, le FBI, tous ceux qui étaient susceptibles de savoir où tu étais. Je t'ai cherchée sans discontinuer pendant trois jours entiers, Ana. Trois jours pendant lesquels je n'ai reçu ni appel, ni SMS... Rien.

Il se força à prendre une grande inspiration avant que la conversation ne réveille sa fille.

— Je me suis réveillé un beau matin et... tu n'étais plus là. Je veux savoir...

— Mon partenaire avait trouvé son corps.

Une dureté nouvelle s'était invitée sur son visage, dans sa voix qui s'était abaissée dans les graves. Pas d'émotion. Pas la moindre trace de remords. En une seconde, la femme avec qui il plaisantait quelques instants plus tôt s'était volatilisée. Il ne subsistait que l'agent fédéral froid, distant, détaché.

— Le corps de qui ? s'enquit-il, perplexe.

— Samantha Perry.

Ce nom... Pourquoi lui semblait-il familier ? La lumière se fit comme des bribes de souvenirs de sa première rencontre avec Ana remontaient à la surface. La première fois qu'il avait posé les yeux sur elle, elle faisait équipe avec un autre agent mais, si Benning n'avait pas gardé le souvenir de ce partenaire, il ne pouvait pas oublier Samantha Perry. Bon sang.

— L'adolescente que tu étais venue rechercher à Sevierville.

— On l'a retrouvée dans une ruelle, entre deux restaurants, à Knoxville, jetée là comme un vulgaire sac-poubelle trois mois après sa disparition, dit-elle, le regard posé sur lui mais comme absent. J'étais chargée de la retrouver. Je l'avais promis à sa famille. C'était une innocente gamine de quinze ans qui avait été enlevée au lycée par le concierge de l'établissement, Harold Wood. Mais on n'a pas pu prouver sa culpabilité. On a perquisitionné son domicile, fouillé sa voiture, passé le lycée au crible. Il n'y avait aucune trace d'elle, de ses vêtements, pas d'ADN, rien. Mais sa meilleure amie affirmait avoir vu Wood le jour de la disparition. Notre seul espoir d'épingler ce salaud était de retrouver le corps de Samantha, mais ça ne me satisfaisait pas. Je voulais la retrouver vivante. Et j'ai échoué.

Ana décroisa les bras et carra les épaules, le regard subitement brillant.

— Elle est morte parce que je n'avais pas la tête suffisamment à mon travail. Que je m'étais laissé distraire. Par toi.

L'estomac de Benning se contracta. C'était donc là ce qu'il avait représenté pour elle. Une… dis*traction* ?

— À la seconde où j'ai reçu cet appel, je me suis juré que plus jamais je ne laisserais mes émotions altérer mon jugement. Donc, oui, j'ai demandé ma mutation et, sitôt que je l'ai obtenue, je suis partie.

Elle s'avança d'un pas vers lui.

— Parce que chaque minute où ma concentration n'avait pas été ce qu'elle aurait dû être avait été une minute de calvaire pour Samantha. Elle avait été torturée, violée.

Son expression s'adoucit comme si elle ne pouvait plus tenir à distance la faiblesse et l'épuisement dus à la perte de sang. Elle semblait vaincue, tout à coup.

— Je ne peux pas vivre avec le poids d'une autre mort sur la conscience, Benning. Même pour toi.

4

Elle enserra plus fort la balustrade de bois fendillé qui bordait la terrasse, à l'arrière du chalet, le regard perdu dans l'obscurité. Les flocons de neige s'accrochaient à ses cheveux et aux manches de son T-shirt et la température avait brutalement baissé avec le coucher du soleil, mais leur échange l'avait tellement perturbée que son cœur battait encore la chamade. Elle avait bien sûr dû expliquer face à sa hiérarchie le rôle qu'elle avait joué dans ce retentissant fiasco, mais Benning était bien la dernière personne avec qui elle aurait cru avoir à l'évoquer de nouveau un jour. Mais, évidemment… elle n'aurait jamais cru non plus revenir un jour à Sevieriville.

La légende qu'elle avait inventée pour sa couverture n'était pas si éloignée de la vérité. Ses parents vivaient toujours heureux ensemble, même si ce n'était pas ici. Ils étaient retournés dans l'Ouest quelques années plus tôt, attirés par le climat et l'immensité du désert. Pour autant qu'elle sache, ses trois frères aînés devaient toujours travailler dans leurs agences fédérales respectives mais elle ne leur avait pas parlé depuis des années, et ce point d'ancrage lui manquait en ce moment. Elle avait besoin de se raccrocher à quelque chose – à quelqu'un – pour ne pas se laisser derechef entraîner vers le fond, noyée sous le poids de culpabilité contre laquelle elle luttait depuis sept ans. Sa famille avait bien essayé de l'aider à garder la tête hors de l'eau mais, à la fin, ils avaient compris qu'ils ne réussiraient pas à la convaincre que Samantha n'était pas morte par sa faute.

Ce n'était que lorsque Jill Pembrook, directrice de la DCT, l'avait approchée à Washington un an plus tôt – lui offrant une seconde chance – qu'Ana avait envisagé de revenir à moins de cent kilomètres de Sevierville. Parce que, même si son départ avait été motivé par une excellente raison, quitter Benning avait probablement été la décision la plus difficile de sa vie. Ce qui n'avait pas de sens : ils ne se fréquentaient que depuis quelques mois quand l'affaire Perry avait connu son tragique dénouement ; on ne fondait pas une relation durable en si peu de temps. Et pourtant, elle ne pouvait nier que ces quelques mois avaient tout changé.

La porte vitrée coulissante couina sur son rail métallique, mais elle n'eut pas le courage de lui faire face… Pas tout de suite. Se forçant à inspirer à fond, elle étudia les petites volutes d'air que ses expirations condensaient devant sa bouche. Quoi qu'il se soit passé entre eux et même si ses émotions étaient à fleur de peau lorsqu'elle était près de lui, il n'en restait pas moins qu'elle avait toujours une mission à accomplir. Les protéger, lui et ses enfants, et récupérer son fils sain et sauf. C'était là l'important.

— Tu ne devrais pas sortir à découvert, ni t'approcher des fenêtres, dit-elle sans se retourner.

— Tu es une espionne ? demanda une petite voix.

Ana pivota sur ses talons et découvrit Olivia enveloppée dans une couverture, pieds nus, debout sur le seuil. De jolies anglaises brunes s'enroulaient autour de joues rebondies et d'yeux bleu vif. La neige fondait autour de ses doigts de pied aux ongles violets, et Ana vint s'accroupir devant la fillette pour se mettre à son niveau. Elle lui frictionna doucement les bras tandis que les grands yeux bleus la scrutaient avec curiosité.

— Qu'est-ce que tu fais là dehors, pieds nus ? Tu vas prendre froid.

Éluder une question directe en en posant une à son tour.

L'enfant pencha la tête sur le côté, l'air tout à coup plus âgée que ses six ans.

— En tout cas, on dirait bien que tu en es une.

— Non, je ne suis pas une espionne, répondit Ana sans pouvoir retenir un petit rire tout en plongeant la main dans sa poche pour en tirer son badge, qu'elle montra à l'enfant en souriant. Je suis agent fédéral… Tu vois ?

— Agent Ana Sofia Ramirez, FBI, lut lentement Olivia, un large sourire fendant sa frimousse contusionnée. C'est super, je n'en ai encore jamais rencontré en vrai, mais je sais ce qu'ils font. J'adore les histoires d'agents spéciaux. Et de détectives privés, aussi.

— Ah oui ? Lesquelles, par exemple ?

— Il y a une série sur une Sherlock Holmes fille qui résout des crimes, mais elle fait semblant d'être un garçon pour que la police ne sache pas que c'est elle.

Le plaisir d'aborder ce qui semblait être son sujet favori effaçait presque les cernes sombres sous ses yeux, qui se mirent à briller de fierté tandis qu'elle ajoutait avec animation :

— Je les ai tous lus. Plusieurs fois !

— Waouh. Tu sais déjà lire ?

— Oui, j'ai appris quand j'avais cinq ans.

— Bravo. Tu sais quoi ? J'ai un peu faim, j'ai envie de préparer des biscuits aux pépites de chocolat. Si tu m'accompagnes, tu pourras me parler de tous les livres que tu as déjà lus.

La fillette hocha la tête et resserra l'épaisse couverture dont le bas trempait dans la neige fondue autour de son petit corps. Refermant la porte coulissante, Ana balaya l'intérieur du chalet du regard, mais Benning n'était nulle part en vue. Elle n'était ni médecin ni mère, ce n'était pas à elle décider si Olivia était ou non autorisée à quitter le lit. Elle ne voulait surtout pas empiéter sur ses prérogatives parentales. Il existait suffisamment de tensions entre eux comme ça.

— Tu crois que ton papa aimerait en manger aussi ?

— Il est sous la douche, répondit Olivia en se tortillant pour monter sur l'un des tabourets hauts, devant le comptoir, la couverture glissant de ses épaules.

Sous la lumière, les bleus ressortaient davantage sur sa peau claire, et les points de suture posés sur l'entaille de sa tête semblaient plus prononcés. Dix heures s'étaient écoulées depuis qu'elle et son frère jumeau avaient été enlevés. Il lui en restait quatorze pour retrouver le garçonnet.

— Il ne sait pas que je suis réveillée, mais je ne voulais plus dormir.

— Je vois, dit Ana en rassemblant sur le plan de travail en granit de l'îlot central les ingrédients dont elle avait besoin et en tendant un fouet à Olivia. Je ne lui dirai pas que tu es debout alors que tu devrais te reposer si, toi, tu ne lui dis pas la quantité de pâte que j'aurai préparée pour les cookies, d'accord ?

— D'accord, acquiesça Olivia en prenant le fouet et en entreprenant de remuer le mélange d'ingrédients qu'Ana avait versés dans un saladier.

Les œufs, la farine et le sucre volèrent copieusement par-dessus bord, sur le comptoir, le rire argentin de l'enfant dominant le raclement du fouet contre le fond du saladier.

— OK. Doucement. Vas-y plus doucement, dit Ana en essayant de sauver ce qui pouvait l'être de la pâte.

Malgré ses recommandations, quelques secondes plus tard, la majeure partie de l'appareil était répandue sur le comptoir et le pyjama d'Olivia, et avait même éclaboussé ses propres cheveux, mais tant pis... Le seul fait de voir les yeux de la petite fille briller, après ce par quoi elle était passée, valait bien un désastre culinaire. L'instant suivant, elle vit Olivia soulever haut le fouet dégoulinant d'ingrédients non encore mélangés et la contempler d'un air malicieux.

— Oh non, non, non. Très mauvaise idée. Repose ce fouet. Olivia, si jamais tu me lances ça, je te préviens, tu...

Mais, d'un coup de poignet d'Olivia, un agglomérat grumeleux volait déjà de l'autre côté de l'îlot.

Elle reçut en pleine face les œufs gluants, sur lesquels vint se coller une pluie de farine et de sucre. Des lambeaux de pâte tombèrent sur son T-shirt immaculé et sur le sol. *Santa madre de...* Un grondement exagérément menaçant monta de sa gorge tandis qu'elle contournait l'îlot.

— Alors, là, si tu crois t'en tirer comme ça... Je venais juste d'enfiler ce T-shirt !

Plus réactive qu'Ana ne l'aurait cru, la petite diablesse sauta à bas du tabouret et détala en gloussant, le fouet à la main. Attrapant une spatule, Ana la chargea de pâte et projeta celle-ci à travers la cuisine. Stupéfaite, Olivia se figea.

— Droit dans le mille, proclama triomphalement Ana.

Une bataille rangée s'ensuivit, à coups de projections de pâte à biscuit, entrecoupée de rires, jusqu'à ce que toutes deux soient trop fatiguées pour poursuivre le combat. Elles se laissèrent tomber sur le sol, le dos calé contre l'îlot, et Ana, encore tout essoufflée, plaça le saladier contenant la pâte restante entre elles deux avec deux cuillères plantées dedans. Huit cents heures d'entraînement au tir et aux opérations tactiques, tout ça pour qu'une enfant de six ans mordue d'énigmes policières réussisse à l'épuiser ! Des lambeaux de pâte tombaient des portes des placards en face d'elles, mais le nettoyage pourrait bien attendre. Pour l'instant, autant se régaler.

— Eh bien ! Tu es une adversaire redoutable. J'ai bien peur d'avoir été touchée beaucoup plus souvent que toi.

Olivia enfourna une grosse bouchée de pâte en hochant la tête.

— Je gagne toujours quand on joue à se battre au pistolet Nerf gun avec Owen. Je vise mieux que lui.

Ana reposa sa cuillère. Elle avait été formée aux techniques d'entretien spécifiques aux enfants et elle repassa rapidement dans sa tête les protocoles qu'elle avait appris. Quand on tentait d'obtenir des informations d'enfants qui avaient été témoins d'un crime, il fallait toujours procéder par étapes. Elle avait déjà tissé un lien avec la fillette, mais il y avait de grandes chances qu'Olivia ne veuille pas – ou ne puisse pas du fait du choc qu'elle avait reçu à la tête – se rappeler comment les choses s'étaient passées.

— Est-ce qu'on peut parler de ton frère ? De ce qui est arrivé après que l'homme vous a emmenés ?

L'enfant cessa de mâcher et de se pourlécher les lèvres, les yeux bleus qui ressemblaient tant à ceux de son père perdant un peu de leur éclat. Glissant les talons sous ses fesses, elle plongea de nouveau sa cuillère dans le saladier. L'hésitation et la nervosité se lisaient maintenant clairement sur son visage.

— Je ne me souviens pas.

— D'accord...

Mais elle avait bel et bien l'air de dissimuler quelque chose.

— Tu sais, sans informations, même ton héroïne préférée, la Sherlock Holmes fille, ne pourrait pas résoudre une affaire. J'aimerais vraiment retrouver ton frère... pour ton papa et toi. Ce n'est pas ce que tu veux ?

— Non !

La petite fille lança la cuillère de toutes ses forces et sauta sur ses pieds pour s'enfuir en courant, ses boucles brunes tressautant sur ses épaules.

— Olivia, attends ! cria Ana en se relevant.

— Olivia ? Qu'est-ce que tu fais debout, ma puce ?

La voix lénifiante de Benning précéda le reste de sa personne dans la cuisine. Il apparut, ses cheveux mouillés gouttant sur son torse nu, encore luisant d'humidité. Il s'accroupit pour attraper sa fille par la taille, vêtu seulement d'un jean, et le cœur d'Ana opéra une cabriole dans sa poitrine. Le regard bleu s'arrêta sur elle, soudain assombri.

— Qu'y a-t-il ? Que s'est-il passé ?

Éclatant en sanglots, Olivia enfouit la tête au creux de l'épaule de son père, sous le regard d'Ana, pétrifiée. La partie de rire qu'elles venaient de partager, la confiance de la petite fille... Tout cela, en six mots, fut réduit à néant.

— Je ne veux *pas* me rappeler !

Benning referma doucement la porte de la chambre d'Olivia. À force de cajoleries, il avait réussi à calmer ses pleurs mais rien ne pouvait apaiser son angoisse. Elle refusait de se souvenir de ce qui s'était passé quand son frère et elle avaient été kidnappés, et rien de ce qu'il avait pu dire ne l'avait convaincue qu'elle n'était pas responsable. Elle était fragile, et il n'avait pas voulu insister davantage de peur qu'elle ne craque de nouveau.

Attrapant le T-shirt qu'il portait avant d'aller se doucher, il retourna dans la cuisine pieds nus. Malgré la crise de sa fille, malgré la distance qu'il s'était juré de garder, il ne pouvait se sortir de la tête les paroles d'Ana. Elle se reprochait la mort de cette adolescente, sept ans plus tôt. Mais, au-delà de ça, elle l'en tenait lui aussi pour responsable. N'était-ce pas ce que cela signifiait quand elle avait dit que plus jamais elle ne laisserait ses émotions altérer son jugement ? Que les sentiments qu'ils éprouvaient l'un pour l'autre l'avaient « distraite » ? Ils avaient été deux à se lancer, bille en tête, à cœur perdu, dans cette relation, et cela le rendait aussi responsable qu'elle de son prétendu échec. Ils n'avaient passé que quelques mois ensemble, Ana et lui, mais ça avait été les moments les plus forts de toute sa vie. Il se rappelait chaque minute, chaque seconde, et le fait qu'Ana s'efforce de minimiser – de *discréditer* – ce qu'ils avaient partagé lui était affreusement douloureux.

Il s'immobilisa brusquement en sentant son pied s'enfoncer dans une substance molle. Croisant mentalement les doigts pour qu'il ne s'agisse que d'un peu de pâte à gâteau, il baissa les yeux. *Doux Jésus.* Il y en avait partout. L'îlot central était couvert de farine, de coquilles d'œuf, de sucre et de petits morceaux de chocolat ; par endroits, du blanc d'œuf gouttait de ses bords, s'étirant en filaments visqueux. Une pagaille indescriptible régnait dans la cuisine. Et, au milieu du champ de bataille, Ana s'affairait, s'efforçant de remettre de l'ordre dans le chaos. Malgré lui, il sourit en voyant sur le sol saupoudré de farine les empreintes des petits pieds nus de sa fille et celles, plus grandes, d'Ana.

— Est-ce que tu as gagné, au moins ?

— Même pas. Et c'est au perdant de réparer les dégâts, c'est bien connu.

Elle se retourna, repoussant les mèches de son visage. Des mèches auxquelles adhéraient des bouts de beurre et de la farine. Elle ramassa un saladier à demi rempli et garnit une cuillère de pâte crue qu'elle porta à ses lèvres et engloutit en roulant des yeux avec délectation. Le cœur de Benning sauta un battement. En cet instant, elle n'était plus l'agent fédéral chargé de retrouver son fils, mais la femme qui avait réussi l'exploit de redonner le sourire à sa fille. C'étaient les éclats de rire et les cris d'Olivia qui l'avaient attiré hors de la cabine de douche, et il n'était pas près d'oublier le spectacle qui s'était offert à sa vue : Ana pourchassant sa fille autour de l'îlot, une spatule pleine de pâte à la main, et Olivia courant, avec sur les lèvres ce sourire rayonnant qu'il craignait de ne pas revoir de sitôt après ce dont elle avait été témoin. Pendant ces quelques secondes, le kidnapping, le crâne dissimulé chez lui, la raison pour laquelle Ana avait reparu dans sa vie... Tout avait été gommé. L'espace de quelques instants, il avait eu un aperçu grandeur nature du fantasme qu'il avait élaboré dans sa tête : celui d'une famille – *sa* famille. Au complet, unie, heureuse.

— Rien que pour ça, ça vaut la peine d'avoir perdu, commenta-t-elle avec gourmandise, la bouche pleine. Je t'en proposerais bien, mais c'est tellement bon que je préfère m'abstenir.

Baissant les yeux, l'éponge à la main, elle considéra son T-shirt tout taché, et Benning ne put s'empêcher de suivre du regard les courbes fuselées de son corps élancé et tonique. Une bouffée de chaleur le submergea comme, tout à coup, le passé venait se confondre avec le présent. Le contact de sa peau contre la sienne, la précision avec laquelle il avait mémorisé chacune de ses cicatrices, chacun de ses grains de beauté. Elle n'avait pas beaucoup changé... Si ce n'est qu'il trouvait Ana Sofia Ramirez encore un peu plus belle, plus... attirante.

— Même si je dois avouer que je ne m'attendais pas à finir dans ce piteux état, acheva Ana.

— Oui, visiblement, elle ne t'a pas ménagée.

À cloche-pied, il se dirigea vers l'évier pour nettoyer son pied. Essayant de centrer son attention sur le jaune d'œuf qui ornait son talon et non sur la réaction que provoquait en lui le simple fait de la regarder, il céda à l'envie de rire qu'il sentait monter en lui.

— Cette gamine m'a demandé, à quatre ans, de lui apprendre à utiliser mon fusil pour aider la police à arrêter les méchants ! À ce jour, le seul moyen que j'ai trouvé pour la calmer quand elle pique une colère, c'est de lui promettre de la laisser écouter un de ces podcasts de faits divers criminels. Elle adore l'idée de sauver des vies et d'arrêter les méchants et, aujourd'hui, elle vise mieux que tous les gens que je connais. Je suis sûr que, bientôt, elle me demandera de l'emmener au commissariat pour qu'elle puisse les aider à élucider l'une de leurs affaires.

— À son âge, ce n'est pas banal, en effet. Je pourrais peut-être l'emmener faire un tour au siège de la DCT, à Knoxville, un de ces jours, histoire qu'elle voie ce que font les vrais agents fédéraux.

Ana se tut, et Benning retint son souffle. Le *un de ces jours* ne lui avait pas échappé. Signifiait-il qu'elle ne disparaîtrait pas de leurs vies quand Owen serait revenu ? Son pouls s'accéléra.

Elle s'éclaircit la gorge comme si elle était gênée d'avoir fait une promesse qu'elle ne pourrait peut-être pas tenir. Comme celle qu'elle avait faite aux parents de Samantha Perry.

— Tu dois être fier d'elle. Elle fera un excellent agent quand elle sera grande.

— C'est son plus cher désir et c'est sûrement pour ça qu'elle t'a parlé comme elle l'a fait. Elle est très admirative de toi, de la profession que tu exerces, je l'ai vu.

Benning se redressa, la conversation qu'ils avaient eue tournant en boucle dans sa tête. Il jeta le papier absorbant avec lequel il s'était frotté le pied dans la poubelle, à côté de l'îlot.

— Moi aussi, d'ailleurs. Toi et tes collègues, vous volez au secours des victimes, vous sauvez des vies. Je sais que je t'ai déjà remerciée d'être venue, mais c'est sincère.

— Tu n'as pas besoin de me remercier, dit-elle, reportant son regard sur le comptoir, qu'elle se remit à nettoyer. C'est mon travail.

— C'est ce que ça représente pour toi ? Une mission comme une autre ? Parce que, pour moi, autant te dire que c'est nettement plus personnel.

Benning fit le tour de l'îlot, son torse nu touchant presque la peau de son bras. De sa main, il couvrit la sienne sur le granit, notant la façon dont elle retenait subitement son souffle. Sa chaleur se communiqua à lui, le pénétra jusqu'au plus profond de son être.

— Après ce que tu m'as dit de l'affaire Samantha Perry, je comprends combien ça a dû t'être difficile de revenir ici et, pourtant, tu fais comme si de rien n'était. Mais ce n'est pas le cas, n'est-ce pas ?

Il avait besoin de savoir. Les choses allaient-elles se passer entre eux comme la dernière fois ? Avait-il commis une erreur en réclamant son aide ?

Ses lèvres frémirent.

— Je...

Glissant les doigts sur le dos de sa main, il traça un chemin le long de son bras jusqu'à sa mâchoire et toute pensée cohérente l'abandonna. Il n'y avait plus qu'eux deux. La douceur de sa peau sans défaut, la garde invisible derrière laquelle elle se barricadait. Malgré tout ce qui s'était passé depuis le bref laps de temps qu'elle était revenue dans sa vie, il avait veillé à dissimuler son appréhension, ses doutes, sa colère afin de rester fort pour Olivia. Afin de lui montrer qu'il pouvait la protéger des menaces, être le père qu'elle et son frère méritaient d'avoir. Mais la présence d'Ana le dépossédait de tout cela. Auprès d'elle, Benning se sentait terriblement exposé, impuissant. Elle était là, en chair et en os, bien réelle ; elle n'était plus seulement un souvenir ou un fantasme. Il dut se faire violence pour s'écarter d'elle.

— Tu as encore de la pâte sur le menton.

Elle l'avait quitté parce qu'elle pensait que ses sentiments pour lui l'avaient empêchée de mener sa mission à bien, et il ne voulait surtout pas envenimer les choses. La vie de son fils était en jeu, cette fois. Ana leva les yeux vers lui, les épaules parcourues d'un léger frisson, et une certitude se fit jour en lui, s'arrimant aussi solidement dans son cœur qu'une ancre invisible. Quoi qu'il arrive, Ana lui ramènerait son fils en vie. Il devait s'accrocher à cet espoir. Croire en elle.

— Merci.

Une sonnerie retentit dans le silence de la pièce, mais elle ne bougea pas.

— Je crois que c'est ton téléphone, souligna-t-il au bout de quelques instants en reculant de nouveau d'un pas pour faire définitivement échec à la tentation.

C'était mieux ainsi. Parce que, s'il se passait quoi que ce soit, cela détournerait leur attention de l'enquête et c'était un risque qu'il ne voulait pas courir.

Ana tira son téléphone de sa poche en se passant une main dans les cheveux, ce qui ne réussit qu'à étaler les grumeaux de pâte qui y étaient accrochés.

— Tu as quelque chose pour moi, JC ?

L'agent qu'elle avait appelé de la voiture. Tous les sens de Benning s'affûtèrent. L'équipe envoyée chez lui avait-elle trouvé un indice permettant de savoir où était Owen ? Il éleva le T-shirt au-dessus de sa tête et l'enfila.

— La police de Sevierville est toujours sur place, mais je peux d'ores et déjà t'avertir que ça ne s'annonce pas bien.

Une tension soudaine remplaça l'accès de désir qui avait enflammé les sens de Benning. Qu'est-ce que ça voulait dire ? Des parasites vinrent brouiller la ligne mais, compte tenu de la proximité du chalet avec les Smoky, c'était déjà un miracle que la communication soit passée. Ils étaient à deux heures de la ville, sans rien ni personne à des kilomètres alentour, encerclés seulement par les arbres, la montagne et la nature.

Trois plis distincts se creusèrent entre les sourcils d'Ana.

— C'est-à-dire ?

— On a fouillé la propriété et trouvé la vieille cheminée extérieure dont tu nous avais parlé, déclara JC. On aurait difficilement pu la manquer étant donné qu'elle était en feu. La mauvaise nouvelle, c'est que ce n'est pas le crâne dont tu nous as envoyé la photo qu'on a retrouvé à l'intérieur...

— Quoi ? s'exclama Benning. Comment est-ce possible ? Personne ne savait que je l'avais caché là.

— Une fois l'incendie maîtrisé, reprit JC, le médecin légiste a découvert dans le foyer un squelette entier. Malheureusement, vu son état, il va être pratiquement impossible de l'identifier tout de suite.

Le fumier s'était servi d'un accélérant.

L'agent JC Cantrell avait beau se protéger le nez et la bouche dans le creux de son coude, l'odeur d'essence était si forte qu'elle lui brûlait presque les narines. Lorsqu'il raccrocha, les techniciens de scène de crime avaient précautionneusement sorti les restes calcinés de la cheminée en brique cachée au fond de la propriété de Reeves, sur une partie du terrain recouverte d'arbres.

Bon sang, s'ils l'avaient localisée si rapidement, c'était uniquement parce qu'elle était en feu, ce qui signifiait que non seulement leur suspect non identifié avait enlevé les enfants de Benning Reeves la veille, mais qu'il était revenu aujourd'hui pour faire le ménage derrière lui. À supposer que les deux crimes soient le fait d'un seul et même individu. Des panaches de fumée noire et irritante s'élevaient encore dans les airs. C'était un miracle que l'incendie ne se soit pas propagé à la végétation alentour, mais cela avait sans doute été le cadet des soucis de celui qui avait craqué l'allumette. Tout ce qu'il voulait, lui, c'était détruire des preuves. Et, à en juger par l'état des os carbonisés présentement en train d'être placés dans des sachets en plastique, l'objectif avait peut-être bien été atteint.

Il examina les brunissures qui marquaient les briques rouge foncé du foyer. L'essence flambait à partir de deux cent cinquante degrés mais, compte tenu de l'accumulation de chaleur des briques réfractaires et de la présence de métal, il était à craindre que les données dentaires, les empreintes et l'ADN n'aient été détruits. Or, sans identification du squelette, les chances de retrouver le garçonnet s'amenuisaient considérablement.

Suivant les instructions de JC, la police de Sevierville avait délimité un large périmètre autour de la scène, mais des officiers et des techniciens s'affairaient sur l'ensemble de la propriété. L'habitation en elle-même avait déjà été examinée et la scène fixée, mais le traitement des extérieurs prendrait plus de temps – et l'analyse des éventuels indices matériels relevés davantage encore. Surtout ici. Les petites bourgades de ce genre connaissaient ponctuellement des cas de crimes violents, mais il était clair que cette affaire-ci allait faire exploser les statistiques de Sevierville. Quelqu'un avait brûlé un corps dans cette cheminée, conscient que les restes seraient retrouvés, mais il n'avait pas voulu que la victime puisse être identifiée, d'où le recours à l'accélérant. Il ne restait plus désormais qu'à attendre les résultats du labo. Avec un peu de chance, l'équipe scientifique pourrait peut-être malgré tout extraire une trace d'ADN de la moelle épinière et ainsi permettre de coincer le tueur. Et, ce jour-là, JC serait là.

Il nota que les os d'une main que le médecin légiste venait de ranger dans un sachet avaient été raccourcis. Il se tourna vers Evan Duran, l'expert ès négociations de la DCT.

— Tu as vu ça ? On dirait que notre homme n'a pas ménagé sa peine pour s'assurer qu'il ne subsisterait aucune empreinte. Il a coupé la dernière phalange des doigts.

— Oui, il sait ce qu'il fait, c'est certain. C'est pour ça qu'on n'a pas pu exploiter le micro posé dans la chambre d'Olivia ni trouver trace du véhicule utilisé pour l'enlèvement sur les vidéos de surveillance. Et, au vu de l'emploi d'un accélérant, je dirais qu'on a affaire à un individu qui connaît les notions de base de la criminalistique et de l'analyse d'une scène de crime.

Duran se redressa et s'éloigna lentement de l'épicentre de la scène, le regard rivé au sol. Cette affaire, décidément, mettait toute la DCT sur les dents, songea JC. Bon sang, il n'osait même pas penser à ce que devait éprouver Ramirez, forcée de collaborer avec un ancien amant pour retrouver le fils de celui-ci. Mais, pour Duran aussi, cette enquête touchait une corde sensible. La jeune sœur du négociateur avait été kidnappée devant le domicile familial alors qu'il n'avait que dix ans et était trop jeune pour intervenir, et c'était à cause de cet événement qu'il portait un intérêt particulier à cette affaire. Il ferait le maximum pour aider à ramener Owen Reeves à son père. Ils feraient tous de leur mieux. JC vit une ombre durcir soudain les traits latinos de Duran comme il désignait du menton deux traces parallèles dans la boue.

— Seulement, si malin qu'il soit, il n'a pas été assez prudent.

— Qu'est-ce que tu as ? interrogea JC en faisant un détour pour se rapprocher sans contaminer ce que Duran avait trouvé.

Ralentissant le pas, il suivit du regard les profonds sillons qui, partant de la maison, creusaient la neige et la gadoue - probablement la trace des talons de la victime quand il l'avait traînée. Soudain, un éclat brillant retint son attention, lui faisant oublier le froid qui commençait à pénétrer l'épaisse couche de ses vêtements. JC enfila une paire de gants en latex. C'était un bijou, en argent ou en or gris, à moitié enfoncé dans la neige - une breloque en forme de balance, symbole de la justice, dont l'anneau était largement ouvert, comme si elle avait été arrachée à un collier ou un bracelet. Il glissa le doigt sur l'écran de son téléphone et prit une photo avant de sortir un sachet en plastique de sa veste. Pinçant l'objet entre l'index et le pouce, il le laissa tomber à l'intérieur.

— Ça, ça pourrait bien nous aider à identifier la victime, souligna Duran.

— Le médecin légiste n'a pas signalé la présence de bijoux fondus sur les os. La température de combustion de l'essence est élevée, mais pas assez pour faire disparaître l'argent ou l'or.

JC se releva, étudiant la pendeloque dans sa paume. Le soleil perçait encore au travers des arbres, se reflétant sur le métal terni, mais la lumière déclinait. Encore une heure, et la police de Sevierville devrait installer des projecteurs, ce qui compliquerait les recherches.

— Ce qui veut dire que cette breloque venait d'ailleurs.

Mais d'où ? Une autre victime ? Étaient-ils sur le point de découvrir d'autres corps ? JC envoya la photo à Ramirez puis promena le regard sur les arbres, autour d'eux. Curieusement, il ne parvenait pas à se défaire de l'impression que leurs moindres faits et gestes, chacune de leurs découvertes étaient observés.

La vibration de son téléphone le ramena à la réalité, et il prit l'appel de Ramirez.

— Ça y est ? Tu as reçu la photo ?

— Où était cette breloque ?

Un mélange d'extrême tension et de panique imprégnait sa voix. Subitement, tout parut se ralentir autour de JC. Ramirez n'était pas du genre à laisser transparaître ses sentiments, mais la vue de cette breloque l'avait sérieusement ébranlée.

— Tu la reconnais.

Ce n'était pas une question. Il croisa le regard de Duran, les cheveux commençant à se dresser sur sa nuque.

Une seconde passa. Puis deux.

— Ramirez ?

— Oui… Je la reconnais. Elle appartenait à une adolescente de quinze ans dont le corps a été retrouvé quelques mois après sa disparition, à Sevierville. Samantha Perry. J'étais l'un des agents chargés de la retrouver.

5

Ce n'était pas possible. Ce bijou ne pouvait *pas* se retrouver sur cette scène de crime. À moins que… Elle leva les yeux vers Benning, serrant son téléphone à s'en faire blanchir les phalanges.

— Fouillez le reste de la propriété. Partout. Centimètre carré par centimètre carré, s'il le faut. J'ai besoin que ce crâne soit retrouvé et la victime, identifiée. Tout de suite.

Elle coupa la communication, avec l'impression que le sol tanguait violemment sous ses pieds. Ou peut-être l'apparente intrusion d'un tueur familier dans cette affaire menait-elle sa raison au bord d'un abîme inconnu. Elle n'en savait rien et elle s'en moquait. Le FBI avait recherché l'assassin de Samantha pendant sept ans sans trouver la moindre piste, la moindre preuve, pas même une scène de crime exploitable. Rien. Jusqu'à maintenant. Ce ne pouvait pas être une coïncidence. Elle lutta pour se ressaisir, le souffle court.

— Ana ?

Son nom, prononcé par cette voix grave et séduisante, teintée d'anxiété, réussit à transpercer la barrière qui s'était subitement dressée entre elle et le reste du monde.

— Que se passe-t-il ? Dis-moi.

— Est-ce que tu as déjà vu cette breloque ? Est-ce qu'elle pourrait appartenir à Olivia ou à une de ses amies ? questionna-t-elle en orientant l'écran du téléphone vers lui.

— Non. Le seul bijou que possède Olivia est un collier de perles qu'elle a fabriqué elle-même. Et je ne laisse pas les enfants et leurs amis aller jouer aussi loin de la maison, dans les bois. Surtout depuis qu'Owen s'est blessé à la tête sur cette cheminée.

— Les agents Cantrell et Duran ont trouvé cette breloque de bracelet chez toi, près de la scène de crime. L'adolescente qui a disparu à l'époque où nous étions...

Non. Ce n'était pas le moment d'évoquer le passé, même si l'envie était forte de chercher réconfort dans la cage de ses bras. Elle ne pouvait pas se permettre de laisser le passé lui dicter sa conduite présente.

— Samantha Perry, reprit-elle. Elle en avait une exactement identique. Elle et sa meilleure amie portaient les deux mêmes. Seulement, Samantha ne l'avait plus quand on a retrouvé son corps. Le bracelet était toujours là, mais la breloque avait été arrachée.

Il lui prit l'appareil des mains. Ce faisant, sa paume légèrement calleuse effleura le bord de sa main mais, alors que son corps avait immédiatement réagi à son contact quelques minutes plus tôt, rien de tel ne se produisit cette fois – comme si elle était subitement hermétique à toute sensation.

— C'est le signe de zodiaque des Balance. Les deux filles étaient nées le même jour. Ces breloques symbolisaient leur amitié.

Quelles étaient les chances pour qu'une autre breloque, exactement semblable, fasse surface maintenant, alors qu'Ana était de retour à Sevierville ?

— Mon partenaire et moi étions d'avis que l'assassin de Samantha avait dû le garder comme trophée, mais on n'en avait pas la preuve. Harold Wood avait disparu des radars du FBI. Il avait quitté son travail à l'école et il n'a plus jamais été revu par ses voisins ni sa famille. Sept ans d'enquête, et il n'a jamais pu être localisé.

— Et cette breloque reparaît alors que quelqu'un a brûlé un corps dans ma propriété.

Il lui rendit le téléphone qu'elle prit sans réagir, l'esprit comme engourdi. Très pâle, ses cheveux mouillés gouttant sur ses épaules, Benning s'éloigna de quelques pas et continua :

— Tu crois que l'homme qui a tué Samantha Perry a quelque chose à voir avec le kidnapping d'Owen ?

Il repoussa en arrière ses mèches assombries par l'eau.

— Cette victime qu'ils ont retrouvée… Est-ce que… Tu penses que ce pourrait être… ?

— Non.

Le voyant vaciller, elle se précipita vers lui et agrippa ses épaules musclées. *Infierno.* Elle refusait d'envisager que son fils de six ans puisse être entre les mains d'un psychopathe sans pitié, mais elle ne pouvait écarter aucune éventualité pour le moment. Ce bijou avait été découvert chez Benning, près d'une cheminée contenant des restes humains. Les chances qu'une breloque de ce modèle précis apparaisse par hasard non pas dans une mais deux enquêtes dont elle était en charge étaient minces, mais l'idée qu'Owen Reeves ait pu être kidnappé par le monstre qui avait tué Samantha Perry… La nausée lui souleva l'estomac. Elle chercha son regard, puisant en elle toute l'assurance dont elle était capable.

— Ce n'était pas ton fils, Benning. L'agent Cantrell m'a dit que les restes étaient ceux d'un adulte. Owen est toujours en vie et il a besoin de notre aide.

— Mais enfin, pourquoi quelqu'un aurait-il enlevé le crâne de cette cheminée pour y mettre un autre corps ?

Son regard bleu se fixa sur elle, ses épaules massives se soulevant et s'abaissant rapidement.

— Tu as dit que tu voulais obtenir sans délai l'identification de la victime. Tu as déjà une idée de son identité.

Elle inclina la tête. Après toutes ces années, comment pouvait-il encore lire aussi bien en elle ? Comment un seul de ses regards pouvait-il lui faire oublier la raison pour laquelle elle était partie ? Elle déglutit avec quelque difficulté pour lutter contre l'envie de se laisser aller contre lui, pour se convaincre que la troublante pression qui lui nouait les entrailles n'était rien d'autre qu'une réaction biologique somme toute normale, provoquée par une situation d'intense stress et qu'elle n'avait rien à voir avec l'homme qui se trouvait devant elle. Ana s'obligea à laisser retomber ses mains pour ne plus sentir la chaleur trop familière, trop prometteuse de sa peau.

— Tu as dit que ta baby-sitter aurait dû être ici avec les enfants quand tu es rentré. Le tueur l'a peut-être kidnappée en premier. Il a pu profiter de l'existence de cette cheminée extérieure pour se débarrasser du corps. Ou alors... La meilleure amie de Samantha possédait le même bracelet. Elle serait adulte aujourd'hui. Si la breloque n'est pas celle de Samantha, alors, étant donné que c'est son amie qui nous a mis sur la piste de Harold Wood, il est possible qu'il soit revenu ici, à Sevierville, pour faire une autre victime. Claire. Quoi qu'il en soit, il y a de grandes chances pour que celui qui a enlevé Owen ait aussi le crâne en sa possession.

Il poussa un grand soupir, qu'Ana sentit courir sur sa peau.

— À t'entendre, ce type est un tueur en série.

— Ce qu'on sait, c'est que quelqu'un a dissimulé ce crâne dans un mur, sur l'un des chantiers de Britland, s'est servi de tes enfants comme d'une monnaie d'échange parce que tu as trouvé ce crâne et qu'il s'efforce maintenant d'achever le travail en détruisant toutes les preuves.

De son point de vue, ça ne ressemblait pas au plan d'un tueur en série. D'autant que sept ans s'étaient écoulés entre les deux affaires et que le mode opératoire était différent. Mais rien n'expliquait le nombre de victimes non identifiées dans cette enquête ni la présence de la breloque chez lui. Les actes – apparemment incohérents – de ce tueur semblaient indiquer quelque chose de bien plus dangereux.

— Je pense qu'il tient désespérément à effacer ses traces, et qu'il est prêt à éliminer toute personne se dressant en travers de son chemin.

— Moi, tout ce que je veux savoir, c'est ce que je dois faire pour récupérer mon fils.

— On va commencer par le début. Retrouver le crâne. Si on parvient à découvrir comment et pourquoi la victime a fini dans ce mur, on trouvera le responsable.

Son téléphone se mit à vibrer, annonçant l'arrivée d'un

nouveau SMS de JC. Des photos de la scène de crime. Elle les passa rapidement en revue, se demandant comment ces restes avaient atterri là. Il lui fallait supposer que celui qui avait mis le feu avait voulu détruire toutes les preuves en même temps. Elle aurait voulu être sur place, voir de ses yeux la scène, agir pour faire avancer l'enquête. Mais Benning et sa fille étaient toujours en danger et sa place était ici. Elle réussirait pour eux là où elle avait échoué pour Samantha. Elle les protégerait.

Elle étudia les clichés plus attentivement. Le feu avait probablement détruit toute chance d'exploiter l'ADN des restes retrouvés, donc l'identification de la victime serait sans doute problématique, pour ne pas dire impossible. Cependant, la légère décoloration sur certains fragments du crâne – absente du reste du squelette – retint son attention. La marque d'un traumatisme provoqué par un objet contondant. La photo que Benning avait prise du crâne qu'il avait trouvé lui revint à l'esprit. Le propriétaire du crâne du site de construction avait été tué par une balle en plein front, pas par un coup porté à l'arrière de la tête. Encore une différence dans le mode opératoire.

— Le crâne que tu as trouvé… ? À quoi ressemblait-il quand tu l'as extrait du mur ?

Il vint se poster à côté d'elle.

— Tu veux dire, hormis le fait qu'il était désolidarisé du reste du corps ?

— Je veux dire, y avait-il des traces de sang ou de moisissures, par exemple ?

Elle n'était pas formée à la médecine légale, mais le plus infime détail pouvait les aider à déterminer le temps durant lequel le crâne était resté derrière ces plaques de plâtre, voire l'endroit où la victime était morte.

— As-tu remarqué une odeur particulière ?

— Eh bien, disons qu'il avait l'air d'être là depuis un bon moment, déclara-t-il en se massant la nuque. Le bâtiment dans lequel je l'ai trouvé est situé sur l'un des projets en cours de Britland Construction. J'ai découvert que le chantier était suspendu depuis près de cinq ans à cause de tous les règlements de litiges auxquels la société est confrontée.

— Si bien que le crâne aurait pu être emmuré là n'importe quand, il y a quelques mois ou des années.

Au bout d'un certain temps, les corps en décomposition libéraient des gaz sous l'effet des enzymes des bactéries. Celui qui l'avait caché là avait dû chercher un moyen de masquer l'odeur... et jeter son dévolu sur ce bâtiment apparemment laissé à l'abandon, pensant que personne ne trouverait jamais la tête. Mais Benning s'était mis à enquêter sur Britland. En approchant la vérité d'un peu trop près, il s'était accroché une cible dans le dos et le tueur était aussitôt passé à l'action pour protéger son secret. Oui, ça se tenait, mais rien de tout cela n'expliquait le lien possible avec l'affaire Samantha Perry.

— Je vais commencer par examiner les registres du personnel de Britland et vérifier les antécédents des employés. S'il s'avère que c'est lié à l'un d'entre eux, ça me permettra de réduire la liste des suspects.

Et de découvrir comment cette breloque s'était retrouvée sur le terrain de Benning. Se rendant tout à coup compte de sa proximité, elle rentra la tête dans le menton, rangea son téléphone dans sa poche et s'éloigna, l'air de rien. Pour faire bonne mesure et bloquer l'attraction viscérale qu'il provoquait en elle, elle empoigna l'éponge et le chiffon qu'elle avait utilisés pour nettoyer les dégâts causés par la bataille de pâte à gâteau et les jeta dans l'évier. En vain.

Elle n'était ici que depuis quelques heures, mais ces quelques heures avaient suffi pour tout effacer... Leurs longues années de séparation, la distance qu'elle avait délibérément creusée entre eux, sa complète et totale implication professionnelle. Même si elle détestait l'idée qu'il l'émeuve encore comme au premier jour après toutes ces années – après tous les efforts qu'elle avait fournis pour enfouir leur histoire au fond de sa mémoire –, l'alchimie qui les poussait l'un vers l'autre était plus puissante que jamais. Mais il était hors de question qu'elle coure le risque d'y céder quand cela pouvait compromettre sa capacité à donner le meilleur d'elle-même dans son travail.

— Avec un peu de chance, le médecin légiste réussira peut-être à établir l'identité et la cause de la mort de la victime de la cheminée d'ici à quelques heures.

Elle se dirigea vers le sac qu'elle avait posé près de la porte, en sortit son ordinateur portable. Consulter les dossiers du personnel de Britland, identifier la victime brûlée dans la cheminée, trouver son fils. Rien d'autre ne comptait. Ils avaient déjà perdu suffisamment de temps. Elle ne voulait plus se laisser distraire par quoi que ce soit.

— Ana, attends.

Les doigts légèrement râpeux encerclèrent son bras, la firent pivoter sur elle-même, et elle se retrouva face à lui. Il ne bougeait pas, son souffle se mêlant au sien. Le cerveau d'Ana enregistra le mouvement de sa main libre qui migrait vers sa taille, mais sa pensée s'arrêta là, réduite à néant par la chaleur inquisitrice de ses doigts.

— Je...

Son hésitation se refléta dans le bleu, soudain plus profond, de ses yeux.

Puis sa bouche descendit vers la sienne.

Il sentit le dos d'Ana se rigidifier sous ses doigts, et toutes les fibres de son être s'insurgèrent, s'unissant en une protestation muette. Mais, au lieu de se dégager, la femme qui l'avait quitté sept ans plus tôt soupira d'aise contre ses lèvres. Cet imperceptible son ne fit qu'attiser le désir dévorant qui se déversait tel un torrent de lave dans ses veines. Elle était telle que dans son souvenir. Douce mais forte, décomplexée et franche, sûre d'elle tout en redoutant l'échec. Ana était le genre de femme qui, confrontée à la bataille, livrait une guerre totale, une combattante qui ne reculait jamais, ne baissait jamais pavillon. Et il avait eu beau faire pendant toutes ces années, il n'avait jamais pu se la sortir de la tête. Et, maintenant qu'elle était là et qu'elle se démenait pour retrouver son fils, il n'était même pas sûr d'avoir encore envie d'essayer.

Il se fraya un chemin entre ses lèvres et, comme elle s'arquait contre lui, un flot de sensations familières le submergea. Ses ongles s'enfoncèrent dans ses cheveux, lui griffant doucement le crâne, et ce fut l'instant de bascule. Soudain, il n'y eut plus qu'elle, la rapide pulsation qu'il voyait battre à la base de son cou, son parfum sensuel, sa faculté à lui faire d'un sourire oublier toutes les années de doute et de solitude. Ses muscles fuselés jouaient sous ses doigts, se contractant et se relâchant, tandis qu'il explorait l'étendue soyeuse de son dos. Les choses avaient changé entre eux. Chacun d'eux avait suivi sa route, s'efforçant de tourner la page, d'oublier ce qu'il y avait eu entre eux, mais ce qui était en train de se passer en ce moment – la sensation retrouvée de sa peau contre la sienne, la saveur de sa bouche –, tout cela lui avait manqué. *Elle* lui avait manqué, plus même qu'il n'avait voulu se l'avouer. Il avait fait de son mieux pour que son mariage avec Lilly marche, il aimait ses enfants plus que tout au monde, mais les dégâts qu'avait causés Ana en l'abandonnant n'avaient jamais guéri. Son départ avait creusé un abîme sans fond en lui. Jusqu'à maintenant.

— Ana...

— Nous ne...

Elle appuya la main sur son torse, juste à l'emplacement du cœur. Levant ses yeux vert et noisette vers lui, elle balaya du pouce quelque chose de sa lèvre inférieure, et un frémissement courut sur sa peau. Mais deux mots avaient suffi. Deux tout petits mots, qui lui avaient fait reprendre pied dans la réalité, se rappeler que des vies étaient en jeu. À commencer par celle de son fils. Ana reposa les talons au sol puis recula d'un pas, pressant le dos de sa main sur sa bouche avec, dans l'expression, un mélange de regret et d'horreur qui lui broya le cœur. Elle baissa les yeux.

— Nous ne pouvons pas faire ça, Benning.

— Je sais.

Un sentiment d'effroi l'envahit. Elle avait raison. Ils ne

pouvaient pas faire ça. À cause de l'enquête. Du fait qu'elle était persuadée d'être responsable de la mort de cette jeune fille, en raison de ses sentiments pour lui. Il se demanda ce qui lui avait pris de se conduire ainsi. Mais la réponse était simple... Il n'avait tout bonnement pas pu garder ses distances ne fût-ce qu'une fraction de seconde de plus.

Pendant toutes ces années, il s'était contrôlé. Il avait enfoui ses sentiments pour elle dans les replis de son cerveau et de son cœur, s'était évertué à oublier la jeune recrue du FBI qui avait fait voler son monde en éclats. Il s'était concentré sur ses enfants et sur son activité, mais rien n'y avait fait. Chacune des minutes qu'ils avaient passées ensemble s'était imprimée en lui et avait laissé sa marque indélébile.

Pendant tout ce temps, il avait ignoré les appels du pied de la gent féminine, décliné les propositions de rendez-vous, les invitations à boire un café ou à déjeuner sous prétexte de protéger ses enfants et de leur éviter le traumatisme d'une nouvelle défection féminine dans leurs vies. Il s'était interdit de s'attacher par peur d'une nouvelle désillusion, mais, à bien y réfléchir, il n'avait fait, de manière détournée, qu'attendre le retour d'Ana dans sa vie. Et maintenant qu'elle était là, elle était plus inaccessible que jamais. Il partit d'un petit rire bref.

— Tu as raison. Je suis désolé. Tu as été on ne peut plus claire : tu n'éprouves rien pour moi.

— Tu dis ça comme si je n'avais rien ressenti pour toi quand nous étions ensemble, contra-t-elle.

Il rejeta les épaules en arrière.

— Ah bon, c'était le cas ? Eh bien, tu l'as bien caché, en me quittant comme tu l'as fait au beau milieu de la nuit.

Les bras le long du corps, Ana serra les poings. Son expression se ferma, comme si une ombre avait soudain gommé les émotions qui s'y lisaient quelques instants plus tôt.

— Mon travail, c'est de sauver des vies, Benning. Je m'efforce de rendre le plus de victimes possible à leurs familles et ce n'est pas en me laissant distraire par ce qui s'est passé entre nous que j'arriverai à...

— L'amour n'est pas une *distraction*, Ana.

Il s'était juré de se garder de ce genre de déclaration, mais ça avait été plus fort que lui : la vérité avait jailli d'elle-même. Son cœur tambourinait à tout va dans sa cage thoracique maintenant que l'aveu avait franchi ses lèvres. Bien sûr, il comprenait l'importance de son travail, son engagement total, il savait pourquoi elle avait choisi de consacrer sa vie à retrouver les disparus, pourquoi ses frères faisaient tous carrière dans les forces de l'ordre, et il comptait précisément sur cette motivation sans faille, s'agissant de son fils. Mais il y avait des limites : elle ne pouvait pas se reprocher les agissements des monstres qu'elle traquait. Elle méritait autre chose que d'enchaîner les missions les unes après les autres sans avoir jamais rien à gagner d'autre que la satisfaction du devoir accompli. Ne s'en rendait-elle pas compte ? À un moment ou à un autre, elle allait devoir regarder les choses en face. Samantha Perry et d'autres victimes, malheureusement, ne rentreraient jamais chez elles ; refuser d'affronter cette réalité, d'accepter la perte, ne ferait que la détruire à petit feu, de l'intérieur.

Les lèvres encore congestionnées par leur baiser, elle répéta, prise de court :

— L'amour ? Mais, Benning, je ne... Nous ne...

— Je t'aimais.

De nouveau, il combla la distance qu'elle avait mise entre eux. Dehors, derrière la baie vitrée, le soleil s'enfonçait lentement derrière les cimes des Smoky. Les vieilles lattes de bois grincèrent sous ses pieds, seul bruit venant rompre le silence du chalet. Benning contracta les mâchoires, fermement décidé à ne pas la toucher.

— Écoute, je sais pourquoi sauver des vies est tellement essentiel pour toi, pourquoi tu es si exigeante envers toi-même et pourquoi tu en es venue à te détacher de tout ton entourage. Mais, là, c'est mon fils dont il s'agit, et je veux que cela compte pour toi. Je veux que ce soit la femme dont je suis tombé amoureux il y a sept ans qui mène cette enquête et le retrouve, pas cette espèce de coquille vide qu'elle s'escrime à devenir.

Sans attendre sa réponse, il tourna les talons et se dirigea vers la porte. Il composa le code pour désactiver l'alarme et sortit dans le froid mordant. Il s'avança jusqu'à la balustrade et regarda les flocons de neige tomber autour de lui, blanchissant les arbres.

Il avait encore le goût de ses lèvres sur la langue. Sucre et chocolat. Seigneur, que lui avait-il pris de l'embrasser alors que son fils était séquestré par son ravisseur ? C'était le problème, avec Ana. Il perdait sa capacité à raisonner dès lors qu'il était près d'elle. Il en oubliait presque de respirer. Toute logique, tout instinct de conservation l'abandonnait. Mais, au moins, maintenant qu'il savait que ses sentiments n'avaient pas été partagés, cela clarifiait la situation. À l'époque, il l'avait follement désirée, il l'avait eue… et, pour le reste, au diable les conséquences. Il n'avait voulu penser à rien d'autre qu'au moment présent. Aujourd'hui, la donne était différente. Il y avait Owen et Olivia dans la balance et, s'il s'autorisait de nouveau le moindre faux pas, ce serait son fils qui en payerait le prix.

D'un pas lourd, il descendit les marches du porche et se dirigea vers le tas de bois de chauffage rangé le long du chalet, ses pieds s'enfonçant dans la couche de quinze centimètres de neige. Il empoigna la hache plantée dans une souche de bois qui servait de support et, tirant d'un coup sec, libéra la lame. Il déposa un rondin debout sur la souche, leva l'outil au-dessus de sa tête et abattit la lame en son centre d'un geste sûr. Les cals de ses paumes attestaient les centaines de fois qu'il avait accompli cette besogne chez lui. Toute sa vie, il avait vécu à Sevierville. Il avait repris l'activité d'expertise en bâtiment de son père et il entretenait les huit hectares de terrain de la propriété qu'il avait héritée de ses parents de ses propres mains. En un mot, il avait assuré ses arrières et s'était arrangé pour que, quoi qu'il advienne, il soit toujours en mesure de garder la tête hors de l'eau et d'avoir de quoi manger sur la table. Mais, s'il était une chose contre laquelle il ne pouvait rien, c'était bien celle-ci : il ne pouvait pas influer sur les sentiments d'Ana et lui faire éprouver ce qu'elle n'éprouvait pas.

— Sept ans, souffla-t-il entre ses dents, le haut de son corps pivotant sur son axe comme il balançait la hache au-dessus de sa tête.

Le craquement du bois comme le rondin se fendait en deux retentit dans le silence cotonneux alentour. Il relâcha d'un coup l'air qu'il avait retenu dans ses poumons et laissa retomber ses bras le long du corps.

Le soleil était couché depuis longtemps maintenant, les lampes à détecteur de mouvement baignant d'une lueur fantomatique le paysage enneigé autour de lui. Ana était sans doute allée s'occuper de ce qu'elle avait annoncé : consulter les registres du personnel de Britland Construction en faisant abstraction de tout ce qui ne concernait pas directement l'enquête. Lui y compris. La sueur commença à perler dans son dos comme il élevait de nouveau sa hache pour répéter l'opération. Encore et encore. L'épuisement, mêlé de culpabilité, le gagna lorsqu'une trentaine de bûches se fut amoncelée à ses pieds, mais il persista encore jusqu'à ce que, enfin, la raison reprenne ses droits. Une chose lui apparaissait certaine désormais : lorsque tout ceci serait terminé et qu'Ana lui aurait ramené son fils, ce serait lui qui s'en irait.

Pourtant… L'espace d'un bref instant, elle avait répondu à son baiser.

Une brindille craqua quelque part, derrière la ligne des arbres, sur sa droite, et il abaissa sa hache, scrutant l'obscurité pour déterminer l'origine du bruit. À cette altitude, si haut dans la montagne, c'était le territoire des ours noirs. Il enserra des deux mains le manche de sa hache, les cheveux se dressant sur sa nuque. Reculant d'un pas, il s'immobilisa, tendant l'oreille, attendant le nouveau signe d'une présence animale.

Puis une douleur explosa à l'arrière de sa tête, et tout devint noir.

6

Le doigt suspendu au-dessus du clavier de son ordinateur, Ana se força à relire pour la troisième ou quatrième fois les noms des employés de Britland dont la DCT lui avait envoyé la liste. Elle n'arrivait pas à se concentrer. Son attention était accaparée par le voyant clignotant du dispositif de détection de mouvement du côté sud du chalet, à droite de son écran. Sous le coup de l'émotion, Benning était sorti dans une telle précipitation qu'elle n'avait pas eu le temps de désactiver les capteurs, mais elle entendait les coups sourds de la hache s'abattant rythmiquement sur le billot.

La copie digitale du rapport de la police de Sevierville qui lui avait été transmise la veille confirmait le récit que Benning lui avait fait des événements. La sécurité du chantier avait appelé la police quand avaient éclaté des coups de feu, tirés par un individu portant un masque de ski noir qui avait pris la fuite avant l'arrivée des forces de l'ordre, mais ils avaient distinctement vu l'homme qui avait été pris pour cible. Benning.

Je veux que ce soit la femme dont je suis tombé amoureux il y a sept ans qui mène cette enquête et le retrouve, pas cette espèce de coquille vide qu'elle s'escrime à devenir.

Il l'aimait. Les doigts d'Ana agrippèrent le bord du comptoir jusqu'à ce que ses phalanges blanchissent. La température baissait à l'extérieur, cela se sentait près des baies vitrées, mais c'était un froid venu de l'intérieur qui la paralysait sur son siège. Benning était tombé amoureux d'elle sept ans plus tôt, mais il croyait qu'elle n'avait jamais rien éprouvé pour lui. Qu'elle ne ressentait rien de particulier à l'égard du petit garçon qu'il l'avait chargée de retrouver. Que cela lui avait été facile de le quitter. Qu'elle n'était qu'une coquille vide.

Les lumières de la cuisine clignotèrent au-dessus de sa tête, puis s'éteignirent. Ana leva les yeux vers le plafond, puis son regard glissa jusqu'à la porte d'entrée. Le voyant à LED de l'alarme, sur le mur, clignotait rapidement. L'ancien propriétaire du chalet avait programmé la mise en route d'un groupe électrogène pour prendre le relais en cas de coupure de courant, précaution nécessaire pour une habitation située si loin de la civilisation. Mais, au bout d'une minute, la lumière n'était pas revenue.

Et les coups de hache avaient cessé.

— Benning ?

Un mauvais pressentiment l'envahit, faisant naître la chair de poule le long de ses bras. Dégainant son pistolet, elle se leva, avança jusqu'au séjour et poursuivit son chemin jusqu'à la chambre où dormait Olivia sur la pointe des pieds, le vieux bois gémissant sous ses pas. Tout était calme. Pas de mouvement à la fenêtre. Pas un bruit, exception faite de sa propre respiration. Des coupures d'électricité survenaient fréquemment dans cette zone isolée, mais ça n'expliquait pas que le générateur ne se soit pas automatiquement déclenché. Elle avait vérifié le niveau du réservoir ainsi que tous les branchements à leur arrivée sans rien remarquer d'anormal. Le groupe avait donc dû être débranché.

Posant la main sur le bouton de porte de la chambre d'Olivia, elle le tourna doucement et se faufila à l'intérieur. Les rideaux étaient tirés, les lumières éteintes. Immobile, elle attendit quelques secondes que ses yeux se soient accoutumés à l'obscurité puis reconnut le contour d'Olivia, sous les couvertures – endormie. Les battements de son cœur s'apaisèrent. Rebroussant chemin, Ana tourna le loquet de l'intérieur avant de refermer la porte derrière elle. Quoi qu'il arrive, personne n'entrerait dans cette chambre. Elle s'en portait garante.

De retour dans la pièce principale, elle s'avança à tâtons vers l'entrée et promena les doigts sur le panneau de contrôle situé à côté de la porte d'entrée jusqu'à ce qu'elle ait localisé le gros bouton SOS, prévu pour les appels d'urgence. Rien. L'appréhension lui noua l'estomac, et elle éleva lentement son arme devant elle. Quiconque avait coupé l'électricité et le générateur du chalet avait pris soin d'inactiver aussi le raccordement au réseau de secours. Prenant son portable dans sa poche, elle chercha du réseau. Là non plus, pas de chance.

— *Maldición.*

Désormais, elle ne pouvait plus compter que sur elle pour protéger Olivia et Benning. Elle rempocha l'appareil puis, après avoir sorti le chargeur de son arme pour revérifier le nombre de cartouches qu'il lui restait après l'échange de tirs dans le parking, elle le remit en place et ôta le cran de sécurité. Le doigt sur la détente, elle revint vers la cuisine. Un courant d'air effleura son visage.

La porte coulissante avait été fermée lorsqu'elle s'était rendue dans la chambre d'Olivia.

Un infime craquement de bois, derrière elle… Elle fit volte-face juste au moment où un mur de muscles la percutait. Le chalet plongé dans la pénombre tournoya devant ses yeux avant que sa tête ne heurte le sol. Le pistolet toujours en main, elle éleva le bras et visa au jugé son assaillant masqué.

Mais, plus rapide que l'éclair, celui-ci abattit une main sur le canon de son arme et lui tordit brutalement le poignet. Un cri de douleur lui échappa, à demi étouffé par le souffle de son agresseur, mais elle n'avait pas encore dit son dernier mot. Repliant le genou, elle le lui enfonça dans les reins, se servant de l'élan de l'homme pour le plaquer au sol, face contre terre. Désorienté, il lui laissa une précieuse seconde dont elle profita pour s'accrocher à la table basse et se relever.

La porte de la chambre s'ouvrit, et la fille de Benning apparut, éclairée par le clair de lune.

— Olivia, non ! Sauve-toi !

Une brûlure fulgurante lui vrilla le cuir chevelu comme

l'intrus tirait ses cheveux et l'envoyait buter durement contre le mur de la grande cheminée. L'air se bloqua d'un coup dans ses poumons. Elle évita de justesse le coup de poing qui la visait au visage, et les doigts de l'homme s'écrasèrent sur la pierre, derrière elle. Lui plantant l'épaule dans le sternum, elle fit appel à toute sa force pour déséquilibrer son assaillant. Elle ne pouvait pas le laisser s'emparer d'Olivia. Soumis à rude épreuve, ses points de suture se rappelèrent à son souvenir par un cuisant élancement, mais elle serra les dents, ravalant un cri de douleur. Elle esquissait un pas lorsqu'un coup l'atteignit droit sur sa blessure. Elle s'effondra, entraînant l'homme dans sa chute, mais, pliée en deux par la douleur, ne put se remettre sur ses pieds avant lui.

Son adversaire la dominait de toute sa hauteur, maintenant, et elle perçut une légère odeur de transpiration et de quelque chose d'autre aussi... Une odeur de voiture neuve. Elle n'avait pas affaire à la première crapule venue s'efforçant de couvrir un meurtre. Ces réflexes, cette rapidité de mouvements, cette façon de viser sciemment l'endroit où elle était blessée... C'était la signature d'un professionnel. Un ancien militaire ou, tout au moins, quelqu'un était rompu aux techniques de combat rapproché.

— Vous n'étiez pas censée être mêlée à ça, agent Ramirez.

— Félicitations, vous avez bien fait vos devoirs. Vous savez qui je suis.

Secouant la tête, elle pressa une main contre son côté et tenta de se relever. Pour retomber aussitôt en arrière. Le sang maculait son T-shirt plein de pâte à cookies. *Mierda.* Lui resterait-il un seul vêtement intact à la fin de cette enquête ? Elle se força à ralentir le rythme de sa respiration et avala sa salive. Mue par une résolution d'airain, elle rejeta les épaules en arrière et arrêta le regard sur son adversaire. Elle avait fait une promesse à Benning. Celle de les protéger, sa fille et lui, et de lui ramener son fils. Elle n'allait pas lui faire défaut maintenant.

— Qui êtes-vous ? Et où est Benning ?

Un rire froid lui parvint au travers du martèlement qui

battait dans ses oreilles. D'un geste, il sortit le magasin de son arme de service, qu'il mit dans sa poche, puis il vérifia qu'il ne restait pas de balle dans le canon avant de faire glisser l'arme loin d'elle, sur le sol.

— Je vous connais, Ramirez. J'étais comme vous ; donc, il est dans votre intérêt de m'écouter quand je vous dis de lâcher cette enquête tant qu'il en est encore temps.

Son bras se détendit, et une poigne de fer lui enserra le cou, l'attirant contre son torse puissant. Le cœur battant à tout rompre contre ses côtes, elle se débattit comme il resserrait son emprise, l'empêchant de respirer. Il pencha la tête sur le côté, révélant une bande de peau entre le masque de ski et le col de la veste en cuir. Il écarta les pieds tandis qu'elle luttait, agrippant des deux mains son poignet.

— M. Reeves a pris quelque chose qui ne lui appartient pas et, maintenant, c'est moi qui suis obligé de régler le problème, mais je voulais vous laisser le choix. Au nom du bon vieux temps. Donnez-moi ce crâne, donnez-moi Benning Reeves, et vous aurez la vie sauve. Sinon, quand j'en aurai terminé, vous compterez au nombre des victimes, soyez-en certaine.

Le crâne. Ce n'était pas lui qui l'avait. Ce qui voulait dire que quelqu'un d'autre l'avait pris dans la cheminée. Si ce n'était pas le tueur, si ce n'était pas Benning... Alors, qui ?

— Donnez-moi... Owen..., formula-t-elle d'une voix étranglée. Et *je* vous laisserai... la vie sauve.

Ses yeux larmoyaient, brouillant sa vision. À moins que ce ne soit le manque d'oxygène ? Peu importait. Encore trente secondes, peut-être une minute, et plus rien n'importerait. Il fallait qu'elle reste consciente, qu'elle l'empêche d'attraper Olivia, qu'elle leur donne une chance, à Benning et à elle, de s'échapper.

Elle planta ses ongles jusqu'au sang dans la peau de l'inconnu. La pression se relâcha autour de son cou, et Ana saisit sa chance. Lâchant ses poignets, elle lui assena un grand coup de talon dans le genou. Il s'effondra. Tombant sur lui, elle se servit de son poids pour lui plaquer la tête au sol, le visage tourné sur le côté. La gorge la brûlait à chaque inspiration, les muscles meurtris de son cou la faisant déjà souffrir.

— Je crois que vos recherches me concernant n'ont pas été aussi approfondies qu'elles l'auraient dû.

Elle n'eut que le temps d'entrevoir un bref éclair de lumière – le reflet du clair de lune sur du métal – puis une vive douleur lui lacéra le bras. Machinalement, son corps se recroquevilla sur lui-même, oh, pas longtemps, une seconde peut-être, mais cela suffit à son adversaire pour reprendre le dessus. Il passa les bras autour de sa taille et la souleva de terre. Ana lui enfonça son coude dans les côtes. Une fois. Deux fois. La douleur explosa dans son dos comme il la poussait sans ménagement contre l'angle de l'îlot. Son ordinateur s'écrasa avec fracas sur le sol. Elle bloqua le premier coup qu'il lui portait à la mâchoire, mais le second atteignit sa cible. Elle partit en arrière et s'écroula lourdement sur le sol.

— Je ne voulais pas que ça se termine comme ça, Ramirez.

Elle entendit ses pas résonner sur le parquet comme il se positionnait au-dessus d'elle.

— Vous étiez un bon élément… jusqu'à ce que vous fassiez passer vos envies personnelles avant votre devoir, qui était de sauver cette pauvre fille.

Samantha Perry ? Comment diable… ?

Un coup violent à la mâchoire interrompit le cours de ses pensées, l'ébranlant pendant quelques secondes.

Relevant imperceptiblement la tête, elle aperçut son arme, sur le sol. Il avait retiré le chargeur, mais elle refusait de s'avouer vaincue. La porte d'entrée oscillait sur ses gonds avec un léger grincement, laissant entrer le froid glacial. Olivia avait pu s'évader, mais pour combien de temps ? Seule, sans protection, sans arme, la fillette ne survivrait pas à une nuit dans les bois. Le sang coulait de son nez, et un goût de sel et de cuivre emplit sa bouche. Lentement, elle écarta la main de son corps, la rapprochant de son arme.

— Je… ne suis pas… encore morte.

— C'est vrai mais, n'ayez crainte, je ne vais pas tarder à y remédier.

La soulevant du sol, il l'entraîna vers la baie vitrée qui donnait sur le côté nord du chalet et la poussa brutalement contre la paroi de verre. La porte vitrée vibra le long de son épine dorsale et se fendit dans un craquement mais ne céda pas.

— Rien de personnel, Ramirez. Vous étiez un bon agent, mais pas assez bon pour me battre.

Il lui assena un coup en plein plexus solaire. La vitre explosa derrière elle, et elle se sentit basculer dans le noir.

Le crissement d'un pas dans la neige le tira de son état de semi-hébétude.

Benning redressa la tête, et l'arrière de son crâne rencontra quelque chose de dur. Nom d'un chien, qu'est-ce que... ? Des mèches de cheveux s'accrochaient à sa barbe. Que s'était-il passé ? Il avait mal aux épaules, ses doigts étaient engourdis par le froid, mais ce n'était pas ça qui l'empêchait de bouger les bras. Bon sang. Il était attaché à un arbre !

Il essaya de rassembler ses souvenirs. Il était sorti couper du bois pour se changer les idées après avoir accusé Ana de se comporter comme un robot. *Une coquille vide*. Le regret d'avoir prononcé ces paroles blessantes n'avait fait que rendre plus douloureuse encore la plaie béante qu'elle avait laissée en lui en s'en allant sept ans plus tôt. Et puis... Il avait entendu un bruit dans l'obscurité. Et on l'avait frappé par-derrière. Quelqu'un avait su qu'ils étaient là.

— Le temps file, monsieur Reeves. Il n'en reste plus beaucoup à votre fils.

La silhouette de l'ordure qui venait de parler se découpait contre l'éclairage à détection de mouvement. Un masque de ski camouflait son visage. La neige craqua sous son pas comme il venait s'accroupir devant lui. La voix était un peu éraillée, mais Benning la reconnut immédiatement : c'était celle de l'homme qui avait pointé une arme sur lui sur le chantier et enlevé son fils.

— Je vous ai laissé vingt-quatre heures pour me remettre ce que vous avez pris sur le site de construction mais, maintenant, vous m'obligez à faire quelque chose que je n'aime pas faire.

Les lumières extérieures se reflétèrent sur une lame tachée d'une substance sombre… Du *sang* ?

— Où est ce crâne ?

— Je ne l'ai pas.

Ce qui était vrai. Mais, apparemment, ce salopard ne l'avait pas davantage que lui. L'agent Cantrell avait eu raison. Quelqu'un l'avait trouvé avant la DCT. Il cala sa tête douloureuse contre le tronc d'arbre, essayant de tirer sur les liens qui entravaient ses poignets. Ils étaient bien serrés.

Un éclair fusa devant ses yeux comme il recevait le poing de l'homme en pleine figure. Un goût métallique emplit sa bouche, et les arbres, l'homme devant lui, tout devint flou.

— Vous savez, Ana Sofia m'a tenu le même langage, reprit l'homme en se penchant en avant.

Une odeur de voiture neuve et de savon enveloppa Benning.

— Juste avant que je la fasse passer par la fenêtre.

Non. Ce n'était pas possible. Ana ne pouvait pas être morte. Elle était agent fédéral, elle avait été formée au combat, à protéger les innocents. Ce n'était pas le salaud qui était devant lui – ni ce dont Benning l'avait accusée – qui pouvait l'abattre. Parce que, sinon… Sinon, il n'aurait plus jamais l'occasion de lui dire qu'il ne pensait pas ce qu'il lui avait jeté au visage.

— Vous mentez.

— Vous êtes prêt à courir le risque ? À parier la vie de votre fille ?

Son agresseur pressa la lame contre le cou de Benning.

— Parce que, sans l'agent Ramirez pour la protéger, rien ne m'empêche plus de lui faire ce que je prévois de faire à Owen quand le délai sera écoulé.

Le couteau appuya un peu plus sur le côté de son cou, et Benning sentit un filet de sang chaud couler sur sa peau.

— Le crâne, monsieur Reeves. C'est tout ce que je veux, et vous et vos enfants pourrez reprendre votre vie et oublier jusqu'à mon existence.

Benning n'avait rien à voir avec ce monde-là. Il n'était pas entraîné au corps à corps, n'était pas un spécialiste des armes à feu ni de la négociation avec des criminels. Son quotidien ne consistait pas à côtoyer des tueurs, contrairement à Ana et ses collègues. Mais, même à ses oreilles profanes, la promesse sonnait creux. Derrière l'arbre auquel il était attaché, à l'abri du regard du tueur, il ouvrit ses doigts ankylosés, les remua pour chasser les fourmillements, puis il les enfonça dans la neige. Il devait bien y avoir quelque chose – n'importe quoi – qui l'aiderait à se libérer. Son doigt rencontra l'arête d'un caillou. Ce n'était pas un silex mais ça suffirait peut-être. Positionnant la pierre contre ce qui lui semblait être l'endroit le plus fin de la corde, Benning entreprit d'en scier les fibres.

— À qui appartient le corps que le FBI a retrouvé dans la cheminée, chez moi ?

— Vos nouveaux amis de la DCT ne l'ont pas encore identifié ? rétorqua-t-il en secouant la tête. Dommage, c'était un joli brin de fille. Je n'avais rien contre elle, mais votre baby-sitter prenait son travail un peu trop au sérieux.

Jo. *Seigneur.* L'horreur lui noua les entrailles.

— Elle n'avait rien à voir avec tout ça.

— C'est vous qui l'y avez mêlée en prenant ce crâne sur le chantier, monsieur Reeves, pas moi. Vous avez son sang sur les mains. Comme celui de l'agent Ramirez et, bientôt, celui de votre fille sitôt que j'aurai mis la main sur elle.

L'homme se releva, et Benning le considéra, sous le regard noir que, malgré le masque, il sentait peser sur lui. Si ce type avait eu le dessus face à Ana, lui, sans entraînement, avait peu de chances de faire le poids. Mais il n'allait certainement pas capituler sans livrer bataille alors que sa fille était seule, à la merci de ce salaud. Qu'il détenait son fils et qu'Ana gisait peut-être là, quelque part, blessée ou... mourante.

— Vous essayez de gagner du temps.

— Oui, dit Benning, sentant la corde céder.

Il libéra ses poignets et se jeta en avant, prenant son adversaire par surprise. Il tenta de lui assener lui aussi un coup de poing à la mâchoire, mais son agresseur l'esquiva et se servit de son élan pour le déséquilibrer et le frapper de nouveau. Sous le choc, Benning tituba mais il réussit à riposter par un uppercut, qui porta cette fois. Plantant solidement ses pieds dans la neige, il éleva les poings pour protéger sa tête qu'il sentait prête à exploser. Il intercepta le bras de l'homme comme la lame plongeait sur lui, mais le geste l'avait obligé à abandonner sa garde au niveau de l'abdomen. Un coup... Deux. Sans trop savoir comment, il réussit à enrouler un bras autour du cou de son adversaire et à le tirer en arrière, lui faisant perdre ses appuis sur le sol. Mais il n'avait pas anticipé le coup de coude dans les côtes qui suivit. La douleur irradia dans son flanc, et il lâcha prise. L'homme au masque se dégagea d'un bond pour revenir aussitôt à la charge.

Lui saisissant le poignet, il lui retourna l'avant-bras dans le dos. Benning se plia en deux, l'articulation de son épaule protestant douloureusement, et, l'instant suivant, le tueur parachevait le travail d'un coup de genou au visage.

— Vous ne renoncez jamais, mmm ? Mais je vais vous dire ce que j'ai dit à Ana avant de m'occuper de son cas : vous n'êtes pas de taille. J'ai perdu une fois et ça ne se reproduira pas, je vous le garantis.

Benning perçut un mouvement au-dessus de lui, l'ombre massive de l'homme lui masquant la lumière.

— Maintenant, je vais vous laisser une dernière chance de me dire où vous avez caché ce crâne avant de perdre patience et de vous loger une balle entre les deux yeux, comme je l'ai fait avec lui.

La respiration laborieuse, Benning poussa des mains dans la neige pour se relever. Sa vision s'éclaircit. Malgré la douleur, malgré l'épuisement, il prit fermement appui sur ses pieds, prêt à en finir une bonne fois pour toutes.

— Je vais vous tuer, je vous l'ai dit.

Benning déplaça un pied vers l'arrière pour ajuster son centre de gravité et lui balança un crochet du droit, suivi d'un autre du gauche. Sous l'effet de l'adrénaline, la fatigue et la douleur refluèrent au second plan. Par deux fois, ses phalanges percutèrent l'adversaire avant que celui-ci ne bloque son troisième assaut. Le coup suivant l'atteignit sur la gauche de la tête. Désorienté, Benning vacilla et heurta du dos l'arbre auquel il avait été attaché. Se sentant glisser le long de l'écorce, il lutta pour rester debout sous les coups redoublés de l'homme au masque. Sa tête ballotta d'un côté, de l'autre à chaque coup. Il ne parvenait pas à parer ses attaques. Elles étaient trop rapides, trop rapprochées, trop violentes.

— Lâchez mon papa ! Lâchez-le !

En entendant comme dans un brouillard cette voix familière, la panique le submergea. Le sang coulait de son arcade sourcilière et son œil était si gonflé qu'il était maintenant fermé, mais Benning vit la petite silhouette d'Olivia qui accourait vers lui.

— Olivia...

Les coups cessèrent subitement comme l'homme se tournait vers sa fille. En un éclair, comme par enchantement, la souffrance physique et le harassement se volatilisèrent. Un grondement monta dans sa gorge.

— Non !

On lui avait déjà pris son fils. Ana lui avait été arrachée aussitôt après avoir reparu dans sa vie. Ce salaud ne lui enlèverait pas Olivia. Jamais.

Il vit sa fille brandir une branche d'arbre et l'abattre de toutes ses forces sur son assaillant, mais sa cible neutralisa l'attaque. Lui arrachant son arme de fortune des mains, l'homme au masque marcha sur elle. Olivia recula, trébucha et atterrit sur les fesses, dans la neige, ses yeux bleus agrandis par la terreur.

— Ne vous approchez pas d'elle.

Benning puisa dans ses dernières forces pour se remettre debout. Le sol menaçait de se dérober sous ses pieds, mais l'afflux temporaire d'adrénaline lui apporta le coup de pouce dont il avait besoin en cet instant critique.

— C'est après moi que vous en avez.

— Très juste. Vous avez raison.

Son attaquant pivota sur lui-même, veillant à garder Benning et Olivia dans son champ de vision. Une seconde. Deux. Puis, en un clin d'œil, le tueur dégaina une arme et la braqua sur Benning.

— La plaisanterie a assez duré.

Et le coup partit.

Le hurlement d'Olivia résonna dans la tête de Benning comme il tombait à genoux.

— Papa !

7

Ce fut la détonation qui la ramena à la conscience. À peine revenue à elle, une fureur sans nom l'envahit.

Un son inarticulé s'étrangla dans sa gorge comme le film des événements se rejouait dans sa tête. L'intrus, la lutte acharnée, la baie vitrée... Ana leva la tête, essayant de s'asseoir. Une grosse écharde de verre était plantée dans sa cuisse. *Hijo de perra.* Elle laissa retomber sa tête dans la neige. Depuis combien de temps était-elle là, couchée dans la neige ? Elle promena le regard sur le ciel obscur. La seule source de lumière provenait de l'éclairage à détection de mouvement de l'autre côté du chalet qui fonctionnait sur batterie et non sur l'alimentation générale ou le groupe électrogène. Mais le coup de feu avait été tout proche. Les larmes lui piquèrent les yeux.

— Mon Dieu... Benning.

Non. Elle ravala le sanglot qui lui venait. Laisser les émotions prendre le pas sur la raison conduisait à commettre des erreurs. Et les erreurs mettaient des vies en jeu. Elle devait se relever, le retrouver, retrouver Olivia. Puisqu'elle était consciente, c'était que le morceau de verre n'avait pas tranché une artère. Elle allait le retirer. Après tout, elle avait été blessée par balle moins de vingt-quatre heures plus tôt et ça ne l'avait pas empêchée de faire son travail. Elle n'allait pas se laisser arrêter par un malheureux bout de verre.

— Allez, debout, Ramirez. Tu n'es pas encore finie.

Se redressant sur un coude, elle scruta les environs et aperçut le capot de son SUV qui dépassait de l'angle du chalet. Il était garé dans l'allée, de l'autre côté. OK. Elle trouverait bien quelque chose à l'intérieur pour improviser un garrot. Il était à moins de dix mètres. Elle pouvait y arriver. Elle *allait* y arriver car elle n'avait pas le choix. Avec précaution, elle bascula sur le côté en veillant à ne pas toucher l'éclat de verre. Prenant appui d'une main sur le sol, elle se servit de l'autre pour trouver l'équilibre et balancer tout le poids de son corps sur sa jambe intacte. Un voile noir passa devant ses yeux, la gravité mettant tout en œuvre pour la faire retomber en arrière, et elle dut s'immobiliser et respirer lentement, plusieurs fois, le temps que la douleur de sa blessure au côté s'apaise un peu.

— Bouge, bon sang, maugréa-t-elle, les dents serrées.

Un pas. Puis un deuxième. Elle sentit la tiédeur du sang le long de la jambe de son pantalon. Bien sûr, le fait de produire un effort aggravait l'hémorragie, mais il fallait qu'elle atteigne ce SUV si elle voulait avoir une chance d'arriver à temps pour sauver Benning. Elle ne pouvait plus nier que, depuis cette nuit où elle s'était glissée hors de son lit, il n'avait cessé de lui manquer. Se jeter à corps perdu dans le travail n'avait pas suffi. Se fermer à toutes les émotions, à l'affection de ses proches n'avait pas suffi. Rien n'avait suffi.

Jusqu'à ce qu'il l'embrasse.

Elle n'avait rien fait pour l'en empêcher, ce qui était d'une imprudence folle, inconsidérée. Elle avait pourtant clairement établi les règles entre eux, mais, en cet instant-là, il avait suffi que les lèvres de Benning se posent sur les siennes pour balayer toutes les défenses qu'elle avait mis si longtemps à ériger. Comme il l'avait toujours fait. D'un baiser, il avait ressuscité en elle tout ce qu'elle s'était depuis si longtemps interdit. En un clin d'œil, il l'avait mise à nu, confrontée à ses contradictions, exposée à la vérité. Qui était… qu'elle l'aimait aussi. Elle avait refusé de l'admettre au prétexte qu'elle devait sauver des vies mais, tout au fond, la vraie raison avait toujours été la même.

L'idée de perdre quelqu'un d'autre lui était insupportable.

Elle avait perdu sa petite sœur âgée de deux ans ; elle n'avait pas réussi à retrouver Samantha Perry, qu'elle était chargée de protéger, et son corps avait été découvert sans vie au fond d'une allée sombre. Et la seule solution qu'elle avait imaginée pour ne plus jamais éprouver cette douleur-là avait été de quitter Benning.

Elle ne mourrait pas ici. En tout cas, certainement pas avant d'avoir tenu la promesse qu'elle lui avait faite.

S'appuyant contre le mur du chalet, Ana poursuivit sa progression en boitillant sous la neige qui s'était remise à tomber. Les poumons la brûlaient, la nausée lui serrait l'estomac. Elle avait perdu beaucoup de sang mais, la priorité, c'était de se sortir de ce pétrin. Son adversaire la croyait morte... Elle devait absolument tirer parti de cet avantage. Adossée à la paroi de bois, elle prit son souffle, balaya du regard les environs puis, s'armant de courage pour combler les quelques mètres à découvert qui la séparaient du véhicule, elle s'élança.

Une balle siffla tout près de son bras gauche, la manquant de peu. Traînant la jambe, elle n'eut que le temps de se réfugier derrière le SUV avant que deux autres projectiles n'aillent se loger dans le mur du chalet et un troisième dans la portière passager de sa voiture. *Hostia.* Bonté divine. À court d'idées et à bout de souffle, elle réussit à se mouvoir jusqu'à l'arrière du véhicule. Elle actionna la poignée du coffre. Fermé. Avisant un gros caillou à portée de sa main, elle le ramassa et brisa la lunette arrière. Dégageant les morceaux de verre, elle passa la main dans le coffre et déverrouilla le mécanisme de l'intérieur. Avec une grimace de douleur, elle se hissa tant bien que mal dans le coffre et rabattit le hayon à ouverture latérale. Au moins était-elle cachée maintenant. Provisoirement. Il ne faudrait pas longtemps à l'ennemi pour repérer les traces de sang dans la neige. Si elle voulait tirer Benning et Olivia de là, elle devait se concentrer.

OK. Il s'agissait maintenant de trouver quelque chose qui puisse faire office de garrot. Fourrageant dans le kit d'urgence, elle sortit des vêtements de pluie, une torche et des bouteilles d'eau et poussa presque un soupir de soulagement en apercevant enfin un tendeur élastique, encore dans son emballage plastique. Fermant les yeux et s'adossant à la banquette arrière, elle enroula le tendeur autour de sa jambe, au-dessus de la blessure, puis, se cuirassant contre la douleur, elle arracha le morceau de verre de sa chair. Se mordant la lèvre pour ne pas crier, elle renversa la tête contre le dossier de la banquette, un million de points lumineux emplissant son champ de vision. Elle lutta de toutes ses forces pour ne pas s'évanouir… Elle devait rester consciente. Retrouver Benning.

— Ramirez ? Je sais que vous êtes là.

Un bruit de pas dans la neige, non loin du véhicule.

— Et, à voir les traces que vous avez laissées dans votre sillage, vous n'êtes pas au mieux de votre forme.

Elle se figea, pétrifiée, puis, fouillant fébrilement dans le contenu du kit d'urgence qu'elle avait vidé au fond du coffre, elle empoigna un tournevis. Le manche orange flottant devant ses yeux, alternativement net et flou, elle batailla pour déclipser le panneau masquant un rangement caché dans le côté du coffre. Le couvercle en plastique finit par céder, et elle attrapa l'objet qu'elle avait pris soin d'y placer avant son départ du siège de la DCT. *Toujours tout prévoir.* C'était la leçon que lui avaient inculquée ses frères dès son plus jeune âge. Cela, et savoir démonter un pistolet afin qu'il puisse tenir dans le plus exigu des compartiments. Et le remonter en un temps record.

Ce qu'elle fit, même si l'opération lui demanda un peu plus longtemps qu'à l'accoutumée.

— Il ne me reste plus que huit vies. Mais j'imagine que ça ne vous convaincra pas de me laisser tranquille.

Un coup de feu claqua à l'extérieur. Une tache de sang éclaboussa la vitre teintée de la portière une seconde avant qu'une haute silhouette masculine ne tombe contre le véhicule. Ana se recroquevilla sur elle-même et éleva son arme. Se tenant prête. La tension lui crispa les épaules tandis que les secondes s'égrenaient. Se changeaient en minute. Rien. Finalement, avec précaution, elle ouvrit le hayon et se glissa hors de la voiture, l'arme pointée devant elle. Elle remonta le long du côté passager, le doigt sur la détente, prête à faire feu.

Mais il n'y avait plus personne. Seulement une traînée de sang – distincte de la sienne – et des empreintes de pas masculines se dirigeant vers les arbres.

— Ana.

Instinctivement, elle fit volte-face, l'arme au poing.

— Benning.

Elle libéra l'air qu'elle avait sans s'en rendre compte retenu dans ses poumons, les mains tremblantes. Elle abaissa le bras, retenant avec peine un sanglot.

Juste avant de se sentir aspirée par un trou noir.

— Ana !

Son sang se glaça dans ses veines et il s'élança pour la rattraper avant qu'elle ne touche terre, mais ses semelles dérapèrent sur une plaque de neige gelée et il s'affala de tout son long. Se relevant aussitôt, il se remit à avancer du plus vite qu'il le pouvait dans la neige. Parvenu près d'elle, il lâcha l'arme qu'il avait trouvée dans son sac, à l'intérieur du chalet, après avoir repris conscience, et, tombant à genoux, passa celui de ses bras qui n'était pas blessé autour de son corps inanimé. Elle avait le nez et la bouche en sang, le visage livide...

Vivement, il pressa l'index et le majeur à la base de sa gorge et le soulagement le submergea. Son pouls était lent et faible, mais elle était vivante. Il s'inclina vers elle.

— Ana, ouvre les yeux. Regarde-moi. Ana...

Pas de réaction.

Faisant fi de la douleur qui lui cisaillait l'épaule, il souleva le haut de son corps de la neige et glissa le pouce sur ses lèvres bleuies par le froid. Le salaud qui lui avait tiré dessus sous les yeux d'Olivia avait pris la fuite avant que Benning ait pu ajuster son deuxième tir. Soudain, son regard tomba sur la tache de sang, dans la neige, sous la jambe d'Ana et son cœur s'emballa. Seigneur, elle avait l'air d'avoir soutenu quatre rounds face à un boxeur professionnel et elle avait dû recevoir un coup de couteau. Il fallait qu'il la ramène dans le chalet. Il l'attira contre lui, balayant la ligne des arbres du regard, et la souleva. La balle qui l'avait touché à l'épaule lui avait fait perdre conscience quelques minutes et, quand il était revenu à lui, le tueur et Olivia n'étaient plus là. Bandant tous ses muscles, les sens aux aguets, Benning souleva Ana.

— Ana, réveille-toi. Il faut que tu marches. Olivia a disparu. Je ne sais pas où elle est.

Il avait fouillé le chalet quand il avait repris conscience. Mais il était vide. Ce qui voulait dire que sa fille se cachait quelque part… ou que le tueur l'avait emmenée. Le ventre noué par la peur, il tapota les joues blêmes et barbouillées de sang d'Ana. Le crâne était toujours dans la nature et il ne savait pas qui s'en était emparé, mais une chose était sûre : il ne laisserait pas le tireur mettre la main dessus.

— Benning.

Avec le gémissement constant du vent dans les arbres, ce fut à peine s'il entendit le faible murmure qui avait franchi les lèvres tuméfiées d'Ana.

Il empoigna son T-shirt et l'aida à se redresser. D'une voix où se mêlaient le désespoir et la colère, il répéta :

— Ana… Réveille-toi, je t'en prie. Sais-tu où est Olivia ? Il faut que je retrouve ma fille.

— Je n'ai pas pu… le… neutraliser…

Les yeux pailletés de vert essayaient de se focaliser sur lui. Ses mains tombaient mollement de part et d'autre de son corps, et il s'avisa que ses phalanges saignaient, elles aussi, et qu'elle semblait avoir été blessée au bras par une arme blanche.

— Je l'ai retenu tant que j'ai pu et… j'ai crié à Olivia de se sauver. Je… je ne sais pas où elle est.

— Tu lui as dit de s'enfuir ?

La peau pâle et lisse de son visage luisait d'une fine couche de sueur sous laquelle les hématomes gonflaient à vue d'œil. Il tendit la main pour récupérer l'arme, la coinça dans la ceinture de son pantalon.

— Accroche-toi à moi.

Avec un grognement de douleur, il la cala contre son torse et se releva. Avec cette température et la quantité de sang qu'elle avait perdue, elle devait frôler l'état de choc et l'hypothermie.

Sans elle, Olivia et lui seraient déjà morts. Il lui devait la vie.

Les jambes flageolant sous l'effort, il gravit les marches en la serrant contre lui, lui fit franchir la porte coulissante et la déposa sur le canapé. La trousse de secours. Il l'avait laissée sur la table de la cuisine après lui avoir posé ses points. Mais, d'abord, il fallait la réchauffer. Arrachant les couvertures des lits, il revint dans le séjour et la découvrit en train de se lever.

— Qu'est-ce que tu fais ? Tu as perdu beaucoup de sang, et des points de suture ne te serviront à rien si tu meurs d'hypothermie.

— Toi aussi, tu saignes, répondit-elle en s'avançant lentement vers lui, traînant un pied après l'autre.

— Oui... Cette ordure m'a tiré dessus quand Olivia s'est ruée sur lui avec un bâton. Je ne sais pas où elle est maintenant. Mais, au moins, je sais que je l'ai touché, moi aussi, avant qu'il ne s'enfuie dans les bois.

Seulement, l'homme au masque avait disparu sans que Benning ait pu lui soutirer les informations dont il avait besoin. L'écho du cri d'Olivia résonna dans sa tête comme il revoyait l'homme marchant droit sur elle sous son regard impuissant.

— Pour commencer, retourne t'allonger sur ce canapé pour que je puisse faire en sorte de te garder en vie.

— C'est une petite fille pleine de ressources, Benning. On va la retrouver.

Ana tangua et se rattrapa à la table de la cuisine, ses beaux cheveux bruns collant à sa peau et à son cou.

— Je t'ai promis de veiller sur elle et... c'est exactement ce que je vais faire... dès qu'on se sera... occupé de ta blessure.

— Nom d'un chien, Ana !

Il plongea en avant au moment où elle basculait vers le sol. Emporté par le poids de son corps, qu'il retenait de son bras valide, il amortit sa chute et se laissa doucement glisser au sol avec elle. Sa peau était chaude, la sueur ruisselait sur ses tempes alors qu'elle était restée inconsciente, blessée, Dieu sait combien de temps dans la neige.

— Je… ne veux pas te perdre, Benning.

Ses longs cils, s'abaissèrent, ombrant de leurs pointes le haut de ses joues mais, lorsqu'elle rouvrit les yeux, il y vit une flamme qu'il n'y avait jamais vue.

— Et… elle non plus, je ne la perdrai pas. Je ne peux pas.

La voix d'Ana se brisa en même temps que le cœur de Benning. Quelque chose changea à cet instant. Quelque chose qu'il n'aurait su définir mais qui fit qu'elle se laissa aller contre lui. Il s'était trompé. Ce détachement dont elle avait fait son credo suprême n'était pas né du besoin de s'épargner la perte et la douleur d'une autre victime. Comment avait-il pu ne pas le voir avant ? La vérité avait pourtant été là, sous ses yeux, révélée par la façon dont elle lui avait caché sa blessure par balle pour les mettre en sécurité, la façon dont elle avait assumé la responsabilité de la mort de Samantha Perry, dont elle s'était sacrifiée pour donner à sa fille une chance d'échapper au tueur. Encore maintenant, alors qu'elle était à deux doigts de perdre conscience, elle faisait passer sa blessure à lui avant les siennes.

Elle n'essayait pas de se prémunir contre de nouvelles souffrances.

Elle se punissait.

Pour ce qui était arrivé à sa sœur, pour ce qui était arrivé à Samantha sept ans plus tôt. Elle avait distordu la réalité et fait de leurs tragiques disparitions sa responsabilité personnelle. Et lui qui l'avait accusée d'être devenue un robot, dépourvu d'émotions !

Elle avait rompu les liens avec les gens qu'elle aimait le plus, non pas parce qu'ils l'auraient distraite de son travail mais parce qu'elle s'était persuadé qu'elle ne méritait pas de faire partie de leur vie. Par un raisonnement totalement biaisé, elle en était venue à se dire que, puisqu'elle avait échoué dans sa mission, elle n'était pas digne pas d'être aimée. Benning repoussa les mèches poisseuses de sang de son visage et la pressa avec précaution contre lui, écoutant le rythme de sa respiration qui se ralentissait. Non. Elle ne mourrait pas ici. Ses cils, de nouveau, s'abaissèrent vers ses joues, et les larmes brûlèrent les yeux de Benning à l'idée qu'il puisse la perdre de nouveau. Pour de bon, cette fois.

— Tu n'es pas une coquille vide, Ana. Tu es toujours celle dont je suis tombé amoureux. Je sais maintenant pourquoi tu es partie. Pourquoi tu crois devoir mettre ta propre vie en danger pour les autres... C'est pour effacer le passé, te racheter. Mais, si tu continues comme ça, tu ne pourras plus rien pour personne, Ana. Et mes enfants ont besoin de toi.

Il marqua une pause comme la vérité lui apparaissait dans toute son évidence.

— *J'ai* besoin de toi.

— C'était ma faute.

Sa voix vibra contre son torse. Ses paupières papillotèrent comme elle s'efforçait de rouvrir les yeux, les mains inertes sur le sol.

— C'est moi qui étais censée garder ma sœur le jour où elle a disparu. C'est moi qui aurais dû trouver une piste, un indice qui nous aurait conduits à Harold Wood avant qu'il ne tue cette adolescente. Moi et personne d'autre.

Il posa sa joue contre le sommet de sa tête, sentant une chaleur nouvelle se propager en lui.

— Tu avais cinq ans quand ta sœur a été enlevée, Ana. Cinq ans ! Tu n'aurais pas pu te sauver non plus si c'était toi qui avais été enlevée. Tu n'étais qu'une enfant. Il ne viendrait à l'idée de personne de te tenir responsable de ce qui s'est passé. Et personne ne te tient responsable de ce qui est arrivé à Samantha Perry.

Son cœur se serra à la pensée du fardeau qui avait pesé jour après jour sur ses épaules pendant toutes ces années. Elle avait tellement intégré cette culpabilité qu'elle était devenue son mode de fonctionnement, affectant sa vie entière. Lui interdisant d'être heureuse.

— Les coupables, ce sont les criminels que tu traques. Les

ravisseurs, les violeurs, les assassins. Pas toi. Comment peux-tu ne pas le voir ?

Elle ne répondit pas.

— Tu m'as dit que ton travail, par nature, consistait à plonger dans les ténèbres, et je te crois.

Du pouce, il enleva du sang de sa lèvre inférieure, ce qui lui mit les sens instantanément en émoi, lui faisant oublier la douleur de son épaule. Pas de quoi s'en étonner : elle avait toujours eu cet effet-là sur lui, toujours eu le pouvoir de chasser le chaos autour d'eux, de l'ancrer dans le présent. De lui donner confiance.

— Mais qui a dit que tu devais le faire seule ? Ou que tu n'avais pas droit à la lumière ?

Elle secoua la tête.

— J'aurais dû la sauver.

— Mais les autres, Ana ? Pense à toutes les autres victimes qui ont eu la vie sauve grâce à toi.

Lui aussi était passé par là, s'était amèrement reproché de n'avoir pas su protéger Owen et Olivia. Mais ça ne menait à rien. Bien sûr, il aurait pu lui dire qu'il était mort d'inquiétude pour eux, que c'était pour cette raison qu'il s'épanchait de la sorte, mais ce n'aurait pas été vrai. Il l'aimait. Dès l'instant où elle était arrivée sur ce chantier pour le questionner au sujet de Samantha Perry sept ans plus tôt, il avait su qu'elle était le genre de femme auprès de qui il avait envie de passer sa vie. Elle était intelligente, indépendante, perspicace, chaleureuse, et attentionnée quand elle s'autorisait à laisser transparaître cette facette de sa personnalité. Et elle méritait décidément bien mieux que cette vie faite de questions sans réponse, de douleur et d'inconsolable remords. Elle méritait d'être heureuse. Et ce bonheur, lui et les jumeaux pouvaient le lui apporter. Cette idée aurait dû lui faire peur, mais non... elle l'emplissait d'une impression de justesse, d'absolue certitude. D'ailleurs, à bien y réfléchir... n'en avait-il pas toujours été ainsi ?

— Tu es obnubilée par le besoin de sauver la terre entière mais, tu sais, cette obsession te conduira à ta perte.

Il s'interrompit un instant puis reprit, un soupçon de colère altérant sa voix :

— Bon sang, Ana, il y a des gens qui t'aiment, qui s'inquiètent pour toi, mais tu es trop aveuglée par ta conception erronée des choses pour le voir.

Elle ramassa le pistolet qui traînait par terre et lutta pour se remettre péniblement debout. Les paupières lourdes, elle claudiqua jusqu'à la table et se laissa tomber sur la chaise sur laquelle elle se trouvait quand il avait suturé sa plaie.

— Il n'y a que deux personnes qui m'importent pour le moment et, dès que tu m'auras aidée à recoudre cette plaie, je les retrouverai.

8

D'un revers de la manche, elle chassa un reste de sang coagulé au coin de sa bouche, le rayon de la lampe de poche braqué sur le sol.

L'électricité était toujours coupée, mais ils avaient d'autres chats à fouetter pour le moment. Olivia était là, quelque part, dans le froid. Et l'homme au masque devait être à ses trousses... s'il ne l'avait pas déjà rattrapée. Elle repoussa fermement de son esprit les derniers mots qu'il avait prononcés avant de l'expédier par la fenêtre. Elle n'avait peut-être pas pu gagner cette bataille-là, mais elle n'avait pas perdu la guerre. Elle avait bien l'intention de mettre autant de bâtons dans les roues de son adversaire que possible. Quant à Benning... Quelles que soient les illusions qu'il nourrissait à son égard, elles devraient attendre. Le kidnappeur leur avait donné vingt-quatre heures pour restituer le crâne, et il n'en restait plus que trois. Trois petites heures, et le délai serait écoulé. C'était bien peu pour récupérer le crâne, retrouver Olivia et sauver Owen, mais jamais Ana n'abandonnerait la partie.

— Par ici.

De petites empreintes de pas trouaient la surface plane du manteau de neige fraîche entre des indentations plus profondes, s'éloignant du chalet en direction des arbres. Olivia était sortie par la porte d'entrée du chalet quand Ana lui avait crié de se sauver mais, d'après Benning, la petite fille avait attaqué le tireur juste avant qu'il ne tire une balle dans l'épaule de son père et, quand celui-ci avait repris conscience, elle n'était plus nulle part en vue. À en juger par les traces qu'elle avait laissées, elle avait changé de direction en s'enfuyant et s'était efforcée de masquer ses empreintes en traînant quelque chose derrière elle. Un sourire souleva un coin de ses lèvres enflées. *Bien joué, petite.*

Pas la moindre trace de pneus n'était visible dans la neige, autour du chalet. Leur assaillant n'était pas venu jusqu'à la cache en voiture. Trop évident. Ils l'auraient entendu arriver. Donc, il devait être venu à travers bois. Une motoneige ou un quad ? L'un comme l'autre lui aurait permis d'arriver et de repartir rapidement. Elle regarda autour d'elle. Aucun bruit ne lui parvenait de quelque direction que ce soit, et ce silence total l'oppressait. De toute évidence, leur agresseur connaissait les lieux. Il connaissait la configuration du terrain et les meilleurs endroits par où passer à l'attaque pour les prendre au dépourvu. Il avait su où les trouver et avait choisi le moment où ils étaient le plus vulnérables.

Élevant sa lampe de poche pour suivre la piste, elle dut produire un véritable effort pour vaincre la lourdeur de ses jambes, qui lui semblaient lestées de plomb. Les points de sa cuisse ne résisteraient pas longtemps si elle continuait à crapahuter dans la neige, mais il faudrait bien qu'ils tiennent encore un peu. Benning, de son côté, paraissait supporter la présence de la balle dans son épaule. Ou peut-être que le désespoir l'avait rattrapé et qu'il ne sentait plus la douleur...

— Je n'arrive pas à décider si ta fille est un génie ou si elle lit trop de romans policiers.

— Les deux.

Benning marchait à une certaine distance derrière elle, mais c'était comme s'il était encore contre elle, quand ils s'étaient retrouvés tous deux allongés sur le sol du chalet. Elle sentait encore son torse dur pressé contre son dos, la vibration de sa voix à son oreille, son souffle tiède... Sa température corporelle grimpa de quelques degrés. À moins que ce ne soit le contrecoup de ses blessures et de son importante perte de sang. Quoi qu'il en soit, il s'agissait de rester concentrée et de continuer à avancer. Car, plus le temps passait, plus le risque était grand qu'Olivia succombe au froid.

— Si tu voyais sa chambre… Elle l'a décorée avec la rubalise qui délimite les scènes de crime.

Benning l'aida à enjamber un gros tronc d'arbre qui était tombé. Elle commençait à ne plus sentir le bout de ses orteils et de ses doigts et, même si la fillette n'était pas blessée, ce devait être la même chose pour elle. Olivia portait-elle seulement un vêtement chaud ? Des chaussures ? Elle ne parvenait pas à s'en souvenir. La douleur de sa jambe était plus sourde maintenant, mais peut-être un vaisseau plus important avait-il été touché ? La perspective de ne pas s'en sortir vivante, de faire défaut à Olivia, à Owen et à Benning comme elle avait fait défaut à Samantha Perry, l'aiguillonna.

Il n'y avait pas place au doute dans son esprit : elle aurait *pu* sauver cette jeune fille si elle avait eu la tête tout à son travail au lieu de ne penser qu'à l'homme qui marchait en ce moment derrière elle, elle n'en démordait pas. Mais les mots qu'il avait prononcés la poursuivaient. Il avait besoin d'elle, il l'aimait. Et ce n'était pas l'investigatrice froide et détachée, la facette d'elle qu'elle présentait à son équipe et au monde, qu'il aimait, mais la femme qui se cachait derrière les erreurs qu'elle avait commises. La véritable Ana, celle dont il était tombé amoureux avant que le monde ne s'écroule autour d'elle d'un seul coup. Elle s'arrêta et s'appuya contre Benning lorsqu'il l'eut rejointe. Cette femme existait-elle encore ? Elle l'espérait, ne fût-ce que pour se débarrasser de cette culpabilité qui gouvernait sa vie depuis si longtemps, pour tracer librement son chemin. Pour être le genre de femme que Benning serait fier et heureux d'accueillir dans sa vie et celle de ses enfants. Elle avala sa salive pour dissiper la boule qui se formait dans sa gorge. Elle n'était pas certaine de pouvoir encore se projeter dans un avenir tel que celui-ci.

— Tu avais raison, Benning.

Il était si près maintenant que la chaleur de son corps se

diffusait au travers des couches de tissu qui les séparaient. Elle poussa un soupir qui se cristallisa aussitôt dans l'air tandis qu'ils se remettaient à marcher côte à côte, cette fois. La main de Benning la soutenait fermement par la taille, sans jamais faillir en dépit du projectile qui était planté dans son épaule.

— À quel propos ?

— Je me suis laissé aveugler par mes erreurs. Mes... échecs.

Le mot avait une résonance amère dans sa bouche.

— J'ai creusé un fossé entre moi et les gens qui tiennent à moi parce que c'était la solution la plus simple.

Elle prit une inspiration frémissante tandis qu'ils zigzaguaient entre les arbres.

— Je m'en suis terriblement voulu de la mort de Samantha Perry. Partant de là... je me suis dit que, puisqu'elle n'était pas bien vivante et heureuse parmi ses proches, la moindre des choses était de me placer dans la même position pour tenter de me racheter, ce qui n'a aucun sens, je sais. Mais, maintenant, je ne suis pas sûre qu'une quelconque rédemption soit possible. En tout cas, pas pour moi.

Il ralentit le pas et tourna la tête, la contemplant de cet air indéchiffrable. Ses larges épaules lui cachaient le halo pâle de la lune qui filtrait entre les arbres, mais elle n'avait pas besoin de le distinguer clairement pour deviner ce qu'il se disait. Elle avait gravé dans sa mémoire chacun des traits de son visage, les nuances de ses expressions, le jour où elle avait fait sa connaissance et, même si sept ans avaient passé, il n'avait guère changé. Il était devenu une part d'elle-même et, cela, rien ni personne n'y pouvait rien changer – elle moins que quiconque.

— Ce n'est pas le fait d'éprouver des sentiments qui peut te limiter dans ta capacité à t'acquitter correctement de ton travail, Ana. Au contraire, c'est justement ton investissement émotionnel vis-à-vis des personnes que tu es chargée de retrouver qui fait de toi un si bon agent.

Il pensait réellement ce qu'il disait, cela s'entendait à la conviction qui sous-tendait ses paroles.

Levant les yeux, elle sonda son regard bleu.

— Tu as l'air de vraiment y croire.

— Oui, absolument.

Sa voix s'était faite plus profonde, et elle s'avisa dans un sursaut qu'ils abordaient un territoire dangereux, d'autant qu'il s'était rapproché et que l'air, subitement, s'était chargé d'un parfum de pin et de savon.

— Je te connais et je sais qu'en dépit de tous tes efforts pour prouver que rien ne pourra jamais détruire la forteresse derrière laquelle tu t'abrites, tu es l'une des personnes les plus fortes et les plus compétentes que j'ai eu le plaisir de rencontrer. Beaucoup d'autres agents auraient pu être chargés de retrouver mon fils, mais c'est toi que j'ai sollicitée. Parce que c'était toi, et toi seule, qu'il me fallait.

Un cri déchira le silence au moment où, la gorge serrée, elle s'apprêtait à répondre.

— Olivia !

Benning se mit à courir dans la direction d'où le cri leur était parvenu, le dos légèrement voûté comme il se tenait l'épaule.

L'obscurité semblait plus épaisse désormais. Elle s'élança en boitillant sur ses talons. Ils devaient avoir parcouru une cinquantaine de mètres – peut-être un peu plus –, mais le hurlement semblait venir du chalet. Elle se demanda s'ils n'étaient pas en train de donner tête la première dans un piège, mais ils n'avaient pas le choix. Il fallait courir le risque. Ses manches s'accrochaient aux taillis et aux branches basses des arbres, alourdies par la neige, comme elle s'efforçait de ne pas se laisser distancer. Elle éteignit sa lampe torche, et ils se retrouvèrent dans le noir complet. Si le tueur les voyait approcher, Dieu sait quelle pouvait être sa réaction. La sueur commença à perler de nouveau à la racine de ses cheveux tandis qu'elle s'obligeait à accélérer l'allure. La douleur était revenue, les points de suture tirant sur sa chair à chaque pas. Mais pas question de s'arrêter. Elle devait trouver Olivia, ramener Owen à son père. Ces mots, tel un leitmotiv, tournaient en boucle dans sa tête.

Ils émergèrent des bois. Les lampes à détecteur de mouvement se déclenchèrent, l'éblouissant l'espace d'une seconde.

Comme elle élevait une main en visière au-dessus de ses yeux pour se protéger de la lumière, Ana le vit. L'homme qui l'avait projetée à travers la fenêtre du premier étage. Et, à côté de lui, la silhouette de la petite fille de six ans qui, depuis deux jours, ne connaissait rien d'autre que la terreur.

— Je n'aurais pas cru que vous survivriez à votre chute, Ramirez.

Cette façon qu'il avait de prononcer son nom, comme s'ils connaissaient, lui étrilla les nerfs. Une main gantée se posa sur l'épaule d'Olivia, attirant l'enfant plus près.

— Mais je crains que vous n'ayez beaucoup plus que cette jambe à soigner quand j'en aurai terminé ici.

— Vous dites ça comme si vous pensiez que j'allais vous laisser vous en tirer.

Ça n'arriverait pas. Elle éleva le canon de son arme, agrippant la crosse des deux mains. Benning se rapprocha d'elle. Sa tension était palpable, mais il resta silencieux, ne souligna pas qu'elle risquait de toucher accidentellement sa fille. Elle lui avait promis de sauver Olivia, et sa parole lui suffisait.

— Rendez-moi la petite, dites-moi où est son frère, et je réfléchirai à deux fois avant d'appuyer sur la détente.

Le masque qui dissimulait ses traits se souleva légèrement, comme s'il souriait malgré la balle que Benning lui avait logée dans l'épaule. Écartant ses doigts gantés, le tueur assura sa prise sur son pistolet.

— Je vais vous dire ce qu'on va faire. Comme je n'aime pas spécialement tuer des enfants, je vais passer un marché avec vous. Je libère la petite et vous indique où trouver le garçon et, en échange, vous me donnez M. Reeves.

— Et qu'est-ce qui m'empêche de vous abattre là, tout de suite, et de mettre fin à tout ça ?

— Ce qui vous en empêche ? Eh bien, peut-être le fait que je ne sois pas le seul à savoir où est le petit garçon…

Sans geste brusque, l'homme masqué porta la main à sa poche et en sortit lentement son téléphone. Tournant l'écran dans leur direction, il lança l'appareil qui atterrit dans la neige, à ses pieds.

— Si vous me tuez, vous signez l'arrêt de mort d'Owen Reeves, agent Ramirez. C'est ce que vous voulez ?

Se forçant à conserver un masque imperturbable, Ana ramassa l'appareil sans quitter l'homme des yeux. Son cœur se serra lorsqu'elle reconnut l'enfant dont la directrice lui avait montré la photo moins de vingt-quatre heures plus tôt. La vidéo semblait avoir été filmée par une caméra cachée dans le coin d'une pièce exiguë et sombre. Et Owen était là. Tout seul, l'air terrorisé. Les larmes avaient tracé deux sillons plus clairs dans la poussière qui barbouillait son petit visage.

Benning en échange de ses enfants.

Non. Il devait y avoir un autre moyen de sortir de ce guêpier. Ce furent les pleurs d'Olivia qui la tirèrent de ses pensées. Ce salaud les avait menés en bateau tout du long. En établissant un lien avec l'affaire Samantha Perry, en déposant la breloque sur la scène de crime, chez Benning, en détruisant des pièces à conviction. Il la manipulait depuis le début. Et l'accord qu'il lui proposait maintenant faisait partie du scénario. Mais elle ne céderait pas à ce chantage.

— Non. Pas question que je...

— C'est d'accord. Je vais venir, l'interrompit Benning.

Avec un coup au cœur, elle s'avisa que Benning avait vu la vidéo sur le téléphone. Elle ne pouvait pas quitter le tueur des yeux, mais elle se tint sur le qui-vive, guettant du coin de l'œil le moindre mouvement de Benning. Il n'y avait pas à discuter.

— Non, on va trouver une autre solution. À la minute où il aura ce qu'il veut, il s'en prendra aux enfants afin de couvrir ses traces. Je ne le laisserai pas faire. Mon travail, c'est de vous protéger...

— Ton travail, c'est de récupérer mon fils.

Benning jeta au sol l'arme qu'il avait prise dans son sac. Les mains levées, il s'écarta d'elle et commença à s'avancer vers le tireur. Le rideau de ses cheveux empêchait Ana de voir ses traits.

— Je compte sur toi pour tenir parole.

Pas à pas, Benning se rapprocha de l'homme. Il se crispa lorsqu'il vit sa main se déplacer sur l'épaule de sa fille, mais ce fut pour la pousser, d'une légère bourrade, devant lui. Il ne l'avait pas lâchée. Benning, les nerfs à vif, sentait le poids du regard d'Ana dans son dos. Le tambourinement de son cœur pulsait douloureusement au niveau de sa blessure, mais le fait de savoir qu'elle protégerait Olivia et ferait tout pour retrouver Owen apaisa un peu le doute qui le déchirait. Le fumier qui se cachait derrière ce masque de ski ne lui laissait pas le choix. Le seul moyen de s'assurer que l'erreur qu'il avait commise ne rejaillirait pas sur ses enfants était de se plier à ses exigences. Dans la lumière des projecteurs installés sur le pourtour du chalet, il vit, en s'avançant, les larmes qui roulaient en silence sur le visage de sa fille.

— Ça va aller, ma chérie. Ana va s'occuper de toi le temps de mon absence. Et, ensuite, je reviendrai te chercher, d'accord ? Tout va bien se passer.

— Papa, je veux rentrer à la maison.

Le visage d'Olivia se chiffonna d'un coup, et un gros sanglot lui échappa. En un battement de cils, l'enfant frondeuse, au caractère si affirmé, redevint la petite fille fragile et sans défense qu'il avait bercée des heures durant, quand elle pleurait jusqu'à ce qu'il vienne s'occuper d'elle.

— Tu seras bientôt à la maison, Liv. Il faut juste que tu sois forte un tout petit peu plus longtemps. Ce sera bientôt fini, je te le promets.

Il eut du mal à formuler la fin de sa phrase. Jamais il ne mentait à ses enfants, mais ce mensonge-là lui était venu spontanément. Il ne rentrerait pas, Ana avait raison. Sitôt que l'homme au masque aurait mis la main sur le crâne, la messe serait dite. Et ses enfants se retrouveraient orphelins de leurs deux parents avant l'âge de sept ans. Mais il ne pouvait pas les laisser subir plus longtemps les conséquences de son erreur alors qu'il avait la possibilité de mettre fin à ce cauchemar. Serrant les poings pour se retenir d'ouvrir les bras à Olivia et de revenir sur sa décision, il releva les yeux, qu'il vrilla sur la visière opaque du masque de ski.

— C'est bon. Ôtez vos sales pattes de ma fille maintenant.

Se libérant d'une torsion du bras, Olivia se rua en avant et jeta les bras autour de son cou comme il tombait à genoux pour la réceptionner.

— Papa, non ! Je veux que tu viennes avec moi.

— Très touchant, commenta l'homme. Mais je commence à m'impatienter, monsieur Reeves. Plus vous perdez de temps ici, plus vous en faites perdre à votre fils.

Le cœur près d'éclater en mille morceaux, il se tenait là, immobile, entre un agent fédéral et un tueur qui les menaçait d'une arme. Il se retourna à demi et, levant les yeux vers Ana, se redressa avec sa fille dans les bras. Jamais les choses n'auraient dû tourner ainsi.

— Liv, ma puce, il faut que tu ailles rejoindre Ana maintenant. Je t'aime, chérie, mais tu dois m'écouter. Vas-y.

— Allez, viens, Olivia, renchérit Ana, tenant toujours en joue le ravisseur de ses enfants. Pense à toutes les fois où les héros de tes livres favoris doivent faire des choix difficiles. Mais, au bout du compte, ce sont ces choix-là qui font avancer l'histoire et aident à résoudre l'énigme, non ? Sinon, les personnages ne sauraient jamais s'ils sont vraiment forts, pas vrai ?

Olivia dénoua les bras du cou de son père. Elle renifla, ses grands yeux bleus noyés de larmes qu'elle s'efforçait de retenir, mais il n'arrivait pas à la lâcher. Pas encore.

— Si, reconnut l'enfant à contrecœur.

— Et, à la fin, c'est toujours l'enquêteur qui attrape le méchant, n'est-ce pas ? enchaîna Ana en dardant sur Benning un coup d'œil bref mais appuyé.

En une fraction de seconde, le déclic se fit dans son esprit et il comprit. Ce n'était pas de la construction des romans policiers qu'elle parlait ; elle lui adressait un signal.

En boitillant, elle se plaça entre le tireur et Benning, l'arme au poing.

— La justice finit toujours par gagner.

— Vous commettez une grosse erreur, agent Ramirez.

Le tireur fit un pas en avant.

— Si je repars d'ici bredouille, Owen ne sera pas le seul à en payer le prix.

— Des erreurs, j'en ai fait plusieurs dans ma carrière. Mais pas aujourd'hui.

Benning vit ses épaules se soulever comme elle prenait une grande inspiration. *Maintenant. Elle va appuyer sur la détente.*

Il sauta sur le côté, sa fille dans ses bras, pour ne pas rester dans la ligne de tir, et courut du plus vite qu'il le put vers les arbres pour se mettre à couvert, entendant Ana lui emboîter le pas. Un morceau d'écorce explosa sur sa droite sous l'impact d'une balle, à seulement quelques centimètres de sa tête, et il s'accroupit, poussant Olivia derrière lui pour lui faire écran de son corps. Haletante, Ana se plaqua dos contre l'arbre, à côté de lui.

— Qu'est-ce que tu fabriques ? Il est le seul à pouvoir nous dire où est Owen !

— Parce que tu crois qu'il allait gentiment nous fournir l'information ? C'est un tueur, Benning. Les criminels dans son genre ne veulent qu'une chose – éviter de se faire prendre. Elle tira à son tour en direction de l'homme masqué qui se réfugiait derrière le tas de bois que Benning avait coupé et qui se trouvait très exactement entre eux et leur seule chance de salut. Le SUV.

— Où que soit caché Owen, trop de preuves permettent de remonter jusqu'à lui, assena-t-elle, le souffle saccadé. Le seul moyen de trouver ton fils, c'est d'identifier le propriétaire de ce crâne, et ce n'est pas en restant ici qu'on y parviendra.

Elle pivota de nouveau sur elle-même, toujours abritée par le tronc d'arbre et tira de nouveau trois coups avant qu'un clic ne signale que le chargeur était vide. Plus de munitions. Elle lâcha son arme par terre et jeta un coup d'œil pour s'assurer de la position de leur adversaire. Les traits déformés par la douleur, elle porta les deux mains à sa cuisse et le cœur de Benning se serra.

— Il faut qu'on arrive à atteindre le SUV.

— Comment ?

Bon sang ! Elle n'était pas en état de piquer un sprint ni d'affronter une nouvelle fois ce type. Lui non plus, d'ailleurs. Il ravala un grognement de douleur comme un coup de poignard lui déchirait l'épaule. Olivia se blottit contre lui comme un autre projectile sifflait à leurs oreilles.

— Il n'y a nulle part où vous puissiez aller, monsieur Reeves, lança l'homme. Où que vous vous cachiez, je vous retrouverai. D'une façon ou d'une autre, je récupérerai ce que vous avez pris et, une fois que ce sera fait, croyez-moi, je me ferai un plaisir à passer à l'étape suivante.

— Ce type est d'une prétention..., cracha Ana à mi-voix. Seulement, c'est lui qui est armé.

Elle secoua la tête, surveillant toujours l'homme depuis sa cachette.

— Bon. Est-ce que tu me fais confiance ?

Benning passa une main réconfortante dans le dos d'Olivia. Ana l'avait peut-être lâchement abandonné sept ans plus tôt mais, depuis, elle avait failli mourir en protégeant sa fille du fou dangereux qui était derrière ce tas de bûches. Elle s'était interposée entre lui et l'arme de l'homme, avait réussi à calmer Olivia. Alors, oui, il lui faisait confiance. Et plutôt deux fois qu'une.

— Oui.

— Bien. Alors, je vais m'arranger pour récupérer l'arme que tu as jetée par terre quand tu as accepté de te rendre à ce psychopathe, dit-elle en rangeant dans sa poche le téléphone que lui avait tendu le tireur.

Elle s'exprimait d'une voix égale mais, à la faveur de la lune, il vit que ses mains tremblaient.

— À mon signal, toi et Olivia, vous foncerez jusqu'au SUV. Il y a un double des clés dans la boîte à gants. La voiture est équipée d'un traceur. Mon équipe pourra vous localiser.

Un sentiment d'alarme le submergea.

— Ana, attends. Tu ne sais pas combien de balles il reste

dans cette arme. Et, avant de la trouver, tu seras à sa merci, totalement exposée.

Un nouveau coup de feu résonna dans la nuit. Le projectile ricocha contre un arbre, non loin d'eux. Elle tourna la tête vers lui et, l'espace d'un instant, le temps se ralentit. Il se noya dans les profondeurs de ce regard mordoré, qu'il ne discernait pas bien mais qu'il sentait rivé sur lui. Pendant quelques secondes, le monde extérieur disparut autour d'eux.

— Peu importe. Je veux que tu me promettes de ne pas revenir me chercher. Emmène ta fille et va-t'en loin d'ici. Compris ?

Le sang reflua de son visage comme la signification de ses paroles lui apparaissait. Elle ne pensait pas s'en sortir vivante.

— Ana, c'est non. Tu ne peux pas...

— Si.

Et, sans prévenir, elle l'attira à elle en empoignant sa veste et l'embrassa avec fougue. Sa langue s'insinua dans sa bouche et, pendant un bref instant, ils se retrouvèrent transportés dans le chalet. Elle, couverte de pâte à cookies, lui mourant d'envie de la toucher, de goûter encore la saveur de ses lèvres. Pendant ces quelques instants d'intimité retrouvée, tout avait été... comme avant. Comme si elle n'était jamais partie. Que tout était redevenu normal. Mais l'illusion ne dura pas. Ana le relâcha, et le froid, de nouveau, l'enveloppa.

— Tu te souviens..., dit-elle d'une voix pressante. Tu as promis à Olivia qu'elle pourrait visiter le siège social de la DCT quand tout serait fini.

Il serra sa fille plus étroitement contre lui et regarda la femme qui lui avait sauvé la vie, qui avait sauvé la vie de sa fille.

— Merci.

— Ne reviens pas, surtout.

Sur ces derniers mots, elle se détourna résolument de lui, prit une grande inspiration et s'élança en avant, quittant le couvert des arbres.

Une rafale de coups de feu explosa, et Benning se jeta en avant, slalomant à toutes jambes entre les arbres. Le poids de sa fille avivait la douleur de son épaule et l'alourdissait, le faisant s'enfoncer profondément dans la neige, manquant le faire chuter à chaque pas. Mais il ne regarda pas en arrière, ne ralentit pas, même si son cœur se fêlait un peu plus à chaque pas. Tous ses instincts lui criaient de rebrousser chemin, mais Ana avait été claire. Il devait continuer, emmener sa fille loin d'ici. La laisser seule. Il agrippa plus fort le pyjama de sa fille.

— On y est presque, ma puce. Ferme les yeux.

Mais Olivia martela le haut de son dos de ses petits poings fermés.

— Non ! Papa, il faut aller chercher Ana ! Elle a besoin de nous !

— Ce n'est pas possible, Liv.

La supplique de sa fille lui fit venir les larmes aux yeux. Elle n'était pas la seule à être attachée à l'agent fédéral chargé de retrouver son fils, mais il devait tenir sa promesse. Le SUV apparut entre les arbres. Forçant l'allure, il émergea du sous-bois. Le verre brisé de la lunette arrière crissa sous ses pas comme il contournait le véhicule du côté conducteur. Il tira la portière arrière et y installa Olivia. Puis il se mit au volant.

— Ana s'en sortira. Elle est du FBI, tu sais. Elle est entraînée.

Il se demanda si c'était sa fille ou bien lui qu'il essayait de convaincre.

Un nouveau coup de feu rompit le silence. Isolé. Son cœur se comprima, et il s'immobilisa, la main tendue vers la boîte à gants. Plusieurs secondes s'écoulèrent, peut-être une minute. Plus de tirs. Cela signifiait-il… ?

Du coin de l'œil, il nota un mouvement à l'arrière du véhicule.

— Baisse la tête, Liv !

Le pare-brise vola en éclats sous l'impact d'un projectile. Le cri d'effroi que poussa Olivia le galvanisa. Il plongea la main dans le compartiment, s'empara fébrilement des clés et démarra. Le véhicule bondit en avant dans une gerbe de neige qui l'empêcha de voir le tueur et fila dans l'allée, vers la route. Laissant derrière lui le chalet… et Ana.

Les yeux rivés au sol, l'agent Evan Duran suivait les traces de pas, à l'arrière de l'habitation, sous les flocons qui s'étaient remis à tomber dru. La cache de la DCT avait été compromise, mais il semblait désormais n'y avoir plus personne sur les lieux. Ni le tireur qui l'avait découverte, ni Ramirez.

— Que diable s'est-il passé ici ? s'enquit JC Cantrell en se redressant après avoir regardé à l'intérieur par la baie vitrée brisée, du côté nord du chalet.

— Je n'en sais rien.

La neige n'avait cessé de tomber depuis plusieurs heures – bien avant que Cantrell et lui ne repèrent le signal du SUV de Ramirez et ne récupèrent Benning Reeves et sa fille sur l'accotement de la route 441 –, mais elle n'avait pas encore recouvert la flaque de sang qui formait une tache sombre sur le manteau blanc. *Bonté divine.* Rien n'indiquait s'il s'agissait de celui du tireur ou de celui de Ramirez, mais celui qui en avait perdu une telle quantité ne devait pas être très vaillant. Le père et la fillette avaient eu de la chance de s'en tirer vivants, même si Benning avait été blessé, lui aussi.

— Je relève trois empreintes de pas différentes, reprit-il. Celles de deux adultes et la troisième, d'un enfant. Elles viennent toutes de la maison.

— Allons-y, déclara JC en dégainant son arme de service. Il n'y a pas une minute à perdre. Si ce sang est celui de Ramirez, j'espère que nous ne sommes pas arrivés trop tard.

Depuis un an que l'agent Ramirez avait rejoint la division criminelle tactique, elle n'avait pas dévoilé grand-chose de son passé. Elle venait de l'unité chargée de la recherche des personnes disparues mais, hormis cette information-là, elle faisait preuve d'une grande réserve, ce qu'il respectait. Les membres de la DCT travaillaient main dans la main, se faisaient mutuellement confiance en situation de crise sur le terrain, mais cela ne signifiait pas qu'ils étaient obligés de s'épancher sur leur parcours personnel. Il soupçonnait celui d'Ana Sofia Ramirez d'être assez lourd. Evan avait remarqué la façon dont elle s'isolait du reste de l'équipe, insistant pour être appelée par son patronyme, abordant chaque affaire, si sordide soit-elle, avec un détachement qui ne se rencontrait habituellement que chez les agents les plus expérimentés. Et il était certain qu'il y avait une raison à cela. Il en devinait même la raison.

Elle avait perdu quelqu'un de proche de mort violente, il en était sûr, et, à cet égard, Ramirez et lui étaient probablement plus proches qu'elle ne l'imaginait. Sans Annelise, sans doute n'aurait-il jamais réussi à surmonter toute la colère et la douleur qui allaient de pair avec la perte d'un être cher dans des circonstances tragiques. Des circonstances auxquelles il n'aurait rien pu changer. Mais le plus difficile avait pourtant été de lutter contre la culpabilité. L'idée que, s'il avait été plus fort, plus rapide, il aurait pu empêcher le drame de se produire. Et peu importait l'âge qu'il avait eu au moment où sa sœur avait été enlevée.

Ramirez traînait comme un boulet le même fardeau aujourd'hui et, de l'avis d'Evan, si elle déployait une telle énergie pour sauver le plus de vies possible, ce n'était pas sans raison. Comme lui avant elle, elle devait chercher à expier la faute qu'elle était persuadée d'avoir commise. Il ne connaissait pas les tenants et les aboutissants de son histoire, mais il était certain d'une chose : ce n'était pas une façon de vivre. La DCT avait été créée dans le but de fournir une réponse rapide sur le terrain mais, pour autant, il était impossible de sauver tout le monde. Tant que Ramirez ne l'accepterait pas, non seulement elle en souffrirait, mais ses proches aussi en subiraient les conséquences.

Evan tapota l'épaule de JC.

— Par là, souffla-t-il en désignant du menton le coin de la bâtisse.

Sortant lui aussi son pistolet, le dos plaqué au chalet, il longea le mur jusqu'à l'angle. Il attendit que JC ait ouvert la voie, puis il lui emboîta le pas. Son cœur se mit à cogner dans ses oreilles comme ils approchaient du tas de bois. De nombreuses douilles parsemaient la neige ainsi que du sang, là aussi. Quelqu'un s'était embusqué derrière ces bûches et quelqu'un d'autre... Il suivit du regard les traces de pas qui s'éloignaient en direction de la forêt. Et son regard tomba sur un corps à une vingtaine de mètres de là.

— JC.

— Oui, j'ai vu.

Ils se mirent en mouvement comme un seul homme, guettant le moindre signe que celui qui avait piégé les occupants du chalet se trouvait encore là. Pistolet au poing, fouillant du regard les environs, les deux agents comblèrent la distance qui les séparait de la victime. Les restes humains retrouvés dans la cheminée extérieure, la présence sur les lieux d'un bijou lié à une ancienne affaire de meurtre de Ramirez et maintenant… ceci. Décidément, les corps s'accumulaient à un rythme déconcertant.

JC s'accroupit auprès du corps étendu, dos à lui, dans la neige, et tourna la tête de la victime vers eux. De longs cheveux noirs retombèrent en arrière, dégageant un visage familier. Une poigne d'acier noua l'estomac d'Evan. L'avant de son torse était couvert de sang, provenant apparemment de deux blessures par balle, l'une au côté et l'autre au-dessus du sein droit. Une troisième blessure, à la cuisse gauche, avait apparemment été soignée avec les moyens du bord.

Nom d'un chien. Ramirez.

— J'ai un pouls… Il est faible, mais elle est vivante.

Retirant la main de sa gorge, JC rangea vivement son arme dans son holster et ouvrit la veste de leur collègue.

— On ne peut pas la déplacer dans cet état et il faudrait deux heures à une ambulance pour parvenir jusqu'ici, avec ce temps.

En un éclair, Evan sortit son téléphone et le pressa contre son oreille tout en échangeant un regard grave avec JC. La situation était critique, ils en avaient tous deux conscience. À l'autre bout de la ligne, la directrice Pembrook décrocha à la première sonnerie. Sans perdre une seconde, contemplant le visage blême de Ramirez, il annonça d'un ton bref :

— Il me faut de toute urgence un hélico à la cache de Sevierville. On a un agent à terre.

9

Elle ne sentait plus rien.

Ni ses doigts, ni ses orteils, ni aucune autre partie de son corps entre les deux mais, à en juger par le bip-bip régulier qui tintait à ses oreilles, elle n'était pas morte. Ou alors, si elle l'était, le paradis n'était pas ce qu'on croyait.

Ana entrouvrit les paupières. Un éclairage fluorescent mais tamisé, des draps blancs sur lesquels reposait une télécommande. Elle était à l'hôpital. Soulevant la tête de l'oreiller, elle se raidit en sentant des cheveux lui chatouiller le menton. Elle regarda vers le bas et aperçut une crinière auburn.

— Elle ne voulait pas que tu sois seule, à ton réveil.

Cette voix... *Sa* voix. La perfusion reliée à son bras diffusait dans son organisme la quantité d'antalgique nécessaire pour neutraliser la douleur physique, mais elle n'empêchait pas son cœur de se serrer au simple son de cette voix. Elle tourna la tête, et deux yeux bleus plongèrent dans les siens. Tout à coup, tout ce qui s'était passé fut relégué au second plan, ne laissant que lui. Et Olivia.

— Tu... n'étais pas censé revenir me chercher.

Elle avait la bouche sèche, les lèvres parcheminées. Depuis combien de temps était-elle ici ? Des heures ? Une journée ?

— C'est ton équipe qu'il faut remercier. Les agents Cantrell et Duran ont pu localiser le SUV et venir nous chercher quand je les ai appelés du téléphone à carte que tu avais laissé dans la boîte à gants.

Il appuya ses coudes sur ses genoux, les doigts d'une de ses mains entremêlés aux siens. Les yeux soulignés de cernes sombres, les traits tirés, il poursuivit d'une voix altérée par l'émotion :

— Après tout ce que tu as fait pour nous, je n'allais quand même pas te laisser mourir là-haut, Ana.

Était-ce là la raison de sa présence ici ? Parce qu'elle avait fait son travail et qu'il s'estimait redevable ? Une douleur sourde lui comprima la poitrine comme elle essayait de se redresser un peu contre son oreiller. Elle jeta un coup d'œil au goutte-à-goutte. La morphine aurait dû... Mais sa pensée s'interrompit net. Non. Cette douleur-là n'était pas de celles que le plus puissant des antalgiques pouvait faire taire. Elle avait pendant si longtemps refoulé tous ses sentiments, tenu tous ceux qui lui étaient chers à distance... Mais les circonstances tragiques qui les avaient réunis, Benning et elle, lui avaient fait prendre conscience d'une vérité incontournable : passer à l'affaire suivante quand tout cela serait terminé lui serait extrêmement difficile. En quelques jours, cet homme et le précieux petit être dont la tête reposait présentement sur le bord de son lit s'étaient frayés un chemin jusqu'à son cœur sans même qu'elle s'en rende compte. Et, maintenant, les quitter serait un vrai crève-cœur.

— Comment va-t-elle ? s'enquit Ana, posant les lèvres sur le sommet de la tête d'Olivia et humant l'odeur fruitée de son shampooing.

Des souvenirs affluèrent par flashs successifs à sa mémoire. Elle avait couvert Benning et Olivia tandis qu'ils couraient vers le SUV, mais une nouvelle balle l'avait percutée au torse avant qu'ils ne l'aient atteint. Elle avait essayé de rester debout, mais elle avait perdu trop de sang. Elle s'était évanouie. La dernière image qu'elle se rappelait était celle de l'homme masqué, à côté d'elle, la dominant de toute sa hauteur. Et puis plus rien... Elle avait sombré.

— Elle va bien, merci. On a pu monter dans la voiture et filer avant qu'il ne nous ait rattrapés, dit-il en imprimant de petits cercles sur le point de pression, entre son pouce et son index. Tu nous as sauvé la vie, Ana, et je t'en serai éternellement reconnaissant. Mais ne t'avise pas de recommencer. Ou de quitter ce lit et de prendre le large avant d'avoir reçu le feu vert des médecins. On a failli te perdre.

L'air se bloqua dans ses poumons. À la façon dont il avait dit ça, elle aurait pu croire que c'était plus que de la gratitude qu'il exprimait et une douce chaleur l'envahit. Cela voulait-il dire que… Non. Il avait peut-être raison quand il disait que la culpabilité avait détruit ses relations avec son entourage proche, mais elle n'était pas assez naïve pour s'imaginer que les sentiments nés de la situation de stress qu'ils venaient de vivre pouvaient perdurer. Elle ne devait pas se laisser aller à cet espoir-là. Ce n'était pas fini. Elle avait encore trop à faire. Repoussant doucement les cheveux auburn du visage d'Olivia, elle posa la joue sur sa tête.

— Je t'ai donné ma parole. Je n'irai nulle part… Du moins, tant que je n'aurai pas retrouvé ton fils.

L'azur de ses yeux s'assombrit. Dénouant ses doigts des siens, il se renfonça contre le dossier de son siège et passa sa main valide dans ses cheveux.

— Ils ont perdu la trace du tueur dans les bois, à environ quatre cents mètres du chalet. Il devait avoir un quad ou une motoneige. Il avait tout prévu, apparemment. Et, sans lui, je ne sais pas si je reverrai un jour mon fils…

Il prit quelque chose sur sa table de chevet et le présenta devant elle. Elle reconnut le téléphone du ravisseur qu'elle avait conservé, et qui contenait la vidéo d'Owen. Le personnel de l'hôpital avait dû le récupérer dans sa poche et le placer avec ses effets personnels lors de son admission. Mais le voir entre les mains de Benning la remplit soudain d'appréhension.

— Ma seule chance, c'est ça, reprit-il en glissant le doigt sur l'écran.

Il y avait une sorte de solennité dans son geste, et elle eut l'impression, même si elle ne voyait pas distinctement l'écran, qu'il s'imaginait effleurer, en même temps que l'écran, le visage de son fils.

— Ton équipe est toujours en train d'analyser la scène de crime, chez moi. Je n'ai pas le droit d'entrer, donc c'est la seule chose qui me relie à lui pour le moment. Cette vidéo.

— Benning, je comprends que tu m'en veuilles… tu avais déjà toutes les raisons de m'en vouloir avant ce qui est arrivé au chalet. Je sais que j'ai refusé la proposition de ce psychopathe, mais il ne t'aurait jamais révélé l'endroit où il détient Owen, je t'assure. Il t'aurait mené à bateau jusqu'à ce que tu ne lui sois plus d'aucune utilité et, ensuite, il vous aurait tués tous les deux. Il fallait absolument que je l'en empêche.

Elle aurait voulu pouvoir tendre le bras, lui enlever ce téléphone des mains, effacer la souffrance qui marquait ses traits.

— Je ne t'en veux pas.

Il avait parlé si bas que c'était à peine si elle l'avait entendu, avec les bips du monitoring.

— Oh ! ce n'est pas faute d'avoir essayé, continua-t-il en secouant la tête. J'étais fou de rage au début, quand j'ai découvert que tu avais demandé à retourner à Washington. J'avais beau chercher, je ne comprenais pas ce que j'avais bien pu dire ou faire de mal.

Il pencha la tête sur le côté, les yeux plissés.

— Mais ensuite, malgré tous mes efforts pour tirer un trait sur notre histoire et passer à autre chose, tu n'as jamais cessé d'être dans mes pensées, même après avoir épousé Lilly, eu les jumeaux et l'avoir perdue. Je m'en voulais plus à moi-même de ne pas avoir le courage d'admettre que tu ne reviendrais pas que je ne t'en voulais à toi. Et aujourd'hui… Tu es le seul rempart entre mes enfants et ce type qui a juré notre perte.

— Je suis désolée.

Elle ne savait pas quoi dire d'autre, mais elle avait bien conscience que ce n'était pas par ces trois petits mots qu'elle pouvait compenser les mois – les années – de chagrin dont elle avait été la cause, ni changer quoi que ce soit au fait qu'elle lui avait brisé le cœur de la pire manière qui soit. Elle se mordit la lèvre inférieure mais, avec l'effet de la morphine, elle ne s'avisa qu'elle appuyait trop fort que lorsqu'un goût de métal lui emplit la bouche. Qu'importe. C'était bien peu cher payer pour tout le mal qu'elle avait fait.

— Tu sais, même si ça ne semble pas spécialement réjouissant, ton fils représente toujours un bon moyen de pression pour le tireur puisqu'il tient absolument à récupérer le crâne. En dépit des apparences, on a autant de chances qu'avant de ramener Owen à la maison.

— Non.

Il partit d'un petit rire amer qui déchira le cœur d'Ana et renversa la tête contre le dossier du fauteuil, les traits creusés par l'anxiété et la fatigue. Il contempla une nouvelle fois le téléphone dans sa main avant de le reposer, écran retourné, sur la table de chevet.

— Je ne sais pas où est ce fichu truc !

Elle esquissa un mouvement pour se redresser davantage mais y renonça, le poids d'Olivia la clouant au matelas.

— Je l'avais caché dans cette cheminée où ton équipe a découvert le corps de Jo. Seulement, ils ne l'ont pas trouvé là où je l'avais mis, le tueur ne l'a pas et ce n'est pas moi qui l'ai enlevé.

Jo ? Alors, les restes calcinés étaient ceux de la baby-sitter de Benning ? Elle contempla, atterrée, le gros bandage qui enveloppait son index fracturé. Tant de sang versé, tant de vies injustement volées. C'était à elle qu'incombait la tâche de protéger les innocents et de débusquer les coupables, mais elle n'osait même pas évaluer les dégâts subis par le reste de son corps de peur que cela ne lui rappelle *qui* elle avait failli perdre en l'espace de quelques heures. Relevant les yeux, elle s'efforça de détourner ses pensées de lui, d'Olivia qui dormait toujours, la tête calée sur elle – de tout ce qui risquait d'amoindrir la concentration dont elle avait besoin pour retrouver le garçonnet terrifié de la vidéo. Mais rester de glace face à Benning Reeves devenait chose de plus en plus malaisée.

Le kidnappeur d'Owen et Olivia était revenu sur les lieux pour effacer ses traces, mais il n'avait pas trouvé ce qu'il cherchait et n'avait pas hésité à tuer une femme innocente. Si Ana n'avait pas eu tous les sens anesthésiés par la morphine, nul doute qu'elle aurait senti le sang battre douloureusement derrière ses orbites. Ça n'avait pas de sens. Quelqu'un d'autre avait fait main basse avant lui sur la pièce à conviction, mais ça n'expliquait pas le rapport entre l'enlèvement d'Owen et l'affaire Samantha Perry. La découverte de la breloque sur la scène de crime et le fait que le tireur ait fait référence à la mort de Samantha n'étaient pas le fruit du hasard. Il devait y avoir un lien entre les deux enquêtes, un lien qui, pour l'instant, lui échappait.

— Qui d'autre était au courant, pour le crâne ?

— Personne.

Benning secoua la tête, les pointes de ses longs cheveux sombres balayant les épaules de sa chemise blanche.

Il s'était douché et changé, mais les cernes, sous ses yeux, attestaient qu'il ne s'était pas reposé pendant qu'elle récupérait, sur son lit d'hôpital. Il était resté à son chevet. Peut-être à la demande de sa fille, mais tout de même... ça signifiait quelque chose, non ? Peu de gens en auraient fait autant.

— Il faut que je m'entretienne avec mon équipe, observa-t-elle d'une voix lasse, remarquant que la lumière semblait tout à coup plus agressive, que son corps commençait à l'élancer de toutes parts.

Il leur manquait, dans cette affaire, la pièce clé du puzzle. Owen Reeves n'avait pas été retrouvé, et le tireur avait bien failli tous les tuer. Ana se redressa avec précaution dans son lit et déconnecta la perfusion de son bras. Benning bondit.

— Qu'est-ce que tu fais ? interrogea-t-il en dégageant doucement Olivia.

Infierno. Tout le corps lui faisait mal, mais Ana ne pouvait décemment pas rester là, à attendre d'être totalement remise. Ce salaud n'aurait jamais dû pouvoir les localiser... sauf s'il avait piraté le GPS du véhicule, ce qui signifiait que toute son équipe courait un risque.

— Ce type savait où nous trouver. Il faut que je découvre pourquoi et comment.

Parfois, un calme singulier précédait l'approche d'un ouragan. Depuis qu'elle avait été autorisée à quitter l'hôpital, Ana n'avait pas dit un mot. Mais ce silence n'était synonyme ni de faiblesse ni de découragement, il en était certain. À l'intensité avec laquelle elle étudiait sa maison, où les traces du passage de la police scientifique subsistaient un peu partout, bien visibles, et à la façon dont sa main intacte était refermée en un poing serré, il interprétait plutôt son attitude comme étant « le calme avant la tempête ».

Olivia les dépassa en courant pour s'engager dans le couloir qui menait aux chambres, sur l'arrière.

— Ana ! Viens voir ma chambre !

La femme qui se tenait à son côté laissa échapper un petit rire, et Benning engrangea précieusement ce son dans sa mémoire. Après l'attaque dont ils avaient fait l'objet à la cache, il n'était probablement pas près de le réentendre de sitôt mais tout de même… C'était bon de se dire qu'il était toujours là.

— Merci de m'accueillir chez toi. Je sais que ce n'est pas idéal de revenir ici après ce qui s'est passé, mais je veillerai à ce que tu sois remboursé pour les éventuels dommages causés par les techniciens de scène de crime ou mes collègues.

— C'est sans importance. Ce qui compte, c'est que tu aies un endroit où tu puisses te rétablir pendant qu'on essaye de tirer au clair cet imbroglio. Et je pense qu'il est bon aussi pour Olivia de retrouver ses marques et son univers familier.

Il s'efforça de ne pas prêter attention au fait que tous ses meubles avaient été déplacés et que le tapis que sa mère avait tissé avait disparu du séjour. Il avait hérité de la propriété sur laquelle se dressait la maison que son père avait construite de ses propres mains à la mort de ses parents quelques années plus tôt. Cela avait toujours été son point d'ancrage, le sanctuaire où lui et ses enfants pouvaient se détendre, le soir venu, loin de l'effervescence de la ville. L'endroit parfait pour fonder une famille. À ceci près que, présentement, la maison lui semblait affreusement… froide et vide. Comme s'il y manquait quelque chose.

Benning s'éclaircit la gorge. Empoignant le sac d'Ana de sa main valide, il désigna le couloir du menton.

— Tu peux prendre ma chambre. Ce n'est pas le grand luxe, mais, au moins, ça t'évitera de dormir dans un lit jumeau dont les draps pourraient bien être parsemés de miettes de biscuits.

Ses lèvres s'étirèrent en un sourire d'excuse.

— Owen croit que je ne sais pas qu'il se relève la nuit pour aller piocher dans le garde-manger. Mais, d'une part, il n'est pas très discret et, d'autre part, je le vois à sa lèvre supérieure ornée d'une moustache de chocolat le matin.

— Un petit problème d'autorité, peut-être ? Bon courage.

Elle croisa son regard, et son sourire se détendit. L'anecdote l'avait amusée et il s'en réjouissait, mais… oui, quelque chose – quelqu'un – manquait bel et bien ici, et ce, depuis le soir où il avait été assommé sur ce même parquet. Des effluves de son voluptueux parfum emplirent l'atmosphère comme elle se plantait face à lui, la main posée sur son bras. Sa gorge claire portait encore les stigmates de son agression, et il vint poser sa main valide sur les marques bleuâtres. Le pouls d'Ana s'accéléra à son contact, et il ne put s'empêcher de se dire que c'était lui qui en était la cause.

— Benning, tu n'es pas obligé de t'imposer ça. Nous pouvons prendre des chambres en ville ou aller nous installer dans une autre cache, ce qui serait d'ailleurs plus sûr. Je…

La bouche de Benning se pressa sur la sienne, la réduisant au silence.

Seigneur, elle était… si parfaite, si forte. Elle était là, à bavarder comme si tout ce qui était arrivé ne l'avait nullement troublée alors que son monde à lui avait volé en éclats. Elle était tout ce dont il avait besoin – sa planche de salut, sa bouée de sauvetage, sa confidente, sa motivation pour tenir bon –, et il avait été à deux doigts de la perdre. Une nouvelle fois. À ceci près que, cette fois-ci, il avait cru ne jamais la revoir. Et, quand Olivia l'avait imploré de rebrousser chemin, il avait bien failli faire demi-tour – et mettre par là même la vie de sa fille en danger. La main d'Ana remonta le long de son bras comme si elle avait attendu ça avec autant d'impatience que lui, et il ne put résister à l'envie de la presser contre lui. Le désir flamba en lui comme elle se dressait sur la pointe des pieds pour mieux souder son corps au sien. La main de Benning s'enroula fiévreusement autour de sa taille tandis qu'il soufflait à son oreille :

— Dernière porte, au bout du couloir.

Les derniers éléments que leur avait transmis la division criminelle tactique à propos de leurs recherches concernant le personnel de Britland Construction, la confirmation que le squelette calciné extrait de sa cheminée était bien celui de sa baby-sitter et la découverte de la breloque vraisemblablement en lien avec l'affaire Perry... Étrangement, au lieu de l'en détourner, tout cela, au contraire, attisait le désir que lui inspirait la femme qu'il tenait dans ses bras. C'était le moyen d'échapper, fût-ce temporairement, au chaos et à la peur. Pour la première fois depuis sept longues, sept interminables années, ils allaient enfin...

— Qu'est-ce que vous faites ? lança une voix familière.

Benning sursauta en voyant sa fille, à moins d'un mètre d'eux. Il lutta pour reprendre contenance tandis qu'il s'écartait précipitamment d'Ana. Repoussant de la main ses longues mèches vers l'arrière, il s'efforça de faire taire la passion qui le consumait – sans grand effet. Avec Ana Sofia Ramirez, il n'avait jamais pu se dominer.

— Qu'est-ce que je t'ai dit, Olivia ? C'est mal d'espionner les gens.

Deux prunelles bleues identiques aux siennes soutinrent son regard réprobateur avant de dériver vers Ana, pour revenir s'arrêter sur lui.

— Je ne sais pas comment je peux devenir détective privé sans espionner les gens.

Le rire d'Ana ne fit qu'accentuer l'ardeur qu'elle lui inspirait.

Elle porta une main à son visage pour masquer le rose qui lui montait aux joues.

Son embarras était plus que partagé.

— Elle n'a pas tort, cela dit, souligna Ana.

— Je te croyais endormie, assena Benning.

Il s'inclina et passa un bras autour des épaules d'Olivia, songeant, horrifié, qu'il avait été à deux doigts de déshabiller l'agent fédéral sous les yeux de sa fille.

— Je voulais aller dormir dans ta chambre, plaida Olivia.

Il l'attira contre lui.

— Ce soir, ma puce, c'est Ana qui va dormir dans ma chambre. Moi, je serai dans la chambre d'Owen.

Du moins, était-ce désormais ainsi que les choses allaient se passer. Il leva les yeux vers Ana, qui s'était écartée comme si elle voulait les laisser discuter sans prendre part à la conversation. Il n'avait jamais réellement envisagé de combler le vide qu'avait laissé la mère d'Olivia et Owen à sa mort, mais, à ses yeux, Ana faisait autant partie de la famille que celle qui avait été son épouse. Peut-être même davantage au vu de tout ce qu'ils avaient traversé ensemble ces derniers jours.

— Non, non, pas de problème, intervint Ana en soulevant son sac avec une grimace de douleur. Prenez le grand lit, tous les deux. Je serai très bien dans la chambre d'Olivia... Si elle veut bien me la prêter, bien sûr.

— Et pourquoi on ne dormirait pas tous dans la chambre de papa ? suggéra l'enfant, visiblement enthousiasmée par cette idée.

Les yeux d'Olivia brillaient d'excitation. C'était la première fois que cela se produisait depuis des jours... Comment aurait-il pu ne pas s'en réjouir ? Son frère jumeau, celui dont pas un seul jour de sa vie Olivia n'avait été séparée, avait disparu depuis trois jours. Alors, Benning pouvait bien s'accommoder de la présence remuante de sa fille dans son lit si cela pouvait lui redonner le sourire.

Puis il s'avisa de ce qu'elle lui demandait.

— Chérie, je suis sûre qu'Ana préfère dormir seule. Tu sais

qu'elle a été blessée par ce méchant, n'est-ce pas ? Elle a besoin de repos et, toi, tu bouges beaucoup quand tu dors.

— Mais je veux dormir avec Ana, insista Olivia d'une voix plaintive.

En une seconde, sa fille – reine incontestée de la manipulation – passa de la surexcitation aux larmes. Et il se sentit instantanément faiblir.

— Eh bien… pourquoi pas ? intervint Ana. Ce sera amusant.

Il releva la tête d'un coup.

— Pardon ?

Le regard d'Ana alla de lui à Olivia, vêtue de son pyjama orné de licornes multicolores.

— Le problème, c'est que je n'ai pas de chemise de nuit.

— Si ! Je peux t'en prêter une de maman ! Je vais la chercher !

Ses larmes déjà oubliées, Olivia traversa la cuisine comme une fusée, courant en direction de sa chambre.

— C'est un grand T-shirt que j'ai gardé, après la mort de Lilly. Je pensais qu'Olivia aimerait peut-être le porter quand elle serait plus grande. En souvenir, tu comprends…

Benning se redressa, dépassé par les événements. Que diable était-il en train de se passer ? C'était lui qui était censé dormir avec Ana, pas lui *et* sa fille.

— Tu n'es pas obligée de le porter, et rien ne t'oblige non plus à accepter de dormir avec Olivia et moi. Elle jure ses grands dieux que ce n'est pas vrai, mais elle donne des coups de pied parfois en dormant, j'en suis témoin.

— Benning, je ne veux pas m'imposer. Je ne suis pas sa mère et… Enfin… Nous ne sommes plus ensemble. Donc, si tu juges que c'est une mauvaise idée, je peux soit m'installer dans le lit d'Olivia, soit trouver une chambre d'hôtel pour cette nuit.

Ana se passa la langue sur les lèvres, ce qui eut pour effet d'attirer l'attention de Benning sur sa bouche. La réaction de son corps ne se fit pas attendre.

— Mais, pour être franche, j'avoue qu'il est difficile de dire non à cette petite.

— J'aurais dû te mettre en garde, c'est une manipulatrice-née.

Il glissa sa main dans la sienne.

— Lilly et moi avions passé un accord. Quand on a découvert qu'elle était enceinte de jumeaux, on a décidé d'élever nos enfants ensemble afin de leur offrir la stabilité dont ils avaient besoin, de les choyer, de subvenir à tous leurs besoins, mais notre mariage s'arrêtait là. On n'excluait pas la possibilité que les choses puissent se dérouler différemment par la suite, mais... Bref, ça ne s'est pas passé ainsi, et Owen et Olivia n'ont jamais connu leur mère. Je ne dirai pas que je n'ai jamais rien éprouvé pour elle, ce serait faux. Sans elle, je n'aurais pas eu ces deux merveilleux enfants. Mais je veux qu'un point soit clair, Ana.

Il caressa du pouce la peau tendre de l'intérieur de son poignet, le regard rivé au sien.

— Je n'ai jamais cessé de t'aimer.

Les lèvres d'Ana se disjoignirent, ces mêmes lèvres qu'il embrassait avec fougue quelques instants plus tôt.

Olivia refit irruption dans la pièce.

— Tiens, je l'ai trouvée !

Décidément... Pourquoi cette gamine avait-elle le don de débouler systématiquement au moment le plus mal choisi ? Se tenait-elle embusquée derrière les portes pour les prendre sur le fait à la première occasion ? *Bon sang.* Son corps n'allait pas tenir longtemps à ce régime-là.

— Super.

Détachant ses doigts des siens, Ana prit le T-shirt que lui tendait la fillette et sourit. Elle glissa sa main dans celle d'Olivia et se laissa entraîner vers la chambre, au fond du couloir. Ana lui lança un coup d'œil par-dessus son épaule.

— Eh bien, on dirait que nous voilà parés pour cette soirée pyjama.

10

Un bruit d'ustensiles raclant des plats en verre la tira du sommeil.

La tête enfouie dans l'oreiller moelleux, elle regarda autour d'elle. Les épaisses couvertures s'amoncelaient en désordre et une odeur de savon et de pin flottait dans l'air, mais le grand lit était vide. Elle s'était endormie au bord du matelas avec, lovée contre elle, la petite fille de six ans qui avait vaincu ses défenses pour se frayer un chemin jusqu'à son cœur. Quant à l'homme qui occupait l'autre moitié du lit… Elle sentait encore la chaleur de sa main caressant la sienne contre la tête de lit tandis qu'Olivia reposait, endormie, entre eux deux. Ils avaient passé de longues minutes, des heures peut-être, leurs regards arrimés l'un à l'autre dans la pénombre avant qu'elle ne finisse par sombrer dans le sommeil le plus réparateur qu'elle ait connu depuis bien longtemps.

Il n'était pas une partie de son corps qui ne fût pas encore sensible et, tandis qu'elle se mouvait lentement pour poser les pieds sur le sol, des muscles dont elle n'avait même pas soupçonné l'existence se manifestèrent. Sa cuisse la faisait encore souffrir, elle aussi, mais la cuisante douleur s'était muée en une pulsation sourde qu'elle s'efforça d'ignorer comme ses orteils entraient en contact avec le grand tapis en peluche sur lequel était centré le lit. La chambre de Benning était simple. Des tables de nuit de part et d'autre du grand lit, surmontées de lampes de chevet si rustiques qu'elles semblaient provenir tout droit du tas de bûches qu'elle voyait par la fenêtre maintenant qu'elle était assise. Des photos encadrées des jumeaux avaient été stratégiquement placées de façon à être vues tout de suite, quel que soit le côté du lit par lequel il choisisse de se lever.

Ana ne put s'empêcher de soulever le cadre le plus proche. C'était un portrait d'Owen. Il devait avoir deux ou trois ans au moment où la photo avait été prise. Planté au milieu de la cuisine, il levait les bras en l'air en signe de triomphe, comme s'il venait de marquer un but. Examinant le reste de la photo, elle avisa alors plusieurs grosses carottes situées au-dessus de chacun des tiroirs, sur le plan de travail, et elle ne put retenir un bref éclat de rire. La douleur de sa deuxième blessure par balle se réveilla, et elle porta en grimaçant la main au bandage qui lui couvrait l'épaule. Un peu de sang avait traversé les couches de gaze et taché le T-shirt qu'Olivia lui avait prêté. Reposant avec soin le cadre à sa place, sur la table de chevet, elle se servit de sa jambe valide pour se lever.

— *Maldición.*

— Un de ces jours, il va falloir que tu me traduises tous ces jurons que tu profères quand tu te crois seule.

Sa voix suave et profonde s'insinua en elle par-delà les maux et douleurs, enveloppant, telle une longueur de soie, tous les doutes et la peur qui la taraudaient depuis qu'elle avait pris cette affaire en charge.

— J'ai taché le T-shirt de Lilly, annonça-t-elle, mortifiée.

Elle lui fit face… et se sentit aussitôt chavirer, saisie par cette attirance instinctive, viscérale qui s'emparait d'elle sitôt qu'elle posait les yeux sur lui. Il s'adossa au chambranle, les bras croisés, et, l'espace d'une demi-seconde, elle ne sut même plus ce qui l'avait tant ennuyée. Vêtu d'un T-shirt et d'un pantalon propres, les cheveux encore humides de la douche, il lui avait apporté un plateau chargé de quelque chose qui sentait si divinement bon que son estomac se mit à gargouiller. *Infierno,* cet homme était un dieu tombé du ciel parmi les mortels. Et, elle, stupide aveugle qu'elle avait été, elle l'avait quitté.

— Je suis désolée. Je vais le nettoyer avant qu'Olivia ne le voie.

— Tu sais, honnêtement, je pense qu'elle l'aimera d'autant plus tel qu'il est maintenant.

Il entra dans la pièce et les discrets effluves de son parfum s'intensifièrent, pour le plus grand plaisir d'Ana. Elle ne s'en lassait pas. Elle ne se lassait pas de *lui*. Ni de tout le reste : cet endroit, ces frimousses souriantes, sur les photos. Tout cela, au fond, c'était tout ce dont elle avait rêvé, sans le savoir. Et elle n'en prenait conscience que maintenant, sous l'insistance de ce regard bleu si pénétrant. Il avança d'un pas et lui présenta le plateau.

— J'ai pensé que tu avais peut-être faim.

— Merci.

À l'idée qu'elle était toujours en tenue de nuit, un courant de chaleur la parcourut. Le long T-shirt et le pantalon de survêtement trop grand pour elle qu'il lui avait prêté avaient suffi à la réchauffer pendant la nuit, quand Olivia lui volait les couvertures, mais maintenant... elle avait l'impression d'être nue tandis que son regard se promenait sur elle. Elle prit le plateau, le corps vibrant du désir, demeuré inassouvi, qui l'avait submergée la veille, juste avant qu'Olivia ne les surprenne en train de s'embrasser. Elle baissa les yeux, s'efforçant de se concentrer sur le contenu du plateau et non sur le fait qu'ils étaient présentement seuls, hors de vue de la petite fille. Des œufs, des gaufres et du bacon tiédissaient le plateau qu'elle avait toujours à la main. Tout ce dont elle raffolait au petit déjeuner.

— Il faut que je te dise : mon équipe n'a pas pu établir de lien entre les employés de Britland et cette affaire. Peut-être que le ravisseur d'Owen a simplement vu une occasion de cacher ce crâne sur le chantier et qu'il en aura tiré parti. Toujours est-il que, autorisation officielle ou pas, j'ai demandé à mes équipiers de passer le site au peigne fin. Ils trouveront peut-être quelque chose qui permettra de déboucher sur une identification, pour le cas où ce crâne ne referait jamais surface.

Benning secoua la tête avec une moue dubitative.

— Je ne sais pas. L'expertise balistique des douilles retrouvées à la cache n'a rien donné non plus.

Le regard d'Ana remonta vivement vers lui. Plus il s'attardait dans la chambre, plus sa tension intérieure s'accroissait et plus son parfum capiteux la grisait. Il pencha la tête sur le côté, un sourire étirant un coin de sa bouche. Cette bouche qu'elle avait embrassée avec passion moins de dix heures plus tôt et qu'elle rêvait d'embrasser encore. Son regard s'abaissa vers ses lèvres à cette évocation.

— L'agent Cantrell est passé ce matin pour me communiquer les dernières nouvelles, pendant que tu dormais. Je n'ai pas jugé utile de lui dire que tu avais passé la nuit, dans mon lit, à te disputer un coin de matelas avec une enfant de six ans.

Elle partit d'un petit rire, qui s'interrompit net dans une grimace de douleur. Elle se hâta de déposer le plateau au pied du lit de crainte de le lâcher.

— Ne me fais pas rire. Ça me fait trop mal.

Il accourut aussitôt.

— Voilà...

Du bras qu'il pouvait bouger, il l'aida à s'asseoir puis disparut dans la salle de bains pour en réémerger une seconde plus tard, un flacon d'antiseptique, un bandage et une boîte de compresses à la main.

— Il est temps de changer ton pansement.

— Waouh, tu étais fin prêt. Tu t'attendais à ce que je me fasse tirer dessus ou quoi ?

— Je vis avec deux sociopathes qui n'hésitent pas à courir à travers la maison avec des objets tranchants à la main, alors...

Posant le tout sur la table de chevet, il s'accroupit devant elle, le regard à hauteur de ses seins. De ses doigts légèrement râpeux, il écarta l'encolure du T-shirt et décolla son pansement souillé. Il tamponna délicatement les points de suture avec l'antiseptique pour en retirer le sang, chacun de ses gestes faisant battre plus vite le cœur d'Ana. Elle n'aurait eu qu'à tendre la main pour le toucher et... obtenir ce qu'elle désirait de toute son âme.

— Tu n'imagines pas le nombre de fois où j'ai dû soigner Owen parce qu'il s'était ouvert le genou ou l'arcade sourcilière sur cette satanée cheminée en briques, dans le bois. Mais rien à faire... Ça ne lui a jamais servi de leçon.

Elle se crispa malgré elle comme le tampon de gaze tirait sur ses points de suture.

— Désolé. Il faut nettoyer la plaie pour ne pas qu'elle s'infecte.

— Non, ça va, répondit-elle d'un ton bref.

Elle aurait voulu partir en courant, cacher le fait qu'elle n'était pas totalement maîtresse de ses réactions face à lui, mais elle n'avait nulle part où fuir. Elle aurait voulu être l'agent intrépide qui n'avait reculé devant rien pour les protéger, lui et ses enfants, celle qui avait tenu tête à un tueur impitoyable sans ciller, mais l'engourdissement généralisé et la distance mentale dus au puissant antalgique avaient commencé à se dissiper. Il avait rallumé la flamme en elle et, elle avait beau lutter, elle était en train de perdre la bataille. Physiquement. Mentalement. Émotionnellement. Serrant les dents, elle libéra l'air qu'elle avait retenu dans ses poumons le temps que la brûlure cuisante de l'antiseptique s'apaise et contempla le travail de Benning.

— Tu te débrouilles bien, dis-moi.

— Tu ne te débrouilles pas mal non plus quand il s'agit de te faire tirer dessus, rétorqua-t-il, une lueur dansant dans ses prunelles bleues.

Ses mains glissèrent le long de son corps jusqu'au bandage qui lui enveloppait le haut de la cuisse, traçant un chemin de feu sur sa peau.

— Et de recevoir des coups de couteau.

— Hé, attends un peu, protesta-t-elle. Entendons-nous bien : c'est la *baie vitrée* qui m'a fait ça. Je n'y suis pour rien.

Le sourire qu'il lui décocha acheva de dissoudre sa tension pour aller se loger droit dans son cœur. Il était toujours tellement soucieux des autres, toujours prêt à donner de sa personne. C'était dans sa nature. Il était prévenant, attentionné, bienveillant. En un mot, elle ne le méritait pas.

— Changerais-tu quoi que ce soit à tous ces tracas, si tu

le pouvais ? Je veux dire, les appels de l'école, les passages à l'infirmerie scolaire, les miettes de biscuits dans le lit ?

— Non.

Après avoir retiré le pansement et désinfecté la plaie, il recouvrit celle-ci d'un pansement neuf. Mais, sa tâche terminée, il laissa la main sur sa jambe. En un clin d'œil, une tornade de sensations assaillit Ana. Il y eut un bref instant pendant lequel toute notion de peur l'abandonna et elle s'inclina vers lui, prête à terminer ce qu'ils avaient commencé la veille.

— Papa ? lança la voix flûtée d'Olivia depuis la porte.

— Nom d'un chien, pesta Benning à voix basse. Il faut vraiment que je pense à équiper cette gamine d'une clochette.

Il baissa la tête, ôta sa main de sa jambe et se retourna.

— Oui, ma puce, qu'y a-t-il ? Tu as encore faim ?

— C'est Owen... Il me manque, avoua-t-elle d'une petite voix.

La lumière du soleil qui entrait à flots par les fenêtres situées au-dessus des tables de chevet tombait droit sur la petite fille, soulignant les grosses larmes qui menaçaient de déborder de ses yeux. Ana sentit quelque chose céder subitement en elle. Quelque chose qu'elle ne s'était plus autorisé à éprouver à partir du moment où elle avait compris que sa petite sœur ne reviendrait jamais. Ana et ses frères avaient eu beau chercher et chercher encore, ils avaient dû se rendre à l'évidence : leur petite sœur avait disparu.

— Est-ce qu'il peut rentrer maintenant, papa ? S'il te plaît ?

En trois enjambées, Benning rejoignit sa fille et l'enveloppa dans ses bras solides, caressant ses cheveux comme elle blottissait son petit visage dans son cou.

— Tout va s'arranger, Liv. Owen rentrera bientôt, je te le promets. On travaille à le retrouver avec l'équipe d'Ana. Il sera de retour ici, à t'embêter, plus tôt que tu ne le penses.

Mal à l'aise, Ana focalisa son attention sur les vêtements qu'elle allait enfiler, consciente de n'avoir pas sa place dans ce moment d'intimité entre père et fille. Si facile qu'il lui ait été de retomber dans les vieilles habitudes, les plaisanteries, cette confortable familiarité, elle ne faisait pas partie de cette famille. Et elle n'en ferait jamais partie. Elle ne pouvait pas compromettre son travail. Ni par ses expériences passées ni par l'enfant de six ans qui avait enroulé ses bras autour d'elle en s'endormant la veille… et moins encore par l'homme qui prenait décidément trop de place dans ses pensées.

— Est-ce que le crâne que tu as mis dans la cheminée, dehors, pourrait aider à le trouver plus vite ? s'enquit Olivia.

Ana se retourna, le cœur battant.

— Qu'est-ce que tu as dit ?

Se reculant légèrement pour tenir sa fille à bout de bras, Benning essuya les larmes d'Olivia de ses pouces, puis la saisit par le haut des bras. Baissant le ton, il demanda :

— Olivia Kay Reeves, dis-moi que ce n'est pas toi qui as pris ce crâne.

Le petit visage d'Olivia se fripa comme un nouveau flot de larmes se répandait sur ses joues.

— Je voulais résoudre l'affaire. Je… Je l'ai apporté dans mon labo, confessa-t-elle en reniflant.

— Quel labo ? interrogea Ana en s'avançant d'un pas.

Benning laissa glisser ses mains le long des bras de sa fille comme il pivotait sur lui-même pour regarder Ana.

— Owen et elle se sont construit un fort à l'arrière de la maison. Olivia l'a baptisé le « labo » parce que c'est là qu'ils jouent à mener des enquêtes. Le crâne doit encore y être.

— C'est un sacré agent en herbe que tu as là, nota Ana.

— Je ne sais pas pourquoi, mais ça ne m'est pas d'un grand réconfort.

Dire que, pendant tout ce temps, le crâne avait été là, dans la cour, à portée de main. Enfin, il était *déjà* dans la cour auparavant, mais sa fille n'était pas supposée aller fourrager dans cette cheminée. Une boule lui comprima l'estomac. Cette histoire était un vrai cauchemar, et Olivia avait… Oh ! bon sang, elle avait fait ce que tout bon détective aurait fait en pareilles circonstances : elle avait préservé une importante pièce à conviction.

— Les enfants de six ans ne sont pas censés cacher des ossements humains, à l'insu de leurs parents, dans un fort, au fond du jardin.

Rappelés sur les lieux, les techniciens de l'identité judiciaire sortirent le crâne du fort que ses enfants avaient bâti, avec son concours, à l'aide de planches et de panneaux de lamellé OSB de récupération qu'il avait rapportés d'un chantier inspecté l'été précédent. Aux beaux jours, Owen et Olivia avaient passé un temps fou dans leur repaire, à tel point qu'il avait à plusieurs reprises dû se fâcher pour les en déloger à l'heure du dîner. Et à présent leur refuge adoré était lui aussi une scène de crime, entaché par cela même dont il avait voulu les protéger.

— Maintenant qu'on a le crâne, mon équipe va s'occuper de l'identification dentaire et de l'analyse des empreintes génétiques. Ça devrait nous renseigner sur l'heure et la cause du décès.

Ana enfonça les mains dans ses poches avant d'enchaîner :

— Tu sais, Benning, si Olivia ne l'avait pas déplacé, le tueur aurait mis la main dessus le premier et il l'aurait détruit. C'est l'identification de cette victime qui nous permettra de retrouver ton fils.

Elle avait raison, mais ses enfants et lui n'avaient-ils pas traversé assez d'épreuves ? Ils avaient été traqués, menacés, ils avaient frôlé la mort. Combien d'expériences traumatisantes devraient-ils encore subir avant que ce cauchemar prenne fin ? Ou que tout ce qu'il avait édifié ne se craquelle irrémédiablement… Olivia pouvait rêver de devenir criminologue autant qu'elle le voulait, mais il y avait une différence entre se repaître d'histoires de meurtres dans les romans policiers et voir le crime faire irruption dans la vraie vie – la sienne, de surcroît. Il ne voulait pas de ça pour sa fille… pas plus que pour la femme qui se tenait à son côté.

Quelle personne n'aurait pas été profondément affectée par un travail comme celui-ci ? À la seconde où cette question lui traversa l'esprit, Benning s'avisa qu'il connaissait la réponse et il comprit. Il sut pourquoi Ana s'était coupée de sa famille, de ses amis… De lui. C'était pour pouvoir affronter le spectacle répété de scènes de crime toutes plus épouvantables les unes que les autres. Elle avait eu *besoin* de ce détachement, de cette distance sans lesquels elle aurait pu mettre en danger ceux qui lui étaient chers. Personne ne pouvait vivre avec cette culpabilité chevillée au corps, cette peur au ventre perpétuelle – pas même elle.

— Comment fais-tu pour tenir ? Toute cette souffrance, toutes ces morts, le risque de mettre en péril ceux que tu aimes… Tu côtoies ces horreurs tous les jours dans ton travail alors que, moi qui n'y suis confronté que depuis quelques jours, je trouve ça insupportable.

Elle inspira à fond. Une fois… Deux fois.

— Tu sais aussi bien que moi qu'il y a un prix à payer.

Elle s'avança de quelques pas vers la scène de crime et se retourna vers lui, les joues et le bout du nez rougis par le froid.

— Tu es beaucoup plus solide que tu ne le crois, Benning. Si tes enfants sont encore en vie, c'est parce que tu t'es battu pour eux. Souviens-t'en la prochaine fois que tu douteras de toi.

N'empêche que c'était lui qui les avait mis en danger.

Une portière claqua depuis l'autre côté de la maison, et il se tourna pour voir un couple âgé, la tête couronnée de cheveux blancs, se diriger vers la porte d'entrée. Les parents de Lilly. Son regard se porta sur Olivia qui, carnet et crayon à la main, était assise sur la balancelle, dans l'extension du porche qu'il avait construite avec son père quelques années plus tôt. Il se revit, les berçant sur cette même banquette, Owen et elle, quand ils étaient bébés, leur jurant de toujours être là pour les protéger maintenant qu'ils n'étaient plus que trois. Pour la première fois, il avait échoué.

Comme il gravissait les marches pour la rejoindre, l'enthousiasme qu'il vit briller dans les yeux d'Olivia lui enserra le cœur aussi sûrement qu'un étau. Visiblement aux anges, elle regardait, captivée, les vrais enquêteurs et les vrais techniciens de scène de crime recueillir des preuves, prendre des notes, ranger les pièces à conviction dans des sachets en plastique. Il se passa la main sur le visage. Elle avait trouvé un crâne humain dans leur cheminée extérieure et s'en était emparée dans l'intention d'élucider l'affaire. *Seigneur.* Il allait devoir se pencher sérieusement sur ces romans qu'elle se plaisait tant à dévorer. C'était bien beau d'être précoce, mais il était en train de découvrir que cela pouvait se révéler dangereux.

— Liv, je voudrais que tu ailles dormir chez papy et mamie pendant que j'aiderai le FBI à rechercher ton frère. Je serai plus tranquille si je te sais en sécurité.

Entre Lilly et lui, ce n'avait jamais été le grand amour. En fait, ils s'étaient mariés afin de faciliter les choses aux enfants, lorsqu'ils seraient devenus grands. Mais il avait toujours apprécié et respecté ses parents. Ceux-ci adoraient leurs petits-enfants, et il avait toute confiance en leur capacité à prendre soin de sa fille au cas où... lui ne serait pas en mesure de le faire. Benning se mordit l'intérieur de la joue pour lutter contre l'appréhension qui le saisissait à cette idée.

Elle cessa de griffonner sur son calepin.

— Mais, moi, je veux rester ici, avec toi.

Il repoussa les longues mèches auburn de son visage et son cœur se déchira. Si seulement il était allé voir la police aussitôt après avoir trouvé ce crâne au lieu de rentrer chez lui parce que Owen ne se sentait pas bien ! Si seulement il avait pu neutraliser ce type qui s'était introduit chez lui... Si seulement il avait essayé de récupérer Ana sept ans plus tôt ! Sa vie n'était qu'une suite de mauvais choix, mais il ne se pardonnerait jamais d'avoir cédé à l'envie de garder sa fille près de lui si d'aventure il lui arrivait quelque chose.

— Je sais, mais tâche de voir le côté positif des choses : mamie a tout un stock de romans policiers que tu n'as pas lus.

La curiosité détourna l'attention d'Olivia de la scène de crime.

— Elle en a combien ?

— Elle m'a dit qu'elle en avait commandé une dizaine spécialement pour toi la semaine dernière.

Il cala un coude sur son genou et, d'un coup d'épaule, mit la balancelle en mouvement.

— Et j'aurai la permission de *tous* les lire ?

— J'ai dit à mamie que tu pourrais en lire autant que tu voudrais.

Mêlant ses doigts aux siens, il l'aida à descendre du siège qui oscillait d'avant en arrière, se releva et salua de la main les grands-parents.

Dix minutes plus tard, Olivia était installée à l'arrière de leur voiture, sur son rehausseur, le sac qu'il lui avait préparé posé sur la banquette, à côté d'elle.

— C'est juste pour deux ou trois jours, d'accord ?

— D'accord, dit-elle. Mais tu m'appelles ce soir, avant que j'aille me coucher, promis ?

— Promis, ma puce. À très bientôt, souffla-t-il en l'embrassant sur le sommet du crâne.

La voiture démarra dans une gerbe de neige à moitié fondue et, tandis qu'il la regardait s'éloigner, il vit le visage d'Olivia apparaître au centre de la lunette arrière comme elle se retournait pour agiter brièvement la main. Le cœur serré, il répondit à son salut. Owen lui avait été enlevé. Et, maintenant, il était obligé de se séparer d'Olivia pour la mettre à l'abri.

— Tu as pris la bonne décision.

Ana vint se poster à côté de lui, ses longs cheveux sombres volant dans le vent qui secouait les branches des arbres. Un frisson courut le long de son échine. Elle l'avait soutenu depuis le début de cette affaire. Sans jamais faillir, au péril de sa propre vie. En cet instant encore, alors qu'il regardait, la mort dans l'âme, la voiture de ses beaux-parents disparaître au bout de l'allée et reprendre la direction de Sevierville, elle était là. Elle avait *toujours* été là, d'ailleurs, puisqu'elle n'avait jamais quitté ses pensées.

Les doigts d'Ana s'enroulèrent autour de son coude.

— J'aurais dû l'envoyer chez ses grands-parents plus tôt, mais…

— L'idée de la perdre elle aussi t'était trop difficile ? acheva-t-elle à sa place. Je comprends.

Et ce, mieux qu'il ne pouvait l'imaginer, songea-t-elle à part soi en plongeant le nez sous le col relevé de son manteau et en enfonçant frileusement ses mains au fond de ses poches.

— Je pourrais te dire que ça se tassera avec le temps, mais ce serait mentir.

— On ne t'a jamais dit que tu avais le don de trouver les mots qui réconfortent ?

— Non.

— C'est normal.

Elle pouffa de rire, et ce son réussit le prodige de le ragaillardir quelque peu. Quittant le bout de l'allée des yeux, il tourna la tête vers elle. Il aimait son rire, la façon dont il s'étendait jusqu'à ses yeux, dont il étirait ses lèvres pulpeuses… Et cette capacité qu'il avait de le réchauffer instantanément de l'intérieur.

— Allez, viens. Nous avons quelques heures avant que le labo ne soit en mesure de faire parler ce crâne. Autant en profiter pour rattraper notre retard de sommeil. Ensuite, on examinera ensemble la liste des employés de Britland Construction, histoire d'être sûrs que nous ne sommes pas passés à côté de quelque chose.

Le regret d'avoir dû confier Olivia à ses grands-parents s'allégea un peu. Comment Ana réussissait-elle, malgré les circonstances, à lui faire garder les pieds sur terre, à l'empêcher de perdre son sang-froid ? S'il n'avait pas demandé qu'elle soit chargée de l'enquête, n'aurait-il pas fini par craquer ? Le tueur ne serait-il pas parvenu à ses fins ? Ne seraient-ils pas, tous les trois, à sa merci en cet instant ? La réponse était toute trouvée. Sans Ana, il aurait tout perdu.

— Je t'avais prévenue que dormir avec Olivia ne serait pas de tout repos, répondit-il. Vous connaissiez les risques, agent Ramirez.

— Tout à fait mais, je te l'ai dit, je n'arrive pas à lui résister.

Benning glissa sa main dans la sienne comme elle rebroussait chemin en claudiquant dans la neige pour rentrer dans la maison.

— Attends qu'elle te supplie de la laisser conduire ton SUV... Les arguments te viendront tout seuls.

11

Ce serait une vraie avancée pour l'enquête si l'identité du ravisseur d'Owen Reeves était découverte. Ana se pencha pour examiner de plus près la breloque sur les photos officielles de la scène de crime. Benning et elle avaient veillé une partie de la nuit pour étudier la liste des employés de Britland Construction sans que rien n'accroche leur attention. Personne n'avait eu maille à partir avec la justice, hormis pour une banale infraction routière, personne n'était sérieusement endetté ni ne semblait avoir de lien avec l'affaire Samantha Perry. Apparemment, en dépit de ses négligences coupables et du crâne trouvé par Benning dans un mur de ce chantier, la société n'engageait que des collaborateurs fiables, au-dessus de tout soupçon.

Elle avait réécouté les enregistrements de tous les interrogatoires menés par son partenaire et elle dans l'affaire Samantha Perry, en avait recherché les transcriptions, avait lu et relu le dossier jusqu'à ce que les lignes noires se brouillent devant ses yeux. Pembrook lui avait confirmé que la meilleure amie de Samantha, Claire Winston, servait présentement sous les drapeaux en Afghanistan et qu'elle portait toujours, lorsqu'elle était en permission, l'un des deux bracelets que les adolescentes avaient achetés en gage d'amitié. La breloque retrouvée ici devait forcément appartenir à la jeune fille qu'elle n'avait pas pu sauver, celle dont la mort avait fait basculer sa vie. Il ne pouvait *pas* en être autrement ; la coïncidence aurait été trop grande. Soupirant, Ana releva les yeux.

— Je suis sûre qu'un indice doit se cacher quelque part, dans ces dossiers, soupira-t-elle en luttant pour garder les yeux ouverts.

Mais ce n'était pas le moment de dormir. Le délai de vingt-quatre heures était expiré. Ils auraient dû avoir une piste maintenant. Et ce *bastardo* qui avait enlevé le fils de Benning aurait dû appeler, reprendre contact. Mais non... Rien. Des larmes de dépit lui brûlèrent les yeux. Ce sentiment de défaite qu'elle ne connaissait que trop bien commençait à la rattraper. Il fallait absolument qu'elle retrouve Owen, qu'elle retrouve le petit garçon de la photo qui avait aligné ces carottes, telles des quilles, sur le plan de travail de la cuisine parce que, sinon... Eh bien, sinon, l'homme qui avait réussi à percer sa carapace et à reconquérir son cœur ne s'en remettrait pas. Et elle le perdrait définitivement.

À cette pensée, son être tout entier se révolta. Elle était parfaitement immobile, mais son cœur cognait à toute force dans sa poitrine. Trois jours. C'était tout ce qu'il avait fallu pour que Benning reprenne la place qu'il avait occupée quand elle avait reçu cet appel l'informant que le corps de Samantha Perry avait été retrouvé. L'appel qui avait tout changé. Avec le recul, elle se rendait compte qu'elle s'était laissé trop investir émotionnellement, ce qui était l'erreur à ne pas commettre dans son métier – et cela l'avait complètement aveuglée, avait faussé son jugement.

Revenant à l'instant présent, mue par la rage et la frustration, elle repoussa d'un geste un peu trop vif les piles de documents sur le côté de l'îlot central de la cuisine, ce qui tira douloureusement sur les points de suture de son côté. Retenant un cri, elle se cramponna au bord de l'îlot, le temps que le feu s'apaise.

Des mains puissantes glissèrent le long de son épine dorsale et elle se retourna pour repousser Benning, mais ses bras l'encerclèrent, la pressant contre la muraille de son torse. Non. Elle ne pouvait pas craquer... Pas devant lui. La blessure par balle de son épaule se rebella comme elle tentait de se dégager, mais il resserra son étreinte et les larmes jaillirent. Elle agrippa son T-shirt, secouée de sanglots.

— Qu'est-ce qui m'échappe ?

Benning la contempla, sans une once de reproche ni de colère dans le regard, seulement de la sympathie. Et, tout à coup, l'agent impassible qu'elle avait tellement voulu être se désagrégea là, au beau milieu de la cuisine. La souffrance, le sentiment de perte, le chagrin, la colère... Tout ce qu'elle s'était imposé jour après jour pendant tout ce temps resurgit d'un coup, brisant l'armure qu'elle s'était construite. Des ruisseaux de larmes inondèrent ses joues comme la vérité qu'elle avait refusé d'affronter pendant si longtemps lui apparaissait.

— Je n'ai pas pu les sauver... Ni ma sœur ni Samantha. J'ai échoué.

— Tu as fait ton possible, Ana, c'est ce qui compte.

Ployant les genoux, il la souleva contre lui. Elle s'aperçut alors qu'il ne portait pas l'écharpe qui soutenait son épaule blessée, ce qui risquait d'aggraver les dégâts, mais son attention tout entière était focalisée sur elle. Comme toujours. Elle vit défiler les murs du couloir tandis qu'il l'emportait vers sa chambre, tout au fond. Il l'étendit doucement sur le lit, puis ses mains se portèrent à ses bottes et les lui retirèrent. Lentement, avec précaution. Comme si elle était en porcelaine. Quelqu'un avait-il jamais pris autant soin d'elle ? Le matelas s'enfonça comme il venait s'allonger à son côté, le regard perdu dans le sien.

— Tu as passé ta vie à vouloir sauver tout le monde. Mais qui sera là pour toi le jour où tu en auras besoin ?

Elle ne sut que répondre, que penser. La Division criminelle tactique – JC, Evan, Smitty, Davis... tous – avait été l'une des principales composantes de sa vie depuis que Jill Pembrook avait demandé sa réaffectation à la DCT, mais il existait des pans entiers de sa vie qu'elle avait cachés à son équipe. À ses parents, ses trois frères, aux amis qu'elle ne voyait plus. Il aurait suffi d'un signe de sa part pour qu'ils accourent. Mais comment aurait-elle pu solliciter leur aide après la façon dont elle s'était comportée ? Du bout de ses doigts rugueux, Benning suivit la ligne de sa mâchoire et elle s'avisa que, de tous, c'était sans doute lui qui la connaissait le mieux. Mieux, probablement, qu'elle ne se connaissait elle-même. Mieux que personne.

S'inclinant vers elle, il pressa sa bouche sur son front tandis que les doigts d'Ana s'enroulaient autour de son poignet, l'attirant à elle en une invite sans équivoque. Elle ferma les yeux pour mieux savourer le contact de ses doigts sur sa peau, s'enivrer de son parfum de pin et de grand air.

De son front, il glissa jusqu'à sa tempe, qu'il couvrit de tendres baisers avant de descendre vers son oreille, sa mâchoire, sa barbe chatouillant la peau sensible de sa joue, et un tressaillement la parcourut.

— Laisse-moi être celui qui sera toujours là pour toi, Ana. Dis-moi ce que tu veux. Sans réfléchir. Ce que tu veux vraiment... Là, tout de suite.

La réponse vibra sur ses lèvres, mais elle n'eut pas le courage de la formuler. Rouvrant les yeux, elle posa ses deux mains en coupe sur ses joues et approcha son visage du sien. Elle l'embrassa avec une ferveur presque désespérée, la danse endiablée de sa langue cherchant la sienne trahissant l'urgence qui l'habitait. Elle avait l'impression de retrouver sa source d'oxygène après une longue, une interminable apnée. En cet instant, le monde entier se résumait à cet homme. Il n'y avait plus que lui. Ses faiblesses, le manque de preuves, la nuit où elle était partie... Rien de tout cela n'existait plus dans la bulle qu'ils s'étaient créée. Elle le désirait de toute son âme, et plus rien d'autre ne comptait...

Étendant son bras blessé de l'autre côté de sa tête, il remonta de sa main valide le bas de son T-shirt. Des yeux, plus bleus que le ciel lui-même, se promenèrent sur sa peau dénudée et chacune des fibres de son être se mit à palpiter d'anticipation.

— Tu es la femme la plus forte, la plus dévouée et la plus belle que j'ai jamais connue et tu mérites quelqu'un qui te traite comme la reine que tu es. Quelqu'un qui fasse passer tes besoins avant tout le reste et te rende heureuse pour le restant de tes jours.

— Ce quelqu'un, c'est toi.

Les mots étaient sortis tout seuls mais, après tout, quelle importance puisque c'était la vérité ? Les trois mois d'intense passion qu'ils avaient vécus sept ans plus tôt avaient été les meilleurs de toute sa vie… jusqu'à maintenant. Après ces quelques jours passés à son côté, elle avait pu voir quel père attentionné il était pour son étonnante petite fille et à quel point il était soucieux de protéger ses enfants. Et cela avait remué quelque chose de très profondément enfoui en elle. Lui avait ouvert un champ des possibles qu'elle n'avait jamais osé envisager jusqu'alors. Lui avait redonné espoir.

Un lent sourire étira les lèvres de Benning.

— Moi aussi, je suis heureux auprès de toi.

Traçant de ses ongles un chemin dans sa barbe, elle tendit la bouche vers la sienne. Ce que ces aveux mutuels signifiaient pour le futur, si tant est qu'ils en aient un, Ana n'en savait rien, mais un courant d'excitation la parcourut tandis qu'elle se promettait de le découvrir tout en faisant taire la peur que cette perspective suscitait. Elle avait consacré sa carrière à sauver le plus de victimes de violences possible, y avait engagé tout son cœur, toute son énergie, n'hésitant jamais à mettre sa vie entière sur pause pour leur donner une chance de vivre la leur, mais peut-être s'était-elle suffisamment sacrifiée pour racheter ses fautes passées, désormais… Peut-être était-il temps pour elle aussi de saisir la chance que la vie lui offrait ? Avec lui. Avec Owen et Olivia.

— Nous avons la maison toute à nous, nota-t-elle.

— Figure-toi que je ne pense qu'à ça depuis que nous avons fini d'éplucher le registre du personnel de Britland Construction.

L'intonation enjôleuse de sa voix, subitement plus grave, fit courir un délicieux frisson le long de son échine. La soulevant du lit, il l'entraîna vers la salle de bains attenante. Le carrelage gris d'aspect bois se prolongeait jusque dans une grande douche à l'italienne adossée à un mur en parement de pierres. Benning tourna les robinets des deux grandes têtes de douche à effet pluie puis, s'étant rapidement débarrassé de ses vêtements, il se tourna vers elle. Une flamme prédatrice scintillait dans ses yeux. Il était là, tout à elle. Les ombres que sculptait sur son abdomen le vallonnement de ses muscles lui donnèrent l'eau à la bouche.

— Il y a sept ans que j'attends ce moment.

Prenant soin de ne pas réveiller la douleur de ses côtes et de son épaule, il l'aida en douceur à retirer son T-shirt puis il l'entraîna, encore à moitié habillée, sous le jet d'eau. Prise de court, elle rit, repoussant ses mèches mouillées de son visage.

— Tu ne pouvais pas patienter cinq secondes de plus ?

Il étouffa ses paroles de ses lèvres, plaquant lascivement son corps contre le sien.

— Pas quand c'est toi que j'attends, non.

Le sommeil le fuyait. Il ne parvenait pas à détacher ses yeux d'elle. Cette femme merveilleusement belle, intelligente, sûre d'elle, qui était entrée et sortie de sa vie. Mais il ne la laisserait pas partir, cette fois. Il la revit pourchassant Olivia, de la pâte à cookies plein sa cuillère, acceptant de bonne grâce de partager son lit avec sa fille en sandwich entre eux deux, murmurant son nom tandis qu'il redécouvrait son corps, hier soir, dans l'intimité de la douche... C'était comme si elle faisait déjà partie de leurs vies et, bon sang, non, il ne la perdrait pas une nouvelle fois.

L'ombre de ses longs cils dessinait des pointes sur ses joues, mais un changement dans le rythme de sa respiration attira son regard plus bas sur la bande de peau mate et sans défaut qui dépassait du drap.

— Je sais que tu es en train de me regarder. Je le sens.

Un élancement douloureux fusa dans le haut de son bras, au niveau du deltoïde, et il s'avisa qu'il avait pris appui sur le mauvais coude sans même s'en rendre compte pour le seul plaisir de la voir.

— Est-ce que tous les agents apprennent à développer un sixième sens à Quantico ou bien c'est juste toi ?

— Inutile de flirter avec moi...

Les yeux noisette pailletés de vert s'ouvrirent pour se planter droit dans les siens. Calant son coude sur l'oreiller, face à lui, elle posa sa tête sur la paume de sa main. Et la femme qui avait hanté ses pensées lui apparut plus belle, plus fascinante que jamais.

— Tu m'as déjà séduite par tes appas et ton sex-appeal.

— Ah bon, ça ne tenait qu'à ça ? rétorqua-t-il sans pouvoir se retenir de rire. Ça alors… Dommage que je ne l'aie pas su plus tôt… Ça m'aurait épargné bien des déboires et évité de perdre du temps. Mais, attention, les miettes de biscuit gratuites dans le lit et la douche à jet de pluie sont en option.

Passant la main sur son torse musclé, elle se blottit contre lui, effleurant brièvement sa bouche avant de plonger la tête sous le drap où elle déposa un chapelet de baisers le long des reliefs de ses muscles. Le désir le harponna, plus brûlant que jamais, et il s'attendit presque à ce que sa fille vienne subitement interrompre la magie du moment, mais le chalet demeura silencieux.

— Je commence à regretter que nous ayons perdu autant de temps…

Il ferma les yeux.

— Tu sais, je…

Le téléphone d'Ana vibra sur la table de chevet, et elle posa le front contre sa poitrine. La réalité reprenait le pas sur le monde à part qu'ils s'étaient fabriqué depuis le moment-charnière de la veille où, au beau milieu de sa cuisine, il l'avait vue affronter enfin le passé, et il se sentit soudain coupable. À quoi bon se mentir ? Il avait eu besoin de penser à autre chose, de détourner son esprit de l'angoisse obsédante de ne jamais revoir son fils, et, s'il ne regrettait rien de ce qui s'était passé entre eux, ils ne pouvaient ni l'un ni l'autre ignorer plus longtemps leurs devoirs respectifs. Il voulait revoir son fils, et elle devait retrouver le salaud qui le lui avait enlevé.

Elle saisit l'appareil juste au moment où il allait basculer de la table et le porta à son oreille.

— Ramirez.

Se glissant hors des draps, Benning attrapa ses vêtements. Il n'entendait pas la voix de l'interlocuteur d'Ana mais, si celui-ci avait du nouveau concernant le lieu de détention de son fils, elle s'arrangerait pour le lui faire comprendre.

— Tu es sûr ?

Elle pâlit. Son regard se porta sur Benning, et il se raidit. Coinçant l'appareil entre sa joue et son épaule, Ana entreprit de s'habiller à la hâte.

— J'arrive. Demande à la directrice de réessayer de joindre Claire Winston. Je veux qu'elle soit localisée. Immédiatement.

Figé sur place, il la regarda raccrocher, sentant les cheveux se dresser sur sa nuque. Il se passait quelque chose.

— C'était Evan... l'agent Duran. En cherchant à identifier le propriétaire du crâne, le labo a découvert, grâce aux rayons X, que quelque chose avait été coincé entre les dents de la victime.

— Comment ça, « avait été coincé » ?

Qu'est-ce que ça signifiait ? Que quelque chose avait été intentionnellement logé entre ses dents ? Placé de force ? Le ventre noué par l'appréhension, il demanda en la regardant enfiler en toute hâte ses vêtements :

— Qu'est-ce que c'était ?

— Une breloque représentant l'emblème de la justice, en tout point identique à celle qu'on a retrouvée chez toi quand l'équipe scientifique a retiré les restes de Jo West de la cheminée. Donc, maintenant, on a les breloques des deux bracelets. Celle qui appartenait à Samantha et l'autre...

— Celle de sa meilleure amie, Claire Winston.

Bon sang, étaient-ils sur le point de découvrir un autre cadavre ? Les heures qui venaient de s'écouler s'évaporèrent comme si elles n'avaient jamais eu lieu. Benning s'assit au bord du lit, terrassé par la nouvelle.

— C'est pour ça que tu veux que Claire soit retrouvée. Tu crains qu'elle ne soit une nouvelle victime. Je croyais que ta supérieure avait confirmé sa présence en Afghanistan ?

— Oui, mais on ne sait jamais. Quelqu'un pourrait s'être fait passer pour elle. L'armée ne fait pas toujours preuve de transparence lorsqu'un de ses soldats est porté disparu.

Mais ça n'avait pas de sens. Si la meilleure amie de lycée de Samantha Perry avait été dans le collimateur du tueur, comment aurait-elle su qu'il lui fallait cacher l'endroit où elle se trouvait ? Benning se releva, tous ses instincts en alerte.

— Ils ont trouvé à qui appartient le crâne, n'est-ce pas ?

— Oui, admit-elle, les dents serrées. Ils ont pu établir que l'ADN de la moelle épinière et des dents était celui de Harold Wood.

Il la contempla, pétrifié. Wood, le meurtrier de Samantha. La bouche sèche, il demanda :

— Tu penses que Claire pourrait être mêlée au kidnapping d'Owen ?

— Elle aurait pu vouloir venger la mort de sa meilleure amie. J'ai vu des gens tuer pour bien moins que ça, tu sais. Le fait qu'on ait placé la même breloque que celle que portait aussi Samantha dans la bouche de son assassin indique un mobile personnel. C'est un message, et il est possible que Claire en soit l'auteur.

La voix d'Ana s'abaissa comme l'agent, en elle, reprenait le dessus.

— Mais, si c'est bien Claire Winston qui est derrière tout ça, elle ne travaille pas seule. L'agresseur du chalet était un homme. Très entraîné, peut-être un ancien militaire. Elle disposait d'un large éventail de choix, ne serait-ce que parmi les membres de son unité. Elle aura peut-être réussi à en convaincre un de l'aider à rendre justice à Samantha.

— OK. Donc, Claire tue Harold Wood, cache son corps, ou ce qu'il en reste, sur le site de construction et je tombe sur le crâne. Elle sait que la breloque la désignera comme coupable s'il est retrouvé.

Il se leva, la tension raidissant ses épaules comme les pièces du puzzle commençaient à se mettre en place.

— C'est pour ça que mon fils a été kidnappé ? Parce qu'elle ne veut pas être inculpée du meurtre de l'assassin de sa meilleure amie ?

— Pour l'instant, tout ceci n'est que pure hypothèse, Benning, rappela Ana en se saisissant du sac noir qu'elle gardait toujours à portée de main.

Elle en sortit une boîte de munitions qu'elle posa sur le lit et se mit en devoir de recharger sa nouvelle arme de service. Elle était nettement plus à l'aise que lui avec les armes à feu, Dieu merci. En cet instant, il ne pouvait que s'en féliciter.

— Il faut aller chez Claire. On y trouvera peut-être une preuve de son implication. Mais le temps presse. Maintenant que le crâne a été identifié, celui ou celle qui a enlevé ton fils va tout faire pour nous empêcher de relier la mort de Wood à sa personne.

Benning la regardait faire, stupéfié par l'adresse et la rapidité avec lesquelles elle était capable d'assembler son arme et de la ranger dans son holster, en dépit de l'attelle qui immobilisait son index fracturé. Le souffle soudain suspendu, il s'avisa qu'il aimait éperdument cette femme. Il aimait l'agent intrépide et dangereux qui avait tenu tête à un tueur pour les protéger, sa fille et lui. Il aimait la femme vulnérable qui avait tant de mal à se pardonner ses échecs passés, même si elle s'obstinait à vouloir dissimuler cette facette plus humaine d'elle-même. Oui, il l'aimait. Il l'avait toujours aimée.

— Ana, attends, dit-il, faisant le tour du lit pour la rejoindre.

Il lui avait déjà dit la vérité – son incompréhension et sa souffrance quand elle était partie, son mariage avec Lilly, les enfants qu'ils avaient eus et décidé d'élever ensemble malgré leur incompatibilité conjugale. Il lui avait déjà avoué que son cœur avait toujours été ailleurs. Mais, désormais, quelque chose, au plus profond de lui, sentait confusément que ce qu'il éprouvait là était authentique, et un sentiment d'absolue certitude l'envahit. Il voulait Ana Sofia Ramirez. Il voulait qu'elle fasse partie de sa vie, de celle de ses enfants. Qu'elle soit là, toujours, y compris dans les moments difficiles, comme quand elle baissait sa garde ou qu'elle essayait de le tenir à distance. Et tant pis si cela devait le faire souffrir. L'aimer serait facile. Pour le reste, eh bien, ils trouveraient ensemble le moyen de surmonter les difficultés. Comme une famille. Mais il devait aussi penser à protéger ses enfants.

— Il y a quelque chose que je dois te dire, d'abord.

Son estomac se contracta. Accepterait-elle la responsabilité d'être en couple avec un homme déjà père de deux enfants ? Elle s'était bien entendue avec sa fille parce que celle-ci était obnubilée par la criminologie et admirative du métier d'Ana, mais elle ne connaissait pas Owen. Comment ses enfants accueilleraient-ils l'idée qu'elle vienne vivre avec eux ? Ne la verraient-ils pas comme une simple doublure, le substitut de ce qu'ils avaient perdu en venant au monde ? Son travail ne ferait-il pas courir un risque à Owen et Olivia ? Et, surtout, ne se détacherait-elle pas d'eux si une affaire venait à mal tourner, comme elle l'avait fait avec lui sept ans auparavant ? Il était certain que ce qu'ils avaient partagé n'était pas seulement physique pour elle non plus, mais...

— Benning ? Je t'écoute, dit-elle en lui tendant son arme de secours, qu'elle avait également préparée à son intention.

Prenant son courage à deux mains, il se lança :

— Je veux que tu restes ici quand nous aurons récupéré Owen. Avec moi. Avec nous.

Il vit ses yeux s'arrondir, sa légendaire maîtrise de soi lui faisant tout à coup défaut, et son cœur tressauta dans sa cage thoracique à la vue de l'émotion pure qui se peignait sur ses traits. Elle laissa retomber son bras le long du corps, l'arme pendant au bout, dans sa main.

— Benning, je... Je ne sais pas quoi dire.

— Eh bien, tu n'as qu'à dire que tu t'es enfin pardonné et que tu en as fait assez. Que tu as sauvé assez de vies pour compenser celles qui n'ont pas pu l'être par le passé.

Sa voix s'affermit comme il se sentait plus sûr de lui qu'il ne l'avait jamais été.

— Tu as le droit d'être heureuse auprès de quelqu'un qui t'aime.

Il prit sa main libre dans la sienne.

— Je t'aime, Ana, et je veux vivre avec toi. Je veux que tu

sois là pour Owen et Olivia, que tu fasses partie de notre vie au quotidien. Que tu répondes aux appels de l'école, que tu participes à leur éducation, que tu les aides dans leurs devoirs, mais... Il y a une chose...

Il baissa la tête, conscient de ce qu'il s'apprêtait à dire. Elle avait déjà tant fait pour lui et ses enfants. Comment pouvait-il lui demander davantage ?

Du pouce, il caressa la tranche de sa main.

— J'ai besoin de savoir que tu ne feras jamais à mes enfants ce que tu m'as fait, à moi. Que tu ne partiras pas du jour au lendemain, sans prévenir, si tu venais à perdre une victime au cours d'une affaire.

Il s'obligea à la regarder en face. Son insécurité, son anxiété, le besoin de savoir qu'il avait son soutien, tout cela remonta à la surface comme s'il était encore l'homme qui venait de découvrir que la femme avec qui il vivait une folle passion avait demandé sa mutation à Washington.

L'air se bloqua dans sa gorge.

— Je te demande de quitter la Division criminelle tactique.

Elle retint son souffle, sa main tremblant dans la sienne. Les secondes s'égrenèrent, interminables. Une minute passa avant qu'elle n'ouvre la bouche. Elle dégagea sa main et se raidit, sa garde invisible de nouveau en place.

— Tu m'aimes, mais tu veux que je choisisse entre toi et tes enfants et mon devoir, qui est de sauver des vies.

— J'ai conscience que c'est beaucoup demander et que ce n'est pas un choix facile pour toi, mais je dois aussi penser à Owen et Olivia. Je n'ai pas pu empêcher qu'ils soient enlevés, mais je ne les soumettrai pas à une nouvelle épreuve si je peux la prévenir.

Benning vit que sa décision était prise à la soudaine froideur de son expression. La chaleur qu'elle avait fait courir dans ses veines se changea en glace.

— Tu sais pourquoi je fais ce travail, pourquoi il me tient tellement à cœur. Je ne peux pas y renoncer, Benning.

Elle recula d'un pas, et il sentit le monde vaciller sous ses pieds. Entre la DCT et lui et les jumeaux, sa préférence allait à son travail. Elle le quittait. Une nouvelle fois.

— Je suis désolée.

Il hocha la tête, sans trop savoir à quoi il donnait son assentiment, mais là n'était pas l'important. Il lui prit des mains l'arme qu'elle lui avait destinée. Ils avaient une piste, et l'heure n'était pas à se morfondre sur des rêves chimériques et des projections d'avenir fumeuses.

— Alors, je crois que tout est dit, dans ce cas. Quand cette affaire sera terminée, tu rentreras à Knoxville et moi... Eh bien, je pourrai peut-être enfin aller de l'avant.

Il marcha d'un pas résolu vers la porte de la chambre, les muscles de sa mâchoire lui faisant mal tant il serrait les dents. Owen était toujours retenu prisonnier quelque part, et Benning n'aurait de cesse de le retrouver. Avec ou sans Ana.

12

Une large bande de terrain herbeux les séparait de Maplewood Circle. Au signal d'Ana, l'équipe d'assaut du département de police de Sevierville prit position du côté est de la maison tandis que les agents JC Cantrell et Evan Duran traversaient un petit bois pour venir se placer près de la façade opposée. Pas de voiture dans l'allée, pas la moindre indication que Claire Winston n'était pas en Afghanistan avec son unité, mais cela ne signifiait pas pour autant que quelqu'un n'attendait pas son heure, embusqué quelque part – à l'intérieur ou au-dehors.

Le bruit de fond des parasites résonnant dans l'oreillette, Ana s'avança d'un pas déterminé, faisant fi de la douleur de sa cuisse. Elle avait laissé Benning dans le SUV sous la protection d'un officier armé, mais le savoir à l'autre bout de cet émetteur n'en était pas moins déstabilisant. Dire qu'il avait osé mettre en balance lui et ses enfants et son métier ! Comment avait-il pu ? Il n'avait pas le droit de lui demander un tel sacrifice. Sept années durant, elle s'était escrimée à réparer ses fautes passées. Alors, tout lâcher d'un claquement de doigts, pour l'amour de lui ? Oublier tous ceux qui avaient besoin de son aide ?

Elle se força à revenir au moment présent. Quoi qu'il puisse arriver, il serait sous bonne garde, en sécurité. La douleur se réveilla au niveau de sa clavicule comme elle épaulait son fusil, mais ce n'était pas deux balles et un morceau de verre cassé qui allaient l'empêcher de retrouver le fils de Benning. Le gravier crissa sous les pas de ses équipiers, derrière elle, comme ils émergeaient des arbres.

— La suspecte est formée à l'utilisation d'armes à feu et entraînée au combat et elle possède un Beretta M9 calibre .45 enregistré à son nom.

— Reçu cinq sur cinq, Ramirez, dit JC.

JC et Evan avaient tous deux à leur actif une solide formation militaire. S'il était deux membres de la DCT qui avaient leur place ici, c'était bien eux, mais Ana n'en sentit pas moins la tension grandir en elle tandis qu'ils approchaient de la porte arrière de la maison. Les lattes de séquoia grincèrent sous leur poids comme une bourrasque balayait la partie du patio comprise entre la porte et la balustrade. Ana éleva la main pour stopper l'avancée de ses partenaires. La balustrade se dressait entre leur petit groupe et l'équipe d'assaut, positionnée derrière l'angle arrière est de la maison, faisant obstacle à une intervention immédiate des renforts, et tous ses instincts lui criaient de rebrousser chemin, mais la vie d'Owen était en jeu. Elle n'avait pas le choix. Du menton, elle désigna l'accès arrière de la maison.

— Enfoncez la porte.

L'agent Evan Duran s'avança et testa la poignée. Secouant la tête, il épaula son fusil et, d'un grand coup de talon, fit sauter la serrure. Le battant alla cogner contre le mur. Silence. Pas de sirène d'alarme. Pas de riposte. Rien que les ténèbres qui les attendaient de l'autre côté. Peut-être Claire Winston était-elle vraiment sur le théâtre d'opérations, en Afghanistan, mais elle devait en avoir le cœur net. Le crâne de l'assassin de Samantha Perry n'était pas venu tout seul sur ce chantier, et la seule personne qui avait une bonne raison de ne pas vouloir qu'on le découvre était Claire.

Ana donna le signal de l'assaut. Elle entra dans la maison fermant la marche derrière son équipe. Il lui fallut quelques secondes pour que ses yeux s'accommodent à la pénombre mais, de toute évidence, l'endroit était inhabité depuis un bon moment. Une odeur de renfermé la saisit à la gorge en même temps que des particules de poussière dansaient devant son visage. Elle passa le doigt sur la table de la cuisine, traçant un chemin sur la fine couche de poussière qui la recouvrait.

— Ana ? Ça va ?

La voix de Benning transperça le silence seulement rompu par le battement régulier de son cœur dans l'écouteur. Instantanément, le souvenir de leurs ébats passionnés, de son parfum de pin et de savon, de toutes les promesses muettes qu'elle avait lues dans ses yeux accapara ses pensées, et elle sut.

Malgré tous ses efforts, elle n'avait pas su conserver son objectivité professionnelle et elle serait incapable de revenir en arrière, cette fois. Elle s'était prise d'amour pour lui et sa courageuse petite fille et, désormais, elle ne pourrait plus vivre le restant de ses jours comme le fantôme vengeur qu'elle était devenue. Mais ce qu'il lui demandait, c'était de sacrifier la seule chose qui lui avait permis de tenir la culpabilité à distance pendant toutes ces années. La seule chose qui pouvait la conduire à la rédemption.

— Ana ? répéta la voix, teintée d'inquiétude.

Sa gorge se serra. Non… Elle ne pouvait pas compromettre d'autres vies pour son bénéfice personnel. Elle retira l'oreillette, la jeta par terre et coupa la connexion d'un coup de talon.

JC et Evan s'étaient postés de part et d'autre de la porte menant au sous-sol, attendant son signal.

Ana éleva son arme. La disparition de sa petite sœur – et le trou béant que ce drame avait laissé en elle – avait pesé sur elle sa vie durant. Elle avait vu ce que ce tragique événement avait fait à sa famille, à ses frères qui, tous, avaient juré de découvrir la vérité, à ses parents qui n'avaient pas pu continuer à vivre dans la ville qu'ils aimaient. Toute cette souffrance, cet inconsolable chagrin étaient d'un seul coup remontés à la surface la nuit où son ancien partenaire l'avait appelée pour la prévenir que le corps sans vie de Samantha Perry avait été retrouvé au fond de cette ruelle sordide, et elle avait laissé le trou béant se transformer en gouffre sans fond. À ceci près qu'aujourd'hui il ne lui paraissait plus aussi vide, plus aussi profond. Et tout le mérite en revenait à Benning, à cette façon qu'il avait de la convaincre à coups d'arguments tous plus valides les uns que les autres qu'elle méritait une autre vie. Qu'elle méritait d'être enfin heureuse, pour une fois dans sa vie. Secouant la tête, elle s'arracha résolument à ses pensées.

— Allez, les gars. Prêts ? On a un petit garçon de six ans, retenu en otage quelque part, qui n'attend que nous pour retrouver son père.

— À ton signal, répliqua d'un ton bref JC, la main sur la poignée.

Elle prit une grande inspiration.

— On y va !

La porte s'ouvrit, et ils s'engouffrèrent à la file indienne dans la cage d'escalier, leurs bottes résonnant sur les marches en béton brut. Parvenus en bas, passant devant un lot de planches calées contre le mur, sur leur droite, ils entrèrent dans la cave enterrée qui servait manifestement de chambre froide naturelle pour stocker boîtes de conserve, paquets de farine, pots de confiture et autres denrées alimentaires.

Orientant le canon de son arme vers le plafond, elle actionna l'intensificateur de lumière puis balaya les conduits et câbles qui surplombaient leurs têtes. Écartant les toiles d'araignée, ils longèrent ce qui aurait été un couloir si le sous-sol, en travaux, avait été terminé et débouchèrent dans un espace vide. Par un unique fenestron, la lumière extérieure tombait sur le sol de béton fissuré, en partie recouvert d'un grand morceau de moquette. À ceci près que celle-ci s'enfonçait en son centre comme si elle ne reposait pas sur une surface uniformément plane. Intriguée, Ana orienta le faisceau de lumière vers le sol et en souleva un coin.

— Je crois qu'on a quelque chose par ici.

Deux autres rayons lumineux se braquèrent sur l'endroit qu'elle indiquait comme JC et Evan la rejoignaient. S'accroupissant, elle tira d'un coup sur la carpette… et se figea. Une cavité d'environ deux mètres de long avait été creusée dans les fondations. Au fond, reposait un grand sac en plastique barbouillé de taches brunes. Des mouches s'envolèrent, passant en bourdonnant près de son oreille, et une odeur douceâtre emplit l'air, chassant le parfum de pin de ses narines. Le plastique n'était plus assez transparent pour qu'elle puisse clairement voir à travers, mais elle devinait sans peine la nature de son contenu. Ana se couvrit la bouche du dos de la main, l'estomac retourné par la nausée.

— Nom d'un chien, mais qu'est-ce que c'est que ça ? gronda Evan.

— Les restes du corps de Harold Wood, si tu veux mon avis, répondit Ana, la voix étouffée par sa main.

Mais pourquoi avoir séparé la tête du corps ? Et pourquoi l'avoir retirée de cette fosse après tout ce temps ?

— On va les faire examiner par les techniciens du labo, mais d'abord il faut qu'on finisse de sécuriser les lieux. Remontons.

— Pas la peine de me le dire deux fois, marmonna JC, le bras devant la bouche, en se dirigeant vers l'escalier, Evan sur ses talons.

Quelque chose ne cadrait pas. Même si Claire Winston n'avait rien à voir avec le kidnapping d'Owen et qu'elle se trouvait bien en Afghanistan, il n'en existait pas moins un lien entre cette affaire et celle qui avait ramené Ana à Sevierville. Harold Wood. Elle se tendit subitement en avisant dans un coin de la pièce un petit point rouge qu'elle n'avait pas remarqué avant. Le voyant, d'abord fixe, se mit à clignoter de plus en plus rapidement, et un sentiment d'alarme la submergea. Faisant volte-face, elle s'élança à la suite de ses équipiers en criant :

— Couchez-vous !

L'onde de choc la percuta comme elle se jetait au sol. Elle atterrit brutalement à plat ventre, sonnée, l'arme coincée entre son corps et le béton. Malgré le gilet pare-balles, la douleur l'assaillit. À travers le tintement de ses oreilles, elle perçut vaguement le grésillement de la radio d'Evan. Sa vision se brouilla, et elle lutta pour rester consciente. Où étaient-ils ? JC ? Evan ? Étaient-ils blessés ? Vivants ? C'était elle qui, fermant la marche, avait reçu le gros de l'explosion, mais… Ses yeux se mirent à larmoyer comme une pluie de débris et de poussière retombait autour d'elle. La cave avait été piégée pour les empêcher de récupérer les restes du corps qui y étaient enterrés. Elle toussa.

— Hé... Les gars ? Ça va ?

Rien.

— JC ? Evan ?

Seul le grésillement de la radio lui répondit.

S'appuyant de la main sur le béton, elle réussit à rouler sur le dos. Des lambeaux de plastique, tels de macabres festons, pendaient des poutres et des câbles, au-dessus de sa tête. L'explosif avait dû se déclencher au moment où elle avait retiré le tapis et mis au jour les restes de Harold Wood. Restes qui, à part servir de sinistre ornementation à ce sous-sol, auraient peu de chances d'être d'une quelconque utilité.

Un pas lourd résonna sur le sol comme elle cédait à la tentation de fermer les yeux. L'équipe d'assaut avait forcément entendu la déflagration... Ils arrivaient à la rescousse.

Les paupières closes, elle attendit, des gouttes d'eau s'écrasant sur son gilet pare-balles. Ploc-ploc-ploc. L'un des tuyaux avait dû être percé dans l'explosion.

Les pas se rapprochèrent puis, soudain, le silence. Qu'attendaient-ils pour lui venir en aide ? Pour lui parler ? Elle souleva les paupières et entrevit une haute silhouette familière, au-dessus d'elle. Elle empoigna son arme mais, l'instant suivant, celle-ci lui était arrachée de la main.

— Vous auriez dû laisser tomber quand il était encore temps, agent Ramirez.

Benning bondit hors du SUV comme une sorte d'onde vibratoire faisait trembler le sol.

— Bon sang, c'était quoi, ça ?

— Monsieur, remontez dans le véhicule, commanda l'officier assigné à sa protection en agitant la main, une cacophonie de voix entrecoupées de parasites s'élevant de la radio fixée à son torse. D'après le groupe d'intervention, il y a eu une explosion, peut-être au sous-sol de la maison. Mais ce n'est pas une raison pour...

Une explosion ? Son sang se figea dans ses veines.

— Ana !

Il s'élança, écartant d'une bourrade l'officier qui tentait de lui barrer la route, et fonça droit vers l'arrière de la bâtisse. Il remonta l'allée gravillonnée, courant du plus vite qu'il le pouvait, ignorant les appels qui lui intimaient l'ordre de s'arrêter, ignorant la douleur de son épaule. Si Ana se trouvait en bas quand l'explosion s'était produite... Un étau glacé lui enserra la poitrine. Le cœur cognant à tout va contre ses côtes, il pénétra dans la maison et s'avança vers la porte menant au sous-sol. Un nuage de poussière grise montait d'en bas. Du ciment ?

— Ana !

Pas de réponse.

Il n'était pas agent fédéral et il n'avait pas d'arme ni personne pour le couvrir, mais rien n'aurait pu le retenir. Si le métier d'expert en bâtiment qu'il exerçait depuis deux décennies lui avait appris une chose, c'était que les dommages causés par une explosion ne se limitaient pas à l'onde de choc. L'ensemble de la structure se trouvait fragilisé. Une petite imprudence, et il pouvait se retrouver enseveli sous les décombres. Un gros craquement de bois le figea un instant sur place, aussitôt suivi de pas au-dessus de sa tête. Le groupe d'assaut était entré par la porte principale. Il devait se dépêcher. Sitôt qu'ils en auraient l'occasion, ils l'entraîneraient au-dehors, au besoin par la force, menottes aux poignets. Les semelles de ses chaussures rencontrèrent un sol en ciment. La cave servant à stocker de la nourriture qui s'ouvrait devant lui ne semblait pas trop touchée. Il suivit le couloir incurvé et découvrit l'épicentre de l'explosion.

Une poutre tomba du plafond et s'écrasa avec fracas sur le sol, soulevant un nuage de poussière dont il se protégea comme il put, les mains devant le visage. Il recula d'un pas. Le chambranle de la porte avait résisté au souffle mais, au-delà, c'était le chaos. Cette partie de sous-sol, apparemment destinée à être aménagée en pièce d'habitation, était jonchée de gravats et de débris divers. Il aperçut, à travers la poussière en suspension dans l'air, des conduites cassées, des gaines électriques éventrées d'où dépassaient des fils dénudés. Un bruit d'eau indiquant la présence d'une fuite capta son attention, et il regarda par terre le ruisseau qui se scindait en deux rigoles autour de ses pieds et suivait la pente pour s'écouler dans une évacuation. L'emplacement prévu pour la future salle de bains – l'ex-future salle de bains, au vu de l'état actuel du chantier. Au moins le sous-sol ne risquerait-il pas d'être inondé.

— Ohé ! Il y a quelqu'un ?

Un grognement lui parvint, et il balaya désespérément du regard l'amoncellement de canalisations, de tuyaux et d'étais. Il avait besoin d'aide pour localiser Ana si elle se trouvait là, quelque part.

— Par ici ! tonna-t-il pour être entendu de l'équipe d'assaut qui devait s'employer à sécuriser le rez-de-chaussée.

Le siphon d'évacuation, derrière lui, commençait à refouler l'eau si bien qu'il n'osait plus bouger de peur de heurter du pied la canalisation qui fuyait et d'aggraver la situation.

Bon sang, que faisaient les membres de l'équipe d'assaut ? Et où était Ana ?

— Quelqu'un peut-il couper l'arrivée d'eau principale ?

Des bruits de pas précipités retentirent dans l'escalier. Son appel avait été entendu.

— Vous avez entendu ce qu'il a dit ? lança une voix pleine d'autorité. Toi, trouve le robinet général d'alimentation et ferme-le. Vous deux, venez par ici et aidez-le à dégager ces débris. On a des agents coincés ici, quelque part.

Deux hommes se détachèrent aussitôt du groupe et s'attelèrent à la tâche. Au bout de quelques minutes d'un labeur acharné, ils avaient réussi à ouvrir un chemin parmi les gravats. Bennning vit d'abord des lambeaux déchiquetés de plastique tachés d'une substance brune qui ressemblait à du sang séché, puis il nota le bout d'une chaussure émergeant de l'amas de débris. Son cœur manqua s'arrêter... mais ce n'était pas la botte d'Ana.

Écartant précautionneusement bouts de tuyaux et morceaux de bois, il lutta pour ne pas céder à la panique.

Puis un nouveau grognement lui parvint, semblant provenir de l'endroit où la flaque d'eau allait s'élargissant. Soulevant une plaque de placoplatre, Benning se figea. C'était l'agent Duran. S'agenouillant auprès du négociateur de la DCT, il s'efforça de stopper le sang qui s'écoulait de son côté, au-dessous du gilet pare-balles, en comprimant fortement la zone de la main. Du coin de l'œil, il vit deux autres membres du groupe d'assaut dégager l'agent Cantrell, quelques mètres plus loin. OK. Ils étaient vivants, tous les deux. Mais Ana ? Où était Ana ? Elle devait être là... forcément.

Il se pencha vers Duran.

— Où est-elle ? Où est Ana ?

— Le corps de Harold Wood, dans le sac...

Benning vit les muscles de l'agent blessé se tendre comme il s'efforçait de redresser la tête.

— Il était piégé.

Le regard de Benning se porta sur les morceaux de plastique dispersés un peu partout.

Benning s'écarta pour faire place aux ambulanciers qui venaient prendre en charge les deux blessés.

Fou d'inquiétude, il recula pour leur permettre d'évacuer les agents sur des civières. En découvrant le corps de Harold Wood, Ana et ses équipiers avaient déclenché la bombe qui avait tout fait sauter. Mais elle, où était-elle ?

Comme en réponse à sa question muette, l'un des membres de l'équipe d'intervention annonça :

— Ana Ramirez n'est pas là.

Mais elle n'aurait jamais quitté les lieux en laissant ses collègues, blessés, derrière elle. D'autant qu'elle avait dû être touchée dans l'explosion, elle aussi. Il promena son regard autour de lui... Et si quelqu'un s'était tenu à proximité pour appuyer sur le détonateur quand ils avaient découvert le corps ? Il n'était pas du tout impossible que la maison ait été surveillée pour le cas où la DCT identifierait le crâne. Claire Winston – ou le coupable, si ce n'était pas elle – se trouvait peut-être encore dans les parages si le dispositif avait été actionné à distance. Rebroussant chemin parmi les décombres, Benning gravit rapidement l'escalier et ressortit de la maison par là où il était entré. À peine mit-il le pied dehors, à l'air libre, qu'il sentit les cheveux se dresser sur sa nuque. Il pivota lentement sur lui-même, tous les sens en alerte, scrutant la ligne sombre des arbres qui barrait l'horizon de l'autre côté de la clôture, sur l'arrière de la propriété. Serrant les poings de rage et d'impuissance, il allait se retourner lorsqu'une trace rouge sur une lisse cassée de la clôture captura son regard. Du sang.

Ana. C'était elle, il en était sûr ! On avait dû l'entraîner à travers bois, mais elle s'était arrangée pour laisser un indice. Il hésita, lançant un regard derrière lui, mais le groupe d'assaut et le reste de la DCT étaient toujours occupés sur la scène de crime. Pas le temps d'aller les prévenir. Il devait suivre la piste sans perdre une seconde.

Il brisa du talon deux autres lisses et se glissa de l'autre côté de la clôture. Des flocons froids s'inséraient à l'intérieur de ses chaussures, mais il y remédia en marchant dans les grandes empreintes de pas nettement dessinées dans la surface lisse de la couche de poudreuse qu'avait laissée la dernière chute de neige. Des empreintes de pas masculines, à en juger par la taille. Il redoubla soudain de vigilance en voyant se dresser devant lui une vieille structure métallique d'apparence inutilisée. Un abri pour tracteur ? L'un des battants de la porte latérale était entrouvert. Adossé contre l'autre, il se pencha en avant pour jeter un coup d'œil à l'intérieur. Personne. Pas l'ombre d'un mouvement. Pourtant, c'était bien droit à ce garage délabré que l'avaient mené les traces de pas. Il poussa le battant et entra, sur ses gardes, aussitôt avalé par la pénombre. Pourquoi celui qui avait fui la maison de Claire Winston était-il venu ici ? Aucune trace de pneus récente n'indiquait qu'un véhicule avait été stationné là. Tendant la main vers la paroi, ses doigts rencontrèrent un interrupteur, qu'il actionna. Rien.

Rien si ce n'est...

Ce petit voyant rouge qui se reflétait sur le métal, non loin de lui... Il n'était pas là quand il était entré. Benning appuya de nouveau sur l'interrupteur. La lumière rouge disparut.

L'écho de ses pas sur le ciment froid du sol se répercuta contre les minces parois métalliques, et il leva le bras en direction de l'endroit où le voyant s'était allumé. Là. Tirant d'un coup sec sur le petit boîtier, il se retourna vers la lumière qui entrait par la porte ouverte, les fils arrachés lui chatouillant la paume. Une petite lentille brilla au soleil. Une caméra ? Quel intérêt de placer une caméra dans un... ?

La vidéo, sur le téléphone du tireur ! Elle avait montré Owen dans un local sombre comme celui-ci. Benning pivota sur lui-même, tâchant de déterminer l'emplacement exact où s'était tenu son fils pour que la caméra le filme sous cet angle. Il s'accroupit et toucha la dalle de ciment. Ici, elle était moins froide qu'ailleurs, nota-t-il en tâtant le sol alentour. Sa gorge se noua. C'était ici qu'ils avaient séquestré Owen. Dans un vieil abri pour tracteur glacé. Une rage aveugle remplaça la consternation. Il empocha la caméra et se releva.

— Tiens bon, fiston. J'arrive. Je viens vous chercher, tous les deux.

13

Ses oreilles bourdonnaient encore.

Elle ne pouvait pas bouger les mains et les pieds, n'arrivait pas à respirer librement. Elle avait l'impression d'avoir un éléphant assis sur sa cage thoracique. L'esprit vaseux, elle essaya de rassembler ses souvenirs. Il y avait eu l'explosion au sous-sol, chez Claire Winston. Mais ensuite... rien. Ses équipiers avaient été là, avec elle. JC et Evan. Allaient-ils bien ? Avaient-ils survécu, eux aussi ? *Infierno,* comme elle avait mal quand elle respirait. Elle avait dû se casser une...

— Dis, tu n'es pas morte, hein ? souffla une petite voix.

Tout son être se figea. Dans le silence rompu seulement par le ronronnement continu d'une ventilation, Ana lutta pour ouvrir les yeux tout en tentant de relever la tête. Il faisait un noir d'encre. Donc, elle n'était pas à l'hôpital. D'ailleurs, elle sentait le froid de la surface dure sur laquelle elle était allongée traverser ses vêtements et puis... elle avait les mains et les pieds attachés. Mais elle n'était pas seule. Ses yeux s'accoutumant un peu à l'obscurité, elle discerna vaguement le contour d'une petite silhouette pelotonnée contre elle, la tête sur son abdomen. Sa tête retomba en arrière. Ce n'était pas un éléphant.

— Non, je ne suis pas morte. Et toi non plus.

— Non, mais j'ai froid et puis j'ai mal au ventre. Je veux rentrer chez moi.

Le soulagement l'envahit. Owen était vivant, et elle était avec lui. Elle tira sur les attaches en plastique qui immobilisaient ses poignets et ses chevilles. Où étaient-ils ? Elle se revit, étendue sur le sol, après l'explosion. Il y avait eu un bruit d'eau qui gouttait rapidement… Puis des pas. Elle avait cru que c'était les secours puis elle l'avait vu, se dressant à côté d'elle. L'homme au masque de ski. C'était lui qui avait dû sortir de ce sous-sol pour la conduire ici. Elle distingua des rayonnages à côté d'elle en même temps qu'une odeur de produit chimique lui piquait la gorge. Un détergent industriel ?

— C'est ton papa qui m'a demandé de te retrouver, Owen.

Un mélange d'excitation et d'espoir s'insinua dans la voix enfantine.

— Tu connais mon papa ?

— Oui. On est amis. Il s'est fait beaucoup de souci depuis que tu as disparu et il m'a demandé de l'aider à te retrouver. Je suis là pour te ramener chez toi.

Une vive douleur irradia dans tout le côté de son corps comme le petit passionné de jeux sur tablette et de grignotage au lit prenait appui contre elle pour se redresser.

— Et comment tu vas faire avec les mains et les pieds attachés ?

— C'est une bonne question.

Pas de fenêtre. Un léger relent d'humidité, comme s'ils se trouvaient dans un sous-sol. S'aidant de son coude, elle réussit à s'adosser aux rayonnages métalliques. En une seconde, Owen revint se blottir contre elle. Si elle avait eu les mains libres, elle l'aurait pris dans ses bras, mais tout ce qu'elle pouvait faire c'était poser la joue sur le sommet de son crâne. Une odeur d'essence et de terre émanait de ses cheveux.

— Je ne sais pas encore, mais je vais trouver. Maintenant qu'on est ensemble, ça va aller… Je te le promets.

Les cheveux courts bruissèrent contre son gilet en Kevlar et elle devina qu'il hochait la tête, mais le tremblement qui secouait son petit corps indiquait qu'il fallait faire vite. Renversant la tête contre l'étagère, elle contempla l'obscurité. Bien… Il fallait commencer par le début et se libérer de ses liens. Se rappelant ce que Benning lui avait dit de son fils, elle déclara :

— OK, Owen. D'abord, je veux que tu restes éveillé le plus longtemps possible, d'accord ? Parce qu'on va faire un jeu.

— Quel jeu ?

Il fallait le faire parler et le faire bouger pour empêcher qu'il ne finisse par s'assoupir, vaincu par le froid.

— Une sorte de chasse au trésor... Tu aimes ça, les chasses au trésor ?

Il hocha de nouveau la tête contre le Kevlar.

— Super. Alors, la première chose à trouver, c'est ma lampe de poche. Elle est accrochée à mon gilet...

En moins de temps qu'il n'en faut pour le dire, il détacha la lampe et appuya sur le bouton. Un puissant rayon lumineux troua l'obscurité, dansant sur les murs, et, pour la première fois, elle discerna clairement ses traits. Des joues barbouillées de saleté soulignaient un regard bleu cristal. Le même que celui de son père.

— Voilà. Je l'ai trouvée !

Un coup d'œil à cet adorable petit garçon suffit à Ana pour mesurer à quel point l'isolement dans lequel elle s'était enfermée lui pesait et combien il était épuisant de persévérer envers et contre tout, comme avec des œillères. Coupée de tous ses proches. Présente, mais jamais investie émotionnellement. Elle avait survécu plutôt que vécu, obnubilée par un seul objectif : assurer un avenir à ceux qu'elle était chargée de retrouver. Mais Benning avait raison, ce n'était pas une vie. Elle voulait davantage. Elle voulait... accomplir enfin quelque chose pour elle, et pour elle seule. Il avait tapé dans le mille en mettant en mots tout ce qu'elle avait si soigneusement tu, et cela avait été comme une libération. En lui faisant prendre conscience de tout ce qu'elle avait manqué, et qu'elle pouvait obtenir, il l'avait... révélée à elle-même. Si seulement elle avait eu le courage de renoncer à vouloir à tout prix se racheter... Mais combien de temps et combien de vies sauvées faudrait-il pour y parvenir ? Pendant combien de temps encore comptait-elle jouer les héroïnes pendant que sa propre vie lui passait sous le nez ?

Ana étudia le fils de Benning à la lumière de sa lampe. Il était pâle et son pyjama sale et plein d'accrocs était beaucoup trop mince, mais, mis à part cela, il ne semblait avoir subi aucune violence. Les larmes lui montèrent aux yeux en voyant la fierté transfigurer son expression.

— Bravo. Tu es doué à ce jeu, dis-moi.

— Quel trésor je dois trouver, maintenant ?

L'excitation du jeu ne l'avait pas lâché, mais il grelottait toujours autant. Pas étonnant. Le froid faisait se condenser son souffle devant sa bouche. Et il n'avait ni vêtement chaud ni chaussettes. Où qu'ils soient, elle devait trouver le moyen de les sortir d'ici, et vite.

— Bien. Ce qu'il faut maintenant, c'est trouver quelque chose qui puisse couper les attaches de mes mains et de mes pieds.

S'appuyant des talons contre le sol, elle tourna la tête pour examiner le contenu des étagères. Le rayon de la lampe éclaira tour à tour des produits de nettoyage, des éponges, des rouleaux de papier toilette, des chiffons et de gros rouleaux d'essuie-mains, du genre de ceux destinés aux dévidoirs métalliques des collectivités. Pas d'outils. Rien qui puisse trancher du plastique.

— Tu vois quelque chose, toi ? Moi, je ne vois rien, mais ça ne veut pas dire qu'on ne va pas y arriver. Attends, tu vas voir... Écarte-toi de moi, je ne voudrais pas te blesser accidentellement.

Il obtempéra, le faisceau de la lampe braqué sur elle tandis que, se penchant en avant, elle prenait son élan pour se redresser à genoux et se lever. Elle força sur ses bras pour tendre le lien au maximum et abattit ses poignets sur l'angle de l'étagère métallique. Le plastique lui scia la chair, et elle retint un cri de douleur. Serrant les dents, elle garda le regard fixé sur Owen. Si elle n'arrivait pas à les tirer d'ici, ils étaient voués à une mort certaine. Prenant une grande inspiration, Ana ferma les yeux et renouvela l'opération. Ses bras s'écartèrent brutalement comme le lien cédait sous le choc.

— Waouh ! s'exclama Owen. Comment tu as fait ?

— Mes trois grands frères m'ont appris ce truc quand j'étais petite. Pour que je puisse me délivrer dans ce genre de situation.

Avec un serrement de cœur, elle songea au nombre d'heures

qu'ils avaient passées dans le sous-sol de la maison familiale à s'exercer à ce genre de technique, et à la raison pour laquelle ils l'avaient fait. Mais cela avait porté ses fruits. Se baissant prestement, elle fit sauter les liens qui entravaient ses pieds et regarda avec un sourire les languettes de plastique tomber à terre.

— Je t'apprendrai, si tu veux, quand nous serons rentrés à la maison.

— Super, dit l'enfant, l'œil rivé sur les lanières de plastique. J'attacherai ma sœur pour voir combien de temps elle met à se libérer. Elle cache toujours mes affaires dans notre fort pour m'embêter.

— Oui, j'en ai entendu parler. Tiens, enfile ça, enchaîna Ana en retirant son coupe-vent et ses bottes.

Elle l'aida à s'envelopper de la veste et lui tendit ses chaussettes. Tout plutôt que laisser sa température corporelle chuter davantage, songea-t-elle, parcourue d'un frisson. Mais le mieux à faire, c'était de filer d'ici en vitesse. Du rayon de sa lampe de poche, elle fouilla rapidement le reste de leur geôle. Du matériel de nettoyage, des serpillières, des balais, un chariot de ménage. Ils se trouvaient dans le local d'un agent d'entretien. Mais où ? Elle testa la poignée. Verrouillée, évidemment. Le regard attiré vers le plafond par le déclenchement de la soufflerie, elle avisa la large bouche de ventilation d'où tombaient en tourbillonnant des particules de poussière agitées par le brassage de l'air.

— Tiens, dit-elle en tendant la lampe à Owen. Oriente-la vers cette trappe, au plafond.

Promptement, elle prit le seau du chariot et le centra, retourné, au-dessous de la bouche d'aération. Elle le sentit s'enfoncer un peu sous son poids comme elle grimpait avec précaution dessus. Levant lentement les bras, elle promena les doigts sur le contour de la grille, sur les vis de fixation, aux quatre coins. Elle ravala un juron. Les vis la maintenaient solidement en place. Impossible de les faire tourner sans outil.

Pas d'issue. Ils étaient piégés dans ce cagibi.

Puis, soudain, la porte s'ouvrit.

Ana sauta à bas du seau et se plaça devant Owen. Le cœur battant à ses oreilles, la respiration toujours gênée par sa côte cassée, elle vit l'homme au masque se découper dans la lumière.

— Vous…

— Je commençais à craindre d'avoir posé une charge explosive trop importante au fond de cette fosse. J'avais espéré que personne ne retrouverait son corps dans le sous-sol de Claire ni son crâne dans ce mur, sur le chantier. Mais je commence à comprendre qu'il faut plus qu'un plongeon par la fenêtre et une bombe pour vous arrêter, agent Ramirez. Mais c'est vrai que vous avez toujours été tenace… Un vrai pitbull. Vous ne lâchez jamais. Seulement voilà… Moi non plus.

Elle poussa Owen derrière elle, prête à se battre aussi longtemps qu'il le faudrait pour donner une chance au petit garçon de s'évader.

— Qu'est-ce que vous voulez ?

— Toujours la même chose…

D'un geste théâtral, le ravisseur porta la main à son masque et l'enleva. La stupéfaction se peignit sur les traits d'Ana qui le contempla, interdite.

— Finir ce que j'ai commencé.

Les traces de pas s'évanouirent lorsqu'il atteignit la route. Benning jura entre ses dents. Ce fumier avait dû laisser un véhicule ici, ou bien il travaillait main dans la main avec Claire depuis le début. Son fils pouvait être n'importe où maintenant. Il serra entre ses doigts la petite caméra trouvée dans l'abri pour tracteur et tourna sur lui-même, cherchant un indice de nature à lui indiquer la direction qu'avait pu prendre ce salaud. Le signal d'un appareil de ce type ne devait pas être assez puissant pour porter loin. Pour le capter, le ravisseur avait dû rester dans un rayon de quelques centaines de mètres. Un kilomètre ou un kilomètre et demi, tout au plus. *Nom d'un chien*. Ça laissait encore trop de possibilités.

Réfléchis, s'intima-t-il, au désespoir. Il y avait certainement quelque chose... Un signe, une piste. Mais les gouttes de sang s'arrêtaient ici aussi, comme les empreintes de pas. Se pouvait-il que Claire soit derrière tout ça ? s'interrogea-t-il en se déplaçant lentement, scrutant le sol à la recherche d'une trace. Qu'elle ait voulu faire elle-même justice et venger son amie ? Mais il eut beau passer au crible le moindre gravier, la moindre trace de pneus dans la neige fondue du bas-côté de la route, il ne trouva rien. Ana et Owen s'étaient volatilisés.

Il se redressa, démoralisé. Il était expert en bâtiment. Traquer des criminels, retrouver des personnes disparues, ce n'était pas son univers. Son inexpérience constituait indubitablement un gros handicap, mais il ne pouvait pas renoncer. Comment l'aurait-il pu ? Juste au moment où Ana était enfin revenue dans sa vie et où tout commençait à se mettre en place et qu'ils étaient si près de retrouver son fils.

Ana... L'estomac noué, il songea à ce qu'il lui avait demandé. Tenaillé par la peur de perdre son fils, de la perdre, *elle,* il n'avait songé qu'à lui et s'était laissé guider par l'égoïsme. Comment avait-il pu exiger d'elle qu'elle renonce à une part aussi significative de sa vie pour le prémunir, lui, contre l'angoisse qui le rongeait ? Bon sang, quel idiot il avait été ! Ana n'était pas, d'une part, un agent froid et déterminé et, d'autre part, la femme qu'il aimait. Les deux aspects de sa personne se confondaient pour former un tout, et c'était de ce tout qu'il était tombé amoureux. Et, maintenant, elle aussi lui avait été enlevée. La chance leur était offerte de faire en sorte que les choses fonctionnent pour eux et les jumeaux, mais ça n'arriverait pas s'il ne parvenait pas à la retrouver pour le lui dire. Les armes, le sang, la peur... Tout cela, c'était son monde à elle, en effet, mais, sans le savoir, il y avait pénétré à la seconde où il avait extrait le crâne de Harold Wood de ce mur sur le chantier. Il s'était épris d'une femme dangereuse, une femme qui était prête à tout pour que ses enfants et lui se sortent indemnes du pétrin dans lequel il les avait mis. Alors, la moindre des choses était maintenant de se débrouiller pour lui rendre la pareille.

Réfléchis, bon sang.

Tout était lié à cette affaire Samantha Perry. Elle était vieille de sept ans, mais il en avait appris assez par les journaux et par ses conversations avec Ana pour savoir la façon dont les choses s'étaient déroulées. Harold Wood avait été un employé modèle travaillant au lycée de Sevier County, établissement que fréquentaient Samantha et Claire. Samantha avait été une brillante élève, appréciée de tous. Le témoignage de Claire avait été rendu public après la découverte du corps de Samantha au fond de cette ruelle, à Knoxville. Benning contempla l'endroit où les empreintes de pas s'arrêtaient. Qu'avait-elle dit, exactement, dans sa déposition ? Il ferma les yeux. Les deux adolescentes rentraient du lycée lorsque Samantha s'était aperçue qu'elle avait oublié un cahier en classe. Claire avait fait demi-tour et l'avait attendue, dans le parking. Mais, au bout d'une demi-heure, comme elle ne revenait pas, elle était entrée la chercher. Et ne l'avait pas trouvée.

Une bourrasque froide secoua les branches des arbres, faisant naître la chair de poule sur ses bras.

L'école. C'était là que tout avait commencé sept ans plus tôt et c'était là que tout les ramenait aujourd'hui. Oui, c'était ça, il en était sûr. Cette enquête était étroitement liée à la disparition de Samantha Perry et l'école n'était pas loin, probablement à portée de signal de l'abri où avait été placée la caméra. Celui qui était derrière tout ça devait se trouver là-bas.

Il s'élança au pas de course vers l'est, suivant le tracé sinueux de la petite route, ignorant la douleur qui lui martelait l'épaule à chaque foulée. Il allait retrouver son fils. Et il allait retrouver Ana. Ana qui ne s'était jamais ouverte à personne de la culpabilité qui la rongeait. Ni à ses équipiers. Ni à sa patronne. Il était le seul à qui elle s'était confiée. Elle s'était punie pour n'avoir pas sauvé Samantha et l'avait quitté pour cette raison mais, désormais, il serait là pour l'aider à surmonter cette souffrance, à alléger son fardeau. Quel que soit le temps que cela prendrait.

Le passé n'avait plus d'importance. Seul le présent et l'avenir comptaient. Un présent et un avenir dont il espérait de toute son âme qu'elle ferait partie. Elle lui avait tant manqué, et depuis si longtemps. Oui, ce qu'elle serait prête à donner, Owen, Olivia et lui l'accepteraient avec joie.

— J'arrive, ma chérie, murmura-t-il, le souffle saccadé.

Ses muscles protestèrent comme, sans même s'en rendre compte, il allongeait le pas. Enfin, le dôme qui surmontait l'établissement apparut, recouvert d'une épaisse couche de neige, comme tout le paysage alentour, d'un blanc immaculé. Il y avait encore quelques véhicules dans le parking principal, sur l'avant du bâtiment, et la neige avait été trop piétinée pour qu'il puisse reconnaître les empreintes qui l'avaient conduit au garage à tracteur puis jusqu'à la route.

Et, de toute façon, après la centaine de fusillades qui s'étaient produites dans les établissements scolaires du pays en un an seulement, les mesures de sécurité avaient été renforcées dans les écoles sur tout le territoire.

L'homme au masque de ski s'était donc forcément introduit par une entrée de service. D'autant qu'il avait Owen et Ana avec lui.

Se faisant le plus discret possible, Benning contourna au trot le bâtiment par le côté est. Certes, les cours étant terminés depuis un bon moment, la plupart des élèves et enseignants étaient partis, mais il ne voulait pas qu'un retardataire puisse être mis en danger. Il regretta de n'avoir pas pris le temps de prévenir la DCT. Il était livré à lui-même, maintenant.

Parvenu à l'arrière du bâtiment, se plaquant de son mieux contre le mur de briques, Benning testa le bouton de la porte, lequel tourna sans opposer de résistance. Son estomac se contracta. Ils devaient être là. Tirant le battant, il s'engouffra à l'intérieur et la porte se rabattit derrière lui, commandée par le ferme-porte automatique, le plongeant dans l'obscurité.

Une odeur de renfermé et d'humidité le saisit tandis qu'il avançait à tâtons, les mains tendues devant lui. Pas de voix. Pas de bruit. Sa main rencontra une rampe, et il s'engagea dans l'escalier qu'il avait entrevu en ouvrant la porte. La sueur commençait à perler dans le haut de son dos alors même que la température s'abaissait au fur et à mesure qu'il descendait une à une les marches. Le sous-sol. Repoussant nerveusement ses cheveux en arrière, il plissa les yeux comme il arrivait en bas de l'escalier. Le bruit de ses pas sur le ciment se mêla au bourdonnement des gaines techniques tandis qu'il s'avançait, de plus en plus tendu, le long du corridor qui s'ouvrait devant lui. À son extrémité, un vieux tube fluorescent éclairait des murs lézardés, tachés d'humidité. Un bruit d'eau qui gouttait acheva de lui mettre les nerfs en pelote.

Ils devaient être là. Parce que, sinon... Non, il refusait d'envisager qu'il puisse en être autrement. Il ne pourrait pas passer sa vie à se demander ce qu'il était advenu de son fils et de l'amour de sa vie. Il ne supporterait pas de vivre avec l'idée qu'il aurait dû faire davantage, faire mieux. Il ne ferait pas subir à Olivia ce qu'Ana avait fait endurer à ses proches en se coupant de tout et de tous. Il allait mettre un terme à tout ça. Une ombre se dessina fugitivement sur le mur, devant lui.

Il stoppa net, les cheveux se dressant sur sa nuque. Il tendit le bras vers la grande étagère métallique qui était fixée au mur, sur sa droite, et ses doigts se refermèrent sur l'acier froid d'un pied-de-biche. Le poids du métal tira sur les points de son épaule, mais c'était le cadet de ses soucis. L'enjeu était trop crucial.

L'ombre se précisa, au bout du corridor, lui laissant deviner une haute silhouette masculine. L'écho d'un rire assourdi résonna contre les murs de parpaings autour de lui, et Benning affermit sa prise sur le lourd cylindre métallique.

14

Médusée, Ana contempla le regard sombre, familier, qui était fixé sur elle. Ainsi donc, c'était lui... Depuis le début.

— C'est toi qui as kidnappé Owen et Olivia, qui nous as attaqués au chalet. Qui as tué Harold Wood et as caché son corps dans le sous-sol de Claire. C'était toi... Pas elle.

Le partenaire avec qui elle faisait équipe à l'époque de l'affaire Samantha Perry.

L'agent Ericson York.

Elle n'avait plus retravaillé avec lui depuis lors, mais... c'était insensé. Il avait prêté serment, juré de protéger les innocents, il savait de quelles horreurs les monstres comme Harold Wood étaient capables. Ses doigts effleurèrent le bras d'Owen, derrière elle, comme elle s'efforçait de l'éloigner le plus possible d'Ericson. La théorie selon laquelle Claire Winston avait retrouvé Harold Wood afin de le tuer pour venger son amie venait de se désagréger sous ses yeux. Claire avait eu un mobile et les moyens d'exercer sa vengeance, mais le FBI n'avait pas pu localiser Wood en sept ans de recherche. Comment aurait-elle réussi là où le FBI avait fait chou blanc ?

— Cette ordure n'a eu que ce qu'il méritait, Ramirez.

Elle promena son regard sur les vêtements sombres qui dissimulaient les montagnes de muscles et la farouche détermination auxquelles elle s'était déjà colletée une fois. Sa cuisse en portait encore les stigmates. La lumière de l'ampoule nue, au plafond, se reflétait sur le haut de son front, de part et d'autre du profond V que formait la ligne d'implantation de ses cheveux. Comment avait-il pu basculer de l'autre côté de la barrière ? Ils avaient été équipiers, avaient traqué ensemble les criminels, s'étaient mutuellement couverts d'innombrables fois sur le terrain. Elle avait eu confiance en lui et lui, en elle. Mais, après l'affaire Samantha Perry, il avait disparu des radars. Il avait quitté le FBI, n'avait plus répondu à ses appels, avait quitté son appartement. Et, maintenant, elle était le seul obstacle se dressant entre lui et sa volonté de ne pas tomber pour meurtre. Il lança son masque par terre – pour avoir les mains libres, probablement.

— Tu n'étais pas présente. Tu n'as pas vu ce qu'il lui avait fait. Tu étais à cinquante kilomètres de là, avec ce type, cet inspecteur en bâtiment, pendant que, moi, j'étais face à ce carnage.

Il fit un pas en avant, réduisant la distance qui les séparait. La voix d'Ericson s'abaissa, chargée d'une inflexion dangereuse :

— Alors, oui j'ai fait ce qu'il fallait pour le retrouver. J'ai surveillé sa sœur, pour le cas où il chercherait à la joindre, surveillé son appartement pendant des mois entiers. J'ai fait pression sur tous ceux vers qui il se tournait pour tenter d'obtenir des faux papiers. Et tu sais comment j'ai fini par coincer ce salaud ?

Il avança encore d'un pas, et elle retint son souffle. Le petit local dans lequel il les avait enfermés lui parut soudain se rétrécir davantage encore.

— Ce malade a eu le culot d'essayer de s'en prendre à Claire. C'était plus fort que lui. Même avec le FBI et les forces de police à ses trousses, s'il voulait quelque chose, il fallait qu'il l'obtienne. Mais, cette fois, il m'a trouvé en travers de sa route.

L'odeur de voiture neuve emplit l'espace exigu dans lequel ils se faisaient face. Ce type n'était plus l'agent qu'elle avait connu. L'Ericson York dont elle avait gardé le souvenir n'aurait jamais laissé un enfant innocent mourir de froid au fond d'un cachot humide, fût-ce pour résoudre une affaire qui lui tenait particulièrement à cœur.

— Tu avais promis aux Perry de leur ramener leur fille, tu

te rappelles ? Tu leur as menti. Tu as menti au Bureau. À mes yeux, ça te rend aussi coupable que Harold Wood.

— On l'aurait coincé, Ericson. On se rapprochait du but. Mais tu as préféré passer de l'autre côté quitte à devenir toi-même un meurtrier.

Elle secoua la tête.

— Si quelqu'un est aussi coupable que Wood, c'est toi, pas moi. Nous avons prêté serment, toi et moi. Tu...

— Il ne vaut rien, ce serment ! cracha-t-il, un éclair de folie meurtrière flambant dans le regard brun. J'ai passé dix ans, avec le FBI, à pourchasser toutes ces ordures qui volent des vies innocentes, et pour quel résultat... ? Les voir s'en tirer pour vices de forme dans la procédure ou bien avec des réductions de charges obtenues par marchandage avec le procureur ? Les victimes méritent mieux. Samantha Perry méritait mieux. Et quelqu'un a enfin décidé d'y remédier. Moi.

Tous les muscles d'Ana se raidirent. Elle avait déjà remarqué cet aspect de son ex-partenaire – cette obsession farouche difficilement contenue qui, même à l'époque, transparaissait dans son attitude lors des enquêtes ou des interrogatoires. Mais elle avait tiré parti de cette intensité, s'en était servie pour briser la résistance des suspects, pour protéger les victimes. Elle n'en avait jamais été la cible... jusqu'alors. Mais peut-être y avait-il encore une chance qu'ils s'en sortent tous vivants.

— Tu as raison. Je n'étais pas là. Je n'étais pas assez concentrée sur l'enquête, et une adolescente innocente en a payé le prix... et je vais devoir vivre avec ça le restant de mes jours.

L'abîme, en elle, se creusa un peu plus et elle déplaça son poids d'un pied sur l'autre, assaillie comme chaque fois par le remords. Ericson et elle, au fond, n'étaient pas si différents. Cette affaire les avait tous deux marqués si profondément qu'ils n'avaient plus jamais été les mêmes après ça. Ils avaient sombré, chacun à leur façon, à la différence près qu'elle avait retrouvé son chemin. Jusqu'à Benning. S'il n'avait pas fait appel à elle, ne se serait-elle pas retrouvée un jour prochain à la place de celui qui se dressait devant elle ? Dans le rôle d'une justicière masquée prête à tous les crimes, toutes les abjections, pour venger ceux qu'elle n'avait pu sauver ?

— J'ai passé sept ans de ma vie à me punir jour après jour pour n'avoir pas été à la hauteur, dans cette affaire. En me coupant de tout mon entourage, en me surinvestissant dans mon travail jusqu'à ce qu'il occupe toute la place dans ma vie. Mais, quel que soit le nombre de vies qu'on sauvera, rien, jamais, ne pourra ramener Samantha Perry, Ericson. Crois-moi, se refermer sur soi, se rendre hermétique au chagrin ne fait qu'empirer les choses. La seule façon de surmonter ça, c'est de prendre ses responsabilités, de reconnaître ses torts et, ensuite, trouver la force d'aller de l'avant et... de vivre sa vie.

— En oubliant toutes les victimes que des tueurs comme Harold Wood ont sacrifiées ?

— Mais qu'en est-il d'Owen, séquestré ici ? D'Olivia ? De Jo West et de Benning Reeves ? De Claire, qui a été soupçonnée à tort de t'avoir aidé à dissimuler le meurtre de Harold Wood. Ces vies-là n'avaient-elles aucune valeur à tes yeux ?

— Je n'ai jamais voulu les mêler à tout ça.

Il regarda l'enfant de six ans qui se tenait en retrait, derrière elle, et quelque chose de l'agent qu'il avait été passa dans son regard.

En un instant, la barbe qu'il s'était laissé pousser le vieillit de dix ans et un espoir ténu s'insinua en elle. Il disait vrai. Mais cela n'excusait rien de ce qu'il avait fait.

— J'ai su, à la minute où Benning Reeves a fait appel à toi, qu'on en arriverait là, toi et moi. Face à face, chacun dans son camp. Je pensais ce que je t'ai dit, avant de te pousser par la fenêtre. Tu étais un bon agent.

L'infime espoir qui s'était fait jour en elle s'écroula lorsqu'elle le vit carrer les épaules.

— Toi aussi, Ericson. Mais nous savons tous les deux que je ne peux pas te laisser t'en tirer comme ça.

— Je sais. C'est bien pour ça que je vais devoir terminer ce que j'ai commencé, Ramirez, dit Ericson en se rapprochant encore, sa silhouette massive se découpant contre la lumière crue de l'ampoule qui pendait du plafond. Même si j'en suis désolé.

— Laissez-la tranquille ! cria Owen en se précipitant en avant et en agrippant la jambe de pantalon d'Ericson. Je dirai à mon père ce que vous avez fait !

D'un revers de main, Ericson envoya Owen buter contre la collection de balais et de serpillières qui étaient stockés dans l'angle du cagibi, près de la porte.

C'était maintenant ou jamais.

Elle se rua sur son ex-partenaire.

— Va-t'en, Owen ! Cours !

D'un formidable crochet du droit, Ericson la stoppa dans son élan. Elle se sentit basculer en arrière et s'étala de tout son long. Elle essaya de rouler sur le ciment, mais une vive douleur explosa dans son côté comme le pied d'Ericson la clouait sur place. L'attrapant par les cheveux, il la remit brutalement debout et l'attira contre lui. Une lueur féroce brillait dans son regard.

— Maintenant, ça se joue entre toi et moi, partenaire. Et un seul d'entre nous sortira vivant d'ici.

— Oui... Et ce ne sera pas toi, souffla-t-elle en lui balançant un violent coup de coude en plein plexus solaire.

Benning s'élança en avant. Il aurait reconnu cette voix entre mille. Ana avait crié à Owen de s'enfuir. Son fils était là. Ils étaient là, tous les deux, et ils avaient besoin de lui ! Il tourna le coin derrière lequel il lui semblait avoir vu disparaître l'homme masqué, mais ce fut une frêle silhouette haute comme trois pommes qui se jeta dans ses jambes.

— Papa !

— Owen ! s'écria-t-il en tombant à genoux pour serrer son fils contre lui. Je suis là, fiston... Je suis là.

— Papa, reprit Owen qui ne lui avait jamais paru si petit, si fragile. Elle est blessée. Le méchant l'a tapée quand j'ai couru... Il faut qu'on l'aide !

Ana.

Son estomac se tordit comme sous l'effet d'une poigne de

fer. Il ne pouvait pas entraîner son fils de nouveau vers l'enfer auquel il venait d'échapper. Mais Ana avait besoin de lui.

— Owen, écoute-moi, dit-il d'un ton pressant. Je veux que tu trouves un endroit où te cacher, jusqu'à ce que je revienne te chercher.

— Mais je veux rester avec toi.

— Je sais, fiston, mais je ne peux pas risquer de te perdre encore une fois, répondit-il, la gorge serrée par l'émotion, en passant la main dans ses cheveux courts et sales.

Que lui était-il arrivé pendant cette séquestration ? Il n'avait aucune idée de ce que son fils avait dû endurer, s'il avait été maltraité, combien de fois il avait supplié en pleurant son geôlier de le laisser rentrer chez lui. Il ne s'agissait pas de choisir entre ses enfants et celle qui avait risqué sa vie pour eux. Il n'y avait pas de choix du tout.

— Il faut que j'aille porter secours à Ana, Owen. Mais je n'y arriverai pas si je m'inquiète pour toi, tu comprends ? C'est pour ça que tu dois trouver une bonne cachette, d'accord ?

Owen hocha la tête.

— D'accord.

— Super. Alors, viens, j'ai une idée, dit Benning en tournant les talons pour guider son fils jusqu'à l'étagère où il avait pris le pied-de-biche.

Parvenu devant la solide structure métallique, il le souleva et l'installa sur la tablette la plus haute.

— Allonge-toi tout au fond, baisse la tête et, surtout, ne fais aucun bruit. Si tu vois quelqu'un, ne bouge pas, OK ?

— Oui, acquiesça Owen en s'aplatissant contre le métal.

— Bravo, champion, souffla Benning en ébouriffant ses cheveux. Je t'aime, fiston. Je reviens bientôt te chercher, promis.

— Moi aussi, je t'aime, papa. Ne meurs pas, d'accord ?

— Pas question, répliqua-t-il sans pouvoir empêcher un coin de sa bouche de se soulever fugitivement.

Ramassant le pied-de-biche qu'il avait posé pour pouvoir installer Owen dans sa cachette, Benning reprit sa progression dans le lacis de corridors et d'espaces ouverts remplis de vieux pupitres, vestiaires et autres matériels de salle de cours.

Le pied-de-biche pesait lourd au bout de son bras mais c'était sa seule arme, et il avait affaire à un professionnel surentraîné et prêt à tuer pour préserver son impunité. Il poursuivit son avancée, la tension grandissant en lui à chaque pas. Passant la langue sur ses lèvres sèches, il ralentit comme il abordait un nouveau tournant.

Et s'arrêta, sitôt le coude franchi.

Droit devant, une porte ouverte découpait un rectangle de lumière tout au bout du couloir.

Soudain, une silhouette atterrit brutalement sur le sol de ciment dans l'encadrement éclairé. Une silhouette dotée de longs cheveux bruns qui masquaient son visage, mais il la reconnut instantanément.

Ana.

Elle ne bougeait pas, ne se relevait pas.

Le monde cessa de tourner, et son cœur se mit à battre de façon erratique. Il ne pouvait pas être arrivé trop tard. Ce n'était pas possible. S'adossant au mur du couloir, Benning poursuivit son approche sur la pointe des pieds. Il voyait un filet de sang couler du coin de la bouche d'Ana le long de son cou. *Relève-toi ! Seigneur, faites qu'elle se relève.*

— Ça ne sert à rien, Ramirez. Tu ne fais que repousser l'inévitable.

Cette voix...

C'était celle de l'homme au masque de ski. À ceci près que l'homme qui apparut dans la lumière, dressé de toute sa hauteur au-dessus d'Ana, n'était plus masqué. Des cheveux courts, d'épais sourcils surmontant de petits yeux enfoncés. Une barbe fournie garnissait aujourd'hui son visage, mais Benning n'en reconnut pas moins l'ancien partenaire d'Ana, Ericson York. Benning avait regardé ses points presse, écouté ses vibrants appels à témoins. Il avait été le visage du FBI dans cette enquête, sept ans plus tôt. Et, aujourd'hui, c'était ce même homme qui, visiblement, était derrière deux kidnappings, une tentative de meurtre sur la personne d'un agent fédéral et le meurtre de Jo West.

— Du moment... que... tu es coincé... ici... avec moi au lieu de... poursuivre Owen, ça me va, proféra Ana avant de partir d'un rire moqueur qui s'acheva dans une quinte de toux.

Comme elle roulait sur le côté, elle l'épingla de ce regard mordoré, mais elle n'en continua pas moins à se relever.

— Et... tu peux compter... sur moi pour faire durer le plaisir aussi longtemps... qu'il le faudra.

Son adversaire tira une arme de l'arrière de sa ceinture, sous le blouson de cuir, et la pointa sur Ana.

— Ah oui, tu crois ? Voyons combien de temps tu résisteras avec une balle logée entre les deux yeux.

Benning n'attendit pas davantage. Il plongea dans les jambes de l'assaillant au moment où Ericson, son attention attirée par le bruit, retournait l'arme vers lui. Le pied-de-biche tomba avec fracas sur le sol de ciment comme il décochait un grand coup de pied dans le poignet d'Ericson. L'arme vola dans les airs et glissa sur le sol, hors de sa portée, mais le tueur répliqua par un crochet bien senti qui toucha Benning à la mâchoire. Il tituba et secoua la tête pour reprendre ses esprits, mais un second coup, aussi fort que le premier, vint parachever le travail. La douleur irradia dans le côté gauche de son visage, et il chancela. Avant que les étoiles n'aient disparu de son champ de vision, un grondement rageur emplit ses oreilles.

Ana sauta sur Ericson par-derrière, l'étranglant d'une clé de bras. D'un mouvement vif, celui-ci glissa les mains sous les aisselles d'Ana et, se courbant brusquement en deux, la fit voltiger par-dessus sa tête. Elle alla de nouveau heurter durement le sol. Ce fut son cri de douleur qui tira Benning du brouillard dans lequel l'avaient plongé les deux crochets portés coup sur coup. Il ramassa le pied-de-biche et, le brandissant au-dessus de sa tête, l'abattit sur Ericson, mais l'ancien partenaire d'Ana, rapide comme l'éclair, esquiva l'attaque d'un bond en arrière avant de riposter d'un coup de pied dans les reins de Benning. Il tomba, un genou à terre, comme un élancement fulgurant lui faisait de nouveau voir trente-six chandelles. Mais Ana ne lâchait toujours pas pied.

Elle saisit le poignet d'Ericson et le tordit en élevant la main au-dessus de sa tête avant de pivoter brusquement sur elle-même et de frapper violemment son nez du plat de l'autre main. Le cri d'Ericson se noya dans un gargouillis de sang. Profitant de son avantage, elle doubla la mise d'un coup de pied dans la poitrine. Déséquilibré, l'ex-agent chuta.

— Tu peux bien tenter de me tuer tant que tu veux et menacer les gens que j'aime, Ericson, ça ne ressuscitera pas Samantha Perry et ça ne changera rien à tout le mal que tu as fait.

Sa voix trembla, comme si sa gorge s'était subitement rétrécie, et Benning la vit inspirer profondément et desserrer les poings le long de son corps.

— Je suis désolée de ne pas avoir été aussi présente que j'aurais dû l'être sur cette affaire, de ne pas avoir été avec toi quand tu as découvert son corps et de ne pas avoir trouvé le courage d'assister aux obsèques. Mais ce qui me navre plus encore, c'est que tu en sois venu à t'imaginer que c'était le seul moyen de rendre justice à Samantha.

Elle secoua la tête.

— En ce qui me concerne, je crois que je me suis punie pendant assez longtemps. Maintenant, c'est ton tour.

Benning la contempla, abasourdi, pendant un instant. *Elle l'avait fait.* Elle avait réussi à se pardonner. Sa tension baissa d'un cran. Même la pression qui pulsait au niveau de sa tempe s'atténua. Mon Dieu, comme il aimait cette femme.

Alors même qu'il croyait désormais si bien la connaître, elle parvenait encore à le surprendre. Il ne lui restait plus qu'à espérer que lui et les jumeaux sauraient se montrer dignes d'elle, une fois que tout ceci serait terminé. *Si* elle voulait bien lui pardonner.

Mais, pour l'heure, ils n'étaient pas sortis d'affaire, loin de là. Ce qu'Ericson ne tarda pas à confirmer.

— Parce que tu crois que ton petit mea culpa suffit à

t'exonérer de tes fautes ? Tu n'as même pas encore commencé à payer, Ramirez.

Ericson tourna la tête pour cracher le sang qui lui coulait sur les lèvres, puis il ramena son attention sur Ana, la bouche tordue par un sourire cruel.

Un reflet brillant attira le regard de Benning vers la main de l'ex-agent comme celui-ci se redressait d'un bond avec une souplesse de félin. Benning se jeta en avant.

— Ana ! Attention !

Il percuta son adversaire, mais pas assez fort pour le plaquer au sol. Le monde menaça de se dérober sous ses pieds comme une douleur foudroyante lui transperçait l'abdomen. Une seconde... Deux... Il recula en chancelant, l'esprit en proie à une telle confusion qu'il ne se rendit pas tout de suite compte que la lame était toujours enfoncée dans son corps.

— Voilà... Là, tu commences à payer, proféra Ericson d'une voix égale en retirant d'un coup sec le couteau, comme s'il avait fait ce geste des centaines de fois.

Pris de vertige, Benning tomba à genoux.

— Non !

Telle une furie, Ana fondit sur lui et, lui enfonçant l'épaule dans le ventre, le projeta contre le mur en le bourrant de coups. La riposte ne se fit pas attendre, et les coups se mirent à pleuvoir de part et d'autre, les deux anciens partenaires se livrant une lutte acharnée, entrecoupée de grognements, tandis que la femme qu'il aimait mobilisait ses dernières forces pour le protéger.

Le pistolet. Benning aperçut la crosse de l'arme dans la lumière vacillante d'un tube au néon, près de l'entrée.

Il pressa les mains sur son abdomen, le sang coulant entre ses doigts. Serrant les dents, il se remit tant bien que mal debout et, les jambes flageolantes, avança en titubant pour le ramasser. L'arme lui parut incroyablement lourde, mais il se retourna, le pistolet à la main.

— Écartez-vous d'elle ou je tire.

Ericson positionna Ana devant lui, faisant d'elle son bouclier humain. Le regard sombre de l'ex-agent se vrilla sur celui de Benning, et la peur le saisit.

— Je peux la tuer avant que vous n'ayez eu le temps de faire feu, monsieur Reeves. Vous êtes sûr de vouloir courir ce risque ?

— Elle ferait la même chose pour moi.

Et Benning appuya sur la détente.

15

C'était fini.

Enfin.

Ana contemplait la scène depuis l'habitacle de l'ambulance, les flashs rouges et bleus des gyrophares balayant par intermittence son champ de vision. Le battement de son sang lui martelant l'arrière du crâne, elle regardait les officiers et le personnel médical se mouvoir comme au ralenti. Et puis, au milieu de toute cette agitation et de la neige qui s'était remise à tomber, il y avait Benning, installé avec son fils à l'arrière d'une autre ambulance.

Un poids lui comprima la poitrine, mais il n'était pas dû aux deux côtes qu'elle s'était cassées lors de l'explosion, chez Claire Winston. Non. Pour la première fois depuis bien longtemps, elle ne s'était pas battue seule. Benning avait combattu Ericson York avec elle – *pour* elle. Dans les recoins les plus reculés du paysage intérieur aride et désolé qu'elle s'était créé, il avait entretenu une petite braise, qu'il avait réussi à ranimer au point de la transformer en un grand feu. Il lui avait montré comment souffrir, comment assumer cette souffrance, comment guérir et comment s'autoriser à éprouver de nouveau des sentiments. Sans lui, jamais elle n'y serait parvenue.

Le médecin légiste de Sevier County et son assistante traversèrent son champ de vision, s'affairant autour des ambulanciers qui évacuaient sur une civière le corps d'Ericson York, désormais dans un sac en plastique, et le cœur d'Ana marqua un bref à-coup. Son ex-partenaire avait été un bon agent, l'un des meilleurs avec lesquels elle ait fait équipe avant son retour à Washington puis son affectation à la DCT, mais ni lui ni elle n'avaient su gérer les désastreuses conséquences de l'affaire Samantha Perry. La différence entre les chemins qu'ils avaient empruntés avait tenu à une chose : la petite part d'elle-même qui n'avait jamais cessé d'appartenir à Benning Reeves. Et, de cela, elle lui serait éternellement reconnaissante.

Les yeux bleus s'arrêtèrent sur elle, repoussant le cauchemar des dernières heures tout au fond de son esprit, comme Benning répondait à l'officier de la police de Sevierville. Owen était vivant. Déshydraté, choqué, affamé, mais vivant. Elle n'avait pas échoué, cette fois. Benning avait eu raison depuis le début. Se couper de tous comme elle s'y était consciencieusement employée n'avait pas fait d'elle une meilleure enquêtrice. Ce détachement n'avait été qu'une béquille sur laquelle elle s'était appuyée pour tenter de se défaire de cette culpabilité qui la poursuivait depuis la découverte du corps de Samantha. Oh ! elle était toujours là. Elle n'avait pas disparu comme par enchantement, mais elle était moins vive. Comme elle l'avait dit à Ericson, il n'y avait pas de nombre magique de victimes à sauver pour se débarrasser définitivement de la faute qui avait pesé si lourd sur leurs consciences. Il lui faudrait du temps, et de l'aide, pour gommer peu à peu les sept années de châtiment qu'elle s'était infligées. Benning lui sourit depuis le brancard où le médecin achevait de suturer sa plaie, son fils étendu sur une civière, à son côté. Heureusement, elle aurait tout le soutien dont elle avait besoin.

— Je vous avais exhorté à la prudence, mais je constate que mes mises en garde sont restées lettre morte.

Elle tourna la tête. L'épaule calée contre la porte arrière de l'ambulance, Jill Pembrook la regardait, ses cheveux gris tirés en un chignon strict qui était le parfait reflet de sa détermination de fer.

— Ça se solde par quoi, cette fois ? Deux blessures par balle, un morceau de verre planté dans la cuisse et une côte cassée, tout ça en l'espace de quatre jours ?

— *Deux* côtes, rectifia Ana. Et un index fracturé, aussi.

Elle appuya les paumes sur la civière pour se redresser face à sa patronne, mais les antalgiques que lui avaient administrés les urgentistes ne devaient pas encore avoir fait effet. Elle laissa retomber sa tête contre l'oreiller, retenant un grognement de douleur. Le corps-à-corps avec Ericson avait sans doute été le plus rude combat qu'elle ait eu à mener de toute sa carrière, mais il en était allé de sa vie. Et de celles de Benning, d'Owen et d'Olivia. Elle avait été prête à tout pour eux. Parce qu'elle les aimait, tous, comme s'ils avaient toujours fait partie de sa vie. Et elle voulait que ça continue. Elle voulait s'endormir et se réveiller au côté de Benning chaque jour de sa vie, répondre aux appels de l'école quand Olivia aurait encore apporté un animal mort afin qu'il soit autopsié dans le laboratoire de sciences naturelles, brosser les draps du lit d'Owen pour en chasser les miettes de biscuit et se mesurer à lui chaque fois qu'il se prendrait de passion pour un nouveau jeu vidéo. Elle voulait tout. Les bons et les mauvais moments.

Mais elle n'entendait pas renoncer à sauver des vies… ni se laisser mettre sur la touche par la directrice de la DCT pour avoir outrepassé ses ordres et s'être laissé impliquer émotionnellement.

Avalant sa salive pour dissiper la boule qui, soudain, lui obstruait la gorge, elle s'enquit :

— Est-ce que vous avez eu des nouvelles de JC et Evan ?

— L'agent Cantrell souffre d'une légère commotion mais devrait être de retour sur le terrain d'ici à quelques jours. Ce sera plus long pour l'agent Duran. Il est au bloc opératoire en ce moment même, mais le pronostic médical est bon.

Pembrook croisa les bras sur sa veste bien repassée et sa chemise blanche immaculée, l'expression impénétrable.

— D'après ce qu'ils m'ont dit, ils ne seraient pas sortis vivants de ce sous-sol si M. Reeves n'avait pas bravé l'interdiction d'entrer dans la maison et risqué sa vie pour voler à votre secours.

L'ombre d'un sourire passa fugitivement sur le visage de Pembrook comme elle se redressait et laissait tomber ses bras le long du corps.

— Vous vous êtes tous les deux comportés comme des idiots mais, apparemment, ça vous a porté chance. Il faut croire que vous méritiez de vous retrouver. Quoi qu'il en soit, je vous souhaite un prompt rétablissement et attends votre retour, à vous aussi, sur le terrain aussitôt que possible, agent Ramirez. Les personnes à qui nous venons en aide ont besoin de vous.

— Oui, madame.

Ana réprima elle aussi un sourire en regardant la directrice s'éloigner. Elle alla rejoindre une belle Afro-Américaine en treillis qui se tenait de l'autre côté du ruban délimitant la scène de crime.

Son sourire s'évanouit. Claire Winston. Il y avait sept ans qu'elle n'avait pas vu la meilleure amie de Samantha Perry, mais elle l'aurait reconnue à n'importe quel âge, n'importe où. Dire qu'Ericson York avait forcé cette pauvre femme à revivre le cauchemar de la perte de sa meilleure amie en laissant une breloque à l'effigie du signe de la Balance chez Benning après avoir placé l'autre dans la bouche de Harold Wood. *Infierno*, il avait même poussé le vice jusqu'à enterrer son corps dans le sous-sol de Claire comme une sorte de trophée. Pour autant... ça n'expliquait toujours pas pourquoi il avait séparé la tête de Wood de son corps pour la cacher ailleurs. Claire tendit la main pour saluer Jill Pembrook, et le regard d'Ana s'arrêta sur son poignet.

Elle vit scintiller un bracelet d'argent dans les lumières des gyrophares.

Pas de breloque.

Elle fronça les sourcils.

Claire n'avait-elle pas dit à Pembrook qu'elle avait précieusement conservé la breloque de son adolescence et la portait systématiquement à son bracelet chaque fois qu'elle était en permission ? Pourquoi, dans ce cas, était-elle absente aujourd'hui ?

— Dis-moi que tu vas bien et que je n'aurai plus besoin de faire usage d'une arme à feu ce soir.

Du coin de l'œil, elle vit Benning approcher tandis qu'Owen, derrière lui, caressait l'un des chiens de la brigade canine sous l'œil vigilant de son maître.

— Aide-moi à me lever.

— Pardon ? se récria-t-il, écarquillant les yeux, l'air catastrophé.

— Claire Winston ne porte pas sa breloque, Benning, répondit Ana à voix basse en se laissant glisser vers l'extrémité de la civière pour descendre de l'ambulance.

Une fois debout, elle prit appui sur lui.

— Pourquoi avoir soutenu le contraire à la directrice de la DCT si ce n'est pour qu'on ne puisse pas établir de lien entre elle et l'une des breloques qu'on a découvertes ?

Il tourna la tête pour regarder Jill Pembrook en train de s'entretenir avec la femme en treillis, juste au-delà du périmètre qui avait été bouclé puis reporta son regard sur Ana.

— Tu penses qu'Ericson et elle étaient de mèche.

— Ericson m'a dit que Harold Wood avait commis l'erreur de s'en prendre à Claire.

Elle glissa sa main dans la sienne sans quitter des yeux l'échange entre les deux femmes.

— De là à en conclure que Claire a pu l'aider à se débarrasser des preuves en apprenant qu'elle était devenue la prochaine victime sur la liste de Wood, il n'y a qu'un pas. Sinon, pourquoi Ericson aurait-il caché ce fichu corps chez elle, dans son sous-sol ?

Parlant tout bas, lui aussi, il répondit :

— Peut-être pour brouiller les pistes et orienter les soupçons du FBI sur elle si jamais il se faisait coincer.

— Ericson lui a sauvé la vie. Il ne lui aurait jamais laissé porter le chapeau pour le meurtre qu'il était fier d'avoir commis et il ne l'aurait jamais dénoncée si elle avait été complice de l'enlèvement d'Owen.

Elle secoua la tête.

— Il avait peut-être perdu les pédales, mais il se souciait

suffisamment de Claire pour faire en sorte que Harold Wood ne puisse jamais lui nuire.

— Et comment comptes-tu prouver qu'elle est impliquée ?

— Il faut que je voie le pistolet d'Ericson.

Quelques minutes plus tard, à sa requête, la police de Sevierville lui remettait le scellé contenant l'arme dont Benning s'était servi pour abattre son ancien partenaire. Lâchant la main de Benning, elle retourna le sachet en plastique entre ses mains pour examiner le pistolet.

— C'est un Glock 22, qui tire des balles de calibre .40... l'arme de dotation standard des agents du FBI. Or, Wood a été tué avec un calibre .45, le même que celui des cartouches du Beretta M9 enregistré au nom de Claire Winston.

Elle se tut, toutes les pièces du puzzle se mettant en place dans sa tête, et darda son regard vers les deux femmes, toujours en pleine conversation.

— C'est elle, Benning. Elle a tué Harold Wood, et Ericson a dissimulé le crâne sur le site de construction pour le cas où le corps serait retrouvé. Il était prêt à plonger à sa place... Et, quand tu as découvert le crâne, il a enlevé Owen et Olivia pour t'obliger à le lui rendre.

— Mais pourquoi se serait-il sacrifié pour elle ?

Le regard sombre et luisant de Claire Winston, qui suivait les gestes du médecin légiste supervisant le chargement du corps de Wood dans le véhicule de l'institut médico-légal, se détourna tout à coup pour se planter dans celui d'Ana, comme si la militaire avait senti qu'elle était observée.

En un instant, Ana sut quelle était la réponse à la question de Benning.

— Ericson s'en voulait autant que moi de ce qui était arrivé à Samantha. Je pense qu'il a cru pouvoir payer sa dette en couvrant Claire.

Les regards d'Ana et de Benning convergeant avec insistance vers elle avaient dû entamer l'assurance de Claire car la peur s'insinua peu à peu dans sa physionomie. Finalement, elle tourna les talons et s'enfuit en courant dans la neige. Mais elle n'alla pas très loin. Sans hésitation, la directrice ordonna aux officiers de l'intercepter. Et Claire Winston se rendit, les mains en l'air.– Tu n'étais pas obligé de faire ça, protesta Ana depuis le porche où ils se tenaient tous deux côte à côte. Le médecin a dit que je pouvais très bien me débrouiller seule du moment que je ne forçais pas.

— Ce n'est pas du tout ce qu'elle a dit, contra Benning. Tu as entendu ce que tu voulais entendre.

Mais ce n'était pas la seule raison pour laquelle il l'avait convaincue de passer sa convalescence à Sevierville au lieu de rentrer à Knoxville. Jetant un coup d'œil derrière lui, il regarda Owen et Olivia qui, le visage collé à la fenêtre, agitaient frénétiquement la main pour dire au revoir à leurs grands-parents.

Peut-être aurait-elle préféré se rétablir, au calme, chez elle, mais il ne pouvait plus faire marche arrière maintenant sous peine de s'exposer à tout un tas de questions et de récriminations de la part des jumeaux. Il avait échafaudé son plan avec eux et, ses beaux-parents repartis, le moment était désormais venu de le mettre à exécution.

— Je sais très bien que tu ne resterais pas longtemps au repos si je ne t'avais pas à l'œil, ici.

Elle ralentit avant de rentrer dans la maison et se tourna vers lui, la main appuyée sur la béquille axillaire qui la soutenait sous le bras. Le regard mordoré se planta dans le sien, suspicieux.

— Tu n'as pas confiance en moi.

— Oh ! je remettrais ma vie entre tes mains les yeux fermés. Mais, pour ce qui est de la tienne, je préfère rester vigilant.

Prenant garde à demeurer à son côté tandis qu'elle traversait – sans assistance – la terrasse glissante en direction de l'entrée, il ouvrit la porte en grand et tendit immédiatement une main à l'intérieur, paume ouverte, pour lui ouvrir la voie et prévenir toute approche un peu trop enthousiaste des jumeaux.

Owen et Olivia, excités comme des puces, regardèrent Ana entrer en sautillant sur place, leurs visages barrés de deux sourires jusqu'aux oreilles. Il ne leur avait pas vu un air aussi réjoui depuis bien longtemps. Owen avait passé trois jours à l'hôpital mais, depuis quelques jours, il redevenait de plus en plus lui-même – à ceci près qu'il semblait moins intéressé par sa tablette, ce dont Benning n'allait pas se plaindre. Olivia avait demandé à dormir dans la chambre de son frère afin, disait-elle, de veiller sur lui et de s'assurer que personne ne viendrait plus le lui enlever. Cela lui avait serré le cœur de voir combien sa fille avait eu peur pour son jumeau, mais Owen était là, maintenant, et tout était rentré dans l'ordre. Ils étaient en sécurité, mais ce n'était pas demain la veille que Benning emporterait de nouveau un crâne trouvé sur un chantier ! Quant à lui…

Le rire d'Ana interrompit le cours de ses pensées. Elle contemplait les enfants, l'air mi-amusé mi-surpris par leur inexplicable état de surexcitation. Mais il ne pouvait pas leur en vouloir de ne pas mieux contenir leur impatience. Il était presque aussi excité – et nerveux – qu'eux à l'idée de la petite mise en scène qu'ils avaient préparée à son intention, si ce n'est qu'il était heureusement plus maître de lui. Encore que, s'agissant d'Ana…

Elle se pencha vers lui pour lui souffler :

— Tu es sûr que tu ne vas pas regretter de m'avoir invitée ici pour ma convalescence ? Je sais que j'ai un côté irréductible, mais je fonds littéralement devant ces frimousses. Autant te prévenir, ça va être le chaos chez toi, le temps de mon séjour. Je serai incapable de leur résister quand ils demanderont quelque chose.

— Je crois que je suis prêt à relever le défi.

Sentant ses joues s'empourprer, il s'empressa de se détourner pour lancer aux jumeaux :

— Les enfants, et si vous emmeniez Ana voir ce que vous avez fait pour elle pendant qu'elle était à l'hôpital ?

Elle roula de gros yeux faussement alarmés.

— Ne me dites pas que c'est encore un crâne ? Ou un pied ou je ne sais quoi ? Je crois que j'ai eu ma dose de corps en pièces détachées pour le moment !

Elle prit appui sur sa béquille, s'apprêtant à les suivre, mais, le temps que Benning ferme la porte d'entrée, Owen et Olivia avaient déjà disparu. Un bruit de cavalcade effrénée leur parvint, et elle se retourna vers lui, les sourcils arqués.

Il haussa les épaules, prenant son air le plus candide.

— Je ne sais pas ce qu'ils ont… Ils sont un peu excités.

Baissant la tête pour éviter de croiser son regard, il lui fit signe de la précéder et lui emboîta le pas tandis qu'elle s'engageait en boitillant dans le couloir.

Parvenue devant la porte ouverte de la chambre d'Olivia, Ana se figea subitement.

— Qu'est-ce que c'est que ça ?

Venant se placer à côté d'elle, Benning vit Owen et Olivia plantés au centre de la pièce. En plein milieu de la scène de crime qu'ils avaient minutieusement agencée ensemble. Après avoir convaincu un des collègues d'Ana de lui donner un rouleau de rubalise, sa fille n'avait pas ménagé ses efforts pour décorer sa chambre de la façon la plus réaliste possible. Et le résultat était à la hauteur de ses espérances : c'était à peine si l'on voyait encore le rose pâle semé de fleurettes du papier peint. Mais le plus impressionnant était le tracé à la craie blanche dont Olivia avait entouré le corps de son frère qui, se prêtant au jeu, avait pris la pose sur la grande bâche bleue rapportée par Benning d'un des chantiers qu'il inspectait. Et les marqueurs de preuves : du ketchup dilué en guise de faux sang, l'un des livres favoris d'Olivia, la tablette d'Owen, un marteau et un petit coffre en velours noir à côté du marqueur portant le numéro Trois.

— Ça a l'air terrifiant, je sais, mais ils ont tenu à tout planifier afin qu'il y ait sur cette scène quelque chose de chacun de nous. D'où le livre, la tablette et le marteau.

— Je vois, énonça-t-elle lentement. Alors… Olivia, c'est le livre, bien sûr. Owen, la tablette et toi… le marteau, j'imagine.

Elle hocha la tête sans qu'il puisse décrypter son expression puis, se penchant légèrement, elle plissa les yeux.

— Et moi ? Est-ce que je suis censée être représentée par le corps, au milieu de cette mare de sang ?

Les enfants ne purent se retenir de pouffer de rire.

Il pointa du doigt le petit écrin noir.

— Je pense que c'est plutôt ça.

Owen se pencha pour ramasser le coffret. Il ouvrit d'un geste solennel le couvercle et le tendit devant elle.

— Ana, tu veux bien nous épouser ?

— Dis oui... S'il te plaît, renchérit Olivia. On veut que tu restes avec nous. Pour toujours !

Interloquée, elle demeura un instant immobile. Benning entendait le sang battre furieusement dans ses oreilles. Elle chassa du dos de la main les larmes qui roulaient le long de ses joues et, affermissant son appui sur sa béquille, elle s'inclina pour prendre le boîtier des mains d'Owen et se tourna vers Benning.

— Je sais que je t'ai demandé de démissionner de la DCT pour protéger les enfants, mais c'était stupide de ma part, et parfaitement injuste.

Il sortit la bague du coffret, espérant que le diamant rond serti dans l'anneau de platine serait suffisamment solide pour résister aux aléas auxquels l'exposeraient ses futures enquêtes.

— Je me suis rendu compte après coup que c'était moi que je cherchais à protéger. Je voulais être certain que tu ne disparaîtrais pas une fois cette affaire terminée mais, te demander de renoncer à ton travail, ce serait comme te demander de cesser d'être la femme que j'aime. Je sais maintenant que je t'aime telle que tu es. Ana Sofia Ramirez...

Il posa un genou à terre et glissa l'anneau autour de son annulaire.

— Acceptes-tu de devenir ma femme ?

Elle passa tendrement son pouce sur ses lèvres, le diamant scintillant à son doigt dans la lumière qui entrait par la fenêtre.

— Je t'ai déjà dit que j'étais incapable de résister à ces frimousses, répondit-elle en jetant un coup d'œil attendri aux jumeaux.

— Est-ce que ça signifie que c'est oui ?

— Oui !

Elle tendit les lèvres comme il se relevait pour l'embrasser, sous les cris et les hourras des enfants.

Mais il les entendit à peine. À cette minute, il n'y avait plus qu'Ana. Son bel agent du FBI. La femme si forte, si déterminée qui non seulement avait sauvé la vie de ses enfants mais avait redonné tout son sens à la sienne.

— Moi aussi, je t'aime. Je t'ai toujours aimé. Tu es toujours resté dans mon cœur et, aujourd'hui, je sais que c'est grâce à toi que je n'ai pas suivi le même chemin qu'Ericson, Benning.

— Je t'aime.

Il prit son visage entre ses mains et l'embrassa avec ferveur.

— Je serai toujours là pour toi, quoi qu'il arrive. Mais, compte tenu de ta profession et du fait que nous avons, ici présents, deux petits êtres dont nous sommes responsables, je pense qu'il est temps que j'apprenne à utiliser correctement une arme.

— Bouh ! Bouh ! C'est nul !

Le rire d'Ana étouffa le chœur de protestations d'Owen et Olivia, propageant en lui une onde de chaleur.

Il joignit son rire au sien.

— Ça, ce n'est qu'un début. Autant te prévenir, il y aura pire... Le jour. La nuit. Dans la salle de bains... Ils sont partout. Ce sera l'enfer !

Elle leva les yeux vers lui, ses lèvres s'incurvant en ce lent sourire mutin qui lui chavirait le cœur. Benning resserra son étreinte.

— Parée pour cette mission-là aussi, agent Ramirez ?

Elle examina la scène de crime que les jumeaux avaient fabriquée pour elle puis ramena son regard sur lui.

— Je crois que je suis prête à relever le défi.

BARB HAN

Pour sauver celle qu'il aime

BLACK ROSE

HARLEQUIN

Titre original :
MURDER AND MISTLETOE

Ce roman a déjà été publié en 2019.

1

À minuit passé une agitation frénétique régnait dans ce parking à la périphérie de Cattle Barge, petite ville du Texas.

Dans cette nuit de décembre glaciale percée par les lueurs bleues et rouges inquiétantes des gyrophares des voitures de patrouille et des ambulances, les forces de l'ordre et le personnel médical d'urgence s'affairaient.

Dalton Butler, qui arrivait au volant de sa Range Rover Sport, sentit une irrépressible nausée le saisir.

Avec une terrifiante sensation de déjà-vu.

Quatorze ans plus tôt jour pour jour, le corps de sa petite amie, son premier amour, avait été découvert précisément à l'endroit où se trouvaient les urgentistes, le shérif et ses adjoints, ainsi que la police technique et scientifique.

Oppressé et le souffle court, Dalton s'approcha encore puis se gara.

À la vue du vieux chêne et de la corde qui y pendait, éclairés crûment par les projecteurs LED de la police, il eut un haut-le-cœur.

Il sentit des émotions s'échapper de la gangue où il les tenait soigneusement enfermées depuis quatorze ans pour exploser dans son corps, dans sa tête, avec une violence tellement inouïe qu'il fut comme ébloui. Ébranlé par le choc, il vacilla et porta la main à son front.

Le temps n'avait adouci ni le chagrin ni la culpabilité ; ils avaient juste été domptés et refoulés avec intransigeance.

Ce séisme émotionnel, véritable tsunami s'il en était, faisait maintenant se lever en lui des vagues immenses sur la mer faussement étale de son psychisme ; et ces rouleaux ne cessaient plus de déferler, balayant raison et lucidité sur leur passage.

Il avait de nouveau dix-sept ans.

Il se revit, le 7 décembre de cette année-là, découvrant Alexandria pendue à ce même chêne, à cette même branche, et la police détachant son corps sans vie avec l'aide des urgentistes.

Le présent lui tendait le miroir du passé.

Ou le passé se reflétait-il dans le présent ?

C'était à devenir fou.

C'est un véritable cauchemar.

Non, la réalité !

Après la sourde appréhension de départ, l'explosion et le raz-de-marée d'émotions qui venaient de le laminer vint une incoercible colère qui lui fit serrer le volant de toutes ses forces. Violemment ému, il fixait le chêne tandis que des questions surgissaient et s'imprimaient, comme en lettres de feu, dans son esprit survolté.

De nouveau ce chêne ?

De nouveau le soir du 7 décembre ? Pourquoi ?

Il baissa son Stetson sur son front et releva le col de sa canadienne pour se protéger du froid, particulièrement mordant. Au cours de ces derniers jours, les températures avaient chuté et les nuits étaient devenues glaciales.

Les images continuaient d'affluer. Anéanti, il ne pouvait ni les contenir ni les refouler.

Alexandria pendue au chêne, asphyxiée, la corde autour du cou...

Alexandria. Son amour perdu.

Lorsqu'il ouvrit sa portière, les rafales de vent, violentes, ralentirent son mouvement et faillirent emporter son Stetson qu'il retint in extremis.

Les souvenirs continuaient de se succéder, impitoyables, toujours plus détaillés, précis, et l'écrasaient à la façon de ces rouleaux emportant un surfeur impuissant. Il commençait à avoir du mal à respirer.

Cela faisait quatorze ans qu'il luttait contre son chagrin et son terrible sentiment de culpabilité, les refoulait et les enfermait.

C'étaient ses démons.

Son enfer personnel qu'il tenait sous clé.

Parce qu'il aurait pu empêcher le drame. Il aurait dû être avec Alexandria quand la tragédie s'était déroulée. C'était sa faute.

Il n'aurait pas assez de cette vie pour expier.

Se ressaisissant avec effort, il balaya des yeux la scène de crime délimitée par un ruban de signalisation jaune, à la recherche du shérif. Celui-ci, l'air sinistre, écoutait avec attention l'un de ses adjoints, opinant par moments.

Après avoir pris une grande inspiration, Dalton se dirigea vers lui. Les épaules voûtées, le visage marqué par la lassitude, à moins que ce ne soit par des nuits sans sommeil, le shérif paraissait accablé par cette nouvelle affaire.

Le sort semblait en effet s'acharner sur Cattle Barge, songea Dalton.

À la fin de l'été, Maverick Mike Butler, son père, qui était aussi l'homme le plus riche du comté, avait été assassiné dans son ranch. Depuis, Cattle Barge était envahi par des hordes de journalistes. Son père ayant été une véritable légende de son vivant, sa *success story* était une aubaine pour les médias toujours en quête de sensationnel.

« Le Mav », comme on surnommait communément son père, avait gagné son premier ranch d'élevage de bétail grâce à un audacieux pari et, dans le même temps, perdu sa première femme, victime de l'alcool. Après cette dernière avanie du destin, le Mav avait accumulé les réussites avec une chance insolente. Maverick Mike Butler esquivait les échecs avec élégance et prenait des risques avec maestria. Ou l'inverse. À vrai dire, le mot « échec » ne figurait pas dans son vocabulaire. Cette propension à toujours aller de l'avant lui avait apporté à la fois fortune et prestige.

— Monsieur, vous ne pouvez pas rester ici ! s'exclama l'adjoint Granger en le voyant s'approcher.

— Je dois parler au shérif Sawmill ! répliqua Dalton, catégorique.

Il devait paraître particulièrement résolu, désespéré ou menaçant, car le policier n'insista pas et appela le shérif Sawmill.

Ce dernier se retourna et, à sa vue, se figea avant de s'approcher, le pas raide et le visage fermé.

— Je suis conscient de l'épreuve que vous revivez à cet instant, Dalton, commença-t-il. Je comprends que vous vous sentiez concerné à titre personnel, mais je ne peux vous laisser entrer sur ma scène de crime et la polluer.

Âgé d'une cinquantaine d'années, Sawmill avait l'air d'un homme ayant perdu le sommeil ou dont les nuits étaient hantées par les cauchemars. Il avait le visage tanné et ridé par le soleil, sauf le contour des yeux car il portait été comme hiver des lunettes de soleil. Des plis encadraient sa bouche, la durcissant, et de profonds sillons creusaient son front.

Il tenait, ou plutôt serrait fort, une tasse de café entre ses mains. Pour se réchauffer ou parce qu'il était sous pression ? Peut-être les deux. Il était la vivante incarnation du stress, de l'inquiétude et de la plus vive contrariété.

Depuis le meurtre de Maverick Mike, une affaire excessivement médiatisée qui n'avait toujours pas été élucidée en dépit de l'importance des moyens déployés à cette fin, le shérif était sur le qui-vive.

— Que s'est-il passé au juste ? demanda Dalton.

— On ne sait pas encore, lâcha le shérif à contrecœur.

— Un suicide ? Un homicide ?

— On ne sait pas, répéta Sawmill.

Globalement, la famille Butler entretenait de bons rapports avec le shérif Sawmill, sauf Dalton qui le détestait et le méprisait, car il ne lui avait pas pardonné ses accusations au moment de la mort d'Alexandria. Alors âgé de dix-sept ans, il avait été arrêté après avoir signalé le drame et conduit *manu militari* au poste de police. Pendant les vingt-deux heures suivantes, le shérif l'avait minutieusement interrogé sans lui cacher qu'il le soupçonnait d'avoir tué sa petite amie lors d'une dispute d'amoureux puis d'avoir maquillé son crime odieux en suicide par pendaison.

— La victime est morte par pendaison à ce chêne ? insista Dalton.

Si cela pouvait permettre que le meurtrier d'Alexandria soit retrouvé et enfin traduit en justice, il était prêt à revivre les épreuves d'autrefois, à remettre les mots sur les événements. Parce que Alexandria avait été *tuée*. Elle ne s'était pas *suicidée*, comme l'avait conclu l'enquête.

Il nourrissait l'espoir que cette tragédie, à ses yeux un véritable mystère, trouverait sa conclusion. Ensuite, il pourrait faire son deuil et regarder vers l'avenir au lieu de se sentir sans cesse happé et freiné par le passé.

— On ne sait pas encore si la mort est due à une strangulation par pendaison, ou à autre chose, répliqua le shérif.

Il soupira.

— Dalton, vous savez que je n'ai pas le droit de parler d'une enquête en cours avec un civil.

— Vous la connaissiez ? coupa Dalton.

— Je n'ai pas dit que c'était une femme, contra le shérif avec vivacité.

— En effet : c'est une jeune fille. Une adolescente.

— Écoutez, Butler, par respect pour vous et votre famille, et à cause des épreuves que vous traversez depuis la mort de votre père, je ne vous arrêterai pas pour obstruction à cette nouvelle enquête. Mais je vous conseille de quitter les lieux, et de ne pas vous mêler de cette affaire, lâcha Sawmill cette fois glacial.

— Vous avez un homicide par pendaison et...

— Ou un suicide par pendaison, l'interrompit le shérif.

— ... au même chêne qu'il y a quatorze ans jour pour jour, à peu près à la même heure, poursuivit Dalton sans l'écouter. Les deux affaires sont évidemment liées !

— La victime a pu se suicider en imitant le geste d'Alexandria Miller, et ainsi le ritualiser. Ou alors elle a été tuée par un *copycat* qui, lui aussi inspiré par la mort d'Alexandria Miller, a maquillé son meurtre en suicide.

Le shérif soupira de nouveau.

— La faute à ces maudits journalistes qui fouinent partout, font du sensationnel dans leurs torchons, et stimulent l'imagination malade de certains. Ils ne respectent rien, pas même la douleur des proches ! Et pourtant, ces familles éprouvées méritent qu'on respecte leur peine, qu'on les laisse en paix !

— On ne peut trouver la paix que lorsque justice est faite ! riposta Dalton.

Il se tut en apercevant, dans sa vision périphérique, une femme qui venait dans leur direction. L'inconnue attirait l'attention non seulement par sa présence, mais parce qu'elle observait la scène de crime avec une intensité, une acuité presque dérangeantes. Dalton remarqua son pas déterminé, et surtout ses poings qu'elle fermait et ouvrait, comme si elle s'efforçait de dénouer une tension intérieure.

Vêtue d'une épaisse doudoune et d'un jean, elle était de grande taille, et particulièrement jolie, avec ses cheveux châtain clair ondulés qui dépassaient de son bonnet norvégien. Assez jeune, la trentaine ou peut-être moins, conclut-il. Quand elle fut plus proche, il constata qu'elle était livide.

Le shérif avait suivi son regard vers l'inconnue.

— Je suis désolé, madame, mais vous n'êtes pas autorisée à pénétrer sur une scène de crime ! Seules les forces de l'ordre sont habilitées à...

— Détective Leanne West de la police de Dallas, coupa la jeune femme en brandissant son badge. Dites-moi exactement ce qui s'est passé ici ce soir, shérif !

Au ton de sa voix, Dalton eut l'intuition que son intérêt n'était pas seulement d'ordre professionnel.

Tout en parlant, elle avait ouvert sa doudoune comme si elle s'y sentait engoncée et avait besoin d'air, après quoi elle avait poussé un long soupir. Dalton entrevit son holster d'épaule d'où sortait la crosse d'un pistolet.

A priori, un SIG Sauer.

L'arme du FBI.

Sous son épaisse doudoune, manifestement neuve, elle portait une chemise oxford légère. Elle était aussi chaussée d'élégants escarpins pas du tout adaptés au temps froid. À l'évidence, elle n'était pas de la région, en déduisit Dalton qui, de toute façon, ne l'avait jamais vue.

— L'un de mes hommes fera un rapport complet à votre supérieur une fois l'enquête terminée, dit le shérif Sawmill en croisant les bras.

— Et pourquoi ne me relatez-vous pas les faits dès à présent ? insista-t-elle.

Dans sa voix déterminée perçait, et c'était paradoxal, de l'hésitation, remarqua Dalton, étonné de s'intéresser à elle alors qu'il était concentré sur un seul but.

Tout ce qu'il voulait, c'était élucider le meurtre d'Alexandria grâce à cette nouvelle affaire si semblable et, ensuite, refermer le chapitre le plus douloureux, le plus cruel de sa vie.

Peut-être l'insistance et l'entêtement de cette jeune femme, qui rejoignaient les siens, pourraient-ils faire d'elle son alliée, conclut-il.

Profitant de ce que le shérif, focalisé sur la détective West, lui tournait le dos, il sortit son smartphone de sa poche et, en proie au chagrin et à la colère, le dirigea vers la corde restée à l'arbre ; il se souvenait du nœud de camionneur réalisé sur la corde qui avait étranglé Alexandria.

Alexandria ne connaissait pas ce type de nœud, elle n'aurait pas été capable de le faire.

Contrairement au shérif Sawmill, il avait toujours été catégorique sur ce point.

Il zooma sur la corde et prit vite une photo. Ce premier indice lui permettrait d'établir formellement la similitude entre le meurtre d'Alexandria et le drame qui venait de frapper cette adolescente. Cependant, il ne pouvait ignorer les dires du shérif : la victime avait pu se suicider en reproduisant les éléments connus de la mort d'Alexandria, qui avait ébranlé la région. Voire être assassinée par un *copycat* qui aurait maquillé le crime en suicide. Internet offrait de quoi alimenter les idées malsaines, songea-t-il, écœuré.

L'échange entre le shérif et la détective West devenant plus vif, il prêta l'oreille.

— Rien ne doit filtrer ! lâcha Sawmill sans chercher à masquer sa frustration et sa crispation. Au cas où vous ne seriez pas au courant, détective, nous avons eu notre compte de drames à Cattle Barge au cours de ces trois derniers mois ! Et assez de journalistes sur le dos !

— Pour qui me prenez-vous ? s'exclama la détective West offusquée et d'un ton tranchant. J'appartiens moi aussi aux forces de l'ordre ! Et je n'ai certainement pas l'intention d'informer les médias de quoi que ce soit !

Leanne était furieuse contre le shérif Sawmill, et surtout contrariée par le séduisant cow-boy qui venait de profiter d'un instant de distraction du shérif occupé à lui parler pour photographier en douce la scène de crime. Dans quel but ? Bon sang ! Il aurait mérité que le shérif Sawmill lui passe les menottes !

Ce beau blond aux yeux très bleus, athlétique, frappait l'imagination tant par sa haute taille – un bon mètre quatre-vingt-dix – que par son charisme.

Et que faisait là cet inconnu qui, à l'évidence, n'était ni de la police ou du FBI, et encore moins du corps médical ? Pourquoi manifestait-il un tel intérêt pour cette tragédie ? Sa curiosité était malsaine, vraiment déplacée !

Était-ce un journaliste ? Non, impossible. Le shérif, qui venait de pester contre les médias, l'aurait écarté.

Alors peut-être connaissait-il Clara ? se demanda-t-elle, l'observant toujours du coin de l'œil avec méfiance.

Sa nièce, Clara, dont on venait de retrouver le corps suspendu par une corde à la branche de ce chêne.

À cette pensée, Leanne sentit son souffle refluer, son cœur enfler dans sa poitrine et y prendre toute la place. Simultanément des larmes lui montèrent aux yeux avec une rapidité et une force irrépressibles. Elle s'exhorta au calme au prix d'un gros effort, disciplina sa respiration et ravala ses larmes. Et elle se reprocha la maladresse avec laquelle elle était entrée en contact avec le shérif Sawmill.

Elle savait qu'elle devait ménager ce shérif qui allait diriger l'enquête sur le meurtre de Clara. Elle avait besoin de lui pour retrouver son assassin et, dans ce but, était prête à tout. Même à faire amende honorable.

— Désolée d'avoir été aussi abrupte, monsieur, dit-elle donc.

Le shérif opina.

— C'est bon, fit-il, toujours glacial.

Clarence Sawmill avait la cinquantaine et le privilège de l'âge, c'est-à-dire qu'il avait plus d'expérience qu'elle. Elle se savait bonne enquêtrice, l'une des meilleures, mais la situation était exceptionnelle et la touchait à titre personnel. En proie à des émotions bien compréhensibles, elle avait braqué le shérif, désormais méfiant et sur la défensive.

En fait, il était sur la brèche depuis le meurtre de Maverick Mike Butler. Elle avait lu plusieurs articles à ce sujet et savait que, en dépit de l'importance des moyens mis en œuvre, le meurtrier n'avait toujours pas été retrouvé. Elle craignait que la mort de sa nièce, malheureusement, ne soit pas la priorité d'un shérif débordé.

— J'aimerais beaucoup collaborer avec vos services. Vous offrir mon aide, insista-t-elle en disciplinant les intonations de sa voix, choisissant la tactique de l'apaisement.

— Encore une fois, et avec tout le respect que je vous dois, détective West, j'ai assez d'hommes, lança Sawmill d'un ton sans réplique.

Il se détourna d'elle pour s'adresser au cow-boy.

— Dalton ? Allez plutôt vous coucher... Bonne nuit.

Du coup elle reporta son attention sur le beau cow-boy, Dalton, et s'interrogea de nouveau à son sujet. Pourquoi le shérif semblait-il si bien le connaître ? Et pourquoi cet individu, qui n'avait manifestement rien à faire là, s'intéressait-il au drame d'une adolescente ?

Malgré sa curiosité, elle se désintéressa vite de lui pour reporter son attention sur le shérif. Elle qui ne s'avouait jamais vaincue venait d'essuyer une rebuffade cuisante. Avec l'obstination qui la caractérisait, elle décida de revenir à la charge.

Qui ne tente rien n'a rien !

— Écoutez, shérif, le rappela-t-elle, je peux contacter mon supérieur, à Dallas, et vous obtenir des renforts. Je suis en effet certaine que...

— Je doute que la police de Dallas m'envoie des hommes pour une enquête sur le suicide d'une adolescente. Un tragique fait divers, répliqua froidement le shérif.

— Telles sont vos conclusions ? s'exclama-t-elle, stupéfaite. Un suicide ? Et non un homicide ?

— On n'a pas relevé de traces de lutte. Ni d'empreintes de pas suspectes conduisant à l'échelle adossée à l'arbre.

— Ça ne signifie rien, la terre est gelée ! Il fait un froid de canard !

— Les semelles d'un homme robuste auraient marqué le sol plus tôt dans la soirée, quand il ne gelait pas encore. Pour le moment, rien ne permet d'affirmer qu'il s'agit d'un homicide !

Le shérif se tut aussitôt, comme s'il se reprochait d'avoir trop parlé.

— Tous les détails seront dans le procès-verbal, conclut-il.

— Dans combien de temps sera-t-il disponible ?

— Vous serez la première à le savoir. Maintenant, si vous voulez bien m'excuser...

Au même instant, une voiture de patrouille arriva et se gara. Aussitôt la portière passager s'ouvrit. Leanne tourna les yeux dans sa direction, certaine que c'était sa sœur Bethany qui allait en descendre.

Le shérif n'allait pas tarder à découvrir que la jeune victime était sa nièce.

Comme elle se dirigeait vers la voiture de patrouille, le shérif la retint.

— Je vous prie de quitter les lieux ! ordonna-t-il. Vous n'avez absolument rien à faire ici !

— Vous vous trompez, riposta-t-elle.

— Je vous rappelle que vous êtes dans mon comté ! martela-t-il. Et que c'est moi qui dirige l'enquête !

— Je vous le concède, monsieur, mais c'est ma sœur qui vient d'arriver, et je veux rester à ses côtés pour la soutenir.

En réalité, Bethany était sa demi-sœur, mais qu'importait ? Elle était très fragile, sur le plan émotionnel et psychologique, et cette épreuve allait la briser.

— *Pardon ?* La victime était votre nièce ? s'exclama le shérif absolument stupéfait.

Leanne opina. Elle n'avait pas la force de parler.

— Pourquoi ne me l'avez-vous pas annoncé d'emblée, détective West ? lança le shérif à la fois confondu et furieux.

Tout à coup, la colère la saisit. Sa réponse fusa :

— Parce que, d'emblée, vous auriez refusé de m'adresser la parole !

Sawmill resta cette fois sans voix tandis que le beau cow-boy lui adressait un regard dans lequel se mêlaient étonnement et intérêt, après quoi il tourna les talons et s'éloigna.

Sourcils froncés, elle le suivit des yeux.

Pas question qu'il parte sans qu'elle lui ait demandé qui il était, ce qui l'intéressait dans cette affaire, et pourquoi il avait photographié, à l'insu du shérif, la scène de crime avec son smartphone !

Mue par une impulsion, surtout par la frustration et la colère, elle le rattrapa et le saisit par le bras. Son geste provoqua une espèce de décharge électrique qui la figea et la rendit muette de surprise.

Mais les terribles cris que poussa Bethany l'arrachèrent à son immobilité.

— Ma petite fille ! Clara ! Ma Clara !

Elle fit volte-face et vit Bethany chanceler, un adjoint la soutenir alors que sa sœur s'adossait à la portière de la voiture de patrouille, et enfin le beau cow-boy se précipiter vers eux.

Le cœur serré et plus que jamais déterminée à enquêter sur le meurtre de Clara, elle s'élança derrière lui.

2

— Approchez, madame Schmidt, je vous en prie, fit le shérif Sawmill, montrant l'un des deux fauteuils en cuir en face de son bureau en acajou.

Conscient du regard sans aménité que le shérif lui jetait, Dalton s'approcha, soutenant Bethany Schmidt livide et en larmes. Il fit asseoir la jeune femme éplorée tandis que la détective Leanne West prenait place à côté de sa sœur et restait immobile, la tête haute, le dos droit et les épaules raides.

— Dalton, je croyais avoir été clair tout à l'heure, reprit Sawmill sans élever la voix mais avec fermeté. Je ne veux pas que vous vous mêliez de mon enquête. Je n'ai pas été assez clair ?

— Désolé, shérif, mais j'ai été sollicité par Mme Schmidt, répliqua-t-il sobrement.

Sur la scène de crime, cette femme avait failli s'évanouir. Il n'avait eu que le temps de la retenir avant qu'elle s'effondre sur le sol gelé.

— C'est moi qui ai demandé à M. Butler de nous accompagner, monsieur, intervint la détective West avec calme. J'envisage de rester quelques jours dans la région afin de soutenir ma sœur qui, comme vous pouvez le constater, n'est pas en état de vous aider et de contribuer à votre enquête.

Le shérif reporta son attention sur la mère de la victime.

Un lourd silence tomba.

Dalton, qui la voyait de profil, l'observa. Bethany Schmidt ne ressemblait pas à sa sœur. Elle était brune et avait le cheveu plat et terne, le visage émacié, les joues creuses. Ses yeux cernés, rougis par les larmes, étaient bruns tandis que ceux de la détective West avaient la teinte onctueuse et chaude du miel. Très mince, elle semblait fragile, comme sur le point de se casser. Elle se tenait voûtée. Bien sûr, elle était en état de choc, mais elle donnait l'impression d'une personne vivant dans une inquiétude et une agitation perpétuelles, que la mort violente de sa fille ne faisait qu'amplifier.

En résumé, Bethany Schmidt avait le profil d'une grande dépressive. Le chagrin et l'affliction semblaient lui avoir retiré ses dernières forces.

De toute façon la tragédie qui venait de la frapper aurait brisé l'individu le plus solaire, le plus optimiste et le plus heureux, se dit Dalton. Ainsi, quatorze ans plus tôt, avait-il vu les parents d'Alexandria perdre toute joie de vivre et devenir des ombres.

Il éprouva un élan de compassion, d'empathie pour Bethany.

Rien n'était plus terrible qu'une mort brutale, inexplicable et injuste, surtout lorsqu'il s'agissait de son enfant.

De la chair de sa chair.

Au moment où il l'avait rattrapée, Bethany s'était raccrochée à lui comme si sa vie en dépendait. Il lui avait offert son soutien muet, son épaule, sur laquelle elle n'avait pas hésité à poser la tête. Curieusement, il avait trouvé une consolation à offrir un peu de réconfort à cette mère éplorée, lui qui, autrefois, avait été repoussé par la mère d'Alexandria. Après l'identification du corps, Bethany Schmidt n'avait cessé de pleurer jusqu'à leur arrivée au bureau du shérif.

La détective West était restée silencieuse pendant le trajet. Sous le choc elle aussi, elle ne voulait sans doute pas ajouter au chagrin de sa sœur en commentant la tragédie. Elle faisait face à sa façon, se dit Dalton qui avait remarqué son expression concentrée. En bonne enquêtrice, elle était déjà en train d'analyser les informations dont elle disposait et d'évoquer les scénarios possibles.

— Je suis profondément désolé pour la terrible épreuve qui

vous frappe, madame Schmidt, commença le shérif avec les plus grandes précautions.

Sur ces mots, il s'assit derrière son bureau et croisa les mains.

La pièce était spacieuse et cependant d'allure modeste. Sur l'un des murs, deux drapeaux, l'un des États-Unis et l'autre du Texas, encadraient une photo du gouverneur de l'État. Non loin se trouvaient un canapé et une petite table où trônait la statue en bronze d'un cow-boy juché sur un taureau. Maverick Mike, toujours grand et généreux, l'avait offerte au shérif pour le remercier d'avoir arrêté des braconniers. C'était un cadeau d'autant plus justifié que Sawmill avait failli perdre la vie à cette occasion.

Suite au meurtre du Mav, Dalton était souvent venu au bureau du shérif au cours des derniers mois. Pendant un temps, la salle de réunion avait grouillé de bénévoles qui répondaient aux coups de téléphone relatifs à l'appel à témoins. Trois mois plus tard, toutes les pistes étaient épuisées, et l'enquête piétinait.

Dans le silence qui était retombé, un sanglot de Bethany s'éleva. Elle se moucha et s'essuya les yeux.

Par discrétion, Dalton recula et se posta près de la porte.

— Je suis désolé aussi de vous interroger dès à présent, reprit le shérif avec circonspection. Mais les informations que vous pourrez nous fournir sont capitales et nous aideront pour notre enquête.

Cette fois encore, il avait choisi ses mots avec soin, ne parlant ni d'homicide ni de suicide, remarqua Dalton. Il n'appréciait pas le shérif mais il devait admettre que sa délicatesse l'honorait.

— Je vous aiderai... de mon mieux, dit Bethany entre deux sanglots qui rendirent ses propos presque inaudibles.

De nouveau oppressé, Dalton soupira. Il se sentait toujours submergé et accablé par les souvenirs. Les émotions lui serraient la gorge. La colère qui l'étranglait persistait. À croire que les quatorze années d'efforts pour les refouler avaient été anéanties au cours des dernières heures.

— Madame Schmidt, vous confirmez l'identité de la victime ?

Il s'agit bien de votre fille, Clara Robinson ? demanda le shérif d'une voix posée.

— Oui, fit Bethany dans un chuchotement, avec effort.

— C'est bien ma nièce, Clara Robinson, dit Leanne West en détachant bien ses mots.

Sawmill parut contrarié par son intervention. Dalton devinait qu'il lui gardait rancune de lui avoir caché son lien de parenté avec la victime.

— Pouvez-vous me donner votre état civil, poursuivit Sawmill à la seule intention de Bethany.

— Bethany Ann Schmidt.

Après ces formalités pour le moins fastidieuses mais indispensables, le shérif continua :

— Merci, madame Schmidt. Maintenant, j'aimerais que vous me parliez de votre fille. Quelles étaient vos relations ?

— Assez bonnes. Enfin, je veux dire… Clara… Eh bien c'était… une adolescente. Excessive. Exaltée. Dépressive. Nous avions des relations typiques mère-fille. Orageuses. Aimantes…

Bethany n'acheva pas et haussa les épaules avec résignation et accablement, comme si les rapports d'une mère avec sa fille adolescente étaient finalement indescriptibles.

Leanne s'était quant à elle raidie, remarqua Dalton. Elle ne semblait pas d'accord. Pourquoi ?

— Et ces derniers temps, en particulier ? insista Sawmill, se penchant vers l'avant, signe de son intérêt et de sa compassion.

— Ça allait. Enfin… Je suppose, ajouta Bethany après une hésitation.

— Avez-vous eu des désaccords récemment ? insista encore le shérif.

Sawmill lui avait posé ces mêmes questions, quatorze ans plus tôt, se rappela Dalton qui sentait la colère bouillonner en lui.

Autrefois, le shérif l'avait accusé de violences ayant entraîné la mort, sans intention de la donner suite à une dispute, et de non-assistance à personne en danger. Après quoi, paniqué par la gravité de ses actes, il aurait maquillé son meurtre en pendaison.

D'emblée certain de sa culpabilité, le shérif n'avait pas cherché d'autres suspects et l'avait interrogé avec minutie, voire acharnement, pour lui arracher des aveux. Mais faute d'en obtenir et de trouver le moindre élément formel établissant sa culpabilité, il avait dû conclure au suicide.

Le meurtrier d'Alexandria était toujours en liberté.

Plus d'une fois, Dalton s'était demandé si cet individu avait été arrêté, jugé et emprisonné pour un autre crime, dans un autre État, ou s'il avait trouvé la mort, accidentellement ou des suites d'une maladie. Dans le cas où l'individu aurait fait de la prison, peut-être avait-il été libéré récemment. D'où la récidive ?

Il revint à la réalité pour écouter l'échange.

— Hier, nous nous sommes disputées parce que je voulais que Clara m'aide davantage à la maison, expliqua Bethany, avec hésitation. Son frère est un petit garçon assez turbulent, mais Clara ne s'en occupe pas. Elle est souvent repliée dans sa chambre, en proie à ses idées noires. Vous savez comment sont les jeunes...

Leanne West de nouveau s'était raidie, remarqua Dalton. Parce que, encore une fois, elle n'était pas d'accord avec Bethany ?

— Quel âge a son frère ? demanda le shérif.

— Hampton aura quatre ans dans deux semaines, répondit Bethany qui marqua un silence avant de poursuivre. Clara et moi, on n'a jamais eu de gros conflits. Seulement des discussions sans fin sur des broutilles. C'est le quotidien dans toutes les familles, n'est-ce pas ? Par exemple, je lui demandais de ranger les jouets de Hampton, elle levait les yeux au ciel, comme si je lui avais demandé quelque chose au-dessus de ses forces. Ma fille communiquait plus avec ses yeux qu'avec sa bouche..., murmura-t-elle. Du moins quand elle n'était pas murée dans le silence.

Le shérif hocha la tête et battit brièvement des paupières, comme s'il comprenait, puis il attendit la suite, les mains toujours jointes.

— Mais on était si heureux, tous ensemble, conclut Bethany, ravalant un sanglot.

À l'évidence, Leanne était toujours en désaccord, conclut Dalton qui ne la quittait pas des yeux, attentif à son langage corporel.

Bethany disait-elle la vérité ? Ce n'était pas sûr, sinon Leanne West n'aurait pas été aussi tendue. À moins que Leanne ne redoute que sa sœur lâche quelque information qui ferait l'effet d'une bombe ? Pire, craignait-elle que Bethany l'accable ou la mette en tort ?

Son intérêt et sa curiosité s'éveillaient. Quels étaient les secrets de cette famille ? Des secrets qui, le cas échéant, pourraient être une des clés de la mort de Clara ? Des secrets qui, éventuellement, établissaient un lien avec le meurtre d'Alexandria quatorze ans plus tôt ? Ou pas...

L'espoir de faire la vérité sur le meurtre d'Alexandria renaissait, le vivifiait et l'empêchait de s'abîmer dans la souffrance et la colère causées pas l'afflux de ses souvenirs. Il savait qu'il ne devait pas compter sur l'aide de Sawmill. Non seulement ce dernier l'avait accusé, autrefois, sans daigner élargir son enquête à d'autres suspects, mais il n'avait toujours pas non plus élucidé le meurtre de son père.

Dalton ne lui faisait aucune confiance.

— Quelles étaient les relations de votre fille avec son frère ? continua le shérif.

— Typiques : une grande sœur exaspérée par un petit garçon turbulent en demande d'attention et d'affection. Encore une fois, rien que de très banal, lâcha Bethany, résignée et désespérée. Hampton dérangeait les affaires de Clara, ce qui la mettait hors d'elle. Ma Clara est...

Elle s'interrompit quelques instants.

— Ma Clara était très soigneuse et ordonnée. Elle ne supportait pas que son frère fouille partout dans sa chambre. Cela causait des frictions à la maison.

— Des frictions entre vous et elle ? insista le shérif.

— Avec moi. Avec Hampton. Vous savez, Clara avait longtemps été fille unique. Et, à peine sortie de l'enfance, elle a eu un petit frère. Elle avait été le centre de mon attention jusqu'à ce que je rencontre Gary.

— Gary ?

— Mon mari. Le beau-père de Clara. Clara a eu du mal à accepter Gary. Et très vite j'ai été enceinte de Hampton.

Bethany se moucha et prit une grande inspiration.

— Quand j'ai découvert ma grossesse, Gary et moi avons décidé de nous marier. Clara avait alors treize ans. Par la suite, nous nous sommes éloignées l'une de l'autre. Elle est devenue plus difficile. Insolente. Elle s'est repliée sur elle-même. J'ai mis son attitude de repli sur le compte de l'adolescence.

Elle se tut et soupira.

— Pour résumer, Clara était une adolescente normale mais un peu dépressive, acheva-t-elle avec tristesse.

Leanne West s'agitait mais son agitation était subtile, si bien que le shérif, concentré sur Bethany, ne pouvait l'avoir remarquée. Dalton ne l'aurait d'ailleurs pas perçue s'il ne l'avait fixée.

Que cachait la détective West ? se demanda-t-il de nouveau. Pourquoi les propos de Bethany suscitaient-ils en elle un tel malaise ? Son attitude était d'autant plus étonnante que, en tant qu'enquêtrice de profession, elle devait être habituée à ne rien laisser paraître de ses émotions. D'un autre côté, la victime étant sa nièce, cette affaire la touchait et la concernait personnellement.

— Quelles étaient les relations de votre fille avec votre mari ? poursuivit le shérif.

— Tendues. Clara était braquée contre lui. C'était infernal.

L'air accablé, Bethany se recroquevilla dans son fauteuil.

— Je vous le répète, Clara était au centre de mon attention avant que je fasse la connaissance de Gary. Après, les choses ont changé.

Dalton remarqua que Leanne avait serré les poings comme si elle se contenait pour ne pas bondir ou intervenir.

— Dès le départ, Clara n'a pas apprécié Gary, ajouta Bethany. Pourtant, il a fait des efforts. Contrairement à elle, qui est devenue franchement hostile à son égard.

— À juste titre ! s'exclama Leanne qui, manifestement, n'y tenait plus. Ces derniers temps, Gary ne cessait de la houspiller et de la punir, de plus sans raison. Il lui menait la vie dure !

Leanne s'en voulait de son intervention intempestive et très maladroite, mais entendre Bethany prendre le parti de Gary lui avait été insupportable.

Sourcils froncés, le shérif tourna les yeux dans sa direction.

Bon sang ! Elle aurait dû garder ce calme légendaire qui faisait sa réputation d'excellence lors des interrogatoires qu'elle menait. Mais les propos de sa sœur, aussi bien que la présence du beau cow-boy qu'elle sentait dans son dos avec une étrange acuité, la dérangeaient. Pourquoi Bethany déformait-elle les faits ? Et pourquoi cet inconnu qui, pour une raison suspecte avait photographié la scène de crime à l'insu du shérif, était-il resté pour assister à cet entretien ?

Elle s'exhorta au calme pour reprendre.

— Gary était d'une sévérité sans nom à l'égard de Clara ! dit-elle d'une manière plus posée.

— Comment peux-tu dire une chose pareille ! lança Bethany, tremblant de colère et de désespoir.

— Une fille de dix-sept ans ne devrait pas avoir des responsabilités domestiques qui incombent en général à sa mère ! Ni subir un beau-père tyrannique et une mère passive !

Choquée, Bethany eut un soubresaut. Leanne s'en voulut. D'un autre côté, Clara n'était plus là pour donner sa version des faits...

Mais quelle image avait désormais le shérif de sa nièce ?

Celle d'une adolescente perturbée, capricieuse, et qui, trop sensible, avait mis fin à ses jours à force de désespoir, d'impuissance ?

Non. Clara n'a pas pu se suicider !

— Qu'est-ce que tu veux, Leanne ? M'accabler davantage ? Prendre le parti de Clara contre moi ? Tu ne crois pas que je vis une épreuve assez terrible comme ça ? Je ne sais pas ce qu'elle t'a raconté, mais ce sont des mensonges ! reprit Bethany avec des larmes dans la voix. Clara allait vraiment mal, elle était infernale. Gary essayait de l'aider. Moi aussi ! Nous l'aimions !

Elle se prit le visage entre les mains. Leanne se sentit consternée. Elle n'avait pas voulu ajouter au violent chagrin de Bethany. Perdre son propre enfant était l'une des pires tragédies qui puisse arriver.

— Clara me téléphonait souvent, expliqua-t-elle d'une voix qu'elle espérait posée. Et, souvent aussi, elle me répétait qu'elle était malheureuse à la maison. Au début, j'ai mis ses plaintes sur le compte de sa nature excessive. Plus récemment, je lui ai proposé de venir passer ce week-end à la maison, et peut-être les congés scolaires de fin d'année, voire d'habiter chez moi l'année prochaine.

— Il ne s'agissait donc pas d'un simple week-end à Dallas ! Tu voulais définitivement me séparer de ma petite fille ! s'exclama Bethany blessée.

— Non, Bethany. C'est Clara qui voulait se séparer de sa famille, et temporairement. Elle étouffait à la maison.

Leanne déglutit avec difficulté et reprit :

— Écoute, Bethany, nous sommes bouleversées par... par les derniers événements, mais tels sont les faits. Il ne faut pas les déformer, sinon nous ne saurons jamais la vérité sur ce qui s'est passé ce soir.

— La vérité ! Quelle vérité ? riposta Bethany hors d'elle. La vérité, c'est que Clara est morte. Elle s'est suicidée ! Et rien, plus rien ne la ramènera à la vie !

Sur ces mots, elle éclata en sanglots. Leanne s'approcha pour la réconforter, mais sa sœur la repoussa.

Le shérif l'observait avec méfiance. Il n'appréciait manifestement pas ses interventions, songea Leanne consternée. Cependant, elle ne pouvait laisser Bethany dire que Clara s'était suicidée.

Clara avait été *assassinée*.

— Soyez plus précise, détective West, je vous prie. Vous avez proposé à votre nièce de passer ce week-end chez vous, à

Dallas ? Pourquoi ? demanda le shérif d'un air suspicieux. Que s'était-il passé de si grave ?

— Gary avait de nouveau puni Clara. Et c'était la punition de trop. Elle ne voulait plus vivre sous le même toit que son beau-père qui ne la supportait pas. Je lui ai proposé de venir passer le week-end chez moi. Peut-être de revenir et de rester plus longtemps, ultérieurement.

Tout en parlant, elle se rendit compte qu'elle accréditait la fragilité de sa nièce.

— Tu as menti ! coupa Bethany d'une voix étranglée. Tu m'avais dit que tu avais besoin de Clara pour s'occuper de ton bébé pendant ce week-end où tu étais exceptionnellement d'astreinte ! Il n'a jamais été question d'un séjour plus long !

Elle avait en effet menti à sa sœur, Clara désespérée l'en ayant suppliée. Pour autant, elle s'était promis de raisonner sa nièce afin qu'elle s'ouvre à sa mère et lui explique les vraies raisons qui la poussaient à vouloir quitter, momentanément du moins, le foyer.

— Je sais..., dit-elle en soupirant. J'en suis désolée. Désolée aussi que Clara ne t'ait rien dit. Mais il y a une raison à cela : elle redoutait que tu prennes le parti de Gary. Ou que tu te braques.

— Ce n'était pas une raison pour comploter derrière mon dos ! s'exclama Bethany ulcérée, les yeux pleins de larmes.

— Je suis sincèrement désolée..., répéta Leanne.

Elle marqua une pause.

— Mais contrairement à toi, j'ai la conviction absolue que Clara n'a pu vouloir mettre fin à ses jours. Elle avait un petit ami, elle voulait étudier à l'université, l'année prochaine. Elle avait des projets d'avenir ! Clara a été *tuée*, et il faut qu'une enquête pour homicide soit ouverte.

Elle reporta son attention sur le shérif.

— J'essaie de dresser le portrait le plus cohérent possible de Clara. Certes, c'était une adolescente compliquée, avec des hauts et des bas, comme tous les jeunes à son âge, mais c'était surtout une jeune fille lumineuse qui avait la tête sur les épaules, et tant de rêves !

— Comment s'appelle son petit ami ? demanda-t-il avec intérêt.

— Christian Woods, répondit Leanne.

Elle observa sa sœur dont le front plissé et les grands cernes violets trahissaient l'épuisement et le chagrin. Elle concevait à peine quelle épreuve elle traversait actuellement, et espérait que Bethany mettrait toutes les chances de leur côté afin que le meurtrier de sa fille soit retrouvé, arrêté et jugé.

— Et si... Et si Clara se sentait coupable de m'avoir menti ? hasarda soudain Bethany. Et si elle s'était disputée avec son petit ami et n'avait pu le supporter ? Y as-tu pensé, Leanne ? Les jeunes sont si impulsifs, fragiles et excessifs... Ils sont capables de...

Bethany ne put achever et dirigea son attention sur le shérif Sawmill avant de poursuivre :

— Quoi qu'en dise ma sœur, ma fille allait mal et était instable. Désobéissante avec Gary. Cela me coûte de vous le dire maintenant qu'elle n'est plus... Mais c'est la vérité. De plus, elle se sentait harcelée, au lycée. Elle n'avait pas réussi à s'intégrer à son nouvel environnement. Je ne peux compter le nombre de fois où elle m'a confié qu'elle n'en pouvait plus ! Ce sont ses propres mots ! Et je ne l'ai pas prise au sérieux... Je pensais que ce n'étaient que des paroles en l'air. Mais maintenant...

À bout de forces, elle se tut.

— Pouvez-vous fournir une liste avec les noms de ses camarades de classe ? De ses amis ? demanda le shérif. Depuis combien de temps résidez-vous à Cattle Barge ?

— Nous nous y sommes installés en juin dernier. Selon Gary, c'était plus raisonnable de déménager avant la fin de l'année scolaire, afin que Clara ait les grandes vacances pour s'adapter à son environnement et n'arrive pas dans un nouvel établissement en cours d'année, lâcha Bethany d'une voix tremblante. Gary ne pensait qu'à son bien-être. Gary était peut-être sévère avec Clara mais il était juste ! insista-t-elle.

Leanne était étonnée par la façon à la fois révérencieuse et craintive dont elle avait prononcé et répété le prénom de son mari. Elle prenait son parti, sa défense ? Pourquoi ? Redoutait-elle qu'il soit suspecté et arrêté ? Avait-elle peur de lui ?

Elle regarda subrepticement les bras de sa demi-sœur, y cherchant des traces d'ecchymoses. Bethany portait un pantalon de survêtement et un pull à col roulé noir aux manches retroussées qui, d'ailleurs, accentuait sa terrible pâleur.

Autrefois toxicomane, Bethany avait suivi deux cures de désintoxication. Puis, enceinte de Clara, elle avait changé de vie et de fréquentations, restant cependant fragile. N'ayant pas terminé sa scolarité et sans expérience professionnelle, elle avait accumulé ce qu'il était convenu d'appeler des « petits boulots ». Par la suite, abandonnée par le père de sa fille, elle avait eu du mal à joindre les deux bouts jusqu'à ce qu'elle rencontre Gary, environ cinq ans plus tôt. Comme elle l'avait révélé au shérif, sa grossesse inattendue avait été rapidement suivie par un mariage.

Leanne se souvenait que ses liens avec Bethany, qu'elle venait de retrouver, s'étaient délités après son mariage avec Gary. Par la force des choses, peut-être. Bethany avait sa vie à San Antonio, et elle à Dallas.

— Pardonnez ma question, reprit le shérif, mais j'aimerais avoir plus de précisions sur la récente dispute qui a opposé votre mari à votre fille. Du moins, sur la « punition de trop » à laquelle votre sœur vient de faire allusion.

— Ce n'était rien de grave, répondit Bethany avec un geste fataliste. Gary a chapitré Clara parce que, une fois de plus, elle avait été très insolente. Gary lui a demandé d'aller dans sa chambre et d'y rester jusqu'à nouvel ordre.

Leanne de nouveau se contint. Bethany avait pris la défense de son mari en atténuant la portée de ce énième conflit.

Combien de fois Gary avait-il exigé que Clara se lève du canapé, où elle venait de prendre place, au motif qu'elle ne lui avait pas demandé la permission de s'y asseoir au préalable ? Ou aille mettre la table toutes affaires cessantes ? Réponde au téléphone ? Ouvre à un visiteur ? S'occupe de Hampton ? Clara lui avait raconté qu'un jour il l'avait privée de sortie sous prétexte qu'elle portait une tenue indécente, à savoir une jupe un peu courte.

Leanne savait que le père de Gary avait été un homme rigoureux et sévère. Et Gary appliquait, en matière d'éducation, les mêmes principes.

Mais Clara, comme la plupart des adolescents, se rebellait contre l'autorité familiale, en particulier contre celle de son beau-père, pour s'émanciper et s'affirmer.

— Votre fille aurait-elle eu d'éventuels problèmes avec l'alcool ? Ou la drogue ? demanda le shérif.

— J'ai trouvé une bouteille de bière vide dans sa chambre, le week-end dernier, répondit Bethany sans hésiter.

— Quelle a été la réaction de M. Schmidt ?

Et voilà, maintenant, l'abus d'alcool de la part d'une adolescente perturbée, traduisit Leanne en son for intérieur. Le shérif excluait clairement la thèse de l'homicide pour favoriser celle du suicide.

— Je ne le lui ai pas dit, parce que Clara m'en a suppliée.

— Que se serait-il passé s'il en avait été informé ?

Bethany soupira.

— Sans doute l'aurait-il punie. À raison ! ajouta-t-elle à la hâte. Et il y aurait eu une nouvelle dispute, une nouvelle scène... Des larmes.

— Pour tout dire, Gary menaçait d'envoyer Clara dans une école privée très stricte, intervint Leanne. Et je précise que c'est Renee, et non Clara, qui avait bu cette bière.

Renee était la fille d'un ami de Gary que Clara n'appréciait guère, mais avec qui elle était contrainte d'être aimable lors de ses visites.

— Et tu l'as crue ? demanda Bethany, ouvrant de grands yeux.

3

— Pourquoi aurais-je douté de Clara ? Elle ne m'a jamais menti ! répliqua Leanne avec une virulence qu'elle regretta.

Une fois de plus, elle perdait son calme.

Agitée et très contrariée, Bethany se leva.

— Ah ! c'en est trop ! Il s'agit de ma petite fille ! Toi, tu n'es que sa tante. Tu ne sais pas ce qui se passe chez nous. Tu n'as donc que la version de Clara ! J'aimerais parler seule à seul avec le shérif ! Au moins, je ne serai pas sans cesse interrompue et contredite !

Leanne allait protester, mais le shérif la devança.

— Vous trouverez une machine à café dans l'espace repos au bout du couloir, dit-il en lui montrant la porte. Dalton, accompagnez la détective West, je vous prie.

Obligée d'obtempérer, elle se leva à contrecœur et sortit. Elle regrettait sa véhémence, qui lui valait d'être exclue et évincée.

L'horreur de ce qui s'était passé ce soir avait eu raison de son calme légendaire, songea-t-elle, affligée.

Dalton l'avait suivie, et elle percevait toujours sa présence avec cette intensité troublante dans son dos. C'était déconcertant.

Tout comme le son de sa voix qui tout à coup s'éleva.

— La salle de repos est par là. Laissez-moi vous montrer.

Le trouble que cet inconnu provoquait en elle était insensé. Sa nièce avait été tuée, et elle se laissait distraire par la voix d'un parfait inconnu ? Elle s'exhorta à revenir à la réalité. Une tasse de café lui ferait le plus grand bien, et lui remettrait les idées en place.

Elle s'écarta pour lui laisser le passage et, soudain prise de frissons, resserra sa doudoune autour d'elle.

Trop d'émotions en peu de temps.

Un si violent chagrin.

Et tellement de questions encore sans réponse...

Qu'allait révéler Bethany au shérif ? se demanda-t-elle avec anxiété. Sa sœur ne comprenait pas que ses réactions et déclarations allaient avoir un impact sur l'enquête, songea-t-elle, envahie aussi bien par le désir de la protéger que par un sentiment de terrible frustration. Certes, Bethany n'avait pas eu une jeunesse facile, mais elle semblait avoir retrouvé un semblant d'équilibre depuis la naissance de Clara. Leanne savait que sa sœur faisait de gros efforts pour être compréhensive et à l'écoute de sa fille.

Elle avait souvent jugé Bethany avec sévérité. Cependant, depuis la naissance de Mila, elle avait révisé son jugement. Sa fille n'était certes encore qu'un bébé, mais elle savait qu'être mère exigeait de la patience, de la tolérance et de la compréhension.

De nouveau la voix de Dalton l'arracha à ses pensées.

— Le café du bureau du shérif n'a pas beaucoup de goût, mais il est brûlant. Il aura au moins le mérite de vous réchauffer.

Il lui tendit une tasse remplie.

— Vous avez un avantage sur moi, commença-t-elle. Vous connaissez mon nom et mon prénom, ainsi que ma situation professionnelle. Et au cours de ces derniers instants, vous en avez appris plus sur moi que mes amies en plusieurs années. En revanche, je ne sais rien de vous.

De quelles amies parlait-elle donc ?

Solitaire dans l'âme, elle s'était consacrée à son désir de devenir enquêtrice de police. Il n'y avait pas de place pour sortir et s'amuser, dans sa vie. Surtout depuis la naissance de sa fille.

— Dalton Butler. Enchanté de faire votre connaissance, détective West, dit Dalton avec un sourire. En dépit des circonstances, bien entendu...

Sur ces mots, il lui tendit la main. Elle la lui serra, et fut aussitôt étrangement et intensément consciente de la texture de sa paume, de sa chaleur, et surtout de l'espèce de crépitement électrique qui, tout à l'heure déjà, l'avait traversée à son contact. Depuis la mort tragique de Keith, le père de Mila, elle n'avait plus eu d'homme dans sa vie, aussi s'étonnait-elle que son corps réagisse de façon aussi vive à un inconnu.

À sa paume calleuse, elle déduisit qu'il devait travailler de ses mains. Sans doute dans l'un de ces ranchs qui abondaient en Arizona, se dit-elle en regardant sa canadienne, sa grosse chemise en flanelle, son jean et ses bottes. Dalton Butler était un cow-boy plus vrai que nature.

Avec un charme irrésistible, troublant, en plus..., ne put-elle s'empêcher de penser.

Ce qui n'expliquait toujours par pourquoi il montrait un tel intérêt pour le drame de sa nièce.

— C'est bizarre, mais votre nom ne m'est pas inconnu, remarqua-t-elle, perplexe.

Elle l'observa avec une plus grande attention, s'attardant peut-être un peu trop sur le bleu de ses yeux qui, si limpides soient-ils, semblaient assombris par une insondable tristesse. Un secret. Avec la tragédie de ce soir, elle commençait à détester les secrets.

— Mon père possédait un ranch célèbre dans toute la région, expliqua-t-il, en regardant sa tasse comme si son contenu était particulièrement intéressant.

— Vous êtes le fils de Maverick Mike Butler, du ranch Hereford ?

Maintenant, elle comprenait pourquoi il connaissait si bien l'agencement du bureau du shérif, et le goût de son café. Il avait souvent dû y être convoqué dans le cadre de l'enquête sur le meurtre de son père. Une affaire qui, à ce jour, n'était toujours pas élucidée. D'où les rapports pour le moins tendus entre lui et le shérif Sawmill.

Oui, mais pourquoi s'intéressait-il à la mort de sa nièce ?

— Vous avez pris des photos de la scène de crime avec votre smartphone. Vous pouvez m'expliquer pourquoi ?

Elle l'avait interrogé sans détour. À présent, elle le dévisageait. Simple déformation professionnelle ou véritable intérêt de sa part ? Elle n'aurait su le dire. Toujours est-il qu'elle s'attarda sur la petite cicatrice en forme de croissant sur l'arc du sourcil gauche, et sur le bleu clair et limpide de ses prunelles.

Pour seule réponse, il sortit son smartphone et le lui tendit. Elle s'approcha et fut aussitôt frappée par son odeur, un mélange d'épices et d'air frais. De nouveau, il y eut entre eux un crépitement d'électricité. Déroutée, elle remarqua qu'il tressaillait, comme si lui aussi l'avait ressenti.

Elle se ressaisit pour étudier la photo qu'il lui montrait.

— Pourquoi ce cliché est important ? demanda-t-elle, s'efforçant de ne pas laisser percer ses émotions.

— À cause du nœud de la corde.

Il agrandit la photo. Elle l'observa, le cœur serré par une vive douleur.

— Soyez plus précis. Je ne vois pas où vous voulez en venir.

— C'est le nœud de camionneur.

— Oui mais encore ? insista-t-elle, avec impatience, tout en refoulant son chagrin pour ne se concentrer que sur les faits.

— C'est un indice capital pour retrouver le meurtrier.

L'inflexion de sa voix avait changé. Elle y perçut comme du soulagement. Pourquoi ?

— Meurtrier, dites-vous ? Vous n'accréditez donc pas la thèse du suicide ?

A priori, donc, il pensait comme elle. C'était la première bonne nouvelle depuis ces dernières heures, ne put-elle s'empêcher de se dire avec un gros soupir.

— Votre nièce était-elle chez les scouts ? demanda-t-il plutôt.

— Non. Pourquoi ? fit-elle, toujours plus étonnée.

— On y apprend l'art de faire des nœuds, entre autres choses.

Un silence tomba. Leanne, qui ne savait que répondre à cette dernière assertion, attendait ses explications.

— Ce n'est pas un suicide ! affirma-t-il tout à coup.

— Comment pouvez-vous en être aussi sûr ? lança-t-elle, frappée par la force de sa conviction.

— À cause du nœud ! Difficile à faire, mais facile à défaire. Elles y auraient réussi !

« Elles » ?

Pourquoi tant d'exaltation ? se demanda-t-elle, frappée par l'intensité de son regard.

S'il s'intéressait à Clara, c'était parce que sa mort était liée à quelque chose ou quelqu'un qui comptait à ses yeux, déduisit-elle.

— Il n'y a pas eu seulement Clara, n'est-ce pas ? fit-elle à voix basse. Qui d'autre ? Combien ?

Dalton avait une certitude : Alexandria Miller et Clara Robinson avaient été tuées par le même homme, à quatorze ans d'intervalle, jour pour jour.

— Une seule, répondit-il enfin à Leanne. Enfin, pour autant que je sache. Peut-être y en a-t-il eu plus. Ailleurs... Dans d'autres États...

Se lancer dans des explications plus précises, c'était aussi lui révéler qu'il avait été le principal suspect dans le meurtre d'Alexandria, du moins avant que Sawmill conclue au suicide. Et il ne savait par où commencer. De plus lui relater toute son histoire nécessitait sur le plan psychologique un gros effort de sa part, et il avait besoin de temps.

— Quand ? demanda-t-elle d'une voix calme en contradiction avec les émotions qu'il voyait défiler sur son visage.

Il hésita, mais il n'avait plus le choix. Il devait se lancer.

— Ça s'est passé il y a quatorze ans...

Il se tut.

— D'accord. Et mis à part le nœud de camionneur, qu'est-ce qui vous fait penser que ces deux affaires sont liées ?

Sa question était précise. Elle le dévisageait avec un mélange d'intensité et de perplexité.

— C'était le même jour, au même endroit. À la même branche de ce vieux chêne, répondit-il en buvant une gorgée de café.

Comme si cela lui permettait de temporiser et de réfléchir, elle but à son tour.

— Une tragédie identique à quatorze ans d'intervalle, dit-elle ensuite.

— Il pourrait y avoir d'autres cas similaires, précisa-t-il.

De nouveau, elle parut réfléchir. C'était bon signe, elle ne l'avait pas rejeté d'emblée, songea Dalton qui ne la quittait pas des yeux.

Autrefois, son frère et ses sœurs l'avaient non seulement écouté mais aussi soutenu. La fratrie Butler connaissait en effet le sens des mots « entraide » et « solidarité ». Mais, peu après le drame, Dade, son frère jumeau qui était aussi son meilleur ami, s'était engagé dans l'armée. Ses sœurs Ella et Cadence s'étaient de nouveau consacrées à leurs études, et enfin son père, le Mav, lui avait un jour donné une grande claque virile sur l'épaule, lui rappelant que les veaux devaient être marqués et les enclos nettoyés, sans plus se soucier de l'affreux chagrin qui le rongeait et que, par la force des choses, il avait dû refouler pour continuer à vivre.

Il ravala la peine toujours vive que lui avaient causée l'absence de compassion et la totale indifférence de son père.

— Avez-vous envisagé la possibilité d'un *copycat* ? reprit Leanne.

Ah, elle doutait ?

— Je vous laisse boire votre café, dit-il pour seule réponse.

Il s'éloignait quand il sentit sa main sur son bras.

— Attendez, Dalton. Je n'ai pas dit que je ne vous croyais pas !

— On ne dirait pas.

— J'ai l'habitude d'envisager toutes les possibilités. C'est pourquoi je suis une bonne enquêtrice. Je ne prends rien pour argent comptant. Mais je suis aussi clairvoyante et, qu'il y ait ou non un lien entre l'affaire que vous évoquez et ce… ce qui s'est passé ce soir, je sais que vous ne mentez pas. Vous avez la certitude que les deux drames sont liés. Les similitudes que vous avez évoquées sont effectivement frappantes, alors je vous écoute. Développez votre pensée.

— Parlez-moi plutôt de votre nièce.

Si elle lui faisait confiance, elle s'ouvrirait à lui.

— Eh bien… Clara est lycéenne, commença-t-elle.

Elle se tut un instant, puis rectifia :

— Était.

Nouveau silence. Plus long.

Conscient qu'elle n'en dirait pas davantage et que, de toute façon, ce qu'elle venait de lui révéler allait de soi, il posa sa tasse et s'éloigna.

— Attendez, Dalton ! dit-elle. Je viens de vous dire que je vous crois !

Elle n'en restait pas moins dubitative, voire méfiante, constata-t-il. Elle savait qu'il ne mentait pas mais ne le croyait pas, comme le shérif autrefois. Alors, rappelé au passé, à ses efforts pour plaider son innocence et faire valoir son opinion, il eut pour la deuxième fois ce soir l'impression d'avoir de nouveau dix-sept ans.

Laminé, il sortit dans le parking et se dirigea vers sa Range Rover Sport. Comme il était venu dans la voiture de patrouille avec Bethany Schmidt, il avait appelé l'un des ouvriers du ranch pour lui demander de la conduire jusque-là.

Des journalistes piétinaient devant le bureau du shérif, sans doute en quête d'informations sensationnelles après avoir épuisé le filon sur le meurtre de son père. Il les ignora.

Il quitta le parking sur les chapeaux de roues, l'esprit en ébullition à l'idée qu'un meurtrier, *son* meurtrier, était toujours à Cattle Barge. Ou y était revenu, après quatorze ans d'absence.

Qui était-ce ?

Pourquoi avait-il tué Alexandria ? Et Clara ? Et pourquoi de cette façon ?

Le côtoyait-il chaque jour ? Le connaissait-il ?

Pourquoi récidivait-il quatorze ans plus tard ?

Qu'est-ce qui l'avait fait passer à l'action ?

Il comptait bien le découvrir et mettre fin à des tourments qui l'empêchaient de vivre sa vie depuis toutes ces années.

Il nourrissait l'espoir que la police technique et scientifique ait relevé des empreintes digitales, ou de l'ADN qui permettrait d'identifier et d'arrêter l'individu. Quoi qu'il en soit, il se promit de ne pas renoncer.

Il *savait* que le deuxième crime n'était pas l'œuvre d'un *copycat*. Jamais personne n'avait mentionné le nœud de camionneur dans les articles qu'il avait lus sur la mort tragique d'Alexandria – ou plutôt, qu'il n'avait pu s'empêcher de lire quand il avait mené, seul, sa propre enquête.

C'est lui qui, quatorze ans plus tôt, avait reconnu le nœud de camionneur lorsque Sawmill lui avait montré la photo de la corde. Et c'est pourquoi, paradoxalement, il avait été le suspect numéro un du shérif. En croyant aider au déroulement de l'enquête, il n'avait réussi qu'à se mettre en très mauvaise posture. À dix-sept ans, il était naïf. Plus maintenant.

Non, il ne renoncerait pas.

Au petit matin, Dalton décida de retourner sur la scène de crime. Le shérif avait ordonné que celle-ci soit « nettoyée » au plus vite, avant que les *copycats* s'en inspirent et que les curieux ou les journalistes y affluent.

Une nouvelle preuve que Sawmill concluait déjà à un suicide…

Quand il arriva sur les lieux, le soleil se levait, dispensant sa lumière pâle à travers les branches nues des arbres.

Bientôt Noël… Mais Dalton n'était pas d'humeur festive. L'assassin de son père et le meurtrier de Clara Robinson et d'Alexandria Miller couraient toujours. De plus, même si ses relations avec son père avaient été quelque peu compliquées et conflictuelles, il ne pouvait imaginer les fêtes de fin d'année sans lui.

Le cœur serré, il s'approcha du chêne.

De nombreuses empreintes de pas marquaient le givre qui commençait à fondre. Il sortit son smartphone et photographia le chêne et son périmètre. L'endroit avait été irrémédiablement pollué après le relevé des indices, mais qui sait…

Il mitrailla les lieux, prit des dizaines de photos, se promettant de les étudier plus tard, à tête reposée.

La cime de ce chêne centenaire, majestueux, culminait à près de douze mètres. Pour autant qu'il se souvienne, il l'avait toujours vu là, et plus de fois qu'il ne pouvait les compter, car il se trouvait à mi-chemin entre le ranch et la maison d'Alexandria, en ville.

Il revit sa chevelure blonde et soyeuse qui sentait si bon. Son sourire en coin, taquin. Le geste qu'elle faisait pour l'obliger à mettre son bras autour de ses épaules… En définitive, incapable de prouver sa culpabilité, le shérif Sawmill avait soulevé l'hypothèse du suicide au motif qu'Alexandria était éprouvée par une situation familiale difficile. Ce qui était vrai. Mais s'était-elle suicidée pour autant ? Non ! Dalton était absolument formel sur ce point.

Il entendit une voiture arriver puis se garer et se retourna au moment où Leanne West en descendait. Elle s'approcha, le soleil dans son dos créant un effet de halo autour d'elle.

— Que faites-vous ici ? demanda-t-il, agacé.

— Je vous cherchais, Dalton. Et j'étais sûre de vous trouver ici.

Elle avait parlé d'une voix basse, intense et douloureuse. Pâle et tendue, elle avait les yeux cernés, signe qu'elle n'avait pas dormi. Dalton comprenait si bien ce qu'elle ressentait… Il savait aussi à quel point c'était difficile de revenir sur ces lieux.

— Ah bon ?

Elle frissonna et mit ses mains dans ses poches. Jusque-là insensible au froid, il se rendit compte qu'il était lui-même frigorifié. Joignant les mains, il se les frotta et souffla dessus pour les réchauffer.

— J'ai procédé par déduction, expliqua-t-elle. Je me suis mise à votre place.

— Vous ne savez rien de moi.

Comme il n'avait pas l'intention de lui parler d'Alexandria, il regagna son véhicule à côté duquel elle s'était garée.

— Attendez, Dalton !

Dalton s'arrêta mais seulement parce qu'il venait d'entendre un bruit de moteur. Il scruta les alentours, ses instincts en éveil.

Qui venait à une heure aussi matinale sur une scène de crime récente, et désormais désertée ?

Des journalistes ? Des informations auraient-elles fuité au cours de la nuit, en dépit de la volonté du shérif de ne rien divulguer sur ce nouveau drame ? Mais les journalistes pullulaient dans la région, depuis l'assassinat du Mav, et d'autant plus que le testament devait être ouvert et lu avant Noël.

Informés de cette nouvelle affaire, feraient-ils le rapprochement avec la mort d'Alexandria qui avait tout de même ébranlé la région quatorze ans plus tôt ? Remettraient-ils en question la thèse du suicide ? Évoqueraient-ils plutôt un *copycat* ?

C'était parfois intéressant de s'adjoindre les journalistes mais, d'un autre côté, une couverture médiatique trop importante, à ce stade de l'enquête, pouvait s'avérer néfaste.

Dalton ne se souvenait que trop bien de la débauche d'informations qui avait suivi le meurtre de son père, de l'accumulation de fausses pistes, et du harcèlement des journalistes, lesquels avaient considérablement entravé le travail des forces de l'ordre.

Il ne voulait pas que cette situation se reproduise.

Leanne paraissait comme lui contrariée par cette irruption. C'était compréhensible. Le shérif n'apprécierait pas qu'ils soient tous deux photographiés sur ces lieux par un journaliste en quête de scoop. D'autant que Leanne était la tante de la victime.

Comment faire pour que l'intrus ne puisse identifier Leanne ? Soudain, une idée lui vint. Audacieuse, certes, mais ce fut la seule qui s'imposa à son esprit.

Il prit Leanne dans ses bras et, aussitôt, fut étonné d'être aussi sensible à son odeur, à la sensation de sa poitrine contre son torse. Ce bref instant de surprise passé, il l'embrassa.

L'accord de leurs corps, de leurs bouches était absolument parfait, découvrit-il avec stupéfaction. Il s'attendait à ce que Leanne le repousse vigoureusement, mais elle semblait avoir compris le sens de son initiative. Quelques secondes plus tard il vit, dans sa vision périphérique, un jeune homme avec un appareil photo.

— Excusez-moi..., lança-t-il à leur intention.

Dalton enfouit les mains dans la chevelure de Leanne qui lui passa les bras autour du cou. Un flot de sensualité coula en lui au contact de son corps pressé contre le sien, et leur baiser devint beaucoup plus profond que nécessaire. Puis il y eut cette chaleur qui émanait de leur étreinte et qui ajouta vite au sentiment de fusion.

De perfection.

C'était si bon qu'il n'avait pas envie d'y mettre fin.

— Désolé de vous déranger, mais je me suis perdu, reprit le jeune homme.

Dalton s'écarta avec un soupir de regret, et regarda dans la direction de l'intrus qui braquait sur eux son appareil photo.

— Ne te retourne surtout pas, murmura-t-il hors d'haleine à Leanne.

Il reporta son attention sur le journaliste.

— Qu'est-ce que vous voulez ?

L'homme parut surpris par sa virulence.

— Rien, répliqua-t-il alors avec arrogance. J'ai ce que je voulais.

4

— Ne regarde pas dans sa direction, au cas où il essaierait de prendre une autre photo, souffla Dalton à Leanne, la tutoyant de nouveau.

Mais le journaliste remonta dans son véhicule, fit demi-tour et s'en alla.

— Ne restons pas là ! conclut Dalton. Partons !

Il se dirigea vers l'endroit où il avait garé sa Range Rover Sport, frissonnant au contact de l'air froid sur son visage un instant plus tôt brûlant.

— Où allons-nous ? demanda Leanne.

— Je ne sais pas pour toi, mais moi je rentre au ranch.

Mis à part cet étonnant baiser, rien n'avait changé dans leurs rapports. Leanne se méfiait toujours de lui et, finalement, c'était réciproque.

— Moi j'aimerais convaincre le shérif d'ouvrir une enquête pour homicide, dit-elle. À nous deux, nous réussirons à le faire changer d'avis !

— Ça m'étonnerait, vu le peu de considération qu'il m'accorde, lâcha-t-il, pressé de rentrer au ranch pour examiner tranquillement les photos qu'il avait prises. Mais bonne chance !

Il accéléra le pas, et elle dut presque courir pour le suivre.

— Si le shérif Sawmill décide de conclure son enquête par un suicide, nous sommes tous les deux perdants, Dalton ! s'exclama-t-elle.

— J'en suis conscient, mais ce n'est pas moi qui réussirai à le faire changer d'avis, ça, tu peux me faire confiance !

— Nous devons trouver un moyen de lui faire ouvrir une enquête pour homicide ! insista-t-elle d'une voix étranglée en se portant à sa hauteur.

Son désespoir l'affecta, il en fut surpris. Après tout, elle était une inconnue et le restait, en dépit du baiser passionné qu'ils venaient d'échanger. Mais n'avaient-ils pas en commun la mort d'un proche dans les mêmes conditions ?

— Tu ne le connais pas. Tu n'y réussiras pas, je te le garantis, répéta-t-il, en lui jetant un coup d'œil.

Une expression de curiosité se peignit alors sur les traits de Leanne. Sans doute se demandait-elle pourquoi il émettait un jugement aussi catégorique, et surtout avec autant d'amertume.

— Nous avons besoin du shérif ! insista-t-elle de nouveau. En collaborant, nous arriverons peut-être à quelque chose !

— Désolé, il faut que j'y aille, coupa Dalton avec impatience.

Si elle s'entêtait à vouloir convaincre le shérif Sawmill, elle aurait une meilleure chance sans lui.

— C'est ma faute si ma nièce est morte, dit-elle tout à coup d'une voix vibrante de chagrin. On avait rendez-vous plus tôt dans la journée, mais j'ai été retardée.

Il fit volte-face.

— Ton sentiment de culpabilité ne la ramènera pas à la vie, Leanne. Il va surtout empoisonner tes jours et tes nuits, et je sais de quoi je parle.

— Dalton, dis-moi, pourquoi ce... le drame de ma nièce t'affecte-t-il autant ? Parce qu'il a des similitudes avec cette autre affaire qui remonte à quatorze ans ? Tu connaissais la victime, c'est ça ?

Il se remit en marche sans répondre.

— Bon, je finirai par le découvrir, conclut-elle, l'air résigné. Je suis sûre que les médias en ont beaucoup parlé, à l'époque. Il doit en rester des traces. Et Internet n'oublie jamais rien. Et puis j'ai des contacts qui peuvent effectuer des recherches sur un éventuel *cold case* à Cattle Barge. Ce sera l'enfance de l'art. Alors parle-moi, ça me fera gagner du temps.

— Ce ne sont pas tes affaires ! rétorqua-t-il, conscient que la colère et le chagrin le rendaient illogique.

— Si, justement ! Écoute, Dalton, nous sommes tous les deux affligés, touchés par les événements de cette nuit. On aurait tout à gagner à bien communiquer, à s'entraider. Au bout du compte, tu aurais enfin les réponses que tu sembles toi aussi chercher.

— Bonne chance, Leanne..., répéta-t-il seulement en sortant sa clé de voiture.

Elle lui posa la main sur le bras.

Il s'immobilisa mais ne se retourna pas.

— Je t'en prie..., murmura-t-elle.

Leanne précéda Dalton dans le bureau du shérif et, en le frôlant, fut perturbée par l'étrange magnétisme qui, une fois de plus, joua entre eux. Grand, beau et charismatique, Dalton Butler la troublait comme jamais un homme ne l'avait troublée. Elle dut faire un effort pour se ressaisir et revenir à la réalité.

— Merci d'avoir accepté de nous recevoir, monsieur, commença-t-elle.

Elle tendit la main à Sawmill.

Il la lui serra en silence, sans chaleur et sans non plus les inviter à prendre place, leur signifiant ainsi sans ambiguïté qu'il n'avait pas l'intention de leur consacrer sa journée, mais seulement quelques minutes. Son impatience, perceptible, était presque gênante.

— Je sais que vous êtes débordé en ce moment, continua-t-elle, décidée à faire preuve de diplomatie.

Comme il soupirait ostensiblement, elle s'interrompit un instant. Il pouvait bien soupirer autant qu'il voudrait, elle n'allait pas se laisser démonter par ses réticences et sa mauvaise humeur ! Elle l'obligerait à réviser son opinion sur la mort de sa nièce, afin qu'il l'oriente vers un homicide, et non un suicide. Pour y parvenir, elle déploierait tous ses talents d'enquêtrice.

— Dalton Butler et moi sommes allés sur la scène de crime tout à l'heure. Un journaliste y est arrivé peu après, et nous a pris en photo, mais j'ai pu lui cacher mon visage, reprit-elle, certaine qu'il valait mieux l'en informer dès à présent. La tragédie de cette nuit a sans doute fuité ; la presse ne va pas tarder à vous solliciter.

Sawmill parut plus mécontent que reconnaissant de sa sincérité. Elle surmonta sa contrariété pour continuer avec calme :

— J'en suis désolée. J'espère que mon nom n'apparaîtra pas dans les médias.

— Que faisiez-vous là-bas ? demanda-t-il. Et j'espère que ce n'est pas pour cette raison que vous m'avez dérangé pour me parler !

— Non. Nous voudrions que vous ouvriez une enquête pour homicide.

Il lui lança un regard exaspéré.

— Je n'ai pas assez de ressources pour explorer toutes les pistes, même par courtoisie professionnelle, détective West. Dans le cas contraire, je serais plus qu'heureux d'accéder à votre requête.

— Je ne vous demande pas de coopérer par « courtoisie professionnelle » ! Pas plus que je n'ai l'intention de vous faire perdre votre temps ! répliqua-t-elle, sentant la moutarde lui monter au nez.

Elle songea à Clara qu'elle aimait tant. À sa nièce pleine de vie qui, elle en avait la conviction absolue, n'avait pu mettre fin à ses jours.

— Ma nièce ne s'est pas suicidée ! lâcha-t-elle enfin d'une voix étranglée par l'émotion. Il faut que vous m'écoutiez.

— Très bien, je vous écoute, marmonna Sawmill, soudain plus amène.

— Gary était tyrannique avec Clara, ajouta-t-elle, contenant le mépris que lui inspirait son beau-frère.

— Ça, je le sais déjà, l'interrompit le shérif avec impatience.

— Laissez-moi parler ! s'exclama-t-elle avec véhémence. Je récapitule ce qui vous a été exposé pour en relever les failles ou les éléments inexpliqués qui peuvent être d'importance capitale ! Le diable est dans les détails, dit-on. Vous devriez le savoir !

Au même instant, Dalton posa la main sur son bras. Elle sursauta, frappée tant par son geste que par la chaleur qui s'en dégageait.

— Partons, Leanne. Insister est inutile. Le shérif ne t'écoutera pas. Il m'a aussi ignoré autrefois.

— Quoi qu'il soit arrivé entre nous, c'est du passé, monsieur Butler, dit Sawmill sur la défensive et avec hauteur.

Dalton avait manifestement touché une corde sensible, constata-t-elle. Il n'avait donc pas exagéré, tout à l'heure, en affirmant que son intervention auprès du shérif desservirait plus qu'elle ne soutiendrait sa cause.

— Allons-y, Leanne. Nous n'avons pas besoin du shérif pour découvrir la vérité, poursuivit Dalton, ignorant ce dernier.

— Et pourtant si ! insista-t-elle. Parce que je n'ai pas l'intention de sortir du cadre de la loi et de mettre ma carrière en jeu !

C'était en partie vrai. Pour tout dire, elle était prête à tout, mais seulement une fois qu'elle aurait épuisé toutes les possibilités légales.

— Le shérif n'a aucun intérêt à ouvrir une nouvelle enquête sur un meurtre qu'il ne peut résoudre, laissa tomber Dalton avec amertume.

— Tous mes hommes sont mobilisés pour assurer la sécurité de la ville pendant que je traque un tueur, se défendit Sawmill, vexé.

Il se tut, soupira, et ajouta d'un ton plus calme :

— Je comprends votre désarroi et votre peine, et sincèrement, je compatis, détective West. Mais vous n'en manquez pas moins d'objectivité. Il s'agit d'un suicide, et non d'un homicide.

— Bon sang, je me fiche complètement de votre compassion, shérif ! Vous me prenez pour qui ? Pour une affabulatrice ? s'exclama-t-elle, exaspérée. Vous oubliez que je suis policière et que, à ce titre, j'ai droit à votre respect. Je vous précise aussi que j'ai la rigueur et les autres qualités nécessaires à cette fonction !

Conciliant, Sawmill leva les mains.

— Ne vous énervez pas, détective West. Vous vous méprenez sur le sens de mes paroles. Vous aviez des liens familiaux et affectifs avec la victime ; votre approche est donc affectée par votre état émotionnel. Ce n'est en aucun cas un reproche, simplement une constatation. De plus, vous savez comme moi que la déontologie interdit qu'un membre des forces de l'ordre travaille sur une affaire en cas de conflit d'intérêts, conclut-il d'une voix égale.

Furieuse, elle allait riposter, mais Dalton lui posa de nouveau la main sur le bras. De nouveau distraite par cette espèce de décharge d'électricité qui sembla jaillir de ce contact, elle se tut.

— Vous pourriez faire d'une pierre deux coups : résoudre deux affaires, shérif, intervint Dalton. La médecine légale a progressé, depuis quatorze ans.

Le shérif s'empourpra, signe qu'il perdait vraiment patience face à leur obstination.

Mais il avait raison au moins sur un point, songea Leanne. Cette affaire la touchant à titre personnel, elle se laissait emporter par ses émotions et sa subjectivité.

— En effet, dit-il froidement, croisant les bras.

— Bon, je crois qu'on perd notre temps, conclut Dalton qui à son tour s'énervait. Si vous refusez d'écouter les arguments de Leanne, qui est policière, je n'ai quant à moi aucune chance de vous persuader. J'ai autrefois essayé de vous convaincre qu'il s'agissait aussi d'un meurtre, vous êtes resté inflexible. Vous avez campé sur des positions pourtant intenables pour finalement conclure au suicide.

— J'affirme que ces deux affaires ne sont pas liées, insista Sawmill.

— Vraiment ? fit Dalton. Même arbre. Un chêne. Même type de nœud. Le nœud de camionneur. Même jour. Un 7 décembre. Même heure. Vous pensez sérieusement que c'est une coïncidence ? L'œuvre d'un *copycat* ? Dites-le-moi en me regardant droit dans les yeux.

Sawmill garda le silence.

Leanne en conclut que, exaspéré, il allait les faire raccompagner *manu militari* dans le parking quand il leva les yeux sur Dalton et soupira.

— OK, Dalton. Nous allons analyser le journal des appels du smartphone de la victime. Fouiller sa chambre. Nous intéresser au contenu de son ordinateur. De ses mails, etc. J'attends aussi le rapport médico-légal. Au moindre élément douteux, j'ouvrirai une enquête pour homicide. Vous avez ma parole. D'ici là, j'aimerais que cette conversation reste entre nous.

C'était une première victoire. Sagement, Leanne décida de ne pas insister.

— Merci, monsieur.

— Ne me remerciez pas tout de suite.

— Merci quand même, shérif, enchaîna Dalton.

Aucun d'eux n'ayant rien à ajouter, ils prirent congé.

— Que s'est-il donc passé il y a quatorze ans ? demanda Leanne quand ils furent montés dans son véhicule. Tu as l'intention de me le raconter ou est-ce un secret d'État ?

Dalton démarra.

— Plus tard. Parlons plutôt de notre prochaine étape. Récupérer ta voiture sur le parking près du chêne, par exemple.

— Au risque de me faire repérer par un éventuel journaliste aux aguets ? Tu crois que celui de tout à l'heure a eu le temps de photographier ma plaque d'immatriculation ?

— Aucune idée. J'étais... disons distrait.

Elle crut voir une ombre de sourire sur ses lèvres.

Les lèvres de Dalton Butler...

La puissance et la vigueur de son corps qui contrastaient avec leur douceur. Sa bouche qui avait un goût délicieux de café et de menthe, se souvint-elle le souffle un peu plus court.

Elle soupira. Ce n'était pas le moment de se complaire dans de telles pensées.

— Je dois rentrer au ranch, reprit Dalton. Je peux te déposer chez ta sœur ?

— Vu la tension de nos rapports, il ne vaut mieux pas que j'aille chez Bethany.

Elle le regrettait. Dans un moment pareil, toutes deux en deuil, elles avaient besoin l'une de l'autre.

Dalton grimaça. Il venait de se brûler en buvant une gorgée du café que la serveuse venait de leur apporter. Une petite douleur qui lui rappelait que souffrir, c'était être vivant. Il but une nouvelle gorgée, étonné d'avoir proposé à Leanne West de rester avec lui alors qu'il aurait plutôt dû l'emmener récupérer son véhicule, et ensuite rentrer au ranch pour observer, seul, les photos de la scène de crime qu'il avait prises. D'un autre côté, Leanne aussi avait le droit de les regarder. De plus, comme elle avait l'œil exercé, elle pourrait utilement l'assister.

— Seule, je n'aurais jamais réussi à convaincre le shérif. Encore merci pour ton aide, Dalton.

Pensivement, elle faisait glisser le bout de l'index sur le bord de sa tasse. Elle avait ajouté à son café une cuillerée de crème et deux sucres. Il n'avait pu s'empêcher de remarquer et de retenir ces détails pour le moins insignifiants. Pourquoi ? Les rares femmes de passage dans sa vie n'éveillaient pas sa curiosité au point qu'il s'intéresse à la façon dont elles buvaient leur café.

Que savait-il sur Leanne West, mis à part ce qu'il avait incidemment appris sur sa configuration intra-familiale, hier soir ? Pas grand-chose, en définitive, conclut-il, l'observant alors qu'ils restaient silencieux dans leur box.

Après leur baiser – et quel baiser ! –, il avait remarqué que Leanne ne portait pas d'alliance. Pour autant, elle pouvait vivre maritalement, mais elle avait cédé à son baiser sans ensuite s'en indigner et lui révéler qu'elle avait un compagnon.

Elle délaissa sa tasse et commença à jouer avec le zip de sa doudoune. À l'évidence, elle était nerveuse.

— Si nous devons collaborer, nous devrions probablement faire un peu mieux connaissance, commença-t-il avec un demi-sourire. Nous nous tutoyons déjà alors que nous ne nous connaissons que d'hier. Enfin, connaître...

— D'accord. J'habite à Dallas, mais ça, tu le sais déjà. J'ai aussi une petite fille de six mois.

Leanne sortit son smartphone de sa poche et lui montra une photo.

— La voilà. Elle s'appelle Mila.

— Mignonne.

Son demi-frère, Wyatt, avait un bébé du même âge.

— Il n'y a pas de père, confia-t-elle avec gêne et maladresse. Je veux dire... Il y en avait un, mais il n'est plus... là.

— Quel idiot ! lâcha Dalton, regrettant aussitôt son interjection.

Il n'avait pas le droit d'insulter cet inconnu. Après tout, il ignorait pourquoi Leanne et lui s'étaient séparés. Quoi qu'il en soit, il fallait tout de même être indigne pour se dérober à ses responsabilités paternelles.

Leanne lui lança un regard glacé qui l'embarrassa et lui fit comprendre que ses relations avec le père de sa fille étaient plus complexes qu'il le pensait.

— Mila a une nounou adorable, poursuivit-elle. Elle aime les enfants, et a plus de petits-enfants que j'ai de doigts sur les deux mains.

— C'est une chance.

— Sinon, que dire de plus ? J'ai travaillé d'arrache-pied pour devenir enquêtrice, et je fais partie de la police de Dallas. À ton tour, maintenant.

— Tu sais déjà que je suis le fils de Maverick Butler. J'ai un frère jumeau, Dade. On se ressemble comme deux gouttes d'eau. Donc, si tu croises un homme qui est mon portrait mais qui ne te reconnaît pas et affirme ne pas être Dalton Butler, tu peux le croire sur parole.

Il rit face à sa surprise.

— Tu n'as jamais rencontré de jumeaux monozygotes ?

— Euh... Non.

— Sinon, mon père était célèbre dans tout le Texas.

Il fit une pause avant d'ajouter :

— Mais il était un peu moins célèbre dans certains milieux et cercles...

— J'ai entendu parler de lui en bien, intervint-elle.

Elle ne le connaissait que de réputation. Mais qui connaissait le Mav, en fin de compte ?

— Nous sommes actuellement six enfants.

— « Actuellement » ?

— Quatre sur six ont grandi sous le même toit et ont eu la même mère. Deux ont rejoint la fratrie récemment, expliqua-t-il. Mon père a eu des enfants hors mariage. Qui sait si un autre frère ou une sœur ne va pas se manifester au moment de la lecture du testament du Mav, qui est prévue la veille de Noël...

En parlant, il s'était efforcé de maîtriser sa colère, mais il n'y était manifestement pas parvenu, vu l'étonnement qui se peignit sur le visage de Leanne.

— Ah... Je vois. Et tu travailles dans la ferme familiale ? enchaîna-t-elle.

— Un ranch, corrigea-t-il automatiquement.

Policière à Dallas, elle ne connaissait évidemment rien à l'élevage du bétail, mais appeler Hereford « une ferme », c'était comme confondre un cheval et une vache.

— Nous y travaillons tous, même mes derniers frères et sœurs en date.

Il y eut un silence.

— Qui as-tu perdu, il y a quatorze ans, Dalton ? reprit-elle sans le quitter des yeux.

— Quatorze. Un nombre qui a peut-être une importance ? biaisa-t-il.

Sans doute dans l'attente qu'il s'épanche après cette entrée en matière, Leanne ne dit rien. Mais il avait besoin de temps avant de révéler sa tragédie personnelle.

Elle sortit un bloc et un stylo de son sac à main.

— Quatorze ans, répéta-t-elle, le notant. Un 7 décembre.

— Le 7/12, ajouta-t-il.

— L'arbre. Un chêne.

Elle joua un instant avec son stylo, puis lui jeta un regard anxieux.

— Cet individu a un mode opératoire. Peut-être une signature, lâcha-t-elle avec difficulté.

— Il aime montrer… ce qu'il… fait, dit-il avec effort.

— Il exhibe ses victimes. Il veut que la police les retrouve. Peut-être y a-t-il une raison à cela.

Leanne ne cessait de retirer et remettre le capuchon de son stylo. Par nervosité ? Parce que le geste répétitif l'aidait à se concentrer ?

Il soupira et fixa le reste de café au fond de sa tasse.

— Ses cibles sont des jeunes filles, continua Leanne. Ton amie était lycéenne ?

De nouveau, il soupira. Il fallait parler d'Alexandria, alors qu'il n'en parlait jamais.

— Oui. Elle était en première, répondit-il avec effort.

— Clara aussi. Elle avait hâte d'être en terminale et de commencer ses études supérieures, murmura Leanne d'une voix qui lui parut lointaine.

— Ta nièce était-elle blonde ?

— Oui. Blonde et pleine de vie. Ma sœur…

Elle s'interrompit.

— En réalité, Bethany est ma demi-sœur. Bref. Clara ressemblait à Bethany plus jeune, enfin, d'après les photos que j'ai vues.

— Vous n'avez donc pas grandi ensemble ?

— Non. Nous avons le même père. Un drôle de numéro, selon ma mère.

Leanne leva les yeux au ciel.

— Quand avez-vous fait connaissance ? demanda-t-il.

— Après la mort de ma mère. Elle m'avait demandé de ne pas rechercher mon père… Mais j'ai voulu rencontrer ma sœur. J'en avais besoin, car elle était désormais ma seule famille. Et quand j'ai retrouvé Bethany, elle élevait seule Clara. Après, elle a rencontré Gary.

— Le shérif va sans doute interroger ton beau-frère, lâcha-t-il tout à trac.

— C'est inévitable.

— Tu crois qu'il pourrait découvrir quelque chose, de ce côté-là ?

— Je ne sais pas.

Elle regarda par la fenêtre.

– Comment était vêtue ta petite amie le jour de sa mort ?

— Je n'ai jamais dit que c'était ma petite amie !

— Inutile, je l'ai deviné.

Elle avait parlé d'une voix remplie de compassion qui contrastait avec la dureté de son expression à l'instant où il avait évoqué son beau-frère.

— Une personne que tu aimais a trouvé la mort dans les mêmes conditions que ma nièce, et c'est pourquoi tu t'intéresses autant à mon drame, poursuivit-elle. Ne te méprends pas, Dalton, je ne te juge pas ! J'expose des faits.

Elle marqua un silence avant de reprendre :

— C'est à cause de ton intérêt soutenu, puis de tes réactions et de tes réticences à parler du passé que j'ai conclu que tu étais très proche de la personne qui a perdu la vie, il y a quatorze ans. Une fille qui avait le physique, l'âge de Clara.

— Alexandria était en effet ma petite amie, commença-t-il dans un murmure. On s'était disputés, plus tôt dans la journée. Ensuite, elle avait refusé de m'accompagner à une fête, mais on avait décidé de se donner rendez-vous dans le parking pour passer la fin de la soirée ensemble. J'ai tardé à arriver, je m'amusais... De plus, j'avais un peu bu et Alexandria me reprochait d'abuser de l'alcool. Comme je n'avais pas envie qu'elle me fasse de nouveau la leçon, j'ai tardé à la rejoindre, confia-t-il avec amertume. Pourtant, je savais qu'elle m'attendait. Seule. Quand je suis arrivé, c'était trop tard... Et comme j'étais la dernière personne à l'avoir vue, la première à la découvrir, que nous nous étions disputés et que j'avais un peu bu...

Il se tut.

— Tu es devenu le suspect numéro un, acheva-t-elle. À tort.

— Oui.

— D'où les tensions avec le shérif. Même quatorze ans plus tard.

— Oui. D'autant qu'il n'a toujours pas mis la main sur l'assassin de mon père.

Dalton reprit sa tasse, but et grimaça en avalant le reste de café froid.

— Je suis désolée pour ton amie, reprit Leanne. Désolée que tu aies perdu, si jeune, la fille dont tu étais amoureux.

Il hocha la tête puis, d'un regard et d'un geste, l'invita à poursuivre.

— Reprenons, dit-elle. L'individu s'intéresserait à des filles de dix-sept ans. Les deux drames se sont produits un 7 décembre, à quatorze ans d'intervalle. À cela une raison.

— Aucun signe de lutte n'a été relevé sur les deux scènes de crime. Pas de traces de pas dans les deux cas, sans doute parce que le sol était gelé, ajouta-t-il d'une voix presque sans timbre. J'ai toujours pensé que c'était un homme, le coupable. Peut-être me suis-je trompé ? Pourquoi pas une femme ?

— Il faut être vigoureux pour porter sa victime. La hisser. La...

Elle ne put poursuivre. Ses yeux s'embuèrent.

— Excuse-moi, murmura-t-elle.

Il tendit la main et essuya la larme qui, lentement, roulait sur sa joue. Il y eut, entre eux, un picotement électrique qui le fit reculer imperceptiblement. Non sans mal, sans comprendre pourquoi il en ressentait le désir, il résista à l'envie de repousser des mèches derrière ses oreilles.

Son attirance – ou n'était-ce que de l'empathie ? – s'expliquait par la similarité du drame qui les frappait, la nécessité de faire front et de trouver un sens à la mort de deux êtres aimés.

Donc de redonner sens à la vie.

Parce qu'il ne pouvait avoir développé des sentiments profonds et authentiques pour une femme qu'il connaissait depuis moins de vingt-quatre heures, n'est-ce pas ?

5

Le petit déjeuner qu'ils avaient commandé leur fut bientôt servi mais Leanne toucha à peine au contenu de son assiette, copieusement garnie de bacon, d'œufs brouillés, de toasts grillés et de pain perdu. Elle ne l'avait acceptée que pour accompagner Dalton qui semblait mourir de faim et de froid, et avait autant besoin de se sustenter que de se réchauffer.

Les odeurs, pourtant délicieuses, lui donnaient la nausée. Elle se sentait accablée, terriblement triste, et sa fille lui manquait beaucoup. Malgré un emploi du temps chargé, elle faisait toujours en sorte d'être présente le soir à l'heure du coucher. Mais hier, pour la première fois depuis sa naissance, elle avait manqué cette cérémonie et en avait le cœur gros.

Si elle n'avait pas été exclusivement concentrée sur Mila, peut-être aurait-elle mieux eu conscience des difficultés dans lesquelles se débattait Clara. Elle serait ainsi intervenue plus tôt pour la faire venir à Dallas. Ainsi, Clara n'aurait pas été la cible d'un criminel et serait encore vivante. Et si... Vouloir refaire le passé était vain, et accroissait son sentiment d'impuissance et de culpabilité.

— J'aimerais qu'on regarde les photos que tu as prises, dit-elle.

Se concentrer sur l'enquête pour retrouver le meurtrier de Clara lui permettrait de conjurer un temps sa profonde tristesse.

Cependant, le shérif avait raison, reconnut-elle en son for intérieur. Elle se trouvait face à des intérêts divergents : un intérêt général et un intérêt particulier.

La victime était sa nièce. L'enquête devait être conduite en totale indépendance et avec la plus extrême rigueur sous l'autorité et le contrôle des instances compétentes. Pas par une proche parente enquêtrice de police en deuil qui, de plus, n'était pas mandatée par ses supérieurs.

Pour seule réponse, Dalton jeta un regard entendu vers son assiette encore pleine. Elle soupira. Elle avait saisi son message : il fallait qu'elle reprenne des forces. Mais elle était incapable d'avaler quoi que ce soit.

— Je n'ai pas faim.

Avant qu'il insiste, elle enchaîna :

— Ça ne t'ennuie pas, si je viens à côté de toi pour regarder les photos ?

Dalton lui fit signe que non en secouant la tête.

Elle se glissa à son côté, sachant ce que le contact avec lui allait provoquer. Comme chaque fois, il y eut une sorte d'étincelle, puis l'impression que son cœur se décrochait comme sur un grand huit.

— Je pense avoir tout photographié ce matin, mais je ne garantis pas que les clichés seront exploitables.

— Passons-les en revue, et on verra.

Elle enveloppa sa tasse de café des mains, réconfortée par la chaleur qui s'en dégageait.

— On y trouvera peut-être un élément susceptible de relier les deux affaires entre elles, reprit Dalton. Cela dit, quatorze ans, c'est long. De plus, je n'ai aucune photo de la scène de crime de l'époque.

— Le shérif doit en avoir, lui. Peut-être réussirons-nous à le convaincre de nous les montrer. Pour comparer.

Dalton eut une mimique dubitative.

— J'en doute, vu que l'enquête a conclu à un suicide. La police garde-t-elle ce genre d'affaires dans ses archives ?

— Chaque force de police a ses habitudes. Il faudrait consulter les bases de données pour vérifier s'il n'y a pas eu des affaires similaires au cours de ces dernières années, répondit Leanne, s'exhortant à l'optimisme.

La mort de sa nièce était une tragédie, et elle ne pouvait imaginer ce que Dalton, encore très jeune, avait pu ressentir, quatorze ans plus tôt, d'autant qu'il avait été considéré comme le principal suspect.

La procédure initiée par le shérif avait cependant été logique, car l'une des premières règles, lors d'une enquête criminelle, était de déterminer quelle personne était la plus proche de la victime. La grande majorité des homicides rapportés aux instances policières étaient principalement des cas où victimes et meurtriers se connaissaient. Sans compter que, la plupart du temps, non seulement la victime connaissait son meurtrier mais il y avait aussi de fortes chances pour que ses proches aient été en rapport avec ce dernier, voire connaissent la nature des relations que celui-ci entretenait avec la victime.

Au cours d'affaires criminelles, elle avait eu l'occasion d'interroger des adolescents. L'expérience lui avait appris que la culpabilité, avérée ou non, dominait toujours chez ceux-ci. Pire, cette culpabilité intervenait très tôt dans le processus de victimisation même si, d'ailleurs, aucune faute n'avait été commise de leur part.

Dalton restait l'adolescent accablé par la culpabilité parce qu'il n'avait pu intervenir pour sauver son amie, la protéger et l'empêcher de souffrir.

Le shérif avait donc conclu au suicide. Pourquoi ? Leanne aurait aimé avoir accès au dossier de la petite amie de Dalton pour en savoir davantage.

Ses pensées revinrent à Clara, qui avait été une adolescente passionnée et vibrante, excessive tant dans ses joies que dans ses peines. C'est pourquoi elle avait tardé à prendre la mesure de la situation de sa nièce au sein de la famille recomposée. Car, après tout, elle avait les mêmes accents dramatiques dans la voix quand elle parlait de son beau-père que lorsqu'elle se lamentait sur un devoir a priori raté et qui, finalement, était bien noté.

Au cours des dernières semaines cependant, elle avait pris conscience des sérieuses difficultés dans lesquelles Clara se débattait. Elle s'était inquiétée du désespoir grandissant de sa nièce qui, au téléphone, lui relatait sans cesse l'attitude tyrannique de Gary. Elle lui avait proposé de passer ce week-end à Dallas, et évoqué la possibilité qu'elle vienne ensuite y vivre. Mais elle l'avait fait trop tard.

Maintenant, elle se reprochait son manque de réactivité et se sentait coupable.

— J'aimerais que tu me parles encore d'Alexandria, reprit-elle. Tu étais convaincu qu'elle avait été tuée. Pourquoi n'as-tu pas demandé à ton père d'engager des détectives privés ?

— Parce que je suis un Butler, je suis richissime ? répliqua-t-il, soudain sur la défensive.

— Désolée, Dalton. Je ne voulais pas...

— Mon père a refusé, coupa-t-il. Il m'a dit d'oublier, de cesser de ruminer, de passer à autre chose et de me concentrer sur mes études.

Il marqua une pause.

— Il n'a sans doute pas apprécié mon manque de reconnaissance, parce qu'il m'avait envoyé son avocat pour me défendre. À vrai dire, je n'ai jamais su si mon père me croyait innocent...

— Une situation difficile à vivre, remarqua-t-elle d'une voix plus douce.

Elle avait toujours su écouter, se savait encline à la compassion, la justice et l'humanité. C'était la raison pour laquelle elle avait choisi ce métier.

Ce travail devenait souvent source de tension, car c'était généralement la police qui annonçait aux familles le décès, tragique, d'un de leurs membres. Travaillant avec des intervenants extérieurs et autres spécialistes des traumatismes, les enquêteurs apprenaient à manifester, par des gestes ou des paroles, de l'empathie et beaucoup de bienveillance.

Déjà aguerrie, elle savait choisir ses mots avec soin et utiliser l'intonation adéquate lorsqu'elle interrogeait des suspects ou des proches traumatisés dont elle devait recueillir le témoignage. Elle savait que, parmi la multiplicité des réactions émotionnelles observées chez ceux-ci, les plus graves étaient paradoxalement les plus incomprises et négligées par la police ou la justice.

La peur, la colère ou la culpabilité.

Dalton Butler en était la vivante illustration. Il avait subi trop jeune un traumatisme, et sa résilience n'était pas accomplie. En témoignaient, par exemple, ses difficultés à verbaliser son drame personnel.

Contre toute raison, Dalton l'attirait. Parce qu'elle était désormais une proche de victime comme lui ?

Et au fait, sa propre obstination à enquêter n'était-elle pas une manière de surmonter son état de choc ? Son traumatisme ? Ou voulait-elle simplement aider sa sœur ?

Elle se faisait du souci pour Bethany qui, lorsqu'elle se trouvait dans un état d'insécurité associé à une sensation de vide émotionnel et de solitude, pouvait fuir la réalité, les soucis et les épreuves dans l'alcool ou les médicaments. Comment allait-elle surmonter l'épreuve, dans les jours, les semaines à venir ?

— Si ma nièce n'a pas lutté contre son agresseur, peut-être le connaissait-elle, reprit-elle après un silence. Mais qui pourrait connaître les deux victimes à quatorze ans d'intervalle ?

— Bonne question.

Tout en parlant, Dalton faisait lentement défiler les photos du chêne et de la scène de crime sur son écran.

— Alexandria et Clara avaient le même âge et fréquentaient le même lycée, dit-il. Leur agresseur également ? Ou y serait-il lié, de près ou de loin ? Serait-ce un chauffeur de bus scolaire ? Un enseignant ? Un membre de l'administration scolaire ?

— Si seulement je pouvais avoir accès à l'ordinateur portable de ma nièce..., murmura Leanne. À ses mails.

— Alexandria et moi avions rendez-vous dans ce parking, non loin du chêne. Et toi ? demanda Dalton.

— Je devais passer chercher Clara chez Bethany et Gary.

— Tu étais en retard. A-t-elle pu vouloir prendre l'air ? Quelque chose l'aurait-il forcée à sortir ?

Il fronça les sourcils.

— Clara aurait rencontré, quatorze ans jour pour jour et

à peu près à la même heure, le meurtrier de ton amie devant l'arbre où son corps a été retrouvé ? acheva-t-elle.

— Et si, la première fois, le choix du lieu avait été le fait du hasard ?

— Du coup, l'endroit serait devenu symbolique ?

Elle réfléchit un instant et reprit :

— Reprenons. Clara n'a a priori pas lutté. C'est une des raisons, d'ailleurs, pour lesquelles le shérif n'accrédite pas la thèse de l'homicide. Mais moi, je connais Clara : agressée, elle se serait défendue ! Dans ces conditions, comment son agresseur a-t-il pu la neutraliser ?

— Clara et Alexandria auraient pu être droguées, hasarda Dalton.

— À leur insu ?

— Ou pas.

Elle s'accorda de nouveau quelques instants de réflexion puis poursuivit, comme si elle soliloquait :

— Par de la kétamine, par exemple...

Face à son regard interrogateur, elle s'expliqua :

— La kétamine est classée comme stupéfiant, enfin à l'exception des préparations injectables qui sont réservées aux milieux hospitaliers et vétérinaires. C'est un anesthésique général. Mais il pourrait s'agir d'autres drogues anesthésiantes, surtout, non dépistables. Il y en a beaucoup, sur le marché. Certaines plus faciles à se procurer que d'autres.

Dalton fronça une fois de plus les sourcils.

— Possible. Alexandria, comme Clara, n'a pas lutté non plus. On n'a rien retrouvé sous ses ongles, et pas d'ecchymoses ou d'hématomes sur son corps. C'est aussi pour cette raison que le shérif m'a soupçonné. Alexandria n'avait en effet aucune raison de se méfier de moi, donc de lutter. De plus, j'étais le dernier à l'avoir vue vivante. Faute de trouver des preuves contre moi, le shérif a conclu au suicide.

— Excuse-moi de te poser cette question, mais Alexandria aurait-elle eu des raisons de se suicider ?

— Non ! Certes, ses parents ne cessaient de se disputer. Ils avaient des problèmes financiers, et des soucis avec l'un de ses deux frères. L'aîné. Alexandria n'aimait guère évoquer sa vie familiale. Nous nous disputions aussi à ce sujet.

— Se serait-elle sentie coupable de la situation familiale pour des raisons inexplicables ? Le stress qui en découlait aurait pu expliquer un geste fatal, et cependant…

Elle s'interrompit. Dalton la fixait le regard absent ; il réfléchissait.

— Dalton ?

— Je me souviens avoir lu que le suicide par pendaison est plus répandu chez les hommes.

— Lorsqu'on parle de suicide, on évoque les *tentatives* de suicide et les *morts* par suicide. La première est majoritairement féminine, et la seconde majoritairement masculine.

— Alors, si nous nous en tenons aux faits et strictement aux faits, nous avons donc deux adolescentes qui n'ont pas fait de *tentatives de suicide* mais qui sont, enfin seraient, *mortes* par *pendaison*. Au même arbre. Statistiquement parlant, c'est assez exceptionnel, si je comprends bien ?

— En effet. Je résume, d'accord ? Alexandria est morte par pendaison, sans signe de lutte. Elle avait rendez-vous avec son petit ami qui devient le suspect numéro un pour des raisons a priori plausibles.

Comme il allait l'interrompre, elle fit un geste pour qu'il la laisse poursuivre.

— Car dans les violences faites aux femmes, et dans la majorité des cas, près de sept fois sur dix, la victime connaît son agresseur. On commence donc par s'intéresser de près à ses proches. Et enfin, pour près de la moitié des femmes victimes, six fois sur dix, l'auteur est le conjoint. Au total, donc, les agresseurs inconnus ne représentent que 17 % de l'ensemble des agresseurs.

Elle soupira.

— À mon avis, et dès le début, le shérif Sawmill avait conclu au suicide. Mais il n'ignorait pas non plus ces statistiques :

il savait que tu étais son petit ami et que, de plus, tu étais le dernier à l'avoir vue vivante. Par conséquent, il t'a soupçonné.

Elle enchaîna après un silence :

— Suicide par pendaison ? Homicide maquillé en suicide ? Surtout, il y a ces étonnantes similitudes dans le mode opératoire.

De nouveau elle se tut car la serveuse revenait avec la cafetière et leur resservait du café.

— Merci, lui dit Leanne d'un air absent.

Puis, constatant qu'elle restait immobile devant leur table, elle leva vers elle un regard étonné. L'établissement étant désert, cette jeune femme s'ennuyait-elle ?

Dalton la regarda à son tour et lui adressa un sourire poli qui la fit s'empourprer.

— Vous avez besoin d'autre chose ?

Leanne avisa son nom sur le badge.

— Non, merci, Makayla.

En fait, Makayla n'accordait d'attention qu'à Dalton et attendait manifestement qu'il prenne la parole.

— N'hésitez surtout pas à me faire signe si nécessaire, insista-t-elle sans le quitter des yeux.

Elle flirtait avec Dalton ?

— Oui, oui, répondit Leanne, contrariée et étonnée de l'être.

C'est manifestement à contrecœur que Makayla retourna derrière le comptoir.

Leanne la suivait des yeux quand la sonnerie de son smartphone la fit sursauter. Consultant son écran, elle vit que l'appel émanait de la nounou de Mila. Son cœur aussitôt se mit à battre plus fort.

— Excuse-moi, Dalton, mais je dois répondre, dit-elle, se levant pour sortir.

Une fois dehors elle décrocha.

— Tout va bien ? demanda-t-elle sans autre forme de procès.

Ses mains tremblaient sous l'effet de l'inquiétude.

— Oui, Leanne, répondit Mme Blankenship à la hâte car elle avait évidemment perçu son anxiété. Et toi, ça va ?

— L'affaire de ma nièce est plus compliquée que je le pensais.

Je vais devoir rester quelques jours à Cattle Barge. Cela vous pose un problème ?

Mme Blankenship habitait dans son quartier, avait dix petits-enfants, et allait sans cesse en chercher un à l'école ou en gardait un autre. Même si elle répétait qu'elle aimait être entourée d'enfants, Leanne ne voulait pas abuser de son temps et de sa gentillesse.

— Pas du tout. Mila va bien. Elle a juste été un peu grognon, mais c'est probablement parce qu'elle fait ses dents, expliqua la nounou avec son affabilité habituelle.

Rassurée, Leanne sourit malgré elle. Mme Blankenship incarnait la grand-mère des contes, avec ses cheveux blancs, son embonpoint et sa grande douceur. Pour couronner le tout, elle adorait cuisiner. Si Leanne avait eu une grand-mère, elle aurait voulu qu'elle soit identique en tout point à Mme Blankenship. Mila aussi l'aimait beaucoup.

Leanne avait fait sa connaissance par le plus grand des hasards, à la veille de reprendre le travail après un congé de maternité trop bref. Ce jour-là, elle s'était sentie incapable de confier son bébé, alors âgé de six semaines, à la crèche qu'elle avait pourtant choisie avec le plus grand soin. Désespérée, elle s'était assise sur la marche de son perron et avait pleuré, serrant contre elle Mila enveloppée dans sa petite couverture rose. C'est alors que Mme Blankenship, qui passait, s'était approchée.

Elle lui avait pris le bébé endormi des bras et toutes deux avaient engagé la conversation. Très vite, Mme Blankenship lui avait proposé de devenir la nounou de Mila, suite à quoi Leanne lui avait confié sa fille, ainsi qu'une bonne partie de son salaire. Elle ne le regrettait certes pas. Mme Blankenship était de ces femmes dynamiques et généreuses ; elle trouvait le temps de cuisiner, de s'occuper de ses petits-enfants, de fêter les anniversaires et autres petits et grands événements. Elle souriait sans cesse et avait plus d'énergie que Leanne n'en avait jamais eu. Mila avait de la chance.

— Je m'en veux de m'imposer, sachant que vos petits-enfants passent le week-end chez vous, mais je ne reviendrai peut-être pas à Dallas avant lundi, insista Leanne qui regrettait que son séjour prolongé l'éloigne de sa fille. Vous êtes sûre que ça ira jusque-là ?

— Ne t'inquiète pas, dit Mme Blankenship.

Puis elle reprit avec une tristesse qui lui était inhabituelle :

— J'espère que tu découvriras ce qui s'est passé…

— Merci, madame B…

Tel était le petit surnom qu'elle donnait à Mme Blankenship.

— Clara était vraiment une bonne petite, reprit cette dernière.

Sa voix se brisa.

— Embrassez Mila pour moi, conclut Leanne, la gorge serrée par l'émotion. Elle me manque…

Au même instant, elle entendit sa fille pleurer.

— Ah, Mila se réveille ! Je crois qu'elle a faim. Sois prudente surtout, Leanne, conclut Mme Blankenship.

— Promis. Merci encore, madame B.

Elle raccrocha et prit plusieurs grandes inspirations avant de retourner dans le café. Elle constata que la serveuse, profitant certainement de son absence, était revenue auprès de Dalton.

Jalouse ? s'interrogea-t-elle, étonnée d'être de nouveau contrariée. Pourquoi jalouse ? Elle connaissait à peine Dalton Butler et ne ressentait rien pour lui. Pas plus, d'ailleurs, qu'il ne ressentait quelque chose pour elle ! Ils étaient réunis par une double tragédie et par leur seule volonté de résoudre le meurtre de Clara et d'Alexandria. À ce propos, elle se promit de demander le dossier de cette dernière au shérif. En espérant qu'il accepte.

Elle s'approcha de leur box au moment où Makayla rejetait la tête en arrière en riant aux éclats aux propos de Dalton. Leanne lui demanda poliment de lui laisser le passage afin de regagner sa place à son aise. Aussitôt Makayla s'éloigna.

— Rien de grave, j'espère ? lui demanda Dalton dès qu'elle fut assise.

— Non. C'était la nounou de ma fille.

— Tout va bien ? insista-t-il.

— Oui.

Elle prit une grande inspiration.

— Je crois que j'ai une idée, reprit-elle. Allons-y !

Là-dessus, elle sortit quelques billets qu'elle posa sur la table. Interloqué par son geste, Dalton se figea.

— J'ai déjà payé, dit-il avec hauteur.

Il reprit les billets et les lui tendit.

— J'imagine que tu t'es aussi occupé du pourboire ?

— Pour qui me prends-tu ?

— Ah. Merci. Comme je te le disais, je viens d'avoir une idée. La première chose à faire pour commencer cette enquête, c'est d'interroger les proches. Ma sœur, en l'occurrence. Nous allons nous rendre chez elle.

6

Conscient de la tension entre les deux sœurs, Dalton avait accueilli la proposition de Leanne avec un sentiment mitigé. Il doutait en effet qu'une telle entrevue s'avère fructueuse. Et encore fallait-il que Bethany accepte de les recevoir. Rien n'était moins sûr.

À midi passé, cette dernière ne semblait pas être chez elle. Il n'y avait pas de voiture devant le garage, la maison paraissait déserte. Leanne insista néanmoins, et frappa à plusieurs reprises, chaque fois plus fort.

À l'instant où Dalton allait lui proposer de renoncer et de revenir plus tard, la porte s'entrouvrit.

— Pourquoi frappes-tu si fort ? s'exclama Bethany à voix basse et fâchée. Tu vas réveiller Hampton !

Encore en pyjama et peignoir, elle avait le visage bouffi et les yeux rougis par les larmes que, sans doute, elle ne cessait de verser.

— Il faut qu'on parle, dit Leanne.

— De quoi ?

— De Clara. De toi. Je veux savoir qui a tué Clara et le traduire en justice !

Leanne avait parlé posément, mais Dalton sentait son agitation.

— Clara s'est suicidée, lâcha Bethany avec lassitude. Il n'y a rien que tu puisses faire.

— Écoute, Bethany, ne sois pas…

Déjà Bethany refermait sa porte.

— Tu veux que j'essaie ? demanda Dalton à Leanne interdite.

Elle haussa les épaules.

— Pourquoi pas...

Il frappa.

— Madame Schmidt ? Bethany ? C'est Dalton Butler. Ouvrez, je vous en prie. J'ai des informations à vous révéler. La mort de votre fille a d'étranges similitudes avec une autre affaire qui m'a autrefois concerné, et qui pourrait lui être liée. C'est vraiment très important !

Après quelques instants, Bethany entrouvrit lentement la porte.

— Merci pour..., commença Dalton.

— Je vous reconnais, coupa Bethany. Vous étiez là, hier soir. Avec moi dans la voiture de patrouille. Et ensuite au bureau du shérif. Oui, je me souviens très bien de vous.

— Madame Schmidt, je suis désolé pour la tragédie qui vous frappe. Pour votre deuil. Je comprends ce que vous éprouvez. Et ce ne sont pas de vains mots, vous pouvez me croire.

Bethany se détendit, signe que ses paroles l'avaient touchée favorablement.

— J'ai perdu une personne qui m'était très chère au même endroit, il y a quelques années, enchaîna Dalton d'une voix égale. J'aimerais beaucoup vous en parler.

Bethany hésita.

— Écoutez, je ne sais pas... Gary est absent depuis hier. Il va peut-être rentrer dans le courant de la journée. Il faudra que je lui annonce ce qui est arrivé. Et je doute qu'il apprécie de vous trouver là tous les deux, lâcha-t-elle, tandis qu'un tic nerveux agitait sa paupière gauche.

Leanne soupira de façon ostentatoire et Dalton posa la main sur son bras pour la calmer. Il fut un instant distrait par ce crépitement qui survenait chaque fois qu'il la touchait ou l'effleurait.

— Bien sûr, nous ne voulons pas vous mettre dans l'embarras

alors que vous êtes dans la plus profonde affliction, dit-il, compatissant.

Il sentait Bethany faiblir.

Elle se mordilla la lèvre, fronça les sourcils, et enfin leur ouvrit.

— D'accord, mais pas longtemps. Hampton dort. Il ne sait pas encore ce qui est arrivé à sa grande sœur. Et si Gary voit votre voiture devant chez nous, à son retour, il va m'accabler de questions et être contrarié. Comme je vous l'ai dit, Gary ne sait encore rien. Je dois lui annoncer la nouvelle. Il faut que je m'y prépare. Je n'ai pas beaucoup de temps à vous accorder.

Le débit de Bethany devenait saccadé. À la façon dont elle prononçait le prénom de son mari, elle semblait en avoir peur. Hier, Dalton avait compris que Gary était un beau-père tyrannique. Mais était-il violent ? Bethany était-elle victime de violences conjugales ?

Gary avait-il porté la main sur Clara ?

Se serait-il rendu coupable de violences ayant entraîné la mort sans intention de la donner ?

En proie à ces questions, il suivit Bethany dans le salon. Il jeta un coup d'œil dans la cuisine en passant, y vit une table et quatre chaises, dont l'une était destinée à un enfant en bas âge.

Le salon comprenait un canapé sur lequel se trouvaient plusieurs télécommandes ainsi que des revues consacrées aux armes. À l'évidence, Gary s'intéressait aux armes à feu, constata Dalton qui cherchait à cerner la personnalité de l'homme.

Cet entretien avec Bethany s'annonçait délicat car Leanne, si bonne policière soit-elle, entretenait des rapports trop conflictuels avec sa sœur pour faire preuve de bon sens et de délicatesse. Sans compter que sa seule présence mettait manifestement Bethany sur le qui-vive. De plus, s'il en croyait les regards incessants qu'elle jetait par la fenêtre et sur sa montre, le retour imminent de Gary semblait l'inquiéter. Mais où était donc Gary Schmidt depuis hier ? Bethany n'avait-elle pas pu le joindre pour l'avertir du drame ?

Sur le manteau de la cheminée, il remarqua des photos de Bethany, Gary et Hampton.

— Vous voulez du café ? demanda-t-elle. Je viens d'en préparer en prévision du prochain retour de Gary.

— Volontiers, si cela ne vous dérange pas, dit-il, tandis que Leanne soupirait de nouveau ostensiblement.

— Pas du tout.

Bethany rougit, puis regarda sa sœur.

— Et toi, Leanne ? Tu veux du café ?

Jusque-là, cette dernière avait gardé le silence comme si elle avait compris que, de son silence précisément, dépendait le fragile équilibre de sa sœur.

La tension entre les deux faisait mesurer à Dalton sa chance d'avoir une famille unie. Les quatre enfants Butler qui avaient grandi ensemble, à savoir Ella, lui, Dade et Cadence, la benjamine, avaient appris très tôt à faire front et à être solidaires face à un père autoritaire et charismatique.

Wyatt, leur demi-frère, et Madelyn, leur demi-sœur, dont l'existence avait été gardée secrète jusqu'à une époque très récente, avaient ensuite rejoint la famille. Ils y avaient été bien accueillis et y occupaient désormais tout naturellement leur place légitime d'héritiers. Cela n'avait certes pas été facile ni simple, mais chacun y avait mis du sien, et il s'en félicitait.

— Avec plaisir, répondit Leanne avec un calme qui l'honorait.

Bethany disparut dans la cuisine. Les cloisons étant très minces, Dalton s'abstint de partager ses impressions avec Leanne, même à voix basse. Il s'approcha plutôt de la cheminée pour observer les photos de famille, et surtout Gary.

Le mari de Bethany était petit, trapu, et assez musclé. Sans doute faisait-il de la musculation. Il avait un tatouage sur un bras, dont Dalton ne réussit pas à distinguer le motif. Sur l'un des clichés, campé devant une espèce de cabane de pêche, il tenait son fils en l'air, par les chevilles, en riant aux éclats. *Voilà un type qui semble aimer défier les lois de la physique*, se dit-il.

Gary était chasseur et collectionnait les trophées. Une tête de cerf, particulièrement impressionnante, ornait le dessus de la cheminée.

Se retournant, il constata que Leanne regardait aussi dans cette direction.

— Je ne sais pas comment vous aimez boire votre café, dit Bethany en revenant avec deux tasses.

— Noir. Sans sucre, répondit Dalton.

Leanne l'aimait sucré et avec de la crème, se remémora-t-il. Que Bethany l'ignore en disait long sur leurs relations. Ou plutôt leur absence de relation.

Parce que leur vie était différente ? Bethany était mariée, et Leanne mère célibataire.

Leanne, qui n'avait pas d'homme dans sa vie.

Cette pensée lui fit battre le cœur plus vite.

Où était le père de Mila ? Pourquoi s'était-il séparé de Leanne ?

S'il n'avait craint d'être indiscret, il aurait volontiers posé la question. De plus, il avait pu constater les réticences de Leanne à évoquer sa vie privée. Pourquoi ? Parce qu'elle tenait à ce que leurs rapports restent sur un plan strictement professionnel ? Quoi qu'il en soit, cela attisait sa curiosité et accroissait son intérêt pour elle.

Il s'arracha à ses pensées pour regarder de nouveau autour de lui. Il remarqua des jouets éparpillés dans le salon et de nombreuses photos de Hampton qui couvraient un pan de mur, un autre étant occupé par la cheminée et la fameuse tête de cerf montée sur un écusson. Dans un coin se trouvait un téléviseur à écran plat et, un peu partout, des animaux naturalisés. Dalton s'aperçut, non sans surprise, que nulle part il n'y avait de photos de Clara.

— Désolée pour le désordre, reprit Bethany, en ramassant à la hâte les petites voitures de son fils. Je viens tout juste de coucher Hampton, et je n'ai pas encore eu le temps de souffler.

— C'est Hampton, là, avec Gary ? demanda Dalton pour la forme, en montrant la photo sur la cheminée.

— Oui. Elle date de l'été dernier. Gary était parti pêcher avec Clara et Hampton. Il voulait que tous les deux passent un bon moment ensemble.

— Plutôt que Clara surveille Hampton pendant qu'il pêchait,

commenta Leanne dans un murmure que, heureusement, Bethany n'entendit pas.

Cette dernière continuait en effet de rassembler les jouets qu'elle mettait au fur et à mesure dans une malle en osier. Enfin, elle aligna sur le canapé les nombreuses télécommandes jusqu'à ce qu'elles forment un ensemble qui évoquait le clavier d'un piano.

Regardant la table basse, Dalton vit un coffret entrouvert qui contenait un flacon de comprimés avec fermeture de sécurité.

— Je suis désolée pour le désordre, répéta Bethany. L'entretien des trophées et animaux empaillés de Gary exige beaucoup de temps, et c'est au détriment du reste. C'est Gary qui s'est chargé de la déco du salon, continua-t-elle. Moi, je n'ai pas de goût, contrairement à Gary. Gary est passionné par la préparation et la présentation, ainsi que la cotation des trophées de chasse.

Pourquoi se sentait-elle obligée de s'expliquer et de se justifier ? se demanda Dalton. Parce que la maison ressemblait plus à un pavillon de chasse qu'à une maison de famille ? Gary semblait être tyrannique aussi avec Bethany, qui semblait résignée et soumise mais aussi l'admirer. Ou le redouter ?

— Asseyez-vous donc, leur dit-elle, les voyant toujours debout et immobiles.

— Merci pour le café, fit seulement Leanne, les mains crispées autour de sa tasse.

Bethany reprit le fil de son discours.

— Gary s'est occupé du déménagement, et de l'emménagement afin de m'en épargner le souci. Gary est tellement attentionné.

— Vous avez beaucoup de chance, commenta Dalton.

Là-dessus, il s'assit sur le canapé pendant que Bethany prenait le flacon de comprimés dans le coffret.

Elle remarqua son regard appuyé.

— Le médecin me conseille de les garder à portée de main en cas de crise d'angoisse, s'empressa-t-elle d'expliquer.

Il sourit et opina.

— Vous attendez le retour de votre mari ? Où est-il ? reprit-il, certain que cette question, venant de lui, serait mieux accueillie par Bethany.

— Il est parti hier participer à une chasse au cerf de Virginie sur un territoire faunique où la réglementation permet cette pratique, récita-t-elle avec un regard en coulisse en direction de Leanne. Je n'ai pas réussi à le joindre, mais c'est normal parce qu'il n'y a pas de réseau, là-bas, ajouta-t-elle vivement.

Si Gary était titulaire d'un partage de permis de chasse au cerf de Virginie, très réglementée, ce serait facile à vérifier, se dit Dalton.

En effet, pour accéder au territoire de chasse, le groupe de chasseurs devait remettre au préposé du poste d'accueil une copie du formulaire d'engagement permettant à chacun d'utiliser le permis d'un autre membre du groupe. Sur le formulaire figuraient le nom et la signature des chasseurs, leur numéro de permis de chasse au cerf de Virginie, l'objet de l'engagement et sa durée, ainsi que le nom du territoire et la date de l'engagement.

— Avec qui ? demanda Leanne.

— Des amis.

— Tu es certaine qu'il est parti chasser ? insista Leanne.

— Qu'est-ce qui sent si bon ? intervint Dalton, conscient que cette insistance malvenue contrariait Bethany.

Le regard de celle-ci revint sur lui.

— Des biscuits. Pour Hampton.

Puis elle baissa les yeux.

— Pour adoucir le choc... Quand je lui dirai, tout à l'heure, pour sa sœur.

— Sa demi-sœur, corrigea Leanne.

Bethany se raidit. Dalton lança un regard à Leanne pour l'exhorter au silence.

— Ce sont des cookies ? demanda-t-il pour détourner l'attention de Bethany.

— Des sablés à la cannelle, répondit-elle d'un ton bref.

Un silence tomba. Dalton hésitait à poursuivre.

— Gary a-t-il précisé quand il reviendra ? demanda Leanne.

— Je ne me souviens plus. Bien sûr, je lui ai laissé de

nombreux messages depuis hier soir pour lui demander de rentrer à la maison parce qu'il était arrivé quelque chose. Dès qu'il les écoutera, il me rappellera. Il rentrera.

Gary n'aurait-il pas dû informer Bethany du moment où il pensait rentrer ? Au minimum rester en contact à toutes fins utiles ? À moins qu'elle couvre son mari... Par loyauté, ou parce qu'elle en avait peur ?

— Vous m'avez dit, en arrivant, qu'il y avait eu autrefois une affaire similaire, reprit Bethany d'une voix incertaine.

— Oui, répondit Dalton. Justement, tout ce que vous pourrez nous dire sur Clara pourrait nous aider à déterminer si ces deux affaires sont liées.

— Que voulez-vous savoir au juste ?

— Connaissiez-vous ses amis ?

— Clara n'en avait pas à Cattle Barge. Ses amis de San Antonio lui manquaient beaucoup, et elle n'a fait aucun effort pour faire de nouvelles connaissances. D'emblée, d'ailleurs, elle a détesté Cattle Barge. Elle affirmait que les parents de telle ou telle amie de San Antonio avaient proposé de l'héberger jusqu'à sa terminale, mais Gary a refusé. Gary voulait que notre famille soit réunie sous un même toit.

— Et vous, qu'est-ce que vous en pensiez ? demanda Dalton, se penchant en avant pour marquer son intérêt.

Elle haussa les épaules.

— Gary avait raison.

— Mais toi, qu'en pensais-tu ? insista Leanne.

Dalton lui lança un autre regard contrarié que, cette fois, elle ne parut pas remarquer. Certes, elle avait le droit d'être en colère, mais son hostilité de plus en plus manifeste hérissait Bethany, fragilisée et très éprouvée.

Vu la façon dont Leanne gardait les mains crispées sur sa tasse de café, auquel elle n'avait d'ailleurs pas touché, elle était consciente de sa trop grande émotivité et de ses maladresses. À l'évidence, elle se faisait violence pour rester calme et ne pas accabler sa sœur de reproches. Sa colère, si contenue soit-elle, n'en était cependant pas moins perceptible.

Dalton continua de la fixer, et ne reprit que lorsqu'il eut croisé son regard.

— Tu préfères attendre dehors pendant que je parle à ta sœur ? lui demanda-t-il alors.

— Demi-sœur, rectifia Bethany d'un ton aigre.

Leanne avait compris le message : *Ressaisis-toi et laisse-moi poser les questions, ou va m'attendre dans ma voiture !*

Consciente de tout gâcher, elle articula en silence le mot « désolée », au cas où son regard n'exprimerait pas une contrition assez éloquente. Elle s'en voulait de son animosité à peine déguisée à l'égard de Bethany.

Bien sûr, elle compatissait au drame terrible qui frappait sa sœur, mais elle était aussi en colère parce que cette dernière n'avait pas compris le mal-être de Clara et n'avait su la protéger. Bethany semblait en effet prendre systématiquement, aveuglément, le parti de son mari, dont elle n'avait que le prénom à la bouche. Elle ne paraissait pas avoir conscience de la sévérité et du comportement tyrannique de Gary.

— Qui Clara connaissait-elle à Cattle Barge ? demanda Dalton.

— À part Renee, personne. C'est la seule qui est venue à la maison, dit Bethany.

— Renee ? Vous voulez parler de Renee Paltry ?

— Oui.

Bethany acquiesça, surprise qu'il la connaisse.

— Pourquoi Renee seulement ? intervint Leanne, d'un ton plus doux, se contraignant à se remettre dans le rôle d'enquêtrice interrogeant un proche de victime avec la délicatesse requise.

— Gary n'aime guère les visites, expliqua Bethany en regardant Dalton comme si elle avait la certitude que lui seul pouvait la comprendre.

Il garda un air impassible.

Un silence tomba.

Leanne aurait voulu se rendre dans la chambre de Clara, pour chercher des indices ou rassembler des preuves éventuelles.

Mais le shérif, qu'ils avaient convaincu d'ouvrir une enquête pour homicide, allait bientôt venir perquisitionner avec ses adjoints. Si jamais elle s'y rendait maintenant, si on y relevait ses empreintes, elle savait qu'elle devrait s'expliquer et qu'elle s'exposerait à une sanction disciplinaire. Au mieux à un avertissement ou un blâme de la part de son supérieur, au pire à une exclusion temporaire, voire une révocation pour obstruction à enquête. Il n'était pas question qu'elle perde son emploi et se retrouve sans ressources.

— Clara avait son téléphone portable sur elle ?

Sa question, dont elle connaissait déjà la réponse, était sans doute inutile, mais c'était sa façon d'amorcer le dialogue, de créer un lien. Et puis, la réaction de Bethany l'intéressait.

— Oui ! Bien sûr ! lâcha sa sœur d'un ton sans réplique.

Le shérif avait promis de consulter le journal de ses appels, y trouverait-il des éléments ?

— Pardonne-moi de te poser la question, Bethany, mais es-tu allée dans sa chambre ?

Sa sœur secoua la tête. Un flot de larmes inonda son visage.

— La porte... est fermée..., balbutia-t-elle. Je n'ai pas eu le courage de l'ouvrir.

— Son ordinateur portable y est ? continua Leanne.

Bethany n'eut pas le temps de répondre, car la porte de derrière s'ouvrit. Tous tournèrent la tête en direction de la cuisine.

Une voix d'homme s'éleva.

Gary.

— Bethany ? C'est moi. Que se passe-t-il ?

— Chut chut ! Tu vas réveiller ton fils, fit Bethany d'un ton feutré.

— À qui est la Range Rover garée devant chez nous ?

Gary, qui venait d'entrer dans le salon, se figea en les voyant.

— Votre femme a une nouvelle grave à vous annoncer, commença Dalton.

Leanne se leva et se posta à côté de sa sœur.

— J'ai essayé de t'appeler. Je t'ai laissé des messages, mais je n'ai pas réussi à te joindre, enchaîna Bethany.

Et, d'un trait, elle lui annonça la tragédie qui, hier soir, les avait frappés.

Après, il y eut un long silence.

— Maintenant, j'aimerais rester seul avec ma femme, fit enfin Gary d'une voix basse et contenue.

— Gary… Ma sœur était seulement venue pour partager notre peine. Avec son nouveau petit ami, dit Bethany.

Elle jeta un coup d'œil à Dalton qui, aussitôt, se présenta dans les formes.

— De toute façon, ils partaient, conclut Bethany.

Bethany la poussant, Leanne perçut le tremblement de sa main dans son dos. Elle ne corrigea pas sa sœur sur la nature de ses relations avec Dalton, comprenant que, par ces mots, elle n'avait eu d'autre but que de calmer Gary.

— Je suis désolée pour Bethany et pour toi, Gary, dit-elle doucement.

— J'aimais beaucoup Clara…, lâcha-t-il d'un ton brusque en s'empourprant soudain.

— Je sais, fit-elle, décidant d'employer la compréhension, la sympathie et la compassion.

Cette technique pouvait faire naître, chez son beau-frère, des sentiments de culpabilité ou d'apitoiement sur soi-même, voire l'amener à rejeter sur les autres la responsabilité de ses ennuis. Sa réaction l'intéressait.

— Si tu ne t'en étais pas mêlée, si tu n'avais pas entretenu le malaise de Clara et si tu avais été impartiale, nous n'en serions pas là ! s'exclama Gary.

— Pourquoi aurais-je dû rester à ma place alors que tu n'as jamais appris à être à la tienne ?

L'expression du visage de son beau-frère devint presque caricaturale. Il était en colère. Sa tactique avait fonctionné. Il l'accusait. Il rejetait la responsabilité de la mort de Clara sur elle.

Bethany s'interposa.

— Ça suffit maintenant… Laisse-nous, Leanne ! Nous avons besoin d'être seuls, Gary et moi.

C'était plus une prière désespérée qu'une injonction, constata Leanne, le cœur serré.

— Tu es chez moi, et je te demande de partir, Leanne. C'est mon droit le plus absolu, renchérit Gary qui s'approcha, menaçant.

Mais Dalton l'avait intercepté et plaqué contre le mur avant même qu'il ait terminé sa phrase. Gary s'y cogna la tête si fort qu'une photo de Hampton tomba. Le cadre et le verre se brisèrent.

— Je vous conseille de vous excuser auprès de Leanne et de Bethany, lui intima alors Dalton. Dans les formes. Suis-je clair ?

Gary de nouveau s'empourpra et parut manquer d'air.

— Me suis-je bien fait comprendre ? insista Dalton.

Comme Gary ne répondait pas, il accentua sa pression. Finalement, Gary hocha imperceptiblement la tête.

Dalton recula, le laissant reprendre son souffle.

— Désolé, Leanne, dit ensuite Gary d'une voix rauque, l'air penaud.

Il faisait partie de ces individus qui battaient en retraite sitôt qu'ils se trouvaient face à un adversaire à leur mesure. Elle connaissait bien ces fiers-à-bras à l'air irréductible, des adeptes de la musculation qui s'effondraient confrontés à la moindre résistance.

Là-dessus, Dalton posa la main au creux de sa taille pour la conduire dehors. Un geste réconfortant. Rassurant. Elle était contente, pour une fois, de s'en remettre à quelqu'un. Le poids de ses responsabilités et de sa solitude était parfois bien lourd sur ses épaules.

À peine eut-elle refermé la portière de la Range Rover de Dalton qu'elle n'y tint plus.

— Gary a paru très affecté par la nouvelle mais, à mon avis, il cache quelque chose.

Dalton mit le contact, lèvres pincées, puis recula jusqu'à la rue.

— Les relations de Gary et Clara étaient compliquées et conflictuelles. Mais je le crois aussi capable de violence physique, lâcha-t-il enfin.

— A-t-il porté la main sur Bethany ? Sur Clara ? Tu as comme moi remarqué que ma sœur est totalement sous sa coupe...

— Mais Clara, qui était d'une autre trempe que Bethany, se rebellait contre son autorité.

— Gary ne le supportant pas aura redoublé de sévérité à son égard. Au point de la frapper ? Ce genre d'homme aime avoir le dernier mot et déteste qu'on lui résiste.

Elle se sentait de plus en plus oppressée.

— Clara a-t-elle menacé de signaler ces violences familiales ? reprit Dalton comme s'il réfléchissait à voix haute. Suite à quoi il aurait paniqué ? Et, dans un accès de violence, il l'aurait tuée avant de maquiller son crime en suicide par pendaison ?

7

Leanne regardait par le pare-brise, se pinçant l'arête du nez, comme si elle essayait de conjurer un violent mal de tête. Ou de se concentrer.

— Si Gary avait frappé Clara, elle me l'aurait dit ! s'exclama-t-elle, quoique incertaine.

Mais peut-être sa nièce avait-elle été tellement terrorisée qu'elle n'avait osé lui en parler au téléphone.

— Récapitulons, fit Dalton. Gary est sévère avec Clara. Clara lui tient tête. Elle le déteste et ne supporte pas son autorité.

— Cela dit, le 7 décembre au soir, Gary n'était pas à son domicile : il était parti participer à une chasse au cerf de Virginie, laquelle est très strictement réglementée, précisa Leanne.

— Et s'il avait menti ? Ce sera facile à vérifier.

— Admettons qu'il a menti. Gary voit Clara seule dans la nuit. Il lui adresse des reproches. Elle lui répond. Il s'énerve, pousse Clara qui tombe. Un simple geste mais une chute fatale. Il panique et décide de maquiller ce tragique accident en suicide.

— En imitant le drame qui a eu lieu quatorze ans plus tôt et qui a défrayé la chronique dans la région, enchaîna Dalton.

Leanne fronça les sourcils.

— C'est plausible, mais Gary me semble trop obtus pour mettre en œuvre un plan aussi compliqué.

— Il me semble trop emporté pour être méticuleux et ordonné, remarqua Dalton en s'engageant sur une petite route secondaire.

— Nous n'obtiendrons plus aucune information de la part de ta sœur, maintenant...

— Hélas !

Leanne s'interrompit en entendant son smartphone sonner. Elle le sortit de son sac à main et consulta l'écran.

— C'est Bethany, dit-elle, surprise. Que se passe-t-il ?

Il se gara sur l'accotement pendant qu'elle prenait son appel.

— Bethany ? Ça va ?

Dalton tendit l'oreille, et entendit des cris.

— Calme-toi, Bethany ! reprit Leanne. Je ne comprends pas un mot de ce que tu me racontes.

Une ride se forma entre ses sourcils, un petit détail que Dalton ne put s'empêcher de remarquer.

— Commence par le début, continua-t-elle.

Il pianota sur le volant, inquiet.

— D'accord ! dit Leanne à sa sœur. Bon, écoute, voilà ce que tu vas faire...

Elle se tut soudain, sans doute interrompue par sa sœur, songea Dalton.

— Non ! fit-elle, avant de s'interrompre de nouveau. Bethany, je...

Brusquement, elle écarta le téléphone de son oreille. Sa sœur, à l'évidence, devenait hystérique. Dalton entendait aussi des pleurs d'enfant en fond.

— Ne bouge pas ! s'exclama Leanne pour finir. On arrive !

Elle raccrocha.

— Nous devons retourner chez Bethany tout de suite. Le shérif et ses adjoints sont chez elle. Ils perquisitionnent. Gary a été arrêté. Ma sœur, comme tu as pu le constater, est hors d'elle.

Dalton démarra et fit demi-tour.

— Tu aurais dû lui conseiller de contacter un avocat.

— Je n'en ai pas eu le temps, ni l'occasion.

Dalton réfléchit. Il pourrait demander son aide à Ed Staples, le meilleur avocat de tout le Texas, sinon du pays. Ed travaillait exclusivement pour la famille Butler, mais il accepterait de lui rendre service à titre amical.

— Les médias sont désormais au courant de la mort de ta nièce et vont harceler ta sœur, annonça-t-il. Tu as déjà enquêté sur une affaire très médiatisée ?

— Non, reconnut-elle, songeant que le nom de « Butler », inévitablement associé à un nouveau drame, en amplifierait la médiatisation.

Ils arrivaient à la hauteur de chez Bethany quand ils aperçurent les voitures de patrouille et les journalistes déjà sur place.

Il fit le tour du pâté de maisons pour les éviter.

— Eh bien, la nouvelle s'est répandue comme une traînée de poudre, constata Leanne.

— Les journalistes ne vont plus quitter les abords de sa maison. Alors que ta sœur est…

Craignant de mal choisir ses mots, il se tut.

— Instable ? acheva Leanne.

— Vulnérable. Le harcèlement des médias pourrait ajouter à sa fragilité. Bon sang ! Son mari est en état d'arrestation. Elle vient de perdre sa fille dans des conditions atroces et doit s'occuper de son autre enfant.

Quand les médias étalaient la mort et la souffrance au grand jour, la situation devenait insupportable songea-t-il, le cœur serré. Les processus de deuil déjà complexes après une mort violente étaient selon lui toujours compliqués par le caractère public de la tragédie. Journaux, enquête policière, voire procès s'ajoutaient à une souffrance déjà intolérable. Pire, le traitement médiatique de ces tragédies pouvait être le déclencheur de traumatismes additionnels pour les familles affectées !

— Hampton est un petit garçon difficile que Clara aimait beaucoup. Ma nièce a toujours rêvé d'avoir une famille unie, d'être la grande sœur dévouée, lâcha Leanne avec un lourd soupir.

Elle marqua une pause avant de reprendre :

— Le bonheur familial et conjugal, tel est notre désir à tous. Alors pourquoi avons-nous tant de mal à l'obtenir ?

Perplexe et surpris, Dalton garda un silence prudent. Lui n'était pas prêt à se marier et à fonder une famille, et il n'y songeait d'ailleurs même pas. À la vérité, il en était encore à essayer de gérer les relations compliquées qu'il avait eues avec son père.

Le Mav et sa mère, qui avait abandonné ses quatre enfants, n'avaient pas été l'illustration d'un mariage heureux. Ses frères et sœurs et lui en avaient subi les conséquences, chacun à sa façon.

— Tu crois que Bethany accepterait de séjourner dans mon ranch ? demanda-t-il pour changer de sujet. Notre gouvernante s'occuperait de son fils jusqu'à ce que la situation soit plus calme. En deuil et harcelée par les médias, elle n'aurait pas à gérer seule le quotidien avec Hampton, l'arrestation de son mari et son éventuelle mise en accusation.

— Tu es sérieux ? demanda Leanne étonnée.

— Mais oui ! Je pense que ça peut vraiment la soutenir sur le plan moral et psychologique. J'ai vécu la même épreuve, il y a quatorze ans. Je sais de quoi je parle.

— Je te remercie... Je suis très touchée.

Il opina seulement. Les gens souvent s'étonnaient de la générosité de la famille Butler. Ella, en particulier, faisait du bénévolat et s'était battue pour agrandir le refuge destiné aux chiens et chats abandonnés. De plus, elle travaillait sans relâche à faire valoir les droits des séniors de leur ville. Surtout, la réputation de la famille Butler restait auréolée par celle de leur père, un homme dont le charisme et l'anticonformisme avaient fait l'immense popularité.

— J'espère que Bethany sera assez raisonnable pour accepter ta proposition. Lorsqu'elle va mal, elle explose et craque. Ensuite, elle se replie, se ferme, et abuse de médicaments, expliqua Leanne désolée. Comme tu as pu le constater, je suis dure avec elle, mais elle aussi est dure. Nous sommes si différentes, toutes les deux... C'est pourquoi, sans doute, nous avons fait des choix de vie diamétralement opposés.

Il se gara en bas de la rue, où ils pouvaient faire le guet sans se faire repérer par les journalistes ou par les adjoints du shérif.

Au bout d'un moment, ils virent le shérif et un adjoint sortir avec Gary.

— À ton avis, il va le garder longtemps ?

— Je ne sais pas, répondit Leanne avec un soupir. Tout dépend de ce qu'il a découvert. Gary va en tout cas être interrogé. Après... Enfin, tu connais la procédure.

Elle marqua un silence.

— J'aimerais obtenir l'appui de mes collègues de la police de Dallas pour avoir plus vite des informations de la part du shérif, reprit-elle, pensive. Mais vu mes liens de parenté avec la victime et sa famille, mes collègues sollicités pourraient se retrouver devant l'IAD.

Ne sachant à quoi elle faisait allusion, Dalton se tint coi.

— Division des affaires internes, lui expliqua-t-elle. Commission disciplinaire. Ou conseil de discipline.

Leanne avait des scrupules à risquer la carrière de ses collègues - des amis ? - pour arriver à ses propres fins ? Dalton admira sa loyauté, son sens de l'éthique et sa conscience professionnelle.

Plus il la découvrait, plus il l'admirait.

Il repensa au baiser qu'ils avaient échangé... Ce n'était certes ni son premier ni son dernier baiser, mais c'était le plus mémorable.

— Nous allons entrer chez Bethany avant qu'elle sorte sur le pas de sa porte, invective les journalistes et se donne en spectacle, reprit Leanne.

Elle inspira profondément, comme pour se donner du courage, puis sortit son portable.

— Je vais au préalable lui envoyer un message pour l'informer de notre arrivée.

Avec Dalton, Leanne avait réussi à se faufiler et à entrer par-derrière sans se faire remarquer par les journalistes massés devant la maison.

À présent, elle observait sa sœur qui faisait les cent pas avec agitation dans son salon, Hampton désormais réveillé dans ses bras. Elle lui semblait si petite, si perdue et surtout, tellement seule.

Un mélange de colère, de compassion et de frustration l'envahit.

Elle avait interrogé des tueurs, des psychopathes et toutes sortes de criminels, ainsi que des proches de victimes traumatisés. Mais face à la détresse de sa sœur et à la tragédie qui les frappait, elle avait l'impression d'avoir perdu ses compétences et qualités d'enquêtrice.

Refoulant son propre désarroi, elle reporta son attention sur Bethany ébouriffée, le visage gonflé par les larmes et le désespoir. Elle remarqua, incidemment, une bière sur le comptoir.

Sa sœur était à bout et Hampton, qui bien entendu percevait sa détresse et son mal-être sans les comprendre, ne cessait de pleurer et de se frotter les yeux.

— Je peux le prendre ? demanda-t-elle avec hésitation à Bethany.

Mila l'occupant à temps plein, elle n'avait pas vu son neveu depuis près de six mois, et n'était pas sûre qu'il accepterait de quitter les bras de sa mère.

De plus, Bethany semblait se raccrocher à son fils comme à une bouée de sauvetage. Pour toute réponse, elle lui jeta un regard paniqué. Manifestement épuisée, elle semblait n'avoir même plus la force de parler.

— Je vais jouer avec lui, insista Leanne.

Elle savait que les enfants étaient de vraies éponges, c'est-à-dire qu'ils percevaient les émotions et les énergies de leurs proches, voire moins proches, et en étaient affectés. Elle espérait ainsi que sa fille ne ressentait pas la tristesse que lui causait sa solitude. N'avait-elle pas, de son côté, souffert toute sa vie de l'absence de son propre père ?

Le père de Mila, Keith, était comme elle policier. Ils formaient un binôme d'exception. Fréquenter un collègue de travail n'avait pas été raisonnable et, surtout, allait à l'encontre de la déontologie. Pourtant, ils avaient enfreint les règles. Si leur supérieur avait appris la nature de leurs relations, ils auraient été sanctionnés.

Amants pendant quelque temps, ils avaient ensuite rompu

presque du jour au lendemain, et décidé de rester bons amis. Ils ne couraient plus le risque d'être sanctionnés. Mais, contre toute attente, leurs rapports s'étaient complexifiés et étaient même devenus difficiles. La qualité de leur binôme s'en était ressentie.

Quelques semaines après leur rupture, elle avait commencé à souffrir de nausées matinales et compris avec consternation qu'elle était enceinte. Consciente des conséquences sur leur carrière et leur vie personnelle, car Keith fréquentait une des secrétaires du bureau de police, elle allait l'en informer lorsqu'il avait été tué par balle au cours d'une mission.

Alors elle s'était inventé une liaison sans lendemain.

Elle se ressaisit pour, de nouveau, se concentrer sur sa sœur. Elle allait devoir déployer des trésors de diplomatie pour lui parler sans l'énerver, et n'y réussirait que si elle parvenait à refouler ses émotions et à garder son sang-froid. Bon sang ! Cela ne lui posait jamais de problème lorsqu'elle procédait à des interrogatoires !

À ceci près que, à Dallas, elle avait affaire à des inconnus. Là, il s'agissait de sa sœur. De sa nièce.

Elle fit rouler sa tête pour dénouer les tensions dans sa nuque.

— Tu veux aller dans les bras de ta tante ? demanda Bethany à Hampton.

Le petit garçon secoua la tête en criant, à travers ses larmes, un « non » catégorique.

Dalton intervint alors. Il ramassa un jouet, un petit avion jaune qu'il fit tournoyer, gonflant les joues pour mimer ses vrombissements. Attendrie, Leanne le regarda faire. Elle pensa à Keith, regrettant qu'il ne soit plus et attristée à l'idée que sa fille jamais ne le connaîtrait.

L'histoire se répétait..., se dit-elle, songeant à son propre père qu'elle n'avait jamais connu.

Hampton rit à travers ses grosses larmes lorsque Dalton fit descendre l'avion en piqué avant de lui faire reprendre de l'altitude. Enfin, Dalton annonça d'une voix de fausset que le pilote avait réussi à éviter le crash et tendit le jouet à bout de bras, si bien que l'avion faillit entrer en collision avec le plafond. Hampton, conquis, rit cette fois aux éclats et battit des mains.

Elle s'émerveilla de la capacité des enfants à ne vivre que l'instant présent, à passer de la colère ou de la tristesse à la joie avec une telle facilité. Empêtrés dans leurs émotions, les adultes étaient tellement plus compliqués !

Regarder Dalton Butler amuser et divertir son neveu la touchait. Elle se sentait fondre, mais ce n'était ni le lieu ni le moment.

— Bethany..., commença-t-elle. M. Butler propose que tu séjournes dans son ranch avec Hampton pendant quelque temps. Tu y seras plus tranquille, et tu ne seras pas harcelée par les médias.

Surtout, elle serait bien entourée.

Bethany secoua la tête avec vigueur.

— Non ! Gary ne sera pas content si je ne suis pas à la maison quand il rentrera.

La raisonner allait être difficile, songea Leanne. Comment la convaincre sans s'énerver ?

— Je comprends, dit-elle dans un premier temps.

— Ah bon. Tu comprends ? Vraiment ? coupa Bethany en se passant une main tremblante dans les cheveux. C'est moi qui vis un cauchemar. C'est ma petite fille qui est morte... Et c'est mon mari qui est soupçonné...

— Tu peux demander de l'aide, Bethany. Il y a des psychologues qui travaillent main dans la main avec la police, et offrent leur aide aux proches de victimes, reprit Leanne aussi calmement que possible, en dépit des battements de plus en plus violents de son cœur. Et puis tu as besoin de repos. Accepte l'invitation de Dalton.

— Tu veux que je quitte Gary ? Non ! Je l'aime. J'attendrai son retour chez nous !

Bethany déglutit et ajouta, les yeux pleins de larmes :

— On était si heureux...

— Heureux ? répéta Leanne, oubliant ses bonnes résolutions. Qui ? Toi ? Clara ?

— Tu es injuste ! s'exclama Bethany.

Elle sanglotait, son regard jetait des éclairs. Mais, à tout prendre, Leanne préférait la voir furieuse qu'anéantie.

— Bethany, je suis désolée, dit-elle enfin avec émotion. Je me sens mal. Coupable... J'aurais dû... Si seulement...

Elle se tut.

Sa sœur se laissa tomber sur le canapé et se prit la tête entre les mains dans un geste de désespoir. Leanne s'assit près d'elle et la serra dans ses bras.

— Je sais à quel point tu aimais Clara, lui murmura-t-elle. Et Clara t'aimait.

— Ma petite fille..., gémit Bethany. Le shérif et ses adjoints ont saisi son ordinateur portable et son journal intime, expliqua-t-elle dans un sanglot. Qu'est-ce qu'elle y a écrit ? Et va-t-on me retirer Hampton ? demanda-t-elle faiblement.

— Pour quelle raison te le retirerait-on ? Me cacherais-tu quelque chose ?

Bethany sortit des mouchoirs en papier de sa poche et se moucha.

— J'ai perdu ma Clara. Je ne veux pas perdre mon fils ! répondit-elle.

— Accepte la proposition de Dalton de séjourner dans son ranch avec Hampton, insista Leanne. Tu ne seras plus seule. Tu seras entourée, conseillée.

Elle se leva et entrouvrit le rideau de la fenêtre donnant sur le jardin.

— Regarde. Ce sont des journalistes. Ils ne bougeront pas. Chaque fois que tu quitteras la maison, ils te suivront. Ça sera insupportable. Pour toi. Pour Hampton.

— Qu'est-ce qui va arriver à Gary ? Dis-moi.

— Ça dépend. Je ne sais pas pourquoi le shérif l'a arrêté. Il peut le retenir pendant vingt-quatre heures. Après, il sera relâché ou devra passer devant un juge qui décidera de la suite pour une première comparution, demandera s'il a besoin d'un avocat, et décidera ou non d'une remise en liberté sous caution.

Tout dépendrait de l'alibi de Gary. Était-il vraiment parti participer à une chasse le 7 décembre ?

— Où exactement est-il allé chasser le cerf de Virginie ? demanda Leanne.

— À Bonham. À deux ou trois heures de route de Cattle Barge.

Alors qu'elle parlait, le portable de Bethany sonna. Sur le point de prendre l'appel, elle se figea.

— Je ne connais pas ce numéro.

— C'est peut-être Gary, suggéra Leanne. Comme il n'a pas le droit d'utiliser son portable, il appelle d'une ligne du bureau du shérif.

Bethany décrocha avec un mélange d'espoir et d'angoisse.

Ce devait en effet être son mari, car elle parut se détendre. Tout en écoutant attentivement, elle courut à la cuisine, fouilla dans les tiroirs pour en sortir un bloc et un stylo.

— D'accord. Compris, dit-elle ensuite, écrivant. Pourquoi as-tu besoin de lui ?

Elle se tut puis répondit :

— OK. Je l'appelle tout de suite.

Là-dessus, elle raccrocha.

— C'était Gary.

— Il t'a demandé d'appeler qui ? demanda Leanne, partageant son attention entre sa sœur et Dalton qui s'occupait de son neveu.

— Un avocat. Pour payer une caution.

Gary était donc en état d'arrestation.

8

Le portable de Bethany sonna de nouveau. Elle sursauta et aussitôt consulta l'écran.

— Encore une fois, c'est un numéro inconnu.

— Ça ne peut pas être Gary, lui dit Leanne. Il n'a droit qu'à un seul appel, destiné justement à la famille et pour le paiement de la caution. Laisse cet appel basculer sur ta messagerie vocale. On te laissera sûrement un message. Écoute, le temps presse ! Es-tu d'accord pour séjourner dans le ranch de Dalton pendant quelques jours ?

Bethany hésita.

Dalton se souvenait d'avoir quitté la ville, après le meurtre de son père, une échappée qui lui avait fait du bien sur tous les plans. Sa sœur aînée, Ella, avait pour sa part préféré rester au ranch jusqu'à ce que Dade et lui découvrent qu'elle était en danger de mort. Tous deux étaient alors rentrés au ranch et, depuis, ne l'avaient plus quitté.

Il vit la main de Bethany crispée si fort sur son téléphone que ses jointures blanchirent. Des plis amers marquaient les commissures de ses lèvres, son regard était cerné, et son teint marbré. Elle était visiblement à bout de forces. La fatigue, l'amertume, le désespoir et l'anxiété la vieillissaient notablement.

— Regarde, dit-elle enfin en tendant son téléphone à Leanne.

Son interlocuteur venait en effet de laisser un message, la petite icône le lui signalant clignotait.

— Tu veux que je l'écoute ? proposa Leanne.

— Je vais le mettre sur haut-parleur.

Elle jeta un regard à son fils, et baissa le volume pour ne pas distraire l'attention de Hampton, toujours occupé avec son petit avion.

Une voix inconnue s'éleva.

« Ici Carson Trigg de *NewsWhenYouNeedIt*. J'aimerais beaucoup entendre votre version de cette tragique affaire. »

Le journaliste indiquait son numéro de téléphone, avant de lui rappeler qu'il lui fournissait une occasion exceptionnelle de parler au nom de sa fille et ainsi, d'aider d'autres familles ayant vécu la même tragédie.

Dalton serra les poings. Il détestait ces journalistes qui se repaissaient de la douleur d'autrui et en faisaient leurs choux gras.

— Ce n'est que le début, Bethany, lui dit-il. Le premier appel d'une longue série. Les journalistes vont vous harceler. Votre téléphone sonnera bientôt jour et nuit.

Et, justement, le portable de Bethany se remit à sonner. Elle en consulta l'écran avec un mélange d'épouvante et de répugnance.

— Numéro inconnu..., annonça-t-elle à mi-voix.

— C'est probablement un autre de ces maudits vautours ! s'exclama Dalton sans cacher son mépris.

— On dirait que vous parlez d'expérience, remarqua Bethany, l'air étonnée par sa virulence.

— Mon père a été assassiné il y a quelques mois : c'était Maverick Mike Butler.

— Oh ! lâcha Bethany.

Elle le dévisagea, les yeux ronds. Elle venait de comprendre qu'il était Dalton Butler, le fils de Maverick Mike Butler, et qu'il lui offrait l'hospitalité dans l'un des plus grands ranchs de la région. Voyait-elle cette invitation sous un jour positif ou négatif ? se demanda-t-il, incapable de le discerner sur son visage épuisé et angoissé.

— Hampton et vous serez en sécurité à Hereford, insista-t-il. Les journalistes ne réussiront pas à vous atteindre, et vous y recevrez du soutien et de l'aide. Enfin, vous vous y reposerez au calme. Vous en avez vraiment besoin.

— Hampton est adorable, mais les très jeunes enfants exigent énormément de temps et d'attention, renchérit Leanne. Tu es éprouvée, tu as besoin d'aide.

Bethany se détendit et paraissait sur le point d'accepter lorsque la sonnerie de son téléphone, de nouveau, retentit.

— C'est vrai, ce serait un soulagement d'avoir un soutien, admit-elle sans consulter l'écran.

Avec un soupir, elle regarda Leanne.

— Hampton a subi les effets de mon stress, récemment… Je me suis souvent énervée contre lui, pour des broutilles, ajouta-t-elle. Il y a eu, par exemple, cette histoire de jus d'orange qu'il a renversé, et qui m'a mise très en colère… Après, j'ai eu honte. Hampton pleurait, j'ai pleuré moi aussi.

— Tu es sous pression, déclara Leanne d'une voix douce, remplie de compassion.

Elle s'efforçait de surmonter leurs conflits, songea Dalton. De son côté, il n'avait guère envie de se compliquer la vie en subissant au jour le jour les relations empreintes d'hostilité de Leanne et de Bethany, mais il se savait incapable de leur refuser son aide.

— Combien de temps vont-ils le garder ? demanda Bethany, parlant de nouveau de Gary.

— Jusqu'à ce que la caution soit payée, répondit Leanne patiemment. C'est tout ce que je peux te dire. Comme je suis liée à l'enquête, puisque Clara était ma nièce, je doute d'obtenir de plus amples informations. Mais je vais tout de même essayer.

— Je crois que je vais accepter l'invitation de M. Butler, conclut Bethany avec un soupir épuisé.

— Tu veux que je t'aide à préparer des affaires ? proposa aussitôt Leanne.

Bethany secoua la tête en se levant et s'éloigna.

Dalton jeta un coup d'œil en direction de Leanne qui, épuisée elle aussi, se laissa aller en arrière contre le dossier du canapé et ferma les yeux. Puis il s'éloigna pour passer deux appels téléphoniques.

Le premier, destiné à Dade, qu'il mit au courant de la situation en lui demandant d'en informer leurs frères et sœurs. Le second fut pour May, la gouvernante de la famille Butler d'aussi loin qu'il s'en souvienne, avec qui il fit de même en lui demandant si elle réussirait à gérer toute la maisonnée. Dès qu'elle apprit qu'un autre jeune enfant arrivait au ranch, elle fut émue aux larmes.

Lorsqu'il eut terminé, il se rendit compte qu'il avait à son tour crispé la main sur son smartphone.

Il était frustré. Gary désormais soupçonné d'avoir tué Clara, il ne ferait peut-être jamais la vérité sur la mort d'Alexandria. Pourtant, quelques heures plus tôt, il avait eu la certitude que cette vérité était à portée de main. Que ces deux affaires étaient liées.

Plus maintenant.

Quand ils arrivèrent au ranch, May avait déjà tout organisé. Accueillante et chaleureuse, elle avait fait des cookies aux pépites de chocolat pour Hampton et mis beaucoup de soin à préparer la chambre de Bethany. Les cookies sortis du four embaumaient, et les vieux jouets de Dalton et Dade, dépoussiérés, trônaient sur la table de la cuisine.

May avait été une mère de substitution pour Ella, Dade, Dalton et Cadence – les quatre enfants Butler qui avaient été élevés ensemble. Wyatt et Madelyn, dont la fratrie avait appris l'existence l'été dernier, avaient grandi sans leur père, mais ce dernier étant Maverick Mike Butler, sans doute cela avait-il été pour le mieux...

Les six enfants de Maverick Butler avaient un point commun : leur père restait un mystère à leurs yeux. Ella, Dade, Cadence et Dalton avaient certes toujours vécu au ranch, mais Maverick Butler en était souvent absent. Seule Ella en avait été proche. Si les autres avaient fait la paix avec le Mav, Dalton lui en voulait encore et souvent regrettait que leur relation soit restée inachevée. Et si le shérif n'avait toujours pas retrouvé son meurtrier, c'était parce que la vie du Mav était un abîme de mystères et de secrets. En définitive, pensait Dalton, il ne saurait jamais quel homme avait été son père. Et c'était difficile à accepter.

May ayant conduit Bethany et Hampton dans leur chambre pour qu'ils se reposent un peu, Dalton et Leanne se retrouvèrent seuls dans le salon.

— À ton avis, pourquoi le shérif a-t-il arrêté Gary ?

— À cause de son alibi sans doute, répondit Leanne. Gary aurait menti ? Parce que c'est lui le coupable ? Il n'a pas d'antécédents de crime violent, mais ça ne signifie pas qu'il n'est pas passé aux actes.

Gary avait-il été l'auteur de violences ayant entraîné la mort sans intention de la donner ? se demanda Dalton.

— Mais j'en doute, reprit Leanne. Et c'est la professionnelle qui parle.

Dans le fond de son cœur, Dalton espérait que Gary n'était pas coupable du meurtre de Clara, auquel cas il ne le serait pas de celui d'Alexandria.

Quatorze ans plus tôt, Gary n'habitait pas à Cattle Barge ; il n'était même pas de la région. Son âge, il avait la trentaine, ne correspondait pas non plus. Certes, Dalton ne pouvait exclure qu'un très jeune homme ait tué Alexandria, mais il en doutait.

Gary n'en incarnait pas moins tout ce qu'il détestait chez les hommes : violent avec les plus faibles et les femmes, obséquieux devant les plus forts, indigne et menteur. Il sentit la colère monter en lui suite à cette énumération, et serra les poings d'impuissance. Bon sang ! Que ne pouvait-il se libérer de cette colère, de ses frustrations, en se livrant à une activité physique et épuisante – une journée de travail exténuante sur les terres du ranch, par exemple.

Mais n'y avait-il pas une manière autrement plus agréable d'évacuer un surcroît d'énergie et d'émotions ? se dit-il en observant Leanne du coin de l'œil. Il s'étonna de cette pensée pour le moins déplacée dans la situation actuelle, et se rendit compte que sa vie sentimentale et sexuelle était déserte depuis trop longtemps...

Cible des médias à l'adolescence et de nouveau plus récemment, c'est-à-dire depuis le meurtre de son père, il avait choisi l'isolement et le travail de rancher. Il souffrait de sa quasi-impossibilité à s'engager et à retomber amoureux. De plus, il répugnait aux liaisons sans lendemain, sans engagement ni vraies émotions. Il était en effet trop ardent et trop entier pour se contenter de demi-mesures. Certes, il avait parfois cédé à des élans de sensualité et dénoué avec soulagement des tensions typiquement masculines, mais au préalable, il avait toujours fait connaissance avec ces femmes de passage dans sa vie et qui, d'ailleurs, désiraient le rester. Le matin venu, ils se séparaient satisfaits et sans manifester le désir de se revoir.

Il se savait enfermé dans ses contradictions, enlisé dans la tragédie de son passé, et il en souffrait aussi. Il était conscient de tourner en rond dans le petit espace qu'il s'était ménagé d'où il croyait avoir banni les souvenirs et les émotions liés à la mort d'Alexandria. Il savait que c'était faux. Il ignorait comment sortir de son enfermement. Mais, au fond, le désirait-il ?

Seul et emmuré depuis des années dans le traumatisme de son adolescence et de son premier amour perdu dans les plus cruelles circonstances, il n'était pas prêt à s'engager, à échanger sa Range Rover Sport contre un break familial plus pratique qu'élégant. En clair, à passer de l'état de célibataire à celui de père. De toute façon, il ne s'était jamais imaginé fonder une famille. Encore que...

Il s'arracha à ses pensées en remarquant le regard attentif de Leanne sur lui.

— À quoi penses-tu ? demanda-t-elle.

— À des choses auxquelles je ne devrais pas penser, lâcha-t-il, évasif.

Les prunelles couleur de miel de Leanne devinrent plus brillantes. Une petite étincelle jaillit dans ses yeux. Ce fut bref. Comme une lumière qui s'allume et s'éteint. Ou comme ces crépitements d'électricité lorsqu'il l'effleurait ou la touchait. Avait-elle lu dans ses pensées ?

Elle reprit la parole d'une voix posée et calme :

— On devrait garder une certaine distance, toi et moi. N'avoir que des rapports strictement professionnels.

— Je suis d'accord, dit-il avec élan.

Leanne ouvrit la bouche, puis la referma comme si elle se ravisait. Il fixa ses lèvres roses, veloutées, que maintenant elle humectait et eut envie de l'embrasser pour en retrouver le goût ineffable.

Pour échapper à la tentation, il alla à la fenêtre et porta son regard sur les terres du ranch. Ses terres. Son ranch. Le seul endroit où il se sentait bien, à sa place.

— Et si un détail de la vie de Clara m'échappait ? Quelque chose d'important ? reprit Leanne en s'approchant de lui.

Il perçut sa présence avec une telle acuité qu'il réagit avec un temps de retard à sa question.

— Un secret, par exemple ? demanda-t-il en se tournant vers elle. Clara en aurait-elle eu un ? Ou plusieurs ?

Elle sourit.

— Nous en avons tous, Dalton. Les jeunes comme les moins jeunes. Les adultes. Les suspects et les victimes. De tous âges, de tous les milieux et de toutes les classes sociales. Des secrets plus ou moins avouables.

— D'autant plus à l'adolescence où les jeunes découvrent progressivement l'autonomie, et s'émancipent, poursuivit-il. Leurs aventures quotidiennes ont, pour toile de fond, un mal-être latent. Un ras-le-bol déclaré. Des passions. Ou des peines.

— Et des secrets...

— Et si Clara et Alexandria avaient découvert un secret qui leur avait coûté la vie ? ajouta-t-il, mû par une inspiration. Un même secret ?

Leanne pinça les lèvres, et une ride se creusa entre ses yeux. C'était le signe qu'elle réfléchissait avec concentration, conclut Dalton toujours surpris de si bien repérer et retenir les expressions de son visage.

— Un secret qui leur aurait valu la mort, dit-elle, pensive. C'est intéressant… Le shérif, à mon avis, n'a pas beaucoup fouillé dans la vie de ta petite amie. Et maintenant, bien sûr, c'est trop tard.

Elle soupira.

— Avec l'arrestation de Gary, je crains qu'il soit difficile d'établir le lien entre les deux affaires.

— Mais l'arrestation de Gary est peut-être une erreur… Et s'il suffisait de découvrir les secrets de Clara pour découvrir ceux d'Alexandria ? Découvrir ce qu'elles ont en commun ?

— Sans avoir accès aux affaires de Clara ? Sans plus pouvoir mettre la main sur celles d'Alexandria ? Et avais-tu l'impression qu'Alexandria te cachait quelque chose ?

— Je ne sais pas… Ce que je sais, en revanche, c'est que je traversais une période difficile. Alexandria avait menacé de rompre si je ne cessais pas de faire la fête, de boire trop d'alcool. Et quand, ce soir-là, j'ai découvert… son… Enfin tu sais… J'ai été en état de sidération. Horrifié, traumatisé. Du coup, notre passé a instantanément été anéanti et depuis, il est comme recouvert d'un voile noir. J'ai éprouvé un terrible sentiment de culpabilité. J'avais l'impression que nos différends étaient la cause de… de sa mort…

— Et ta culpabilité, ta colère persistent malgré tes efforts, dit-elle si doucement qu'il l'entendit à peine. Tu continues d'expier et tu t'interdis d'être heureux, n'est-ce pas ?

Elle frissonna et se frotta les bras comme pour se réchauffer.

— Comment le sais-tu ? demanda-t-il, étonné.

Non seulement elle ne le connaissait pas mais, depuis quatorze ans, il faisait des efforts pour refouler ses tourments et les cacher à autrui.

— Parce que j'ai eu plus d'une fois à interroger des proches de victimes. Et parce que je vis ce que tu as vécu… et que tu continues à vivre. Je comprends ce que tu as ressenti. Ce que tu ressens, dit-elle avec un sourire triste. Ce qui… Ce qui est arrivé à ma nièce me hantera jusqu'à la fin de mes jours. Surtout si je ne découvre pas son meurtrier. S'il n'est pas jugé et condamné.

Elle s'interrompit quelques instants puis ajouta :

— À vrai dire, même s'il l'est, je ne suis pas certaine de trouver la paix, une aptitude au bonheur, conclut-elle d'une petite voix douce et triste.

— En ce qui me concerne, et pardonne-moi de te le confier, le meurtre de ta nièce est mon premier espoir, depuis toutes ces années, de faire la vérité sur le meurtre d'Alexandria, confia-t-il à voix basse.

L'espoir de tourner la page. D'accepter un passé révolu mais omniprésent et obsédant.

D'avancer et de vivre enfin une vie sans ses fantômes.

— Et si nous faisions appel à un détective privé ? reprit-il.

— J'y avais pensé. Il serait plus objectif que je peux l'être, dans ces circonstances. Mais j'y ai renoncé. Je crains en effet la réaction du shérif Sawmill. Celui-ci doit rester notre allié.

Elle soupira.

— Crois-moi, Dalton, le shérif est notre meilleure chance de découvrir la vérité. Il a à sa disposition des ressources qu'un détective privé, si aguerri soit-il, n'aura pas. De plus, je dois me montrer très prudente : je dois tenir compte des conséquences, si mes supérieurs apprennent que j'ai interféré dans une enquête officielle sur un meurtre qui me concerne au premier chef. Pour résumer, je ferai tout mon possible pour découvrir la vérité, mais sans empiéter sur les prérogatives du shérif Sawmill.

Leanne se tut.

— Nous ne voulons ni ne devons faire entrave à l'enquête officielle, conclut-elle.

— Mais le shérif reste campé sur ses positions, même s'il a accepté d'ouvrir une enquête pour homicide sur notre insistance, objecta Dalton.

— D'un autre côté, il vient d'arrêter Gary. On peut en déduire qu'il a des soupçons ou des indices que nous ignorons encore. Je lui fais confiance, Dalton, car il a une réputation solide dans la région. Je me suis renseignée à son sujet.

Dalton hocha la tête.

— Le shérif a fait des erreurs au début de sa carrière, mais c'est désormais un homme respectable et d'expérience, insista-t-elle.

La sonnerie du smartphone de Dalton l'interrompit. Il décrocha.

— Dade ? Que se passe-t-il ? demanda-t-il à son frère jumeau.

— Si tu me poses la question, c'est que tu n'as pas encore vu les nouvelles, répondit Dade.

— Les nouvelles ? répéta Dalton inquiet.

— Regarde et rappelle-moi si tu as besoin d'aide, conclut Dade avant de raccrocher.

Aussitôt, Dalton consulta Internet sur son smartphone, et la une des journaux de la presse locale.

— Bon sang !

9

— La photo que le journaliste a prise ce matin est dans tous les journaux de la région, n'est-ce pas ? demanda Leanne en se penchant pour voir l'écran.

— Oui.

Contre toute attente, son visage sur la photo était facile à identifier.

Le cliché les montrait, enlacés, sous le chêne où le corps de Clara avait été retrouvé moins de douze heures plus tôt. Le titre et les sous-titres de l'article étaient éloquents.

CATTLE BARGE. L'AMOUR À MORT.

Parente de la victime et policière à Dallas,
elle scelle son amour sous l'arbre de la mort.

— C'est odieux ! s'exclama-t-elle d'une voix tremblante de dégoût et de désespoir.

Aussitôt elle songea aux inévitables retombées : elle allait devoir s'expliquer. D'abord avec sa sœur, déjà fragile, et Dieu sait qu'elle n'avait pas envie que leurs relations deviennent plus compliquées qu'elles ne l'étaient déjà. Ensuite, avec son supérieur de la police de Dallas. Elle lui avait annoncé qu'elle prenait un congé pour soutenir sa sœur très éprouvée par le meurtre de sa fille. Allait-il lui reprocher de plutôt passer du bon temps avec un cow-boy sur une scène de crime ?

Cette photo risquait d'avoir de très graves conséquences sur le plan personnel, mais surtout sur sa carrière. Elle pouvait être radiée de la police de Dallas avec l'impossibilité d'obtenir un nouvel emploi dans la fonction publique.

Bon sang ! Elle avait travaillé d'arrache-pied pour devenir enquêtrice ! Il n'était pas question qu'elle se retrouve au chômage maintenant qu'elle était mère et, de surcroît, mère célibataire.

C'était la pire éventualité. Au mieux, c'était sa crédibilité, sa réputation et sa conscience professionnelle qui seraient mises à mal.

Au terme de sa réflexion, elle se sentit au bord du malaise.

— Ce torchon peut saboter l'enquête et ma carrière, lâcha-t-elle dans un souffle, contenant sa colère.

Elle s'éloigna de Dalton pour se ressaisir.

Quelles explications donner à ses supérieurs qui, bien sûr, allaient la rappeler à Dallas ? Et le shérif, certes déjà au courant, serait furieux et refuserait de lui communiquer la moindre information sur la progression de l'enquête.

Comment limiter les dégâts, tant avec son supérieur à Dallas qu'avec le shérif Sawmill ?

La voix de Dalton, toute proche, s'éleva.

— Je sais ce que tu penses...

En dépit de la terrible anxiété qui l'habitait, elle sentit un trouble puissant l'envahir. Dalton était si près qu'elle sentait son souffle tiède et son odeur. Des vibrations entre eux. Et, pendant un moment de faiblesse, elle eut envie de se pencher vers l'arrière, de s'appuyer contre sa poitrine afin d'absorber sa vigueur et d'y puiser du réconfort.

Au lieu de cela, elle se tourna vers lui, le souffle un peu court, plus sensible que jamais à sa présence.

— Pour ce soir, on ne peut plus rien faire, lâcha-t-il. Tu as surtout besoin d'un bon repas et d'une nuit de sommeil. Ici, au ranch. Au moins ne seras-tu pas harcelée par la presse.

Il avait raison.

C'était exactement ce qu'elle voulait.

Un bon lit. Un repas. Une brosse à dents...

Malgré tout, elle restait inquiète. Quand sa vie reprendrait-elle un cours normal ? Quand sortirait-elle de ce cauchemar ? Mais au fait, comment pouvait-elle songer à des choses aussi banales et insignifiantes qu'un repas reconstituant ou une brosse à dents alors que Clara avait été tuée et qu'elle se sentait coupable ?

Dalton avait pourtant raison de lui proposer de rester au ranch avec un programme qui répondait à des besoins élémentaires. Depuis la veille, elle avait en effet à peine dormi et mangé. Elle n'avait pensé qu'à la nécessité de retrouver le meurtrier de Clara, et à assurer le confort de sa sœur et de Hampton.

— Ton invitation comprend une douche chaude ? demanda-t-elle donc alors qu'une immense fatigue s'abattait comme une chape de plomb sur ses épaules.

— Même un bain, si tu le désires !

Les yeux bleus de Dalton pétillaient.

— Merci, Dalton... Et merci aussi pour ma sœur, dit-elle avec un petit soupir. Je sais que tu veux nous aider à retrouver le meurtrier de Clara pour retrouver celui d'Alexandria. Mais je sais également que tu as un code d'honneur qui te fait porter secours aux demoiselles en détresse, ajouta-t-elle avec un pauvre sourire. J'apprécie tout ce que tu fais pour nous, et pour ma nièce.

Elle était sincère. Un même drame et une même volonté les unissaient. Presque un pacte : inlassablement rechercher le meurtrier des deux adolescentes. Dalton méritait de connaître la vérité sur la mort d'Alexandria, afin d'éloigner et d'anéantir ses fantômes, de se défaire de la culpabilité qui le rongeait depuis quatorze ans.

— Demain, nous aurons les idées plus claires pour élaborer une stratégie face aux médias. Entre-temps, je vais consulter l'avocat de ma famille. C'est le meilleur, il saura nous conseiller.

Il y eut un silence.

— Le shérif Sawmill va libérer Gary ? reprit-il.

— Une fois la caution payée, oui.

— Nous en reparlerons aussi demain, à tête reposée, dit-il. Et je suis sûr que tu pourras bientôt reprendre le cours normal de ta vie, conclut-il.

Une vie finalement bien vide, songea-t-elle avec un frisson. Sa rencontre avec Dalton, bien que toute récente, lui avait fait prendre conscience de sa solitude et de son désir de la combler.

La nuit était tombée. Elle s'approcha de la fenêtre et scruta l'obscurité, au-delà des décorations de Noël lumineuses qui ornaient l'avant du ranch, cherchant à voir les terres environnantes, et songea que cet endroit devait être enchanteur lorsque les lupins étaient en fleur au printemps.

Un printemps que Clara ne reverrait jamais plus... Plus rien ne serait comme avant.

— Je te laisse, je vais m'occuper du dîner, enfin, te réchauffer quelque chose à la cuisine, annonça Dalton en se dirigeant vers la porte. Toi, pendant ce temps, repose-toi. Ou va prendre une douche. Fais comme tu en as envie.

Il s'interrompit, comme frappé par une évidence.

— Attends ! J'ai une idée !

En attendant son retour, elle survola du regard le vaste salon. Avec son charme rustique et son plafond voûté à poutres apparentes, il reflétait bien la taille et l'opulence de l'ensemble du ranch.

Quelques minutes plus tard, Dalton revint, suivi par une jeune femme.

— Bonsoir, dit cette dernière. Je m'appelle Ella et je suis la sœur de...

— Dalton..., acheva Leanne.

Elle lui sourit et lui serra la main, frappée par son visage ouvert et sa poigne franche. Ella avait des yeux d'un bleu limpide, comme Dalton, et des cheveux d'un roux flamboyant qui trahissait ses origines irlandaises. L'aînée de la fratrie Butler faisait vive impression, avec son regard lumineux et la joie de vivre qu'elle dégageait. Leanne se souvenait avoir lu un article sur ses nombreuses activités caritatives.

Ella lui tendit des vêtements, dont un pyjama.

— Je crois que nous avons à peu près la même taille. Ce sera plus confortable pour dormir.

Leanne accepta avec reconnaissance.

— Merci. Mes affaires sont restées dans mon coffre de voiture, toujours sur le parking...

— Un ouvrier ira la chercher, intervint Dalton.

Ella sourit.

— Je te laisse, Leanne. Je sais ce que tu ressens en ce moment, et je comprends ton impatience à prendre une bonne douche. Moi, je vais aider Dalton à la cuisine. À tout à l'heure. Fais comme chez toi.

— Je peux m'occuper seul du dîner ! s'exclama Dalton, sourcils froncés.

Ella éclata de rire.

— J'essayais de me rendre utile. Ne prends donc pas cet air ombrageux !

Leanne rit à son tour, et fut réconfortée par son accès d'hilarité. Habituée dans son métier à ne voir que les aspects les plus sinistres de la vie, solitaire et aujourd'hui épuisée par l'épreuve qu'elle traversait ainsi que par ses relations conflictuelles avec sa sœur, elle trouvait rafraîchissant d'être le témoin de simples chamailleries entre frère et sœur.

— Puisque tu es si doué pour les tâches domestiques, pourquoi ne t'es-tu pas encore occupé de ramener le sapin de Noël à la maison ? C'est ton tour, cette année ! reprit Ella, toujours moqueuse.

Dalton haussa les épaules et aussitôt s'assombrit, constata Leanne, un peu étonnée.

— Encore merci, Ella, dit-elle pour couper court.

— À propos, ta chambre est voisine de celle de Bethany et Hampton, enchaîna Dalton.

— Ton neveu est adorable ! s'exclama Ella, le regard soudain plus brillant.

— Adorable mais turbulent, précisa Leanne.

— Mais non, il est calme et ne cesse de rire ! C'est un enfant heureux !

Hampton, tout comme Clara, était perturbé par l'atmosphère familiale. Être au ranch lui faisait le plus grand bien.

À quelque chose malheur est bon…
Ainsi disait l'adage. Disait-il vrai ?

Leanne ouvrit les yeux et s'étira.

Les événements de la veille lui revinrent avec une acuité insupportable qui lui fit refermer les yeux.

Au bout d'un moment, elle consulta son smartphone. Il était 6 h 20.

Aucun bruit ne provenait de la chambre voisine, occupée par Hampton et Bethany.

Depuis la naissance de Mila, elle dormait tout au plus cinq heures d'affilée. Cette nuit, elle avait eu un sommeil de plomb et se sentait plutôt reposée. Bien que Mila fasse ses nuits, Leanne se réveillait souvent et se levait pour s'assurer qu'elle dormait paisiblement. La naissance de sa fille l'avait changée à bien des égards, la rendant plus douce et bienveillante. Elle était aussi devenue plus vigilante, et perpétuellement inquiète. Elle se savait capable de soulever des montagnes pour protéger son enfant.

Le lot de toutes les mères.

Il était encore trop tôt pour appeler Mme B. et prendre des nouvelles de Mila, se dit-elle avec un élan de tendresse pour sa fille. Autant lui envoyer un SMS, ne serait-ce que pour se manifester et lui demander quand lui téléphoner.

Elle décida de faire cela après avoir bu un café. De toute façon, Mila ne serait pas réveillée avant une bonne heure, sans compter qu'elle devrait être baignée, habillée et nourrie.

Après s'être encore paresseusement étirée, elle se redressa, s'assit, puis se concentra. Chaque matin elle prenait ainsi quelques instants pour faire le point avant de commencer sa journée. L'expérience lui avait appris que la solution aux problèmes de la veille surgissait souvent au cours de la nuit.

Elle ferma les yeux et inspira profondément, espérant avoir une intuition sur l'énigme qui entourait la mort tragique de Clara.

Rien ne lui venant à l'esprit, elle se leva et alla dans la salle de bains adjacente à la chambre qu'occupait Bethany. Une fois douchée et habillée, se fiant à ses souvenirs de la veille pour s'orienter dans cette vaste et belle demeure, elle se rendit à la cuisine.

Alors qu'elle s'en approchait, elle entendit des voix et reconnut celles de Hampton et de May.

— Bonjour ! lança-t-elle à May.

Tous deux jouaient avec des petites voitures. Une bonne odeur de pain remplissait la cuisine.

— Bonjour Leanne ! Vous vous levez tôt, remarqua May. Vous avez bien dormi, j'espère ?

— Oui, merci. Et merci pour votre accueil. Et pour mes vêtements propres que j'ai trouvés à mon réveil.

— Je vous en prie. Pendant que j'y pense, un ouvrier du ranch a ramené votre voiture.

Elle continua avec un grand sourire.

— C'est toujours agréable d'avoir du monde dans une si grande maison, et d'être aux petits soins.

May se leva pour aller vers la machine à café.

— Dalton m'a dit que vous buvez du café.

— Oh ! je vous en prie, laissez-moi m'en occuper ! se récria Leanne, gênée, en se précipitant. Vous en faites déjà tant.

Elle n'avait pas l'habitude de se faire servir.

— Ça ne me dérange pas. Asseyez-vous, plutôt, répondit May.

— Vraiment, j'insiste. C'est le moins que je puisse faire pour vous remercier de votre hospitalité, dit Leanne, l'exhortant d'un geste à reprendre sa place.

— Tante Lee-Lee ! Regarde ! intervint Hampton avec un grand sourire.

Il lui montra une petite voiture jaune qu'il faisait rouler sur le tapis de jeu. Il était vraiment détendu, constata Leanne avec plaisir. Le calme de ce magnifique ranch lui était de toute évidence bénéfique. Mais comment être de mauvaise humeur quand on se réveillait dans un cadre si idyllique chaque matin ?

— C'est génial, mon grand ! s'exclama-t-elle en l'embrassant.

Plus petit, Hampton ne parvenait pas à prononcer son prénom et avait pris l'habitude de l'appeler Lee-Lee. Il l'avait gardée, encouragé par Clara qui trouvait ce diminutif adorable. C'est vrai, c'était si mignon, conclut Leanne la gorge serrée à la pensée de Clara. Elle ébouriffa les boucles blondes de Hampton, et se dit qu'il avait les mêmes yeux que sa nièce.

Tandis que May reprenait sa place, Leanne se servit une tasse de café.

— Dalton est dans la véranda de derrière, lui annonça May.

— Je vais aller le rejoindre, avec Hampton.

Pourtant elle craignait qu'il se mette à pleurer si elle l'éloignait de ses jouets, et de May. Cette dernière semblait en effet l'apaiser.

— Ne vous inquiétez pas pour Hampton, nous sommes de bons amis, lui et moi, dit May, tout en tendant une petite voiture rouge à ce dernier.

Hampton la luit prit des mains avec un immense sourire.

Leanne soupira. Oh oui, ce ranch était magique… Ou, plutôt, il recelait une magie qu'elle n'avait jamais connue ni expérimentée de toute sa vie.

Elle avait vécu seule avec une mère aux abois qui cumulait deux emplois pour les faire vivre, et n'avait pas grandi dans un environnement très harmonieux et sécurisant. Elle avait été proche de sa mère à la façon dont deux sœurs peuvent l'être l'une de l'autre. Abigail, car elle l'appelait par son prénom, l'avait eue si jeune…

Toujours pensive, elle regarda par la fenêtre et contempla les décorations de Noël à présent éteintes. Autrefois, se souvint-elle, les fêtes de fin d'année avaient été une aubaine pour sa mère qui trouvait un emploi saisonnier supplémentaire et ainsi pouvait anticiper le paiement des factures. Leanne, de son côté, avait travaillé dès que possible pour soutenir ses efforts.

Abigail leur avait assuré le toit, le couvert et des vêtements. C'était une femme pratique et énergique qui maîtrisait ses émotions. Très marquée par l'abandon du père de Leanne, elle se méfiait des hommes et accumulait les aventures sans lendemain. Leanne savait que sa mère n'avait jamais pardonné à son père de l'avoir abandonnée pendant sa grossesse et Abigail, parfois excédée par leur vie difficile, reportait sur elle sa colère et sa frustration. Elle s'en excusait toujours par la suite et, contrite, essayait de se faire pardonner en lui préparant, par exemple, son dessert préféré. Si sa mère avait eu une vie aussi difficile c'était, d'une certaine façon, à cause d'elle, se disait parfois Leanne.

Sa mort avait laissé un grand vide dans sa vie et dans son cœur.

— Appelez-moi si vous avez besoin que je m'occupe de Hampton, dit-elle à May.

Puis, sa tasse de café à la main, elle alla dans la véranda.

Dalton se leva à sa vue.

— Bonjour ! lui lança-t-il. Bien dormi ?

La véranda était vaste et occupée par des rocking-chairs blancs, des petites tables dont une encadrée de deux sièges, et sur laquelle était posé un damier. Dehors, un soleil timide se levait, dardant ses premiers rayons à travers les vitres.

Dalton lui fit signe de prendre place.

— Bien dormi, merci, répondit-elle. Je te dérange ? Tu semblais plongé dans tes pensées...

— Je récapitulais les éléments en notre possession.

— Comme moi depuis que je me suis réveillée.

Il lui jeta un regard de connivence qui la réconforta.

— Connais-tu le petit ami de Clara ? demanda-t-il avec hésitation après un silence.

— Christian ? Non. Mais je sais qu'il habite à San Antonio.

Elle but une gorgée de café.

— Depuis combien de temps sont-ils ensemble ? reprit Dalton.

— Un an, je crois. Clara m'avait parlé de lui pour la première fois en décembre dernier. Il travaille à San Antonio, dans un magasin de bagels appelé Bagel Factory trois matins par semaine avant les cours, plus le week-end. C'est pour payer ses études universitaires. D'après ce que Clara m'a dit, c'est quelqu'un de bien.

— A-t-il été averti de sa mort ? Il ne faut surtout pas qu'il l'apprenne par les médias, dit Dalton d'une voix tendue. Si Christian est hyperconnecté, comme le sont tous les jeunes de son âge, sans doute est-il inquiet de n'avoir aucune nouvelle de Clara.

— Je ne sais pas s'il est au courant, Dalton. Et j'en doute...

— Nous l'appellerons plus tard dans la matinée. C'est moi qui lui parlerai.

Ayant vécu la même situation, il saurait trouver les mots. Leanne s'en savait incapable, elle ne réussirait pas à refouler ses émotions comme elle le faisait d'habitude face à des situations de ce type.

— J'aurais dû intervenir plus tôt, pour tirer Clara de son enfer, dit-elle, saisie par la culpabilité qui ne lui laissait aucun répit depuis l'avant-veille.

Elle poussa un gros soupir.

— Je n'affirme pas que ma nièce était parfaite en tout point, Dalton. Clara était excessive et parfois injuste avec Bethany, et c'était de son âge. Mais c'était réellement une fille bien. A-t-elle vraiment essayé de faire des efforts avec Gary ? Je ne sais pas... Se sentait-elle responsable des tensions familiales ? Je ne le sais pas non plus...

— Les adolescents prennent tout très à cœur et ont tendance à se considérer comme responsables des conflits intrafamiliaux, et à culpabiliser, lâcha Dalton.

Sourcils froncés, il reprit :

— C'est aussi pour cette raison que j'aimerais parler à Christian. Je crains qu'il se reproche toute sa vie de ne pas avoir compris la détresse de Clara et de n'avoir pas su l'aider.

Il se mettait à la place de Christian, et se revoyait quatorze ans plus tôt. Réussirait-il un jour à se défaire de la culpabilité qu'il éprouvait depuis si longtemps ?

Culpabilité et solitude.

Voilà ce qui les rapprochait.

Dalton était seul et elle l'était aussi, même si, avec Mila, elle formait une famille.

Avant la naissance de sa fille, elle ne se consacrait qu'à ses activités professionnelles et prenait ses repas seule. Elle avait en effet ses habitudes dans un petit *diner* de son quartier.

N'en ressentant ni l'envie ni l'obligation ou la nécessité, elle ne cuisinait pas. De toute façon, elle n'en avait pas le temps.

Sa fille aurait-elle la même enfance solitaire qu'elle ? Sans père ? Avec une mère certes très aimante mais accaparée par ses obligations professionnelles, comme Abigail autrefois ? s'interrogea Leanne, frappée par la similitude de destinées. Lorsqu'elle avait douze ans, se souvint-elle, elle se sentait terriblement seule dans le petit appartement, surtout quand sa mère sortait le soir.

La veille, elle s'était endormie en enviant les relations de Dalton avec sa sœur Ella. Quel bonheur ce devait être de grandir dans une famille où la solidarité n'était pas un vain mot !

L'intimité et la complicité qui semblaient s'établir entre Dalton et elle la réconfortaient et la rendaient presque heureuse.

Heureuse ? Alors que Clara avait été tuée ?

Mais elle savait, pour en avoir été témoin, que l'instinct de vie et le besoin d'aimer étaient les plus forts face au deuil et à la tragédie.

De fil en aiguille elle repensa au baiser qu'elle avait échangé avec Dalton, hier. Elle avait éprouvé quelque chose qu'elle n'avait jamais ressenti avec Keith. L'alchimie de l'amour ?

Ses relations avec Keith avaient davantage tenu de l'amitié amoureuse que de la passion dévorante. Ils avaient ressenti le besoin d'être ensemble, plus précisément d'unir leurs solitudes, d'autant qu'ils s'entendaient bien. Ils avaient le même sens de l'humour et les mêmes horaires de travail. Ils étaient des amis devenus tout naturellement amants. Puis des amants redevenus amis. Enfin plus ou moins.

Quelle direction allait prendre sa vie ? se demanda-t-elle, se projetant de nouveau avec anxiété dans le futur. Au cours des derniers jours, elle avait l'impression d'avoir perdu tout contrôle.

Y avait-il une place pour Dalton Butler dans son existence ? Elle se reprit. Ce n'était pas parce que son baiser lui avait fait l'effet d'un électrochoc, et avait réveillé sa sensualité, qu'elle devait fantasmer !

À quoi bon ? Dalton Butler était en effet hanté par la tragédie de son passé et le fantôme de sa petite amie. Même si Dalton et elle décidaient de s'engager l'un avec l'autre – cette pensée à elle seule était ridicule, et pas seulement pour des raisons de logistique –, comment rivaliser avec le souvenir idéalisé et persistant d'un premier amour ?

Dalton et Alexandria s'étaient aimés à un âge où les sentiments sont intenses et exacerbés, mais où la vie est encore légère, malgré les tensions avec les parents.

Il avait mentionné les difficultés qu'il avait eues avec son père. Elle avait cependant peine à imaginer qu'il ait eu une enfance et une jeunesse difficiles dans un cadre aussi idyllique, entouré de ses frères et sœurs dans une atmosphère familiale.

Il avait fallu qu'Abigail soit sur son lit de mort pour que Leanne apprenne qu'elle avait une sœur. Ensuite, elle n'avait eu de cesse de la rechercher. Elle avait tant rêvé d'avoir des frères et sœurs !

Son portable sonna, l'arrachant à ses pensées.

Elle le sortit de sa poche, consulta l'écran et sursauta.

— C'est Gary ! annonça-t-elle à Dalton.

10

— Allô ! Gary ?

Leanne écouta et se raidit.

— Non ! Je ne te dirai pas où est Bethany ! répondit-elle.

Dalton tira sans mal les conclusions qui s'imposaient : sa caution payée, Gary avait été libéré.

Il but son café, prêtant l'oreille pour suivre l'échange.

— Je ne te passerai pas Bethany ! continua Leanne. Et d'ailleurs, qui te dit que nous sommes ensemble ?

Elle ajouta à la hâte :

— Écoute-moi bien, Gary ! Bethany vient de perdre sa fille dans des circonstances tragiques. Elle a besoin de temps. De beaucoup de calme. Si tu n'es pas capable de le concevoir...

Elle se tut. Sans doute Gary venait-il de lui couper la parole, voire de l'insulter, car elle pâlit soudain et eut un haut-le-corps.

— Je suis désolée si tu n'arrives pas à comprendre la situation. Tout ce que je peux te dire, c'est que Bethany est en lieu sûr...

Pause.

— À cause des journalistes d'une part..., poursuivit-elle.

Nouvelle pause.

— Peut-être que si tu m'écoutais au lieu de t'énerver et de sans cesse m'interrompre...

Excédée, elle écarta son portable de son oreille. Dalton entendit Gary vociférer mais sans toutefois saisir ce qu'il disait.

Leanne but une gorgée de café et reprit :

— Tu te rends compte que tu viens d'insulter une policière ? lâcha-t-elle d'une voix glaciale. Tu sais quelle est la peine encourue pour outrage à un agent dépositaire de l'autorité publique ? N'espère pas que je me montrerai indulgente avec toi sous prétexte que tu es mon beau-frère ! Tu as beau avoir été libéré sous caution, clamer ton innocence et bénéficier de la présomption d'innocence, tu es soupçonné et je m'acharnerai jusqu'à ce que je découvre la vérité ! Et si j'acquiers la certitude que tu es coupable, c'est contre toi que je m'acharnerai ! Pour finir, je t'interdis de harceler ma sœur ! Et de me recontacter !

Dalton crut comprendre que Gary gardait le silence. Ce dernier avait saisi qu'il avait trouvé un adversaire à sa mesure. Il se sentit fier de Léane qui venait de s'imposer et de protéger sa sœur.

Elle raccrocha et lui adressa un regard las.

— Gary a téléphoné à Bethany qui n'a pas décroché. Elle doit encore dormir… Dès qu'elle saura qu'il a été relâché et que de plus il a donné signe de vie, elle voudra rentrer chez elle.

— Ou pas.

— Je ne me fais pas d'illusions, Dalton. Il suffit qu'il claque des doigts pour qu'elle obtempère et se précipite… Tu as pu voir comme moi à quel point elle lui est soumise.

Leanne avait raison, mais il espérait malgré tout que la gravité des récents événements inciterait Bethany à faire le point sur sa vie et à la remettre en perspective.

— Maintenant, j'aimerais connaître les motifs de l'arrestation de Gary, enchaîna-t-elle.

Elle contacta aussitôt le shérif Sawmill sur sa ligne directe et mit l'appel sur haut-parleur.

— Bonjour, shérif, dit-elle après s'être présentée. J'aimerais avoir les dernières nouvelles. Dalton Butler est avec moi, et il écoute.

— Ah. Bonjour, Dalton, fit le shérif d'un ton froid, après quoi il soupira.

— Bonjour, shérif, répondit Dalton.

— Gary Schmidt a été libéré ce matin, reprit Leanne. Vous pouvez m'en dire davantage ?

— Le bureau du shérif a une politique de confidentialité très stricte : aucun commentaire sur une enquête en cours, lâcha Sawmill de la voix qu'il employait lorsqu'il s'adressait aux médias.

— Je comprends votre position, mais je ne suis pas une citoyenne ordinaire ou une journaliste, se défendit Leanne.

— Certes. Vous n'en faites pas moins les gros titres de la presse, lâcha le shérif sur le même ton. Je vous conseille d'appeler votre superviseur, si vous voulez plus de détails. J'ai accepté de lui transmettre mon procès-verbal par courtoisie professionnelle : je m'y emploierai dans la matinée.

Insister ne servirait à rien, comprit Dalton.

— Pouvez-vous au moins me révéler la thèse que vous accréditez ? insista Leanne, levant la main à son front plissé. L'homicide involontaire ?

— Je n'ai pas l'intention d'en discuter avec vous, répliqua le shérif.

Bethany était la seule susceptible de soutirer des informations au shérif, se dit alors Dalton. Et encore, ce n'était pas certain, vu que son mari était suspect.

— Merci de m'avoir accordé un peu de votre temps, monsieur, conclut Leanne avant de raccrocher.

Elle tourna les yeux vers lui.

— Le shérif ne dira rien. Je te propose donc de nous rendre à San Antonio pour rencontrer le petit ami de Clara. C'est dimanche, il doit être au Bagel Factory.

— Tu as raison. S'il ne sait encore rien..., commença Dalton soucieux.

— Il aura besoin de quelqu'un comme toi, acheva-t-elle.

La quasi-certitude que sa sœur regagnerait le domicile familial lorsqu'elle apprendrait que son mari avait été libéré préoccupait Leanne.

Avec un soupir, elle se fit une queue-de-cheval, mit son

holster d'épaule et enfila sa doudoune. Avant de rejoindre Dalton, elle entrouvrit la porte de la chambre de Bethany et y jeta un coup d'œil.

Sa sœur dormait encore. Sa couette sens dessus dessous indiquait que sa nuit avait été agitée.

Mais quelle mère aurait dormi paisiblement après avoir perdu sa fille de si tragique façon, après avoir assisté à l'arrestation de son propre mari ? Ce drame allait amplifier la fragilité de Bethany… Leanne redoutait qu'elle fasse une rechute et sombre dans la dépression. Hampton avait besoin d'elle. *Et moi aussi*, songea-t-elle. Bethany était sa seule famille…

Elle élevait seule Clara, lorsque Leanne l'avait retrouvée et soutenue de son mieux. Bethany avait repris confiance et paru plus heureuse et épanouie malgré quelques rechutes. Puis elle avait rencontré Gary et, enceinte, l'avait épousé. Gary avait paru accueillir sa grossesse avec joie, et avait semblé faire des efforts pour nouer des liens avec Clara qui, il fallait le reconnaître, l'avait d'emblée mal accepté. Il la conduisait par exemple au collège tous les matins avant d'aller travailler. Oui, il y avait eu une époque où tout allait plutôt bien…

Mais Gary avait perdu son emploi, et s'était mis à boire. Son caractère s'était altéré, il était devenu tyrannique. À la même époque, Clara atteignait la période délicate de l'adolescence.

De nouveau, Leanne eut des regrets. Pourquoi n'était-elle pas venue à Cattle Barge une semaine plus tôt ? Mais comment aurait-elle pu savoir que la date du 7 décembre était a priori fatidique ?

Au même instant, Bethany prit une grande inspiration, et changea de position. Craignant qu'elle se réveille, Leanne se figea.

Quand elle fut certaine que sa sœur dormait toujours, elle referma lentement la porte et poussa un gros soupir.

Elle appréhendait de rencontrer Christian à San Antonio et de lui annoncer la terrible nouvelle. Mais qui sait, celui-ci lui apporterait peut-être les réponses qu'elle désirait tant.

— Je n'arrête pas de me demander quels éléments le shérif Sawmill a contre Gary, dit Leanne après une demi-heure de route dans le silence.

— Tant qu'il refusera de nous parler, nous en serons réduits aux spéculations, et nous tournerons en rond, répondit Dalton. Concentrons-nous plutôt sur les points communs entre Alexandria et Clara. Nous avons au moins cet avantage sur le shérif : nous les connaissions bien.

Dalton avait raison. Elle devait fixer son attention sur ce qui était à sa portée et qu'elle pouvait contrôler.

— Nous devons aussi voir cette triste affaire sous un autre angle, reprit-il.

— Lequel ? demanda-t-elle avec intérêt.

— Et si un *copycat* avait voulu m'atteindre ? lâcha-t-il d'une voix sourde. J'y ai réfléchi pendant toute la nuit...

— Pour t'atteindre ? Te déstabiliser ? Ton père a été tué récemment... On voudrait se venger de ta famille ? S'acharner sur elle ?

Clara n'aurait-elle été que l'instrument d'une vengeance contre le clan Butler ?

— Mon père a vécu dans les excès. Il a fait certaines choses dont nous ne sommes pas fiers. Je suis sûr qu'il avait de nombreux ennemis.

— Mais ton père est mort. Et pourquoi te cibler spécifiquement, en imitant, dans ses moindres détails, la tragédie qui t'a frappé autrefois ?

— Je sais... Mais nous ne devons pas écarter cette éventualité.

Elle se tut. Si le meurtre de Clara était l'œuvre d'un *copycat*, un acte de vengeance ciblant le clan Butler, jamais Dalton ne découvrirait la vérité sur la mort d'Alexandria et jamais non plus son meurtrier ne serait traduit en justice.

— Tu es toujours en contact avec la famille d'Alexandria ? lui demanda-t-elle enfin.

— Disons que je suis la dernière personne qu'ils veulent voir.

— Alexandria avait-elle des frères et sœurs ? reprit-elle, consciente que le sujet lui était pénible.

— C'était la benjamine. Ses deux frères étaient un peu plus âgés, dit-il d'un ton bref.

Ils arrivaient à San Antonio, et la circulation devenait plus dense.

— Et ses parents ? insista-t-elle.

— Ils ont divorcé six mois plus tard. Mme Miller est restée à Cattle Barge, mais son mari a déménagé. À Houston, je crois.

— Tu crois que je pourrais les contacter ?

Au même instant, la voix désincarnée du GPS leur indiqua qu'ils étaient arrivés à destination, devant un centre commercial.

— Nous y sommes...

Il coupa le contact et prit une grande inspiration avant de sortir de son véhicule.

— Christian te connaît ? demanda-t-il.

— Je ne l'ai jamais rencontré, mais Clara lui a envoyé une photo de nous. Tu sais comment sont les jeunes, ils conservent tout sur leur smartphone, conclut Leanne alors qu'ils s'approchaient du Bagel Factory.

Comme elle devait informer au préalable le patron de Christian de son souhait d'interroger celui-ci, elle fouilla dans son sac à main pour en retirer son badge.

Ce fut une jolie brune d'une quarantaine d'années qui les accueillit.

— Bonjour. Puis-je vous aider ?

— Je suis la détective West, dit Leanne en montrant son badge logé dans le creux de sa paume. Et voici mon associé, Dalton Butler.

Elle avait craint que le nom de Butler, connu, suscite une réaction, mais la femme était hypnotisée par son badge. C'était typique. Lorsqu'ils détachaient les yeux du badge, les gens coulaient systématiquement un regard vers son holster d'épaule.

— J'aimerais m'entretenir avec le gérant de Bagel Factory, reprit Leanne.

— C'est moi.

Leanne jeta un coup d'œil autour d'elle.

— Dans ce cas, puis-je vous parler quelques instants en privé ?

La femme ouvrit de grands yeux.

— Il y a un problème ?

— Je dois aborder un sujet délicat avec l'un de vos employés.

— Vous voulez parler de Christian ?

— Comment le savez-vous ? demanda Leanne, surprise.

— C'est le seul présent ce matin, répondit la femme alors que l'adolescent arrivait avec un plateau chargé de bagels frais.

Celui-ci jeta un coup d'œil vers Leanne puis vers sa patronne et enfin vers Dalton, qui semblait sur le qui-vive.

— Que se passe-t-il ? demanda-t-il, constatant qu'il était la cible de leurs regards.

À dix-sept ans, il était grand pour son âge – un peu plus d'un mètre quatre-vingts –, et beau garçon. En tout cas, travailleur.

Leanne prit une inspiration.

— Bonjour, Christian. Il faut que je te parle.

L'air dubitatif, il sollicita d'un regard l'autorisation de sa patronne.

— Vas-y, lui dit cette dernière.

Elle semblait avoir compris qu'il était sur le point de recevoir de mauvaises nouvelles.

— Vous serez plus tranquilles dans l'espace restauration, ajouta-t-elle. Prenez le temps qu'il vous faudra.

Leanne opina, reconnaissante. Tous trois se dirigèrent vers une table et s'assirent.

— Je vous reconnais, dit soudain Christian. Vous êtes Leanne, la tante de Clara. Que se passe-t-il ?

— Nous sommes venus te parler de Clara, commença Dalton d'un ton plein de compassion.

Il posa la main sur l'épaule de Christian, qui pâlit et tressaillit, comme s'il anticipait les mauvaises nouvelles.

— Un shérif m'a appelé, hier, pour me demander où j'étais le soir du 7 décembre, dit Christian. Sans m'en dire plus… Après, j'ai essayé de joindre Clara, mais elle n'a répondu à aucun de mes appels, ni à mes SMS, poursuivit-il d'une voix un peu plus aiguë. J'ai tout de suite pensé que son beau-père avait…

Il marqua une pause.

— Clara le surnomme Gary l'Ogre… Bref, j'ai pensé qu'il lui avait confisqué son téléphone parce qu'il avait tout découvert.

Découvert quoi ?

11

— Où est-elle ? demanda Christian avec insistance. Que se passe-t-il ? Elle va bien ?

Il les dévisageait tour à tour, l'air de plus en plus désespéré.

Leanne fit un petit signe à Dalton, qui prit la parole en le regardant droit dans les yeux.

— Il est arrivé quelque chose, Christian. C'est grave.

Après avoir marqué une pause, il parla.

Lentement. Calmement.

À chaque mot Christian, qui semblait retenir son souffle, pâlissait davantage. Enfin, des larmes coulèrent sur ses joues tandis qu'il les regardait l'un après l'autre, incrédule.

— C'est ma faute. J'aurais dû..., dit-il enfin d'une voix étranglée.

— Tu n'es pas responsable ! Tu n'es pas coupable ! Il n'y a rien que tu aurais pu faire ! l'interrompit Dalton.

— Vous êtes sûrs que... Clara ? Ma Clara... ? Qu'elle... ?

Dalton le lui confirma d'un bref hochement de tête.

— Ce n'est pas possible..., insista pourtant Christian. Parce que je l'ai vue la semaine dernière... On s'est parlé avant-hier après-midi !

Il y eut un silence.

— T'a-t-elle parlé d'une nouvelle rencontre ou d'un nouvel ami ? reprit Leanne.

— Non. À Cattle Barge, elle ne voyait personne. Elle détestait la région. Elle voulait aller habiter chez vous.

— À cause de Gary ? fit Leanne, amorçant ses questions sans brusquerie.

— Vous soupçonnez son beau-père ? murmura Christian. Il a commencé à être violent avec sa mère après leur déménagement.

— Violent avec sa mère ? répéta Leanne. C'est-à-dire ?

— Il la frappait.

— Et Clara ?

— Non. Pas Clara. Elle ne se laissait pas faire et lui répondait. Mais il était très sévère avec elle. Injuste.

Une lueur jaillit de ses yeux.

— Je voulais lui parler, mais Clara a refusé, poursuivit Christian. Elle disait que ça ne ferait qu'empirer la situation.

— Selon toi, Gary lui aurait confisqué son portable. Pourquoi ?

— Parce qu'il avait tout découvert, dit-il, comme si c'était évident.

— Découvert quoi ? insista Leanne.

Christian les regarda, l'air étonné.

— Vous n'êtes pas au courant ?

— Non…

Clara avait donc un secret.

— Clara avait retrouvé son père biologique, expliqua Christian en posant une main sur la table et l'autre sur son front.

Leanne tombait des nues. C'était la première fois qu'elle en entendait parler. Bethany était-elle au courant ? Le shérif Sawmill l'avait-il découvert en consultant le journal de ses appels ou l'historique de navigation de son ordinateur ?

Christian se passa la main dans les cheveux.

— Il habite à Dallas. Elle l'a contacté. Je n'en sais pas plus.

Dallas ? Telle aurait été la vraie raison pour laquelle Clara avait voulu habiter chez elle ? s'interrogea Leanne, tout étourdie. Mais pourquoi sa nièce le lui avait-elle tu ?

Clara lui avait caché jusqu'à quel point son beau-père était devenu violent ainsi que le fait qu'elle avait retrouvé la trace de son père biologique à Dallas.

De cet homme, Leanne ne savait absolument rien. Bethany avait toujours répugné à parler de cet épisode de son existence.

Elle lui avait seulement expliqué, non sans réticence, que la période où elle avait rencontré le père de Clara avait été la plus sombre et la plus difficile de sa vie. Violente et dévastatrice. C'est en se découvrant enceinte qu'elle avait décidé de se reconstruire et d'avancer au lieu de s'enliser dans le malheur et la misère psychologique.

Jusqu'à quel point les choses avaient-elles été dramatiques ? Le père de Clara était-il un repris de justice ? Un criminel ? Voire un homme capable de supprimer son propre enfant ?

Quels étaient les autres secrets de Bethany ? De Clara ?

Leanne frissonna. Les questions affluaient ; elle n'arrivait plus à faire le point. Elle s'était renseignée sur les antécédents de Gary lorsque Bethany avait commencé à le fréquenter, et avait découvert avec soulagement qu'il n'avait pas de casier judiciaire.

Mais le père de Clara ?

Pourquoi ce dernier l'aurait-il tuée ? Plus précisément, pourquoi un inconnu s'en serait-il pris à sa propre fille, une inconnue ? Ça n'avait pas de sens ! S'il refusait qu'elle le voie, il lui suffisait de lui opposer une fin de non-recevoir. Clara aurait obtempéré.

— Qu'est-ce que Clara t'a confié sur son père ? demanda-t-elle à Christian.

Elle s'en voulait de n'avoir pas insisté pour que Bethany lui en parle et, de nouveau, se maudit de n'avoir pas fait de recherches de son côté. À moins que ce ne soit pas tout... Et justement, elle savait par expérience que c'était généralement le cas.

Quels étaient les autres secrets de Clara ?

— Clara m'a expliqué que son père jouait dans un groupe de musique, vivait dans un loft avec des amis, et faisait des petits boulots assez bizarres pour survivre.

La vue du visage douloureux de Christian était insoutenable à Dalton. Les jeunes ne cherchaient pas à cacher leur peine et leur désespoir, contrairement aux adultes, qui les refoulaient. La détresse de l'adolescent ravivait ses pires souvenirs.

— Tu connais son nom ? fit Leanne.

— Robinson, je crois... Mais je n'en suis pas sûr... En tout cas, je sais que son nom de scène, c'est Havoc, répondit Christian qui paraissait faire de gros efforts pour ne pas s'effondrer. Je n'en sais pas davantage.

Dalton écoutait, l'air de plus en plus sombre.

Gary avait été arrêté. Leanne s'intéressait maintenant au père de Clara, donc toujours plus au cercle intrafamilial. Par le fait, l'éventualité que les meurtres de Clara et d'Alexandria soient liés devenait de plus en plus improbable. Pour autant, il ne pouvait lui reprocher de poser à Christian des questions sur le père de Clara.

Mais Leanne était aussi passée en mode policier, et il voulait adoucir l'interrogatoire auquel elle soumettait Christian.

Il décida d'intervenir.

— Leanne ? Je voudrais m'entretenir seul avec Christian. Tu nous laisses un moment ?

Elle opina, se leva et s'éloigna.

— Je comprends parfaitement ce que tu traverses, parce que je l'ai vécu moi aussi autrefois, dit Dalton, une fois qu'ils furent seuls.

Christian, livide, le dévisagea le regard écarquillé. En état de choc, il faisait de son mieux pour se concentrer.

— J'ai perdu la fille que j'aimais, à ton âge, exactement de la même façon. Le shérif et la police vont t'interroger. N'hésite pas à me contacter si tu te sens démuni ou si tu te sens attaqué, et accusé. Je peux t'aider.

Il sortit une carte de visite de son portefeuille.

Christian le regardait avec une expression de totale confusion.

— Dans ce genre d'affaire, l'enquête peut prendre des directions inattendues, continua Dalton. Dans ce cas, tu peux compter sur moi. Je promets de te soutenir.

— Oui..., murmura Christian, l'air égaré.

— Si tu as des questions sur l'attitude à adopter face aux médias, appelle-moi aussi. Je pourrai te conseiller. D'ici là, je te déconseille de consulter les sites d'infos sur Internet ou sur les réseaux sociaux.

— On ne sait vraiment pas ce qui s'est passé ? demanda Christian après un long silence, la voix brouillée par les larmes.

— Pas pour l'instant. La police a commencé par accréditer la thèse du suicide...

Le jeune homme secoua la tête avec vigueur.

— Non ! C'est impossible ! Nous étions heureux, Clara et moi. C'était du solide. On avait déjà plein de projets d'avenir !

Des larmes roulèrent sur ses joues.

— Je sais. Je n'en doute pas, assura Dalton. Mais la police ne te croira peut-être pas. Ne te laisse pas déstabiliser. Et surtout, ne culpabilise pas.

— Pourtant, c'est ma faute ! Quand elle m'a confié qu'elle voulait entrer en contact avec son père, je l'ai encouragée. Je n'aurais jamais dû insister, sachant que son beau-père serait furieux s'il l'apprenait ! Elle mettait ses espoirs sur un séjour, même temporaire, chez sa tante à Dallas... Moi, tout ce que je voulais, c'était l'aider. La soutenir ! Clara était si malheureuse ! Gary était de plus en plus injuste et sévère...

Christian s'interrompit.

— Et si c'était Gary le coupable ?

— Il est suspect, lâcha Dalton. Cependant, l'affaire similaire à laquelle j'ai fait allusion tout à l'heure et qui remonte à quatorze ans me fait plutôt croire à son innocence.

— Parce que vous pensez que c'est le même type, le coupable ?

— Oui. Écoute, le shérif t'a déjà interrogé sur ton emploi du temps de la soirée du 7 décembre. Quand il te convoquera, il voudra savoir si toi et Clara, vous vous disputiez. Te faire préciser et repréciser des détails, pour t'induire en erreur. Ne diverge jamais de ta version des faits.

— J'ai dit au shérif que le 7 décembre, j'étais à la maison. Je gardais mon frère parce que mes parents dînaient au restaurant.

Il avait dit cela avec facilité, mais un enquêteur compétent pouvait facilement l'embrouiller et l'amener à se contredire.

— Quel âge a ton frère ?

— Douze ans, mais il n'aime pas rester seul à la maison la

nuit, expliqua Christian, les sourcils froncés. Pourquoi vous me le demandez ?

— Parce que la police aussi te posera la question. Pour voir si tu te contredis. Reste vigilant, surtout.

Dalton réfléchit un instant et reprit :

— Clara avait-elle des ennuis ?

— Non, mis à part ceux qu'elle avait avec Gary. Clara allait mal. Mais pas au point de se... de se... suicider, répondit Christian d'un ton catégorique. Jamais elle n'aurait fait une... une chose pareille. On avait prévu d'aller à l'université et de se marier à la fin de nos études. On avait des projets...

Sa voix s'étranglait, se brisait au fur et à mesure qu'il parlait et que ses émotions s'intensifiaient. Quand il se tut, son regard exprimait un tel désespoir que Dalton en fut chaviré.

— Je suis désolé, Christian. Je sais à quel point ça fait mal...

Il posa la main sur l'épaule de l'adolescent qui se jeta dans ses bras, donnant libre cours à ses larmes.

Son avenir, sa vie lui échappaient. Dalton avait lui aussi éprouvé ce choc violent, ce mélange de stupeur et d'incompréhension.

— Ma Clara ne méritait pas ça, murmura Christian dans un souffle.

— Toi non plus. N'hésite surtout pas à m'appeler chaque fois que tu auras besoin de parler. De jour comme de nuit. Je serai là, je te le promets. Et ce ne sont pas des paroles en l'air.

Christian opina. Un éclair de reconnaissance passa dans ses yeux puis, tête baissée, il essuya ses joues humides.

— On devrait rappeler la tante de Clara...

— Seulement quand tu te sentiras un peu mieux.

Christian acquiesça, mais sans conviction.

— Tu peux compter sur tes parents pour te soutenir ? demanda ensuite Dalton.

— Oui. Ils ne sont pas parfaits, mais on s'entend bien.

Dalton en fut soulagé. Christian aurait besoin d'eux et de leur soutien indéfectible dans les prochains jours, les prochaines semaines.

Il fit signe à Leanne de revenir.

La sonnerie du smartphone de Leanne retentit au même moment. Elle consulta son écran en les rejoignant.

— C'est ma nounou, annonça-t-elle.

Elle s'excusa et décrocha sans attendre.

— Tout va bien ? demanda-t-elle d'emblée à son interlocutrice.

Dalton remarqua l'inquiétude dans sa voix. Elle avait la main crispée sur son téléphone tandis qu'elle écoutait avec concentration et pâlissait.

— Où êtes-vous en ce moment ? fit-elle ensuite.

À peine eut-elle entendu la réponse qu'elle s'exclama :

— J'arrive !

Elle riva son regard au sien.

— Un homme cagoulé s'est approché de ma fille et de sa nounou pendant qu'elles étaient au parc ! lui expliqua-t-elle. On doit tout de suite aller à Dallas !

— Non ! Je vais tout organiser afin que ta fille soit conduite au ranch. Il n'est pas question que tu te rendes à Dallas. C'est peut-être un piège. C'est peut-être toi que cet individu vise, Leanne. À cause de ton enquête sur le meurtre de Clara. Fais-moi confiance, je m'occupe de tout !

Là-dessus il prit la situation en main et passa de nombreux appels.

12

Un individu cagoulé s'était approché de Mila et de Mme B., comme l'appelait Leanne, alors au parc. Mme B. avait sorti son Taser et administré au type une décharge de 50 000 volts. Pendant qu'il se tordait de douleur au sol, elle avait mis le bébé en sécurité dans son break et appelé la police. Son mari ayant fait carrière dans les forces de l'ordre, elle avait appris ce qu'il fallait faire dans les situations d'urgence et savait gérer le stress. Juste avant que la police arrive, l'individu s'était relevé et avait filé dans la direction opposée. Mme B. n'avait pu le décrire précisément, car il était cagoulé. De plus, tout était allé très vite.

Tout ce qu'elle avait pu dire, c'est qu'il était grand, un bon mètre quatre-vingts voire plus, et doté d'une musculature impressionnante.

Mme B. et le bébé avaient ensuite trouvé refuge à la division nord de la police de Dallas. Elle y attendait son mari et resterait avec Mila jusqu'à l'arrivée du chauffeur d'une société spécialisée que Dalton avait sollicitée pour conduire Mila dans son ranch.

— C'est une solution rapide et efficace, expliqua-t-il à Leanne effondrée. Les chauffeurs de cette société sont formés pour transporter en toute sécurité des personnalités accompagnées ou non d'agents de protection rapprochée. Les véhicules sont équipés d'un ordinateur portable, iPad, téléphone mobile, système de géolocalisation GPS. Mila sera entre de bonnes mains, je te le promets.

Toujours livide, Leanne hocha la tête.

— Christian, je suis désolée mais nous devons y aller, dit-elle d'une voix tendue par l'angoisse.

— Ne vous inquiétez pas, dit Christian courageusement. Je comprends.

En dépit de l'épreuve qui le frappait, il semblait inquiet pour la sécurité du bébé. Dalton s'en émut. Christian lui avait fait forte impression, et il voulait l'aider.

Et pourquoi ne pas créer une bourse d'études qui, non seulement paierait ses frais de scolarité à l'université, mais assurerait aussi les frais incompressibles du quotidien ? Christian dans l'adversité méritait tout le soutien possible, car la mort violente de sa petite amie allait changer à jamais sa perception de la vie. Il se promit de contacter Ed Staples, l'avocat de la famille pour lui faire part de son idée. Mieux encore, pourquoi ne pas mettre Christian en contact avec un conseiller, créer une fiducie pour payer les dépenses liées à ses études universitaires ?

Soutenu, épaulé, Christian surmonterait un peu mieux la terrible épreuve qui le frappait, conclut-il.

— Un de mes amis va t'appeler dans un jour ou deux, lui dit-il donc. Retiens bien son nom : il s'appelle Ed Staples. Il est avocat.

Christian ouvrit de grands yeux.

— Il va t'aider. Pour l'enquête, mais pas seulement. D'accord ? demanda Dalton.

— Merci…, balbutia Christian. Merci pour tout… Je ne sais pas quoi dire…

De nouveau des larmes inondèrent son visage.

— Il y a quelqu'un chez toi en ce moment ? reprit Dalton.

— Ma mère…

— Je vais faire venir une voiture avec chauffeur qui va te raccompagner chez toi, annonça Dalton en saisissant son téléphone.

— Mais je dois rester travailler…

— Ne t'inquiète pas, je m'en occupe, intervint Leanne. Je te promets que tu ne perdras pas ton emploi.

— Il ne faut pas ! J'en ai besoin pour payer mes études.

— Écoute, Christian, nous ne nous connaissons pas, mais considère-moi comme un ami. Je t'aiderai de mon mieux et à tous les niveaux dans les jours et les mois à venir, répéta Dalton. Ne te fais pas de souci pour ton travail et pour tes études. Je m'en occupe. Tu peux compter sur moi. D'accord ?

Il vit l'incertitude passer dans les yeux de Christian.

— Ce n'est pas de la charité, ajouta-t-il à la hâte. Je veux investir en toi parce que je crois en toi. Marché conclu ?

Il lui tendit la main. Après une hésitation, Christian la lui serra.

— Je ne sais pas comment vous remercier, dit-il avec gratitude.

Dalton lui sourit, et lui demanda son numéro de téléphone qu'il enregistra dans ses contacts.

— Maintenant, tu vas appeler ta mère, et lui annoncer que tu rentres à la maison.

Ils échangèrent encore quelques mots pendant que Leanne allait avertir la gérante de la situation.

Étrangement, offrir son soutien à Christian lui apportait un profond soulagement, presque de la sérénité, constata Dalton étonné. Il avait l'impression de se retrouver, et presque de se réconcilier avec son passé.

À vrai dire, il n'avait jamais été à l'aise avec la fortune familiale et avait toujours cherché un moyen de l'employer à bon escient. Offrir sa contribution, avec cet argent dont il ne savait que faire, lui paraissait plus juste que tout ce qu'il avait entrepris jusque-là.

Subissait-t-il l'influence bénéfique d'Ella, sa sœur aînée si compatissante, généreuse et bienveillante ? Il sentait que son empathie envers Christian avait sur lui un effet thérapeutique : il commençait à se libérer de ses vieux fantômes pour avancer enfin dans sa vie.

Leanne aussi l'y aidait.

Lorsque la voiture qu'il avait commandée pour Christian arriva, Leanne et lui reprirent la route.

— Prends mon portable, lui dit-il quand ils furent sur l'autoroute. J'ai demandé des mises à jour sur la localisation du véhicule qui transporte ta fille toutes les quinze minutes.

— Merci.

Elle prit son smartphone et le consulta.

— La carte te permet de suivre l'itinéraire de Mila en temps réel, lui expliqua Dalton.

— Merci...

L'immense soulagement qui perçait dans ce seul mot lui fit chaud au cœur.

— Ma fille, c'est toute ma vie...

— Je sais.

La voiture qui amenait Mila ne se trouvait plus qu'à une demi-heure de route du ranch quand Dalton franchit la barrière de sécurité de Hereford et se gara à sa place habituelle.

— On sait où est Gary en ce moment ? demanda-t-il en coupant le contact.

— Non. Et je suis surprise qu'il ne soit pas devant ton ranch à tempêter, répondit Leanne avec un soupir.

— Il n'aurait jamais pu s'en approcher, tu peux me faire confiance !

— Gary a-t-il tué Clara ? Ou est-ce cet individu qui a agressé Mila et sa nounou au parc ?

— Et si cette agression n'était qu'un hasard malheureux ?

— Admettons, même si je ne crois pas au hasard. On peut aussi ajouter le père de Clara à notre liste. Le dénommé Havoc, lâcha Leanne.

— Il faudrait avoir davantage d'informations sur lui, enchaîna Dalton.

— Sans son prénom ? Robinson est un nom de famille courant.

— Son pseudo suffira. À mon avis, il n'y a pas beaucoup de musiciens de la scène underground se faisant appeler Havoc à Dallas. On va retrouver sa trace rapidement.

— Tu as raison. Je suis désolée. Je crois que je suis trop épuisée, trop inquiète pour ma fille pour réfléchir.

— Je comprends.

Il lui reprit son smartphone pour y faire des recherches.

— D'après le Blue Potato Bar, qui se trouve dans le quartier de Deep Ellum à Dallas, le groupe de Havoc doit jouer le mois prochain, annonça-t-il après quelques instants. Et selon son site web, il a joué à un concert à Oklahoma City le 7 décembre. Ce sera facile à vérifier.

— A priori, donc, on exclut Havoc, dit Leanne.

Elle soupira.

— C'est bien, ce que tu as fait pour Christian, reprit-elle. Merci.

Ces mots lui firent chaud au cœur, l'arrachant un peu plus à la solitude dans laquelle il s'était enfermé au cours des quatorze dernières années.

— C'est un garçon bien. Il ne méritait pas d'avoir à subir une telle épreuve.

— Toi non plus, souligna-t-elle doucement.

— Je n'étais pas aussi courageux et travailleur que lui, tu peux me croire.

— Ne te sous-estime pas. Tu es un homme courageux. Tu sais, à force de côtoyer toutes sortes de gens, j'ai acquis de l'expérience, et je pense être plutôt bon juge. Mais nous sommes aussi humains et faillibles... Loin d'être parfaits...

Il garda le silence tandis qu'elle tournait les yeux vers le ranch.

— Tu crois que ma sœur est toujours là ?

— Je vais le demander à May : je lui envoie un SMS.

Quelques secondes plus tard, lorsque son téléphone émit un signal annonçant l'arrivée de la réponse, Dalton consulta l'écran et sourit.

— May vient de me répondre. Tranquillise-toi, Bethany est au ranch !

Soulagée, elle se pencha vers lui et l'embrassa.

À la seconde où elle pressa ses lèvres sur les siennes, elle regretta son impulsion et, pire, en eut honte. Sans doute l'afflux d'émotions extrêmes de ces derniers jours l'avait-il poussée à cet élan.

Pour autant, il ne la repoussa pas. Au contraire, il posa spontanément la main sur sa nuque pour lui rendre son baiser.

Le désir monta instantanément, brûlant et tellement

réconfortant. Elle avait besoin de sentir ses bras autour d'elle. Besoin de... Mais avait-elle le droit ?

Maudissant ses pensées sans cesse en mouvement qui l'empêchaient de jouir de l'instant présent, elle recula. Pourtant, bon sang, c'était le meilleur baiser depuis... Non !

Le plus mémorable !

Indiscutablement.

Jamais elle n'avait rien ressenti de tel. N'était-ce pas triste de n'avoir jamais connu la passion avec ses anciennes relations amoureuses ?

Mais quelles anciennes relations amoureuses ?

À l'aube de sa vie d'adulte, elle avait rencontré un homme qui l'avait admirée, et dont elle s'était éprise avec un mélange de légèreté et de sérieux. Ensuite, il y avait eu Keith, le père de Mila, qu'elle avait plus aimé en ami qu'en amant.

C'était tout.

— Je suis désolée, dit-elle sans le regarder.

Embarrassée, elle se détourna et ouvrit sa portière.

Dalton la retint en lui saisissant le bras. Comme toujours, l'étrange décharge d'électricité qui se produisait entre eux au moindre contact la fit tressaillir. Elle n'aurait su dire si elle se réjouissait ou, au contraire, s'alarmait de cette réaction à la fois incompréhensible et puissante.

Était-ce un signe de passion amoureuse ?

Elle se ressaisit. Non. Ce n'était pas le moment ! Elle venait de perdre sa nièce dans des conditions particulièrement tragiques qui n'étaient pas élucidées. De plus, malgré toutes les précautions prises par Dalton, elle s'inquiétait pour sa fille et était impatiente de la serrer dans ses bras.

— « Désolée » ? Il ne faut pas, Leanne !

Il lâcha son bras, laissant une sensation de froid là où sa main avait été posée. Elle frissonna et descendit de voiture.

— Nous avons interrogé la mère de Clara, le petit ami de Clara, dit Dalton en la rejoignant Nous nous sommes confrontés au beau-père de ta nièce, qui a été arrêté et libéré sous caution mais qui clame son innocence. Ce sont tous des proches. Le premier cercle de la victime. Et après ?

Leanne prit une grande inspiration et se dirigea vers le ranch.

— Après ? On élargit l'investigation aux connaissances, collègues de travail. Camarades de classe et professeurs. Aux endroits que la victime fréquentait.

— Le lycée ? Un professeur ? Un chauffeur de bus scolaire ?

Elle hocha la tête.

— À moins qu'elles aient été abordées par un inconnu qui les aura manipulées pour gagner leur confiance, et ensuite piégées. Naïves, elles auraient été trop confiantes. Vulnérables.

Dalton ouvrit la porte et s'effaça pour la laisser passer. Des bruits de voix s'élevaient de la cuisine. En y entrant, Leanne sourit à la vue de sa sœur qui jouait avec Hampton.

Mais quand Bethany leva les yeux, Leanne y lut une tristesse poignante, une expression de lassitude et de vide immenses qui lui serra le cœur.

— Comment vas-tu ? demanda-t-elle, anxieuse.

— Ça va, fit Bethany d'un ton vague.

Hampton leva à son tour la tête et lui adressa un grand sourire.

— Lee-Lee ! s'exclama-t-il.

— Bonjour, bonhomme.

Jamais Leanne ne l'avait vu aussi si détendu et heureux. En même temps, son cœur se serra plus encore, Clara lui manquait tellement. Et Mila… Mais sa petite fille maintenant en sécurité était en route. Bientôt, elle la serrerait dans ses bras.

Réconfortée par cette pensée, elle se concentra sur Hampton. Elle avait craint qu'il soit désorienté d'avoir quitté la maison familiale et par l'absence de son père, mais il paraissait au contraire aller bien.

Oui, vraiment, il y avait de la magie dans ce ranch… Une douce ambiance enveloppait ses occupants, se dit Leanne qui commençait à se sentir plus apaisée.

— Gary a été libéré sous caution, dit Bethany d'une voix presque sans timbre.

— Je suis au courant, répondit Leanne, un peu surprise par le calme de sa sœur.

Tout à coup, Bethany se mit à pleurer en silence, tournant la tête pour que son fils ne voie pas ses larmes.

— Je peux jouer avec toi, Hampton ? intervint Dalton pour détourner l'attention de l'enfant.

Il s'assit à côté de Hampton.

— J'aimais bien jouer avec ce camion, quand j'étais petit, mais je le cachais pour que mon frère ne me le prenne pas.

Hampton lui sourit. Leanne prit place près de Bethany.

— Comment l'as-tu appris ? demanda celle-ci, la voix chargée de souffrance.

Leanne sortit son portable.

— Gary m'a appelée... Je suis désolée de ne pas t'avoir téléphoné. Mais je voulais te l'apprendre en personne.

— Gary m'a menacée de... de représailles si je ne rentrais pas tout de suite à la maison, expliqua Bethany à mi-voix.

Elle jeta un coup d'œil à Hampton, qui jouait toujours avec Dalton.

Tant que la culpabilité ou l'innocence de Gary ne serait pas complètement établie, Leanne refusait que sa sœur reprenne la vie commune avec lui. Mais elle ne pouvait pas non plus la contraindre à rester au ranch, d'autant que Bethany, simplement par esprit de contradiction, serait capable d'en partir.

Pourquoi rester avec un homme qui ne la rendait pas heureuse ?

Leanne ne pouvait lui jeter la pierre... N'avait-elle pas vécu la même situation, autrefois ?

Après le lycée, elle s'était éprise d'un homme d'une trentaine d'années qui l'avait manipulée, l'adulant et la flattant avec une redoutable habileté. Il lui avait dit ce que n'importe quelle très jeune femme avide d'amour et manquant de confiance en elle avait envie d'entendre. À l'époque, elle n'avait pas le recul ou l'expérience nécessaires pour déceler son manque de sincérité et sa flagornerie. Elle y avait donc cru. Et une fois sa conquête faite, il avait changé du tout au tout, ne cessant de la rabaisser.

Ainsi lui disait-il, par exemple, que sa coiffure ne lui allait pas, et qu'il l'aimerait davantage si elle se coupait les cheveux court. Il trouvait qu'elle portait des vêtements trop moulants ou un rouge à lèvres trop voyant. Pour lui plaire, elle s'empressait à le satisfaire. Mais elle avait beau faire, elle ne trouvait jamais grâce à ses yeux ; il continuait de la critiquer.

Puis, un beau jour, elle avait compris. Plus exactement, son regard s'était dessillé. Il avait voulu la briser, en faire sa chose en l'humiliant. Elle avait réussi à se détacher de lui à temps.

S'éloigner de cet homme avait été le plus facile. Reprendre confiance en elle, en revanche, s'était avéré plus délicat. Quoi qu'il en soit, avec le temps et au prix de gros efforts, elle y était parvenue.

Malheureusement, Bethany était plus fragile qu'elle, et elle connaissait l'ascendant de Gary sur sa sœur.

— Tu retournes auprès de Gary ou tu restes au ranch ? ne put-elle s'empêcher de lui demander pour en avoir le cœur net.

Bethany prit une grande inspiration. Hampton soudain alerté tourna les yeux vers elle et la dévisagea avec inquiétude.

— Maman ?

— Ça va, chéri.

Rassuré, Hampton se remit à jouer, et Bethany se pencha vers elle.

— Leanne, comment dire à mon petit garçon que sa sœur... est partie ?

— Simplement. Et ne tergiverse pas plus longtemps : il a besoin de savoir la vérité, répondit Leanne, consciente du fait que sa sœur avait changé de sujet.

— Gary n'est pas parti participer à la chasse, le soir du 7 décembre, reprit Bethany. Il a menti. Il était avec... avec une femme.

Elle hésita quelques instants avant de poursuivre :

— Je savais qu'il me trompait, mais c'était plus simple de fermer les yeux. Je me rends compte maintenant que Gary est un tyran domestique. Intransigeant. Rien ne trouve grâce à ses yeux. Même moi... C'est ma faute. J'ai été trop conciliante trop longtemps...

Avec un sanglot, elle se jeta dans ses bras. Étonnée, Leanne la serra contre elle, la sentant trembler.

— Je comprends, lui murmura-t-elle à l'oreille. Et maintenant, tu dois absolument expliquer ce qui se passe à Hampton. Il comprend bien que quelque chose ne va pas et ça l'inquiète.

Bethany recula, l'air résigné, puis s'approcha de son fils et s'accroupit devant lui. Elle lui annonça la triste nouvelle avec quelques mots simples, et enfin le serra dans ses bras en pleurant.

— Gary a menti sur son alibi. Il ne participait pas à une chasse au cerf de Virginie, expliqua Leanne à Dalton. Bethany savait qu'il était avec une femme. Il la trompe.

Ils faisaient quelques pas devant le ranch en attendant l'arrivée de Mila. Bethany, épuisée, était allée faire une sieste avec Hampton.

— Le shérif Sawmill est au courant ?

— Je ne sais pas. En tout cas, il sait qu'il a menti sur son alibi pour le soir du 7 décembre. Ce qui lui aura suffi pour le mettre en état d'arrestation, et le faire passer devant un juge, même si Gary a obtenu une libération sous caution.

Leanne se tut. À se concentrer sur Gary au motif qu'il se serait rendu coupable de violences ayant entraîné la mort sans intention de la donner pour ensuite maquiller son crime en suicide, Dalton et elle avaient oublié un détail fondamental qui excluait la thèse du *copycat* : le nœud de camionneur.

Comment avaient-ils pu l'oublier ?

— Je peux revoir tes photos de la scène de crime ? demanda-t-elle soudain à Dalton.

Il sortit son smartphone. Leanne se rapprocha pour mieux voir, l'effleurant. De nouveau, il y eut entre eux ce crépitement d'électricité désormais familier.

Dalton lui tendit l'appareil et recula. Elle y fit lentement défiler les photos jusqu'à ce que l'un des clichés retienne son attention.

— À quelle hauteur est cette branche ? demanda-t-elle, le cœur serré, et consciente que Dalton lui aussi se raidissait.

Le simple fait de poser les yeux sur la photo de ce chêne lui causait une douleur morale et physique aiguë. Ses réflexes professionnels reprirent le dessus, et elle se ressaisit, mais au prix d'un gros effort.

Refouler la douleur, c'était courir le risque de la rendre plus insoutenable au moment où, par un effet boomerang, elle reviendrait. Car une peine refoulée ne disparaissait jamais. Au contraire, elle creusait en soi des galeries aux profondeurs insondables.

— Environ deux mètres, répondit Dalton, regardant de plus près.

— Il y aurait donc, a priori, quarante centimètres entre la branche et le cou des victimes.

Elle avait préféré employer le terme « victime ». Prononcer les prénoms de Clara et Alexandria était trop personnel et intime, et elle craignait de se laisser déborder par ses émotions.

— Quelle était la taille de ton amie ?

— Un mètre soixante, répondit Dalton, l'air intrigué.

— Les pieds des victimes n'étaient qu'à quelques centimètres du sol. Et tu as dit que si l'une ou l'autre avait eu connaissance du nœud de camionneur, elle aurait pu le défaire facilement, seulement en tirant sur l'une des extrémités de la corde. Donc se libérer sans mal.

Dalton se passa la main sur le menton. Il avait une barbe de trois jours, et les yeux cernés.

— À mon avis, la mort a précédé la pendaison. La pendaison a un sens profond pour le meurtrier, acheva Leanne.

— Il a voulu frapper l'imagination ?

— Prouver, montrer quelque chose.

— Qu'il est le plus intelligent ?

— Qu'il est supérieur. Le profil psychologique de cet individu ne correspond vraiment pas à celui de Gary.

— Continue, tu m'intéresses.

— Je pense que l'individu connaît la région. Il y est né, y vit ou y a vécu. Gary, lui, n'était jamais venu à Cattle Barge avant de s'y installer.

— Et cependant, il a choisi d'y emménager.

— Il a quitté San Antonio pour Cattle Barge uniquement parce qu'il y a trouvé un nouvel emploi. Qu'il a ensuite perdu...

— Il est frustré. Ne veut-il pas montrer qu'il a du pouvoir ?

— Frustré, il l'est, c'est indiscutable.

Leanne faisait les cent pas devant la maison.

— Mais Gary est un sanguin, un impulsif. Et, selon moi, les meurtres ont été soigneusement prémédités. La pendaison est porteuse d'un message, poursuivit-elle.

— Pourquoi le meurtrier aurait-il attendu quatorze ans avant de faire une nouvelle victime ?

— C'est un tueur en série.

— Pourquoi cette déduction ?

— Selon la définition généralement admise, le tueur en série est un sujet qui a commis plusieurs homicides sur des personnes qui lui sont le plus souvent étrangères, en des lieux et temps différents. Le laps de temps entre deux meurtres peut aller de quelques jours à plusieurs années. Dans le cas présent, nous avons deux meurtres dans un intervalle de quatorze ans.

Oppressée, elle reprit son souffle pour continuer :

— Dans la majorité des cas, les meurtres des tueurs en série se caractérisent par leur cruauté ou par ce qu'on appelle des actes d'accompagnement inhabituels.

Elle marqua une pause.

— Manquait-il quelque chose à la première victime ? Des bijoux ? Un objet ? Un vêtement ?

— Le shérif n'a jamais retrouvé une boucle d'oreille d'Alexandria.

— Le tueur a pu s'en emparer.

Dalton se passa la main dans les cheveux, comme s'il essayait de les discipliner. Son visage fatigué et chacun de ses mouvements trahissaient son agitation et son désarroi.

— Pour la garder en souvenir, ajouta Leanne.

Avait-il aussi subtilisé et conservé un objet ayant appartenu à Clara ? Le cas échéant, le shérif avait-il relevé ce détail ?

La colère, familière, montait en elle. Elle devait absolument la dompter pour garder son objectivité et sa capacité de réflexion.

Peut-être pouvait-elle faire une liste de questions qu'elle demanderait à Bethany de poser au shérif. Ce dernier, s'il refusait de lui parler, pourrait beaucoup plus difficilement refuser d'informer la mère de la victime sur les progrès de son enquête ?

— Tu crois que Bethany pourrait interroger le shérif et essayer d'obtenir des renseignements ? demanda Dalton au même instant.

Au son de sa voix, elle sursauta et se sentit rougir parce que non seulement il venait de traduire à voix haute ses pensées, mais aussi parce que, sans s'en rendre compte, elle avait continué à le regarder fixement, sans le voir.

13

— Je me faisais justement la réflexion. Bethany est en droit de s'informer au nom de la vérité sur la mort de sa fille et de l'implication éventuelle de son mari.

Elle soupira.

— Quel tableau de famille ! Bethany est soumise et vulnérable, Gary violent et infidèle, Hampton sensible, du moins fragilisé par les conflits familiaux, Clara, révoltée. Et moi, eh bien… obstinée et…

— Toutes les familles sont compliquées. Aucune n'est parfaite, lâcha Dalton un peu trop vite. La mienne comme les autres.

— Ah bon ? Tu entretiens pourtant d'excellentes relations avec tes frères et sœurs !

Et avec ses parents ?

— Tu ne parles jamais de ta mère. Tu en étais proche ? demanda-t-elle avec intérêt.

— Je ne peux pas te répondre, parce que ma mère a quitté la maison quand on était encore petits. Et mon père, comme tu le sais, était le grand et l'illustre Maverick Mike Butler. Ce n'était pas le genre d'homme à réunir ses enfants autour d'un feu de camp, le vendredi soir, pour faire le bilan de la semaine et nous faire parler de nos émotions ou sentiments.

Il s'exprimait d'une voix neutre, comme s'il évoquait quelque fait sans importance.

— Par conséquent, tu ne sais pas grand-chose sur tes parents, remarqua-t-elle avec regret.

Elle avait envie d'en apprendre davantage sur lui, et qu'il se confie à elle.

— Les faits et gestes de mon père faisaient la une des journaux, poursuivit-il. Et cependant, c'était un homme secret. Il a réussi à cacher certains de ses exploits au public. Lui et moi n'avions pas des rapports très affectueux. Il était autoritaire, j'obéissais. Dade aussi. Nous le redoutions tous, en fin de compte.

— Mais il te manque avec l'approche de Noël, n'est-ce pas ?

Pour elle, depuis la mort d'Abigail, cela avait été la période de l'année la plus éprouvante. Cette année, elle avait attendu avec impatience de fêter le premier Noël de Mila, mais la tragique disparition de Clara allait le rendre encore plus triste que les précédents.

— Je ne sais pas, dit Dalton après un silence. Enfin si. Sa présence me manque, mais l'homme non.

— Je suis désolée, dit-elle doucement faute de mieux.

Dans le cadre de son travail, elle était souvent amenée à prononcer ces mots et le faisait toujours avec sincérité. Cependant, à cet instant, ils lui parurent particulièrement vains et vides de sens.

La solitude était le lot des personnes en deuil, rien ne pouvait alléger la réalité des faits.

Et, à la pensée de Clara, des larmes qu'elle ne put retenir lui montèrent aux yeux, puis roulèrent sur ses joues.

Embarrassée, bredouillant de pauvres excuses, elle baissa la tête pour les cacher à Dalton. Mais il lui releva le menton. Elle croisa son regard si bleu, si limpide, si souvent assombri par la tristesse et la compassion. Lui aussi avait eu son lot de tragédies. L'abandon par sa mère, les meurtres d'Alexandria et de son père, et enfin ses relations compliquées avec ce dernier.

Les épreuves que tous deux avaient vécues avant de se rencontrer avaient cependant créé un lien, cette étrange connivence qui expliquait, en partie, leur puissante attirance.

Dalton essuya les larmes sur ses joues avec geste plein de tendresse.

— C'est le premier Noël de Mila, murmura-t-elle alors. Et je n'ai encore rien préparé. Je n'ai ni sapin ni décorations. Rien. Je suis une mère calamiteuse...

— Ce n'est pas parce que tu n'as pas encore préparé Noël que tu es une mauvaise mère ! Et tu as tout de même des circonstances atténuantes, tu ne crois pas ? Ne sois pas si dure envers toi.

Elle cilla, le fixant, et ne songea bientôt plus qu'à son désir de sentir de nouveau ses bras autour d'elle et ses lèvres sur les siennes, avec ce flot de chaleur qui accompagnait l'étreinte et le baiser. Elle y puisait un tel réconfort, tant de passion et de sensualité ! Pourquoi résister ? Elle avait tellement besoin de Dalton et de sa force...

Alors, cédant à son désir, elle se hissa sur la pointe des pieds.

Dalton semblait n'avoir attendu que ce moment, car il lui rendit son baiser avec empressement.

Forçant sa bouche avec impétuosité et tendresse, il enroula sa langue tiède et veloutée autour de la sienne, tout en passant le bras autour de sa taille.

Elle soupira très doucement avant de poser les mains sur ses épaules, les agrippant pour l'attirer plus près encore. Le désir montait, se diffusait dans tout son corps, accompagné de délicieux frissons.

La bouche de Dalton recouvrait impétueusement la sienne, la possédait. Son souffle tiède était plus rapide. Cet ardent baiser et cette étreinte provoquaient des crépitements qui électrisaient jusqu'à ses moindres terminaisons nerveuses.

Mais un bruit de moteur et le crissement de pneus sur le gravier la dégrisèrent soudain. En même temps, une joie pure et maternelle fit bondir son cœur.

Mila !

Dalton recula, entrelaça ses doigts à ceux de Leanne et la conduisit vers la voiture qui venait de s'arrêter.

Il était très ému. Il connaissait déjà le sérieux de Leanne, avait vu sa tristesse et deviné sa sensualité. Maintenant, il découvrait autre chose : sa tendresse maternelle.

Un éclair de tendresse en effet illumina ses traits à la vue de sa fille. Suivant son regard, il vit un bébé dont le visage doux et rond s'éclaira d'un grand sourire. Mila avait un fin duvet blond sur la tête, de grands yeux de la même couleur de miel que ceux de sa mère et ne cessait plus de sourire.

Témoin de la puissance du lien qui les unissait, Dalton sentit son émotion croître.

Une famille...

Une famille avec Leanne et Mila.

Frappé par cette pensée fulgurante et inattendue, il eut un soubresaut et, la gorge serrée, s'excusa, puis retourna dans la maison.

Il alla dans la cuisine et se servit une tasse de café, après quoi il se rendit dans la véranda où, dans le silence et la solitude, il se ressaisit pour récapituler les dernières informations relatives à l'enquête.

Qui avait approché Alexandria et Clara ?

Qui avait fait en sorte de gagner leur confiance ? Et les avait droguées ? Toutes deux traversaient une période de vulnérabilité sur le plan psychologique – Alexandria était en colère contre ses excès et stressée par les disputes de ses parents, et Clara était en conflit ouvert avec son beau-père et en quête de son père biologique.

Fragilisées, elles avaient été manipulées. Et droguées. Par quelqu'un qu'elles connaissaient ? Par un inconnu ?

Un tueur en série.

Qui avait accès à des stupéfiants ?

Le pharmacien de Cattle Barge ? La famille de Larry Wentworth était établie dans la région depuis au moins trois générations, se récapitula Dalton qui le connaissait bien, et qui avait été dans la même classe que son fils Bartholomew. Pour soulever les adolescentes, même menues, il fallait être fort. Or, non seulement M. Wentworth avait la soixantaine bien tassée, mais il était fluet et de petite taille. Il n'aurait pu les soulever de terre.

Alors Bartholomew ? Il était vigoureux, et avait accès à des substances ou préparations classées comme stupéfiants dans la pharmacie de son père. Mais pour quelle raison Bartholomew, qui de plus avait son âge, aurait-il tué Alexandria et maintenant Clara ?

Contre toute attente, ses pensées prirent une autre direction. Bartholomew Wentworth s'était-il marié ? Avait-il fondé une famille ? Oui, sans doute. Comme la plupart des gens de son âge..., songea-t-il. Comme son frère Dade.

Seuls Cadence, la benjamine de la famille, et lui étaient toujours célibataires, conclut-il sourcils froncés.

Avait-il envie de s'engager ? Oui ! se dit-il surpris par cette réponse inattendue et spontanée, songeant à Leanne. Y était-il prêt ? Pas encore. Avant, il devait retrouver le meurtrier d'Alexandria et faire justice.

Il fallait d'abord qu'il fasse la paix avec son passé.

Sourcils froncés, il concentra son attention sur sa tasse de café qu'il enveloppa de ses mains, pensant à Christian dont le sort lui rappelait tellement le sien. La tragédie qui le privait de sa petite amie et amputait ses rêves d'avenir allait affecter toute sa vie future. Lui reprocherait-on aussi de vivre avec le fantôme d'une petite amie tragiquement disparue ?

La voix de Bethany, soudain, l'arracha à ses pensées.

— Je peux me joindre à vous, Dalton ?

— Je vous en prie, dit-il avec un geste vers le fauteuil que Leanne avait occupé ce matin.

— Merci.

Elle s'approcha.

— Vous avez un alcool fort à me proposer ? reprit-elle en s'asseyant.

Elle replia les jambes, et noua les bras autour de ses genoux.

— Non, fit-il d'une voix ferme.

Un ange passa.

— Je me demande ce que vous pensez de nous, commença Bethany avec hésitation. Nous devons vous paraître étranges. Après tout, vous avez grandi dans ce beau ranch, au sein d'une famille nombreuse et unie.

— Détrompez-vous, Bethany.

Face à son étonnement, il reprit :

— L'herbe est toujours plus belle dans le pâturage voisin. Ma famille a connu son lot d'épreuves, le bonheur n'y a pas toujours été au rendez-vous. La mienne n'a rien d'exceptionnel et ressemble aux autres. Avec ses joies et ses peines.

— Vous avez beau dire, j'en doute ! dit-elle en faisant de la main un signe de dénégation. Vous êtes riche !

— Et de la richesse découlent notre bonheur ou notre aptitude au bonheur ? Encore une fois, détrompez-vous. Ne pas avoir de soucis d'argent est un immense privilège, j'en conviens. Mais ça ne suffit pas à rendre heureux.

Il y eut un silence.

— Je n'arrête pas de réfléchir..., reprit Bethany changeant subitement de sujet. Et, chaque fois, j'en arrive à la même conclusion : Gary est soupçonné à tort. Lui et Clara avaient des relations conflictuelles, mais...

Elle fit un geste exprimant la frustration et l'impuissance, puis entrecroisa les doigts.

Prudent, Dalton attendit la suite. Bethany était-elle sur le point de lui faire une confidence importante ?

Elle s'essuya les yeux en réprimant un sanglot.

— Mais ce n'était pas tout. Comme je l'ai signalé au shérif, Clara avait des problèmes au lycée..., enchaîna-t-elle. Elle était bonne élève, mais les autres se moquaient d'elle.

S'interrompant, elle s'essuya de nouveau les yeux.

— Cette ville est petite, lui fit-il remarquer. Les gens se connaissent depuis toujours. C'est souvent difficile, pour un nouvel arrivant, de s'intégrer et de se faire sa place.

— Certains la jalousaient parce qu'elle avait de meilleures notes, poursuivit-elle sans l'écouter. Elle était intelligente et tellement douée...

— Clara était vraiment harcelée ? Intimidée ?

Bethany haussa les épaules avec lassitude.

— À une ou deux reprises, elle a mentionné des élèves qui lui auraient donné des coups de coude malveillants ou qui l'auraient bousculée dans les couloirs. Mais ça n'a rien d'extraordinaire, dans un lycée...

— L'avait-elle signalé au principal ? Ou à un professeur en particulier ?

Se pouvait-il que Clara ait été aussi la cible de rumeurs dégradantes sur les réseaux sociaux ?

— Non. Elle a refusé : elle craignait que la situation empire.

Le harcèlement, un bizutage dont Clara aurait pu être victime auraient-ils eu une issue tragique ? Et les lycéens, ayant eu connaissance de détails relatifs au meurtre d'Alexandria via Internet, auraient-ils mis en scène le suicide de Clara ?

Dalton avait lu des histoires sordides et dramatiques de bizutages qui se déroulaient en particulier dans les fraternités étudiantes. Il n'avait jamais voulu y adhérer, et n'avait jamais compris qu'on puisse le désirer au point de renoncer à toute dignité et d'accepter que son intégrité physique soit cruellement bafouée.

Il était trop indépendant, et surtout trop solitaire, pour se conformer à ces pratiques selon lui d'un autre âge.

Des lycéens ne pouvaient avoir harcelé Clara au point de provoquer sa mort, principalement parce que la théorie selon laquelle la mort de Clara serait liée à celle d'Alexandria s'effondrerait.

Il se ressaisit. Il devait conserver toute son objectivité, et s'en tenir aux faits, rien qu'aux faits. Et, par-dessus tout, ne rien laisser au hasard...

Une idée lui vint.

Certes, Leanne et lui ne pouvaient avoir accès à l'ordinateur portable de Clara, à son smartphone ou son journal intime, mais ils pouvaient consulter son profil et ses posts les plus récents sur les réseaux sociaux. Peut-être y trouveraient-ils un indice sur un éventuel harcèlement. D'un autre côté, jusqu'à quel point les informations de Bethany étaient-elles fiables ? N'exagérait-elle pas les difficultés d'intégration de Clara dans son lycée ?

— Et le père de Clara ? Êtes-vous en contact avec lui ? demanda-t-il, mû par une nouvelle inspiration.

Bethany lui adressa un regard stupéfait.

— Pourquoi cette question ? Il a disparu peu après la naissance de Clara.

Après une hésitation, certain que Bethany, en confiance, se détendrait et s'ouvrirait davantage, il décida de parler de sa vie personnelle.

— Ma mère aussi, dit-il donc brusquement.

Sous le choc, Bethany ouvrit de grands yeux.

— Au temps pour moi… Je pensais que la vie dans ce ranch était parfaite à tous égards, lâcha-t-elle.

— Comme vous le constatez, elle ne l'a pas toujours été. L'argent ne donne pas le droit au bonheur, comme je vous le disais tout à l'heure.

— D'accord. L'argent ne peut l'acheter, mais il y contribue beaucoup. Je suppose que vous n'allez pas me dire le contraire.

— L'argent n'est pas source de bonheur ou de malheur, à vrai dire. Seul compte l'usage qu'on en fait. Et, dans la vie, de quoi a-t-on besoin, en fin de compte ? De peu de chose. Le reste dépend de nos décisions et de nos rencontres, vous n'êtes pas d'accord ?

D'emblée, cependant, sa fortune lui offrait des possibilités. Aider autrui. Être solidaire. Partager.

Il s'arracha à ses pensées pour revenir à la réalité.

— Vous ne pensez pas que le père de Clara doit savoir ce qui s'est passé ? demanda-t-il, pour savoir si Bethany était au courant des recherches de sa fille.

Sa réponse fut catégorique.

— Non. Pourquoi ? Le père de Clara ne s'est jamais intéressé à elle.

Dalton garda le silence.

Ce n'était pas à lui d'informer Bethany des démarches que Clara avait entreprises pour retrouver son père biologique.

En revanche, il était impatient de rencontrer le shérif pour évoquer avec lui les toutes dernières hypothèses de Leanne.

Le shérif Sawmill accepterait-il de les écouter, Leanne et lui ?

Soudain, Bethany plissa les yeux et se redressa.

— Clara m'avait parlé d'un type qui traînait dans le coin, et dont la vue lui donnait la chair de poule.

— Récemment ?

— Un peu après la rentrée des classes. À l'automne. C'était il y a environ trois mois. C'est sans doute pour cette raison que je l'avais oublié.

— Clara n'en a plus jamais reparlé ?

— Non. Du moins, je ne m'en souviens plus... J'ai peut-être manqué de vigilance...

La douleur si familière et la culpabilité se peignirent sur ses traits.

— À la rentrée des classes, Clara se plaignait surtout d'être loin de ses amis de San Antonio. Elle en parlait sans cesse, et répétait qu'elle détestait Cattle Barge. Elle était braquée, et ne voyait que les aspects négatifs de notre nouvelle vie. J'ai fini par moi aussi me braquer. Gary au chômage était à cran, Clara aussi. La vie à la maison est devenue intenable, j'ai atteint un point de non-retour, confia-t-elle.

Elle se tut, et l'observa. Craignait-elle qu'il la juge durement ?

— Les adolescents sont excessifs, vous savez, dit-il doucement. Ils donnent parfois l'impression de vivre de vraies tragédies.

Bethany acquiesça, manifestement reconnaissante de la compréhension qu'il lui témoignait.

Il se souvenait parfaitement de son adolescence et de celle de Dade. N'avaient-ils pas été braqués ? Obstinés ? Exaspérants ?

Puis une pensée le frappa. Et si, finalement, il n'avait gardé en mémoire, de ces années-là, que les mauvais moments, la dureté de son père, et occulté le reste ? N'avait-il pas eu tendance, à l'époque, à partager les gens en deux catégories : « bon » ou « mauvais » ?

Au fond, il savait que son père avait changé, au cours de ces dernières années. Mais en s'accrochant à l'image négative qu'il s'en était forgée, il était peut-être passé à côté de lui.

— Est-ce que Clara vous a fait une description de cet individu qui lui faisait froid dans le dos ? demanda-t-il, revenant au présent.

— Non. Enfin, je ne me souviens pas. C'est peut-être ma faute, parce que je n'ai plus évoqué le sujet. Et Clara non plus. Enfin, comme je vous disais, je ne sais pas...

Elle eut une hésitation.

— Clara n'a pas reparlé non plus des brimades qu'elle subissait au lycée. Je me rendais compte qu'elle était malheureuse, je la rabrouais... mais... Ah ! si j'avais pu me douter !

Un sanglot lui échappa.

— J'aurais dû accepter qu'elle séjourne chez l'une de ses amies de San Antonio. Elle serait encore en vie...

— Ne dites pas des choses pareilles, Bethany, dit-il, tout en sachant qu'elle traînerait ses regrets jusqu'à son dernier jour. C'est inutile. Je sais à quel point vous aimiez votre fille. Vous ne pouviez pas anticiper une situation si tragique... Personne ne le pouvait. Vous ne devez pas vous accabler davantage. Vous portez déjà un fardeau assez lourd.

Tandis qu'il parlait, Dalton avait l'impression d'être hypocrite. Après tout, n'était-il pas depuis quatorze ans dans le même état d'esprit que Bethany ? Le meurtre d'Alexandria avait investi et imprégné ses pensées, ses choix de vie, ou plutôt l'absence de choix, et l'avait rendu solitaire, replié sur son passé et sa souffrance.

Leanne la première avait réussi à lui redonner l'envie de vivre et d'aimer. De s'arracher au passé.

Il avait besoin d'elle.

Il était prêt à lui faire de la place dans sa vie.

14

Bethany et Hampton se reposaient. Mila dormait dans leur chambre, Hampton ayant demandé que le bébé la partage. Était-ce sa façon à lui de conjurer l'absence de Clara ?

Leanne décida d'aller prendre l'air, pour se détendre et réfléchir au calme. Elle sortait quand elle vit Dalton entrer dans la grange avec un sac d'avoine. Mue par une impulsion, elle le rejoignit.

— Dalton ? Tu es où ? appela-t-elle en entrant dans le bâtiment quelques minutes après lui.

Sa voix lui parvint d'une stalle du fond.

— Leanne ? Je suis là !

Elle s'approcha.

— Le ranch est bien calme ! C'est bizarre, non ?

Il sourit.

— Non. Pas à cette heure de la journée. Tout le monde s'occupe du bétail, vérifie les clôtures ou fait les réparations nécessaires.

Leanne caressa la jument qui occupait la stalle.

— Elle est magnifique...

— Cette vieille jument grise ? C'est Lizzie, dit-il avec un sourire plein de fierté. Elle m'appartient. Son propriétaire voulait qu'elle soit euthanasiée après avoir perdu une course. Mais un entraîneur a eu pitié d'elle en découvrant qu'elle avait des problèmes de santé qui expliquaient ses défaillances. Billy « Big Heart » Willy au grand cœur l'a fait sortir du haras par-derrière, cherchant quelqu'un, n'importe qui, qui lui promette de s'occuper d'elle et de ne plus jamais la faire courir. Il aurait en effet perdu son travail si son patron avait revu Lizzie sur un champ de courses.

Il tapota son long cou.

— Lizzie vit ici depuis six ans, et elle va bien, conclut-il.

— Tu es né dans ce ranch, tu étais destiné à devenir rancher, mais était-ce ton but dans la vie ? demanda-t-elle avec intérêt.

— Oh oui ! répondit-il sans la moindre hésitation. J'aime la terre, le travail manuel, et la vie en plein air. C'est ce qui m'a permis de ne pas sombrer complètement dans la folie, après la mort d'Alexandria. J'ai toujours su que ma place était à Hereford. Et toi ? Tu as toujours voulu être dans la police ?

— Non. Du moins, pas jusqu'à l'adolescence. C'est à partir de là que j'ai commencé à réfléchir sérieusement à mon avenir professionnel. Je voulais apprendre un métier, avoir une existence meilleure que celle que j'avais eue avec ma mère. Toutes les deux avions des fins de mois difficiles et habitions un petit appartement. Nous étions l'une sur l'autre, pour ainsi dire.

Elle sourit à ce souvenir qui, pourtant, n'était pas des plus agréables.

— J'ai misé sur la police parce que je voulais une formation courte mais un métier lié à la justice. Et je me suis investie à fond.

— Le travail m'a permis d'échapper au chagrin, et toi à ta condition.

— En quelque sorte.

— Vous étiez proches, toi et ta mère ?

— Nous étions presque comme deux sœurs parce qu'elle était très jeune. On découvrait la vie ensemble... On a dû faire face à de nombreuses difficultés d'ordre économique qui rendaient nos rapports parfois difficiles, mais on s'en est toujours sorties.

En perdant sa mère, elle avait tout perdu et était devenue encore plus solitaire.

Elle avait parlé en regardant Dalton dans les yeux. Quand le silence retomba, elle sentit de très subtiles variations dans l'atmosphère. Soudain, elle se mit à respirer plus vite, et toute pensée rationnelle la fuit.

Dalton restait immobile comme si, conscient lui aussi de la tension ambiante, il hésitait. Après quelques instants, il s'approcha sans hâte, passa la main derrière sa nuque, l'attira à lui et l'embrassa.

Elle sentit le goût du café sur ses lèvres lorsque leurs bouches se rencontrèrent. Le désir qui l'envahit au contact de son corps fut amplifié par les mains de Dalton qui glissèrent bientôt sous son chemisier pour prendre en coupe ses seins enfermés dans son soutien-gorge en dentelle. Aussitôt, elle sentit ses mamelons durcir.

C'était donc ça, la passion, songea-t-elle égarée. C'était cette sorte d'impatience, cette fulgurance et cette intensité que jamais elle n'avait ressenties.

— N'arrête pas cette fois, Dalton, par pitié, murmura-t-elle, haletante.

L'entendit-il ? Peut-être. Peut-être pas. Seul comptait le fait qu'il continuait de l'embrasser et de la caresser. Elle crispa les mains sur ses épaules, s'y retenant alors qu'il reprenait sa bouche un instant délaissée et introduisait, à la fois avec douceur et impétuosité, sa langue tiède entre ses lèvres.

Alors il gémit. C'était un son guttural, très bas, et elle se dit qu'elle n'avait jamais rien entendu d'aussi sexy. Les mains tremblant de désir et d'impatience, elle déboutonna son chemisier. Dalton l'aida, lui retirant son holster, avant de la conduire dans le bureau un peu plus loin – une pièce de taille modeste, au sol dallé, avec un bureau, un fauteuil, et un petit canapé.

Elle posa son holster avec son arme sur le bureau, y jeta son chemisier. Fébrilement, elle se débarrassa de ses chaussures avant de retirer son soutien-gorge, son jean, et enfin sa culotte en dentelle.

Quand elle reporta son attention sur Dalton, elle découvrit qu'il était nu. Elle le regarda de la tête aux pieds, et sentit son pouls déjà rapide accélérer plus encore. Ils restèrent ainsi, immobiles et silencieux, face à face, très proches mais sans se toucher.

C'était tellement érotique...

Elle frémit d'émotion en voyant l'admiration dans ses yeux brillants. L'avait-on un jour regardée ainsi ? Non. Jamais.

— Tu es belle, dit-il enfin, s'approchant.

Son cœur manqua un battement et, consciente de rougir, elle baissa les yeux.

Depuis sa grossesse, elle ne se sentait pas à l'aise avec son corps. Ses hanches s'étaient arrondies, elle gardait sur le ventre des marques qui n'avaient pas disparu après son accouchement.

Mais Dalton ne paraissait pas le remarquer. Le regard étincelant, il s'approcha encore.

— Tu es beau, toi aussi, murmura-t-elle.

Son regard glissa sur lui puis sur son torse musclé puis beaucoup plus bas, sur son sexe érigé, et elle constata à quel point il aimait la voir nue.

À quel point il la désirait.

Cette pensée lui donna le vertige.

— Je veux sentir tes mains sur moi, Dalton, dit-elle, s'enhardissant.

Il obtempéra sans hâte, et la caressa, le regard rivé au sien. Parcourue de frémissements, elle ferma les yeux, mais les rouvrit en sentant qu'il s'écartait d'elle. Renonçait-il ? Non, il ne s'était éloigné que pour sortir un préservatif de son portefeuille posé sur le bureau. Elle le lui prit des mains, déchira l'emballage et, très lentement, le lui enfila.

À peine eut-elle terminé qu'il reprit sa bouche ardemment. Elle se sentit fondre, littéralement se liquéfier d'impatience et de désir.

Et à son tour elle le caressa, longtemps, l'effleurant du bout des doigts, des ongles, puis d'une paume plus insistante. Elle souriait, et lui aussi souriait.

Jamais elle n'avait été si sûre d'elle, de la justesse d'une décision.

Enfin elle n'était plus seule.

Dalton sentait son cœur battre la chamade alors qu'il savourait son baiser, les sensations et le goût de la bouche de Leanne. Il délaissa bientôt ses lèvres pour l'embrasser partout sur le visage, dans le cou, avant de, très tendrement, embrasser ses seins tièdes, qu'elle lui offrait cambrée et gémissante, de les caresser de la pointe de la langue puis d'en mordiller ses mamelons.

En dépit de son impatience, il la fit asseoir doucement sur le bureau avant de l'embrasser plus bas, de plus en plus bas, rapprochant toujours sa bouche de sa féminité tiède et moite. Avec un gémissement, elle renversa la tête en arrière pendant qu'il continuait sa caresse habile et sensuelle, jusqu'à ce qu'il la sente bientôt à bout de désir.

La laissant ainsi au bord du plaisir, il se redressa, mais elle le retint, enroulant voluptueusement les jambes autour de ses reins, sa féminité brûlante venant à la rencontre de son érection.

Il dut se faire violence pour dompter son impatience et ne pas la posséder d'un coup de reins pour laisser libre cours à sa jouissance sans se soucier de la sienne. Elle était si sexy, si féminine. Et d'une telle douceur... Tout en la regardant, il la pénétra lentement. À ce moment-là, il crut, pour la seconde fois, qu'il ne pourrait plus attendre.

— Dalton...

Elle avait prononcé son prénom d'une voix très basse, mais jamais son n'avait été plus doux à son oreille. Il aurait voulu qu'elle le prononce encore et encore, jusqu'à ce qu'elle le crie en jouissant. Aussi la posséda-t-il plus profondément, s'exhortant sans cesse à la patience.

Pas si vite, Butler !

Leanne était belle, elle correspondait à son idéal de perfection féminin, découvrit-il avec surprise. Il planta son regard dans le sien, lui sourit, et l'étincelle qui jaillit de ses prunelles couleur de miel le galvanisa.

Quand elle se redressa pour se presser contre lui, il prit ses fesses en coupe, pour à son tour renforcer l'intimité de leur étreinte.

Alors leurs ébats devinrent frénétiques. Bientôt, elle cria son nom d'extase alors que ses muscles intimes se contractaient autour de son sexe. Dalton ferma les yeux et, la pressant contre sa poitrine de toutes ses forces, se raidit et céda à son tour au plaisir.

Le silence ensuite tomba. L'apaisement vint et le temps peu à peu reprit son cours. Ils restèrent néanmoins immobiles, ne voulant pas encore rompre le charme afin de profiter au maximum de ce présent si précieux.

— Ça change tout pour moi, dit-il doucement quand il eut repris ses esprits.

Leanne ne fit pas écho.

L'avait-elle entendu ou cet aveu la laissait-il sans voix ? À moins que, peut-être, elle n'ait pas le sentiment que sa vie venait de basculer...

Le shérif persistant à ne pas vouloir leur parler ni les recevoir, Leanne n'eut d'autre choix que de se rendre, avec Dalton, à son bureau, laissant Mila au ranch. Elle y savait sa fille en sécurité et très bien entourée. Surtout, la présence de son bébé semblait distraire Bethany de son chagrin. Chaque fois que sa sœur portait le regard sur Mila, son visage s'éclairait. De plus, elle ne cessait de répéter qu'elle aurait vraiment aimé la voir plus souvent au cours de ces derniers mois.

Bethany semblait puiser de la force dans Mila et paraissait même plus calme, moins dispersée. Parce qu'elle était loin de Gary ? Parce qu'elle n'avait pas l'esprit embrumé par l'abus de médicaments ? Quoi qu'il en soit, elle ne semblait a priori pas disposée à reprendre la vie commune avec Gary pour le moment.

— Je dois parler au shérif de toute urgence, annonça Leanne à Janis, la réceptionniste, qui déjà sortait de derrière le comptoir de l'accueil.

Forte de son mètre quatre-vingts, Janis lui barra l'accès au couloir conduisant au bureau du shérif.

— Faites-lui savoir que je suis là ! Il me recevra ! insista Leanne avec aplomb.

Elle sentait la présence de Dalton qui, dans son dos, la soutenait en silence.

Depuis qu'ils avaient fait l'amour, il était différent. Il semblait plus apaisé, et plus… Elle ne savait comment dire.

Elle avait parfaitement entendu l'aveu qui avait franchi ses lèvres après leurs ébats. Elle n'y avait pas répondu, car elle n'osait ni en comprendre le sens ni lui demander d'être plus explicite.

Voulait-il qu'elle fasse partie de sa vie ?

Oui !

Mais la vie de Dalton était à Cattle Barge, la sienne à Dallas.

Cattle Barge se trouvait à plusieurs heures de route de Dallas. Dalton aimait ses terres, et son ranch qui le tenait occupé sept jours sur sept.

De son côté, elle avait un emploi astreignant et très prenant. Sa fille était sa priorité, et elle lui consacrait tout son temps quand elle ne travaillait pas. Et elle ne voulait pas que sa fille ait ce sentiment d'abandon qu'elle avait si souvent éprouvé autrefois. Elle ne se souvenait que trop bien de sa solitude, lorsque sa mère la délaissait pour sortir avec un homme.

Cependant, une petite voix dans sa tête lui soufflait que les circonstances étaient différentes.

Vraiment ?

Pas sûr…

Mila était encore un bébé, ce qui compliquait plutôt la situation. Leanne se voyait en effet mal dire à Dalton : « Attends, je dois changer ma fille. » « Désolée, chéri, mais Mila vient de vomir sur ton pantalon. » Non et non, c'était l'antithèse du romantisme. C'était tout bonnement impossible.

Et pourtant… Lorsque Dalton l'enveloppait de son regard si tendre et si brillant, elle n'avait d'autre désir que s'abandonner. Ses idées s'embrouillaient, elle avait envie de leur laisser la chance d'être heureux. Ils l'avaient tellement été quand ils avaient fait l'amour.

— Je vous en prie…, insista-t-elle, levant les yeux vers Janis.

— Non ! répliqua Janis toujours ferme. Je risque de perdre mon emploi.

Leanne serra les poings de frustration.

— S'il vous plaît. C'est important !

— Vous êtes vraiment obstinée, reprit Janis avec un soupir.

Sur ces mots, elle se retourna et lui indiqua du pouce le parking derrière le bâtiment.

— Bon, écoutez, le shérif Sawmill ne va plus tarder. Et il rentrera sans doute par-derrière. Entre nous, je ne peux vous empêcher de l'attendre pour lui parler, n'est-ce pas ?

Puis elle reprit d'une voix de stentor destinée sans doute aux adjoints témoins de la scène :

— Maintenant, vous allez sortir ! Compris ?

Elle les reconduisit vers l'entrée.

— Merci, murmura Leanne.

— Ça, c'est la meilleure ! Personne ne m'a jamais remerciée de l'avoir mis à la porte ! s'exclama Janis de la même voix sonore.

Leanne sortit à la hâte, Dalton à sa suite. Ils arrivèrent sur le parking derrière le bureau du shérif au moment où Sawmill se garait.

15

— Shérif Sawmill ! s'écria Leanne, courant à sa rencontre.

— Ce n'est vraiment pas le moment, détective West, lâcha-t-il, l'air agacé.

Malgré tout, il l'attendit.

— Écoutez, shérif, nous aimerions vous parler de... Enfin, de la victime...

— On en a déjà parlé ! coupa-t-il sèchement. À ce propos, j'ai envoyé un rapport à votre superviseur cet après-midi.

— Je n'ai pas encore eu l'occasion de m'entretenir avec lui. Mais Dal... Enfin, je veux dire, M. Butler et moi avons pensé que... Enfin, nous aimerions que vous nous écoutiez. C'est très important.

Au même instant, elle remarqua un journaliste qui arrivait derrière le shérif. D'ordinaire, elle ne les appréciait pas mais elle se dit que, pour une fois, elle pourrait tirer avantage de sa présence.

— Bon, entrez, dit Sawmill, mécontent, jetant un regard en coin vers le journaliste tout ouïe.

— Merci, monsieur, répondit Leanne, consciente que son audace pouvait aussi lui coûter une sanction voire un blâme de la part de son supérieur si le shérif lui rapportait son insistance et s'en plaignait.

Il les conduisit dans son bureau dont il referma la porte, mais il resta debout et croisa les bras.

— Je vous écoute. Vous avez deux minutes.

Leanne opina et sortit son bloc.

— Dalton et moi avons procédé par élimination, après quoi nous avons examiné les deux affaires qui nous intéressent sous des angles différents. C'est-à-dire que nous avons essayé d'avoir une autre approche, commença-t-elle.

— Détective West, j'ai déjà...

— Attendez avant de vous braquer, shérif ! l'interrompit à son tour Dalton.

Sawmill hocha la tête avec un soupir.

— Donnez-vous la peine d'écouter Leanne, insista Dalton. Et si vous n'êtes pas d'accord, vous aurez perdu quelques minutes de votre temps. Dans le cas contraire, vous aurez une nouvelle piste à explorer.

— D'accord. Allez-y, détective West.

— Les deux victimes sont blondes, plutôt de petite taille, un mètre soixante environ, et ont le même âge – dix-sept ans. Elles ont été retrouvées pendues au même chêne, une même nuit de décembre, le 7 précisément, et à quatorze ans d'intervalle.

— Révélez-moi plutôt quelque chose que je ne sais pas, laissa tomber le shérif d'un ton égal.

— Nous savons qu'aucun signe de lutte n'a été relevé sur la scène de crime. Parce que les victimes ont sans doute été droguées à leur insu au préalable et étaient déjà mortes au moment où elles ont été pendues.

— J'ai passé quelques coups de fil, hier soir, enchaîna Dalton. Et j'ai découvert qu'un des chauffeurs du bus scolaire avait fait des études de chimie. C'est Ted Brown.

— Je le connais. Brown est diplômé en chimie ? demanda Sawmill.

— Oui. De plus, il est assez grand et fort pour porter les victimes, continua Dalton. Il avait vingt-six ans il y a quatorze ans. Puis il a quitté la région suite à un accident. Il en a maintenant quarante et est revenu récemment à Cattle Barge. Il est toujours aussi robuste.

— Un de mes adjoints a retrouvé des capsules de Coca sur

la scène de crime. On pourra peut-être en extraire un ADN, fit le shérif, pensif.

— À ma connaissance, Ted Brown n'a pas d'antécédents judiciaires, poursuivit Dalton. Mais je ne le connais pas à titre personnel.

— J'ai vérifié la base de données, et relevé qu'il n'y avait pas eu d'autres victimes un 7 décembre, enchaîna Sawmill.

— Nous pensons qu'il s'agit d'un tueur en série, intervint Leanne. Il n'est pas rare qu'un tueur en série ait une période d'inaction plus ou moins longue entre deux crimes. Quoi qu'il en soit, il aura toujours besoin de faire d'autres victimes. Par le fait, la réalité du meurtre ne correspond jamais au pouvoir de son fantasme. Et en général, d'ailleurs, c'est plutôt une déception. De plus, le fantasme ne disparaît pas pour autant. Au contraire, il s'enracine plus profondément dans la psyché de son auteur.

Elle soupira et acheva d'un trait :

— Ce qui explique la nature sérielle et répétitive des meurtres. Ces individus veulent recommencer et, disons, « s'améliorer » jusqu'à ce que, enfin, ils réalisent le meurtre parfait, c'est-à-dire qui soit absolument conforme à leur fantasme. Mais, bien entendu, jamais ils n'y réussissent.

— Tueur en série, dites-vous ? lâcha le shérif.

— De type « organisé » et avec un QI élevé, reprit Leanne. Qui contrôle sa scène de crime et a souvent de bonnes connaissances en science médico-légale ; ce qui, parfois, lui permet de brouiller les pistes. Il y a le nœud de camionneur, inhabituel. La mise en scène faisant suite à la mort, principalement destinée à produire forte impression, et à narguer.

— Alors, si je comprends bien, vous doutez de l'implication de votre beau-frère ? demanda Sawmill avec le plus vif intérêt.

— En ce qui me concerne, il n'a pas le profil. Mais il n'est pas innocent pour autant. Mon beau-frère est un homme tyrannique et violent.

Elle lui adressa un regard enflammé.

— Je ne savais pas jusqu'à quel point la vie conjugale de ma sœur était devenue difficile. Elle ne s'était jamais confiée à moi.

— Je vois.

— En dépit de nos différends, nous avons un point commun, shérif : notre désir de résoudre une affaire, sinon deux affaires similaires.

Après un silence, le shérif s'approcha d'elle pour voir son bloc.

— Selon vous, il s'agirait d'un tueur en série. Brown figure sur votre liste. Et Bartholomew, le fils du pharmacien.

— Ce dernier a accès à des produits stupéfiants, et Clara et Alexandria ont sûrement été droguées.

— Mais Bartholomew a une famille, lâcha le shérif. Il mène une existence digne et va à l'église le dimanche.

— Tout comme le tueur qui s'était lui-même surnommé BTK, Dennis Rader, enchaîna Leanne. Il a assassiné dix personnes entre 1974 et 1991. Avoir une famille et aller à l'église ne l'en a pas empêché.

— Et Brown ?

— Brown est un suspect sérieux qui a longtemps été le chauffeur du bus scolaire, qui connaît donc les lycéennes et qui, de plus, a des connaissances en chimie.

— Je constate que vous évoquez aussi un harcèlement scolaire qui aurait mal tourné.

— Seulement par acquit de conscience, parce que Bethany l'a mentionné. Mais je doute de la validité de cette piste qui évoquerait un *copycat*. Or, je suis de plus en plus certaine que nous avons affaire à un tueur en série.

Elle s'interrompit pour reprendre son souffle.

— Je suis pieds et mains liés, shérif, reprit-elle. Je ne peux en effet agir sans compromettre votre enquête et ma position envers mes supérieurs.

Sawmill maintenant semblait pensif.

Cette conversation était leur plus grand progrès depuis leur première rencontre quelques jours plus tôt.

Quelques jours seulement ?

Elle se passa la main sur le front. Elle avait l'impression

que cette enquête durait déjà depuis des semaines, qu'elle connaissait Dalton depuis plus longtemps...

Depuis toujours.

Dalton, pour qui elle ressentait des sentiments... qu'elle n'avait jamais ressentis.

Et si seule l'adrénaline expliquait l'étrange intensité et la passion de leurs relations ?

L'adrénaline seulement ?

Une passion sans lendemain ?

Non ! La passion qu'elle éprouvait pour lui et l'adrénaline n'avaient rien à voir ! N'avait-elle pas eu le coup de foudre pour Dalton Butler dès l'instant où elle l'avait vu ? Et plus elle apprenait à le connaître, plus elle le respectait et l'admirait. Elle avait envie de croire à un avenir avec lui.

« Ça change tout pour moi. »

Pour elle aussi.

— Vous avez fait du bon travail, dit Sawmill.

Sur ces mots, il croisa les bras, leur signifiant ainsi que l'entretien était terminé.

— Nous vous remercions pour le temps que vous nous avez accordé, shérif, dit Dalton qui lui tendit la main.

Cette rencontre avait manifestement contribué à rétablir un rapport de confiance et de respect entre eux, car le shérif daigna sourire et lui donna une franche poignée de main.

— Je peux photographier la page de votre bloc ? demanda-t-il ensuite à Leanne.

— Bien sûr, monsieur ! répondit-elle avec fierté.

Dalton sourit malgré lui. Le poids qui pesait sur lui depuis la mort d'Alexandria semblait avoir disparu. Il se sentait plus léger. Enfin ! Quatorze ans plus tard, il recommençait à vivre. C'était une sensation inexprimable.

— Je vais étudier les pistes que vous proposez et enquêter pour savoir où se trouvaient, le 7, les individus que vous me signalez, même si je doute de leur implication. Mais je retiens la thèse du tueur en série qui me semble vraiment très pertinente et intéressante, conclut Sawmill.

Ils le remercièrent encore une fois et regagnèrent le véhicule de Dalton. Avant de lui ouvrir la portière, il lui donna un baiser.

— J'ai une idée avant de rentrer au ranch ! lâcha-t-il ensuite.

Leanne lui adressa un sourire lumineux qui fit monter en lui une bouffée de pur bonheur. Non, décidément, il n'avait plus connu pareille légèreté depuis la mort d'Alexandria. Il était de nouveau heureux. Amoureux. Quatorze ans plus tard ?

« Ça change tout pour moi. »

C'est sa vie qui allait enfin changer !

Avec Leanne.

Mais comment serait-ce possible ? N'habitait-elle pas à Dallas ? N'y avait-elle pas sa vie ?

Il écarta cette pensée de son esprit et prit la route, sans lui dire où ils allaient. Chemin faisant, ils bavardèrent à bâtons rompus. Leanne semblait ravie que le shérif les ait écoutés, et Dalton souriait à la perspective de la belle surprise qu'il lui réservait.

Noël approchait. C'était à son tour de ramener le traditionnel sapin. Les Butler avaient une tradition : aucune décoration à l'intérieur de la maison avant que l'arbre de Noël y soit.

— On arrive presque, dit-il l'air énigmatique.

— Je me demande où, car je ne vois qu'une route de campagne ! lâcha Leanne.

Il y avait dans sa voix une légèreté nouvelle qui lui plaisait beaucoup. Était-ce parce qu'elle était satisfaite de la progression de leur enquête ? Parce que la thèse du tueur en série avait vraiment intéressé le shérif ? Il devait y avoir de cela, certainement. De plus, le fait d'avoir sa fille auprès d'elle avait aussi fait disparaître une bonne partie de ses soucis.

Sans compter qu'en donnant libre cours à leur attirance mutuelle, ils avaient détendu la tension sexuelle qui, depuis le premier jour, existait entre eux.

Il sourit de plus belle. Oui, il était heureux, et il voulait qu'elle le soit aussi.

— Tu t'en voulais de mal préparer le premier Noël de ta fille…, commença-t-il.

— Et c'est pour ça que nous sommes en pleine campagne, au milieu de nulle part ? plaisanta-t-elle. Je pensais que le ranch était loin de tout, mais c'était avant qu'on arrive dans cet endroit. Que sommes-nous venus y faire ?

— Un peu de patience, voyons !

Après un dernier virage, il arriva sur le parking de la pépinière la plus réputée de tout le Texas.

— Nous y voilà ! dit-il seulement.

Il y avait des sapins partout, plus qu'ils ne pouvaient en compter.

— C'est… magnifique ! lâcha Leanne émue.

Il sourit, ému lui aussi.

— Je n'avais jamais acheté d'arbre de Noël dans une pépinière… Quand Mila sera plus grande, je reviendrai ici avec elle !

Dalton se gara et contourna le SUV pour lui ouvrir sa portière. Elle descendit et ils firent quelques pas en silence. Tout à coup, elle s'immobilisa, les larmes aux yeux. Touché par son émotion, il l'embrassa.

Elle jeta alors les bras autour de son cou et lui rendit son baiser avec élan. Puis, lorsqu'il leva les yeux, il se rendit compte qu'ils avaient échangé leur baiser sous le gui suspendu à l'entrée de la pépinière.

C'était de bon augure.

Comme dans un rêve, il se vit fêter Noël en famille avec Leanne et Mila. Cette image s'imposa à lui avec une telle soudaineté et une telle puissance d'évocation qu'il en fut choqué.

— Prête à choisir ton premier sapin pour le premier Noël de ta fille ? lui demanda-t-il, refrénant son émotion.

— Oh oui ! s'exclama Leanne qui, déjà, s'était remise en marche à vive allure. Mais lequel ?

Il s'arracha à son immobilité pour la suivre, espérant pouvoir attacher le sapin qu'elle choisirait, quelle que soit sa taille, sur le toit de sa Range Rover Sport.

— Lequel ? répéta-t-elle essoufflée, s'arrêtant devant les arbres. Celui-là, par exemple ?

— Pourquoi pas ?

Il sourit.

— Il ne te faut plus qu'une hache pour les couper.

— Quel dommage de les sacrifier pour quelques semaines, finalement. Ils sont si beaux, dit-elle en se retournant pour se blottir contre lui.

Il l'enlaça et sentit son cœur battre très fort contre sa poitrine, et au même rythme que le sien. Comme quand ils avaient fait l'amour dans la sellerie...

— Cette pépinière est la principale source de revenus de la famille à laquelle elle appartient. Le terrain est consacré exclusivement à la culture de sapins et, de plus, ne nuit pas à l'environnement ; c'est une production locale, naturelle et responsable du sapin. En bref, c'est une façon de soutenir des efforts qui le méritent, expliqua-t-il, avant de l'embrasser à nouveau.

Il sentit le goût du café qu'ils avaient bu, sur la route, dans son haleine et sur ses lèvres.

Une voix soudain s'éleva.

— Vous avez choisi ? Vous avez besoin d'aide ?

Un homme d'une quarantaine d'années s'approchait.

— Oui ! Dalton Butler, se présenta Dalton en lui tendant la main.

— Hardy, répondit son interlocuteur.

Ils échangèrent une vigoureuse poignée de main.

— Je ne vous avais encore jamais vu. Vous travaillez pour Pamela et Norman Santanas depuis longtemps ? demanda Dalton avec curiosité.

— Pamela est ma tante, lâcha Hardy pour seule explication.

Il portait une grosse canadienne et tenait une hache. Il avait un air sévère et sérieux. Son expression s'assombrit lorsqu'il remarqua le holster d'épaule de Leanne.

— C'est ce sapin que vous avez choisi ? reprit-il, suivant le regard de cette dernière.

— Oui, répondit-elle.

Dalton la serra plus fort contre lui ; un geste de protection instinctif qu'il ne s'expliqua pas.

— Vous habitez ici ? voulut savoir Dalton.

— Non. Je suis venu donner un coup de main à mon oncle et ma tante, qui ont beaucoup de travail à cette période de l'année. Écartez-vous.

Il leva sa hache et, avec une redoutable précision et dans un jaillissement de copeaux, entreprit d'abattre le sapin choisi par Leanne. Quand il eut terminé, il étiqueta soigneusement l'arbre puis remit un bordereau à Leanne. Une lueur fulgura dans le regard qu'il porta sur elle, remarqua Dalton, mais ce fut si rapide qu'il ne fut pas certain de l'avoir vraiment vue.

Il prit la main de Leanne tandis que Hardy hissait l'arbre sur son épaule.

— Où est votre véhicule ?

— Là-bas. C'est la Range Rover Sport noire.

Dalton lui indiqua son numéro d'immatriculation.

— Pour payer le sapin, montrez le bordereau que je viens de vous donner à ma tante. Moi, pendant ce temps, je vais attacher l'arbre sur votre voiture, dit Hardy.

— Merci, répondit Dalton, en regardant Hardy se diriger vers le parking.

— Quel beau sapin ! s'exclama Leanne. J'en adore l'odeur ! On a l'impression que c'est déjà Noël.

En proie à des sentiments mitigés sur le prochain Noël, Dalton se contenta de sourire. Cependant, la joie de Leanne lui faisait plaisir. Il sentait un bonheur timide, auquel il n'osait pas encore croire, monter en lui.

Cela faisait si longtemps...

Trop longtemps..., acheva une petite voix dans sa tête.

La voix d'Alexandria ? se dit-il, bouleversé.

Leanne lui serra la main avec une excitation presque enfantine, mais lui donna un vrai baiser de femme ardente et sensuelle.

Ils se sourirent. Ils n'avaient pas besoin de se parler. Ils se comprenaient, conclut-il, le cœur gonflé d'allégresse.

— Merci pour cette parenthèse enchantée au milieu de cette tristesse, murmura-t-elle. Je crois que, malgré tout, jamais je ne me suis sentie aussi vivante.

— Moi aussi, Leanne.

Pourtant, une peur irraisonnée l'envahit. Et si ce bonheur tout neuf lui était retiré ? Serrant sa main bien fort, il se dirigea vers la petite cabane en bois à l'entrée du parking, où le règlement s'effectuait.

— Pamela ! Bonjour ! commença Dalton.

— Bonjour ! répondit Pamela avec un sourire.

Elle avait les cheveux blond platine, portait trop d'ombre à paupières bleue, ce qui formait un curieux contraste avec le brun de ses yeux, mais elle avait un joli sourire à fossettes.

— Hardy m'a dit de vous donner ce bordereau, dit Dalton en le lui donnant.

— Vous avez choisi un cyprès de Leyland de presque deux mètres, commenta-t-elle après l'avoir parcouru. Ce sont mes préférés !

Puis elle le dévisagea.

— Vous êtes Dade ou Dalton ? Je suis désolée de vous poser la question, mais j'ai toujours du mal à vous distinguer, reprit-elle.

— Dalton, fit-il, en sortant son portefeuille.

Quand elle lui eut indiqué le montant de son achat, il lui tendit quelques billets de vingt dollars.

— Je suis sincèrement désolée pour votre père, dit Pamela.

Elle compta les billets et ouvrit de grands yeux.

— C'est trop !

— Donnez le reste à Hardy.

— Vous allez faire un heureux, remarqua-t-elle avec un soupir. Vous savez, mon neveu n'a pas eu une vie facile. Il a eu son lot d'épreuves. C'est une chance qu'il s'en soit sorti... Il a cumulé une enfance triste, une mère indigne, des beaux-pères violents, donc de nombreux problèmes. Plus tard, il a été éprouvé par une tragédie... Et peu après, il a eu des ennuis avec la justice. Il a été jugé, condamné, mais il a purgé sa peine et a payé sa dette à la société.

Elle se tut abruptement, comme si elle regrettait de s'être épanchée.

— Je suis désolé. En tout cas, c'est gentil de sa part de vous donner un coup de main, dit Dalton. Je croyais connaître tout le monde, à Cattle Barge. Hardy a grandi dans la région ?

— Non. Mon mari et moi, nous nous y sommes installés il y a une quinzaine d'années environ. Il venait de perdre son emploi, et nous voulions prendre un nouveau départ.

Pamela parut nostalgique, soudain. Mais elle se ressaisit et lui donna son reçu.

— Joyeux Noël ! Revenez l'année prochaine !

— Bien sûr ! Et Joyeux Noël aussi à vous, Pamela, fit Dalton.

Ils regagnèrent sa Range Rover Sport. Un peu plus loin, Hardy fixait déjà un autre arbre sur le toit d'une berline. Les clients affluaient.

Lorsqu'ils montèrent en voiture, Dalton était en proie à un vague et indéfinissable malaise.

16

— J'ai une drôle de sensation, lâcha Leanne dans le silence.

Depuis qu'ils avaient quitté le parking, elle n'avait pas réussi à se défaire d'un vague malaise.

— Moi aussi.

— À cause de Hardy, n'est-ce pas ?

— Oui. À cause de Hardy, répéta Dalton.

Alors qu'ils atteignaient l'extrémité du chemin desservant la pépinière et s'apprêtaient à s'engager sur la route, il freina brusquement, se gara sur l'accotement et descendit vivement de voiture.

— Dalton ? Que se passe-t-il ? fit-elle, surprise.

— Regarde le panneau indicateur !

Sur ledit panneau, planté à l'intersection et auquel ils n'avaient pas prêté attention lors de leur arrivée, était inscrit :

PÉPINIÈRE SANTANAS. FARM ROAD 712.

Son cœur manqua un battement. 712 ! Le 7/12. Le 7 décembre... Au même instant, elle sut ce que faisait Dalton. Il examinait la façon dont le sapin était attaché.

Elle bondit de la voiture.

— C'est le même nœud ?

— Oui, répondit-il après avoir marmonné une bordée de jurons. Pamela nous a dit que Hardy a purgé une peine de prison. Ça expliquerait pourquoi il y a eu quatorze ans entre le meurtre d'Alexandria et celui de Clara.

— Elle a aussi mentionné son enfance difficile et traumatique, puis une tragédie personnelle. Il y a toujours un déclencheur, chez les tueurs en série, dit-elle à mi-voix. Lequel, dans son cas ?

— On ne va pas tarder à le savoir ! On y retourne ! coupa Dalton en se remettant au volant.

— Non, Dalton ! Surtout pas ! Quoi que tu en penses, ce n'est pas la meilleure façon d'agir ! Nous ne pouvons nous improviser justiciers. De plus, nous n'avons encore aucune preuve.

— Je veux l'interroger.

Il serrait le volant si fort que ses doigts blanchirent.

— Pas de précipitation, insista-t-elle en s'installant sur le siège passager.

Elle voyait la colère de Dalton monter. La sienne enflait aussi, mais elle la contenait.

— Toi et moi poursuivons les mêmes buts, reprit-elle, et il faut que…

— Mets ta ceinture de sécurité ! On retourne à la pépinière !

— Non, Dalton ! Si Hardy est coupable, je veux qu'il soit jugé et condamné. Je veux qu'il paie pour ses crimes jusqu'à la fin de ses jours. À quoi bon retourner à la pépinière ? Pour le provoquer ? L'agresser ? Et après ? C'est toi qui seras arrêté pour coups et blessures. Il prendra la fuite. Moi, je veux qu'il expie !

Muet, Dalton regardait droit devant lui.

— Appelons le shérif ! enchaîna-t-elle.

— Mais si entre-temps il s'enfuit ? Si le shérif arrive trop tard ? Il fera tôt ou tard de nouvelles victimes !

La colère supplantait toujours la logique et le bon sens, mais elle ne renonça pas.

— Pourquoi fuirait-il maintenant ? Et s'il le faisait, le shérif lancera un avis de recherche, puisque nous avons son identité. Ils le retrouveront, je te le garantis !

— Pourquoi tarder ? Tergiverser ? Il est là, tout près. Je pourrais venger Alexandria à l'instant, répliqua Dalton rageusement. Le neutraliser en attendant le shérif. Tant qu'il est en vie, en liberté, il peut faire d'autres victimes ! s'obstina-t-il.

— Non ! Ce n'est ni à toi ni à moi d'agir ! Appelons le shérif !

s'entêta-t-elle à son tour. Faisons les choses dans les règles, conformément aux lois de notre pays ! Encore une fois, Hardy n'ira nulle part pour la bonne raison qu'il ne se doute pas de nos soupçons. Nous avons l'effet de surprise de notre côté. Dès que nous aurons averti Sawmill, il va l'interroger. Hardy sera arrêté, jugé et condamné. Nous n'oublierons jamais, mais nous pourrons nous remettre à vivre...

Le visage de Dalton restait tendu. Leanne comprenait qu'il luttait contre la raison qui voulait qu'il s'en remette à la justice, et son désir instinctif d'assouvir sa vengeance.

C'était un désir, une colère qu'il portait en lui depuis quatorze ans.

Elle décida d'abattre son atout maître.

— J'ai un motif égoïste pour t'empêcher de retourner à la pépinière et de commettre une erreur, Dalton. Je suis amoureuse de toi. Follement. Je n'ai jamais ressenti un tel amour. Je veux qu'on continue ensemble. Je ne sais pas encore comment nous réussirons à concilier ma vie à Dallas et ta vie au ranch, mais nous y arriverons ! Je veux qu'on soit heureux ! Mais on ne le sera jamais si tu attentes à la vie de Hardy. Tu seras arrêté et tu te retrouveras derrière les barreaux.

Enfin, elle vit son expression changer.

— D'accord. Appelle le shérif, lâcha-t-il d'une voix sans timbre.

Elle soupira de soulagement. Et d'espoir, aussi.

Dalton sortit son smartphone et vérifia les photos de la scène de crime pendant qu'elle contactait le shérif Sawmill, laissant intentionnellement sa portière ouverte afin que Dalton ne décide pas de reprendre la route et de retourner à la pépinière.

— Je vois des aiguilles de pin au pied du chêne, dit-il tout à coup d'une voix rauque.

Il lui en montra la photo. Personne n'avait remarqué ce détail troublant.

— Dis-le à Sawmill, reprit-il.

Quand elle eut relaté la situation au shérif, elle raccrocha.

— Le shérif arrive. Il prend nos dires très au sérieux, et mobilise tous ses hommes pour enquêter sur Hardy.

— Leanne, écoute... Je dois retourner à la pépinière. Je veux regarder ce type droit dans les yeux ! dit Dalton sans l'écouter. Je ne peux pas m'en aller alors que nous touchons au but.

Agité, Dalton descendit de voiture pour regagner la pépinière à pied. En coupant à travers les arbres, il y serait en quelques minutes. La colère qui s'était accumulée en lui depuis quatorze ans lui faisait hâter le pas. Il se sentait comme un volcan en ébullition. Prêt à exploser.

Hardy allait payer !

— Dalton, arrête ! le rappela Leanne.

Sa voix lui semblait lointaine.

Tant de colère. Tant de douleur. Sa raison perdue... Son amour perdu...

— N'y va pas ! C'est une erreur ! reprit Leanne. Tu ne sais pas tout !

— Je sais tout ce que j'ai besoin de savoir !

Il arrivait en vue de la pépinière.

— S'il te plaît, arrête ! répéta-t-elle. Une seule erreur, et il prendra la fuite ! Si tu l'agresses, c'est toi qui auras des ennuis. Patiente encore un peu ! Le shérif va arriver d'une minute à l'autre. Alexandria ne voudrait pas que tu sois condamné, Dalton.

Les derniers mots de Leanne lui firent ralentir le pas.

— Tu aimais Alexandria. Elle t'aimait. Elle n'aurait jamais voulu que tu t'improvises justicier, poursuivit-elle.

Elle avait raison.

La colère était mauvaise conseillère.

Mais il était dans un tel état d'effervescence qu'il ne pensait qu'à son désir de faire justice.

Faux.

Il pensait aussi à Leanne et à son amour pour elle. À son désir de regarder enfin vers l'avenir. Elle avait raison. Alexandria n'aurait pas voulu...

Alexandria, son premier amour...

Soudain, il eut l'impression que son cœur allait éclater.

Hardy devrait passer le reste de sa vie en prison. Être arrêté, jugé et puni pour ses crimes.

Les expier.

Alors, prenant une grande inspiration, il fit demi-tour.

Il se retourna une seconde trop tard pour éviter la grosse pierre qui volait dans sa direction et le frappa à la tête.

Il s'effondra et ce fut l'obscurité.

Dalton ouvrit les yeux et cilla. Il était à terre. Sa tête lui faisait mal, ses yeux brûlaient. Il leva la main à son front et grimaça de douleur. Puis il se souvint.

Leanne !

Des bruits de pas lui parvinrent.

S'éloignant ou se rapprochant ?

Il avait été tellement enfermé dans sa colère qu'il n'avait pas eu conscience qu'ils étaient pourchassés.

Il se redressa avec effort et regarda autour de lui.

Leanne ?

Hardy l'avait-il enlevée ?

Leanne !

Les bruits de pas se rapprochaient. Hardy qui revenait pour en finir avec lui ?

Encore étourdi, il eut du mal à se remettre debout et n'y parvint qu'au prix d'un gros effort. Pris de nausée, il dut s'appuyer à un arbre.

Un homme en uniforme s'approchait.

Le shérif Sawmill.

— Par ici ! lâcha-t-il d'une voix faible.

Le shérif se précipita.

— Bon sang, Butler, vous êtes blessé ! J'appelle une ambulance !

Jusque-là, Dalton avait ignoré le liquide qu'il sentait couler sur le côté de son visage. Il y porta la main et la retira, rouge de sang.

— Moi ça ira..., murmura-t-il. Il a enlevé Leanne.

L'adjoint Granger, qui arrivait derrière le shérif, observait les lieux avec attention.

— L'adresse de la pépinière où Hardy travaille est la suivante : Farm Road 712. C'est Hardy qui a tué Alexandria Miller et Clara Robinson. Leanne a disparu. Hardy l'a enlevée ! poursuivit Dalton.

— Nous allons sécuriser la zone autour de la pépinière et interroger ses propriétaires, annonça Sawmill.

— Elle est tenue par la tante et l'oncle de Hardy. Selon sa tante, il aurait vécu une enfance difficile, et subi un événement traumatique. De plus, il aurait fait de la prison.

Où Hardy avait-il emmené Leanne ?

Quelques minutes plus tard, ils arrivaient devant la petite cabane de la pépinière.

— Que s'est-il passé ? demanda aussitôt Pamela, effrayée par le visage en sang de Dalton.

Elle sortit à la hâte de la cabane.

— Venez vite ! J'ai une trousse de premiers soins à la maison.

— Madame Santanas, nous cherchons votre neveu, Hardy, intervint Sawmill.

Pamela se figea.

— Qu'est-ce qu'il a encore fait ?

— Vous m'avez dit tout à l'heure qu'il avait été jugé et condamné. Pour quel crime ? demanda Dalton.

— Trafic de stupéfiants..., lâcha Pamela consternée, regardant tour à tour Dalton et le shérif.

— Quand a-t-il été libéré ? reprit Dalton, l'estomac noué par l'appréhension.

— Il y a six mois.

— Où est votre neveu, madame Santanas ? coupa Sawmill en regardant partout.

— Je n'en sais rien. Je ne l'ai pas vu depuis un petit moment, et c'est pourquoi les clients patientent.

Elle leva la main à son front.

— Il faut tout de suite que j'aille chercher mon mari.

— Nous avons besoin de votre coopération de toute urgence,

madame. Nous pensons que votre neveu a un otage, reprit le shérif. Une femme, policière.

— Non !

— Où pourrait être votre neveu ? insista le shérif.

Pamela secoua la tête.

— Nous pensions que Hardy tenait bon, en dépit de son humeur sombre. Mais vous dites qu'il a enlevé une femme, policière ?

— Oui.

— Hardy déteste les forces de l'ordre, confessa-t-elle. Il parle toujours de s'en venger. Selon lui, la police est stupide et incapable.

Elle jeta un regard d'excuse à Sawmill et à l'adjoint Granger.

— Je suis désolée. Ce sont ses mots, pas les miens.

— Que s'est-il passé au juste pour qu'il haïsse à ce point les forces de l'ordre ?

— Sa sœur cadette a été enlevée, à dix-sept ans, par un ex-petit ami de leur mère. L'enquête pour la retrouver a été lamentable. Une accumulation d'erreurs. Un cas d'espèce... Mais la police l'a retrouvée in extremis, au moment où son ravisseur allait la tuer...

La voix de Pamela se brisa. Elle reprit avec effort :

— Sa sœur l'a certes échappé belle, mais elle n'a pu surmonter le traumatisme de l'enlèvement et de la détention. Quelques semaines plus tard, c'était un 7 décembre, elle s'est pendue. C'est Hardy qui a retrouvé le corps. Il a rendu l'incompétence de la police lors de l'enquête sur son enlèvement responsable de sa dépression et de son suicide. Il ne s'en est jamais remis... Il a sombré dans la dépression et pris des stupéfiants. Nous pensions qu'il allait mieux, depuis sa sortie de prison, même s'il restait replié sur lui-même. Jamais nous n'aurions pensé...

— Votre neveu a tué deux adolescentes de dix-sept ans, à quatorze ans d'intervalle, un 7 décembre, annonça le shérif Sawmill.

Dans l'heure qui suivit, les forces de l'ordre firent une battue en partant de la pépinière. Le shérif tenta sans succès de joindre Leanne par téléphone pour la localiser. Sans doute Hardy l'avait-il dépouillée de son portable et de son arme.

— J'ai lancé un avis de recherche. Je vais contacter la police du Texas, dit Sawmill.

— Moi, je dois informer Bethany de la situation, fit Dalton, inquiet pour la sœur de Leanne, déjà si fragile. Contactez-moi si vous avez du nouveau.

— Promis !

L'adjoint du shérif le reconduisit à son véhicule, resté près du panneau indiquant l'adresse de la pépinière.

Dalton le remercia, se mit au volant et, avant de démarrer, regarda autour de lui. La nuit était tombée. À cette heure, il n'y avait plus beaucoup de circulation.

Alors qu'il s'engageait sur la route, une pensée le frappa.

Une évidence, plutôt.

Il accéléra.

17

Hardy avait conduit Leanne vers le chêne. Dalton en avait l'intuition. La certitude.

Mais morte ou vivante ?

Ainsi, au lieu de tourner à gauche pour rentrer au ranch, il tourna à droite pour aller à Cattle Barge.

Il savait que, dans la nuit, la lueur de ses phares trahirait sa présence ; Hardy pourrait paniquer, ce qui mettrait plus encore Leanne en danger.

Son cœur se serra quand il pensa au sort que peut-être elle avait déjà subi.

Il aurait dû solliciter l'aide du shérif et de ses adjoints qui recherchaient activement Hardy et Leanne dans les environs de la pépinière, explorant les grottes et les autres cachettes possibles dans ce lieu isolé, mais il ressentait le besoin d'agir seul.

Pour se libérer.

Et puis il le devait à Alexandria.

Bien avant d'arriver, il éteignit ses phares et continua à la seule lueur de la lune, veillant à s'arrêter suffisamment loin du parking pour que le bruit de son moteur n'attire pas l'attention de Hardy. Il poursuivit son chemin à pied, en silence.

Il eut une montée d'adrénaline quand, en approchant du parking désert, il aperçut, tout au fond, au pied du chêne, Leanne inerte, la corde déjà passée autour du cou.

Était-elle déjà...

Seulement droguée ?

Occupé à soulever Leanne pour attacher l'autre extrémité de la corde à la branche, Hardy ne semblait pas être armé. L'eût-il été que Dalton n'aurait pas hésité. Il franchit en courant la distance qui les séparait et se jeta sur lui. Surpris, Hardy lâcha Leanne, qui s'affaissa sur le sol, et fit volte-face. Dalton lui assena un violent coup de poing à la mâchoire.

Hardy chancela mais se ressaisit vite et, avec un grognement animal, contre-attaqua. Dalton esquiva de justesse et entrevit Leanne, toujours inanimée.

Il devait maîtriser Hardy, songea-t-il, fou d'angoisse.

Quatorze années de tristesse, d'impuissance et de colère décuplèrent ses forces.

Se jetant de nouveau sur le meurtrier d'Alexandria et de Clara, il cogna aveuglément sans répit, partout où il pouvait atteindre Hardy et jusqu'à ce que celui-ci recule.

Il avait devant les yeux Alexandria, son sourire et sa douceur. Il pensait à Clara qu'il n'avait pas connue, et à Leanne, qu'il aimait et avec qui il voulait vivre un avenir plein de promesses.

Hardy essaya de reprendre le contrôle, sans succès, car Dalton, dans un ultime sursaut de colère, réussit à le plaquer au sol. Mais en l'immobilisant, il s'immobilisait lui aussi. Or, il devait porter secours à Leanne au plus vite, songea-t-il, tournant un regard inquiet dans sa direction.

Ce bref instant d'inattention lui fut fatal, car Hardy en profita pour le repousser, se redresser et à son tour lui envoyer un coup de poing. Dalton n'eut que le temps de lui saisir le poignet et roula à plusieurs reprises pour s'éloigner de lui.

Dans un accès de désespoir, il jeta un regard vers le chêne, qu'il avait tant maudit, où son amour de jeunesse était mort et où la femme de sa vie allait peut-être mourir elle aussi. C'est alors qu'il vit son frère jumeau, Dade, qui courait vers Leanne.

— Elle est vivante ! s'exclama Dade.

Galvanisé, Dalton frappa Hardy au visage et avec une telle vigueur que celui-ci, cette fois K-O, perdit conscience.

— Je vais appeler une ambulance et le shérif ! annonça Dade qui s'approcha et lui tendit la main pour l'aider à se relever.

— Elle est vivante..., répéta doucement Dalton au bord des larmes. Leanne...

— Tu as réussi, dit Dade, ému lui aussi. Le shérif m'a contacté et m'a tout raconté. Il craignait que tu commettes une erreur. Tu étais hors de toi, selon lui. J'ai tout de suite compris où tu étais, Dalton. La célèbre intuition des jumeaux...

Trop épuisé pour parler, Dalton se borna à hocher la tête. Dade le laissa près de Leanne puis retourna auprès de Hardy pour le surveiller.

Très pâle, Leanne frissonnait et respirait avec difficulté.

— S'il te plaît, Leanne, ne me laisse pas..., la supplia Dalton en lui pressant la main.

Et, la gorge serrée, il ajouta :

— Je t'aime.

Leanne ouvrit les yeux et bâilla. En un éclair, les souvenirs des derniers événements lui revinrent en mémoire. Elle se redressa et regarda autour d'elle.

Le soleil brillait. Tout était calme.

Elle était au ranch Hereford.

Elle se leva, enfila le peignoir posé au pied du lit et en noua la ceinture. Ensuite, les jambes tremblantes, elle se rendit à la salle de bains et s'aspergea le visage d'eau froide.

Entendant des bruits de voix dans sa chambre, elle y retourna et vit Dalton, Mila dans ses bras, qui venait d'y entrer. Sa fille gazouillait, Dalton lui souriait.

— Combien de temps ai-je dormi ? lui demanda-t-elle.

— Longtemps. Il fallait que tu reprennes des forces.

Leanne lui sourit.

— Nous avons réussi, Dalton..., murmura-t-elle la voix vibrante, des larmes dans les yeux.

Hardy, arrêté, serait jugé et condamné.

— Bien sûr !

Elle posa la tête sur l'épaule de Dalton et se mit à pleurer.

— Mais ça ne ramènera pas Clara à la vie, lâcha-t-elle entre deux sanglots.

— Je sais.

Mila se remit à gazouiller. Leanne lui sourit à travers ses larmes.

— Tu veux du thé ? Du café ? proposa Dalton. Un bon petit déjeuner ?

Elle le dévisagea. Malgré ses traits marqués par la fatigue, il semblait soulagé.

— Et toi, comment vas-tu ? lui demanda-t-elle.

— Moi ?

Il rit.

— Bien mieux que j'en ai l'air, rassure-toi ! Et j'ai une grande nouvelle : Christian bénéficiera d'une bourse d'études Clara Robinson ! C'est une bonne idée de lui avoir donné son nom, tu ne crois pas ? J'espère que ça ne te dérange pas ?

— Pas du tout. Au contraire ! Clara aurait adoré.

Elle regarda sa fille.

— J'aimerais prendre Mila dans mes bras.

— Avant, assieds-toi.

Elle s'assit sur le lit et Dalton lui confia le bébé.

— Je reviens, ajouta-t-il.

Il l'embrassa sur le front avant de sortir, puis revint deux minutes plus tard avec deux tasses de café et prit place à côté d'elles.

Leanne but une gorgée du café avec un soupir d'aise.

Cet instant avec Mila et Dalton était parfait…

— Leanne, il faut que je te parle… Il faut que je te dise…, dit-il. Pour commencer, ta fille est le plus beau bébé du monde, mais ne le dis surtout pas à mon frère !

Elle lui adressa un sourire tremblant.

Allait-il se déclarer ? Lui demander sa main dans les règles de l'art ?

— On vient de se rencontrer, poursuivit-il, mais j'ai l'impression de te connaître depuis toujours. Tu es courageuse, battante, intègre, passionnée… Je pourrais continuer longtemps à énumérer ce que j'aime chez toi ! Parce que je t'aime tout entière. Et si tu m'aimes, j'aimerais que tu deviennes ma femme.

Le sourire de Leanne s'élargit.

— Je t'aime, Dalton. Je ne peux pas imaginer vivre sans toi.

Il lui sourit en retour.

— Je t'aimerai toute ma vie, j'aimerai ta fille ! assura-t-il, fou de bonheur. Nous nous aimerons et nous serons heureux.

Il reprit son sérieux.

— Leanne West, me feras-tu l'honneur d'être ma femme pour que nous formions tous les trois une vraie famille ?

— Oui !

Des larmes de bonheur qu'elle ne chercha pas à retenir roulèrent sur son visage.

— Oui. Je le veux, Dalton !

Il l'embrassa.

Mila se mit à rire, et ils rirent avec elle.

Leur bonheur leur fit perdre la notion du temps mais ils revinrent bientôt à la réalité.

— J'ai tellement faim que je pourrais manger pendant deux jours d'affilée ! s'exclama Leanne.

— C'est bon signe !

— Parle-moi de ma sœur. Comment va-t-elle ? demanda-t-elle ensuite avec un peu d'appréhension.

— Bien. Elle passe beaucoup de temps avec May. Hampton adore le ranch. Il est question de trouver un emploi permanent pour ta sœur, et une maison.

— Et Gary ?

— À propos de Gary... Il y a quelque chose que je dois te révéler, Leanne. C'est Gary qui avait engagé un individu pour intimider Mme Blankenship à Dallas. Mais il jure qu'il n'a jamais eu l'intention de s'en prendre à ton bébé. Il était furieux contre toi et ton influence sur Bethany. Il regrette sincèrement son geste. Il a tout avoué... Il sera sans doute condamné à des travaux d'intérêt général. Notre avocat s'en occupe.

— Si les derniers événements le font réfléchir, tant mieux, fit Leanne.

— Il semble vouloir se racheter une conduite, mais Bethany aussi a beaucoup réfléchi à la question. Elle n'acceptera de reprendre la vie commune que s'il lui prouve qu'il a changé. Il va falloir du temps pour qu'elle réapprenne à lui faire confiance. Les épreuves qu'elle vient de traverser l'ont très durement éprouvée et ont remis son couple en question. Cela dit, Hampton a besoin de son père, et Bethany doit au moins laisser une chance à Gary de devenir un meilleur mari et un meilleur père.

Comme il se levait, elle le retint.

— Et toi, Dalton ? Où en es-tu ? Es-tu réconcilié avec ton passé ? Avec ton père ?

— Je n'oublierai jamais Alexandria, mais je suis enfin apaisé. Quant à mon père, je pense que je ne le comprendrai jamais, mais ça m'est égal en fin de compte. Parce que j'ai, grâce à toi, décidé de regarder vers l'avenir. Avec toi. Avec Mila.

Sur ces mots, il l'embrassa.

Elle lui rendit son baiser avec fougue.

Ils étaient prêts à aller de l'avant, à faire un long voyage ensemble.

Le plus long et le plus beau.

JAN HAMBRIGHT

Un visage dans l'ombre

BLACK ROSE

HARLEQUIN

Titre original :
BRIDAL FALLS RANCH RANSOM

Ce roman a déjà été publié en 2016.

1

Pour la troisième fois depuis ces dix dernières minutes, Eve Brooks consulta sa Rolex à la lueur de ses phares.

Le ravisseur aurait dû appeler exactement sept minutes plus tôt.

Elle prit une grande inspiration et s'exhorta au calme.

Surtout, ne panique pas !

Ne s'était-elle pas rigoureusement conformée aux instructions relatives à la remise de la rançon, qu'on avait glissées sous l'essuie-glace de sa voiture ? Elle se trouvait à l'endroit et à l'heure qu'on lui avait indiqués.

Alors, pourquoi n'appelle-t-il pas comme prévu ?

Frustrée, elle fourra les mains dans ses poches et serra les poings, si bien qu'elle sentit bientôt ses paumes devenir moites.

— Il va téléphoner ! soliloqua-t-elle dans un souffle.

Il doit le faire, s'il veut la rançon !

Le vent écarta un pan de son manteau et s'insinua dessous, ce qui lui arracha un frisson. En même temps, une pensée qu'elle s'efforçait pourtant de refouler lui revint.

Et si Thomas était déjà mort ?

Un sourd grondement de moteur au loin lui fit tourner la tête. Elle accueillit presque avec plaisir cette distraction et regarda les phares de ce qui devait être un gros camion balayer l'autoroute qu'elle avait empruntée pour, de Los Angeles, venir jusqu'à cette fichue aire de stationnement dans le désert de Mojave.

Un instant plus tard, la sonnerie du téléphone public derrière elle la fit sursauter.

Son cœur manqua un battement tandis qu'elle s'empressait d'aller décrocher le combiné.

— Je suis là ! fit-elle d'une traite.

— Vous allez m'écouter très attentivement, car je ne me répéterai pas, dit le ravisseur qui manifestement utilisait un modificateur de voix. Prenez la mallette contenant l'argent. Marchez droit devant vous, dans la lumière de vos phares. Au bout de cinquante pas environ, vous trouverez un trou. Mettez-y la mallette et recouvrez-la de la terre qui est à côté. Quand ce sera fait, revenez sur vos pas. Ensuite, je vous dirai où il est. Ne raccrochez pas.

Elle prit une profonde inspiration pour se donner du courage.

— Avant, donnez-moi la preuve qu'il est vivant !

Un silence de mauvais augure tomba aussitôt entre elle et l'homme qui avait enlevé son fiancé et associé.

Frémissante et tendue, elle attendit. Enfin, la voix affaiblie de Thomas s'éleva à l'autre bout du fil.

— Eve...

Son soulagement fut si vif qu'elle faillit éclater en sanglots.

— Thomas ! Oh ! Thomas, est-ce que tu...

— Il est vivant, l'interrompit le ravisseur.

Un bruit sourd, derrière lui, ponctua son assertion.

Avait-il frappé ou poussé Thomas en lui arrachant le combiné ? Thomas s'était-il blessé ?

— Par pitié, ne lui faites pas de mal ! s'écria-t-elle.

— Il ne lui arrivera rien si vous suivez mes instructions.

D'un geste mécanique, elle lâcha le combiné qui, au passage, accrocha sa boucle d'oreille qui tomba.

Dans la lueur des phares, elle n'eut que le temps de voir passer un éclat doré qui se perdit dans la terre à ses pieds. Une vague de désespoir la submergea et faillit avoir raison de son courage. Thomas lui avait offert ces anneaux le jour où il l'avait demandée en mariage.

Bien que consciente qu'il était ridicule de se soucier d'une boucle d'oreille alors que la vie de Thomas était en jeu, elle ne put s'empêcher de baisser les yeux vers le sol. Elle se reprit aussitôt. Elle chercherait plus tard, une fois qu'elle aurait déposé la rançon et que le ravisseur lui aurait révélé l'endroit où Thomas était séquestré. Pour le moment, rien d'autre n'avait d'importance.

Elle se hâta d'aller à sa voiture, ouvrit la portière côté conducteur et appuya sur le bouton d'ouverture du coffre.

Ce cauchemar ne serait bientôt plus qu'un mauvais souvenir.

Sous peu, Thomas serait libéré, et tous deux reprendraient le cours de leur existence. Elle lui apprendrait que le budget Couture-Paris, qu'il avait négocié avec sa maestria habituelle, s'était conclu par un succès, le jour même de son enlèvement. Grâce à lui, sa griffe serait bientôt connue dans le monde entier ! Et puis, dans un mois environ, leur mariage serait célébré avec faste et dans la joie à Los Angeles.

Une vie de félicité les attendait !

L'émotion lui serrait la gorge tandis qu'elle ouvrait grand le coffre et que ses doigts tremblants se refermaient sur la poignée de la mallette métallique.

La rançon s'élevait à un demi-million de dollars en billets usagés et sans marque de reconnaissance.

Le prix de la vie de Thomas…

Elle avait obéi et n'avait averti ni la police ni le FBI. Elle ne savait que trop bien quelles pouvaient être les conséquences si elle contrevenait aux instructions du ravisseur.

La mort.

La mort d'un être aimé.

Non ! Pas cette fois !

Elle reprit confiance tandis que, la mallette à la main, elle s'avançait, éclairée par ses phares.

Le sol sablonneux et mou étouffait ses pas. L'odeur de l'armoise tridentée lui montait aux narines et lui offrait, curieusement, une sorte de réconfort. Quand un lézard à queue bleue surgit d'une touffe d'herbe desséchée et passa devant elle comme un éclair, elle sursauta et dut se contenir pour ne pas rebrousser chemin et prendre ses jambes à son cou. Seule la pensée de Thomas la contraignit à progresser en comptant consciencieusement ses pas. Etonnamment, sa peur, au fur et à mesure du décompte, semblait s'atténuer.

Parce que la fin de ce calvaire était imminente ?

Lorsqu'elle en fut à quarante-huit pas, elle s'arrêta et regarda autour d'elle avec la plus grande attention. Enfin, elle avisa le trou que le ravisseur avait mentionné.

La méfiance l'envahit et, de nouveau, ses pensées lui échappèrent. Et si, malgré le versement de la rançon, Thomas connaissait le même sort que Shelly ?

Shelly qui était morte, et dont le meurtre était resté impuni...

Elle redressa les épaules et s'exhorta au calme en observant de nouveau les alentours. Le ravisseur était-il aux aguets ? Surveillait-il ses moindres faits et gestes avec des jumelles infrarouges ?

Peu importait. Elle n'avait pas l'intention de ruser ou de finasser. Elle n'avait qu'un seul désir, en finir avec ce cauchemar.

Retrouver Thomas sain et sauf.

Au plus vite.

Elle avança, s'agenouilla, mit la mallette au fond du trou puis, des deux mains, poussa dessus le tas de terre qui se trouvait près du trou. Le bruit que faisait la terre en tombant sur l'acier ressemblait à celui d'une pluie battante sur un toit en zinc. Quand elle eut terminé, elle se releva, s'épousseta les mains, retourna en courant au téléphone et empoigna le combiné qui pendait au bout de son fil.

— J'ai enterré la mallette, comme vous me l'avez demandé. Maintenant, dites-moi où est Thomas !

— Les indications sont derrière le téléphone.

Un « clic » lui signala que le ravisseur avait coupé la communication.

Elle raccrocha le combiné et tâtonna fébrilement dans l'étroit espace entre l'appareil et le coffrage qui l'abritait.

Bientôt elle sentit sous ses doigts un morceau de papier qu'elle fit glisser vers elle avec les plus grandes précautions. Le cœur battant avec une violence inouïe, elle le déplia et l'orienta vers ses phares pour y lire :

« 16800 Pacific Coast Highway. Ponceau d'évacuation des eaux n° 2 »

Alors qu'elle se hâtait de retourner vers sa voiture, un éclat doré attira son attention. Sa boucle d'oreille perdue ! Mon Dieu, quelle chance !

Serrant le papier au creux de sa paume pour ne surtout pas le perdre, elle se pencha et ramassa le bijou.

Le semi-remorque qu'elle avait repéré dans le lointain arrivait à présent à sa hauteur sur l'autoroute qui, à cet endroit, ne se trouvait qu'à un jet de pierre. Le rayon de ses phares passa sur elle alors qu'elle commençait à se redresser.

Au même instant, un terrible bruit de métal déchiré la fit sursauter, puis rentrer la tête dans les épaules. Le temps sembla se ralentir tandis qu'un éclair fulgurant jaillissait simultanément sur sa gauche, accompagné d'une déflagration assourdissante. La violence de l'explosion fut telle que non seulement elle fut projetée à plat ventre sur le sol, mais qu'elle ressentit l'onde de choc dans tout le corps. En même temps, une horrible sensation de brûlure courut du côté gauche de sa nuque à son épaule.

Malgré son hébétude, elle s'efforça de se ressaisir et de respirer. Ses poumons lui semblaient en feu, et une odeur de chair brûlée lui parvint. La panique et la douleur lui brouillèrent la vision, et elle se sentit sombrer dans l'obscurité.

Elle battit des paupières, déglutit, et perçut dans sa bouche le goût cuivré du sang. Elle ferma les yeux de toutes ses forces en essayant de comprendre.

Le téléphone de l'aire de stationnement avait-il été piégé ?

Agitée de tremblements incontrôlables, elle cessa de réfléchir.

Un crissement de pneus de poids lourd lui parvint en dépit de ses oreilles bourdonnantes. Le conducteur du camion s'arrêtait.

L'espoir l'envahit. Elle ne mourrait pas ici, seule dans la nuit.

Enfin, elle sentit ses muscles se détendre et bascula dans l'inconscience, tout en continuant de serrer sa boucle d'oreille en or dans une main, le morceau de papier dans l'autre, comme si sa vie en dépendait.

La vie de Thomas en dépendait.

Qui allait le sauver, si elle mourait maintenant ?

2

Huit mois plus tard...

J.P. Ryker contemplait le paysage montagneux de l'Idaho par la vitre de l'hélicoptère quand le pilote, Henry Brashear, lui fit signe.

— Regardez par là, Ryker !

La voix du pilote lui parvenait clairement dans le casque audio qu'il portait pour couvrir le vrombissement du rotor.

Il suivit la direction indiquée.

— C'est le ranch des Bridal Falls ! Construit en 1890 par les arrière-grands-parents de miss Brooks, Parnell et Evelyn Brooks.

— Les Bridal Falls... Les Chutes d'eau de la Mariée ? Un drôle de nom, et plutôt romantique pour un endroit aussi perdu ! répondit J.P. dans le micro de son casque sans cesser de balayer du regard le sommet des montagnes environnantes.

— Ce sont des chutes absolument magnifiques qui ont été découvertes et baptisées par Evelyn Brooks qui est tombée sous le charme.

— Ah, je vois...

Brashear éclata de rire.

— Vous semblez sceptique ! Vous avez tort, Ryker. Les Bridal Falls sont les plus jolis voiles d'eau et embruns que vous puissiez imaginer. Un vrai coin de paradis.

Le pilote passa entre deux sommets et amorça sa descente.

— Vous faites souvent l'aller et retour entre Cascade et le ranch ? demanda J.P. après un silence.

— Cela dépend des besoins et des urgences de miss Brooks.

Eve Brooks, héritière des Brooks, était la nouvelle cliente de J.P., mais il n'en savait guère plus à son sujet que la semaine dernière, lorsqu'elle avait contacté son agence de sécurité, sise à Los Angeles, sur la recommandation d'une amie. Eve Brooks était, selon ses propres mots, victime de harcèlement de la part de l'ex-ravisseur de son ex-fiancé.

Leur première rencontre, imminente, répondrait sans aucun doute à ses nombreuses interrogations et étofferait un peu le dossier « Affaire Brooks » qu'il transportait dans son sac de voyage.

Le dossier en question ne contenait que quelques photos glanées sur Internet d'Eve Brooks, sublime top-modèle et égérie de marque, devenue créatrice de mode — plus précisément de robes de mariée pour stars. Six mois plus tôt, et de surcroît du jour au lendemain, elle avait mystérieusement disparu de Los Angeles, de la vie des people et des magazines.

Il avait trouvé, à ce sujet, un communiqué de presse émis par son agence de relations publiques : Eve Brooks avait été blessée lors d'un accident sans gravité et terminait sa convalescence dans un lieu inconnu.

Le tout avait été rédigé de telle sorte que l'on pouvait croire qu'elle s'était cassé un ongle. Mais son instinct, très sûr, lui disait qu'il existait un lien entre cet « accident » et le harcèlement dont elle affirmait être victime.

— Y a-t-il d'autres moyens que l'hélicoptère pour accéder au ranch ? s'enquit-il en avisant la propriété nichée au creux de la vallée et entourée par la prairie et les montagnes.

— Oui. La jeep si vous voulez vous rendre à Yellow Pine. La route est assez rudimentaire mais praticable, sauf en cas d'intempéries. Sinon, il y a la route de Cascade, dans la direction opposée ; asphaltée mais terriblement sinueuse. Dangereuse.

J.P. hocha la tête. Le ranch se trouvait dans un endroit reculé, ce qui présentait un net avantage pour assurer la protection d'Eve Brooks.

— Vous travaillez depuis longtemps pour miss Brooks ? reprit-il.

— Dites plutôt pour les Brooks. Je suis employé par la famille Brooks depuis des années.

Le pilote accompagna ces mots par un grand sourire de satisfaction.

Dans le silence qui retombait, J.P. pensa avec nostalgie à Los Angeles et avec regret aux costumes qu'il avait dû abandonner au profit de jeans et de chemises à carreaux qui constituaient, pour ainsi dire, son déguisement. Comme personne au ranch ne devait connaître la raison de sa présence, il fallait qu'il se fonde parmi les cow-boys. Cet incognito lui permettrait d'assurer la protection rapprochée d'Eve Brooks, d'enquêter, et, si possible, de découvrir plus aisément qui la harcelait.

— Que pouvez-vous me dire sur miss Brooks ? demanda-t-il.

Etonnamment, le sourire du pilote disparut.

— Ma foi, je ne l'ai pas revue depuis son retour au ranch, il y a huit mois.

Il posa l'hélicoptère non loin d'une vaste grange.

— Seule son assistante personnelle, Edith, a des contacts avec elle, précisa-t-il. Miss Brooks vit désormais en recluse, à l'écart du monde. De tout et de tous.

— Vous savez pourquoi ?

— Non. Selon la rumeur, elle aurait eu un accident et aurait besoin de repos. Cela dit, je ne comprends pas son désir d'isolement, ni pourquoi elle semble se cacher. Elle est belle, vraiment belle. Son sourire est… comment dire ? Extraordinaire. Je l'aime beaucoup, et j'ai toujours apprécié sa famille, conclut le pilote.

Il lui sourit.

— Quoi qu'il en soit, je vous souhaite bonne chance !

J.P. le remercia et lui serra la main. Puis il enleva son casque, prit son sac de voyage et sortit de l'hélicoptère.

Il s'éloigna, la main plaquée sur son Stetson, tandis que

l'hélicoptère décollait et prenait rapidement de l'altitude avant de repartir vers Cascade.

Aux picotements qu'il ressentit sur la nuque, il eut la désagréable sensation d'être observé. Il se retourna, regarda autour de lui et, enfin, leva les yeux. Il surprit un mouvement à une fenêtre de l'étage dont l'un des stores bougea légèrement.

Etait-ce la mystérieuse Eve Brooks ?

Une voix l'arracha à ses pensées.

— J.P. Ryker ?

Un homme s'approchait.

— Oui ?

— Devon Hall. J'suis l'contremaître du ranch des Bridal Falls, dit l'homme en lui serrant la main. Miss Brooks m'a prév'nu d'votre arrivée.

— Vous a-t-elle expliqué la raison de ma présence ici ?

Devon Hall retira son Stetson et le frappa à plusieurs reprises contre sa cuisse pour le dépoussiérer avant de le remettre.

— Oui. J'ai rien dit à personne, au cas où un gars d'mon équipe s'rait lié à l'affaire. Mais j'crois pas. C'est tous des braves types, m'sieur Ryker. A mon avis, miss Brooks se trompe.

— Vous me semblez bien renseigné.

— Pas plus que ça. Mais, vous savez, c'est plutôt tranquille, par ici. Les gens travaillent dur, s'mêlent pas des affaires des autres, et s'serrent les coudes en cas d'coup dur. Alors quand y a un fauteur de troubles, la nouvelle s'répand vite, et il est tout aussi vite exclu d'not' p'tite communauté.

J.P. l'observa avec attention.

Devon Hall... Ami ou ennemi ?

C'était impossible à dire pour le moment, bien entendu. De toute façon, tout le monde au ranch serait suspect jusqu'à ce qu'il ait bouclé son enquête.

— Merci pour ces informations, Hall.

— De rien. V'nez, maintenant. Miss Brooks vous attend dans ses appartements. Quand vous aurez fini avec elle, r'joignez-moi dans les bureaux administratifs. Y sont là-bas, vous voyez ?

L'intendant lui montrait un bâtiment bas, un peu à l'écart.

— Après, j'vous installerai dans un des chalets du personnel. Vous aurez le WLAN et une ligne fixe. J'suppose qu'vous avez un ordinateur portable ?

— Oui.

Là-dessus, il le détailla de la tête aux pieds avant de froncer ostensiblement les sourcils.

— Si ça vous ennuie pas, j'voudrais qu'vous m'donniez vot' Stetson, Ryker.

— Mon Stetson ? Comment ça ? Il est tout neuf !

— Justement.

Sans comprendre, J.P. retira son Stetson noir qu'il avait payé près de deux cents dollars et le tendit au contremaître.

— Ne l'abîmez pas, surtout !

— Vous inquiétez pas.

Sur ces mots, le contremaître baissa la tête, mais J.P. eut le temps de voir un petit sourire passer sur ses lèvres.

— J'vous laisse, conclut Hall. Miss Brooks sait qu'vous êtes arrivé, et elle aime pas attendre. A tout à l'heure.

J.P. le regarda aller vers le corral dans lequel des chevaux, rendus nerveux par l'arrivée de l'hélicoptère, caracolaient.

Puis, perplexe et un peu vexé que Hall ait tout de suite repéré en lui le citadin, il se dirigea la maison.

Il avait pourtant grandi dans une petite ville rurale et même pratiqué l'équitation, avant de s'installer à Los Angeles après ses études universitaires et sa formation à l'académie du FBI de Quantico. Au FBI, il avait été commandant et responsable d'une équipe de sauvetage d'otages du SWAT — *Special Weapons and Tactics*, autrement dit Tactiques et Armes spéciales —, jusqu'à ce qu'il donne sa démission, deux ans plus tôt.

Alors qu'il se demandait quel sort le contremaître réservait à son Stetson, le claquement sec de la porte-moustiquaire lui fit relever la tête. Une femme entre deux âges apparut sur le seuil.

— Monsieur Ryker ? Je suis Edith Weber, l'assistante personnelle de miss Brooks. Si vous voulez bien me suivre, miss Brooks vous attend.

— Merci.

— Vous pouvez laisser votre sac de voyage dans le vestibule, si vous le désirez.

Il obtempéra et en profita pour regarder autour de lui.

— Le personnel administratif du ranch et les ouvriers prennent leurs repas dans la salle à manger, poursuivit Edith Weber en lui indiquant une pièce dont la porte ouverte laissait voir une table massive entourée par une douzaine de chaises. Le petit déjeuner est à 7 heures, le déjeuner à midi, à moins que les ouvriers soient occupés avec le bétail ou par des urgences. Enfin, le dîner est à 18 heures. Les douches et les toilettes sont derrière le ranch.

— Miss Brooks a du cran pour diriger seule tout un ranch.

— Plus que vous le croyez, monsieur Ryker.

Elle se dirigea vers la porte à la gauche de la salle à manger, dans laquelle il put encore voir une magnifique cheminée en pierre.

— Miss Brooks prend ses repas avec ses ouvriers et son personnel administratif ?

Le pas de l'assistante ralentit un instant. Son hésitation, quoique brève, serait passée inaperçue aux yeux d'un observateur non averti, mais J.P. la remarqua, tout comme il remarqua la tension soudaine de sa nuque et de ses épaules.

— Non, dit-elle enfin en baissant la tête comme si elle était gênée. Miss Brooks les prend dans ses appartements privés, qui sont à l'étage.

La curiosité envahit de nouveau J.P. qui cacha mal son étonnement en la voyant introduire une petite clé dans la serrure de la porte.

— Comment... ? Vous enfermez miss Brooks ?

— Non, monsieur Ryker. J'enferme le monde extérieur, si je puis dire. Personne ne doit entrer là, sauf moi. Et vous, désormais.

De plus en plus intrigué et perplexe, il fronça les sourcils.

Pourquoi Eve Brooks se cachait-elle ?

Elle n'était pas un monstre, tout de même ! Il avait vu des photos d'elle et avait été impressionné par sa beauté. Lors de son entretien avec elle au téléphone, il avait été frappé par sa voix très douce, harmonieuse, dont il n'avait pas oublié le son. Malgré tout, elle vivait recluse comme une princesse dans son donjon. Pour autant, il ne croyait pas aux contes de fées.

Edith Weber ouvrit la porte et s'effaça devant lui.

— Miss Brooks vous attend, monsieur Ryker. Sur votre droite, vous trouverez un escalier. Montez-le. Vous arriverez dans un petit salon et verrez un fauteuil près d'un paravent : installez-vous-y. Miss Brooks vous attend là.

Il la dévisagea attentivement, cherchant sur ses traits la trace d'une émotion quelconque, mais elle se borna à lui adresser un sourire poli avant de se retirer et de refermer la porte à clé. Le bruit de la serrure lui déplut.

Impatient d'assister à une représentation dont il allait être le seul spectateur, il monta l'escalier quatre à quatre.

Eve frictionna ses bras nus pour dissiper la tension qui l'avait saisie en entendant les voix d'Edith et de J.P. Ryker. Le bruit des pas du détective dans l'escalier accrut sa nervosité.

En le voyant descendre de l'hélicoptère, elle avait regretté que son amie Tina Davis, qui lui avait recommandé l'agence de J.P. Ryker dont les services l'avaient satisfaite, ne lui ait pas dit qu'il s'agissait d'un homme extrêmement séduisant.

Oui, et alors ? Quelle importance ? Non seulement elle avait côtoyé des hommes plus beaux encore, mais elle avait fait appel à lui dans un but bien précis et certainement pas sentimental !

Il devait la protéger et arrêter le ravisseur de Thomas qui était revenu récemment dans sa vie.

A cette pensée, elle déglutit avec difficulté puis s'approcha du paravent derrière lequel se trouvait le fauteuil dans lequel elle entendit Ryker s'installer.

— Monsieur Ryker ? commença-t-elle. Je suis Eve Brooks. Bienvenue au ranch des Bridal Falls. Vous avez fait bon voyage ?

Confondu, J.P. fixa le paravent tendu de soie qui le séparait de la voix qu'il avait entendue au téléphone une semaine plus tôt, et dont la douceur l'obsédait depuis.

— Oui, merci.

Il tendit l'oreille, s'efforçant de distinguer ses mouvements, puis il y eut le « clic » discret d'un interrupteur. La lumière jaillit, et il discerna mieux la silhouette d'Eve Brooks, désormais en ombre chinoise derrière le paravent.

— Vous pouvez spéculer autant que vous le voulez sur les raisons de mon attitude, je ne vous les donnerai pas, reprit-elle d'un ton hautain.

Il l'écoutait, sans cesser de fixer sa silhouette.

— Je vous ai engagé parce que l'homme qui a enlevé Thomas Avery, mon ex-fiancé, il y a huit mois, me harcèle. Il veut que je lui verse la rançon dont il n'a pu s'emparer.

Sa voix se brisa, puis elle reprit :

— Une semaine après la libération de Thomas, le shérif du comté a retrouvé la mallette contenant le demi-million de dollars que j'avais enterrée dans le trou que cet individu m'avait indiqué dans le désert de Mojave. Le shérif me l'a bien entendu remise.

— Le ravisseur ne veut évidemment pas renoncer à cet argent, résuma J.P.

— C'est exact.

— Si j'ai bien compris, M. Avery a été retrouvé sain et sauf.

— Oui, ligoté dans un ponceau, le long de Pacific Coast Highway. Il n'aurait pas survécu un jour de plus, vu son état d'affaiblissement.

— Qu'est-ce qui a compromis la remise de la rançon ?

Il l'entendit soupirer.

Comme il ne quittait pas le paravent des yeux, il la vit baisser la tête.

L'inquiétude l'envahit, ainsi qu'une étrange émotion qui lui serra puissamment le cœur. Il comprenait à la perfection ce qu'elle éprouvait.

Un sentiment de culpabilité.

— C'est vous ? demanda-t-il doucement.

— Oui. C'est moi.

— Ne vous faites pas de reproches, miss Brooks. La culpabilité ne résout rien. Si cela peut vous consoler, les remises de rançon sont des procédures très délicates qui peuvent très vite déraper. Ce n'est la faute de personne si...

— Epargnez-moi votre psychologie, monsieur Ryker. Mon thérapeute m'a asséné ce genre de discours pendant des mois. Ce que j'attends de vous, c'est que vous mettiez la main sur cette crapule.

Il la vit se rapprocher du paravent et poser la main sur la soie. Mû par une impulsion, il l'imita pour poser sa paume contre la sienne. En dépit du tissu, il sentit un courant, une espèce d'influx passer entre leurs mains ainsi jointes.

Il en éprouva une sensation extraordinaire sur laquelle il aurait été incapable de mettre des mots.

— Je ferai tout ce qui est en mon pouvoir pour vous aider. Mais avant vous devez m'expliquer la situation dans ses moindres détails, dit-il avec élan.

Elle retira sa main comme si elle s'était brûlée.

— Cet individu m'a récemment téléphoné au ranch. Par deux fois, commença-t-elle.

— Je vais mettre vos lignes téléphoniques sur écoute. Ainsi, s'il vous contacte de nouveau, je remonterai l'appel sans peine.

Il la vit faire les cent pas de l'autre côté du paravent.

— Le premier appel remonte à il y a trois semaines. Il a exigé que je remette la rançon dans le même trou du désert de Mojave. Je lui ai dit d'aller au diable et je lui ai raccroché au nez.

Sa virulence le fit sourire.

— Vous avez reconnu sa voix ? Est-ce la même personne qui vous avait contactée après l'enlèvement de Thomas Avery ?

— C'était la même voix. Enfin, je veux dire déguisée.

— A l'aide d'un modificateur de voix, sans le moindre doute... On trouve facilement ce genre de gadget sur Internet. Pour soixante dollars, vous pouvez parler comme Mickey Mouse ou

Donald Duck. C'est bien utile pour les harceleurs, criminels, et ravisseurs de tout poil... Parlez-moi du second appel.

— C'était il y a une semaine. Même voix déguisée, mêmes revendications. C'est mon assistante, Edith, qui a décroché. Moi, j'ai seulement écouté. Cet individu a menacé de me harceler par toutes les voies possibles si je n'obtempérais pas dans les deux prochaines semaines.

— Vous n'avez pas contacté le shérif du comté ? Le FBI ?

La réponse tomba, glaciale et tranchante.

— Non. Je ne leur fais pas confiance.

Puis elle reprit, cette fois comme à regret :

— C'est aussi pour cette raison que je n'ai pas fait appel à eux quand Thomas a été enlevé.

J.P. allait plaider la cause du FBI, son ancien employeur, mais, se rappelant l'échec d'une mission dont il avait eu la charge tactique, il préféra continuer son interrogatoire.

— Maintenant, expliquez-moi pourquoi cet individu n'a pas pu récupérer la rançon.

Eve Brooks cessa de marcher. Son hésitation, évidente, piqua sa curiosité.

— Il y a eu un accident, non loin de l'endroit où je l'avais ensevelie. Les autorités du comté de Kern sont venues aussitôt sur place après en avoir été averties par le conducteur d'un semi-remorque qui, par un heureux hasard, passait. Le ravisseur a dû estimer qu'il était trop risqué de s'approcher... Par chance, le ravisseur m'avait révélé l'endroit où Thomas était détenu. La police de Malibu l'a retrouvé.

— Un accident, dites-vous ? fit J.P., intrigué. Quel genre ?

— Sans rapport avec le kidnapping. Rien qui mérite d'être signalé, lâcha-t-elle d'un ton sans réplique.

Pourquoi ces réticences, soudain ? Que lui cachait-elle sur les événements de cette soirée-là ?

— C'est du passé, insista-t-elle. Seul le présent m'intéresse. Je veux que vous arrêtiez cet individu au plus vite, avant qu'il recommence à me menacer et me harceler. Je vous supplie de m'aider. Promettez-le.

De nouveau, elle posa la main sur le tissu du paravent.

J.P. se rapprocha.

Il n'hésita pas. De nouveau il leva la main et posa la paume contre la sienne, renouvelant ainsi le lien, leur seule connexion physique.

— Je vais vous aider, Eve, mais vous ne devez rien me cacher. Le moindre détail, même le plus insignifiant, peut être important pour la réussite de mon enquête.

— Je sais.

Décidée à conjurer l'étrange attirance que J.P. Ryker exerçait sur elle, Eve baissa la main, plus lentement cette fois.

— Vous trouverez un double de la petite clé sur la table près de votre fauteuil, lui dit-elle. Prenez-la. Cela vous facilitera l'accès à mes appartements. Vous aurez également accès aux lignes téléphoniques du ranch pour que vous puissiez les mettre sur écoute. Si vous n'avez pas d'autres questions, ce sera tout pour aujourd'hui. Je ne vous retiens pas davantage.

J.P. Ryker ne lui répondit pas. En entendant le bruit de ses pas sur le plancher, elle s'efforça de calmer les battements de son cœur. Elle ne s'arracha à son immobilité que lorsqu'il fut parti et résista au désir de s'approcher des fenêtres pour le regarder s'éloigner à travers les persiennes.

A quoi bon ?

Si jamais il la voyait aux aguets — si jamais il la voyait tout simplement —, il prendrait ses jambes à son cou.

3

Consterné par l'apparence de son Stetson posé sur le bureau, J.P. prit place en face de Devon Hall. Flambant neuf ce matin, son couvre-chef était en piteux état et ne ressemblait plus à rien. On aurait dit qu'il avait été piétiné par un troupeau de chevaux.

Le contremaître remarqua son expression et en sourit.

— Maintenant, c'est mieux, Ryker ! Les gars se s'raient méfiés en voyant vot' Stetson tout neuf.

— J'apprécie votre sollicitude... et je suis ravi que vous ayez mon incognito à cœur. Mais j'espère que je pourrai choisir ma monture. Si je m'en remets à vous, je crains que vous ne me confiiez votre cheval le plus fougueux afin que je sois davantage dans la couleur locale !

Cette fois, Hall éclata de rire.

— Vous avez l'sens de l'humour, et on aime ça, par ici.

— Tant mieux. Pour vous... et pour moi.

— J'ai des fiches pour chaque ouvrier du ranch, dit Hall après avoir repris son sérieux. En revanche, j'ai rien sur leur passé. J'pense qu'vous voulez quand même y j'ter un coup d'œil ?

— Bien entendu. Qui sait ? Si j'ai des raisons de soupçonner l'un de ces hommes de cacher un passé douteux, je creuserai.

Hall poussa un bloc et un stylo vers lui.

— Ecrivez-moi votre adresse mail, et j'vous les enverrai dans l'courant d'l'après-midi.

J.P. obtempéra, satisfait à l'idée d'avoir la possibilité d'étudier ces dossiers sur son ordinateur et de pouvoir ainsi commencer son enquête avec la discrétion requise.

— Mon BlackBerry fonctionnera ici ?

Le contremaître rit de nouveau.

— Dans not'région, Ryker, le blackberry, c'est la myrtille, on l'appelle aussi le bleuet. C'est une p'tite baie qu'on cueille fin septembre, et on en fait de délicieux gâteaux !

— Compris. Donc, pas de réseau. Sinon, quelles tâches ou corvées allez-vous me confier ? demanda-t-il en prenant son Stetson pour essayer de lui redonner forme.

— Eh ben… miss Brooks veut qu'vous restiez l'plus près possible du ranch.

— Les autres hommes ne vont-ils pas s'en étonner ?

— Vous inquiétez pas, j'saurai vous employer, l'cas échéant. On a toujours besoin d'un coup d'main, dans un ranch. Et puis, votre enquête n'vous occupera pas sans arrêt et pendant des mois.

— Je l'espère bien.

Là-dessus, il observa le contremaître en se demandant ce qu'il savait sur l'affaire d'Eve Brooks.

— Miss Brooks m'a expliqué qu'elle vous avait engagé pour découvrir l'auteur du vol de sperme d'not'taureau d'race Brahman, poursuivit Hall comme s'il avait lu dans ses pensées. Les paillettes d'sa s'mence sont congelées dans d'l'azote liquide. On a constaté l'vol de deux récipients cryogéniques y a environ trois s'maines. Ils contiennent un matériel génétique d'une valeur inestimable qui, en plus, représente une grosse source de revenus. Miss Brooks veut évidemment qu'le coupable soit r'trouvé au plus vite.

J.P. retint cette fois un mouvement de contrariété.

Sa couverture était pour le moins inattendue.

Enquêter sur un vol de sperme d'un taureau d'élite…

— L'voleur pourrait faire un bénéfice d'un million d'dollars une fois qu'le lignage volé s'ra établi et qu'les jeunes taureaux d'viendront à leur tour d'bons r'producteurs, précisa le contremaître.

— Ce voleur pourrait représenter une menace pour la sécurité de miss Brooks ?

— Oui, si elle le surprend. On peut évidemment pas savoir comment il réagirait...

La réponse de Hall le mit mal à l'aise. Le vol de ces récipients cryogéniques, dont il n'avait pas été avisé, ajoutait au danger que courait actuellement Eve Brooks. Certes, ce voleur-là était moins dangereux que le kidnappeur de Thomas Avery qui maintenant la harcelait, mais il n'en restait pas moins imprévisible.

Cette nouvelle menace était à prendre très au sérieux.

— J'vais maint'nant vous montrer vos quartiers, reprit le contremaître.

J.P. le suivit, mais se retourna en entendant des claquements de sabots et les mugissements désespérés de vaches qui cherchaient leur veau dans le chahut général. Des cow-boys à cheval conduisaient un troupeau vers un immense pâturage.

— C'est la saison du marquage du bétail, expliqua Hall. Vous êtes censé faire partie des cinq saisonniers qu'j'ai r'crutés la s'maine dernière. On aura r'cours à votre aide, du moins si miss Brooks est d'accord, et si ça entrave pas vot' enquête.

— Au contraire. Vous n'avez qu'un mot à dire !

— Vous savez vraiment monter ?

J.P. sourit.

— Faites-moi confiance. Je suis un excellent cavalier.

Ils se dirigèrent vers un petit chalet assez proche, duquel on avait une vue bien dégagée sur le ranch.

Alors qu'il repensait à Eve Brooks, à sa paume contre la sienne sur le paravent de soie, à l'espoir qu'elle mettait en lui, et enfin à sa voix si douce, son cœur se mit à battre à tout rompre. Jamais encore il ne s'était senti investi de tant de confiance, et de l'importance d'une mission. Il ignorait pourquoi Eve Brooks se cachait, cela l'intriguait, mais il finirait par le découvrir.

— On aura sûrement b'soin d'votre aide, quand y faudra séparer les veaux du troupeau et les conduire dans leur enclos d'contention, indiqua Hall qui, manifestement, suivait le cours de ses pensées. Les génisses sont agitées, à c'moment-là.

— Je suis votre homme !

J.P. monta à sa suite les marches du porche. Attentif au bruit de leurs pas sur le bois, il nota que seule la deuxième grinçait.

— Ces p'tits chalets sont très agréables, dit le contremaître en entrant. Vous allez sûrement vous plaire dans l'vôtre.

J.P. entra derrière lui, posa son sac de voyage sur le lit à deux places, puis jeta un œil dans la salle de bains attenante.

— C'est parfait.

— Maint'nant, j'vais vous faire une p'tite présentation de mes hommes.

Le contremaître sortit, posa les mains sur la rambarde du porche et rejeta son Stetson en arrière. J.P. se posta à côté de lui et observa les cow-boys qui, à cheval, menaient le reste du bétail dans le pâturage.

— Vous voyez l'gars sur le bai ? C'est Tyler Spangler, commença Hall. Il travaillait au ranch bien avant la mort de Hank Brooks, il y a quatre ans. Spangler était contremaître quand miss Brooks a pris la direction du ranch. Elle m'a nommé à sa place.

— Drôle de revers. Comment a-t-il réagi ?

Le silence accueillit sa question. J.P. tourna les yeux vers son voisin et constata qu'il était tendu.

— Il a été furax, fit ce dernier sobrement. Il m'en veut sûr'ment toujours, mais à ce moment-là il avait pas le choix : il avait la jambe dans l'plâtre après une chute à un rodéo. Et discuter une décision de miss Brooks, j'vous l'dis net : c'est impossible.

J.P. acquiesça simplement et reporta son attention sur les cow-boys.

— Qui est l'homme sur le quarter horse pie ?

— Buck Walters. C'est un des plus anciens de l'équipe. Un gars solide. Il travaille au ranch d'puis trois ans. Ruckus Bartlett monte l'appaloosa léopard : il en veut pas d'autre. Lui, il est arrivé au ranch y a un an et d'mi. Dave Haney monte le palomino. C'est un type solide lui aussi, et il est ici d'puis aussi longtemps que Buck.

— Trois ans ?

— Oui. Les deux gars qu'vous voyez sur les alezans, c'est

Cody et Troy Profit. Des cow-boys de l'Idaho. De bons cavaliers. Cody a remporté le championnat de PRCA à Vegas, y a deux ans. Troy, lui, en est rev'nu en ambulance.

— Que s'est-il passé ?

— Le pauvre a r'çu un bon coup d'corne après les épreuves d'qualification. Il a été salement blessé, mais y s'est pas laissé abattre. Il est hors du circuit, après ça, mais on est contents qu'il travaille au ranch.

— On dirait que vous êtes satisfait de votre équipe, conclut J.P. qui observait chaque homme avec attention.

Stetson, bottes, jean et montures fringantes... Tous étaient conformes au cliché du cow-boy infatigable et travailleur, mais il refusait de s'en tenir aux apparences. Il avait la ferme intention d'étudier le dossier de chaque homme.

Le contremaître hocha la tête et descendit les marches du porche.

— On déjeune dans une d'mi-heure. Vous l'saurez quand Charleen sonnera la cloche. J'vous présenterai aux gars à c'moment-là.

— Très bien. A tout à l'heure ! lança J.P. avant de rentrer dans sa chambre, pensif.

L'un des hommes du ranch avait-il enlevé Thomas Avery ? Ou été complice de cet enlèvement ? Auteur des menaces actuelles à l'encontre d'Eve Brooks pour la contraindre à verser la rançon ?

Il se mettrait au travail dès que Hall lui aurait envoyé le dossier des cow-boys. Il avait hâte aussi de faire leur connaissance. Une simple poignée de main pouvait en effet en révéler bien plus qu'un discours sur la nature d'un homme.

Sans parler de l'expression de son regard.

Le silence tira J.P. du sommeil. Il rejeta ses couvertures et se redressa, cherchant ses repères dans cette chambre inconnue. Bon sang, où était-il ?

Son appartement de Los Angeles donnait sur une grande artère, et il avait toujours pesté contre l'incessant bruit de circulation. En cet instant, il aurait tout donné pour être bercé par le passage de centaines de voitures.

Ce calme était angoissant.

Il se leva, traversa la pièce et sortit sous le porche.

Une grosse lune ronde luisait haut dans un ciel dégagé et d'un noir d'encre. Il consulta sa montre à sa lueur et constata qu'il était 2 heures du matin. Il soupira, puis inspira une longue bouffée de l'air vivifiant et odorant de ces montagnes. Ce ne serait pas la première fois qu'il devrait survivre au manque de sommeil…

Un bruit dans le lointain attira son attention. Il tendit l'oreille et reconnut bientôt un claquement de sabots.

Cela n'avait rien de surprenant en soi puisqu'il se trouvait dans un ranch, mais le cavalier semblait venir du nord des pâturages, plus précisément de la route qui longeait la propriété.

S'agissait-il d'un intrus ?

Il s'écarta de la rambarde et recula dans l'ombre du porche. Peu après, il vit un cavalier qui se dirigeait vers la grange.

Que faisait cet individu ici, à une heure pareille ? Le voleur de récipients cryogéniques était-il revenu, prêt à commettre un nouveau forfait ?

Pendant que le cavalier entrait dans la grange dont l'une des hautes portes était grande ouverte, J.P. fila dans sa chambre, s'habilla en un tournemain et prit son Glock. Il allait neutraliser le voleur, après quoi il contacterait le bureau du shérif.

Il fixa son holster à sa ceinture et ressortit. Se dissimulant dans l'ombre, il se dirigea furtivement vers l'arrière de la grange qu'il avait visitée dans l'après-midi et où il avait remarqué une petite porte. Il l'ouvrit doucement, sans faire de bruit, et se glissa à l'intérieur. Une pénétrante odeur de foin et de sciure le saisit tandis que l'obscurité l'enveloppait. Il se plaqua contre le mur en attendant que sa vision s'accommode et essaya de repérer l'intrus. Il perçut bientôt un mouvement du côté des cylindres cryogéniques où était conservé le précieux sperme de taureau.

C'était le moment d'agir.

Une décharge d'adrénaline fusa dans ses veines et le fit se

précipiter sur le voleur qui, son forfait accompli, se dirigeait vers la sortie. Il se jeta sur lui et le plaqua rudement au sol. Un cri de douleur et d'effroi échappa à sa victime. Avant même qu'ils touchent le sol, J.P. comprit qu'il s'agissait d'Eve Brooks.

La terreur décupla les forces d'Eve qui lutta pour se dégager.

— Lâchez-moi ! hurla-t-elle, folle de panique.

— Eve ? Mais que faites-vous ici à une heure pareille ? s'exclama J.P. stupéfait, en se redressant.

Eve se leva, lui dérobant soigneusement la vue de son visage.

— J'aime galoper la nuit, expliqua-t-elle rapidement, et je n'apprécie pas qu'on me tacle ! Je suis ici chez moi, ne l'oubliez jamais, Ryker !

Là-dessus, tête toujours baissée, elle sortit à la hâte de la grange.

Une fois dehors, Eve n'osa pas regarder en arrière, de peur que J.P. Ryker n'interprète cela comme une invitation à la suivre. Pour éviter qu'il lui emboîte le pas malgré tout, elle marcha aussi vite qu'elle le put et ne ralentit que lorsqu'elle fut sûre qu'il ne la suivait pas. Elle gagna le ranch et y entra, impatiente de retrouver son refuge, du moins sa prison, où elle se savait en sécurité et à l'abri des regards ainsi que de la curiosité.

Elle n'avait pas éprouvé de si fortes émotions depuis la nuit de l'explosion.

Depuis qu'elle avait senti sa vie lui échapper…

Les mains tremblantes, elle introduisit la petite clé dans la serrure et ouvrit. Le cœur battant, elle referma derrière elle, verrouilla et, certaine d'être désormais seule, s'assit sur la première marche de l'escalier. Elle s'efforça de discipliner sa respiration, puis de refouler la panique.

— Du calme…, soliloqua-t-elle. Tu es en sécurité, maintenant. Plus personne ne te fera de mal.

Tout en se parlant, elle se massait les jambes comme pour faire entrer dans son corps ces paroles rassurantes.

Elle était en sécurité. Elle était saine et sauve. Elle était vivante.

Peu à peu, la peur se dissipa, court-circuitée par la technique d'autosuggestion que son thérapeute lui avait apprise, laquelle n'en était pas moins soutenue par le flacon de tranquillisants qu'elle gardait dans son armoire à pharmacie.

Finalement, elle se leva et monta, en repensant au contact du corps de J.P. Ryker contre le sien quand il l'avait plaquée au sol.

Une sensation bien plaisante... et, à bien y réfléchir, c'était ce qui la troublait le plus.

J.P. se tenait à l'entrée de la grange, examinant le chapeau blanc qu'il venait de ramasser. L'épais voile fixé le long de son bord l'intriguait. Il n'avait jamais rien vu de tel. Lorsqu'elle portait ce chapeau, Eve Brooks devait avoir le visage complètement dissimulé.

Mais pourquoi voudrait-elle se cacher ? Elle était si belle !

Levant les yeux, il vit la lumière s'allumer à l'étage de ses appartements et chercha à repérer des mouvements derrière les stores.

Eve Brooks représentait décidément un vrai mystère à ses yeux. Invisible. Adepte de l'équitation au beau milieu de la nuit. Séquestrée volontaire dans ses appartements le jour...

Souffrait-elle d'une quelconque phobie ou était-elle tout simplement une originale ?

Plus décidé que jamais à obtenir des réponses de sa part dès le lendemain matin, il retourna à pas lents vers son chalet.

A l'instant où il ouvrit la porte, il sut qu'il n'était pas seul. Il portait la main à son holster, lorsque quelque chose de dur heurta l'arrière de son crâne. La douleur irradia partout dans sa tête, et sa vision se brouilla. Il chancela et sentit un filet de sang chaud couler dans sa nuque.

Il parvint malgré tout à pivoter, prêt à riposter et à frapper la silhouette sombre qui se tenait à la gauche de la porte.

— Ordure..., murmura-t-il, alors que tout se mettait à tourner autour de lui.

Il fit un pas titubant dans la direction de l'intrus pour le retenir et tenter de découvrir son identité, mais il sentit ses jambes fléchir.

Ses efforts pour garder l'équilibre furent vains. Il bascula en avant, tomba, et heurta le plancher comme une pierre.

Avant de perdre conscience, il eut le temps de voir les bottes de son agresseur.

Des bottes de cow-boy.

Un cow-boy du ranch des Bridal Falls ?

4

J.P. ouvrit les yeux quand un rayon de soleil, qui entrait par la porte grande ouverte, lui chauffa le visage. Il avait mal partout, comme si un troupeau lui était passé sur le corps au cours de la nuit. Les battements rapides de son cœur résonnaient douloureusement dans sa tête.

Il s'assit avec difficulté et regarda autour de lui. Sa petite chambre avait été fouillée, probablement pendant qu'il était sur les traces du supposé voleur de cylindre cryogénique. Sentant son holster sous son coude, il se rendit compte qu'on lui avait volé son Glock.

Il se traîna jusqu'au lit et glissa la main entre le sommier et le matelas où il fut soulagé de trouver son arme de secours, un .41 Magnum. Enfin, il se leva avec effort, refoulant son inquiétude. Pourquoi son agresseur lui avait-il laissé la vie sauve ? Avait-il seulement voulu l'intimider ?

La voix de Devon Hall l'arracha à ses pensées.

— Hé ! Ryker ?

Le contremaître poussa un long sifflement en entrant.

— Eh ben... J'me d'mandais pourquoi on vous avait pas vu au p'tit déjeuner... Qu'est-ce qui vous est arrivé ?

J.P. suivit son regard vers la table qu'il avait utilisée comme bureau. Le contenu de ses dossiers jonchait le plancher, et son ordinateur avait disparu.

— J'ai été agressé et volé. Vous avez entendu du bruit pendant la nuit ? demanda-t-il en tâtant précautionneusement l'arrière de sa tête.

Sous ses cheveux collés par le sang coagulé, il sentit une belle bosse.

— J'ai juste entendu miss Brooks sortir pour sa prom'nade à ch'val habituelle. Ensuite, j'ai pas fait attention. Faut dire qu'j'avais une quinte flush royale en main, et que j'comptais les jetons de l'équipe.

— Vous et vos hommes, vous jouiez au poker ?

— Oui.

En clair, tous les cow-boys du ranch avaient un alibi et, accessoirement aussi, les poches vides. Quoi qu'il en soit, l'une des choses qu'avait dites le contremaître avait attisé sa curiosité.

— Miss Brooks fait des promenades à cheval toutes les nuis ?

— Deux ou trois fois par s'maine seul'ment. Les autres nuits, elle prend l'frais sous la gal'rie. Faut r'connaître qu'son attitude et ses habitudes sont assez étranges, mais j'travaille sous ses ordres, alors j'pose pas d'questions. Miss Brooks est chez elle et fait c'qu'elle veut.

— Vu qu'on m'a volé mon portable, je vais de nouveau avoir besoin des dossiers des hommes du ranch, mais sur papier…

— Pas d'problème. J'vous les imprime dans la matinée.

Incapable de rester debout plus longtemps, J.P. s'assit sur le bord du lit.

— J'arrive dans un instant, dit-il.

— Vous voulez que j'demande au Dr Morton de passer ?

— Non, c'est inutile. Ça va aller.

Hall l'observa un instant puis se dirigea vers la porte. Avant de sortir, il se retourna.

— Au fait, Charleen vous a gardé votre petit déjeuner.

— Merci. Le temps de me changer et de prendre une douche, et j'arrive.

Il suivit des yeux le contremaître qui s'éloignait, puis son regard tomba sur chapeau qu'il avait lâché pendant l'agression et qui gisait toujours sur le plancher.

Songeur, il se leva, ferma la porte et ramassa le chapeau.

Après les événements de cette nuit, Eve Brooks n'était plus la seule en danger. Lui aussi l'était, maintenant.

Que s'était-il passé lors de la remise de la rançon dans le désert de Mojave ? Etait-ce lié à l'attitude pour le moins étrange d'Eve Brooks ?

Entre les lamelles des stores, Eve regardait J.P. Ryker venir vers le ranch d'un pas décidé, son chapeau blanc à la main.

Il venait sûrement lui poser des questions auxquelles elle n'avait pas la moindre envie de répondre.

Elle ravala néanmoins ses craintes et s'exhorta au calme. Jusqu'à présent, elle était toujours parvenue à éviter les questions gênantes sur ses nouveaux choix de vie. Fort riche, elle avait eu la possibilité de disparaître, de brouiller les pistes et de s'éloigner du monde glamour où elle avait si longtemps évolué. Malheureusement, elle était certaine que les choses n'allaient pas être aussi simples avec J.P. Ryker.

Portant une main tremblante à son visage, elle effleura sa tempe gauche, puis sa joue jusqu'au menton, son cou, et enfin le haut de son épaule. Ces endroits avaient été abîmés, puis reconstruits par des greffes de peau et de la chirurgie plastique. Elle n'avait pas encore accepté son nouveau physique, évitait d'y porter les yeux et, par conséquent, n'était pas prête à subir le regard d'autrui. Sans doute ne le serait-elle jamais, d'ailleurs...

Sitôt que Ryker commencerait à l'interroger, elle le prendrait de haut, le congédierait. Si nécessaire, elle le prierait de retourner à Los Angeles et d'oublier son affaire. Elle trouverait une autre agence de sécurité, un autre détective qui ne chercherait pas à connaître à tout prix sa vie dans ses moindres détails.

S'écartant de la fenêtre, elle alla s'asseoir derrière le paravent de soie, soucieuse. Le ravisseur de Thomas allait-il continuer de la harceler ? Sans doute, puisqu'elle refusait de lui verser la rançon. Tenterait-il de la supprimer, au risque de ne jamais percevoir cet argent ? Qu'importe... Mourir de la main d'un criminel ne pouvait être pire que la mort lente qu'elle vivait quotidiennement.

J.P. ralentit le pas en voyant une camionnette blanche arriver devant le ranch et s'arrêter. HIGH COUNTRY DELIVERY, lut-il, écrit en grosses lettres noires sur la portière du conducteur. Le logo de cette société de livraison représentait une montagne au sommet enneigé.

Le livreur, qui portait une casquette arborant le logo de la société, descendit de son véhicule avec un paquet.

Puis, levant les yeux, il l'aperçut et lui sourit.

— Bonjour, dit-il en agitant son bloc-notes et le colis. C'est pour Eve Brooks.

— Je me rends justement auprès d'elle. Je vais le lui donner.

— Signez là.

J.P. obtempéra.

— Merci.

Le livreur remonta dans sa camionnette et s'en alla.

Le colis sous le bras, J.P. se remit en marche vers le ranch, tout en récapitulant ses questions à Eve Brooks.

Le grincement de la porte moustiquaire lui fit lever la tête ; Edith Weber venait à sa rencontre.

— Merci, monsieur Ryker, d'avoir signé pour le colis.

— Je vous en prie.

— Donnez, je m'en occupe.

J.P. le lui tendit et la suivit à l'intérieur.

— Miss Brooks vous attend, précisa Edith Weber. Je vois que vous avez son chapeau… Je le lui rendrai.

— Si cela ne vous ennuie pas, j'aimerais le lui remettre moi-même.

L'assistante d'Eve opina mais pâlit un peu avant de s'éloigner avec le colis. Que savait-elle donc qu'on lui dissimulait ? La frustration envahit J.P. et lui fit accélérer le pas vers la porte donnant sur l'escalier.

Il sortit la petite clé de sa poche et l'inséra dans la serrure.

En moins de temps qu'il n'en faut pour le dire, il arriva à l'étage, dans le petit salon où se trouvait le paravent.

— Eve ? Vous êtes là ? demanda-t-il, contenant mal son impatience.

La voix douce de la jeune femme aussitôt lui parvint.

— Oui.

— J'ai ramassé votre chapeau dans la grange après notre... rencontre de la nuit dernière.

Il le fit tourner entre ses doigts.

— Laissez-le sur la table, prononça-t-elle d'un ton qui se voulait neutre, mais où il repéra toutefois une nuance de regret et de lassitude.

— Pourquoi ne m'avez-vous pas dit que vous aviez l'habitude de vous promener à cheval la nuit ? Cela m'aurait évité de vous prendre pour un intrus à neutraliser ! La prochaine fois, j'aimerais que...

— Je suis désolée, mais il n'y aura pas de prochaine fois, monsieur Ryker, le coupa-t-elle.

Surpris, il essaya de repérer où elle se trouvait exactement, mais elle restait parfaitement immobile. Il s'approcha du paravent et entendit qu'elle poussait un long soupir.

— J'ai décidé de me passer de vos services, conclut-elle.

— De vous débrouiller seule ? Avec la certitude que cet individu ne pourra pas vous atteindre parce que vous vivez recluse derrière un paravent ? Vous vous trompez lourdement, miss Brooks ! S'il ne peut vous atteindre physiquement, il s'en prendra à l'un de vos proches. Un membre de votre famille qui sera alors en danger.

Une violente émotion saisit Eve. Elle savait qu'il avait raison. Cet inconnu pouvait de nouveau s'en prendre à Thomas, ou s'attaquer à sa mère, à Simon, son beau-père. N'avaient-ils pas tous assez souffert à la suite de l'enlèvement et de la mort tragique de Shelly ?

A cette pensée, des larmes brûlantes lui brouillèrent la vue, et elle les refoula avec effort. En même temps, elle ressentit les premiers signes oppressants d'une crise d'angoisse et poussa un gros soupir pour la conjurer.

— Je suis désolé, mais vous devez être consciente des risques que vous courez si vous décidez de vous passer de mes services et de gérer la situation seule.

Elle ferma les yeux. De nouveau, il avait raison... C'était naïf et stupide de penser qu'elle pourrait avoir le dessus sur un individu sans scrupule. Plus que jamais elle avait besoin de J.P. Ryker.

— Il faut que je réfléchisse, dit-elle néanmoins.

Il lui fallait un peu de temps pour élaborer une stratégie afin que, si leur collaboration se poursuivait, elle ne soit pas obligée de lui montrer son visage.

Enfin, ce qui en restait...

Elle ouvrit les yeux et fixa le paravent qui les séparait.

— Et si j'engageais un garde du corps qui sera présent vingt-quatre heures sur vingt-quatre et sept jours sur sept ? reprit-elle avec hésitation.

— C'est déjà trop tard, répondit-il.

La terreur la pétrifia.

— Que voulez-vous dire ?

— Cette nuit, pendant que je vous suivais en pensant que vous étiez peut-être le voleur des cylindres cryogéniques, voire le ravisseur de Thomas Avery, on a fouillé ma chambre. Quand j'y suis revenu, on m'a assommé. Mon ordinateur portable et mon Glock ont disparu.

— Un homme du ranch ?

— Un homme qui portait des bottes de cow-boy, en tout cas... Votre contremaître m'avait fait parvenir par e-mail les dossiers d'embauche des membres de votre équipe. Je ne les ai plus. Si le voleur ne voulait pas que je prenne connaissance de ces informations, c'est loupé. Hall va me procurer une version papier de ces dossiers.

— J'ai un ordinateur dans mon atelier. Il est à votre disposition, si cela peut vous faire gagner du temps.

La voix d'Edith leur parvint, accompagnée du bruit de ses pas dans l'escalier.

— Eve ? Vous avez reçu un colis. Ce sont sans doute les échantillons de tissu pour la robe de mariée d'Amanda Blackburn. Je sais que vous les attendiez avec impatience !

En entrant dans la pièce, l'assistante d'Eve croisa le regard de J.P. Contrarié d'être interrompu dans une conversation décisive, il grimaça.

— Oh... excusez-moi, monsieur Ryker, dit-elle, l'air confus. J'ignorais que vous étiez encore là...

Elle posa les yeux sur le chapeau blanc qu'il tenait toujours.

— Je vais déposer le colis dans l'atelier, Eve, ajouta-t-elle, en se dirigeant vers l'autre côté du salon.

J.P. la suivit des yeux et entrevit l'intérieur de l'atelier lorsqu'elle en ouvrit la porte.

— J'aimerais que nous nous mettions d'accord, reprit-il à l'intention d'Eve Brooks.

Il attendit une réponse qui ne vint pas et en fut agacé.

— Ecoutez, je...

— Vous voulez savoir pourquoi je portais ce chapeau hier soir ? Pourquoi je ne sors que la nuit ? Pourquoi je me cache derrière ce paravent ?

— Oui. Et le lien avec la demande de rançon.

Il prêta l'oreille et crut l'entendre respirer plus vite.

— Que vous est-il arrivé, Eve ? Que s'est-il passé le jour de la remise de la rançon ? insista-t-il.

Le soupir, très audible, qu'elle poussa lui fit presque regretter sa question, mais il avait besoin de savoir pour être en mesure d'agir.

C'était son métier.

C'était aussi une question de vie ou de mort.

Il l'entendit se déplacer de l'autre côté du paravent, entendit le bruit léger de ses pas sur le plancher. Pourquoi avait-elle tant de réticence à lui parler ? Se sentait-elle coupable ? Mais de quoi, à la fin ? Thomas Avery n'avait-il pas été retrouvé sain et sauf ?

— J'ai failli mourir, ce soir-là..., murmura-t-elle enfin après avoir pris une profonde inspiration, comme pour se donner du courage. Si un semi-remorque n'était pas passé au moment de l'explosion, je ne serais plus de ce monde.

— Le kidnappeur a essayé de vous tuer avec une bombe ?

La frustration envahit J.P. qui eut envie de passer derrière le paravent pour la réconforter en la serrant dans ses bras.

— Non. Disons que je me suis trouvée au mauvais endroit au mauvais moment. Ce n'était pas la première fois qu'une bombe artisanale explosait dans le secteur.

— Vos blessures ont été graves ? demanda-t-il, inquiet soudain.

— J'ai passé trois semaines en soins intensifs... Un mois de plus avec la mâchoire complètement immobilisée. A cela se sont ajoutées des séances de kiné pour mon épaule gauche et de chirurgie plastique reconstructrice sur mon...

Elle s'interrompit, mais il avait deviné.

Son visage.

— Le shérif du comté a relié l'explosion à quatre autres qui avaient déjà ébranlé le comté, le tout à l'initiative d'un groupe d'étudiants anarchistes.

— Je suis désolé, Eve. J'ignorais cela.

La colère grondait en lui. Il aurait voulu retrouver ceux qui avaient placé là cette bombe artisanale autant qu'il désirait mettre la main sur le kidnappeur qui avait choisi cet endroit pour la remise de rançon.

Malheureusement, en ce qui concernant cette affaire, il n'avait aucune piste sérieuse, seulement le témoignage d'une femme fragile mais déterminée, cachée derrière son paravent.

Qui avait besoin de protection. De sa protection.

— Nous le retrouverons, Eve.

Il posa sa main à plat sur la soie.

— Je vous le promets..., ajouta-t-il.

Avant même qu'Eve Brooks y ait posé la sienne, il en sentit la chaleur.

— Il est possible que l'individu qui m'a agressé cette nuit ne soit pas le ravisseur de Thomas Avery, poursuivit-il. C'était sans doute l'auteur du vol d'un de ces cylindres cryogéniques. Peut-être essayait-il de découvrir si j'avais des informations, ou des indices, le concernant.

Leurs paumes se désunirent, et le rire léger d'Eve lui parvint.

— Je suis désolée. J'aurais dû vous prévenir, J.P. C'est moi qui ai subtilisé ces cylindres cryogéniques. Il fallait que je puisse justifier votre présence aux yeux de Devon. A part Edith, personne au ranch n'est au courant de l'enlèvement de Thomas, de l'explosion et des coups de téléphone de son ravisseur.

Il ne put s'empêcher de sourire.

— Donc, je n'ai pas besoin de...

Un cri de terreur en provenance de l'atelier le fit taire.

— Mon Dieu, c'est Edith ! s'exclama Eve. Il lui est arrivé quelque chose.

Posant le chapeau d'Eve, il se précipita vers la porte de l'atelier.

La main pressée sur la poitrine, les yeux écarquillés, Edith Weber montrait d'un doigt tremblant le colis posé sur le bureau. Elle recula, frissonna, secoua la tête et enfin porta la main à sa bouche comme si elle allait vomir.

J.P. s'approcha. Le colis, entouré de croquis de robes de mariée, dégageait une odeur pestilentielle.

Une odeur de décomposition.

Il leva le bras et logea son nez dans le creux de son coude. Puis il prit dans le carton l'épaisse enveloppe de plastique noir qu'Edith venait d'ouvrir.

Un rat de la taille de son poing s'y trouvait.

Il referma le plastique.

— Edith, j'ai besoin d'un sac en papier et d'un sac-poubelle.

— Je vais demander à l'un de nos hommes de jeter ça aux ordures.

— Je n'ai pas l'intention de le jeter.

Elle ouvrit de grands yeux pendant que l'horreur, de nouveau, se peignait sur ses traits.

— Vous allez... garder cette... chose ?

— Oui. Et l'envoyer dans un laboratoire d'analyses médico-légales. Avec un peu de chance, nous découvririons des indices sur l'expéditeur. Il me faudrait aussi un carton, pour l'expédition.

Tandis qu'Edith s'en allait en toute hâte, la voix d'Eve lui parvint du petit salon.

— J.P. ! Que se passe-t-il ?

— Edith va bien ! s'empressa-t-il de répondre. Je vous expliquerai tout une fois que j'en aurai terminé.

Edith revint quelques instants plus tard avec ce qu'il lui avait demandé.

Il remit le plastique contenant le cadavre de rat dans le colis, plaça celui-ci dans le sac en papier, mit le tout dans le sac-poubelle, et enfin dans le carton que lui tendait Edith.

— A quelle heure passe le facteur ?

— Dans l'après-midi, vers 15 heures.

Il prit sur le bureau du scotch et un marqueur. Après avoir fermé le carton, il indiqua dessus l'adresse d'un laboratoire privé de Los Angeles avec lequel il collaborait.

Quand il eut terminé, il posa le colis sur le coin du bureau. La pièce à conviction était des plus répugnantes, mais elle n'en restait pas moins digne d'intérêt. Il imaginait les cris d'horreur que le laborantin pousserait en découvrant le contenu du paquet, mais si ce rat le mettait sur une piste, son envoi s'en trouverait amplement justifié.

— Pouvez-vous veiller à ce que cela parte bien aujourd'hui ?

— Bien entendu !

Il avisa l'ordinateur d'Eve et le téléphone.

— C'est sur ce poste que miss Brooks a reçu les deux appels de menaces ?

— Oui.

Il sortit de sa poche son enregistreur téléphonique, en se félicitant que l'intrus qui avait mis sa chambre à sac ne l'ait pas volé en même temps que son portable et son Glock.

— Qu'est-ce que c'est ? demanda Edith.

— Un système d'écoute téléphonique. Quand je l'aurai branché, nous aurons la possibilité d'enregistrer les appels entrants. J'ai l'impression que le kidnappeur ne devrait pas tarder à se manifester.

— Sans doute..., commenta sobrement Edith, toujours très pâle. Bon, je m'occupe de votre colis.

— Merci, dit-il tandis qu'elle prenait le paquet avec une répugnance visible, comme s'il contenait un explosif.

Resté seul, il installa le système de mise sur écoute en quelques instants.

— J.P. ? appela de nouveau Eve.

— J'arrive.

Après un dernier regard autour de lui, il sortit de l'atelier pour la rejoindre.

Le ravisseur de Thomas Avery mettait ses menaces à exécution ; harceler Eve et la terroriser afin de l'obliger à payer la rançon.

Mais il ne savait pas à qui il se mesurait.

Le combat d'Eve Brooks était devenu le sien, dût-il rester plusieurs mois au ranch des Bridal Falls.

5

J.P. observa les hommes qui se dirigeaient vers la grange. Deux portaient leur selle sur l'épaule, tous étaient chargés d'un sac de voyage. Ces saisonniers avaient été embauchés pour le marquage des veaux qui durerait environ deux semaines.

Tout en frottant le cuir d'une belle selle Circle Y, J.P. écouta Devon Hall attribuer à chacun des nouveaux arrivants son chalet, puis leur donner des informations pratiques. Un cow-boy de grande taille, qui répondait au nom de Ted Allen, attira son attention. Le regard calculateur qu'il portait sur les autres hommes et sur ce qui l'entourait éveilla sa méfiance.

— J'vous laisse vous installer, conclut le contremaître. Rendez-vous dans une demi-heure dans l'corral ; vous y choisirez vot'monture.

Les hommes acquiescèrent et gagnèrent leurs chalets.

J.P. se redressa et les suivit des yeux. Lorsqu'ils furent assez loin, il s'approcha de Devon.

— Ce sont des gars de la région ?

— Oui. Sauf un.

— Ted Allen ?

Devon opina.

— Exact. Comment le savez-vous ?

— Je n'ai pas aimé son regard inquisiteur. Je vais le garder à l'œil. J'aimerais étudier les fiches d'embauche de ces saisonniers.

Le contremaître avança la lèvre inférieure, l'air pensif.

— Vous avez raison. On est jamais trop prudent. C'la dit,

j'aim'rais savoir la vraie raison d'vot' présence ici, J.P. J'suis pas dupe, vous savez.

J.P. se tendit mais, croisant le regard de Devon, il n'y lut pas de défi, seulement une véritable inquiétude.

— Eve Brooks est en danger, lâcha-t-il sobrement. Je suis là pour la protéger et démasquer l'individu qui, actuellement, la harcèle.

Le contremaître resta impassible.

— Vous êtes donc pas là à cause du vol des cylindres cryogéniques ?

— Il n'y a jamais eu de vol.

— Ah... Ecoutez, miss Brooks est l'patron. C'qu'elle dit et fait la r'garde... Concernant votre affaire, j'vous propose d'passer à mon bureau dans l'après-midi. J'laiss'rai les fiches des saisonniers sur la corbeille d'réception du courrier. Moi, j'serai avec mes hommes. Sinon, vous avez découvert quelque chose sur l'équipe permanente ?

— Non. Rien.

— J'm'en doutais.

Devon s'éloigna, apparemment satisfait.

J.P. refoula son malaise et porta la selle et les produits de nettoyage dans la sellerie.

Au moment où Eve avait évoqué la bombe artisanale et son physique abîmé, il avait compris qu'elle était beaucoup plus fragile et vulnérable qu'il le pensait.

Bien qu'elle ait semblé ne pas trop mal réagir au colis contenant le cadavre de ce rat, il était évident qu'elle devait être terrorisée.

Lorsqu'il eut tout remis en place dans la sellerie, il retourna vers son chalet tout en réfléchissant.

Eve Brooks avait survécu à un cauchemar, et quel cauchemar ! Il était incapable d'imaginer ce qu'elle avait pu éprouver le jour de la remise de la rançon, puis au moment de l'explosion. Sans parler de la suite...

Jusqu'à présent, le sinistre colis n'avait fourni aucun indice et, malheureusement, il faudrait plusieurs semaines avant que le laboratoire rende ses conclusions. La société de livraison, qu'il avait contactée tout en se doutant qu'elle ne pourrait rien lui apprendre, avait confirmé tout ignorer de l'expéditeur.

De toute évidence, le harceleur avait pris ses précautions pour ne pas laisser de trace.

Cela faisait maintenant une semaine qu'il se trouvait au ranch, et il n'était pas plus avancé qu'au jour de son arrivée.

Eve observait les photographies accrochées au mur de son atelier. Elles représentaient des jeunes mariées, toutes des célébrités, souriant dans des flots de taffetas, de satin, de dentelle, de mousseline et de perles...

Ses créations.

Des robes qu'elle avait imaginées et conçues en contemplant les Chutes de la Mariée, ces Bridal Falls dont les eaux formaient un si fin voile d'embruns.

Pourquoi ne pas y aller maintenant, pour y puiser l'inspiration qui lui manquait cruellement ? Tentée, elle se mordilla la lèvre inférieure puis relut la lettre qu'elle venait de parcourir, et qui concernait la robe de mariée d'Amanda Blackburn. La coupe du patron était prévue pour la fin de la semaine.

Depuis que le ravisseur de Thomas s'était de nouveau manifesté, et plus encore depuis la réception du colis, elle avait été incapable de trouver des idées. Pourtant, aucun accident fâcheux ne s'était plus produit. Mieux, J.P. n'était jamais bien loin. Pourquoi ne lui demanderait-elle pas de l'accompagner aux Bridal Falls ? Elle pourrait s'en remettre à lui pour assurer sa sécurité et, par la même occasion, lui révéler le vrai secret de sa réussite.

Sa décision prise, elle sourit et appuya sur le bouton de l'interphone.

La voix d'Edith lui parvint aussitôt.

— Oui, Eve ?

— J'aimerais que vous demandiez à J.P. de venir, s'il vous plaît, Edith.

Elle se tut un instant pour refouler une subite émotion — de l'appréhension ? — puis poursuivit :

— Demandez-lui de seller Ginger, et un cheval de son choix. Dites-lui aussi que je lui donne rendez-vous devant la grange dans une demi-heure environ. Je veux me rendre aux Bridal Falls.

Elle ferma les yeux en espérant qu'Edith, qui avait tendance à la materner, n'allait pas tenter de contrecarrer son initiative. D'un autre côté, ce serait si facile de l'écouter ou d'écouter son propre instinct, qui lui soufflait de rester entre ses murs jusqu'à la fin de ses jours.

— Je m'en occupe tout de suite, répondit Edith.

En se rendant dans sa chambre pour se changer, elle évita, comme à son habitude, la vue de son reflet dans le miroir quand elle passa devant la salle de bains grande ouverte.

Puis elle songea avec nostalgie qu'elle n'avait pas senti le soleil sur son visage depuis huit mois.

J.P. tira sur les rênes de son cheval bai et glissa un regard vers Eve dont le visage était presque totalement masqué par de grandes lunettes de soleil et un foulard blanc étroitement ajusté.

— Ces chutes d'eau sont encore loin ? demanda-t-il en consultant sa montre.

Ils chevauchaient en effet depuis déjà un moment.

— A environ cinq kilomètres du ranch. C'est mon arrière-grand-mère, Evelyn, qui les a découvertes l'année où elle et mon arrière-grand-père Parnell se sont installés sur ces terres.

— C'était en 1890, si ma mémoire est bonne.

Eve sourit.

— Vous avez parlé avec Henry Brashear, n'est-ce pas ?

— En effet. Il connaît de toute évidence bien votre famille, qu'il aime beaucoup. Il m'a aussi confié que les femmes de votre famille étaient aussi solides que ces montagnes et dotées d'un caractère plutôt bien trempé !

— Sauf ma mère. Elle détestait vivre dans ces montagnes.

Elle était de constitution assez délicate et a quitté l'Idaho, avec moi, pour Los Angeles. J'avais dix ans.

— Vous avez donc grandi entre l'Idaho et Los Angeles.

Elle dirigea sa jument vers un sentier envahi par les mauvaises herbes.

— Nous allons monter cette pente, assez abrupte, qui va nous conduire vers la crête. Ensuite, nous descendrons vers les Bridal Falls.

J.P. essaya de se détendre, mais il resta sur le qui-vive, scrutant l'épaisse forêt qui les entourait, avec ses nombreuses cachettes possibles.

A toutes fins utiles, il avait emporté son pistolet de secours dans son holster de taille. Il était d'autant plus vigilant et méfiant qu'il n'avait toujours aucun indice sur l'intrus qui l'avait agressé et volé, ni aucun suspect. Le soir de l'agression, les ouvriers du ranch avaient un alibi imparable : ils jouaient tous, sans exception, au poker.

Lorsqu'ils arrivèrent au sommet de la crête, un murmure d'eau lui parvint qui devint plus perceptible à mesure qu'ils descendaient.

A travers les feuillages, il entrevit bientôt des cascades. Intrigué et impatient, il se redressa sur sa selle pour mieux voir et, quand il vit, il fut stupéfait.

— C'est incroyable..., dit-il, incapable de détacher les yeux du magnifique spectacle.

Les Bridal Falls se déployaient en éventail depuis leur point de chute, puis se séparaient en trois jaillissements pour rebondir sur un surplomb avant de s'écouler dans un bassin qui devait mesurer une dizaine de mètres de côté. Le sol autour était moussu et d'un vert très tendre.

— J'avais quatre ans la première fois que je les ai vues, confia Eve qui descendait déjà de sa monture. Je n'avais jamais rien vu de plus beau et de plus magique.

Elle sourit.

— Et je n'ai plus rien vu, depuis, qui les surpasse en beauté.

Elle attacha son cheval au tronc d'un arbre.

— Mon grand-père m'a donné une photographie qu'il avait prise ce jour-là. Je l'ai toujours. C'est devenu une sorte de talisman.

C'était la première fois, depuis son arrivée au ranch, qu'il décelait du plaisir dans sa voix. Regrettant de ne pouvoir discerner l'expression de son visage, il mit pied à terre lui aussi.

— Vous étiez proche de votre grand-père ?

— Oh oui ! Nous nous adorions. Il était âgé et moi très jeune. Nous n'étions donc guère actifs au ranch et livrés à nous-mêmes. Nous avons alors fait équipe. Quand j'ai été assez grande, il m'a appris à monter, à tirer et à pister le gibier. Et, surtout, à avoir confiance en moi...

Elle n'acheva pas et baissa la tête comme si elle allait se mettre à pleurer.

— C'est mon grand-père qui, le premier, m'a montré cet endroit magnifique. C'est grâce à lui si j'ai appris à m'émerveiller, à être imaginative et créative. Un an après sa mort, mes parents ont divorcé. Ma mère a obtenu ma garde et m'a emmenée à Los Angeles. Mon père est resté au ranch. Je ne l'ai plus vu qu'à l'occasion des vacances.

— Votre grand-père vous manque, n'est-ce pas ?

— Il ne se passe pas un jour sans que je pense à lui.

Elle fouilla dans la sacoche de sa selle et en sortit un carnet de croquis ainsi que des feutres.

— Pendant que je dessine, vous pourriez faire un tour de reconnaissance, lui suggéra-t-elle. Je vous assure que vous ne serez pas déçu !

Il la suivit des yeux tandis qu'elle se dirigeait vers une grosse roche plate qui bordait le bassin. Il aimait la regarder se déplacer. Elle était si fine, mince et gracieuse... Avait-elle acquis cette grâce pendant ses années de mannequinat ? Il en doutait. Tout, chez elle, semblait inné, et si naturel...

Elle se pencha pour tremper la main dans l'eau.

— La température est délicieuse ! lança-t-elle par-dessus l'épaule. Et regardez autour de vous comme c'est beau !

Elle se redressa et resta un instant immobile. Fasciné, il

n'avait d'yeux que pour elle. Enfin, elle s'assit en tailleur, et il dut résister au désir de la rejoindre.

Troublé par l'admiration qu'il éprouvait, il s'obligea à se concentrer sur la zone où ils se trouvaient. Tant de beauté faisait tourner la tête, mais c'était celle d'Eve Brooks qui le désarçonnait le plus et risquait de le priver de sa vigilance.

Après avoir attaché son cheval, il s'approcha du bassin, s'accroupit et plongea la main dans l'eau cristalline. Sa température devait avoisiner les vingt-six degrés.

— Source chaude, donc chauffée par un processus géothermique, lui expliqua Eve qui avait posé son carnet de croquis sur ses genoux. Idéal pour un bain de minuit.

— Vous en avez déjà pris ?

Il était intrigué par sa gaieté subite.

— Laissez-moi mes petits secrets ! répondit-elle en se remettant à crayonner.

Il se détendit et sourit à part lui.

Il comprenait qu'elle puisse trouver l'inspiration dans ce lieu unique avec, pour seule musique, le son des Bridal Falls.

Mais y trouvait-elle la paix ?

Soudain, il y eut un craquement dans les buissons derrière lui. Dégainant son Magnum, il volte-face.

A moins de quinze mètres, un élan de taille impressionnante sortit de la forêt et s'immobilisa.

Tendu, J.P. observa l'animal qui découvrait que l'accès à son point d'eau favori était occupé par des intrus. Un élan pouvait être dangereux à certaines périodes de l'année, par exemple en automne, lors de la saison des amours. Mais on en était à peine au début du printemps. Il allait donc battre tranquillement en retraite.

Eve ne semblait pas dérangée par l'arrivée d'un cervidé pesant sûrement plus de trois cents kilos et doté de grands bois. J.P. se rapprocha néanmoins d'elle sans quitter l'élan des yeux.

Ce dernier réa avant de faire demi-tour et de regagner le sous-bois. J.P. ne se détendit que lorsqu'il fut certain que l'animal s'était bel et bien éloigné.

— Vous vous faites du souci pour rien, déclara Eve en continuant de dessiner. Nous sommes au printemps, et le rut est dans plusieurs mois.

Décidément, elle ne cessait de le surprendre. Eve Brooks était un ancien top-modèle qui avait voyagé dans le monde entier pour sa carrière et désormais une célèbre créatrice de mode, mais elle n'en était pas moins bien informée sur les mœurs de cervidés de l'Idaho.

Il admira le dessin qu'elle était en train de peaufiner. Il n'était pas expert en la matière, mais son trait accrochait indéniablement le regard.

— Vous êtes douée, lui dit-il avec conviction en s'asseyant près d'elle.

— Merci. J'ai eu de la chance, j'ai pu exploiter mon talent et exercer un métier que j'aime en créant Eve Brooks Bridal Couture. Dès que j'aurai envoyé ce croquis à Los Angeles, il sera communiqué à Amanda Blackburn. Si elle est d'accord et donne son feu vert, le patron sera effectué, et la robe sera prête pour son mariage qui aura lieu l'année prochaine, avec Ryan Taylor, sur la plage de Malibu.

J.P. siffla entre ses dents, doutant qu'elle l'entende par-dessus le bruit de la cascade. Quelques jours avant d'avoir accepté de travailler pour Eve, il avait vu Amanda Blackburn dans son dernier film. C'était, actuellement, l'étoile montante du cinéma américain.

— Vu de l'Idaho, Hollywood semble si loin..., lâcha-t-il.

— Et je m'en réjouis !

Elle signa son croquis d'un paraphe élégant et posa son carnet sur la roche.

— Je ne supportais plus ce monde-là depuis longtemps déjà. L'explosion a été la goutte d'eau qui a fait déborder le vase ; mon univers a basculé ce jour-là. Mais vous ne pouvez pas comprendre...

Si, il comprenait. Trois ans plus tôt, son propre univers avait aussi basculé à la suite d'une tragédie, mais il se garda bien de le lui révéler. Il était trop heureux qu'elle s'épanche un peu.

Il sourit quand elle se mit à contrefaire les journalistes de *Vogue*.

— « Miss Brooks, vous pouvez regarder dans cette direction ? Et sourire. N'êtes-vous pas un peu trop mince ? Mangez-vous assez ? Il serait nécessaire que vous preniez deux kilos d'ici à vendredi et pour le shooting destiné à la couverture de *Harper's Bazaar*, sinon cette robe couture de Versace ne tombera pas bien. »

— L'univers de la mode ne vous manque vraiment pas ?

Elle se tut brusquement et resta songeuse. Elle semblait calme, mais en apparence seulement, car ses mains tremblaient. Elle dut remarquer qu'il l'avait constaté, car elle tenta de les lui dissimuler en les croisant sur ses genoux qu'elle ramena contre sa poitrine.

— Parfois, un peu. Mais cette partie de mon existence a été tellement futile..., reprit-elle d'une voix feutrée. Fêtes, adulation, glamour et people... Je me sentais désœuvrée et inutile. C'est alors que j'ai commencé à dessiner les robes que j'aurais aimé porter. Puis j'ai eu un déclic quand je suis venue passer un été au ranch. J'étais alors en convalescence à la suite d'une grippe que j'avais attrapée à Paris. Je suis venue ici à deux ou trois reprises. Dès lors, tout est devenu limpide. J'avais trouvé ma vocation. J'ai alors pris ma décision.

— Devenir créatrice de mode.

— Exactement.

Elle fit un mouvement du menton vers les Bridal Falls, et poursuivit :

— En regardant ces eaux vives couler, rebondir sur les aspérités et jaillir sur les roches, j'ai entrevu le tulle et la mousseline de soie. J'ai cessé de défiler, j'ai commencé à dessiner des robes de mariée. Comme j'avais de nombreuses connexions dans le monde de la mode, j'ai tout de suite réussi à me faire un nom, une réputation. L'année dernière, nous avons eu un chiffre d'affaires de plus de soixante-quinze millions de dollars.

L'énormité du montant fit froncer les sourcils à J.P.

— Excusez-moi de changer de sujet, mais n'avez-vous pas

été étonnée que le ravisseur de Thomas Avery n'ait demandé qu'un demi-million de dollars de rançon ?

Eve haussa les épaules.

— Oui. C'était assez peu.

— Un ravisseur plus ambitieux aurait tout de suite compris le profit qu'il pouvait tirer de votre situation. C'est étonnant.

— Vous pensez qu'il est stupide ?

— J'en doute, et c'est pourquoi ce détail m'intrigue. J'espère seulement qu'il va commettre tôt ou tard une erreur qui nous permettra de le débusquer avant qu'il ne...

Un coup de feu claqua. Au même instant, il sentit une douleur au bras, aussitôt suivie par une sensation de brûlure intense. Il eut le réflexe de pousser Eve au bas de la roche sur laquelle ils étaient assis pour la mettre à l'abri. Elle ne résista heureusement pas et poussa un cri de surprise lorsqu'ils roulèrent sur l'épais lit de mousse.

Un nouveau coup de feu résonna. Cette fois, il en repéra la provenance.

— D'où viennent ces tirs ? demanda Eve au même instant.

— De la crête.

Il se redressa un peu et essaya de localiser le tireur. Un mouvement, non loin d'un mélèze laricin perdu dans un bosquet de pins blancs, attira enfin son attention. Le soleil révélait, en le faisant briller, un objet. Des jumelles ? Il entrevit simultanément un T-shirt, ou une chemise bleue. Il mémorisa le lieu en se repérant au mélèze laricin, puis se tapit de nouveau derrière la roche. Un troisième coup de feu se fit entendre. La balle ricocha sur la roche et alla déchiqueter les premières pages du carnet de croquis d'Eve.

— Il ne faut pas rester là ! dit-il en regardant autour de lui. Y a-t-il une grotte derrière la cascade ?

— Oui, sur la gauche.

S'ils parvenaient à s'y réfugier, ils y seraient à l'abri, et il pourrait riposter, à condition que le tireur s'approche, car son pistolet avait évidemment une portée plus réduite que celle d'une carabine.

Une autre balle toucha le sol, non loin d'eux.

Eve poussa un nouveau cri et se recroquevilla sur elle-même.

— Eve, écoutez-moi bien. Il va falloir nager, sous l'eau, jusqu'à cette grotte qui est derrière la cascade. De cette façon il ne pourra pas vous atteindre. Moi, pendant ce temps, je vais vous couvrir. D'accord ?

Elle opina, ramenant les pans de son foulard autour de son visage.

— Ne vous inquiétez pas. Je suis armé et j'ai deux chargeurs de six coups. Je vous rejoins vite.

Il lui pressa la main.

— Courage. Allez-y, maintenant !

Le cœur battant avec violence, Eve prit une grande inspiration, se laissa glisser dans le bassin et plongea. Sous l'eau, son foulard et ses lunettes de soleil lui échappèrent. Elle se sentit soudain comme nue et la panique l'envahit, la privant d'oxygène.

Tandis qu'elle cherchait à les rattraper, elle entendit un échange de coups de feu. J.P., comme il le lui avait promis, ripostait et la couvrait. Elle remarqua tout à coup son foulard qui flottait non loin et tendit le bras, mais elle ne parvint pas à le saisir. Quant à ses lunettes de soleil, elle eut beau regarder autour d'elle, elles semblaient définitivement perdues.

De nouveau elle entendit tirer. Son oxygène se raréfiait. Elle n'allait tout de même pas se noyer à cause d'un stupide foulard griffé !

Renonçant à le chercher, elle nagea donc vers la grotte, aussi vite que ses forces le lui permettaient. Elle atteignit bientôt l'affleurement rocheux qui la signalait et se hissa dessus en haletant.

Les échanges de tirs semblaient ne plus devoir cesser...

Terrifiée, essoufflée, la tête rentrée dans les épaules, elle pénétra dans la grotte. Pour l'avoir explorée à maintes reprises par le passé, elle connaissait bien cette excavation...

Presque rassurée sur son sort, elle prit de grandes inspirations et sentit bientôt les battements de son cœur se calmer.

Alors elle put prêter l'oreille et attendit J.P. Elle regarda vers l'extérieur, mais le rideau d'eau rendait le paysage flou.

Bientôt elle entendit un bruit de plongeon. J.P. la rejoignait enfin ! D'instinct, elle porta la main gauche à la partie de son visage qui avait été abîmée. Le soulagement à la perspective de le voir arriver le disputait à la panique. Que ne pouvait-elle lui cacher ses marques... L'idée de son regard sur elle l'insupportait. Comment réagirait-il en voyant ce qu'il restait de son visage naguère parfait ? Quelle serait l'expression de ses prunelles si bleues ?

Serait-il aussi impitoyable que l'avait été Thomas ? Certes, Thomas s'était voulu rassurant, à l'hôpital, le jour où on lui avait retiré pansements et bandages. Il lui avait même affirmé qu'elle était toujours aussi belle, mais elle avait remarqué, au fond de ses yeux, une petite lueur inquiétante. Elle avait vu sa répulsion, ses regards en coulisse et son obstination à fixer le mur ou le sol.

A l'évocation de ce souvenir douloureux qui ne manquait jamais de provoquer une crise de panique, elle ferma les yeux. Supporterait-elle de nouveau le dégoût ou la pitié de la part d'un homme ?

Non !

Entendant J.P. faire surface puis reprendre son souffle, elle recula au plus profond de la grotte et se prépara au pire.

6

Un frôlement humide contre sa jambe la fit sursauter et ouvrir les yeux. C'était son foulard, que J.P. lui tendait.

— Je l'ai rattrapé, dit-il. J'ai pensé que vous aimeriez le récupérer.

Tête baissée et évitant de regarder dans sa direction, elle le prit et le pressa contre son visage.

— Il a cessé de tirer ? demanda-t-elle, soulagée et déjà moins tendue.

— En tout cas, il n'a pas riposté après mes derniers coups de feu. Il est peut-être parti, à moins qu'il n'envisage de nous attendre et de nous tendre une embuscade quand nous réapparaîtrons.

Elle trouva enfin le courage de lever les yeux vers lui et vit du sang couler sur son avant-bras.

— Vous êtes blessé !

L'inquiétude lui fit oublier ses préoccupations. Sans hésiter, elle utilisa son foulard pour panser la blessure.

— Je demanderai au Dr Morton de passer dès que nous serons rentrés au ranch !

J.P. posa alors la main sur son bras. Elle tressaillit et se mordilla la lèvre tandis que des larmes de désespoir et d'impuissance lui montaient aux yeux. Car, maintenant, il voyait son visage. Il le regardait. L'observait. Il allait d'un instant à l'autre avoir un mouvement de recul involontaire. Fuir. L'abandonner à son sort.

Refoulant ces pensées, elle ravala l'horreur et la haine

que lui inspirait son physique. Huit mois plus tôt, elle avait sombré dans la dépression, qu'elle avait comparée, lors de ses séances de thérapie, à des sables mouvants d'un noir profond. Elle commençait à peine à s'en extirper, et la réaction de J.P. pouvait de nouveau l'y enfoncer.

Non, elle ne voulait pas — elle ne pouvait pas ! — retomber dans la dépression.

Comme il tendait la main vers elle, elle referma les yeux et se raidit tandis qu'il posait la paume sur sa joue.

C'était une sensation douce, agréable, dont elle avait perdu l'habitude. Emue, elle ne lutta plus contre les larmes qui se mirent à couler avec abondance, emportant avec elles une partie de sa peur.

Avec douceur, il caressa du bout des doigts sa tempe, son menton et son cou, puis la partie de sa joue qui avait été brûlée lors de l'explosion.

Un frisson la parcourut. Elle rouvrit les yeux et les plongea dans ceux, si bleus de J.P., y cherchant avec angoisse des signes de répulsion.

J.P. riva son regard au sien et sourit.

— Greffes de peau ?

Il était émerveillé par l'habileté du chirurgien.

— De mon ventre. La peau y est similaire à celle du visage.

— Combien d'opérations ?

— Cinq en tout. Et une dernière prévue pour cet automne. Après, la chirurgie ne sera plus d'aucun secours.

Il se sentit envahi par le plus grand respect envers cette femme qui avait traversé une terrible épreuve et était restée aussi belle et vivante. Séductrice. Simple et naturelle. Tellement féminine, surtout.

Comme il gardait son regard rivé au sien, il y vit une ombre de doute. Eve Brooks était toujours aussi belle mais, évidemment, elle en doutait. Au traumatisme de l'explosion s'était ajouté celui de l'atteinte physique.

Des chirurgiens avaient réparé son visage, mais le travail de reconstruction psychologique était loin d'être terminé… Le temps était venu de lui redonner confiance en elle.

— J'admire votre courage, Eve, dit-il. Vous avez surmonté une terrible tragédie.

Il se tut et reprit.

— Tu es vivante, tu es magnifique…, murmura-t-il, la tutoyant pour la première fois afin de donner davantage de poids à ses mots et, surtout, sans jamais lui dérober son regard.

Le croirait-elle ?

La méfiance apparut dans ses yeux pour en disparaître aussi vite. Puis elle esquissa un pauvre sourire.

— Ce ne sont que des mots, J.P. Des mots que j'ai si souvent entendus…

Elle doutait de sa sincérité ? Il voulait par-dessus tout la convaincre de sa franchise, mais il décida de prendre un autre biais.

— Tu veux parler de Thomas ? demanda-t-il calmement.

— Oui. Et du jour où le médecin a retiré mes pansements et mes bandages… Eh bien, c'est un miracle qu'il n'ait pas pris les jambes à son cou… !

Son sourire disparut, et elle détourna la tête. Une grosse larme coula sur sa joue.

Elle l'essuya lentement.

— Je sais que Thomas n'avait qu'une envie, s'enfuir…

— Thomas Avery est un imbécile ! s'exclama-t-il, hors de lui.

— Non, il est réaliste, J.P. Comme moi… Il est assez intelligent pour comprendre que mon physique, qui faisait mon succès, a été détruit en l'espace de quelques secondes. Je ne retrouverai jamais ma beauté d'avant. Si je ne m'étais pas baissée pour récupérer ma boucle d'oreille qui s'était décrochée, j'aurais été soufflée plus violemment par l'explosion et je serais morte, J.P.

Elle soupira.

— Si mon visage apparaissait de nouveau dans la presse, c'est EBBC qui serait menacée. Pourquoi penses-tu que j'ai gardé tout cela secret ?

J.P. n'avait pas songé à l'impact qu'un tel accident pouvait avoir sur Eve Brooks Bridal Couture. Eve Brooks, ex-top model, en était en effet, au propre comme au figuré, le visage. L'explosion avait abîmé ses traits et fermé l'accès au monde glamour où elle avait été naguère adulée pour son éblouissante beauté.

— Tu aurais dû contacter le FBI, dit-il finalement. Le FBI aurait ainsi pu inspecter les lieux et trouver l'explosif avant ton arrivée.

Contre toute attente, la colère flamba dans le regard d'Eve. Puis elle se redressa, carra les épaules et pinça les lèvres.

— Jamais je n'aurais appelé le FBI, J.P., même s'il n'y avait eu plus que le FBI sur cette terre ! Car c'est l'incompétence du FBI qui est la cause de la mort de ma sœur Shelly !

— Ta sœur est morte ? Tu ne m'en as jamais parlé ! Que s'est-il passé ?

— C'est arrivé il y a trois ans. Tu n'as pas entendu parler de l'affaire de Brentwood ?

Shelly McGinnis. Brentwood.

Il sentit le sang se retirer de son visage qui, aussitôt après, s'embrasa. Il connaissait le dossier McGinnis dans ses moindres détails. Sa tragédie se rejouait sans cesse dans son esprit, jusqu'à la nausée, jusque dans ses cauchemars. Mais peut-être s'agissait-il d'une autre affaire, songea-t-il, conscient de s'illusionner.

— Que s'est-il passé au juste ? demanda-t-il avec difficulté.

— Shelly a été enlevée alors qu'elle rentrait à la maison. Ma mère et mon beau-père ont contacté le FBI après le premier appel du ravisseur qui, bien entendu, exigeait une rançon. Ils étaient prêts à obéir très exactement à ses instructions quand l'intervention du FBI a tout...

Sa voix vacilla.

— Shelly a été tuée ! conclut-elle.

Un sanglot lui échappa. Elle se pencha vers lui, et il la serra dans ses bras.

— Je suis désolé, Eve, murmura-t-il.

Ce n'était pas une simple formule, il l'était vraiment. Il l'était même plus que le jour où il avait appris la mort de

Shelly McGinnis. C'est en effet lui qui avait été le responsable tactique dans cette affaire d'enlèvement qui s'était terminée par un drame.

Et voilà que le hasard l'avait conduit à enquêter sur une affaire concernant la sœur de Shelly. Confondu, il regarda dans la direction du mur d'eau qui les séparait du bassin et de leurs chevaux.

Le cœur serré, il garda le silence. Il avait promis de protéger Eve Brooks dès l'instant où il avait accepté de se charger de son dossier. Mais quand il aurait bouclé cette affaire, quand elle serait hors de danger, il lui avouerait la vérité.

A savoir, sa responsabilité dans la mort de sa demi-sœur.

Il soupira et consulta sa montre. Ils étaient cachés dans cette grotte depuis presque une heure, maintenant. Le tireur ne s'en était pas approché et n'avait plus tiré.

— A mon avis, notre homme est parti, dit-il, soulagé par l'accalmie. Sinon, il se serait déjà approché, ne serait-ce que pour détacher nos chevaux et nous empêcher de rentrer au ranch.

— Il a peut-être renoncé... pour le moment seulement ?

Il baissa les yeux vers le visage d'Eve et résista à l'envie, irrésistible mais incongrue, de l'embrasser.

— Je pars en éclaireur, annonça-t-il. Toi, tu restes cachée jusqu'à ce que j'aie la certitude qu'il n'est plus là.

Paniquée, elle ouvrit de grands yeux.

— Non ! Attendons plutôt ! Au moins jusqu'à la tombée de la nuit...

— Tout ira bien, Eve. Je vais aller voir. Tu restes ici pour le moment. Si cet individu est toujours dans les parages, il tirera et tentera de me toucher, mais je suis à peu près certain qu'il est parti. Il a dû être surpris que je sois armé.

Eve cilla pour refouler les larmes qui lui embuaient la vue et, finalement, opina. Il avait raison... Il était temps de rentrer au ranch, de jour de préférence. A la nuit tombée, le tireur pouvait les suivre et facilement leur tendre une embuscade.

J.P. sortit son pistolet de son holster.

— Tu sais tirer ?

— Je t'ai dit que grand-père m'avait appris.

— Tu saurais donc comment utiliser un calibre 41 ?

— Quelle question, J.P. !

Un sourire sexy joua sur les lèvres de J.P. qui la contempla avec une troublante intensité. Elle contint un petit frémissement de plaisir.

— Il ne reste plus guère de munitions, alors ne tire pas à tort et à travers, d'accord ?

— D'accord.

Consciente de la séduction brûlante qui jouait entre eux, elle baissa les yeux sur le pistolet pour s'y dérober.

— Mais les balles sont mouillées ! Le pistolet est donc inutilisable.

— Non, les balles sont étanches. La poudre est au sec, sois sans crainte.

Cela faisait plusieurs années qu'elle n'avait pas tenu une arme, mais elle n'hésiterait pas à tirer pour se protéger et pour protéger J.P.

— Il n'y a pas une grande puissance de recul avec un .41. Garde-le bien en main.

— Compris.

Elle prit le pistolet qu'il lui tendait et le soupesa avant de le poser à côté d'elle.

— Et toi, sois prudent, surtout.

Pour donner plus de poids à ses paroles, elle posa sa main sur son bras.

— Promis, répondit-il en lui pressant la main avec sollicitude. Attends vingt minutes. Pendant ce temps je vais partir en reconnaissance vers l'endroit où se tenait cet individu et chercher d'éventuels indices.

Un peu inquiète, elle opina.

— Quand j'aurais terminé, je te ferai signe. Tu pourras me rejoindre, acheva-t-il.

De nouveau elle hocha la tête, sachant que si elle parlait, ou protestait, la peur la trahirait et la ferait éclater en sanglots.

— Ça va aller ? demanda-t-il, l'observant avec attention.

De nouveau elle fit signe que oui, puis fit mine de consulter sa montre pour lui masquer ses appréhensions. Quand elle releva la tête, elle constata qu'il l'observait toujours et se sentit aimantée par son regard. Il le fut lui aussi, sans doute, car il s'inclina sur son visage en même temps qu'elle s'inclinait sur le sien.

Elle soupira quand leurs lèvres se rencontrèrent.

Fermant les yeux, elle se perdit dans le feu qui embrasa tout à coup son corps et alimentait un désir aussi soudain qu'inattendu. Que ne pouvait-il la caresser, que ne pouvait-il porter les mains partout sur elle afin qu'elle se sente, de nouveau, femme !

Désirée et aimée.

Cela faisait si longtemps...

J.P. s'arracha à ce baiser envoûtant, le cœur battant, et sidéré par son intensité.

— Vingt minutes, souffla-t-il avant de sortir de l'anfractuosité pour se glisser dans le bassin.

Il nagea sous l'eau, l'esprit confus, confondu d'avoir embrassé Eve Brooks avec cet abandon. C'était évidemment une erreur. Mais c'était la meilleure erreur qu'il avait jamais commise.

Quoi qu'il en soit, il ne devrait pas la répéter.

Restée seule, Eve frissonna longuement et essaya de détendre l'étrange tension qui nouait ses muscles à cause de l'humidité et de la fraîcheur, mais aussi à cause du baiser de J.P. Elle distingua sa silhouette à travers le mur d'eau. Il avait déjà traversé le bassin et sortait de l'eau. Elle prêta l'oreille et suspendit son souffle, en espérant ne pas entendre de nouveaux coups de feu.

Il n'y avait que les bruits de la nature.

Le soulagement l'envahit tandis qu'elle regardait J.P. se diriger vers l'endroit où avait dû se poster le tireur. Elle le perdit de vue quand il s'engagea dans le sous-bois.

Alors elle se tendit de nouveau. Elle ne serait vraiment soulagée que lorsqu'il serait revenu sain et sauf.

J.P. monta la pente en s'arrêtant régulièrement pour écouter. Un faucon cria, passant comme une flèche juste au-dessus de sa tête. Un écureuil grignotait non loin. Il n'y avait de bruits que ceux de la nature.

Après avoir encore parcouru quelques mètres, il se cacha derrière le tronc d'un gros pin et regarda vers l'endroit où il avait entrevu le vêtement bleu de leur agresseur. Rien. Prévoyant, il ramassa une grosse branche et se tint prêt à l'utiliser comme une batte de base-ball le cas échéant.

Prudemment, il se dirigea vers le bosquet sur sa droite, en fit le tour pour s'assurer que le tireur ne s'y trouvait pas embusqué.

Il n'y avait personne.

Il se mit alors à chercher des indices.

Aiguilles de pin et pommes de pin, mousse humide d'un vert tendre et brindilles composaient un sol doux et très moelleux, presque spongieux. Il leva la tête et évalua la distance qui le séparait des Bridal Falls. La roche où ils se tenaient tout à l'heure était bien en vue.

De là, il balaya la forêt du regard, fit quelques pas, le regard fixé sur le sol et, soudain, se pencha. Mettant un genou à terre, il étudia l'empreinte de pas, distincte et récente, qu'il venait de repérer. Le tireur portait des bottes.

Il ramassa une petite branche qu'il posa sur l'empreinte pour la mesurer avant de la couper à son exacte dimension. Ce serait certes difficile de la comparer avec la pointure des bottes des hommes du ranch, mais il ne voulait pas négliger son premier indice.

Il se releva et chercha cette fois des douilles à proximité, même s'il était à peu près certain que le tireur les avait ramassées.

— Bingo ! murmura-t-il en voyant, au même instant, une

douille dans une touffe d'herbe au pied d'un tronc. Celle-là, tu l'as oubliée, ordure !

Il la ramassa. Calibre .308. C'était son jour de chance. Il n'allait pas tarder à découvrir l'identité du harceleur d'Eve. Satisfait, il mit la douille dans sa poche.

Eve entrevit tout à coup le T-shirt bleu du tireur, du moins sa silhouette rendue floue par le mur d'eau. Terrorisée, elle saisit le pistolet de J.P.

Où était J.P. ? Etait-il blessé ?

Levant l'arme, elle mit en joue l'homme qui avait essayé de les tuer, puis hésita. Finalement, la colère l'emporta sur la peur, et elle tira deux fois.

Le bruit fut assourdissant.

L'odeur de la poudre lui piqua le nez.

Plus jamais elle ne serait victime ! Ni des autres ni de ses peurs !

Elle visa de nouveau l'homme en T-shirt bleu et appuya sur la détente.

7

J.P. s'immobilisa non loin du mélèze laricin, cherchant à localiser l'origine des deux coups de feu qui venaient de résonner.

N'avait-il pas été imprudent de s'éloigner et de laisser Eve seule ? Etait-elle en danger ?

De nouveaux coups de feu confirmèrent son sombre pressentiment, et l'inquiétude le saisit. Il dévala la pente, bondissant par-dessus les buissons, prêt à mettre la main sur le tireur avant qu'il ne débusque Eve.

Il couvrit les derniers mètres à toute vitesse, brandissant sa batte de fortune.

Personne aux abords des Bridal Falls.

Il regarda autour de lui et avisa le carnet de croquis d'Eve, qu'elle avait abandonné sur le rocher.

Un couteau de chasse avait été planté dedans. Un peu de sang le tachait.

— Eve ! cria-t-il, fou d'angoisse.

Redoutant que le ravisseur l'ait blessée ou tuée, il plongea dans l'eau et refit surface à l'entrée de la grotte, s'attendant au pire.

— Ryker !

Eve, qui s'était plaquée contre le mur de pierre, se projeta vers l'avant d'un coup d'épaule.

— Bon sang, J.P., tu m'as fait une de ces peurs !

Elle prit une grande inspiration pour se remettre de ses émotions.

— J'ai entendu des coups de feu ! Que s'est-il passé, Eve ?

Il l'observa tout en essuyant l'eau qui lui dégoulinait sur le visage. Le regard d'Eve était d'un bleu vibrant et vif. Son intensité et le feu qui y luisait le galvanisèrent.

— Cet ignoble individu s'est approché. Alors j'ai tiré.

— J'ai vu du sang… Je crois que tu l'as blessé.

Elle ferma les yeux et frissonna, horrifiée à l'idée d'avoir peut-être tué un homme.

— Tu as eu raison de tirer, Eve ! S'il avait réussi à traverser le bassin et à te rejoindre…

Il se tut.

— Quoi qu'il en soit, il a planté un couteau de chasse dans ton carnet de croquis, conclut-il.

Elle se passa la main sur le front.

— Il faut rentrer au ranch, dit-elle d'une voix sourde. Je suis certaine qu'Edith est inquiète. Elle a dû alerter Devon… Les hommes vont sûrement partir à notre recherche.

— Des renforts ? Tant mieux. Ils surprendront peut-être le tireur en fuite ! Impossible de manquer un individu avec une carabine .308 vêtu de bleu, et blessé.

— Tu as retrouvé des douilles ?

— Oui, et une empreinte de botte. C'est peu, mais c'est mieux que rien.

Eve était dépitée par l'attitude distante de J.P. Avait-il déjà oublié que, moins d'une heure plus tôt, il l'avait embrassée ? Que ne pouvait-il redevenir tendre et plein de sollicitude… Elle avait tellement besoin de son étreinte, de retrouver cette connexion extraordinaire qui s'était établie entre eux, tout à l'heure.

J.P. remarqua que l'expression d'Eve changeait. Il vit son regard se mettre à briller tandis que, lentement, elle s'approchait de lui.

A cet instant, il se sentit envahi par un terrible sentiment de culpabilité qui étouffa le désir qui s'éveillait pourtant en lui. C'était pour le mieux car, s'il l'embrassait de nouveau, c'en serait fait de lui… Il n'avait pas le droit. Il ne devait pas.

— En ce qui concerne…, commença-t-il avec hésitation.

— Notre baiser ?

Elle lui lança une œillade séductrice.

— J'ai profité de la situation. Cela ne se reproduira plus, dit-il enfin d'un ton sans réplique.

La plus vive déception se peignit aussitôt sur les traits d'Eve. Son regard s'étrécit, et elle pinça les lèvres.

— Je comprends. Nous avons tous les deux été pris dans un grand moment de folie, n'est-ce pas ? Un seul baiser brûlant du beau détective pour l'ex-beauté californienne a suffi pour qu'il n'ait d'autre envie que de prendre les jambes à son cou. Pas vrai, monsieur Ryker ?

Sur ces mots, elle lui tourna le dos et ramassa son foulard. Puis elle se glissa par l'anfractuosité, plongea et disparut sous l'eau avant qu'il ait eu le temps de réagir.

— Et zut !

Furieux, maudissant sa maladresse, il remit son arme dans son holster. Il s'était mal exprimé ; il aurait dû se taire. Toujours est-il qu'il n'avait pas le droit de désirer Eve Brooks… C'est elle qui, horrifiée, prendrait les jambes à son cou, lorsqu'il lui aurait expliqué son rôle dans l'enlèvement de sa sœur.

S'accablant de plus vifs reproches qu'Eve ne pourrait jamais le faire, il plongea à son tour et refit surface au moment où elle s'apprêtait à retirer le couteau planté dans son carnet de croquis.

— Non, surtout pas ! s'écria-t-il en sortant précipitamment du bassin. Il y a peut-être des empreintes dessus !

Eve recula aussitôt et s'assit sur la roche.

Il jeta un regard aux alentours et prit place à côté d'elle.

— Ecoute, je suis désolé…, dit-il enfin. Je ne voulais pas…

— Inutile, le coupa-t-elle sans lever les yeux. Je m'y attendais. Quel homme sain d'esprit désirerait une femme telle que moi ? Mon visage est…

— Ça suffit Eve ! s'exclama-t-il, excédé et las.

Elle leva la tête, et il vit, au fond de ses prunelles bleues, un tel désespoir que son cœur se serra.

— Tu ne peux pas comprendre ce que l'on ressent quand on perd une partie de son identité..., murmura-t-elle. Son physique. Un physique qui de plus a été admiré... Qui peut avoir le courage de me regarder alors que moi, je ne l'ai pas ?

Elle enfouit son visage entre ses mains.

La compassion envahit J.P. Il la convaincrait qu'elle était toujours belle. Que lui, il la trouvait belle. N'y tenant plus, il la serra dans ses bras avec élan.

Elle eut un soubresaut et essaya de se dégager, mais il la pressa au contraire plus fort contre lui.

— La beauté est une notion subjective... Sociale. Culturelle. C'est ce que l'on est, ce que l'on a en soi qui est le plus important et qui donne sa beauté au regard. Je sais, ce ne sont que des mots... Je me doute qu'il faut beaucoup de courage pour surmonter les épreuves que tu as traversées. Tu t'es battue pour survivre, alors bats-toi pour imposer ce que tu es ! Et n'oublie pas que c'est ton regard si brillant qui illumine ton visage et le rend plus beau que celui de la plus belle fille du monde qui n'a que sa plastique. A quoi bon la perfection sans la lumière ? conclut-il d'une voix très douce.

A moitié convaincue mais réconfortée déjà, Eve se détendit. Depuis combien de temps ne l'avait-on pas ainsi étreinte ? Personne ne lui avait tenu un tel discours depuis l'accident.

Même pas son thérapeute, souvent silencieux ou s'abritant derrière de grands discours vides de sens. Ni sa mère ou son beau-père. Quant à Thomas... Son expression avait été assez parlante.

Elle soupira puis, lentement, se dégagea.

— D'accord. Maintenant, laisse-moi examiner ta blessure.

Il leva le bras.

— C'est seulement une égratignure, Eve. Ça ne saigne même plus.

— Tant mieux, parce que j'ai besoin de récupérer mon foulard !

Elle vit la déception se peindre sur les traits de J.P.

— Je n'ai pas l'intention de montrer mon visage ! se récria-t-elle.

— Tu me l'as pourtant montré !

Leurs regards se croisèrent, et l'air vibra entre eux.

— Je n'ai pas eu le choix… Et puis toi, tu es différent des autres…, conclut-elle à mi-voix.

La tête baissée, elle dénoua le pansement de fortune. J.P. était différent, mais elle n'aurait su expliquer comment, et pourquoi. Avait-elle confiance en lui ? Sans doute. Elle avait remis sa vie entre ses mains, elle lui avait montré, certes par la force des choses, son visage.

— Ta blessure ne semble pas profonde, dit-elle. Heureusement.

— Merci, infirmière.

Amusée, elle rinça son foulard dans l'eau limpide du bassin puis l'agita dans la brise de l'après-midi pour le sécher un peu. Quand ce fut fait, elle le remit autour de sa tête, s'en recouvrant joues et front au maximum, après quoi elle ramassa ses feutres.

— Je vais mettre le carnet de croquis avec le couteau dans ma sacoche, annonça J.P.

Il tira sur sa manche de chemise pour s'en couvrir les doigts.

— Que fais-tu ? s'étonna-t-elle.

— Je vais le prendre comme ça pour ne pas laisser mes empreintes ni effacer celles que le tireur aura éventuellement laissées.

Il s'accroupit et se pencha, si bien que son dos musclé tendit sa chemise. Elle en fut fascinée.

— Eve ?

Elle sursauta et revint à la réalité.

— Oui ?

— La sacoche, s'il te plaît. Tu peux me l'apporter et la tenir ouverte ?

— Bien sûr.

Elle obtempéra. Il se releva et fronça les sourcils.

— Ça va ? Tu as l'air troublée…

— Non, non. Tout va bien. Partons vite, maintenant. Je voudrais rentrer au ranch et redessiner la robe d'Amanda pendant que je l'ai encore en mémoire.

J.P. la suivit des yeux, songeur, tandis qu'elle retournait vers les chevaux, et un frisson le secoua. Il se rendit compte que le soleil descendait derrière les montagnes et que l'air avait fraîchi. Leurs vêtements trempés ne les en protégeraient guère L'inquiétude le gagna quand il songea aussi que ses munitions étaient presque épuisées.

Il allait devoir se montrer plus prudent que jamais sur le chemin du retour et s'efforcer d'arriver au ranch avant qu'il fasse nuit. Qui sait si le tireur ne tenterait pas de les surprendre à la faveur de l'obscurité ?

Il se hâta de rejoindre Eve qui détachait les chevaux.

— Tu crois que Devon va partir à notre recherche ? demanda-t-il pendant qu'elle se mettait en selle.

— C'est fort possible. On aurait dû être rentrés depuis déjà trois heures...

Il se mit en selle à son tour.

— Nous devons nous dépêcher, si nous voulons arriver avant la nuit noire.

Eve opina et engagea sa monture sur le sentier. J.P. chevaucha à ses côtés, observant les alentours avec attention et prêtant l'oreille pour mieux entendre par-dessus le bruit des sabots de leurs chevaux.

Avec un peu de chance, Devon Hall viendrait à leur rencontre armé. Le contremaître savait en effet qu'Eve était en danger, songea-t-il. Et, si elle avait effectivement blessé le tireur, ce dernier avait dû filer depuis longtemps, ne serait-ce que pour aller se faire soigner. Dans ce cas, retrouver sa trace deviendrait possible puisque toute blessure par balle devait être signalée à la police.

En définitive, ils ne couraient peut-être plus aucun danger.

Du moins, pour le moment.

Au loin, le hurlement d'un loup s'éleva soudain. J.P. se raidit.

— Que se passe-t-il, city boy ? Tu n'as jamais entendu un loup hurler ? plaisanta Eve.

— Je ne connais que les loups qui rôdent à Los Angeles, et qui sont peut-être plus dangereux, biaisa-t-il. Et je redoute plus un tireur armé d'un .308 qu'un loup.

— Tu penses qu'il voulait vraiment me tuer ?

— Je ne crois pas.

Parvenus au sommet de la crête, ils tournèrent et descendirent le sentier, toujours côte à côte, dans le crépuscule.

— C'est peut-être toi qu'il voulait éliminer, reprit-elle soudain.

J.P. réfléchit. Le supprimer permettrait sans doute d'atteindre Eve plus facilement.

— Qui, dans ton entourage, sait que je suis au ranch pour te protéger et mettre la main sur le ravisseur de Thomas qui te harcèle et te menace ?

— Edith, et mes parents qui sont en Europe pour deux mois.

— Et l'amie par qui tu as obtenu mes coordonnées ?

— Tina Davis ? Je ne lui ai donné aucune explication.

— Quant à Devon Hall, il sait que tu cours un danger, mais il ignore lequel.

— J'ai été contrainte de le mettre, en partie seulement, dans la confidence.

— Et Edith ?

— Edith ? J'ai une confiance absolue en elle. Comme en Devon, et mes proches.

Ils arrivèrent bientôt sur le sentier principal.

— Tu entends ? demanda tout à coup Eve. On vient à notre rencontre.

En effet, des bruits de sabots leur parvenaient.

— C'est peut-être Devon, reprit Eve.

Méfiant, J.P. refusa de prendre le moindre risque.

— Cachons-nous.

Sans discuter, elle dirigea sa monture derrière un épais buisson. Il allait la suivre quand il aperçut un mustang bai qui venait dans leur direction.

Sans cavalier.

J.P. alla à sa rencontre et le saisit par les rênes. Constatant que l'animal était effrayé, il le calma de son mieux.

— C'est Hannigan, le hongre de Devon ! s'exclama Eve en le rejoignant. Devon est donc parti à notre recherche. Mais que lui est-il arrivé ? Où est-il ?

J.P. la suivit alors qu'elle faisait avancer sa monture dans la direction par laquelle le cheval était arrivé et scrutait le sentier avec inquiétude.

Quelques minutes plus tard, ils aperçurent une forme inerte gisant sur le sol.

— J.P. ! Regarde là-bas ! Ce doit être Devon !

Elle allait talonner sa monture, mais J.P. l'arrêta.

— Non. Attends ! Du calme, Eve !

Contrariée, elle le dévisagea.

— C'est peut-être un piège, ajouta-t-il.

Elle soupira, résignée. Il avait en effet raison.

— Prends mon arme. Moi, j'utiliserai la carabine de Devon si nécessaire, continua-t-il en prenant l'arme fixée à la selle de Hannigan. Suis-moi.

Ils avancèrent au trot et, bientôt, atteignirent Devon. Eve sauta à terre, se précipita et se mit à genoux à côté de son contremaître. Dans la lumière déclinante, elle constata qu'il était blessé au front. A l'évidence, il avait reçu un coup violent sur la tête. La peur et le désespoir l'envahirent.

— Devon ! C'est Eve ! Devon ? Vous m'entendez ?

Un faible gémissement lui répondit. Dieu merci, il était vivant !

— Devon ? reprit-elle en le secouant doucement.

Il gémit encore et marmonna une suite de mots incompréhensibles.

— Devon ? C'est Eve... Que s'est-il passé ?

J.P. descendit à son tour de sa monture et s'approcha d'eux.

— Il est là depuis déjà un bon moment ; le sang a eu le temps de coaguler.

Toujours vigilant, il scruta les alentours.

— Je suis à peu près certain qu'il a croisé le tireur en fuite.

Il s'accroupit près du contremaître et poursuivit.

— Devon ? Vous m'entendez ?

— Je..., fit Devon en tenant de se redresser.

— Il semble que vous ayez été assommé, dit J.P. en l'aidant à s'asseoir.

— Nous devons tout de suite le ramener au ranch ! s'écria Eve catastrophée. Mon Dieu, je suis son employeur, je suis responsable ! C'est ma faute !

J.P. la dévisagea, surpris.

Eve Brooks avait peur et se cachait mais, en même temps, elle restait attentive et généreuse. N'était-ce pas un premier signe qu'elle était en voie de guérison ?

Un claquement de sabots et la lueur d'une lampe-torche, au loin, détournèrent son attention. Il se leva et arma la carabine de Devon.

Puis ce fut un cri qui s'éleva.

— Hall ! Devon Hall !

Eve se releva vivement.

— C'est Tyler !

A son tour elle cria.

— Vite ! Par ici !

— Miss Brooks ? s'exclama Tyler.

Le faisceau de sa lampe tomba bientôt sur eux.

— Bon sang ! Qu'est-ce qui est arrivé ? demanda-t-il en dégringolant de sa monture.

— Vous êtes seul ? fit J.P.

— Non. Buck me suit avec Ruckus. Ça fait d'jà un bon moment qu'on cherche Hall.

— Quelle chance ! murmura Eve tout en resserrant son foulard autour de son visage.

Dans la nuit qui tombait, il était cependant peu probable que les hommes le remarquent, ou y accordent de l'attention.

— Devon a besoin de soins de toute urgence ! poursuivit-elle d'un ton ferme. Allez vite prévenir Ruckus ! Ruckus et Buck transporteront Devon au ranch. Pendant ce temps, retournez-y pour appeler une ambulance. J'aimerais qu'elle soit là à notre arrivée !

— Contactez aussi le shérif, ajouta J.P. Devon a été agressé.

— C'est donc pas un accident d'cheval ? s'étonna Tyler.

J.P. remarqua qu'Eve avait eu un haut-le corps lorsqu'il avait mentionné le shérif.

Difficile de se dispenser de l'avertir pourtant, d'autant que Devon porterait sûrement plainte.

Tyler lui tendit sa lampe de poche et remonta en selle.

— Je fais aussi vite que possible, miss Brooks.

— Je vous fais confiance, Tyler. Merci.

Eve contint un frisson en le voyant disparaître dans la nuit dans un martèlement de sabots. Puis une inquiétude rétrospective la saisit. Tyler Spangler avait-il vu la gauche de son visage malgré la quasi-obscurité et ses précautions ? Si oui, informerait-il les autres cow-boys que la belle Eve Brooks n'était plus si belle ?

Elle soupira et, subitement, décida de lâcher prise. Ce que les autres pensaient ne devait après tout plus avoir aucune importance.

Troublée par le cours inattendu de ses pensées, elle revint auprès de J.P. qui, resté avec Devon, le soutenait avec sollicitude. Elle se mit aussi à genoux et attendit que Buck et Ruckus arrivent, en espérant que la blessure de son contremaître n'était pas trop grave.

8

Des lumières rouges et blanches éclairaient le ranch, lui donnant un petit air citadin. Jusqu'à maintenant, J.P. avait été impressionné par la beauté et la sérénité de cette région de l'Idaho mais, ce soir, il avait l'impression d'être de retour à Los Angeles.

Après avoir mis une minerve à Devon, les urgentistes l'avaient transporté sur un brancard jusque dans leur ambulance où ils étaient en train de vérifier ses constantes.

Edith Weber, proche de l'hystérie, avait éloigné Eve dès l'instant où elle était descendue de cheval. Elle avait bien fait, car il valait mieux pour le moment qu'Eve reste à l'écart.

La voix de Tyler Spangler l'arracha à ses méditations.

— J.P. ?

— Oui ?

— Le shérif envoie ses hommes au ranch et à l'hôpital !

— Bien. J'espère qu'il va retrouver notre agresseur grâce aux indices que j'ai rapportés.

— *Votre* agresseur ?

— Un individu a tiré sur moi et sur miss Brooks, cet après-midi, quand nous étions aux Bridal Falls. Il a planté son couteau de chasse sur le carnet de croquis de miss Brooks. Il a ensuite filé et, moins d'une heure plus tard, nous avons retrouvé Devon inanimé au milieu du sentier. Les deux agressions sont manifestement liées. Hall a dû le croiser pendant qu'il prenait la fuite.

— Bon sang..., fit Tyler, atterré, en regardant dans la direction de l'ambulance.

— J'espère qu'il a pu voir cet individu avant de s'évanouir et qu'il pourra en donner une description, même sommaire.

Un urgentiste s'approcha.

— Vous êtes J.P. Ryker ?

— Oui.

— Vous pouvez échanger quelques mots avec M. Hall. Mais faites vite.

— Je vous promets que ce ne sera pas long, répondit J.P. qui monta dans l'ambulance et prit place à côté du brancard.

Devon Hall était blafard. Seul son œil, qu'un hématome avait gagné, était enflé et très rouge.

— On va bien vous soigner, Devon, le rassura J.P. Vous serez de nouveau en selle dans quelques jours.

Il observa bien le contremaître qui dodelinait de la tête.

— Le shérif Adam va envoyer l'un de ses hommes à l'hôpital de Cascade ; il y prendra votre déposition.

— Inutile... J'ai rien vu.

J.P. se pencha vers lui.

— Mais vous vous souvenez peut-être de quelque chose... Un bruit ? Une sensation ? Cet homme était à cheval ?

Dans son for intérieur, J.P. en doutait. L'individu, à l'évidence, s'était déplacé à pied pour se cacher plus facilement et mieux guetter sa proie avant de frapper.

Devon ferma un instant son œil valide, et J.P. craignit qu'il se soit évanoui, mais il le rouvrit.

— Il avait une carabine... J'l'ai vue, avant qu'il m'assomme.

— Autre chose ?

— Du bleu... J'veux dire... il était vêtu d'bleu.

— Vous vous portez toujours garant de votre équipe, Devon ?

— Oui ! On a passé la journée à rassembler l'bétail.

J.P. entendit les urgentistes monter à l'avant de l'ambulance. Il se leva et en sortit pour céder sa place au médecin qui resterait aux côtés de Devon jusqu'à l'hôpital de Cascade.

— Tenez bon, Devon.

— Ça ira, répondit ce dernier en lui faisant un petit signe de la main avant de refermer son œil valide.

J.P. suivit des yeux l'ambulance qui s'éloignait. C'est lui, ou Eve, qui aurait pu être à la place du contremaître.

Ils avaient finalement eu de la chance...

Il se dirigea vers la grange où ils avaient attaché leurs chevaux. Le shérif n'allait plus tarder, maintenant ; il lui donnerait le couteau et le carnet de croquis en faisant sa déposition.

Ensuite, il devrait convaincre Eve de la nécessité d'informer les autorités des menaces qui pesaient sur elle. Son affaire n'en serait résolue que plus vite.

Leurs chevaux n'étaient plus là.

— Où sont les chevaux ? demanda-t-il à Tyler qui s'approchait.

— Les hommes s'en sont occupés.

En proie à un désagréable pressentiment, il opina pour la forme.

— J'ai laissé quelque chose dans ma sacoche de selle.

— Allez voir dans la sellerie. Moi je vous laisse, je vais attendre le shérif.

— Prévenez-moi dès qu'il sera arrivé.

Il entra dans la grange, tandis que Tyler s'éloignait.

La lumière l'éclairait à flots. A son arrivée, les chevaux s'agitèrent dans leurs stalles. Il se rendit à la sellerie, alluma la lumière et repéra sa sacoche de selle.

Dans un flash, il revit leur excursion. Le magnifique visage d'Eve, puis la sensation de ses lèvres sur les siennes, et celle de son sang qui s'était mis à bouillonner dans ses veines.

Pour calmer les battements de son cœur qui s'étaient accélérés, il refoula à contrecœur ces images séduisantes et défit la boucle de la sacoche à la hâte. Il espérait que les indices qui s'y trouvaient permettraient de confondre l'homme qui avait tiré sur eux avant d'agresser Devon.

En découvrant que sa sacoche était vide, il se figea.

— Bon sang !

Il recula, regarda dans la sacoche de selle d'Eve, tout en

sachant qu'il n'y avait aucune raison pour que le carnet de croquis et le couteau s'y trouvent.

Evidemment, ils n'y étaient pas.

La voix de Tyler lui parvint soudain.

— Ryker ! Le shérif est arrivé.

Contrarié, il sortit de la sellerie. Le tireur se serait emparé des indices à la faveur de la nuit, avant que les chevaux soient conduits dans leur stalle ? Il aurait attendu le moment opportun pour voler les preuves susceptibles de le confondre ?

Qui était-ce ? Quelqu'un du ranch ? *Mais qui ?*

Il s'exhorta au calme tandis qu'il se dirigeait vers le shérif qui attendait près de sa voiture de patrouille. Eve était bien plus en danger qu'il l'avait pensé, et il avait besoin de toute l'aide possible et imaginable.

Dont celle des autorités locales.

Qu'elle soit d'accord ou non.

Il tâta machinalement la poche dans laquelle il avait mis la douille. Il lui restait au moins ce dernier indice qu'il allait confier sans tarder au shérif.

Eve se laissa aller contre le dossier de la balancelle, offrit son visage à la nuit et inspira profondément l'air frais. Elle ne portait pas son foulard, pour une fois... Elle commençait à faire la paix avec son physique et avait même réussi à effleurer son reflet du regard dans le miroir de sa salle de bains.

Elle sut que J.P. arrivait en reconnaissant le bruit de son pas maintenant familier. Elle tourna les yeux dans sa direction et le vit, grand, beau et imposant, sa silhouette se découpant sur le ciel étoilé.

— Voilà où tu te réfugies, la nuit, quand tu ne pars pas à cheval, lança-t-il.

— Exactement !

Elle tapota la place à côté d'elle sur la balancelle et céda à l'émotion quand il s'assit si près que leurs cuisses se touchèrent.

— Je me demande comment va Devon..., reprit-elle à mi-voix.

Devon Hall était désormais en sécurité, et en de bonnes mains, à l'hôpital de Cascade, mais elle avait besoin d'une amorce pour rompre le silence.

— J'irai lui rendre visite, demain, une fois que je serai passé au bureau du shérif Adams pour faire le point avec et lui confier ta déposition.

Un frisson involontaire la parcourut.

— Ecoute, J.P., je conçois que les autorités locales doivent être informées des événements d'aujourd'hui et qu'elles ouvrent une enquête. Mais je ne veux pas qu'elles soient informées des menaces à mon endroit. Que sait le shérif au juste ?

— Pour l'instant, le strict nécessaire : l'agression de Devon et l'échange de coups de feu qui a eu lieu, je le souligne, dans sa juridiction.

Il s'interrompit un instant avant de reprendre :

— Notre tireur aurait pu me tuer au premier coup de feu. Il avait tous les atouts de son côté. Sa position en surplomb, des jumelles, un fusil et l'effet de surprise.

— Il t'aurait donc manqué volontairement ?

— J'en suis désormais persuadé. Pour nous intimider. Jouer avec nos nerfs, nous dire : « Je suis omniprésent dans ta vie, je vais te la rendre impossible, la transformer en cauchemar. Donc, tu ferais mieux de me donner ce que je veux. »

— A savoir… la rançon qu'il n'a jamais pu toucher ?

— Sans doute.

— Il nous a laissé la vie sauve, mais il a failli tuer Devon, dit-elle, pensive.

— Devon n'a pas eu de chance… Ou, plus simplement encore, il s'est trouvé par hasard sur sa route. Notre homme en fuite et blessé a dû paniquer et redouter qu'il puisse le décrire ou l'identifier. Alors il l'a frappé.

Tendue, Eve soupira. J.P. hésita avant de reprendre la parole.

— Il faut que je te dise quelque chose…

— Oui. Quoi ?

— Le couteau et le carnet de croquis ont disparu.

Eve poussa un gémissement et porta la main à sa poitrine.

— Cet individu fait donc partie… du ranch. Un inconnu aurait tout de suite été remarqué…

— Oui.

— Puisque tu comptes aller à Cascade demain, j'irai avec toi !

Etait-ce bien elle qui avait prononcé ces mots ? se demanda-t-elle, sidérée.

— Tu en es certaine ? fit J.P. qui paraissait tout aussi surpris.

— Oui ! Devon est mon contremaître. Il a été agressé sur mes terres. Lui rendre visite est le moins que je puisse faire pour lui, non ?

En elle, la détermination le disputait à l'appréhension, car elle ne s'était pas rendue à Cascade depuis son arrivée au ranch qui, de plus, s'était faite sous couvert de la nuit.

Depuis, elle vivait ici en recluse.

— Bonne idée ! Ainsi, tu pourras aussi voir le shérif pour faire ta déposition. Ce sera mieux que la rédiger et me la confier pour que je la lui remette.

S'efforçant de se ressaisir et de refouler les sensations conflictuelles qui l'agitaient, elle opina.

— Je sais ! Et j'ai pris une autre décision, J.P. J'aimerais que tu emménages dans le ranch. Demain, je demanderai à Edith de te faire préparer la chambre voisine de la mienne.

Elle se tut, s'attendant à un refus, mais il resta silencieux. Alors, gênée par son annonce péremptoire, elle se leva et s'approcha de la rambarde de la galerie. Puis, le dos tourné, elle lui avoua ce qu'elle ressentait depuis son retour au ranch, et qui s'était accentué depuis cet après-midi.

— Avec toi, je me sens en sécurité, J.P. Je sais que je peux te faire confiance. Je sais aussi que je peux compter sur ta sincérité.

— Tu m'as engagé. J'ai accepté et promis d'assurer ta protection. C'est aussi simple que cela.

Elle se retourna et le suivit des yeux quand il se leva et s'approcha. Le feu se répandit dans ses veines, dans tout son corps.

Grâce à lui, grâce à leur baiser aux Bridal Falls, elle se sentait de nouveau femme. Désirable. Désirée… Après huit mois de solitude et de confinement, c'était un sentiment puissant et grisant.

— Alors à demain matin, conclut-il, si près maintenant qu'elle perçut l'air qui vibrait entre eux.

Du désir brûlant. Une vraie tension sexuelle…

Il toucha son Stetson du bout des doigts en guise de salut et s'en alla.

Eve soupira et rentra à regret.

— Ce n'est pas gagné, Ryker, marmonna J.P. alors qu'il faisait pour la troisième fois le tour de la grange dans l'espoir de se ressaisir.

Désirer son boss, ce n'est pas déontologique !

Inquiet, il essaya de déterminer si l'attirance qu'Eve exerçait sur lui ne supplantait pas le bon sens, la lucidité et le professionnalisme. Bon sang ! Pourquoi n'avait-il pas refusé lorsqu'elle avait parlé d'emménager dans le ranch, dans la chambre voisine de la sienne ?

Il prit la direction de son chalet d'un pas lent. Eve se sentait en sécurité dans le ranch et lui avait demandé de s'y installer, toujours pour sa sécurité. Mais qu'en était-il de sa sécurité à lui, menacée par un tout autre danger ? Combien de temps encore résisterait-il à la tentation qu'Eve représentait ? A son magnétisme irrésistible, envoûtant.

Pour finir, il grommela une série d'imprécations et s'ordonna de revenir à la raison. Au moins, son désir de l'embrasser, tout à l'heure, avait-il été atténué par son sentiment de culpabilité.

Eve se sentirait-elle toujours en sécurité avec lui quand elle connaîtrait sa responsabilité dans la mort de Shelly ?

Perdu dans ses pensées, il faillit heurter Tyler Spangler, qu'Eve avait chargé de remplacer Devon jusqu'à son retour.

— Pas encore couché, Spangler ?

— Malheureusement non. Hank, mon chien, a disparu. Ça fait une heure que je le cherche.

— L'ambulance et la voiture du shérif l'ont peut-être effrayé.

— C'est possible. Il doit être dans le garage. Il aime s'y réfugier. Je vais aller y faire un tour et ensuite je rentrerai. Bonne nuit, J.P.

— Oui. Bonne nuit, Tyler.

J.P. le suivit des yeux tandis qu'il s'éloignait puis regarda autour de lui en se demandant si le tireur se cachait dans les parages, à l'affût.

Il avait beau être épuisé, il savait qu'il ne trouverait pas le sommeil. Il décida donc d'aider Spangler dans ses recherches.

— Tu as l'air exténué, lui dit Eve le lendemain matin alors qu'ils prenaient la route pour Cascade.

— J'ai passé une bonne partie de la nuit avec Spangler, à chercher son chien.

— Vous l'avez retrouvé ?

— Non.

— Il est vieux... Peut-être s'est-il caché pour mourir. Ainsi font les animaux.

— Possible.

J.P. lui lança un regard en biais, remarquant l'élégance avec laquelle elle avait drapé un foulard autour de sa tête et adroitement réussi à masquer la gauche de son visage. Elle portait aussi de grandes lunettes noires et évoquait, ainsi dissimulée, Jackie Kennedy ou Grace Kelly. Elle avait tout d'une star se déplaçant incognito.

— Cascade est loin ?

— Au-delà de cette montagne, répondit-elle en lui en montrant un pic.

Elle sourit et ajouta :

— Environ cinquante kilomètres, et une demi-heure à vol d'oiseau. Par la route, c'est une autre histoire ! Plusieurs heures parfois, à cause des lacets et selon la météo.

— Je comprends mieux la nécessité d'utiliser un hélicoptère, remarqua-t-il en souriant lui aussi.

— Au fait, ta chambre au ranch te plaît ?

— Je serais difficile si je prétendais le contraire ! Je suis ravi d'y emménager dès ce soir.

— Parfait. A propos, j'ai demandé à Edith de te commander un nouvel ordinateur.

— Merci, mais ce n'était pas nécessaire.

— Si, ne serait-ce que pour la connexion Internet.

Elle avait raison. Certes, elle lui avait proposé d'utiliser son propre ordinateur, mais il ne voulait pas non plus l'en priver.

Il jeta un coup d'œil au rétroviseur et aperçut une Ford rouge, plutôt cabossée, qui les suivait. Rien d'exceptionnel.

— Parle-moi de Thomas Avery et de sa position au sein d'EBBC.

— Thomas est le responsable marketing, chef de la direction financière et trésorier d'Eve Brooks Bridal Couture. Après nos fiançailles, je lui ai donné un droit de regard sur une grande partie de la société, mais je reste la principale actionnaire. C'est aussi moi qui ai tous les pouvoirs, dont celui de dissoudre la société.

Il lui lança un regard en biais.

— Tu envisages de retourner à Los Angeles pour y travailler ?

— Il le faudra bien..., dit-elle avec une pointe de regret dans la voix. Je suis le boss et la seule créatrice de mode.

Elle se tut et regarda par la vitre de sa portière.

J.P. garda le silence. Thomas Avery ne savait pas quelle femme extraordinaire il avait repoussée. La colère soudain l'envahit à la pensée de cet homme qui l'avait accablée sciemment alors qu'elle était fragilisée. Si jamais il le rencontrait un jour...

Il dut freiner pour prendre un virage en épingle à cheveux qui le fit arriver au sommet.

— C'est incroyable..., lâcha-t-il en observant la chaîne montagneuse. On ne voit pas de si beaux paysages à Los Angeles, acheva-t-il en souriant de nouveau.

— J'aime vivre dans l'Idaho. C'est vraiment magnifique. Et ici, c'est si facile d'oublier le reste du monde...

— Je comprends !

Désireux de profiter plus longtemps de la vue décidément

spectaculaire, il freina, mais la vitesse ne décrut pas. Etonné, il appuya de nouveau sur la pédale du frein, sans que la voiture ralentisse. L'appréhension le saisit.

Le compteur de vitesse indiquait que, au contraire, il accélérait toujours. Il appuya derechef sur le frein.

Rien.

Soucieux, il rétrograda.

— J.P. que se passe-t-il ? demanda Eve, inquiétée par la vitesse et le bruit inhabituel du moteur.

Elle retira ses lunettes de soleil et les serra entre ses mains.

— On n'a plus de freins.

Elle poussa un cri en songeant à cette route de montagne dont elle connaissait parfaitement les dangers.

Paniquée, elle se rejeta en arrière.

— Tu dois quitter la route tout de suite ! Braque vers l'accotement ! cria-t-elle.

— Quoi ? fit J.P. sidéré.

— Fais ce que je te dis ! A environ deux kilomètres d'ici, la route est pentue, en lacet, avec des virages extrêmement dangereux. Tu ne pourras jamais les négocier à cette vitesse !

J.P. sentit la sueur inonder son front alors qu'il s'efforçait de garder le contrôle de la voiture.

Eve avait raison.

Ils avaient plus de chances de rester en vie en quittant la route, à savoir en braquant vers l'accotement et les glissières de sécurité, qu'en s'engageant dans des lacets à cette allure.

Il prit le virage suivant en s'efforçant de déporter le centre de gravité de leur véhicule.

— On est encore loin de ces virages ?

— Plus maintenant !

Il lui lança un regard rapide et vit la peur assombrir l'azur de ses prunelles. Il eut envie de lui prendre la main pour la rassurer.

— Courage, ma belle, dit-il seulement.

Toute son attention concentrée sur la route, il négocia habilement le dernier virage, puis serra le frein à main.

Les roues crissèrent aussitôt sur l'asphalte. J.P. braqua sur la gauche et heurta les glissières de sécurité. Enfin, il se raidit au moment de l'impact tandis qu'Eve hurlait.

Les airbags se déployèrent.

9

Dans le silence retombé, Eve osa enfin rouvrir les yeux. Devant elle, autour d'elle, du blanc. Rien que du blanc. Le blanc des airbags qui s'étaient déployés au moment du choc. Elle s'efforça de recouvrer ses esprits et esquissa quelques mouvements précautionneux.

Pas de sang. Pas de douleur... A priori, rien.

— J.P. ? demanda-t-elle avec inquiétude, conjurant déjà les horribles visions qui se succédaient dans son esprit.

Aucune réponse.

— J.P. ? s'écria-t-elle avec l'impression que son cœur allait exploser. Ça va ?

— Je suis là. Ça va. Et toi ?

Elle écarta l'airbag.

— Rien de cassé... Je ne suis pas blessée.

— Parfait.

Sur ces mots, il voulut ouvrir sa portière.

— Zut, coincée... Et de ton côté ?

Par chance, la sienne ne l'était pas. Elle l'ouvrit, déboucla sa ceinture de sécurité et sortit de la voiture, soulagée de sentir la terre ferme sous ses pieds.

Mais à peine eut-elle fait un pas que ses genoux se dérobèrent. Pour finir, elle s'effondra dans l'herbe du bas-côté, en tremblant de tous ses membres.

J.P. déboucla à son tour sa ceinture et passa par le siège passager pour sortir.

— Ta voiture est un vrai petit tank ! On est sains et saufs, dit-il pour détendre un peu l'atmosphère.

Elle tourna vers lui un regard baigné de larmes, sourit, et, tout à coup, éclata en sanglots.

— Mon Dieu, Eve ! s'exclama-t-il, consterné, en s'agenouillant auprès d'elle.

Il s'empressa de la serrer dans ses bras. Elle tremblait convulsivement, maintenant. Quelques mois plus tôt, elle avait surmonté une tragédie, et leur accident venait sans doute de raviver de terribles souvenirs.

— Nous sommes sains et saufs ! répéta-t-il.

Il lui leva le menton et la regarda droit dans les yeux. Puis, du bout de l'index, il essuya précautionneusement ses larmes.

— On a réussi ! insista-t-il. Il n'y a pas de quoi pleurer... !

*

Eve ravala la boule dans sa gorge et s'efforça de se ressaisir.

J.P. avait raison. Ils étaient vivants, les dégâts n'étaient que matériels. Elle se le répéta à plusieurs reprises et se concentra sur le contact de sa main posée sur sa joue. Une exquise chaleur se répandit bientôt dans son corps, et dissipa le choc.

— Oui, je sais..., murmura-t-elle, le regard mi-clos.

A peine avait-elle prononcé ces mots qu'il posa ses lèvres sur les siennes. Elle s'abandonna à son baiser et y répondit même avidement, forçant, de la pointe de sa langue, ses lèvres dont elle aimait et admirait la courbe pleine et généreuse.

Dont elle avait savouré le goût et la douceur lors de leur premier baiser.

Elle voulait ses caresses et ses baisers partout et, surtout, au plus intime de sa personne. Le danger qu'ils venaient de courir exacerbait son désir.

Le bruit d'un klaxon ramena J.P. à la réalité. Il se remit sur ses pieds tandis qu'Eve réajustait précipitamment son foulard. Il l'aida ensuite à se relever en regardant approcher une Ford rouge, celle qu'il avait remarquée peu après leur départ du ranch.

Un homme d'une cinquantaine d'années en descendit et les rejoignit en courant.

— Ça va ?

— Plus de peur que de mal. Grâce aux airbags et à nos ceintures de sécurité ! répondit J.P.

Il remarqua que l'homme portait des gants de cuir, une veste et des bottes de cow-boy.

C'était un rancher, sans le moindre doute.

— J.P. Ryker, se présenta-t-il en tendant la main à l'inconnu. Et voici Eve Brooks.

L'homme toucha le bord de son chapeau.

— Bonjour, miss Brooks. Ravi de vous rencontrer enfin. Nous sommes voisins. Je suis le propriétaire du ranch Clayton, au sud-ouest du vôtre.

— Vous devez être Roger Grimes, le neveu d'Edith ! J'ai beaucoup entendu parler de vous.

— En bien, j'espère ! fit Grimes.

Là-dessus, il enveloppa Eve d'un tel regard que J.P. sentit s'éveiller sa méfiance — à moins que ce ne soit de la jalousie, conclut-il, confondu.

— Je me rends à Cascade pour y faire des courses. Je peux vous y déposer, si vous voulez. Vous pourrez y appeler une dépanneuse, poursuivit Grimes.

J.P. hésita. Leur véhicule était de toute évidence hors d'usage. Ils se trouvaient à une trentaine de kilomètres du ranch. C'était loin, et Cascade l'était plus encore, mais il avait à présent une raison supplémentaire d'aller voir le shérif.

— Ce sera avec plaisir, dit-il finalement.

Une fois que la voiture serait au garage, il demanderait au mécanicien d'examiner le circuit de freinage, songea-t-il. Car le véhicule avait manifestement été saboté.

Dès qu'il eut donné son accord, Grimes prit un air étonnamment satisfait et béat qui lui déplut et, en même temps, l'intrigua.

— Je vais faire de la place dans mon pick-up, et nous pourrons y aller ! conclut Grimes avant de regagner son véhicule à la hâte.

J.P. le suivit des yeux. D'instinct, il s'approcha d'Eve, l'attira à lui et passa le bras autour de ses épaules.

— Tu le connais ?

— De nom seulement. Edith m'a souvent parlé de lui. Je sais que son épouse est morte d'un cancer, il y a environ trois ans. Le montant des factures médicales pour son traitement était exorbitant. Il a donc été obligé de vendre une partie de ses terres. C'est mon père qui les lui a rachetées, avant sa mort.

— Il vient parfois au ranch ?

— De temps en temps, mais je ne l'avais encore jamais rencontré. Mais pourquoi me poses-tu ces questions ? Tu te méfies ? Tu préfères marcher jusqu'à Cascade ?

J.P. garda le silence. Il essayait de s'expliquer ses hésitations et réticences. Se méfiait-il parce que Grimes, malgré le temps ensoleillé et chaud, portait d'épais gants de cuir ? Parce que son empressement à les aider, pourtant plausible, lui paraissait exagéré et donc suspect ?

— Reste là, Eve. Il y a quelque chose qui me gêne, chez ce type, murmura-t-il avant de la lâcher.

Il s'approcha du pick-up et bientôt arriva à la hauteur du capot.

Bien que lui tournant le dos, Roger Grimes dut percevoir son arrivée, car il se dépêcha de reposer sa boîte à outils, ouverte et remplie de cordes. Avec une hâte suspecte, il transféra ensuite sur la banquette arrière un objet que J.P. n'eut pas le temps d'identifier et, enfin, redressa prestement le dossier du siège passager.

— Monsieur Grimes, commença J.P. en se postant devant la portière côté conducteur. Finalement, nous déclinons votre proposition. Mais auriez-vous l'amabilité de faire venir une dépanneuse ?

Grimes se figea. Il perdit son air avenant et lui adressa un regard glacé.

— Vous êtes conscient que vous allez devoir attendre au moins trois heures ? Miss Brooks en aura-t-elle la patience ?

— Miss Brooks est courageuse et endurante. Elle a surmonté de pires épreuves au cours de sa vie.

L'expression de Grimes demeura fermée tandis qu'il reculait pour claquer la portière côté passager.

Alors qu'il jubilait un instant plus tôt, il émanait maintenant de lui une inexplicable hostilité. Parce que, en déclinant son aide, il avait dérangé des plans ? Qu'éprouvait-il envers les Brooks ? Du ressentiment parce qu'il avait été contraint de leur vendre des terres ? De la rancune ? Du désespoir, voire un désir de vengeance ? Au point de harceler Eve ? Au point de provoquer un accident ?

Un bruit de moteur interrompit le fil de ses pensées. Un vieux pick-up noir arrivait, qui ralentit pour finalement se garer derrière la Ford de Grimes.

J.P. identifia sans peine le conducteur ainsi que le logo du ranch des Bridal Falls sur la portière du véhicule.

Tyler Spangler en descendit à la hâte, l'air inquiet.

— Bon sang, Ryker ! Qu'est-ce qui s'est passé ? Vous allez bien ? Et miss Brooks ?

— On a eu un problème de freins et on a dû braquer sur le bas-côté, dans les glissières de sécurité, pour éviter le pire dans les virages qui sont plus bas. Comme vous pouvez le constater, plus de peur que de mal !

Roger Grimes, pendant ce temps, contourna son pick-up pour gagner la portière côté conducteur. J.P., qui était resté devant, recula pour le laisser passer.

— Merci de vous être arrêté, monsieur Grimes, lui dit-il pour la forme. Nous allons partir avec Tyler. Une fois arrivés à Cascade, nous appellerons une dépanneuse.

Grimes acquiesça sans le regarder, puis entrouvrit sa portière, comme s'il redoutait qu'il voie l'intérieur de son véhicule. Pendant qu'il y prenait place rapidement, J.P. eut le temps d'entrevoir un fusil sur la banquette arrière. Grimes claqua aussitôt sa portière, démarra et disparut en prenant, étonnamment, la direction opposée à celle de Cascade.

Suivi par Tyler, J.P., plus soucieux que jamais, retourna auprès d'Eve, qui attendait près de leur véhicule.

— Quel bon vent, Tyler ?

— C'est mon chien. J'l'ai retrouvé ce matin dans l'garage. Muselé par une corde, pattes liées. Il est mal en point, j'le conduis chez le vétérinaire.

— Quelle horreur ! Qui a pu faire une chose pareille à un animal ? s'exclama Eve, choquée.

— Quelqu'un qui redoutait que le chien donne l'alerte en aboyant, intervint J.P. Quelqu'un qui avait besoin de temps pour saboter les freins de notre voiture dans le garage, cette nuit.

Il fronça les sourcils en repensant aux cordes qu'il avait vues dans la boîte à outils de Grimes.

Il se dit aussi que Grimes ne lui avait pas demandé quelle était la cause de leur accident. C'était pour le moins étrange.

Sauf s'il la connaissait déjà.

— On aurait saboté la voiture ? s'étonna Tyler.

— Oui, répondit J.P. fermement.

— Mon pauvre vieux Hank… C'est un brave chien, reprit Tyler. Il ferait pas de mal à une mouche. Il se laisse volontiers caresser.

— Même par Roger Grimes ?

— Surtout par Grimes ! répliqua Tyler qui ne put s'empêcher de sourire. C'est lui qui m'a donné Hank y a trois ans, un peu après la mort d'sa femme. C'est à cette époque qu'il a vendu une partie d'son bétail. Une bouche de moins à nourrir, qu'il m'a dit alors. Mais il avait la mort dans l'âme.

Roger Grimes, de voisin bougon, serait-il passé à criminel ? Etait-ce lui qui avait kidnappé Thomas Avery ? Qui harcelait Eve ? Mais quel aurait été son mobile ? Ce raisonnement était tiré par les cheveux mais, pour le moment, J.P. n'avait pas d'autre piste. Ni de vrais indices.

J.P. prit, sur le bureau du shérif, le sachet en plastique contenant la douille du .308 et l'observa.

— Je l'ai trouvée à une centaine de mètres, sur la crête des Bridal Falls, à peu près une heure avant que Hall soit agressé, lui expliqua-t-il.

— Je vois... J'ai lu la déposition de Hall que l'un de mes hommes a prise à l'hôpital.

Le shérif s'adossa à son siège et croisa les mains derrière sa nuque.

— Vous affirmez dans la vôtre qu'un homme a tiré sur vous et sur Eve Brooks. Vous avez riposté, et miss Brooks aussi, avec votre arme. Elle aurait touché le tireur, qui aurait porté une chemise ou un T-shirt bleu.

— Je suis formel, Eve l'a touché. Il y avait du sang sur le carnet de croquis où il a planté son couteau.

— Le couteau qui vous a été subtilisé ?

— Oui.

La frustration gagna J.P. mais il s'efforça de garder une expression neutre.

— Je vous crois, Ryker. Vos dires sont étayés par miss Brooks. Vous avez une idée de l'identité de la personne qui a attenté à votre vie ?

— A titre personnel, j'ai des ennemis, mais ils ne vivent pas dans l'Idaho. Quant à miss Brooks, elle a reçu des menaces de la part de l'individu qui, il y a environ huit mois, avait enlevé son associé. Cet individu n'a pas eu la possibilité de s'emparer de la rançon, à l'époque, il est donc revenu à la charge récemment. Il l'a menacée de harcèlement si elle ne la lui remettait pas et lui a envoyé un rat mort pour renforcer ses allégations.

— L'avez-vous conservé ?

— Oui, mais je l'ai expédié à un laboratoire d'analyses privé. Je devrais avoir les résultats bientôt.

— Vous pensez que cet individu vit dans la région ?

— Cela ne fait aucun doute. Il y a les coups de feu et puis le sabotage des freins, que le mécanicien du garage de Boulder Creek a confirmé.

— Je vais confier la douille à mon service de balistique, conclut le shérif. Malheureusement, nous n'avons pour le moment aucun élément de comparaison… Cela dit, Hall a indiqué, dans sa déposition, qu'il a été assommé avec une carabine. Quoi qu'il en soit, je vous promets que nous allons tout mettre en œuvre pour élucider cette sombre histoire, Ryker.

— Merci, shérif.

— En ce qui concerne les menaces et le colis macabre que miss Brooks a reçus, il s'agit d'une affaire fédérale. Donc hors de ma juridiction. Il faut par conséquent avertir le FBI.

Bien que sachant qu'Eve refuserait catégoriquement, J.P. opina. Il se leva et remit son Stetson.

— Dernière chose… Un rancher de la région, Roger Grimes, a vendu une partie de ses terrains au père d'Eve Brooks, il y a quelques années. Ses bottes sont à peu près de la même taille que l'empreinte que j'ai relevée, non loin de l'endroit où j'ai ramassé la douille.

— Nous sommes dans une région de cow-boys, Ryker. Tout le monde ici porte des bottes.

— Grimes avait aussi une carabine dans son pick-up. Je l'ai entraperçue ce matin.

— La quasi-totalité des ranchers en ont… Mais je vais faire procéder à quelques vérifications.

— Merci.

— Inutile de me remercier, Ryker. Assurez-vous que miss Brooks ne coure plus aucun danger.

— J'en ai bien l'intention.

Il salua le shérif puis alla retrouver Eve qui l'attendait dans le pick-up de Tyler. Il démarra, puis tourna les yeux vers elle, mais il ne vit pas son beau regard bleu, caché derrière ses lunettes de soleil.

— Adams va enquêter sur Grimes. Selon moi, il est suspect.

— J'espère que tu te trompes, J.P. La situation ne sera pas simple entre Edith et moi si elle se rend compte que nous soupçonnons son neveu de tentative de meurtre et que le shérif enquête sur lui…

— Tu peux compter sur moi si la situation entre vous s'envenime. Enfin je veux dire, si Edith te fait défaut !

— Tu deviendrais donc mon assistant personnel ? demanda-t-elle, amusée.

— Ma foi… s'il le faut…

Il lui adressa un petit sourire et prit la route pour aller à l'hôpital. Ils y avaient laissé Tyler pour qu'il puisse évoquer, avec Devon, les affaires du ranch. Le marquage des veaux devait en effet commencer demain, jour où Devon sortirait de l'hôpital. Le chien de Tyler, quant à lui, passerait une nuit en observation chez le vétérinaire de Cascade.

— Tu as envisagé la possibilité qu'Edith puisse avoir donné des informations à son neveu ? reprit-il.

— Bien entendu. Mais la question est de savoir pourquoi Edith me trahirait. Elle sait que je l'apprécie. Je lui fais confiance, et elle ne m'a jamais donné de raison de douter d'elle. Au contraire. C'est pourquoi elle est la seule, au ranch, à être au courant de l'enlèvement de Thomas et de l'explosion lors de la remise de la rançon. Dans cette affaire, elle a été, en définitive, ma seule confidente.

— Tu es sûre d'elle à cent pour cent ? insista-t-il.

— Oui, oui et oui, J.P. ! Edith n'a jamais répandu de ragots sur mon compte. Maintenant, il est possible qu'elle ait trop parlé, et sans s'en rendre compte, à Roger. Tu crois qu'elle pourrait ainsi lui avoir fourni, par distraction, des informations sur ce qui se passe au ranch ?

J.P. resta silencieux. Il se fiait à son instinct, qu'il avait développé au FBI, au cours de ses missions. Et son instinct lui soufflait de se méfier de Roger Grimes. Donc d'Edith Weber.

— J'ai appelé Henry Brashear, reprit Eve. Il va nous ramener au ranch en hélicoptère. Nous allons rendre son pick-up à Tyler, et il nous déposera à l'aérodrome.

Après l'épreuve de ce matin, J.P. était soulagé de rentrer en hélicoptère. De plus, il pourrait profiter du vol pour demander à Eve de lui montrer le ranch Clayton.

Tant qu'il n'aurait pas la preuve que Roger Grimes n'avait

aucun lien avec les menaces qu'Eve recevait, il resterait sur ses gardes.

Il s'engagea peu après dans le parking de l'hôpital où Tyler Spangler les attendait, non loin de l'entrée principale.

Le bruit de l'hélicoptère eut un effet apaisant sur Eve qui avait ajusté son foulard et mis son casque. Impatiente de rentrer à la maison, elle se détendit dès qu'ils décollèrent.

A la maison.

Elle était chez elle, au ranch des Bridal Falls. C'était désormais le seul endroit au monde où elle se sentait bien.

— Ravi de vous avoir à mon bord, miss Brooks ! lui dit le pilote. Ça faisait longtemps !

— Je le suis tout autant, Henry !

Henry Brashear avait été le pilote de son père pendant des années. Il l'avait connue adolescente, et tous deux avaient toujours entretenu des rapports amicaux, bien que de loin en loin, au cours de ces derniers mois.

— Une fois que nous serons au-dessus du ranch, j'aimerais que vous fassiez un petit tour de reconnaissance, Henry.

— Pas de problème. J'ai fait le plein dès que vous m'avez contacté, miss Brooks !

Elle sourit et posa la main sur la cuisse de J.P. pour attirer son attention.

— Regarde, J.P. Voilà Penny Springs. On avait l'habitude de camper là et de s'y baigner, autrefois.

Elle lui montra ensuite la direction du nord et repéra un autre endroit familier.

— Et là, c'est le col des Thunderbolt Mountains. Une année, mon père et moi y avons passé une semaine. Camping et feu de camp au programme. On a vu et admiré des orages incroyables, avec des éclairs fantastiques.

— C'est à quelle altitude ?

— Presque trois mille mètres.

J.P. se pencha pour mieux regarder, puis il recula et observa Eve qui souriait.

Elle retira ses lunettes de soleil et en replia les branches. Des mèches de ses cheveux blonds s'échappèrent de sous son foulard et se répandirent sur ses épaules. Fasciné, il se dit qu'il pourrait l'admirer et l'écouter sans jamais se lasser.

Ni la peur ni la tristesse ne parvenaient à enlaidir Eve Brooks. C'était la plus belle femme qu'il ait jamais vue. Avery serait sans doute arrivé à la même conclusion s'il l'avait mieux regardée et vue avec les yeux du cœur.

— Tu as déjà fait cette excursion en hélicoptère avec Thomas Avery ? demanda-t-il tout à trac.

Surprise, elle tourna les yeux vers lui.

— Je le lui ai proposé, mais il a décliné. Ça ne l'intéressait pas. Il n'aimait guère le ranch, et il n'y est plus revenu après mon accident.

Elle sourit.

— Il fallait le voir marcher sur la pointe des pieds aux abords du corral ! Comme s'il craignait d'abîmer ses précieux mocassins Ferragamo.

— Un vrai métrosexuel de Los Angeles ?

— Oui. Vêtements griffés, bolides, et cheveux impeccables en toutes circonstances.

— Son enlèvement ne l'a pas changé ?

— Non, au contraire !

Elle détacha son regard du sien et regarda par le hublot.

— Le danger et la peur de mourir n'ont fait qu'accentuer sa frénésie de posséder.

Comment avaient-ils fait connaissance ? s'interrogea J.P. Thomas Avery évoluait-il dans le même monde qu'Eve avant de la rencontrer ?

— Il travaille depuis longtemps dans ta société ?

— Depuis un peu avant l'enlèvement de Shelly.

— Donc, il y a trois ans ?

— Oui. Il s'est présenté dans nos bureaux avec une maîtrise de gestion de la Harvard Business School. J'ai sauté sur l'occasion !

— A quel moment vos rapports sont-ils devenus plus... intimes ?

J.P. se sentait mal à l'aise. Il avait le sentiment de s'immiscer dans la vie sentimentale d'Eve. Cependant, pour les besoins de son enquête, il n'avait pas vraiment le choix. De plus, il trouvait toujours aussi étrange que ce soit Thomas qui ait été enlevé, et non elle.

— Il y a un an et demi, répondit-elle. On se voyait souvent, on a décidé de s'engager plus sérieusement. Là-dessus, Thomas m'a demandée en mariage. C'était deux mois avant son enlèvement.

Cette information, en soi, ne révélait rien de particulier, songea J.P.

La voix de Henry les interrompit.

— Regardez, on voit bien le ranch des Bridal Falls droit devant.

— Oh ! Henry, je suis désolée ! Je ne voulais pas déballer toute ma vie, s'exclama Eve en rougissant.

Elle avait complètement oublié que leurs casques transmettaient à tous ce que chacun disait.

— Ne vous inquiétez pas, miss Brooks. J'ai coupé le son une fois que M. Ryker a utilisé le terme « métrosexuel ». Je ne voulais pas en savoir davantage, répondit le pilote pince-sans-rire.

Elle vit un petit sourire amusé étirer les lèvres de J.P. Il n'y avait vraiment rien de métrosexuel chez J.P. Ryker, songea-t-elle. Et c'était justement ce qui lui plaisait chez lui. Aujourd'hui, il portait un jean qui moulait ses cuisses et une chemise dont il avait roulé les manches sur ses bras musclés. Quant à ses lèvres... Mon Dieu ! Jamais Thomas ne l'avait embrassée comme il l'avait embrassée tout à l'heure...

— Maintenant, montre-moi le ranch Clayton, dit-il alors en s'approchant du hublot.

— Tu vois cette maison, sur la crête ? demanda-t-elle en le lui montrant. C'est là que Grimes habite. Les dépendances et la grange sont un peu plus loin.

— Sa propriété est grande ?

— Peut-être deux cents hectares... Je sais que mon père en a acheté les trois quarts.

J.P. recula et s'adossa à son siège. Elle le regretta aussitôt.

— Henry ? Vous pouvez survoler le ranch des Bridal Falls je vous prie ? reprit-elle.

— C'est parti !

Ils prirent la direction du nord.

— Regarde, J.P., voilà la route par laquelle nous avons quitté le ranch ce matin.

De nouveau, J.P. s'approcha du hublot.

— Le jour de notre excursion, Grimes a pu se rendre, de chez lui, aux Bridal Falls, déclara-t-il. A pied, ce doit être l'affaire d'une demi-heure tout au plus.

— Et j'avais confié à Edith mon intention d'y aller...

Un frisson la secoua.

Elle se pressa contre J.P., qui passa son bras autour de ses épaules, et se laissa envahir par le sentiment de sécurité que lui procurait ce contact.

Avait-elle manqué de discernement en révélant à Edith le but de sa promenade ? Son assistante avait-elle involontairement relayé ces informations à son neveu ?

— A la maison, Henry ! lança-t-elle soudain au pilote. Il est tard.

— C'est comme si on y était, miss Brooks.

10

J.P. donna plusieurs coups dans son oreiller avant d'y reposer la tête et de chercher une position plus confortable. Depuis qu'il avait entendu le téléphone sonner dans la chambre d'Eve, une petite demi-heure plus tôt, il n'avait cessé de tourner et se retourner dans son lit.

S'entretenait-elle avec Thomas Avery ? Sans le moindre doute car, cinq minutes après leur atterrissage, Edith Weber était venue l'informer qu'Avery avait téléphoné à plusieurs reprises et demandé qu'elle le rappelle d'urgence.

Il ferma les yeux pour mieux écouter le son de sa voix qui lui parvenait de la chambre voisine. Le ton de la conversation, entrecoupée par des silences, semblait aller crescendo. Soudain alerté par un silence plus long que les autres, il se redressa.

Par la fenêtre de sa chambre, qu'il avait laissée ouverte, il n'entendait plus que les criquets et quelques mugissements occasionnels.

Pour quelle raison Thomas avait-il insisté pour qu'elle le rappelle ? Frustré et résigné par nécessité, il se recoucha.

Bientôt, un bruit de gravier signala l'arrivée d'un véhicule. Il se remit sur son séant, puis se leva et alla regarder par la fenêtre. C'était le pick-up de Tyler Spangler. Il arrivait seulement ?

Etonné, il consulta le réveil sur la table de nuit.

Il était presque 22 heures.

Il avait pourtant quitté Cascade au moment où ils montaient dans l'hélicoptère, c'est-à-dire en fin d'après-midi. Il fallait compter environ deux heures de route pour revenir au ranch. Il avait donc été retardé. Par qui ? Par quoi ?

S'habillant à toute vitesse, il prit ses chaussettes et ses bottes, puis sortit de sa chambre sur la pointe des pieds. Il descendit l'escalier et attendit d'être sous la galerie pour se chausser.

Puis il se dirigea vers Spangler.

— Tyler ? Que se passe-t-il ?

— Bon sang, J.P. ! Vous m'avez flanqué une de ces frousses ! pesta Tyler en braquant sa lampe-torche sur lui.

— Désolé... Mais comment se fait-il que vous rentriez si tard ?

— Voilà pourquoi. Regardez.

Il dirigea le faisceau de sa lampe vers son pick-up. J.P. s'en approcha et vit des impacts de balle dans sa portière.

— On vous a tiré dessus ! lâcha-t-il, confondu et très inquiet.

— Oui. Une douzaine de tirs. Un d'mes pneus a été touché. J'ai éteint mes phares, j'ai attendu longtemps, mais j'ai préféré pas sortir du pick-up pour changer l'pneu.

— Vous avez roulé avec un pneu crevé et sans phares ?

— Oui. J'ai ensuite roulé très, très lentement. En éclairant la route avec ma torche.

— Où est-ce arrivé ?

— Dans les virages, pas loin d'l'endroit où vous avez eu vot'accident, c'matin.

— Le tireur a donc pensé qu'Eve et moi, nous rentrions avec vous, dit J.P. C'est nous qu'il voulait toucher.

— Bon sang ! C'est quoi, cette histoire, J.P. ? s'enquit Tyler en fronçant les sourcils.

J.P. secoua la tête sans répondre ; il préférait ne rien lui révéler.

— Nous appellerons le shérif Adams demain matin, se borna-t-il à dire.

— Et moi, je changerai l'pneu demain. Je suis fourbu, j'vous laisse.

— Bonne nuit, Tyler. Content que vous soyez rentré entier au ranch !

J.P. était à peu près certain que celui qui avait provoqué leur accident avait de nouveau tenté de les intimider ce soir.

L'individu ne pouvait pas savoir qu'Eve et lui étaient rentrés en hélicoptère. Avec un peu de chance, la balle était restée logée dans le pneu du pick-up et lui fournirait un indice supplémentaire.

Il ouvrit la porte moustiquaire, entra, et referma doucement derrière lui. Au même moment, il entendit, à l'étage, un fracas de verre brisé.

— Eve ! s'écria-t-il.

Il déverrouilla rapidement la porte donnant accès aux appartements d'Eve et monta l'escalier quatre à quatre.

De nouveau, un bruit de verre cassé lui parvint tandis qu'il courait vers la chambre d'Eve dont il ouvrit la porte à la volée.

— Eve ! s'exclama-t-il en la voyant jeter par terre une grande photographie encadrée qui la représentait tout sourire.

Elle ne lui prêta pas attention, et la photo en rejoignit d'autres qui avaient été encadrées et dont le verre était brisé.

— Eve...

Cette fois, elle tourna les yeux dans sa direction.

Son visage ruisselait de larmes, et elle semblait hors d'elle. Stupéfait, il la regarda décrocher du mur une autre photo encadrée et la projeter sur le sol. Cette fois, il n'essaya pas de l'en empêcher. Elle avait manifestement besoin de cet exutoire...

— Que s'est-il passé ? demanda-t-il enfin en s'approchant d'elle, sans se soucier du verre brisé qui crissait sous ses bottes.

Eve, en revanche, était pieds nus, et il y voyait un peu de sang.

— Ne bouge pas surtout, ma beauté, murmura-t-il, la voyant agitée de tremblements convulsifs.

Puis il s'avisa qu'elle était nue sous sa chemise de nuit bleue. Il en fut gêné et en même temps émoustillé, malgré le tragique de la situation.

— Je ne peux plus *la* regarder, marmonna-t-elle enfin. Je ne sais plus qui est cette femme...

— Moi, je le sais, dit-il en s'approchant toujours.

— Thomas a dit que ma carrière était terminée ! s'exclama-t-elle rageusement. Que la griffe EBBC l'était aussi. Le magazine *Elle* va publier un article sur ma mystérieuse fuite de Los Angeles et également sur mon accident ! Thomas affirme que ce sera le coup d'estoc dont ma société ne se relèvera pas… Il veut procéder à une refonte totale. Recruter d'autres stylistes !

— Je suis désolé, Eve…

Quand il fut tout proche, il la souleva dans ses bras, pour qu'elle cesse de se blesser la plante des pieds, et la serra bien fort contre lui. Elle continuait de trembler et paraissait aussi brisée que le verre qu'elle avait foulé dans sa colère et sa détresse.

En son for intérieur, il maudit Avery tandis qu'il la déposait sur le sofa mais la gardait dans ses bras. Il lui caressa les cheveux jusqu'à ce qu'elle se soit à peu près calmée.

Saisie par le contact de son corps musclé, Eve se détendit subitement et totalement pour la première fois depuis de longs mois. Elle ne ressentait plus aucune émotion ; sa conversation avec Thomas l'en avait vidée. Soudain, aussi, elle comprenait qu'il ne l'avait jamais aimée.

Il avait seulement aimé le top-modèle, l'égérie de grandes marques, la créatrice de mode célèbre dont le visage s'affichait dans *Vogue*, *Elle* ou *Harper's Bazaar*. Contrairement à J.P., qui était solide, bienveillant et intègre, Thomas ne se souciait que des apparences.

L'oreille pressée contre sa poitrine, elle écouta longuement les battements réguliers de son cœur avant de reculer et de le regarder bien en face.

— Thomas veut organiser une entrevue la semaine prochaine, à Los Angeles, avec les avocats des deux parties. Tu imagines le tableau…

Elle lut aussitôt sur le visage de J.P. un mélange d'inquiétude et de doute.

— Mais toi, que veux-tu ?

Ce qu'elle voulait en cet instant ? Rien qui concerne Los Angeles ! songea-t-elle.

— Eh bien… j'ai accepté de m'asseoir à la table des négociations avec ses avocats, répondit-elle, parce que c'était la seule réponse possible.

Il garda un silence prudent, mais un mouvement involontaire, un frémissement sur sa joue, le trahit. Elle eut envie d'y porter la main pour le faire disparaître. Elle voulait le rassurer, lui dire qu'elle était dure en affaires. Quant aux affaires de cœur ? Eh bien, c'était une autre histoire...

Malheureusement pour elle.

— Tu vas le laisser faire la loi dans la société que tu as créée, qui porte ton nom, et accepter qu'il embauche un autre styliste ?

— Ce n'est pas ce que j'ai dit, J.P.

Elle laissa complaisamment glisser son regard sur ses lèvres avant de le regarder de nouveau droit dans les yeux. Puis, obéissant à son instinct, elle l'embrassa. Le désir, le plaisir lui firent nouer les bras autour de son cou.

Après un long baiser tendre que J.P. avait rompu à regret, et avec de plus un sentiment de culpabilité et de perplexité qui lui était maintenant familier, il soigna les pieds d'Eve. Les éclats de verre incrustés dans sa peau étaient parfois minuscules. Il eut beau se montrer aussi doux que possible, elle sursauta à plusieurs reprises, mais sans se plaindre.

— Désolé... Il faut tout enlever, sinon, cela va s'infecter, affirma-t-il.

Elle se mordilla la lèvre inférieure.

— Ecoute, J.P., je regrette que tu aies été témoin de cette scène pitoyable...

Il lui sourit.

— Je suis là pour te protéger, Eve. Et même te protéger de toi, le cas échéant.

Elle répondit à son sourire. De peur de ne pouvoir résister à la tendresse qu'exprimait son regard, il détourna les yeux avec effort.

Il ne voulait pas — il ne pouvait pas — perdre son sang-froid maintenant.

Plus exactement, il n'en avait pas le droit.

— Je vais rester dormir sur mon canapé et je nettoierai tout demain, dit-elle sans cesser de sourire. Avec les plus grandes précautions. Promis.

Elle l'observa à travers ses cils mi-clos puis, comme frappée par une pensée, ouvrit les yeux tout grands.

— Tu es habillé… Comme prêt à sortir. Tu ne dormais donc pas ?

Bon sang ! Il avait presque oublié ce qui était arrivé à Spangler.

— J'étais déjà habillé quand j'ai entendu du bruit de verre cassé. J'étais avec Tyler ; il venait de rentrer.

— Seulement ? Il est pourtant parti en même temps que nous, en fin d'après-midi… On a décollé au moment où il reprenait la route. Que s'est-il passé ? demanda-t-elle.

— Il a été pris en embuscade au col. On a tiré sur le pick-up. Il a un pneu crevé et de nombreux impacts de balle dans la portière.

Eve ravala un cri.

— C'est nous qui étions visés, n'est-ce pas ?

— Oui. Le tireur a cru que nous rentrions avec lui.

— Tyler aurait pu être blessé. Tué !

— Par chance, il est sain et sauf. J'espère que la balle tirée dans le pneu y est restée. Si je la récupère, je la comparerai avec la douille. Mais je suis prêt à parier que l'on a tiré avec un .308.

— Je devrais verser cette maudite rançon et en finir une bonne fois pour toutes ! déclara-t-elle en s'enveloppant du plaid posé sur le sofa.

— Si tu cèdes, tu n'en auras jamais terminé avec ton harceleur, Eve.

Elle soupira tandis qu'il achevait ses soins. Il lui posa les pieds, qu'il avait gardés jusque-là sur ses cuisses, sur les coussins et se leva.

— Tu ne veux pas que j'enlève le verre, afin que tu puisses aller dormir dans ton lit ?

— Non, je serai tout aussi bien sur le canapé.

Il posa le flacon de désinfectant et le coton sur la table basse.

— J'ai décidé de ne plus fermer la porte du bas à clé, ajouta-t-elle tout à coup. Je ne veux plus me cacher !

Il la dévisagea, surpris.

— Je t'en félicite... Alors bonne nuit, Eve, fit-il avec un sourire dans la voix.

— Bonne nuit, J.P. Et surtout, merci...

Restée seule, Eve fixa le plafond. Oubliant tous les autres événements de cette longue soirée, elle ne pensa plus qu'à l'étreinte de J.P., à leur long baiser tendre, et au désir que, de nouveau, il avait instillé en elle et qui l'avait rendue si impatiente et languissante... D'ailleurs, elle continuait de vibrer. Qu'il revienne et l'embrasse, et elle s'embraserait totalement !

Dès demain matin, elle lui demanderait de l'accompagner à Los Angeles. Il la soutiendrait, il l'aiderait à affronter Thomas !

La perspective de retourner à Los Angeles ne lui en causait pas moins une vive appréhension. Elle avait été sincère en disant ne plus vouloir vivre confinée dans les appartements de son ranch, mais s'exposer à Los Angeles, c'était autre chose. Parviendrait-elle à braver les regards de gens dont la seule préoccupation était l'apparence, avec une certaine idée de la perfection physique ? Leur curiosité ? Leur compassion ? Voire leur pitié ?

Elle entendit l'eau couler dans la salle de bains de J.P. et ferma les yeux, se laissant bercer par ce bruit familier et réconfortant.

J.P. ferma le robinet d'eau froide et grelotta sans que le désir qu'Eve avait éveillé en lui soit calmé.

S'il avait été à Los Angeles, il serait allé courir sur la plage jusqu'à tomber de fatigue. Depuis trois ans, depuis la tragédie de l'affaire McGinnis, c'était son seul exutoire pour annihiler la douleur qui le tourmentait dès qu'il se retrouvait seul avec ses pensées. L'épreuve était devenue d'autant plus cruelle que, désormais, il se trouvait à quelques pas de la chambre de la sœur de Shelly, dont il était, de surcroît, en train de tomber amoureux.

Enervé, il prit la serviette de bain. Au même instant, un nouveau fracas de verre retentit. Le cri d'Eve qui l'accompagna l'arracha à son immobilité.

Il drapa la serviette autour de ses hanches et, encore trempé, le cœur battant violemment, il se précipita dans la chambre d'Eve.

Il la trouva debout devant le canapé, la main plaquée sur la bouche.

— Que s'est-il passé ?

En suivant son regard, il constata que la fenêtre avait été cassée par un projectile qui se trouvait sur le plancher, parmi les débris de la vitre.

— Quelqu'un vient de jeter cette pierre par la fenêtre !

— Ne bouge pas, surtout !

Elle recula.

— Je voulais m'approcher pour voir, mais à quoi bon ? Il fait trop sombre.

Evitant le verre cassé de son mieux, et tout en veillant à maintenir sa serviette en place d'une main, J.P. ramassa la pierre. Un morceau de papier était scotché autour.

— C'est un message. Direct, mais efficace..., murmura-t-il.

— Que dit-il ?

Impatiente, elle lui prit la pierre des mains et en détacha le papier, ce qui lui donna l'occasion de détourner son regard de J.P. presque nu.

— J'espère que je ne vais pas détruire des indices, dit-elle soudain en s'immobilisant.

— Des éventuelles empreintes digitales ? Des cellules épithéliales ? Je ne crois pas. J'imagine que l'auteur de ce message portait des gants.

— Et moi qui pensais faire un détective émérite en posant la question...

Face au sourire amusé de J.P., elle fondit. Elle se ressaisit cependant vite et déplia le feuillet où des lettres découpées dans des magazines et journaux formaient un message sans ambiguïté.

— « Un demi-million de dollars en billets non marqués

dans une mallette en acier. Pas de sac en toile. Attendez mes instructions, pas un mot à la police, sinon... », lut-elle.

Elle recula et se laissa tomber sur le canapé.

— C'est lui ! C'est l'individu qui a enlevé Thomas !

J.P. resserra sa serviette autour de sa taille et lui prit le papier.

— Tu en es sûre ?

— Absolument ! Ce sont les mêmes instructions que la première fois ! Un demi-million en billets non marqués dans une mallette en acier. Pas de sac de toile... Sinon... Oh oui, c'est mot pour mot ce qu'il a exigé, la première fois..., répéta-t-elle, bouleversée.

— Demander des billets non marqués et une mallette en acier plutôt qu'un sac en toile n'a pourtant rien d'inhabituel.

— Je te répète que ce sont mot pour mot les exigences qu'il a formulées ! Même la fin. Je devais attendre ses instructions, sans dire un mot à la police, sinon...

J.P. décida de se rendre au bureau du shérif dès le lendemain avec ce message et, avec un peu de chance, la balle logée dans le pneu du pick-up de Tyler.

Si elle y était restée...

Les derniers événements confirmaient ses soupçons : le ravisseur de Thomas Avery n'était pas à Los Angeles et n'était pas non plus de Los Angeles. Un inconnu aurait immanquablement attiré l'attention.

C'était quelqu'un de la région.

— Le shérif Adams va insister pour que tu contactes le FBI, lâcha-t-il.

— Jamais ! Pas le FBI ! s'exclama spontanément Eve.

— Du calme, Eve ! Je n'ai pas non plus l'intention de contacter le Bureau. Je vais envoyer ce message au labo pour analyse. Peut-être obtiendrons-nous des indices.

Bien que tétanisée par la peur, elle acquiesça.

— Tu envisages de participer au marquage des veaux, demain ? reprit-il.

— Oui. Bien entendu ! affirma-t-elle bravement.

Elle luttait manifestement contre sa peur. Craignant de faiblir, J.P. dut lutter pour refouler l'émotion qui le gagnait.

— Je ne l'ai encore jamais manqué depuis mon adolescence, précisa-t-elle.

— Et si tu t'adressais à tes ouvriers demain ? Pour les informer de la situation. De *ta* situation...

Ostensiblement, elle lui tourna le dos.

Il posa le message et mit sa main sur son épaule.

— Je sais que ce ne sera pas facile, reprit-il, la sentant trembler. Mais nous devons piéger le ravisseur, l'obliger à se dévoiler.

Elle se retourna lentement, et il laissa retomber sa main.

— Tu as raison. Et puis... mes hommes ont droit à une explication, conclut-elle d'une voix lente. Ils savent que je ne sors que la nuit, mais ils ont trop de respect pour moi pour me poser des questions.

— Ecoute, si tu préfères, je vais leur...

— Non ! le coupa-t-elle. C'est à moi de leur parler ! Mes ouvriers doivent savoir ce qui se passe, et pourquoi Devon est actuellement à l'hôpital.

Cette fois, il ne résista pas à son impulsion et la prit dans ses bras. Elle s'y pelotonna et pressa sa joue contre son torse nu alors qu'il la serrait de toutes ses forces contre lui.

Le désir qu'il cherchait à refouler monta de nouveau.

— Je serai là, Eve... A tes côtés, dit-il d'une voix rauque.

— Je sais.

Elle recula et lui sourit.

— Je sais que tu m'aideras à trouver les mots, demain. Je veux provoquer le ravisseur de Thomas. L'obliger à se révéler, à se trahir.

11

J.P. serra la sangle de sa selle et leva les yeux vers Eve qui sellait sa jument.

— Du calme, Ginger ! dit-elle.

Mais sa jument se cabra de nouveau et frappa le sol de la grange avec la plus vive agitation. Rien ne semblait pouvoir la calmer.

— Que se passe-t-il, ma belle ? demanda Eve en la caressant.

— Ça lui arrive souvent ? s'enquit J.P.

— Jamais. Elle doit être sensible à l'agitation ambiante.

— Du calme, ma fille, murmura-t-il en caressant à son tour la jument en sueur. Comme Ginger perçoit ta nervosité et ta panique, tu devrais peut-être seller un autre cheval...

— Dès que je l'aurai sortie de la grange, elle se calmera. Et puis nous ferons un grand galop, une fois que j'aurai parlé à mes ouvriers.

— D'accord. Eve ? Tu sais que tu es particulièrement jolie, ce matin ?

Elle lui adressa un sourire en coin.

— Et surtout prête à faire le grand saut ! confia-t-elle avec un soupir. Façon « premier jour du reste de ma vie », etc. Advienne que pourra !

— Ne sous-estime pas ton courage, ma beauté. Il faut du cran pour sortir sans ton foulard et tes lunettes de soleil et, de plus, informer tes ouvriers de la situation.

— Merci pour ton soutien, J.P., mais il n'y a là rien d'héroïque.

Je dois apprendre à faire face aux gens, à leur curiosité et à leurs questions. Je ne vais pas vivre en recluse toute ma vie !

— Je n'ai qu'un mot : bravo !

Il lui sourit, contenant son admiration, son attirance toujours plus intense.

— Tu as cette jument depuis longtemps ? reprit-il.

— Environ cinq ans. Mon père l'a achetée avec une partie du ranch Clayton. En plus des terres, Roger Grimes avait mis en vente certains de ses chevaux, avec son bétail. Ginger était championne d'équitation western, à l'époque !

Elle tapota l'encolure de sa jument.

— Elle était en compétition au niveau national ! Tu vas la voir à l'œuvre, aujourd'hui. Cette jument est étonnante. Exceptionnelle ! Magnifique.

Toi aussi tu l'es, songea J.P. Car sa métamorphose semblait ne plus devoir s'arrêter, c'était incroyable. Epanouie, elle parlait et riait sans crainte. Aujourd'hui, au lieu de l'élégant foulard griffé, elle portait un chapeau de cow-boy crânement vissé sur la tête et incliné bas sur le front.

Eve Brooks était une battante, une championne dans sa catégorie.

— J'ai terminé mon enquête de fond sur les saisonniers employés au ranch, dit-il.

— Tu as trouvé quelque chose de particulier ?

— Non. Tout est impeccable, à une exception près. Ted Allen. Il a été l'objet d'un mandat non exécuté au Montana à la suite d'une bagarre dans un bar.

Il détacha son cheval et se mit en selle.

— Je vais donc garder un œil sur lui, ajouta-t-il. On ne sait jamais...

La façon dont Ted Allen avait observé les ouvriers permanents et les autres saisonniers, le jour de son arrivée, continuait de l'intriguer. Etait-ce lui qui avait détaché leurs chevaux, le soir après leur retour des Bridal Falls ? Etait-ce lui le tireur ? L'agresseur de Devon ? Le voleur du carnet de croquis et du couteau ?

Il serait plus à son aise quand il en aurait le cœur net.

— Je suis tellement contente que tu sois là, à mes côtés ! s'exclama Eve, appréciant d'un sourire sa façon de monter.

Détendu, comme s'il avait passé sa vie à cheval.

— Où as-tu appris à monter ? lui demanda-t-elle.

— J'ai grandi dans une petite ville au nord de la Californie, Tehama. Tu connais ?

— Non.

Elle dirigea Ginger vers la sortie de la grange.

— C'est près de quelle grande ville ?

— Chico.

— Ah ! Je vois, maintenant. La vallée de Sacramento. Une région de fermes et de ranchs.

— Et le sol le plus fertile au monde !

Ils sortirent et dirigèrent leurs montures vers l'endroit où les hommes commençaient à se rassembler.

— Comment es-tu arrivé à Los Angeles ?

— Par la route.

— Oh ! Ryker ! fit-elle, fronçant les sourcils pour la forme car elle se réjouissait de leurs rapports si complices. Mon amie Tina Davis, qui m'a recommandé ton agence, m'a dit que tu avais travaillé pour le FBI.

— C'est juste.

J.P. espéra qu'elle ne lui poserait pas davantage de questions. Il ne voulait pas s'étendre sur ce sujet trop sensible.

— Tu travaillais dans quel département du FBI ?

— Tactiques et Armes spéciales.

— Ah ! un stratège ! Un vrai pro. Je le savais… Tu es le meilleur !

— Disons que je fais toujours de mon mieux, conclut-il, évasif.

Il soupira intérieurement, songeant à Shelly et conscient que, tôt ou tard, il devrait dire à Eve la vérité sur ses implications dans sa mort.

Eve guida Ginger vers la porte du couloir mobile de contention que Tyler tenait ouverte et y attendit J.P. Elle avait les nerfs en pelote, mais elle se sentait pleine d'assurance.

— Merci, Tyler, dit-elle. Si cela ne vous dérange pas, j'aimerais que vous rassembliez les hommes, avant que l'on se mette au travail.

— Tout de suite, miss Brooks.

Spangler referma la barrière et se rendit dans les parcs de tri.

Elle sourit à J.P., puisant dans sa présence un surcroît de courage. Puis elle dirigea sa monture vers ses hommes qui attendaient à quelques mètres de là.

J.P. la suivit. Il était à ses côtés, quoique un peu retrait, pour mieux observer les hommes et repérer tout signe suspect.

— Je sais qu'il y a beaucoup à faire, aujourd'hui, alors je vais être brève, commença-t-elle.

Certains se détendirent, d'autres croisèrent les mains sur le pommeau de leur selle et se penchèrent vers l'avant, exprimant ainsi leur intérêt, et quelques-uns fixèrent Eve, sidérés et avec effroi.

— Tyler Spangler remplace Devon Hall jusqu'à son prochain retour et la fin de sa convalescence, continua-t-elle. Vous serez donc sous ses ordres jusque-là.

Tyler toucha son chapeau.

— Merci, miss Brooks.

— Comme vous le savez, je suis revenue au ranch des Bridal Falls il y a six mois, reprit-elle. Et, depuis, vous ne m'avez jamais vue de jour. C'est parce que j'ai eu un accident, il y a huit mois, qui a brûlé et abîmé mon visage.

Cette fois, tous les hommes exprimèrent la plus profonde stupéfaction.

— Mon visage a été réparé, grâce à des greffes de peau.

Elle le leur montra.

— J'évite le soleil, car il peut compromettre la guérison des greffes.

J.P. la vit déglutir et reprendre son souffle. Le plus dur était passé.

— Maintenant, j'en viens à un problème plus immédiat, c'est-à-dire l'agression dont Devon Hall a été victime. Devon va bien et il reviendra demain au ranch.

— Que Dieu le garde ! s'exclama Buck Walters en faisant un signe aux hommes de l'équipe permanente, qui exprimèrent aussi, mais plus discrètement, leur impatience à revoir le contremaître.

— Comme vous le savez, le shérif Adams a promis de retrouver son agresseur. En revanche, ce que vous ignorez, c'est que l'on a aussi essayé d'attenter à ma vie et à celle de J.P., le jour où Devon a été agressé.

— Vous pensez qu'il s'agit du même individu ? demanda Ruckus Bartlett qui, retirant son chapeau, essuya avec sa manche son front en sueur.

— Oui. De plus, cette nuit, on a tiré sur le pick-up de Tyler alors qu'il rentrait de Cascade.

— Bon sang ! fit Buck. Mais pourquoi ?

L'inquiétude saisit Eve. En fin de compte, elle soulevait plus de questions qu'elle ne donnait de réponses.

— Je me le demande aussi, répondit-elle. Et c'est pourquoi j'ai fait appel à J.P. Ryker pour assurer ma sécurité.

Elle se tourna vers J.P. A lui, maintenant, de fournir des informations sur le danger qu'elle courait.

— J'ai retrouvé la douille d'une balle tirée par un .308 dans les bois, non loin des Bridal Falls, enchaîna J.P. Je l'ai donnée au shérif Adams. Il va évidemment faire tout son possible pour retrouver le tireur, mais je vous invite à la plus grande vigilance.

— Vous pouvez nous faire confiance ! s'exclama Ruckus, le visage grave.

Les autres hommes hochèrent la tête.

— Merci à vous tous, dit Eve. Et maintenant, au travail !

Les hommes s'éloignèrent, certains vers le parc de tri et les autres vers le couloir de contention qui conduisait dans l'une des pâtures où étaient rassemblées plusieurs centaines de têtes de bétail.

— Merci, murmura Eve à l'intention de J.P. A un moment donné, j'ai été un peu perdue…

— Pas du tout. Tu t'es formidablement débrouillée. Si le responsable de ces méfaits a entendu, il va paniquer et agir. Commettre l'erreur fatale.

Un frisson la secoua.

— Je vais faire galoper un peu Ginger, histoire de la calmer.

— Et moi, je vais demander à Tyler de me confier ma tâche de la journée.

Savourant la caresse du soleil sur ses épaules, Eve s'éloigna. Cette sensation était si douce qu'elle lui fit monter les larmes aux yeux. Libre ! Elle s'était libérée de ses peurs de ces derniers mois ! Elle ne redoutait plus les regards… Un frisson d'excitation la parcourut et fit battre son cœur plus fort. Euphorique, elle éperonna Ginger.

La jument fila aussitôt.

Surprise, Eve n'eut que le temps de se cramponner d'une main à la selle afin de ne pas perdre son assiette. Elle raccourcit la rêne gauche et cala sa main sur la crête de l'encolure tout en tirant sur la rêne droite pour reprendre le contrôle.

Mais ce fut sans effet. Elle tenta de nouveau de la contenir, sans plus de succès.

Les rênes lui glissèrent soudain des mains et, sans toutefois serrer, s'enroulèrent autour de la tête de la jument.

La peur envahit Eve quand elle comprit que la situation lui échappait. Ginger, emballée, passa comme une flèche devant le parc de tri et tourna dans la prairie.

Eve se cramponna à sa crinière et se pencha sur l'encolure de sa jument désormais hors de contrôle. Si elle arrivait à reprendre l'une des rênes, parviendrait-elle à la ralentir et à la faire tourner en rond ? Dans cet espoir, elle se pencha davantage pour essayer d'en rattraper une.

En vain.

Pire, Ginger se prit les jambes dedans et faillit tomber. La peur figea Eve qui crut sa dernière heure venue.

Un bruit de galopade derrière elle lui fit tourner la tête. J.P. qui arrivait à sa rescousse !

Elle reporta le regard devant elle, et la terreur lui coupa le souffle. A environ une centaine de mètres se trouvaient une barrière et, au-delà, un bosquet extrêmement dense. Si elle restait en selle, elle risquait la mort.

Mais comment mettre pied à terre sans se tuer ?

J.P. éperonna son hongre et s'approcha par la gauche. Quand il fut au coude à coude avec la jument, il se pencha et saisit la rêne qui claquait dans le vent.

Guidant sa monture d'une main ferme, il tourna sur la droite pour inciter la jument d'Eve à s'éloigner de la barrière. Il y réussit in extremis, alors qu'ils en étaient à moins de cinq mètres.

Il tira sur la rêne, pour l'instant sa seule connexion avec la jument emballée et avec Eve terrorisée, mais Ginger refusa d'obtempérer et de se soumettre. Elle donna un violent coup de tête pour l'obliger à lâcher.

Ce n'était pas normal !

Seule une drogue pouvait mettre un animal habituellement calme dans un état pareil. Il devait faire en sorte qu'Eve descende de sa monture, car elle risquait une chute.

Peut-être la mort.

— Eve ! Ecoute-moi ! cria-t-il.

Elle tourna un regard terrorisé vers lui.

— Retire tes pieds des étriers !

Bien que paniquée, elle opina et obtempéra.

— Fais ce que je vais te dire ! Surtout ne résiste pas. Laisse-toi faire.

De nouveau elle hocha la tête.

— Maintenant, redresse-toi !

Elle fit ce qu'il lui demandait.

Il rapprocha son hongre autant que possible de la jument, tint ses rênes d'une main et passa le bras autour de la taille d'Eve. Il la souleva comme une poupée de chiffon et la maintint contre lui, puis il fit arrêter son cheval. Enfin, il la posa sur le sol et mit aussitôt pied à terre.

— Mon Dieu, Eve ! Ça va ?

Il la serra dans ses bras et la sentit trembler tandis qu'elle se blottissait contre lui.

— Je n'ai pas pu l'arrêter, murmura-t-elle en regardant dans la direction du corral où les hommes, qui avaient été témoins de la scène, tentaient d'attraper la jument au lasso pour l'y faire entrer.

— Il faut la faire examiner par un vétérinaire, dit-il. Je suis à peu près certain qu'elle a été droguée.

— Par qui ?

— Par la même personne qui a muselé le chien de Tyler, la nuit où tes freins ont été sabotés. Par celui qui nous a agressés aux Bridal Falls. Viens, nous allons chercher de l'aide.

Il se remit en selle et retira son pied de l'étrier de façon qu'Eve puisse à son tour monter. Il lui tendit la main et l'aida à s'installer derrière lui.

— Merci, fit-elle. Tu m'as encore une fois sauvé la vie...

Elle noua les bras autour de sa taille, un contact qui suscita en lui une émotion intense. Aussitôt, il s'imagina leurs corps nus sensuellement unis.

— Toujours prêt, répondit-il, se ressaisissant à grand-peine.

Il pressa ses mains qu'elle avait croisées sur son ventre et dirigea sa monture vers le corral.

Au moment où ils y entrèrent et descendirent du hongre, les hommes avaient enfin réussi à desseller la jument.

— Je m'occupe de mon cheval, dit J.P. à Tyler, qui était en sueur et essoufflé.

Tandis que J.P. s'éloignait, Eve donna quelques instructions au contremaître.

— Buck, appelle tout d'suite le ranch de Hastings ! cria ensuite Tyler. Le vétérinaire est là-bas pour le marquage. Demande-lui d'venir immédiatement examiner la jument de miss Brooks !

— Tout de suite ! lança Buck en se précipitant.

S'approchant du corral, Eve observa sa jument qui continuait de se cabrer et faisait des sauts de mouton. C'était un vrai spectacle de rodéo...

— J.P. pense qu'elle a été droguée..., dit-elle à Tyler.

— C'est aussi mon avis, indiqua Tyler qui hocha la tête. J'avais averti vot'père d'être prudent, quand il l'a achetée à Grimes. Selon la rumeur, Grimes dopait ses ch'vaux à la fluphénazine.

— La fluphénazine ?

— Oui. C'est un médicament utilisé pour améliorer les performances des ch'vaux, mais certains font une réaction allergique. Ça les rend fous...

— Mais... J'ai Ginger depuis plusieurs années, et cette drogue a dû être évacuée depuis longtemps ! A moins que...

Elle se figea.

A moins que le ravisseur de Thomas, désormais son harceleur, ait drogué sa jument, sachant qu'elle la monterait ce matin.

— Quand le vétérinaire sera arrivé, dites-lui que vous soupçonnez que Ginger a été droguée à la fluphénazine. Moi, je vais en informer J.P.

Elle se dirigea vers la grange où J.P., qui avait dessellé son hongre, était en train de le rafraîchir au jet.

— Comment va ta jument ? demanda-t-il en fermant le robinet.

— Mal... Tyler dit que Roger Grimes avait l'habitude de doper ses chevaux à la fluphénazine. Certains ont une réaction allergique qui les rend fous.

— Tu as contacté le vétérinaire ?

J.P. retirait maintenant l'excédent d'eau sur la robe de son hongre à l'aide d'un couteau de chaleur.

— Buck s'en est occupé. Il y en a un aujourd'hui dans un ranch voisin.

— Je suis désolé... Mais je suis soulagé que tu ailles bien, dit-il en la dévisageant avec attention.

— Et toi, tu as été extraordinaire, J.P.

— Ah bon ?

Il était sérieux, mais son regard, amusé, brillait.

— Oui !

Egayée soudain, elle sourit et ajouta :

— Un cow-boy plus vrai que nature !

Elle s'interrompit en voyant arriver un pick-up blanc.

— C'est le vétérinaire ! s'exclama-t-elle.

— Je te rejoins dès que j'ai fini de m'occuper de mon cheval.

J.P. la suivit des yeux, soulagé. Le dos droit, la tête haute, Eve marchait d'un pas détendu. Elle semblait avoir surmonté le choc de sa mésaventure.

Elle avait fait d'indéniables progrès, mais elle devait encore passer l'épreuve de son retour à Los Angeles... Un nouveau test qui pouvait briser son équilibre encore fragile.

A cette pensée, l'inquiétude le gagna, et il décida de l'accompagner à Los Angeles.

— Je l'ai !

A l'aide d'une pince, J.P. venait de retirer la balle restée dans le pneu du pick-up.

— On va pouvoir vérifier si elle correspond à la douille, ajouta-t-il.

— J'ai été sidéré quand vous êtes parti aux trousses d'la jument d'miss Brooks, dit Tyler qui l'observait. Dites, J.P., c'est vrai qu'vous êtes spécialisé dans la sécurité et la protection rapprochée ?

J.P. retint un mouvement de contrariété ; il n'avait pas envie de s'étendre sur le sujet.

— Miss Brooks se sent en danger, et je resterai au ranch jusqu'à ce que tout risque soit écarté, répondit-il d'un ton bref.

— Je comprends.

— Ecoutez, Tyler, reprit J.P. après un instant de réflexion. Je vais avoir besoin de votre collaboration. J'aimerais que vous annonciez, pendant le barbecue, que nous avons extrait la balle de votre pneu et que je la donnerai au shérif demain matin pour qu'il puisse identifier le tireur.

— Vous pensez que c'type sera là ce soir ?

— J'en suis certain. Il sait que ce nouvel indice est susceptible de le trahir et de l'envoyer en prison pour tentative de meurtre. Il fera tout ce qu'il peut pour m'empêcher de donner cette balle à la police.

— D'accord. Surtout, soyez prudent, J.P., conclut Tyler en sortant du garage. Bon... A tout à l'heure !

J.P. sortit derrière lui, mais resta devant la porte. Dans le jardin où le barbecue était organisé, des hommes jouaient de la guitare, une jeune femme de la région chantait.

Eve avait eu l'idée de ces festivités pour remercier ses hommes d'avoir si bien travaillé aujourd'hui. Il se dit que cette distraction était la bienvenue. Il était fourbu, complètement courbatu, mais la perspective d'un bon steak saignant et d'une bière fraîche en écoutant de la musique country le revigorait. Il mit la balle dans sa poche, ferma à clé derrière lui et vit Eve qui venait à sa rencontre.

— Salut, cow-boy, tu veux un steak ?

— Entre à point et saignant.

— Je vais en informer notre grillardin. As-tu retrouvé la balle dans le pneu ?

Il mit la main dans sa poche et l'en sortit.

— Oui. Elle était près de la jante. Je la donnerai au shérif demain.

Comme elle tendait la main, il la lui posa au creux de la paume.

— Spangler a eu de la chance.

— Je ne te le fais pas dire. Maintenant, écoute-moi, Eve.

En lui rendant la balle, elle remarqua la façon dont il observait le groupe qui riait et parlait, non loin.

— J'ai demandé l'aide de Tyler, mais je vais aussi avoir besoin de la tienne.

Elle poussa un gros soupir et se rapprocha.

— Quel est ton plan ? Cacher la balle dans la salade de pommes de terre ?

Il sourit à demi.

— Non, dans les haricots. C'est gérable ?

— Bien entendu.

L'élan qui la portait vers lui chaque fois qu'ils étaient seuls tous les deux l'était en revanche beaucoup moins, se dit-elle, le souffle plus court.

J.P. se pencha vers elle pour murmurer :

— Je plaisantais, tu sais.

Son regard bleu était devenu incandescent, et il déglutit. De toute évidence, elle n'était pas la seule à contenir des élans difficilement... gérables.

— Au cours de la soirée, reprit-il, j'ai besoin que tu mentionnes la balle que nous avons trouvée dans le pneu et précises que je la donnerai au shérif dès demain pour qu'elle puisse être comparée avec la douille du .308. Je parie que le ravisseur, ou un éventuel complice, est ici. D'une façon ou d'une autre, l'information doit lui parvenir.

— C'est tout ?

— C'est tout...

Elle l'observa dans le crépuscule en essayant de saisir sa stratégie. En même temps, elle sentait l'appréhension l'envahir et accroître sa nervosité.

— Ecoute, J.P., le défier est dangereux. Le vétérinaire a confirmé que l'on avait administré une dose de fluphénazine à Ginger, hier soir. Connaissant l'effet que cela peut avoir, c'est criminel. Nous savons toi et moi qu'il est prêt à tout pour arriver à ses fins !

— Fais-moi confiance, Eve. Je suis préparé. Prêt. Et, si notre homme n'est pas présent au barbecue de ce soir, il n'est pas très loin. Je ne me ferai pas piéger !

Cela ne la rassura pas pour autant. Elle avait l'impression qu'un étau lui enserrait les côtes et elle respirait mal. Dans un effort pour se ressaisir, elle pressa les paupières et prit une grande inspiration, puis une autre.

Le contact de la main de J.P. sur sa joue lui fit rouvrir les yeux. Alors elle le regarda bien en face. Sa caresse était si brûlante et si tendre qu'elle crut que son cœur allait cesser de battre.

— C'est pourquoi tu m'as fait venir, Eve, souviens-toi. Pour que je te protège. Pour que je mette la main sur l'ordure qui te harcèle. Nous touchons au but. Laisse-moi faire mon travail.

Partagée entre le désir d'acquiescer et celui de refuser, elle resta immobile. La pensée qu'il puisse être blessé ou tué creusait comme un trou dans sa poitrine.

— Tu es tacticien..., dit-elle enfin. Si tu penses que tu peux l'attirer à découvert, vas-y...

Elle adhérait à son plan, bien que le détestant. L'homme qu'elle aimait pouvait en effet y perdre la vie. Elle détestait la tournure que pouvaient prendre les événements.

— Allez, viens, conclut-elle, regrettant qu'il retire sa main et rompe ainsi le lien subtil qui les unissait. Il est temps de passer commande de ton steak entre saignant et à point...

Il sourit.

— Tout ira bien, Eve. Ne te fais pas de souci.

— Tu ne m'en empêcheras pas. Que tu le veuilles ou non, J.P.

12

Tapi dans l'obscurité, J.P. montait la garde près du garage. Seul dans la nuit, il songeait qu'Eve lui était devenue aussi essentielle que l'air qu'il respirait.

Il la désirait infiniment, et à chaque instant.

Il l'aimait.

Il était soulagé qu'elle soit en sécurité dans sa chambre à l'étage et, il en était intimement convaincu, auprès de lui par la pensée.

Sans doute serait-elle déconcertée quand, demain matin, il lui annoncerait qu'il se rendait seul à Cascade. Si elle insistait, il la raisonnerait et lui rappellerait qu'ils avaient failli mourir dans un accident, la dernière fois qu'ils avaient emprunté cette route.

Tyler, qui l'assistait, se trouvait non loin, caché dans un bosquet. Le harceleur préparait ses opérations la nuit, d'où l'idée de surveiller les abords du ranch, de la grange et plus particulièrement du garage.

Les bruits de la nature s'élevaient autour de lui. Stridulations des criquets, coassement des grenouilles, glouglous de la rivière toute proche...

D'un geste agacé, il écarta un papillon de nuit, probablement en quête de lumière, mais toutes étaient éteintes. Rien ne devait indiquer que lui et Tyler étaient à l'affût. Il espérait que leur attente porterait ses fruits et que l'individu qui s'en prenait à Eve serait bientôt neutralisé.

Il consulta sa montre. Presque 1 heure du matin.

L'heure à laquelle la pierre avec le message avait été jetée dans les vitres d'Eve la nuit précédente.

La tension lui nouait les épaules, et le doute commença à le gagner. Ne perdait-il pas son temps ? S'était-il trompé, en pariant que l'inconnu s'introduirait de nouveau dans le garage pour l'empêcher, d'une façon ou d'une autre, de se rendre à Cascade demain ?

Au même instant, il repéra un mouvement du côté du garage. Quelqu'un semblait se diriger vers la rivière bordée par des saules et des buissons.

Son cœur se mit à battre plus fort.

La silhouette se perdit dans la végétation et l'obscurité. Etait-ce Tyler ? Avait-il décidé de changer de poste, ou s'agissait-il de leur homme qui avait décidé de passer à l'action ?

Méfiant, il sortit son .41.

Un bruit de verre brisé qui semblait venir du garage le fit sursauter.

Presque en même temps, il entendit un « wham » et vit un éclair, suivi d'une flamme immense.

Un cocktail Molotov ?

Un nouveau mouvement, sur sa droite, lui fit porter son attention vers le pont de bois qui enjambait la rivière.

Etait-ce leur homme qui s'enfuyait après avoir lancé le cocktail Molotov ? Le sang de J.P. ne fit qu'un tour. Il devait l'empêcher d'atteindre la grand route !

Des crépitements commencèrent à résonner dans le silence, et des flammes montèrent rapidement vers le ciel, léchant les bardeaux du garage.

Quelques secondes plus tard, la cloche d'incendie retentit lugubrement dans la nuit. Certain que Tyler allait tenter de l'éteindre avec le renfort des autres ouvriers du ranch, J.P. courut vers le pont dans l'espoir de rattraper l'incendiaire. Arrivé là, il se cacha derrière le tronc d'un pin, tous ses sens en alerte.

Rien. Pas un bruit. Pas le moindre mouvement.

Il prêta l'oreille, essayant de repérer des bruits de pas ou des craquement de brindilles. Toujours rien. L'individu était sans doute dissimulé lui aussi, à l'affût. A moins qu'il ne soit déjà loin... J.P. se sentait d'autant plus impuissant qu'il n'y voyait absolument rien.

Soudain, un craquement lui fit tourner la tête. En même temps, il perçut un mouvement dans les feuillages. Puis ce fut une odeur, très pénétrante, qui lui permit d'identifier qui il venait de rencontrer.

Il porta aussitôt la main à son nez. Il n'eut pas besoin de lumière pour repérer deux bandes argentées sur le dos de la moufette qu'il avait dérangée. Il recula lentement, jusqu'à ce qu'il en soit hors de portée, remit son arme dans son holster, et retourna en courant vers le garage.

Buck, le premier des ouvriers arrivé sur les lieux, aidait Tyler à tirer un long tuyau relié à un robinet. J.P. leur prêta main-forte.

— Vous avez vu qui a mis l'feu ? hurla Tyler pour se faire entendre par-dessus le crépitement assourdissant du feu.

— Pas vraiment. Mais je crois l'avoir vu franchir le pont. Ensuite, je ne sais pas..., répondit J.P. en criant lui aussi.

Buck dirigea le tuyau vers la base des flammes. Le jet sous haute pression les éteignit vite.

— Le ranch possède donc sa propre lance à incendie ? demanda J.P., étonné.

— Faut bien, lâcha Tyler. Parce que la première caserne de pompiers est à plus de soixante kilomètres. Le temps qu'les volontaires arrivent, le garage serait déjà réduit en cendres !

— J.P. !

Il tourna la tête au cri d'Eve qui se précipitait dans sa direction avec une lampe-torche.

— Tout le monde va bien ?

Ebloui, il leva la main pour se protéger les yeux.

— Grâce à la vitesse de réaction de Tyler et de Buck, le pire a été évité.

Sur ces mots, J.P. s'empara de sa lampe et l'orienta vers la paroi du garage où les dernières braises fumaient. Le faisceau se refléta sur les restes d'une bouteille cassée.

— Cocktail Molotov, marmonna-t-il.

Eve poussa un gros soupir.

— C'est donc un incendie criminel…

— Oui. Je crois avoir vu le pyromane. Mais il doit être loin, maintenant.

L'inquiétude l'envahissait. C'est le ranch qui aurait pu être incendié avec, par-dessus le marché, Eve à l'intérieur.

— Tu penses donc que…

Elle se tut puis reprit dans un murmure :

— Tu penses que c'est ce… cet… individu qui ne cesse de me harceler ?

— J'en suis certain.

Des lumières étaient allumées dans les chalets voisins dont les occupants avaient rejoint Tyler et Buck.

— Il vaut mieux que tu rentres, maintenant, poursuivit J.P. en rendant sa lampe à Eve.

Puis il regarda dans la direction de Tyler qui donnait des instructions pour nettoyer les dégâts.

— Troy et Cody, prenez un arrache-clou dans la grange, et ouvrez l'bardeau du garage. J'veux être certain qu'il y reste pas de braises, le moindre foyer d'incendie.

Les deux frères obtempérèrent aussitôt.

— Vous pouvez aller vous recoucher, miss Brooks, lui dit Tyler. Comme vous l'constatez, on a la situation en main.

— Merci, Tyler.

Alors que J.P. l'accompagnait vers le ranch, Edith sortit à leur rencontre.

— Ah ! vous voilà, Eve ! s'exclama-t-elle. Je me faisais du souci. Je voulais m'assurer que vous alliez bien.

— Rassurez-vous, je vais bien, Edith. Une partie du garage a été incendiée, mais il n'y a aucune victime. Juste quelques dégâts matériels. Nous avons eu de la chance.

Dans la lumière de la véranda, J.P. remarqua que le front d'Edith luisait de sueur. Elle semblait épuisée, troublée et déconcertée. Parce qu'elle avait été réveillée au beau milieu de la nuit par la cloche d'incendie ? C'était une éventualité. D'un autre côté...

— Dans ce cas, je vais me recoucher, conclut-elle.

Lorsqu'elle passa devant eux, elle laissa dans son sillage une odeur prononcée d'essence.

Edith Weber avait-elle lancé le cocktail Molotov ? se demanda J.P., ou aidé son neveu, Roger Grimes, à le fabriquer ?

— Je t'accompagne, dit-il en emboîtant le pas à Eve. Ensuite, je monterai la garde sous la galerie.

— Pourquoi ? Tu crois qu'*il* va encore frapper ce soir ?

— Je n'en sais rien, mais je veux parer à toute éventualité, d'autant qu'il m'a pris par surprise en voulant incendier le garage. Tout peut encore arriver, Eve. Je suis vraiment désolé...

Il la suivit dans l'escalier, pressé et impatient qu'elle se retire dans ses appartements et y soit enfin en sécurité.

Il était très inquiet car il avait conscience de ne pas maîtriser la situation. Il se promit de rester vigilant, de ne pas baisser sa garde ni de sous-estimer son adversaire.

— Tu sembles épuisé, cow-boy. Un peu de café ? lui proposa Eve qui prenait son petit déjeuner sous la galerie lorsqu'il la rejoignit le lendemain matin.

Elle remplit un mug et le lui tendit.

— Merci !

Tandis qu'il s'installait à la petite table, elle contempla le lever du soleil. En dépit de la menace, toujours présente, incessante, elle se sentit tout à coup heureuse. Parce que J.P. était là ?

— Le reste de la nuit a été calme ? demanda-t-elle.

— Par chance, oui.

Le souvenir des événements de cette nuit effaça soudain sa brève bouffée de joie.

— Quand partons-nous en ville ?

— Je prendrai la route vers 9 heures.

— « Je » ? Tu veux que je reste ici ?

Il ne lui répondit qu'après avoir bu une longue gorgée de café.

— Oui, parce que c'est trop dangereux. Comme je m'y attendais, cet individu ne veut pas que je donne la balle au shérif Adams. Il a voulu rendre les véhicules inutilisables. Il tentera probablement de m'empêcher d'atteindre Cascade. N'oublie pas notre accident de l'autre jour ; il a failli nous coûter la vie. Je ne veux pas te faire courir de risques.

— Mais toi, tu te mets délibérément en danger !

— Non. Je te mets en sécurité.

— Je vois... Rien de ce que je te dirai ne te fera changer d'avis, conclut-elle avec un soupir résigné.

— En effet.

Il lui sourit.

— Reste au ranch tranquillement, avec tes hommes. Ce sont de braves types.

— Et toi, sois prudent, promets-le-moi, J.P. C'est ta vie que tu mets peut-être en danger.

La gorge serrée, elle se tut et contempla le visage souriant de J.P.

— Je te le promets.

Un silence tomba.

— Au fait..., reprit-elle. J'aimerais que tu m'accompagnes à Los Angeles pour mon rendez-vous avec Thomas.

Elle attendit sa réaction. Il souriait toujours.

— Volontiers. De toute façon, je devais retourner à Los Angeles pour nourrir Fred, mon poisson rouge. Le pauvre est à la diète depuis mon départ.

Elle sourit à son tour, amusée par ses efforts pour détendre la situation.

— Mais le seul fait de penser à Los Angeles me rend déjà nostalgique de l'Idaho, poursuivit-il.

— Sous le charme de ses montagnes ? demanda-t-elle en haussant un sourcil.

— Comment ne pas les aimer ? répondit-il dans un murmure, admirant le soleil qui passait entre les branches des pins. Air frais, grands espaces et calme souverain. Pas de réseau téléphonique...

Mais un individu déterminé à nuire à celle qui lui était désormais plus précieuse que tout.

Frappé par cette pensée, il se tut, reprit son mug et termina son café.

— Il faut vraiment que j'y aille, Eve. Ça ira pour toi ?

— Ai-je le choix ?

Puis, avec un soupir bien appuyé, elle ajouta :

— Tout cela, c'est ta faute, J.P.

— Ma faute ? dit-il, soudain inquiet.

Eve avait-elle découvert son implication dans l'affaire de l'enlèvement et de la mort de sa demi-sœur ?

— Oui ! A cause de toi, je sors, je m'expose et je me révèle ! Je ne me reconnais plus mais, finalement, j'en suis ravie...

Elle leva sur lui un regard étincelant de larmes contenues.

Il eut le cœur serré.

— Tu es une femme extraordinaire, Eve...

Sur ces mots, il reposa son mug pour lui caresser la joue.

— La plus courageuse.

Il posa ses lèvres sur son front. Une odeur de frais et de roses monta de sa chevelure. Cette douceur florale provoqua comme une explosion dans les tréfonds de son corps, laquelle se répercuta jusque dans ses terminaisons nerveuses. Enflammé, il ne résista pas et l'embrassa.

Un gémissement s'échappa d'entre les lèvres d'Eve, qu'il recueillit sur sa bouche avant de couvrir sa gorge de baisers.

Il appuya ses lèvres sur la partie de son visage qui avait été abîmée. Sentant qu'elle allait protester, il coupa court.

— La plus belle..., conclut-il en mordillant le lobe de son oreille.

Il reprit sa bouche et, après un moment, recula pour la regarder droit dans les yeux. Il avait une mission à accomplir et, s'il cédait à son désir, il la perdrait de vue.

— Tu es plus belle que jamais... Ne laisse personne tenter de te convaincre du contraire, Eve ! Jamais, tu m'entends ?

Cela dit, il s'éloigna, de peur de faiblir.

C'est sans se retourner qu'il partit.

Longtemps Eve resta sous la galerie. Elle regarda J.P. sortir son Explorer du garage et prendre la route, Tyler Spangler à sa suite dans le pick-up du ranch. Tyler allait en effet chercher Devon et son chien Hank pour les ramener au ranch.

Les paroles de J.P. résonnaient dans sa tête. Et, partout où il l'avait embrassée, elle se sentait encore frémir et vibrer.

Que deviendrait-elle s'il arrivait malheur à J.P. ?

Par un effort de volonté et d'optimisme, elle repoussa cette pensée sinistre et se leva. Elle avait beaucoup de travail et se tiendrait occupée jusqu'à son retour. A quoi bon s'inquiéter, envisager le pire ?

Mais quand même... Si jamais...

J.P. lui avait redonné goût à la vie, et elle voulait qu'il la réenchante pour toujours.

En franchissant le col étroit, J.P. lut sur le panneau qu'il se trouvait à une altitude de deux mille cinq cents mètres. Seulement ? Il avait le sentiment de se trouver sur le toit du monde tant la vue était époustouflante. C'était des montagnes à perte de vue... Hélas ! il n'avait pas le temps de s'absorber dans leur contemplation.

Il reporta son attention sur la route bordée de buissons denses et de pins. Enfin, il consulta le rétroviseur et constata que Tyler Spangler le suivait à une centaine de mètres.

Il se détendit. Si le harceleur d'Eve devait tenter, d'une façon ou d'une autre, de lui reprendre son précieux indice, il aurait un soutien en la personne de Tyler.

Sur ces entrefaites, il prit un virage mais freina aussitôt, se rappelant l'accident qui aurait pu leur coûter la vie, à Eve et à lui.

Il consulta de nouveau son rétroviseur et remarqua que Tyler s'était rapproché. Logique. Spangler avait l'habitude de ce trajet et connaissait mieux que lui chaque virage de cette route dangereuse.

Bong !

Brusquement projeté vers l'avant, il ne dut qu'à sa ceinture de sécurité de ne pas passer à travers le pare-brise.

— Bon sang ! Que se passe-t-il encore ? s'exclama-t-il d'une voix sans timbre.

Il regarda dans le rétroviseur et vit le pick-up de Tyler maintenant tout proche.

Aurait-on saboté les freins du pick-up, au cours de la nuit dernière ? Dans ce cas, l'Explorer pourrait-il faire tampon et freiner sa vitesse ?

Le pick-up emboutit derechef l'arrière de l'Explorer. De nouveau, J.P. fut projeté vers l'avant. Il garda le regard fixé sur la route, mais un mouvement dans le rétroviseur extérieur attira son attention.

Tyler venait de déboîter et cherchait à percuter latéralement l'Explorer.

J.P. comprit alors.

Les freins du pick-up n'avaient pas été sabotés ! Tyler Spangler était l'auteur de la première tentative de meurtre sur cette même route. Et il récidivait aujourd'hui pour l'empêcher de se rendre chez le shérif.

Les deux véhicules roulèrent bientôt côte à côte. J.P. freina, mais Tyler manœuvra adroitement pour rester à sa hauteur. Son pick-up percuta l'Explorer qui se déporta, et le choc provoqua un horrible froissement de métal.

Les mains crispées sur le volant, J.P. redressa l'Explorer tant bien que mal, puis ralentit. Comme Tyler freinait par nécessité, J.P. reprit une faible avance.

L'homme qui harcelait Eve avait toujours été au ranch, et proche. Trop, justement. Comment avait-il pu à ce point manquer de discernement ?

La rage l'envahit.

Le pick-up était plus lourd que l'Explorer, mais J.P. se savait excellent conducteur et au moins aussi déterminé à rester en vie que Tyler à l'éliminer. Il n'abandonnerait certainement pas Eve aux mains de Tyler Spangler !

Ils arrivaient à la hauteur des panneaux avertissant du

danger des virages en épingle et recommandant de ralentir jusqu'à trente kilomètres à l'heure.

J.P. serra les dents. La stratégie de Spangler était claire : forcer l'Explorer à sortir de la route et à plonger dans le ravin. Si cette terrible chute ne le tuait pas, Tyler Spangler l'achèverait d'une balle en plein cœur.

Alors il mûrit sa propre stratégie. Pour commencer, il accéléra en dépit du danger, afin de conserver sa légère avance sur le pick-up. Puis il occupa le milieu de la route, en espérant qu'aucun véhicule n'arriverait en face.

Dans son rétroviseur, il vit que Spangler, momentanément distancé, accélérait. Il serra plus fort le volant et zigzagua pour l'empêcher de le doubler.

Lorsqu'il eut dépassé les panneaux d'avertissement, J.P. accéléra davantage en dépit du risque, sans quitter le milieu de la route. Dès qu'il fut engagé dans le premier virage, il braqua au maximum vers la gauche, dégageant l'accès par la droite, puis ralentit à peine.

Spangler agit conformément à ses prévisions ; il le doubla par la droite, de surcroît à une vitesse folle. Tous deux arrivaient à la pointe du virage, mais Spangler, concentré sur son désir de le doubler pour le percuter par un nouveau choc latéral, s'en rendit compte trop tard. Lancé, il coupa le virage et continua tout droit.

Le pick-up défonça la glissière de sécurité et disparut dans le ravin.

13

J.P. freina, se gara, déboucla sa ceinture de sécurité, mit les feux de détresse et sortit de l'Explorer. Il courut jusqu'à la pointe du virage et vit au fond du ravin, environ soixante mètres plus bas, le pick-up du ranch. Dans sa chute, le véhicule avait emporté des buissons et des branches. Seul un vieux pin était resté intact.

Il fouilla le ravin des yeux. Si Spangler avait survécu à l'accident, ce serait un miracle... mais il devait s'en assurer.

Un bruit de moteur l'amena à reporter son attention sur la route.

Un couple âgé dans une voiture immatriculée dans le Montana ralentit et se gara devant l'Explorer. Le conducteur mit également ses feux de détresse et vint le rejoindre.

— Vous allez bien ? lui demanda l'homme, inquiet. Que s'est-il passé ?

— Un pick-up qui n'a pas négocié le virage... Je vais voir si le conducteur est encore vivant. J'aimerais que vous appeliez le 911.

— Nous arrivons du ranch B&B Wapiti Meadow. Nous allons y retourner pour passer notre appel.

— Je vous remercie.

L'homme regagna son véhicule et reprit aussitôt la route.

J.P. descendit dans le ravin aussi vite qu'il le put en se retenant aux branchages et aux racines.

Du verre et divers débris de carrosserie jonchaient les lieux. Une odeur de carburant lui parvenait, de plus en plus forte au fur et à mesure qu'il se rapprochait. Par chance, le pick-up fonctionnait au gazole et non à l'essence, sinon il aurait déjà explosé. Il l'atteignit enfin et se mit à genoux pour regarder à l'intérieur par la vitre de la portière côté passager, qui avait volé en éclats.

Personne.

Troublé, il se leva et regarda autour de lui avec inquiétude et méfiance.

— Spangler ? Où es-tu ? Tu m'entends ?

Un déclic attira son attention vers la droite, à quelques mètres de l'endroit où il se trouvait.

Il fit volte-face et aperçut Tyler Spangler qui gisait dans un carré d'herbe, près d'arbres récemment abattus. La gravité de son état le souleva d'une nausée. Tyler avait été éjecté de son véhicule et s'était empalé sur une branche qui traversait son torse de part en part. Mais il était toujours vivant et braquait un pistolet sur lui. Même grièvement blessé, il restait dangereux.

— Tu as besoin d'aide, Spangler !

Il n'aurait jamais dû descendre sans arme, songea-t-il avant de faire quelques pas prudents.

— Eve ne paiera jamais la rançon, poursuivit-il. Elle m'a engagé pour mettre la main sur le ravisseur de Thomas Avery qui est devenu son harceleur. Tu perds ton temps, Spangler.

— Je... sais... je...

La voix de Spangler était faible, presque inaudible.

— On avait... décidé... de... partager... l'argent... en trois parts... si... on réussissait...

— Trois parts ? Qui sont les autres, Tyler ?

Il avait donc des complices ? A cette pensée, la panique gagna J.P. Décidé à soutirer un maximum d'informations à Tyler, il se rapprocha encore, toujours avec prudence.

— Qui est le cerveau, Tyler ? Grimes ?

— Il est mort...

— Roger Grimes est mort ? Comment le sais-tu ?

Il fit un autre pas.

— C'est toi qui l'as tué ? insista-t-il.

Spangler dodelina de la tête.

J.P. riva son regard au sien. Soudain, Tyler poussa son dernier soupir ; avant de se détendre, tous ses muscles se crispèrent, si bien que le coup partit de son pistolet. J.P. n'eut que le temps de se jeter à plat ventre, mais la balle effleura sa tempe avant de se ficher dans le sol en projetant un nuage de poussière.

Roulant sur le dos, J.P. se frotta les yeux et fixa le ciel. Il s'en était fallu de peu pour que la balle se loge dans son crâne ! Maintenant, que faire ? Attendre les secours…

Il leva le bras et consulta sa montre. 9 h 45. Il faudrait un bon moment avant qu'ils arrivent…

Soudain très las, il ferma les yeux. Il vit aussitôt le visage d'Eve auquel il sourit.

— Ryker ?

La voix du shérif Adams le ramena à la réalité.

— Ça va, Ryker ?

J.P. ouvrit les yeux. Le shérif et deux de ses hommes étaient penchés sur lui. Il cilla, porta la main à sa pommette droite et grimaça de douleur. Lorsqu'il retira ses doigts, ils étaient couverts de sang.

— Ça va, shérif, répondit-il enfin, certain de s'être endormi.

Il s'efforça de se ressaisir et avisa le pick-up de Spangler. Après s'être assis, il se releva et enfin s'épousseta.

— Vous avez trouvé le corps de Spangler ? demanda-t-il en montrant au shérif l'endroit où il se trouvait.

— Oui. Que s'est-il passé au juste ?

— Il a essayé de me faire quitter la route… Il a presque réussi, mais c'est tout de même lui qui a versé dans ce ravin. Je suis descendu pour lui porter secours, et il m'a menacé. Il a reconnu avoir voulu s'emparer de l'argent de miss Brooks. Il avait des complices dont Roger Grimes, manifestement. Quand je l'ai pressé de me parler de ce dernier et de ses implications dans cette affaire, il a dit que Grimes était mort. Enfin, il a tiré involontairement alors qu'il expirait, et j'ai été touché à la pommette.

— C'est la stricte vérité, shérif, intervint l'un des hommes qui était accroupi auprès corps de Spangler et étudiait la position de l'arme.

Spangler la tenait toujours, avec le doigt désormais crispé sur la détente.

— Il vous a dit que Grimes était mort ? fit le shérif qui l'observait toujours avec attention.

— Oui. Je lui ai demandé si c'est lui qui l'avait tué, mais il est mort avant de pouvoir me répondre.

J.P. consulta sa montre.

— Il est 10 heures seulement ? s'étonna-t-il, tapotant le cadran pour s'assurer qu'elle fonctionnait bien. Vous avez l'heure, shérif ?

— Oui, il est 10 heures.

— Mais… comment avez-vous fait pour arriver si vite sur les lieux ? Il est impossible que vous ayez été averti de l'accident !

Puis il comprit.

— Vous vous rendiez au ranch Clayton, n'est-ce pas ?

— C'est exact. Nous avons reçu un appel, vers 8 heures ce matin, de la part d'Edith Weber. Elle venait de découvrir son neveu, Roger Grimes, dans son ranch, tué par balle. Il s'agirait d'un suicide.

— Bon sang ! Spangler savait que Grimes était mort. Soit parce qu'il est passé chez lui et a découvert le corps, soit parce que c'est lui qui l'a tué. Quoi qu'il en soit, ils étaient sûrement complices.

— Je vous crois, mais je dois en en avoir la preuve, Ryker.

— Je comprends, shérif, répondit J.P. en fouillant dans sa poche de pantalon.

Il en sortit la balle.

— Je l'ai retirée du pneu du pick-up de Spangler. Je pense que votre équipe balistique va déterminer si cette balle vient d'un .308 et correspond à la douille que vous avez déjà en votre possession.

Il la tendit au shérif.

— Je récapitule. Vous affirmez que Grimes et Spangler auraient été de mèche pour contraindre miss Brooks à payer une rançon qui ne l'a jamais été, dit le shérif Adams en tendant la balle à l'un de ses hommes qui la mit dans un petit sachet en plastique.

— Ils ont harcelé et terrorisé Eve Brooks. Quant au mobile...

En se remémorant les derniers mots de Spangler, J.P. se tut. Il avait en effet affirmé qu'ils partageraient le butin en trois parts. Qui était la troisième personne ?

— Cela vous ennuie si je vous accompagne au ranch Clayton ? demanda-t-il, mû par une inspiration.

— Non, au contraire ; j'allais vous le proposer. Votre avis m'intéresse. L'officier Richards pourra prendre votre déposition là-bas.

J.P. opina et jeta un coup d'œil à la pente escarpée qu'il devait remonter.

— On y va, shérif.

Et, sans regarder derrière lui, il gravit la pente. La sécurité d'Eve le préoccupait plus que jamais. Tant qu'il ne connaîtrait pas l'identité du troisième homme, elle était en danger.

Perplexe, J.P. observait le corps de Roger Grimes. Il se pencha pour scruter mieux sa nuque.

— Shérif ? Vous pouvez venir quelques instants ?

Le shérif Adams s'approcha et braqua sa minitorche dans la direction que J.P. lui montrait.

— Regardez, là... Vous voyez ces deux marques rouges, juste à cet endroit ?

— Oui.

— Ce sont des brûlures de pistolet à impulsion électrique.

— Un Taser ?

— Oui. J'ai déjà vu ce genre de marques sur des victimes d'enlèvement. Les agresseurs les neutralisent avec un Taser.

Pas de bruit, et une victime paralysée donc incapable de lutter, de prendre la fuite ou de crier.

— Bravo, Ryker. Bon boulot.

— Merci.

— Dès que le coroner arrivera, nous aurons l'heure de la mort. L'usage d'un Taser infirme la thèse du suicide. Tyler Spangler aurait tué Grimes ?

— Je ne sais pas encore, mais une chose est désormais certaine : c'est Grimes qui a tiré sur Eve et sur moi, lorsque nous étions à la cascade.

— Qu'est-ce qui vous permet de l'affirmer, Ryker ?

— Regardez la main gauche de Grimes. Je comprends pourquoi il portait des gants, l'autre jour. Vous voyez ?

Le shérif Adams acquiesça.

— Miss Brooks avait donc bel et bien touché le tireur. Vous aviez raison, Ryker.

J.P. opina et regarda dans la salle à manger, cherchant de nouveaux indices, puis il se rendit dans la cuisine. Sur la table, il trouva des ciseaux, ainsi qu'une pile de magazines, publicités et journaux découpés.

— Shérif ?

Adams le rejoignit dans la cuisine.

— Qu'est-ce que c'est ? fit-il. On se croirait dans un atelier d'art...

— Grimes a composé sa demande de rançon, qu'il a ensuite jetée scotchée sur une pierre dans la fenêtre de la chambre d'Eve Brooks. Il a composé ce message à l'aide de lettres découpées dans ces magazines, journaux, etc.

— Vous l'avez toujours ?

— Non. J'ai demandé à Edith Weber de l'envoyer à un laboratoire d'analyses, mais nous savons maintenant que Grimes en était l'auteur.

Là-dessus, J.P. montra une paire de gants en latex, qui se trouvait à côté d'un tube de colle.

— Nous avons la preuve que Grimes et Tyler étaient complices.

Mais il y a une troisième personne. Il faut vite mettre la main dessus avant que cet individu ne s'attaque à Eve Brooks.

— Je suis d'accord avec vous. Je vais tout de suite appeler des renforts, et nous allons nous rendre au ranch des Bridal Falls. Fouiller le chalet de Tyler devrait nous fournir une ou plusieurs pistes.

— Je n'en doute pas. Cela vous ennuie, si je continue de regarder ?

Le shérif Adams fit signe que non.

— Je vous en prie.

— Merci.

J.P. continua donc sa chasse aux indices. D'après ce qu'il voyait, Grimes semblait avoir été un homme honnête et travailleur. Dans ces conditions, pourquoi était-il devenu criminel ? Et Tyler ? Il ne le savait pas encore, mais il espérait vite le découvrir.

J.P. revint dans le salon au moment où l'officier Richards entrait.

— Shérif, j'ai trouvé un .308 et d'autres armes dans le garage.

— Vous n'auriez pas repéré un Glock 9 mm avec les initiales JPR et un ordinateur portable ? demanda J.P.

— Si, justement.

— Ils vous appartiennent ? s'enquit le shérif.

— Oui. On me les a volés la nuit de mon arrivée. Je n'ai pas déclaré leur vol à la police parce que je ne voulais pas ébruiter les raisons de ma présence au ranch et attirer l'attention sur moi. Personne en effet ne les connaissait.

— Mais Grimes, si. Et Tyler. Etrange, non ?

— Effectivement, convint J.P. de plus en plus troublé et soucieux.

— D'un autre côté, tout se sait dans la région. Dès que possible, nous vous rendrons votre Glock et votre ordinateur.

— Merci. Maintenant, si vous voulez bien m'excuser…

J.P. sortit. Il avait besoin d'air frais ainsi que de temps pour réfléchir. Tyler Spangler aurait tué Roger Grimes et maquillé son crime en suicide, mais pourquoi ?

Un bruit de sabots lui fit tourner la tête. Il cilla face au soleil et mit la main au-dessus des yeux.

C'était Eve.

Edith lui avait sans doute annoncé la mort de Grimes, mais cela n'expliquait pourquoi elle avait eu l'imprudence de venir au ranch de Grimes.

J.P. grimaça. Il répugnait à lui révéler l'accident et la mort de Tyler ainsi que ses liens avec le harcèlement et les menaces dont elle était victime. La pilule serait difficile à avaler... Eve appréciait Tyler. Comme lui, d'ailleurs.

Eve passa devant l'Explorer, emboutie et cabossée, et tira sur les rênes de Ginger qui s'arrêta. Levant les yeux, elle vit J.P. s'approcher.

Sinistre.

Tel est le mot qui lui vint à l'esprit lorsqu'elle vit son expression.

Elle mit pied à terre, attacha Ginger à un poteau et alla à sa rencontre.

— Mon Dieu, J.P. ! Que s'est-il passé ?

Elle lui caressa la joue.

— Un nouvel accident ?

Il lui prit les poignets et l'attira à lui.

— Eve, écoute-moi. Tyler est mort.

— Quoi ?

Comme elle défaillait, il la retint.

— Oh non ! Pas lui ! s'exclama-t-elle, les larmes aux yeux, le revoyant toujours dévoué et souriant. Que s'est-il passé ?

— Il a essayé de me faire quitter la route dans les virages en épingle. Mais il a mal négocié le premier... Il l'a coupé, et le pick-up a plongé dans le ravin...

Accablée, elle s'affaissa contre lui et, les yeux fermés, essaya d'assimiler ce qui venait de se passer.

— Tyler a vraiment voulu te tuer ? récapitula-t-elle.

— Oui.

— Mais pourquoi ? A moins que...

— Il était lié à l'enlèvement de Thomas Avery et aux menaces pour te contraindre à payer la rançon.

Son cœur se serra tandis qu'elle comprenait. Un homme en qui elle avait confiance l'avait trahie.

— C'est incompréhensible..., murmura-t-elle. Quoi qu'il en soit, cela ne m'explique pas pourquoi tu es ici avec le shérif.

— Edith ne t'a donc rien dit ?

— Mais non ! Je lui ai donné sa journée et je ne l'ai pas vue depuis ce matin. Si je suis venue, c'est parce que j'ai reconnu l'Explorer. J'étais dans les pâturages du sud-ouest, avec Ruckus, en train de rassembler les vaches.

— Roger Grimes est mort aussi.

— Roger... Oh ! Mon Dieu... il faut que je m'assoie.

Elle se laissa tomber sur une marche de l'escalier de la galerie.

— Que lui est-il arrivé ?

— Au premier abord, cela ressemblait à un suicide, mais Grimes a des marques de Taser dans le cou. On l'a paralysé pour ensuite le tuer. Selon le shérif Adams, Edith a appelé le 911 ce matin.

— Mais c'est terrible ! s'écria-t-elle, prise de nausée. Il était complice ?

— De Tyler ? Oui. On a retrouvé des indices accablants. Grimes est l'auteur de la demande de rançon que tu as reçue l'autre nuit. On a aussi retrouvé son .308 et mon Glock, ainsi que mon ordinateur. Grimes et Spangler étaient complices. Mais qui a fait quoi, on ne le saura peut-être jamais...

— Comment ai-je pu être aussi naïve ?

— Ne te reproche rien, Eve. Moi non plus je n'ai pas soupçonné Tyler un instant. Pourtant, c'est mon métier.

Elle sourit à l'humble aveu, puis se rembrunit en songeant à Grimes et à Spangler.

La voix du shérif s'éleva.

— Miss Brooks ?

Elle resserra les pans de son foulard autour de son visage. J.P. la prit par la main et l'aida à se relever.

— Oui ?

— M. Ryker vous a appris la mort de Tyler Spangler, j'imagine.

— Oui.

— J'aimerais perquisitionner le chalet qu'il occupait. Comme il se trouve sur votre propriété, vous devez nous en donner l'autorisation. Sinon, il nous faudra un mandat de perquisition.

— Vous avez mon autorisation, bien entendu.

— Merci. Nous nous y rendrons dès que nous en aurons terminé ici et que le coroner sera arrivé.

J.P. attendit que le shérif se soit éloigné pour reprendre la parole.

— Eve, j'ai un service à te demander.

— Soigner ta pommette ? Volontiers. Parce que ce n'est pas une simple égratignure, J.P. !

Il secoua la tête.

— Il ne s'agit pas de ça. Je veux savoir qui connaissait la teneur du tout premier message du ravisseur de Thomas.

Elle contint un frisson.

— Edith... Je le lui ai montré, après l'avoir trouvé sous mon essuie-glace à Los Angeles. Elle a aussi pris l'un de ses appels, par la suite.

Agitée, elle trébucha. J.P. la retint.

— J.P... tu penses qu'Edith est complice ?

— Oui. Cela semble logique. Tu lui as donc donné sa journée ?

— Oui.

— Sais-tu si elle est au ranch ?

— Non... Je n'ai pas vu sa Buick.

— On rentre.

Il l'attira à lui.

— Je vais bientôt faire toute la lumière sur cette affaire, Eve, je te le promets.

Puis, après une pause, il ajouta avec force :

— Je ne laisserai plus personne te harceler. Te terroriser.

14

Avec un frisson d'effroi rétrospectif, à la pensée que sa blessure aurait pu être plus grave, sinon mortelle, Eve appliqua le coton imbibé de désinfectant sur la pommette de J.P.

Soudain, J.P. lui caressa le bras. Surprise et émue, elle faillit en lâcher son flacon.

— Je suis soulagé que tu n'aies pas été avec moi dans la voiture, dit-il.

— Moi aussi.

Elle finit de désinfecter la blessure et y appliqua une pommade antibiotique.

— C'est fini, n'est-ce pas ? Dis-moi que ce cauchemar est terminé.

— Bientôt. Tant que nous n'aurons pas identifié la troisième personne...

— Je redoutais de t'entendre dire cela.

— J'en suis désolé...

Il se leva.

— Le shérif et ses hommes sont arrivés il y a cinq minutes. Je vais les rejoindre. J'aimerais être présent quand ils fouilleront le chalet de Tyler.

Elle acquiesça.

— J.P. ? fit-elle à mi-voix.

— Oui ?

— Je suis vraiment contente que tu sois sain et sauf. Je n'aurais pas supporté que... que tu perdes la vie...

Il ne répondit pas. Il lui leva le menton et l'embrassa.

Le désir, latent et très doux, entretenu par l'attente et l'adrénaline, monta en elle. Elle avait le souffle court quand J.P. recula, un sourire aux lèvres.

— A tout à l'heure. Surtout, ferme bien derrière toi.

— Promis !

Elle le suivit jusque sur le pas de la porte de son atelier et le regarda s'éloigner, étrangement rassurée par le bruit de ses pas sur le plancher. Puis elle ferma la porte à clé. Enfin, les jambes tremblantes, elle se dirigea vers le canapé et, à bout de forces, se laissa tomber dessus.

J.P. songeait au baiser qu'il venait d'échanger avec Eve et dont il sentait encore le goût délicieux sur ses lèvres. Il revint à la réalité en apercevant la voiture du shérif garée devant le chalet de Tyler. Il monta les marches du perron et vit le shérif et l'officier Richards qui perquisitionnaient déjà.

— Du nouveau ? demanda-t-il.

— Non. On n'a rien trouvé, répondit le shérif. Pas même une arme. Mais vous voyez peut-être quelque chose qui aurait échappé à notre attention ?

J.P. regarda autour de lui et remarqua une petite fiole vide, sur la table de nuit.

— Intéressant..., fit-il. L'autre jour, on a drogué la jument d'Eve Brooks avec de la fluphénazine, ajouta-t-il en s'en approchant. Je pensais que c'était Grimes...

Il s'accroupit devant la table de nuit pour lire l'inscription sur la fiole.

— C'est de la fluphénazine. Ce n'est donc pas Grimes qui a drogué la jument d'Eve, mais Spangler.

Se demandant toujours qui était le complice des deux hommes, il se releva.

— Shérif, venez voir ! s'exclama soudain Richards qui sortait un sac du réfrigérateur.

Le shérif Adams et J.P. le rejoignirent. J.P. reconnut le couteau et le carnet de croquis d'Eve.

— Bon sang ! Ce sont les indices que l'on m'a volés !

— Eh bien, on a désormais la preuve que Tyler Spangler était impliqué dans cette affaire, conclut le shérif Adams. On emporte tout. J'espère que la jument de miss Brooks va bien, désormais ?

— Oui. Grâce au vétérinaire qui a pu venir d'autant plus vite qu'il était dans un ranch voisin.

— Ravi de vous l'entendre dire.

— Si nous en avons terminé ici, je retourne auprès d'Eve, reprit J.P. Je serai au ranch, si vous avez besoin de quoi que ce soit.

— Merci, Ryker, dit le shérif Adams en lui serrant la main avec chaleur. Richards ? Rends son Glock et son ordinateur à M. Ryker. On n'en a plus besoin.

L'adjoint obtempéra.

J.P. le remercia, vérifia son arme et la remit dans son holster. Il prit ensuite son ordinateur.

— Vous nous avez beaucoup aidés dans le cadre de cette enquête, Ryker. Si vous décidez de quitter Los Angeles et si vous cherchez du travail, venez donc me voir.

J.P. sourit.

— Merci.

Impatient de retourner auprès d'Eve, il sortit et se rendit soudain compte qu'il n'avait pas refusé la proposition du shérif.

Eve tendit des mouchoirs en papier à Edith.

— Je suis désolée, Edith. Vous devriez peut-être consulter un thérapeute afin de lui raconter… Cela pourrait vous aider à surmonter le choc.

Edith Weber se tamponna les yeux et renifla.

— Peut-être… Une fois que ma sœur et son mari seront arrivés pour organiser les funérailles.

Eve était désolée pour Edith. D'un autre côté, elle était soulagée que son cauchemar touche à sa fin. Tout en observant son assistante en larmes, elle se demanda si cette dernière avait joué un rôle dans cette affaire, comme J.P. semblait le penser. Edith avait-elle fourni, volontairement ou non, des informations à Grimes et à Tyler ?

— Edith, je sais que le moment est mal choisi, mais j'aimerais vous poser quelques questions...

Elle s'interrompit, hésitant. Ne valait-il pas mieux attendre J.P. pour l'acculer ? Puis elle se dit qu'elle était capable de gérer la situation. Après tout, Edith était son employée. Que risquait-elle ?

— Bien entendu, répondit Edith.

— Vous savez pourquoi j'ai engagé J.P. Ryker, n'est-ce pas ?

— Oui. A la suite des menaces téléphoniques que vous avez reçues, il y a un mois.

— Aujourd'hui, J.P. et le shérif Adams ont découvert que Roger Grimes et Tyler Spangler voulaient me contraindre à payer la rançon que le ravisseur de Thomas n'a jamais eue.

L'attitude d'Edith changea tout à coup. Elle croisa les bras et se laissa aller contre le dossier du canapé.

— Dois-je comprendre que vous m'accusez de complicité, miss Brooks ?

Eve prit une grande inspiration et remarqua au passage qu'Edith avait cessé de pleurer.

— Le fait est qu'on les a informés..., reprit-elle posément. Sur mes faits et gestes. Sur les instructions que le ravisseur de Thomas m'avait données. Et vous les avez également entendues, mot pour mot, quand il m'a relancée. C'est aussi à vous que j'ai montré la lettre que j'ai reçue au moment où Thomas a été enlevé. Vous êtes par ailleurs la seule à avoir accès à mon agenda. Je vous ai enfin confié des détails relatifs à mon passé, des choses que personne d'autre que vous ne pouvait savoir.

Au fur et à mesure qu'elle parlait, Eve gagnait en lucidité et, enfin, comprenait. Elle prenait conscience de la somme d'informations qu'elle avait communiquées à son assistante au cours des derniers mois.

Sur l'enlèvement de Thomas.

Sur son accident.

Sur l'échec de la remise de la rançon.

Elle se tut alors et dévisagea Edith dont le regard brusquement s'étrécit.

— Je pense que notre collaboration va s'arrêter là, miss Brooks.

Eve resta immobile, silencieuse et sur ses gardes. Elle continua de dévisager son assistante qu'elle pensait si bien connaître tandis que celle-ci se levait et prenait son sac à main.

— Inutile de me licencier. Je démissionne, ajouta-t-elle.

Sa colère devenait perceptible. Où était J.P. ? se demanda Eve, inquiète. Tout compte fait, elle aurait dû l'attendre.

Le visage déformé par la haine, Edith reprit :

— Je débarrasserai mes affaires cet après-midi.

Parcourue par un frisson glacé, Eve prit conscience du danger seulement au moment où Edith plongea la main dans son sac et en tira un Taser qu'elle braqua sur elle.

Eve se déporta pour en éviter le tir, mais elle fut trop lente. Elle fut aussitôt traversée par un courant électrique. Ses dents s'entrechoquèrent, et chaque muscle de son corps se tétanisa. Ce fut à la fois très intense et extrêmement douloureux.

Elle tomba comme une masse sans pouvoir se retenir à quoi que ce soit.

Tout de suite, Edith se jeta sur elle.

Sidérée et pétrifiée, au propre comme au figuré, Eve ne put que fixer le plafond.

Son cri s'étouffa dans sa gorge ; sa langue était devenue épaisse et ne lui obéissait plus.

— Pourquoi n'avez-vous pas payé ? s'écria Edith, furieuse. Ce n'est pas comme si vous étiez aux abois. Et maintenant, si personne ne paie...

Elle sortit du ruban adhésif de son sac et en détacha un morceau à la hâte.

— Nous devions diviser notre butin en trois parts. Vous avez une idée de tout ce qu'on aurait pu faire avec cet argent ?

La question était de pure forme, évidemment, car Eve était

réduite au silence. Edith lui colla le morceau d'adhésif sur la bouche.

— Quand les deux appels de l'ex-ravisseur de Thomas vous sont parvenus, il y a un mois, j'ai saisi ma chance. Mon plan était sur le point de réussir, mais il a fallu que vous engagiez Ryker, qui a mis son nez partout. J'ai su que je courais aux ennuis dès le moment où il est sorti de l'hélicoptère. Roger a commencé à devenir nerveux et puis, récemment, il a décidé de tout raconter au shérif. Quel imbécile ! Je ne pouvais pas le laisser tout détruire !

Eve était horrifiée. C'était donc Edith qui avait imaginé ce plan après que l'ancien ravisseur de Thomas l'ait par deux fois relancée. Elle aurait trouvé son stratagème brillant s'il n'avait été absolument terrifiant.

Edith lui arracha son foulard et la fit rculer sur le ventre afin de lui lier les poignets.

— Je ne peux pas vous porter, dit-elle une fois que ce fut fait. Vous allez donc devoir marcher. Les hommes sont occupés à marquer les veaux, et Ryker est avec le shérif dans le chalet de Tyler. Quant à Charleen, elle fait la sieste. Faisons vite.

Edith ahana en la redressant et l'adossant contre le sofa. Elle se rendit ensuite dans la cuisine et en revint avec un couteau.

— Si jamais vous tentez quoi que ce soit, je détruirai ce qu'il reste de votre joli visage.

Eve fut frappée par la détermination d'Edith. Cette dernière était désespérée et, comme tous les gens dans sa situation, prête à commettre les actes les plus fous. Comment avait-elle pu être aussi crédule ? se demanda-t-elle de nouveau, consternée. Edith Weber, qu'elle croyait si douce, si dévouée, et qui avait été en quelque sorte sa confidente, la menaçait d'un couteau.

J.P., où es-tu ?

— Levez-vous ! ordonna Edith en la pinçant au bras.

La douleur irradia dans tout son corps, et Eve eut un soubresaut. Une lueur de satisfaction brilla dans le regard d'Edith.

— On y va !

Eve se redressa tant bien que mal en s'appuyant sur Edith qui l'aida sans cesser de la menacer.

La panique la gagna quand elles atteignirent le haut de l'escalier. Si seulement J.P. pouvait venir à sa rescousse !

Elles descendirent les marches. Sa peur s'accrut lorsqu'elle vit la Buick verte d'Edith, garée non loin, le coffre ouvert. Sans doute Edith allait-elle l'y enfermer. Alors, elle serait totalement prisonnière. A sa merci.

— Ne tentez même pas de fuir..., lui souffla Edith au même moment.

Elle posa la pointe de son couteau contre ses reins. Eve sentit la pointe acérée lui percer la peau, et aussitôt le sang se mit à couler.

Toutes deux se rapprochaient inexorablement de la Buick.

Il fallait qu'elle réagisse. C'était sans doute sa dernière chance ! songea Eve en se projetant vers l'avant. Malheureusement, elle perdit l'équilibre. Edith en profita pour la rattraper et la pousser dans le coffre. Elle y tomba rudement, et Edith lui replia les jambes à la hâte.

Un sursaut de rage lui donna la force de lui décocher un coup de pied.

— Arrêtez ! ordonna Edith entre ses dents.

Jamais !

Eve donna un nouveau coup qui, cette fois, ne rencontra que le vide. Tant pis. Elle frappa encore et encore et, pour finir, changea d'angle d'attaque. Cette fois, elle atteignit Edith.

Mais cette dernière reprit son Taser, et Eve, touchée, eut de nouveau la sensation que ses muscles se recroquevillaient tandis qu'elle se retrouvait le visage plaqué sur le tapis de coffre.

Elle ne pouvait plus respirer.

Le soulagement l'envahit quand Edith la retourna sur le dos.

— J'aurais dû vous laisser mourir. Mais morte, vous ne me serez plus d'aucune utilité !

Edith lui replia les jambes.

Son visage irrité disparut de sa vue quand elle rabattit le coffre.

Eve réunit toute son énergie pour lever sa jambe droite

afin d'entraver la fermeture du hayon ; le bas de son pantalon y resta coincé, dépassant sans le moindre doute à l'extérieur.

En entendant la portière côté conducteur se refermer et Edith démarrer, elle ferma les yeux et pria pour que J.P. repère le morceau de tissu coincé dans le coffre. Puis le souvenir de Shelly lui vint à l'esprit. Alors l'horreur s'empara d'elle et la fit hurler, malgré le ruban adhésif. Du pied gauche, elle donna des coups, de toutes ses forces.

Et elle ne cessa plus de frapper.

En proie à une inquiétude inexplicable, J.P. revenait vers le ranch lorsqu'il vit la Buick d'Edith sur le point de quitter la propriété. Edith était donc au ranch ?

Etonné, il s'immobilisa et attendit qu'elle ait fait son demi-tour devant la grange. Puis, mû par une impulsion, il leva les mains et lui fit signe de s'arrêter. Par-dessus le ronflement du moteur, il crut entendre des chocs sourds.

— Stop ! cria-t-il.

Au lieu de s'arrêter, Edith accéléra, et il dut faire un bond de côté pour s'écarter de sa trajectoire. La Buick passa devant lui en trombe, mais il entraperçut quelque chose de rouge qui dépassait du coffre.

Eve portait un pantalon en lin de couleur rouge, ce matin.

Son sang ne fit qu'un tour.

— Eve !

Il se mit à courir vers le pont qu'Edith n'allait plus tarder à franchir.

Il connaissait à présent la complice de Grimes et de Spangler ! Il devait la rattraper, sinon c'en serait fait d'Eve.

Sans cesser de courir, il sortit son Glock de son holster, se posta devant le pont et mit la Buick en joue, mais Edith accéléra encore. Il n'hésita pas une seconde. Visant le pare-brise côté passager, il tira à deux reprises.

Edith Weber ne ralentit même pas.

Il logea alors deux balles dans le radiateur, en vain. En désespoir de cause, il tira alors dans sa direction, dans l'intention de la toucher seulement. Enfin, il la vit flancher et lâcher le volant.

La Buick se déporta sur la gauche et alla s'immobiliser dans un bosquet. Sous l'impact, des branches craquèrent, des aiguilles de pin tombèrent en pluie, et le klaxon se déclencha.

J.P. s'approcha rapidement mais avec méfiance. De sa main libre il frappa sur le hayon à plusieurs reprises. La réponse d'Eve ne se fit pas attendre.

— Tiens bon, Eve ! lui cria-t-il.

Un bruit de pas se fit entendre derrière lui. Il jeta un coup d'œil en arrière et vit le shérif Adams qui courait dans leur direction, arme à la main.

— On a tout vu, Ryker. Vous l'avez touchée ?

— Oui, à l'épaule droite. Edith Weber a enlevé Eve Brooks et l'a enfermée dans son coffre de voiture.

— Je m'occupe d'elle, dit le shérif en se dirigeant vers l'avant.

Il ouvrit la portière côté conducteur.

— Mains en l'air, Edith !

— Ryker a tenté de me tuer ! Il a tiré sur moi, shérif !

— Si Ryker n'avait pas tiré, c'est moi qui l'aurais fait.

Edith, dont l'épaule saignait, grimaça de douleur.

Le shérif la menotta puis, à l'aide de sa radio, demanda une ambulance.

J.P. pressa sur le bouton d'ouverture du coffre et se précipita à l'arrière.

Eblouie par le soleil, Eve cilla tandis que J.P. l'aidait à sortir du coffre. Elle gémit quand il retira le ruban adhésif de sa bouche d'un geste rapide.

— Mmm… Aïe !

— Désolé. Ça va ?

Il lui libéra les poignets. Si elle en avait eu la force, elle l'aurait enlacé et embrassé à perdre haleine.

— Edith a tué son propre neveu…, dit-elle. Et elle m'aurait peut-être tuée aussi si… si…

Elle passa son bras autour de la taille de J.P. et s'appuya contre lui. Il l'enlaça à son tour et la serra dans ses bras.

— Je n'aurais jamais dû te laisser seule !

— Tu ne pouvais pas savoir. Je n'avais rien vu, rien deviné... Pourtant, Edith travaillait pour moi !

— Tu as besoin de soins ?

— Non, je n'ai rien, sauf une entaille dans le bas du dos.

— Quand les secours seront arrivés, les urgentistes t'examineront.

Elle se tourna pour regarder le coffre où elle aurait pu mourir asphyxiée.

— Regarde un peu ça !

Un paquet et une enveloppe étaient logés entre la roue de secours et la carrosserie.

— Bon sang ! fit-il en se penchant pour les prendre.

C'était les deux plis destinés au laboratoire d'analyse. Celui avec le rat était vide ; Edith s'en était évidemment débarrassée.

— Elle ne les a jamais envoyés...

— Logique, puisqu'elle savait d'où cela provenait. Elle ne pouvait prendre le risque que ces indices la trahissent. Maintenant, raconte-moi ce qui s'est passé ! la pressa J.P.

— Elle m'a envoyé une décharge électrique avec un Taser et m'a ligotée. Elle a imité le mode opératoire du ravisseur de Thomas pour obtenir la rançon. C'est elle, le cerveau de l'opération. D'après ce qu'elle m'a dit, Grimes aurait été sur le point de craquer et de tout avouer au shérif. Elle l'a tué pour l'en empêcher.

— Elle t'a envoyé une décharge de Taser ?

— Par deux fois. Elle en avait un dans son sac à main.

Le shérif Adams revint avec le sac d'Edith. Il en sortit le Taser.

J.P. examina l'arme.

— Elle l'a certainement utilisé pour paralyser Grimes. La police technique et scientifique le confirmera rapidement.

Le shérif remit le Taser dans le sac d'Edith et retourna auprès d'elle.

— Edith Weber, je vous mets en état d'arrestation pour

enlèvement, meurtre, et tentative d'extorsion de fonds. Officier Richards, conduisez-la dans la voiture de patrouille. Elle y attendra l'arrivée des secours.

Edith leur adressa un regard haineux avant que l'officier la conduise vers la voiture de patrouille.

Un frisson courut sur la nuque d'Eve.

Un nœud de vipères avait été éliminé, mais à quel prix...

Elle déglutit, refoulant sa tristesse et ses regrets. Enfin, elle rejeta la tête en arrière, se leva sur la pointe des pieds et effleura les lèvres de J.P.

Il recula peu après et la regarda droit dans les yeux.

— En quel honneur, ce baiser ?

Son émotion était telle qu'elle ne répondit pas tout de suite. Puis elle se sentit rougir.

— Parce que tu m'as sauvé la vie à temps... Sans toi...

Elle laissa sa phrase en suspens et l'embrassa de nouveau.

Un hélicoptère se fit entendre.

— Tu as contacté Henry ? demanda J.P. qui s'écarta un peu d'elle mais sans la lâcher.

— Quand je suis rentrée au ranch, après être passée chez Grimes, j'ai appelé Henry pour qu'il aille chercher Devon et le chien de Tyler. Je ne pouvais les laisser à Cascade.

— Ça ne m'étonne pas de toi, Eve. Tu es fantastique.

Son cœur se mit à battre plus vite.

De l'amour...

— Viens, Eve, nous allons raconter les événements de ces deux derniers jours à Devon en attendant l'arrivée des secours.

J.P. regarda par le hublot de l'hélicoptère qui les emmenait à Cascade où le jet privé d'Eve les attendait pour s'envoler à Los Angeles.

Il aimait le ranch des Bridal Falls. Plutôt, sa propriétaire, la délicieuse jeune femme assise à côté de lui. Il soupira. Lorsqu'il lui aurait avoué son implication dans l'enlèvement de Shelly, il y avait peu de chances pour qu'elle réponde à son amour... Il avait en effet décidé de lui parler le soir même, dès leur arrivée à Los Angeles.

— Prête à affronter Los Angeles ? lui demanda-t-il à brûle-pourpoint.

Il était inquiet. Peut-être était-elle encore trop fragile pour affronter ce stress...

— Je n'ai pas le choix, J.P. Je dois m'occuper de ma société !

Elle lui sourit, mais il n'en lut pas moins l'appréhension dans ses yeux. Il regarda une dernière fois le ranch des Bridal Falls avant que l'hélicoptère ne s'élève davantage, puis reporta ses pensées vers l'enquête en partie résolue.

Il savait désormais que ni Tyler Spangler ni Edith Weber et Roger Grimes n'avaient quitté l'Idaho au cours des deux dernières années.

Edith Weber avait utilisé les appels du ravisseur de Thomas Avery à ses propres fins. Des recherches supplémentaires avaient également prouvé qu'aucun des trois ne possédait un modificateur de voix, comme celui qui avait été utilisé par le véritable ravisseur lors de ses appels de relance.

J.P. restait donc tendu et inquiet.

Le harceleur d'Eve courait toujours et se trouvait sans doute à Los Angeles.

15

— J'ai une suite à l'année à l'Omni du *downtown* pour éviter les sempiternels embouteillages sur la route de Malibu, expliqua Eve.

J.P. l'écoutait à peine.

Il était trop occupé à surveiller la Chrysler Town & Country qui les suivait depuis qu'ils avaient quitté l'aéroport en limousine.

— Eve ? J'aimerais que tu regardes derrière toi. Reconnais-tu la Chrysler Town & Country noire qui nous suit, quatre voies plus loin ?

Eve obtempéra.

— Non.

Devenait-il paranoïaque ? Depuis leur atterrissage, une heure plus tôt, tout ce qui les entourait représentait une menace potentielle.

— Détends-toi, J.P. ! Tu es sur les nerfs depuis notre arrivée... C'est à cause du surcroît de bruit et de stimulations sensorielles. Chaque fois que je reviens ici, j'en suis moi-même la victime. Il me faut toujours quelques heures pour me ressaisir.

— Tu me sembles pourtant très calme.

— En apparence. Je préférerais de loin être au ranch en train de boire un verre de chardonnay sur la balancelle. Avec toi...

Il lui sourit, surpris mais charmé qu'elle soit aussi bien à sa place dans cette limousine luxueuse que dans son ranch de l'Idaho. Mais où se trouvait le cœur d'Eve ? Et ses amours ?

— A quelle heure est ton rendez-vous, lundi ?

— A 13 heures. Mais mes avocats seront au siège de la société dès midi avec une ordonnance de cessation et d'abstention destinée à Thomas et à toute personne embauchée à son initiative. Notre accord légal concernant EBBC sera étudié par un juge. Je vais verser à Thomas des indemnités de licenciement, et c'en sera terminé !

J.P. ne connaissait pas grand-chose au droit des sociétés et, de toute façon, il y était pour le moment indifférent. Son seul souci, sa seule mission, était d'assurer la protection d'Eve et d'éliminer la menace.

— Parle-moi de ta suite à l'Omni.

— Elle est magnifique...

Elle lui sourit.

— J'ai un ascenseur privé avec un code de sécurité pour accéder à mon étage. Je l'ai fait changer il y a une semaine, quand j'ai su que je devais revenir pour mes affaires.

— J'aimerais enquêter précisément sur l'enlèvement de Thomas Avery. Tant que son ravisseur sera dans la nature, tu ne seras pas en sécurité...

— Cela signifie donc que tu restes auprès de moi ?

Un nœud se forma dans son estomac.

— Aussi longtemps que je pourrai..., murmura-t-il.

Malheureusement, une fois qu'il lui aurait avoué la vérité, ce soir, la séparation serait inéluctable. Il reprendrait sa vie d'avant, inconsolable et le cœur en berne. Et que deviendrait Eve, livrée à elle-même et menacée en permanence ?

Peut-être pourrait-il l'inciter à engager un garde du corps ? L'idée qu'un autre que lui assure sa protection lui était cependant insupportable.

— Nous allons nous installer. Ensuite, nous irons dîner en ville.

J.P. acquiesça, s'adossa confortablement à son siège et reporta son attention sur le rétroviseur extérieur pour vérifier la progression de la voiture noire dont il se méfiait.

Los Angeles représentait un nouveau défi. Il devait apprendre les règles du monde où Eve avait évolué — et évoluait toujours, même de loin.

Eve réajusta son foulard dont elle vérifia la bonne tenue dans un petit miroir. Satisfaite, elle le remit dans son sac et en sortit ses lunettes noires.

— Il va falloir te préparer, J.P.

— Me préparer ? Mais à quoi ?

— A l'assaut des paparazzis, à notre arrivée. Une horde de vautours.

— Tu ne devrais pas insulter les vautours, Eve.

Elle sourit.

— Quoi qu'il en soit, tu vas devenir un sujet de choix, pour la presse people. Un scoop, si je peux dire. Les gros titres vont sans doute affirmer, disons… que j'ai été détenue par des extraterrestres au cours des huit derniers mois et que j'ai pu leur échapper avec un extraterrestre plus intelligent que les autres et qui est resté attaché à mes pas.

Il rit.

— Un cow-boy extraterrestre !

Mais déjà Eve déjà reprenait son sérieux. Elle était en réalité inquiète ; ses mains tremblaient. Elle les referma sur son sac, sans doute pour se donner une contenance et masquer sa fébrilité.

Bientôt, la limousine s'arrêta devant l'hôtel à la porte duquel étaient massés des paparazzis.

— C'est dangereux, Eve, dit-il, aussitôt méfiant. Et si le ravisseur de Thomas était parmi eux ?

— Si c'est le cas, les paparazzis pourront prendre un beau cliché et faire un scoop, ironisa-t-elle.

— Je suis sérieux !

— Moi aussi. Ne bouge pas. La sécurité de l'hôtel va intervenir. Les vigiles vont contenir les paparazzis et nous ouvrir la voie.

J.P. n'aimait pas du tout cette situation qui pouvait lui échapper en moins de temps qu'il n'en fallait pour le dire.

Eve lui prit la main.

Il entrelaça ses doigts aux siens. Peu après, trois vigiles fendirent la foule. J.P. sortit ses lunettes de soleil.

— Je suis prêt.

Suivie par J.P., Eve sortit de l'ascenseur et se dirigea vers sa BMW rouge garée au fond du parking VIP. Quand ils rentreraient après leur dîner, elle en confierait les clés au voiturier car elle ne pouvait marcher longtemps avec des Manolo aux pieds. D'ailleurs, elle regrettait déjà ses bottes de cow-boy.

Elle passa son bras sous celui de J.P., appréciant le contact tiède et ferme de son corps contre le sien. Puis, levant les yeux vers lui, elle admira la façon dont il avait incliné son Stetson sur son visage. Depuis leur arrivée à l'hôtel, il n'avait guère parlé. Il avait passé le plus clair de son temps à vérifier minutieusement sa suite. Elle le sentait soucieux.

Elle l'était aussi et s'interrogeait. Avait-elle envie de revenir à Los Angeles ? De retrouver un mode de vie extravagant ?

— Tu préfères un restaurant italien ou français ? demanda-t-elle. Patina est sur Grand, et Bottega Louie aussi. Nous pouvons sans doute avoir une table sans devoir att…

— Eve, il faut que je te parle.

J.P. s'arrêta. Etonnée, elle le regarda et prit peur. Il tremblait, il était très pâle, et elle eut l'impression d'avoir sous les yeux un homme sur le point de se noyer.

Une terrible angoisse la saisit, creusant un vide dans son ventre.

— J.P. Que se…

— C'est important, coupa-t-il, et j'aurais dû te le…

Un crissement de pneus non loin l'interrompit.

— Vite, courons ! lança-t-il.

Il la prit par la main tandis qu'une voiture noire, la Chrysler Town & Country qui les avait suivis depuis l'aéroport, s'approchait. Le véhicule passa à toute vitesse devant eux, puis son conducteur freina et fit demi-tour pour revenir dans leur direction.

Alors qu'il l'entraînait derrière un pilier en béton, elle trébucha sur ses Manolo. Une vive douleur irradia jusqu'à son mollet. Un cri lui échappa tandis qu'elle tombait sur les genoux et lâchait la main de J.P.

Elle leva les yeux vers la voiture qui approchait.

Paralysée par la panique, elle sentit J.P. la relever et l'attirer derrière le pilier. La voiture passa, écrasant son escarpin abandonné là.

J.P. dégaina son arme et visa.

— Ne tire surtout pas ! s'écria Eve. Ce sont des paparazzis !

La voiture s'arrêta soudain.

S'attendant à un nouvel assaut et de toute façon décidé à tirer si nécessaire, J.P. ne baissa pas son arme.

La vitre arrière de la Chrysler coulissa, et il entrevit l'objectif d'un appareil-photo. Enfin, le conducteur accéléra, et le véhicule repartit, se dirigeant cette fois vers la sortie.

— Tout ça pour quelques photos ! s'exclama-t-il.

Il remit son arme dans son holster.

— Ça va ? demanda-t-il.

— Oui ! Et sans toi...

— Bon sang ! Les paparazzis sont toujours aussi agressifs ?

— C'est parfois pire.

— Montre-moi ta cheville.

Elle s'appuya contre le pilier et releva sa jambe de pantalon.

Il mit un genou à terre et posa son pied blessé sur sa cuisse. En apercevant l'hématome qui y bleuissait, il fronça les sourcils.

— Il vaudrait mieux mettre de la glace dessus au plus vite pour limiter l'enflure.

Il se leva et lui tendit la main, mais elle refusa d'un mouvement de tête.

— Non. Ça ira.

Elle se redressa et reposa son pied droit par terre.

— Je peux marcher. Nous pouvons toujours aller dîner.

Elle fit un pas, puis un autre, mais sa cheville blessée se déroba sous elle. J.P. la rattrapa de justesse et la souleva dans ses bras puis se dirigea vers l'ascenseur. Il voulait quitter ce parking au plus vite, au cas où les paparazzis reviendraient.

— Nous allons soigner ta cheville et nous commanderons notre dîner au *room service*. Avec un peu de chance, cela ira déjà mieux demain.

Eve retira sa seconde chaussure et la jeta vers celle qui avait été écrasée.

— Bye bye, Manolo Blahnik... Plutôt perdre mes Manolo que la vie ! soliloqua-t-elle en se pelotonnant dans les bras de J.P.

J.P. ferma les yeux tandis que l'eau chaude coulait sur ses épaules et calmait, tant bien que mal, son agitation. Il avait été sur le point de se confesser à Eve tout à l'heure, dans le parking. L'irruption des paparazzis l'avait obligé à ajourner ses révélations. Plus il les garderait pour lui, plus il aurait de mal à les lui faire.

Il soupira et inspira la vapeur qu'il retint dans ses poumons avant de lentement expirer. Il tendit sa nuque sous le jet de l'eau, réfléchissant à une issue. Il n'y en avait aucune.

Quand elle saurait, elle le rejetterait.

Mais lui, il ne pouvait vivre sans elle...

Un mouvement dans sa vision périphérique lui fit soudain relever la tête et l'arracha à ses pensées.

Il passa la main sur son visage et regarda dans la direction de la vitre embuée de la cabine de douche. Son souffle se suspendit quand il vit Eve retirer son peignoir puis le laisser tomber sur le sol carrelé avant de le rejoindre sans hésitation sous la douche.

Il gémit malgré lui tandis qu'il dévorait des yeux son corps nu absolument parfait. Elle avait des seins ronds, également parfaits, avec des pointes d'un rose très tendre et maintenant érigées. Une taille fine et des hanches bien modelées.

Elle s'approcha de lui et posa les mains sur ses épaules puis les laissa glisser sur son torse.

J.P. s'empara de sa bouche. Non, il ne rêvait pas ; il ne

fantasmait pas non plus ! Il tenait Eve Brooks nue dans ses bras, et c'était l'instant le plus intense, le plus sensuel qu'il ait vécu.

Un désir tel qu'il n'en avait jamais connu l'embrasa, anéantissant ses appréhensions quant à l'aveu qu'il devait lui faire. Il le lui fit même oublier. Les mains avides, il caressa ses hanches et la sentit trembler de désir.

Prenant ses fesses à pleines mains, il la souleva et la plaqua contre la paroi carrelée. Docile mais impatiente, Eve s'ouvrit sous ses mains, nouant les cuisses autour de ses reins. Un long soupir lui échappa ... J.P. n'avait d'autre envie que de la posséder immédiatement, mais il avait plus envie encore de la combler de plaisir. Alors il se voua totalement à elle. Il l'embrassa partout, inlassablement, et repensa avec un sourire à ce moment où, alors qu'ils étaient sur la balancelle, il avait tendrement embrassé son visage. Il se remémora tout ce qu'il avait vécu avec Eve depuis son arrivée dans l'Idaho, avec la montée du désir et de la passion jusqu'à son aboutissement, maintenant.

Elle était belle. Il le lui dit et le lui répéta. Il le lui répéterait jusqu'à ce qu'elle le croie, du moins si elle acceptait de le revoir une fois qu'il aurait eu la force de lui faire sa confession. Puis il refoula cette pensée désagréable pour ne songer qu'au plaisir qu'il lui donnait et à celui qu'elle lui dispensait.

Eve se laissa retomber sur l'oreiller et tourna les yeux vers J.P. Il lui avait fait l'amour avec une telle intensité, tant de passion, qu'elle en avait eu le vertige. Il n'y avait pas une partie de son corps qu'il ait négligée ou ignorée... De son côté, elle avait mis autant de soin, de sensualité et d'empressement à explorer le sien et à ainsi le satisfaire.

Quand elle y repensait, d'ailleurs...

Le feu lui monta à ses joues. Chaque instant, chaque geste voluptueux était gravé dans ses moindres détails et à jamais dans sa mémoire.

Intimidée à l'idée que J.P., à son réveil, la surprenne en train de l'observer, elle ferma les yeux.

Une fois qu'il lui aurait confié ce dont il avait dit vouloir lui parler hier dans le parking, elle lui avouerait son amour.

J.P. contemplait Los Angeles par la grande baie vitrée de la suite. Il attendait qu'Eve ait fini de se préparer. Il était d'humeur sombre depuis son réveil, et son tourment lui faisait l'effet d'une souffrance physique impossible à soulager.

Il voulait qu'Eve Brooks fasse partie de sa vie, mais c'était impossible.

Dès le premier jour, dès qu'il avait entendu le son de sa voix, il avait été conquis. Puis, au premier regard, il avait été perdu.

Il tressaillit quand elle l'enlaça par-derrière et posa sa joue contre son dos.

J.P. ferma les yeux, mit les mains sur les siennes et mémorisa chaque sensation de cette étreinte. Pendant qu'Eve était dans la salle de bains, il avait pris la liberté de contacter un ex-collègue du FBI qui avait accepté d'être son garde du corps. Il avait tout organisé ; le moment était donc venu de lui avouer la vérité.

— Eve... assieds-toi, s'il te plaît. Il faut que je te parle. C'est très important.

Elle lui adressa un sourire éblouissant. Son regard étincela de tendresse et de désir. Il résista au pouvoir que ses prunelles bleues avaient sur lui, car il ne pouvait — ne voulait — plus tergiverser.

— Moi aussi, il faut que je te parle..., répondit-elle, mutine. Mais toi le premier, parce que j'imagine qu'il s'agit de ce que tu voulais me dire, hier soir, dans le parking.

— Oui.

J.P. la regarda prendre place sur le canapé et resta debout.

Il se passa la main sur le visage et commença :

— Tu sais que je travaillais pour le FBI avant d'ouvrir ma propre agence...

— Oui.

— J'étais tacticien dans une unité de sauvetage des otages.

Elle sourit.

— Je suis sûre que tu as accompli des miracles.

La frustration l'envahit alors qu'il s'approchait et se perchait sur le bras d'un fauteuil en face d'elle.

— Non.

— Non ?

— Eve... J'ai travaillé sur l'affaire de l'enlèvement de Shelly. C'est moi qui ai dirigé cette affaire de bout en bout.

Elle comprit et, tout de suite, son expression se durcit.

— Tu y étais, ce... ce jour-là ?

— Oui. C'est même moi qui ai donné l'ordre de lancer l'assaut. L'opération a... échoué...

— Shelley est donc morte à cause de toi !

Eve sentit son cœur exploser et dévisagea l'homme qu'elle aimait, l'homme qui l'avait ramenée à la vie et avait scellé leur amour au cours de la nuit dernière.

Le bureaucrate du FBI auquel elle avait imputé et reproché la mort de sa sœur se tenait devant elle. Il avait un visage, et elle avait eu le malheur de tomber amoureuse de cet homme.

Ironie du sort !

Eve se sentit proche de la crise de panique.

— Va-t'en ! Je ne veux plus jamais te voir ! s'écria-t-elle.

Elle se leva et alla ouvrir la porte toute grande.

— Eve, je t'en prie...

— Non ! Va-t'en !

Elle ferma les yeux. Quand elle les rouvrit, il était sorti.

De peur de le regarder, de faiblir et de courir après lui ou de le rappeler, elle ferma la porte de sa suite très doucement et, ensuite, s'effondra.

— Vodka orange *on the rocks* ! Avec de la vodka seulement ! s'écria J.P. en faisant glisser son verre sur le bar.

Il posa un billet de vingt dollars sur le tabloïd dont la première page montrait une photo de lui et d'Eve dans le parking.

Il serra les dents, d'autant plus furieux contre les paparazzis que le titre, absurde, était humiliant.

EVE BROOKS SOUS LES FEUX DES PROJECTEURS,
MAIS VISAGE CACHÉ...
POURQUOI ? QUI EST SON COW-BOY CHEVALIER SERVANT ?

J.P. tourna les yeux vers l'ascenseur, puis consulta sa montre. Cela faisait deux heures que, le cœur brisé, il était au bar de l'hôtel à boire du jus d'orange... sans vodka.

Il aurait peut-être dû garder son secret.

Vivre avec. Après tout, le plus important n'était-il pas de vivre avec Eve Brooks ?

Il aurait plutôt dû lui dire qu'il était fou amoureux. Que sa seule vue faisait battre son cœur, rendait sa bouche sèche et lui faisait perdre toute raison.

— Ça va ? lui demanda le barman. Vous avez mauvaise mine. Voici votre énième vodka orange sans vodka.

— J'aurais dû lui dire les trois mots fatidiques, marmonna J.P.

Il but une gorgée.

— Ah... Il s'agit d'une femme..., fit le barman.

— Je l'aime.

— C'est du sérieux.

— Ça l'est.

Il décida de remonter dans la suite.

— Gardez la monnaie.

Après être descendu de son tabouret, il se dirigea vers l'ascenseur. Il savait qu'Eve lui claquerait la porte au nez, mais il ne pouvait se séparer d'elle sans lui avoir auparavant dit qu'il l'aimait et que son amour était devenu plus puissant après leur nuit ensemble.

J.P. sortit la carte magnétique, entra dans l'ascenseur et composa le code.

Cette double mesure de sécurité eut le mérite de le rassurer. Au moins, Eve était protégée... même des paparazzis.

La sonnerie de l'ascenseur retentit, et le numéro de la suite d'Eve s'alluma. Les portes s'ouvrirent.

Le couloir était désert et silencieux. Quatre portes s'y alignaient. Toutes donnaient accès à des suites privées.

Il fronça le nez. Une drôle d'odeur qui évoquait la pharmacie ou l'hôpital flottait dans l'air. S'agissait-il d'un produit utilisé par les femmes de ménage ? Aucun chariot de ménage n'était en vue.

Il s'arrêta devant la suite d'Eve et frappa.

— Eve ? Il faut que je te parle. Ecoute-moi et, ensuite, je partirai.

Pas de réponse.

— Eve ?

Il pressa l'oreille contre la porte. Aucun bruit à l'intérieur. La méfiance le gagna tandis que l'odeur de pharmacie devenait plus prononcée. Il renifla, puis baissa le nez vers la poignée de la porte. L'odeur venait de là. Ce produit avait été déposé, à dessein ou non, sur la poignée.

En proie à un mauvais pressentiment, il introduisit sa carte magnétique dans la serrure de la porte.

Il y eut un déclic. De la pointe du coude, au cas où il y aurait des empreintes, il ouvrit et entra.

— Eve !

Il se figea. Le salon de la suite ressemblait à un champ de bataille.

Il sortit son téléphone et composa le 911.

Quelques minutes plus tard, il était dans la salle de la vidéosurveillance avec le chef de la sécurité de l'hôtel.

16

J.P. regarda par la fenêtre tout en écoutant les policiers conférer. Si seulement il pouvait remonter le temps… Son aveu et la scène qui s'était ensuivie allaient peut-être coûter la vie à la femme qu'il aimait.

— On a retrouvé des traces de sang.

A ces mots, il fit volte-face et s'approcha de l'un des techniciens de la police technique et scientifique qui brandissait un coton-tige ; le test de Kastle-Meyer, utilisé dans l'identification chimique de sang, venait en effet de révéler de l'hémoglobine.

— Où l'avez-vous trouvé ?

— Sur une bouteille de champagne.

J.P. tenta de reconstituer les événements. Eve semblait avoir laissé entrer son agresseur, car il n'y avait aucune trace d'effraction. S'agissait-il d'une personne de sa connaissance ? A moins qu'il ne se soit agi de quelqu'un en possession d'une carte magnétique d'accès ?

Le fauteuil sur l'accoudoir duquel il avait été assis, tout à l'heure, avait été renversé. Une lampe, toute proche, gisait par terre.

Remarquant une tache foncée sur le sol, il s'accroupit.

— Regardez ! lança-t-il au technicien. C'est peut-être du sang.

— On dirait bien, répondit ce dernier en sortant un autre coton-tige qu'il frotta sur la tache.

Il y déposa une goutte d'éthanol, puis une goutte du réactif préparé et, enfin, une goutte d'eau oxygénée. Le prélèvement devint rose.

— Positif pour le sang !

J.P. se releva et, en pensée, reconstitua la scène plus en détail. Au moment où le ravisseur était entré, Eve devait être sur le canapé. A moins qu'elle ne lui ait ouvert…

Quoi qu'il en soit, cet individu s'était ensuite servi de la bouteille de champagne pour la frapper. Eve avait manifestement résisté, ce qui expliquait la lampe et le fauteuil renversés. Quant à l'odeur qu'il avait remarquée en arrivant… Selon le technicien, c'était de l'éther. L'agresseur avait dû l'utiliser pour la neutraliser.

J.P. essaya en vain de refouler ces images terrifiantes. Il en était submergé. Tant qu'il n'aurait pas retrouvé Eve, il n'aurait pas de repos.

— Juste pour information, reprit-il à l'intention du technicien. Vous allez trouver mon ADN : j'ai passé la nuit avec Eve Brooks.

— Merci. Je vais donc avoir besoin d'un échantillon de votre ADN.

— On peut faire ça maintenant ?

— Oui.

J.P. prit le coton-tige que lui tendait le technicien et en balaya sa bouche.

— Votre nom ?

— J.P. Ryker.

Le technicien écrivit son nom sur une étiquette qu'il colla sur le tube dans lequel il avait mis le coton-tige.

Une voix parvint soudain à J.P.

— Ryker ? C'est toi ?

Il se retourna en reconnaissant la voix d'un de ses anciens collègues du FBI, le seul à qui il avait confié les véritables raisons de son départ du Bureau.

Mike Bennett lui serra la main.

— Comment vas-tu, Ryker ?

— Ça ira mieux lorsque j'aurai retrouvé Eve Brooks.

— C'est ta cliente ?

— Oui. Depuis un mois.

Mike fronça les sourcils.

— Tu as une idée de l'identité de son ravisseur ?

— C'est sans aucun doute le même individu qui a enlevé son associé, Thomas Avery, il y a huit mois, et qui n'a pu s'emparer de sa rançon.

— Le FBI n'a pas géré cette affaire ?

— Après la tragédie de l'enlèvement de sa demi-sœur, Shelly McGinnis, il y a trois ans, Eve a refusé de contacter le Bureau.

— Tu veux parler de la fille de Simon McGinnis ?

— Oui. Simon a épousé Katherine, la mère d'Eve.

Mike comprit. La stupeur et la répugnance se peignirent sur ses traits.

— Bon sang ! Et Eve a su que c'était toi qui avais été chargé de l'affaire ?

— Je le lui ai avoué ce matin, juste avant qu'elle soit enlevée. Elle s'est mise en colère et m'a demandé de partir. Je suis parti.

— Tu ne peux pas te reprocher ce qui est arrivé il y a trois ans ! On a tous été terriblement affectés par le drame...

— Peu importe. Il faut que je la retrouve, Mike ! coupa J.P. Je vais visionner les enregistrements des caméras de surveillance de l'hôtel.

— Informe-moi si tu as du neuf. Et aussi si tu veux participer à l'enquête.

— D'accord. Merci.

J.P. avait un allié, mais le temps passait vite...

Il avait déjà perdu trois heures.

Soif.

— Mais que..., fit Eve d'une voix sans timbre.

Sa gorge était terriblement sèche, et sa tête la lançait et ses oreilles bourdonnaient. Elle avait mal partout. Le pire, cependant, c'était ses poignets attachés au-dessus de sa tête et ses doigts gourds. Et puis le froid de ce sol de béton sur lequel elle était assise. Quoi qu'il en soit, elle était vivante. Les douleurs qu'elle ressentait le lui prouvaient.

Elle ouvrit les yeux mais ne vit rien. Il faisait noir et le silence était total. Puis elle perçut une présence.

Où était-elle ?

Il y eut un déclic, et la lumière jaillit. Eblouie, elle ferma les yeux.

— Bois ! ordonna une femme qui portait une lampe frontale.

Elle lui leva le menton et plaça le goulot d'une bouteille d'eau entre ses lèvres. Eve but mais, le débit étant trop rapide, elle s'étrangla.

Quand la bouteille fut vide, la femme la jeta sur le côté.

Entre deux quintes de toux douloureuses, Eve tenta de reprendre son souffle.

Une nausée lui souleva l'estomac, mais elle la contint en inspirant lentement par le nez.

— C'est l'effet de la drogue parce que tu as l'estomac vide, lui dit la femme. Je vais t'apporter quelque chose à manger.

Elle s'éloigna, et l'obscurité l'enveloppa de nouveau.

On l'avait droguée ! Voilà qui expliquait cette nausée et cette sensation d'esprit embrouillé. Seuls ses souvenirs de sa nuit avec J.P. étaient nets. Elle s'y raccrocha donc et en utilisa les images pour lutter contre la douleur et la peur.

Je suis là J.P... Où es-tu ?

J.P. se frotta la nuque et fit jouer ses épaules pour soulager sa tension.

Il avait visionné les enregistrements des caméras de surveillance de l'hôtel. Sans succès. Il décida donc de faire défiler, image par image, l'enregistrement du couloir où se trouvait la suite d'Eve et, soudain, comprit. Ce qui lui avait échappé lors d'un déroulement rapide lui sautait maintenant aux yeux.

— Bingo ! fit-il.

Il rembobina l'enregistrement et appuya sur la touche « Play ».

Une femme de ménage avec son chariot apparaissait dans

un coin de l'écran. Elle frappa à la porte de la suite. La porte s'ouvrit, Eve apparut. A sa vue, le cœur de J.P. se serra, le remords l'envahit.

La femme de ménage entra. Une minute s'écoula, puis deux, trois, quatre... Au bout de cinq minutes, la porte de nouveau s'ouvrit, et la femme de ménage poussa cette fois son chariot dans la suite. Elle avait la tête baissée, sans doute pour éviter les caméras de surveillance dont elle connaissait l'existence.

— Dan ?

J.P. fit signe au chef de la sécurité qui l'assistait dans ses recherches. La réputation de l'Omni était en effet en jeu. Jamais auparavant il n'y avait eu d'enlèvement ou de problème de ce genre.

— Vous avez quelque chose ?

— Oui ! Regardez...

Il rembobina la séquence et la repassa.

— Il me faut tout de suite le nom et l'adresse de votre employée.

Le responsable de la sécurité alla s'asseoir devant son ordinateur. Quelques instants plus tard, il se leva et vint tendre à J.P. un papier avec un nom, une adresse et un numéro de téléphone.

— C'est l'étage de Jenny Garza, dit Dan. Mais elle n'est pas venue aujourd'hui. Elle n'était déjà pas venue hier. Sans explication, sans certificat médical. Malheureusement, nous n'avons pas de numéro de portable, seulement un numéro de fixe.

J.P. sortit son Smartphone et composa le numéro figurant sur le feuillet. Il laissa sonner longtemps, mais personne ne répondit.

— Contactez la police et demandez-lui de se rendre chez miss Garza.

De nouveau, Dan s'empressa.

Regrettant de ne pouvoir faire une pause, J.P. se frotta les yeux.

Jenny Garza avait-elle un lien avec l'enlèvement d'Eve ? A moins qu'elle n'ait été la victime d'un individu déterminé à lui voler sa carte, son laissez-passer et le code d'accès à l'étage où se trouvait la suite d'Eve...

— C'est trop chaud…, balbutia Eve.

Elle fut néanmoins obligée d'entrouvrir la bouche pour avaler la cuillerée de soupe que sa geôlière introduisait de force entre ses lèvres. Sa gorge était sèche. Elle avait mal, elle était désespérée et sur le point de perdre la raison.

— Libérez-moi…, souffla-t-elle avant que la cuillerée suivante n'apparaisse dans le halo lumineux de la lampe frontale. Je paierai… tout ce que vous voulez… Vous aurez tout…

Le silence accueillit ces mots. Un silence terrifiant. Eve frissonna. Elle tourna la tête pour exprimer son refus d'avaler la cuillérée suivante qui, elle le soupçonnait, devait contenir quelque drogue destinée à engourdir ses réflexes et ses pensées.

— Comme vous voulez… Ça ne sera plus long, maintenant, dit la femme froidement.

Eve ferma les yeux et repartit dans sa nuit.

A bord de la voiture que l'hôtel avait mise à sa disposition, J.P. se rendit dans le quartier de Boyle Heights, à l'est de Los Angeles, où se trouvait le domicile de Jenny Garza. Mike venait de lui communiquer la mauvaise nouvelle.

Jenny Garza était morte.

C'était l'impasse.

J.P. était accablé. Le ravisseur de Thomas Avery et d'Eve avait tué une innocente femme de ménage, pour obtenir ses clés, sa carte magnétique et son laissez-passer.

Dès son arrivée, il vit Mike Bennett qui attendait à l'extérieur du périmètre fermé par le ruban jaune que la police avait déployé autour de la petite maison.

— C'était bien vu, mais c'est trop tard, Ryker ! dit Mike en venant à sa rencontre.

— La police locale a contacté le FBI ?

— Oui. Et le FBI est chargé de l'enquête. J'espère que nous trouverons des indices.

— Vous avez retrouvé les clés et le laissez-passer de cette femme ?

— Négatif.

— Le ravisseur d'Eve les a sans doute volés avec le code d'accès à l'étage de la suite. Des signes de séquestration ou de violence ?

— Oui. Garza a été ligotée, elle a des contusions et des hématomes sur la nuque. On a voulu lui arracher des informations sur la façon d'atteindre miss Brooks.

— Cause de la mort ?

— On ne sait pas avec certitude. Il va falloir attendre les résultats de l'autopsie.

— Faites vite. Nous n'avons pas beaucoup de temps devant nous.

— Attends, Ryker. J'ai eu un appel, il y a une heure, de la part de Thomas Avery, le fiancé d'Eve Brooks.

— *Ex*-fiancé.

— Ce n'est pas ce qu'il prétend.

La colère envahit J.P., mais il s'efforça de se contrôler. S'énerver ne servirait à rien et ne l'aiderait pas à retrouver la femme qu'il aimait.

— Avery a dit qu'il avait reçu un appel à son bureau, cet après-midi. Une demande de rançon pour la libération d'Eve.

— « Un demi-million de dollars en billets non marqués dans une mallette en acier. Pas de sac en toile. Attendez mes instructions, pas un mot à la police, sinon… »

— Je ne sais pas si je dois t'arrêter pour enlèvement ou essayer de te faire revenir au FBI parce que tu as le don de divination.

J.P. haussa les épaules.

— C'est dans ces termes qu'Eve a reçu sa première demande de rançon pour libérer Avery, et la seconde, récemment, dans son ranch de l'Idaho.

— Avery a enregistré l'appel. Un de mes hommes est allé le chercher.

— Quels sont les délais donnés par le ravisseur ?

— 10 heures demain matin.

— Le lieu ?

— Un collecteur d'eaux pluviales de Pacific Coast Highway.

Celui-là même où Thomas Avery avait été détenu huit mois plus tôt.

— Intéressant... C'est là que la police de Los Angeles a retrouvé Thomas Avery après son enlèvement. Son ravisseur avait indiqué le lieu à Eve Brooks. Contacte LAPD, moi je dois passer à mon bureau pour y prendre un dossier. Rendez-vous à l'hôtel.

— Selon toi, l'enlèvement de Thomas Avery et celui d'Eve Brooks seraient liés ?

— Oui. Le ravisseur de Thomas Avery l'a contactée pour la relancer, il y a un mois.

— Mais enfin pourquoi ? Je n'y comprends rien.

— Pour récupérer la rançon d'un demi-million de dollars demandée pour la libération d'Avery, dont il n'a jamais pu s'emparer par un concours de circonstances assez...

Saisi par une intuition, J.P. s'interrompit.

— On reste en contact, Ryker. Je te retrouve à l'Omni dans une heure. On fera le point.

J.P. acquiesça puis s'éloigna. Son intuition prenait forme, et il avait hâte de la vérifier.

Pour cela, il devrait affronter ses démons. Mais, pour l'amour d'Eve, il surmonterait l'épreuve.

J.P. referma le dossier Shelly McGinnis qu'il avait conservé dans un tiroir de son bureau, mais qu'il n'avait jamais eu le courage de relire dans son intégralité. Il contenait les rapports détaillés de toute l'affaire, du début à la fin.

Il soupira, récapitula les faits principaux, puis ferma les yeux, cherchant l'indice par excellence.

Après la mort de Shelly McGinnis, le FBI avait relevé une seule empreinte digitale sur le corps de la jeune femme grâce à la technique de la fumigation de cyanoacrylate. Les enquêteurs avaient ensuite consulté l'AFIS. Ce système informatique scannait les empreintes digitales relevées sur les lieux de crimes puis, une fois connecté à une base de données, les comparait avec les millions d'autres empreintes intégrées et reconnues, collectées par la police au niveau local, régional, national et mondial.

Sans résultat.

Mais peut-être que maintenant...

Il leva les yeux et vit Mike Bennett entrer dans la salle réservée à l'équipe de sécurité de l'hôtel. Il glissa le dossier sous son clavier.

Comme il ne faisait plus partie du FBI, si jamais on le surprenait en possession du dossier d'une affaire relevant du Bureau, cela pourrait lui coûter cher.

Il fit ensuite une capture d'écran de la femme de chambre et l'imprima.

Mike s'assit en face de lui. Il paraissait soucieux et fatigué.

— Tu as du nouveau ?

— Peut-être. Souviens-toi, il y a trois ans, le FBI a relevé une empreinte dans l'affaire de l'enlèvement de Shelly McGinnis, répondit J.P.

— C'est juste. Mais on n'en a trouvé aucune correspondante dans la banque de données AFIS.

— Justement. J'aimerais qu'on fasse un nouvel essai. Après trois ans, celui à qui appartient cette empreinte a peut-être été enregistré. On pourra comparer son visage avec celui de la fausse femme de chambre, même si on la voit mal et seulement de profil sur la capture d'écran. Ensuite, selon les résultats, on avisera.

Mike contacta ses collègues du FBI pour transmettre sa requête.

— Autre chose ?

— Oui. La demande de rançon est identique, au mot près, dans les trois affaires. Il s'agit d'un montant insignifiant alors que les Brooks possèdent plusieurs millions de dollars. J'ajoute que la majorité de cette fortune appartient à Eve, par le biais de sa société EBBC.

Bennett laissa échapper un petit sifflement.

— Le ravisseur de Shelly McGinnis voulait un demi-million

de dollars. Celui de Thomas Avery aussi. Dans ce dernier cas, il n'a pu s'emparer de la mallette non seulement à cause d'une explosion qui a eu lieu près de l'endroit où Eve l'a déposée, mais aussi parce qu'un témoin a appelé la police.

— C'est à ce moment-là qu'elle a été gravement blessée au visage ?

— Exact. Tu es au courant ?

— J'ai lu les tabloïds, ce matin.

J.P. soupira.

— Le ravisseur d'Eve a fait une demande de rançon dans les mêmes termes. J'en conclus que les trois enlèvements sont liés.

Le téléphone de Mike se mit à sonner. Il prit la communication rapidement.

— Oui ? ... L'adresse ?

J.P. poussa un bloc et un stylo vers Mike qui y griffonna des nom et prénom qui lui étaient familiers sans qu'il se souvienne où il les avait vus.

Songeur, il sortit le dossier de l'affaire Shelly McGinnis de sous le clavier, le feuilleta et constata que cette femme avait été interrogée précisément dans le cadre de l'enquête sur l'enlèvement de Shelly.

Mike raccrocha et se leva. En voyant le dossier, il soupira.

— Je n'ai rien vu, Ryker...

Il soupira de nouveau et continua.

— L'empreinte appartient à une certaine Jacqueline Cordova et se trouve dans la base de données depuis l'année dernière. Cette femme travaille au Hollywood Presbysterian Medical Center et vit non loin. C'est moi qui suis chargé de l'opération. Alors on y va.

— Cordova et McGinnis ont suivi la même formation d'infirmière. La police l'a interrogée après la disparition de Shelly, dit J.P.

Tout en suivant Mike vers l'ascenseur, il observa la capture d'écran qu'il avait imprimée et où la femme de chambre apparaissait.

Il réfléchissait à toute vitesse et en arriva aux conclusions suivantes :

Le ravisseur de Shelly, Thomas Avery et Eve était le même. Son but avait été d'atteindre Eve Brooks, d'où l'explosion qui l'avait grièvement blessée, mais qui avait manqué son but : la tuer.

17

— Je te préviens, elle est dans les vapes.

En entendant ces mots, Eve ouvrit un œil et entrevit la femme avec la lampe frontale qui parlait au téléphone. Lorsque cette dernière lui avait fait boire de l'eau, elle avait feint d'être inconsciente.

— Non, non, je ne lui en ai pas trop donné ! Je ne suis pas complètement stupide ! Je connais la posologie du Valium. Bon, d'accord… Je commence sans toi. Elle sera réveillée quand tu arriveras.

La femme raccrocha et s'approcha. Eve fit de nouveau mine de dormir, mais elle faillit se trahir en criant de douleur quand la femme coupa l'adhésif avec lequel elle lui avait lié les mains.

Elle sentit enfin le sang se remettre à circuler dans ses mains et dut se contenir pour ne pas arracher les yeux à sa geôlière. Mieux valait continuer de feindre l'inconscience.

— Jacqueline Cordova ! Ouvrez !

Comme personne ne répondait, Mike Bennett donna le signal.

Contenant mal son impatience, J.P. se tenait un peu à l'écart. En tant que civil, il n'était pas autorisé à jouer un rôle actif dans cette opération. Pour autant, sans Mike Bennett, il serait dans sa voiture.

Sous l'assaut du FBI, la porte d'entrée de la maison de Jacqueline Cordova céda.

— Vite !

Les uns après les autres, les hommes du FBI s'y engouffrèrent. La frustration arracha J.P. à son immobilité. Il traversa la pelouse, puis se cacha derrière un eucalyptus. Il était assez proche pour entendre ce qui se passait à l'intérieur, et qui déçut cruellement ses attentes.

— Rien...

— Jacobs ?

— Rien.

— Young ?

— Rien, Bennett !

— Matthews ?

— Rien.

J.P. ferma les yeux. Il souffrait véritablement, dans sa chair. Où chercher Eve, maintenant ? Où le ravisseur la séquestrait-il ? Les possibilités, dans une ville de la taille de Los Angeles, étaient infinies.

Ils perdaient du temps... et le temps était compté.

— Ryker ! cria Mike de l'intérieur. Viens vite ! On a quelque chose.

Un espoir le souleva. Il courut et monta les marches quatre à quatre.

— Un de mes hommes a trouvé une photo d'Eve, sur le mur de la chambre du fond.

Il suivit Mike dans la chambre où se tenaient des hommes du FBI et vit le panneau avec une grande photo d'Eve.

Il sortit de sa poche la capture d'écran, la déplia et la tendit à Mike.

— Demande à tes hommes de chercher une photo de Jacqueline Cordova dans la maison.

— Matthews, tu peux t'en charger ? fit aussitôt Mike en tendant la capture d'écran à l'agent.

Puis il reporta son attention sur lui.

— Tu es amoureux d'Eve Brooks, pas vrai ?

— Comment tu le sais ?

— A la façon dont tu as regardé sa photo.

Ignorant le regard curieux et insistant de Mike, J.P. sourit.

L'agent Matthews revint avec un cliché représentant Jacqueline Cordova en blouse d'infirmière ornée d'un badge qui l'identifiait.

— Regardez, chef.

Mike compara la capture d'écran de J.P. et la photo.

— Qu'est-ce que tu en penses, J.P. ?

— Le nez, le menton… C'est bien elle. C'est Cordova qui a enlevé Eve.

Il regarda autour de lui et avisa un plan sur le mur d'en face, marqué au Stabilo jaune.

— Bon sang !

— Quoi encore ? demanda Mike.

J.P. suivit de l'index le trait jaune jusqu'à une petite inscription en bas. Il se figea.

— C'est un plan de l'Omni, Mike !

— Tu en es certain ?

— Oui ! Regarde !

Il lui montra l'emplacement de l'ascenseur VIP, dans le lobby de l'hôtel, puis le couloir de l'étage.

— La suite d'Eve est là. Cordova a surligné son trajet jusqu'à la suite où elle a agressé et drogué Eve. Elle a ensuite utilisé son chariot de ménage pour la transporter sans être vue. Elle est revenue vers l'ascenseur de service et est descendue dans les sous-sols, où elle a dû charger Eve dans un véhicule.

J.P. se tut et continua d'observer le plan.

— Tu l'as vue sortir de l'hôtel sur les enregistrements de la vidéo de surveillance ? enchaîna Mike.

— Non, justement !

La panique l'envahit.

— Bon sang ! Eve est toujours à l'Omni !

Il tapa de l'index sur le plan à plusieurs reprises.

— Elle n'en est jamais sortie ! Je vais la retrouver.

Mocassins Salvatore Ferragamo ?

Eve aperçut, dans la lumière, les chaussures de luxe du nouvel arrivant.

Elle leva les yeux lentement sur l'homme et croisa son regard, froid et cruel.

— Je t'ai manqué pendant que tu étais dans l'Idaho ? lança Thomas Avery sans la quitter des yeux.

La nausée la souleva. Elle la combattit en s'efforçant de contrôler son souffle et regarda tout autour dans l'espoir, vain, de trouver une arme.

— Ordure !

— Je suis désolé d'avoir dû en arriver là, Eve. Si tu avais trouvé la mort sur l'autoroute, ce soir-là, rien de tout cela n'aurait été nécessaire. Je serais désormais riche grâce à l'argent de ta société que j'aurais détourné et je vivrais heureux au Brésil.

— C'est toi qui as posé la bombe !

— J'ai payé l'individu qui l'a fabriquée. Il en a posé d'autres, ailleurs, pour brouiller les pistes. Mais tu as survécu, tu t'es réfugiée dans ton maudit ranch où tu es devenue inaccessible. Même mes appels pour te relancer et te contraindre à payer la rançon ne t'ont pas fait agir. Mais j'ai réussi à t'attirer à Los Angeles en menaçant la survie de ta société.

— Et maintenant ? demanda-t-elle, partagée entre affolement et incrédulité. Tu vas t'emparer de la rançon et disparaître ?

Il posa un genou à terre devant elle.

— Non. Je vais te tuer et te laisser ici, jusqu'à ce que l'on découvre ton corps. Le contrat qui nous lie comporte des failles, au cas où tu décéderais. Je vais les exploiter. Bientôt, je contrôlerai seul ta société. Dans un an ou deux je déclarerai la faillite, après quoi je disparaîtrai avec mon butin.

Il approcha la main de sa joue ; Eve eut un mouvement de recul et lui cracha dessus.

— Garce ! s'exclama-t-il.

Il s'essuya la main sur son pantalon puis la gifla, mais elle soutint son regard.

J.P. lui avait appris qu'elle était courageuse. Elle voulait se rebeller, rester vivante et affronter cet ignoble individu qu'elle avait un jour aimé.

Aimé ?

Non ! Car elle savait maintenant ce qu'était le véritable amour. L'amour qu'elle éprouvait pour J.P. qui, bientôt, viendrait à sa rescousse. Elle devait défier Thomas, mais aussi gagner du temps.

— Il n'y a aucune faille, Thomas. Mes avocats sont minutieux, ce sont les meilleurs de Los Angeles. Je les ai payés assez cher.

— Idiote ! Tu as oublié d'inclure une clause de retrait, en cas de décès. Mes avocats sont prêts à exploiter cette faille !

Eve le quitta des yeux en voyant la porte s'ouvrir. Elle parvint à entrevoir le couloir au-delà. Des tuyauteries, des bruits de machinerie… Elle se trouvait dans les sous-sols d'un bâtiment.

Partout et nulle part.

La porte se referma. La complice de Thomas revint, sans sa lampe frontale. Eve vit donc enfin son visage et reconnut la femme de chambre à qui elle avait ouvert, et qui l'avait assommée avec une bouteille de champagne. Mais elle avait riposté, comme en témoignait la griffure sur la joue de la femme. Malheureusement, cette dernière avait eu le dessus et lui avait plaqué un tampon d'ouate imbibé d'éther sur le nez.

— Eve, je te présente Jackie Cordova. Ma sœur, dit Thomas en se relevant.

En entendant ce prénom, Eve eut un flash. Elle la connaissait ! Mais d'où ? Quand elle s'en souvint, elle poussa un cri étouffé.

— Je sais qui vous êtes ! Vous et Shelly…

— C'est incroyable comme le monde est petit, hein ? persifla Thomas.

— Vous étiez à la même école d'infirmières que Shelly ! reprit Eve en se levant à son tour pour leur faire face. Elle vous avait invitée à la maison pour Noël.

— C'est juste.

Jackie sortit une arme de sa poche et la tendit, sans hâte, à Thomas.

— Merci. Ton ami a bien effacé le numéro de série ?

— Comme tu l'as demandé.

Eve les observa et remarqua leur ressemblance. Thomas lui avait pourtant dit être enfant unique.

La terreur monta en elle au fur et à mesure qu'elle commençait à comprendre.

— C'est donc vous qui avez enlevé Shelly...

— Bravo ! Quel brillant esprit de déduction ! se moqua de nouveau Thomas.

Il secoua la tête.

— Pauvre Shelly... Une brave fille. Trop. Naïve. Elle est morte dix minutes après que nous l'ayons enlevée.

Aveuglée par une rage sans nom, Eve se jeta sur lui.

Pan !

La balle ricocha sur le sol et alla se ficher dans le mur avec un bruit sourd.

— La prochaine sera pour toi, l'avertit Jackie.

Eve recula et ne bougea plus.

— Comment est-elle morte ? demanda-t-elle d'une voix sans timbre.

— Un accident. J'ai frappé trop fort. Quand nous avons ouvert le coffre, elle était déjà morte, mais nous avons tout de même exigé la rançon...

Les larmes lui montèrent aux yeux. Au souvenir de Shelly. A la pensée des reproches et accusations dont elle avait accablé le FBI, puis J.P.

J.P. leva la main pour faire signe de s'arrêter.

— Tu as entendu, Mike ?

— Oui. Un coup de feu ? Ça vient de la gauche du couloir.

J.P. orienta sa minilampe-torche et consulta le plan que Dan lui avait donné et qui représentait les sous-sols de l'hôtel dans lesquels des travaux étaient prévus dans un mois. Il avait envie de charger et de mettre enfin Eve hors de danger.

— Il y a deux pièces sur la gauche. L'une sert à la maintenance ; l'autre contient un système de chauffage antique et les tableaux de contrôle de l'électricité.

Sur ces mots, J.P. regarda bien le couloir. Puis il éteignit la torche et fourra le plan dans sa poche.

— Allons-y !

Cette fois, il n'avait pas attendu que Mike donne le signal. Il voulait agir avant qu'il ne soit trop tard.

Dans l'éclairage au néon qui rendait son regard trop brillant, Thomas pointa son arme sur elle.

Eve le fixait, attentive, guettant l'occasion de sauver sa vie. Elle voulait vivre, ne serait-ce que pour dire à J.P. qu'il n'était pas responsable de la mort de Shelly.

Thomas transpirait. Lorsqu'il leva le bras pour essuyer son front en sueur du dos de la main, elle en profita pour lui donner un coup de pied dans les jambes et se jeta sur le côté. La surprise fit tirer Thomas. La balle frôla la tête d'Eve tandis que Thomas lâchait son arme.

Elle se précipita pour la ramasser en même temps que Jackie, mais Thomas fut plus rapide qu'elles.

Au même instant, la porte en métal s'ouvrit avec une telle violence que le battant alla claquer bruyamment contre le mur. Thomas fit volte-face en brandissant son pistolet. Sans hésiter, J.P. tira. Thomas s'effondra en gémissant.

— Mains en l'air ! ordonna Mike à Jackie.

Il la menotta, tandis que les autres membres de l'équipe tactique entraient.

J.P. remit son arme dans son holster et s'agenouilla devant Eve qui s'était laissée glisser sur le sol. Elle frissonna quand il dégagea ses cheveux de son visage et l'embrassa sur le front avant de la serrer contre lui de toutes ses forces.

— Tu es blessée ?

— Non.

— Ça va ?

— Ça va. Je savais que tu viendrais, murmura-t-elle dans son cou.

— Je n'aurais jamais dû t'abandonner. Je suis revenu trop tard...

Eve recula et le dévisagea, le regard brillant de larmes.

— C'est Thomas qui a tué Shelly. Il me l'a dit. Shelly était morte bien avant que vous trouviez l'endroit où elle était séquestrée. Je te dois des excuses, J.P.

Elle regarda ensuite les autres agents du FBI rassemblés dans la petite pièce.

— Je vous dois des excuses à tous, reprit-elle. Vous avez fait tout votre possible pour sauver ma sœur. Merci.

Epuisée, elle se blottit davantage dans les bras de J.P. et ferma les yeux.

— On y va, Eve. J'aimerais que tu sois examinée par des médecins et que tu puisses te reposer.

Il se leva et l'aida à se mettre debout.

— Tu peux marcher ?

— Je ne sais pas... Elle m'a administré du Valium.

— Jacqueline Cordova..., commença Mike Bennett. Vous êtes en état d'arrestation pour enlèvement, meurtre, séquestration et tentative de meurtre. Vous avez le droit de garder le silence...

Après avoir fini de l'informer de ses droits, il la confia à l'agent Matthews qui l'emmena.

Il reporta ensuite son attention sur Thomas et secoua la tête.

— Emmenez-le aussi. Je l'interrogerai quand il aura reçu les soins nécessaires.

— Merci, mon vieux, lui dit J.P. Nous, nous remontons dans la suite.

— Dans ma suite ? s'exclama Eve. Tu veux dire que cette crapule m'a séquestrée dans l'hôtel ?

— Oui.

Passant le bras autour de sa taille, il la conduisit dans le couloir.

— Mais la bonne nouvelle, c'est que la réunion de lundi après-midi est annulée. Te voilà avec un peu de temps libre. Tu veux le passer avec moi ?

— Tu es vraiment revenu dans ma suite, ce matin ? demanda-t-elle, le regard brillant.

J.P. se tendit. Mettre son cœur entre ses mains était presque aussi dangereux que se confronter à des criminels, mais Eve Brooks l'avait déjà pris en otage.

— Oui, dit-il en s'écartant pour laisser passer des agents du FBI. Pour te dire que je t'aime, Eve, que mon amour soit ou non payé de retour...

Elle lui sourit tandis qu'elle recueillait son précieux aveu.

— Je t'aime, J.P.

Quand il se pencha sur elle et lui prit les lèvres avec tendresse, elle perdit le souffle.

— Je vais avoir une semaine chargée, à EBBC. Mais je vais faire place nette, embaucher ! Ensuite, je rentrerai à la maison !

Elle sourit de nouveau, et il lui rendit son sourire.

— Au ranch des Bridal Falls. Avec toi, J.P., et pour toujours. Tu veux bien ?

— Pour toujours. Je le veux.

Epilogue

Ranch des Bridal Falls, un an plus tard.

— Oui, je le veux, dit Eve en regardant J.P. droit dans les yeux.

— John Paul Ryker, acceptez-vous de prendre pour épouse Eve Marie Brooks ? Voulez-vous l'aimer, la chérir, l'honorer, et la garder, dans la maladie et dans la santé et, renonçant à toute autre femme, voulez-vous vous attacher à elle seule, tant que vous vivrez tous deux ?

— Oui, je le veux.

— Je vous unis par les liens du mariage.

Le pasteur sourit.

— Vous pouvez embrasser la mariée, J.P.

J.P. souleva le voile d'Eve et révéla son magnifique visage.

Plus de cicatrices, plus la moindre marque depuis sa dernière opération.

Mais c'était le bonheur qui la transfigurait et lui donnait toute sa beauté.

Eve avait accordé au magazine *Elle* une interview qui avait été illustrée de photos. Après sa parution, elle avait reçu de nombreux témoignages de soutien.

Il lui donna un baiser tandis qu'elle lui nouait avec élan les bras autour du cou.

Il recula, la regarda droit les yeux, puis sourit.

— Prête pour le grand saut ?

Elle opina et sourit aussi.

— Mais avec des vêtements, c'est nettement moins drôle..., soupira-t-elle.

Familles, amis et proches, ainsi que le personnel du ranch, tous ceux qu'ils avaient invités à se rassembler devant les Bridal Falls pour assister à la cérémonie applaudirent.

Eve dévisagea J.P., le cœur rempli d'une telle félicité qu'elle craignit qu'il explose.

Elle tendit son bouquet au pasteur.

— Voulez-vous bien le tenir un moment, s'il vous plaît ?

Le pasteur acquiesça, tout sourire.

— Bien entendu.

J.P. la souleva dans ses bras.

— Tu en es sûre ? lui demanda-t-il, le regard brillant.

— On ne peut plus sûre !

La serrant contre lui, il sauta alors dans les eaux azurées des Bridal Falls, projetant dans le ciel de leur bonheur des milliers de gouttelettes scintillantes.